KB0345O3

서술이론 I

구조 대 역사 그 너머

엮은이

제임스 펠란 James Phelan
오하이오Ohio 주립대학교 영문학과 인문학 특훈교수이자 학술지 『내러티브Narrative』의 편집자
이다. 서술이론에 관한 디수의 책을 저술하였으며 주요 연구서로는, *Living to Tell About It : A
Rhetoric and Ethics of Character Narration*(2005), *Experiencing Fiction : Judgements, Progressions, and
the Rhetorical Theory of Narrative*(2007) 등이 있다. 피터 라비노비츠Peter J. Rabinowitz와 공동 편
집으로, 오하이오 주립대학교 출판부의 서술이론 학술지 연속물 발간을 담당하고 있다.

피터 J. 라비노비츠 Peter J. Rabinowitz
해밀턴Hamilton 대학교 비교문학과 교수이며 학과장이다. 저서로는 *Before Reading*(1987), *Author-
izing Readers*(마이클Michael과 공동저술, 1998) 등이 있다. 또한 비평가이자 레코드 음악잡지
『팡파르Fanfare』의 객원 편집자이다. 제임스 펠란James Phelan과 공동 편집으로, 오하이오 주립대
학교 출판부의 서술이론 학술지 연속물 발간을 담당하고 있다.

옮긴이

최라영 崔羅英, Choi Ra-young
부산대학교 사범대학 국어교육과를 졸업하고 서울대학교 인문대학 국문학과에서 석사학위(서
정주론)와 박사학위(김춘수론)를 받았다. 2002년 『서울신문』 신춘문예평론으로 등단하였으며,
부산대・서울대・서울시립대・서울여대 등에 출강해 오고 있다.
연구서로는 『김억의 창작적 역시와 근대시 형성』(소명출판, 2014; 제5회 김준오시학상 수상
(2015)), 『김춘수 시 연구』(푸른사상, 2014; 대한민국학술원 우수학술도서(2015)), 『현대시
동인의 시세계』(예옥, 2006; 대한민국문화부 우수학술도서(2007)), 『한국현대시이론』(새미,
2006), 『김춘수 무의미시 연구』(새미, 2004; 대한민국학술원 우수학술도서(2005)) 등이 있다.

서술이론 I

초판인쇄 2015년 12월 1일 **초판발행** 2015년 12월 10일
엮은이 제임스 펠란・피터 J. 라비노비츠 **옮긴이** 최라영
펴낸이 박성모 **펴낸곳** 소명출판 **출판등록** 제13-522호
주소 서울시 서초구 서초중앙로6길 15, 1층
전화 02-585-7840 **팩스** 02-585-7848 **전자우편** somyong@korea.com **홈페이지** www.somyong.co.kr

값 37,000원 ⓒ 소명출판, 2015

ISBN 979-11-5905-028-2 94800
    979-11-5905-027-5 (세트)

잘못된 책은 바꾸어드립니다.
이 책은 저작권법의 보호를 받는 저작물이므로 무단전재와 복제를 금하며,
이 책의 전부 또는 일부를 이용하려면 반드시 사전에 소명출판의 동의를 받아야 합니다.

H. Porter Abbott
Aileen Booth
Wayne C. Booth
Peter Brooks
Royal S. Brown
Alison Case
Seymour Chatman
Melba Cuddy-Keane
Monika Fludernik
Susan Stanford Friedman
David Herman
Linda Hutcheon
Michael Hutcheon
Emma Kafalenos
Catherine Gunthur Kodat
Susan S. Lanser
Fred Everette Maus
Brian McHale
J. Hillis Miller
Alan Nadel
Ansgar Nünning
James Phelan
Peggy Phelan
Gerald Prince
Peter J. Rabinowitz
Brian Richardson
David H. Richter
Shlomith Rimmon-Kenan
Marie-Laure Ryan
Harry E. Shaw
Sidonie Smith
Dan Shen
Meir Sternberg
Richard Walsh
Robyn R. Warhol
Julia Yacobi
Tamar Yacobi

서술이론

I

A COMPANION TO NARRATIVE THEORY

구조 대 역사 그 너머

제임스 펠란 · 피터 J. 라비노비츠 엮음

최라영 옮김

소명출판

A Companion to Narrative Theory by James Phelan and Peter J. Rabinowitz
Copyright ⓒ Blackwell Publishing Ltd., 2005
except for editorial material and organization ⓒ James Phelan and Peter J. Rabinowitz, 2005
and chapter 33 ⓒ Peggy Phelan, 2005
All Rights reserved.

Korean translation edition ⓒ Somyong Publishing Co., 2015
Authorised translation from the English language edition published by John Wiley & Sons
Limited., UK
Arranged through Bestun Korea Agency, Seoul, Korea.
All rights reserved.

Responsibility for the accuracy of the translation rests solely with Somyong Publishing Co.
and is not the responsibility of John Wiley & Sons Limited. No part of this book may be
reproduced in any form without the written permission of the original copyright holder,
Blackwell Publishing Limited.

이 책의 한국어 판권은 베스툰 코리아 에이전시를 통하여
저작권자인 John Wiley & Sons, Ltd.와 독점 계약한 소명출판에 있습니다.
저작권법에 의해 한국 내에서 보호를 받는 저작물이므로
어떠한 형태로든 무단 전재와 무단 복제를 금합니다.

일러두기

• 주석은 내주로 표기하며, 이 중 연도의 '[ ]' 표시는 초판연도를 뜻한다.

역자 서문

이 책은 역자가 2007~8년에 영국 버밍엄에서 살던 시절, 버밍엄의 숙소에 짐정리를 마치자마자 빨간 이층버스를 혼자 처음타고 버밍엄 시티센터 워터스톤 서점에서 처음 구매한 이론서이다. 그 서점은 건물 거의 전체층이 서점이었는데, 우리와는 달리 책은 조금 꽂혀있고 쇼파와 독서할 넓은 공간이 주어지는 곳이었다. 건물 창가 쪽 문학서가의 중심에 꽂혀있던 한 권의 책을 처음 펼쳤을 때 그것은 출간된 지 1년여 된 것으로서 전통방식의 영국문장들이 돋보이는 사십여 명의 내로라 하는 문예이론가들의 다채로운 연구논문집이었다. 이후 1년여의 영국 생활, 오후 4시부터 12시까지는 그것들을 번역, 이해하는 데에 바쳐졌다. 이 작업과 함께 나는 또 하나의 문예이론서를 번역하였다.

이후 귀국하여 번역작업을 정리하였는데, 역자가 처음 번역한 이 서술이론서는 향후 100여 년간은 유행을 타지 않는 적층적 연구의 분야에 속하면서도 현재의 문학, 문화의 제반 연구에서 현실적 유효성을 지닌 논의였다. 각 논문은 그 분야의 전문가의 핵심관심사로서 이 이론서를 이해하고 나면 그들의 개별 대표연구서에 관한 접근이 아주 용이해지는 장점이 있었다. 본서의 글들은 관련이론 전반에 관한 통시적, 공시적인 참고서지들을 풍부하게 갖추고 있다.

귀국 후 문학 연구의 새로운 동향은 문학분야에 관한 융복합적, 문화적 접근이었다. 이 책은 그러한 연구의 흐름과 부합하면서도 그것의 근원이 되는 문예이론의 쟁점들을 제시하고 있었다. 문학 연구를 하는 사람에게 이 책은 현재의 문예이론의 흐름과 쟁점을 포괄적으로 이해하는 데에 중요한 길잡이 역할을 할 것이었다. 역자는 이 책의 글 36편 모두를 번역하였으며 이와 함께 그것들을 우리말로 쉽고 자연스럽게 만들어내는 작업을 하였다. 그런데 그 작업은 상상 이상으로 많은 시간과 인내심을 요구하는 일이었다. 원 문장들은 보통 네다섯 줄로 된 복합적 논문문장으로 구성되었으므로 이것을 명료하게 이해되는 방식으로 바꾸려고 노력하였다.

원서는 서문, 프롤로그를 포함하여 제1부~제4부, 그리고 에필로그, 즉 실질적으로는 총 6부로 구성되어 있으며 각각의 부에는 쟁점이 되는 유사주제에 관한 상반되기도 하면서 경쟁력 있는 최신의 논문들을 수록하고 있다. 원서의 번역을 한 권에 담기에는 무리가 있으므로 이 책은 먼저 서술이론서 제1권으로서 서문과 프롤로그와 제1부부터 2부까지 18편의 글을 번역, 수록하였다. 먼저, 제임스 펠란James Phelan과 피터 라비노비츠Peter J. Rabinowitz의 「서문―최근 서술이론의 전통과 혁신」은 서사, 서술이론의 두 가지 상이한 흐름에 관하여 해안의 절벽동굴에 사는 괴물, '스킬라'와 위협적 소용돌이인 '카리브디스'의 비유를 들어서, 각각의 글들의 특성 및 그것들이 상충되는 지점의 의미들을 포괄하면서 정리하고 있다.

첫 번째, 프롤로그는 데이빗 허만David Herman의 「서술이론의 역사 (I)―초기 발달의 계보학」과 모니카 플루더닉Monika Fludernik의 「서술이론의 역사 (II)―구조주의부터 현재에 이르기까지」, 브라이언 맥헤일Brian McHale의 「망령들, 그리고 괴물들―서술이론의 역사를 쓰는 일의 가능성 혹은 불가능성에 관하여」로 구성되어 있다. 이 글들은 서사, 서술론에 관한 시각의 변화가 일어나는 지점을 구조주의적 접근법이 성행한 시기와 그 이후로 간주하고 서술론에 관한 협의의 관점과 광의의 관점을 정리하면서 또한 구조주의적 편향으로 인해 결여되어온 역사주의적 관점을 강조하는 견해가 제시되고 있다. 즉 논의들은 문예이론가들 사이에서 매우 쟁점이 되는 사항으로서 서술이론을 구조주의적인 범주인 내러톨로지로서 볼 것인가 혹은 문예이론 전반을 포괄하는 서술의 이론으로 볼 것인가 하는 문제를 다루고 있다.

두 번째 제1부에서는 최근까지 서사, 서술론 분야에서 다루기 힘든 문제로서 논쟁의 중심에 서 있던 주제들을 다양한 시각에서 제시하고 있다. 먼저, 웨인 부스Wayne C. Booth의 「암시된 저자의 부활―왜 성가실까?」에서는 소설뿐만 아니라 시와 다른 분야에서도 암시된 저자의 역할과 필요성을 강조하는 관점을 보여준다. 안스가 뉘닝Ansgar F. Nunning의 「신뢰할 수 없는 서술의 재개념화―인지적 접근과 수사학적 접근의 종합」에서는 암시된 저자의 논리적 결핍지점을 지적하면서 독자 중심의 인지주의적 관점과 다양한 참조틀들의 역할을 강조하고 있다. 그리고 타마 야코비Tamar Yacobi의 「저자의 수사학, 서술자의 신뢰성과 비신뢰성, 서로 다른 독해들―톨스토이의 『크로이체르 소나타 Kreutzer Sonata』」에서 서술자, 저자의 신뢰성, 비신뢰성 문제는 각각 다양한 준거틀과 관점에 의한 상대적인 것으로서 '독해가설'을 강조하고 있다. 이때 부스의 '암시된 저자'는 '암시된 준거'로서 논의의 경유지점이 되고 있다. 이 연구들은 몇 십여 년 전부터 최근까지 정보진영이론가들과 전통수사학이론가들 또한 역사주의자들 사이에서 지속적이고도 팽팽한 대립을 보여온 쟁점들에 해당된다.

다음, 힐리스 밀러J. Hillis Miller의 「헨리 제임스와 '초점화' 또는 제임스가 '짚Gyp'을 사랑하는 이유」는 헨리제임스가 자신의 창작방법론을 요약한 한 장의 기하학적 그림으로부터 출발하여 주인공의 말할 수 없는 비밀과 저자의 창작 방법론이 그 시대 공동체가 지닌 가치의 작용을 받는 가운데 형식과 내용의 일체성을 보여주고 있다고 논의한다. 그리고 단 쉔Dan Shen의 「서사론과 문체론은 서로를 위해 무엇을 할 수 있는가」는 서사론에서 결여된 언어에 관한 관심, 곧 문체론을 보충하여 서사적 구조와의 관련 하에서 상호보완적 학문이 이루어져야 할 필요성을 역설하고 있다. 또한 리처드 월시Richard Walsh의 「서술 허구성의 화용론」은 허구성에 관해 현실, 사실성과 구분된 어떤 질서로서 보는 관점을 지양하고 허구성이 현실, 사실과의 관계망 속에서 구축해내는 진실에 관해 주목하고 있다. 즉 우리가 소설을 읽을 때 진실, 사실의 문제로서가 아니라 작품 속 사실들의 전제와 가정들의 관계망 속에서 만들어내는 진실로서의 허구성에 관해 새롭게 조명하고 있다.

세 번째 제2부는 서사, 서술론에 관한 수정과 혁신을 보여주는 관점들을 소개하고 있다. 먼저, 플롯구성과 관련한 논의들로는 다음의 글들을 들 수 있다. 브라이언 리처드슨Brian Richardson의 「플롯의 시학을 넘어서—서술진행의 대안적 형식과 『율리시즈Ulysses』의 다중적 궤도」는 기존의 전형적 플롯 구성과는 구별되는, 음악악절의 원리에 의한 구성, 언어적 발생기에 의한 구성, 반복과 변조에 의한 구성 등 다양한 플롯구성의 사례들을 제시하면서, 기존의 플롯의 개념상으로는 무플롯으로서 명명되는 현대작품들 속의 다양한 플롯의 장치들을 조명하고 있다. 피터 라비노비츠의 「그들은 호랑이들을 쏘았다—『긴 이별*The Long Goodbye*』의 '패스*Path*'와 대위법」은 작품들에서 각각의 인물들이 겪는 경험의 통로들을 '패스'로서 명명하고 음악의 대위법의 작용으로 풍부하고 깊이 있는 음악이 들려지는 것처럼 인물들의 다양한 '패스들'의 작용들을 통해 작품의 잠재적 의미항들을 구현해낼 수 있음을 보여주고 있다.

다음으로, 문학적 '공간'이 지닌 가치, 독자의 결합 경향, 네오내러티브에 관한 접근과 관련한 글들이 있다. 수잔 스탠포드 프리드먼Susan Stanford Friedman의 「공간의 시학 그리고 아룬다티 로이Arundhati Roy의 『작은 것들의 신*The God of Small Things*』」은 인물들의 단순한 활동무대로서의 배경, 혹은 책의 지면을 차지하는 평면적인 대상으로서 '공간'을 접근해온 기존의 견해들에 반대하면서 '아룬다티 로이'의 작품을 들어서 인도의 식민지 역사가 새겨진 다양한 공간들과 그것들에 속한 인물들이 겪는 사건들과 그 다양한 의미항들을 분석하고 있다. 한편 수잔 랜서Susan S. Lanser의 「보는 이의 '나'—애매모호한 결합들과 구조주의 서술론의 한계」는 독자가 작품을 접할 때 저자와의 관련 속에서 작중 인물을 저자와 결합하거나 분리하는 방식이 자연스러운 과정임을 인정하고서 독자가 그와 같은 결합과 분리를 일으키게 되는 주요 요건들을 항목화하면서 구체적인 작품을 통해 설명하고 있다. 그리고 로빈 위홀Robin R. Warhol의 「네오내러티브—또는, 사실주의 소설과 최근 영화에서 '서술할 수 없는 것'을 어떻게 표현할 것인가」는 '서술할 수 없는 것'을 정의하면서 '네오내러티브'의 의미를 논의하는 가운데 서술할 수 없는 상황, 여건들, 즉 관습, 금기, 체제와 관련하여 유형화하고 있다. 그것은, "서술할 수 있는 수준 아래에 있는 것the subnarratable", "서술할 수 있는 수준 위에 있는 것the supranarratable", "서술할 수 있는 것에 적대적인 것the antinarratable", 그리고 "서술할 수 있는 것을 벗어난 것the paranarratable"이다.

제2부의 마지막 부분의 논의로는, 자의식과 동기의 문제, 서사제시의 효과 및 에크프라시스, 또한 최근, 유행하는 2급 서술에 관한 것이 있다. 먼저, 메이어 스턴버그Meir Sternberg의 「서술의 특질과 힘으로서의 자의식―보편적인 구도에서의 말하는 이 대 정보제공자」는 기존의 서사이론에서 유형화와 체계에 집착한 나머지 발신자와 수신자를 대칭적으로 구성해내고 이분, 삼분법적으로 서술상황이 재생산되는 현상을 비판하고 실제 작품의 현실과 인간의 의식에 부합된 논의를 강조하였다. 즉 그는 인물의 '자의식' 혹은 '자기를 의식하지 않는 의식'의 중요성을 역설하면서 이야기를 진행시키는 주요한 동력으로서 자의식과 관련한 인물의 '동기들'을 그 대안으로 논의한다. 그리고 엠마 카팔레노스Emma Kafalenos의 「포Poe의 『타원형 초상화』에서 연속과 삽입과 에크프라시스Ekphrasis의 효과」는 '포'의 작품을 통하여 서사를 어떤 방식으로 제시하느냐에 따라 독자가 인물의 비극적 상황에 동참하는가 혹은 서술자가 경험한 신비적 체험의 진실에 관심을 두는가로 달라진다는 것을 논증하고 있다. 또한 우리가 실제로 볼 수 없는 작품 속의 그림이 주는 '시각적 효과'의 영역과 관련한 서사구성의 효과를 다루고 있다. 마지막으로, 시모어 채트먼Semour Chatman의 「『댈러웨이 부인』의 후예―2급 서술로의 『세월』」은 최근, 고전작품의 패러디, 다시 쓰기, 재창조 현상에 관하여 이론적 측면에서 접근하면서 소설, 영화로도 다양한 다시쓰기의 버전을 보여주는 작품들을 '2급서술'로서 명명하였

다. 그리고 원전과 재창조작의 공통점과 차이점을 설명해내면서 시대적 상황과의 관련 속에서 새롭게 부여되는 의미를 포착하고 있다.

여기까지가 번역서 1권의 필자들과 그들의 글에 관한 것이다. 이 책의 집필자들은 서술, 문예이론, 문화 전반의 전문가들로서 구성되어 있으며 이어질 제2권에 수록된 글의 필자들을 소개하면, H. Poter Abbott, Alison Booth, Peter Brooks, Royal S. Brown, Alison Case, Melba Cuddy-Keane, Susan Stanford Friedman, Linda Hutcheon, Michael Hutcheon, Catherine Gunther Kodat, Fred Everette Maus, Alan Nadel, James Phelan, Peggy Phelan, Gerald Prince, David H. Richter, Shlomith Rimmon-Kenan, Marie-Laure Ryan, Harry E. Shaw, Sidonie Smith, Julia Watson이다.

이 책의 글들은 문예이론의 범주와 서술론의 역사를 보는 다양한 관점들, 저자 및 내포저자, 서사구성의 다양한 원리들에 관한 접근들, 독자에 관한 현재의 주요 쟁점들, 도시문명과 미디어시대를 살아가는 현대의 우리가 좀 더 확장해서 보아야 할 문제들을 다루고 있다. 또한 문예이론사의 쟁점과 빈틈을 신랄하게 파헤쳐서 우리가 관습적으로 이해하기 쉬웠던 문학과 문화의 실제적 현장들을 직시하도록 한다.

이 책을 내는데 많은 조언과 도움을 주신 방민호 선배님께 감사의 말씀을 올린다. 특히, 이 책의 13장을 꼼꼼히 검토, 수정해주셨으며 14장의 주요 용어의 명칭을 정하는 데에 큰 도움을 주셨다. 또한 훌륭한 출판사에서 책을 출간해주신 소명출판 대표님과 번거로운 원고를 자신의 책처럼 봐주신 한사랑 님께 깊은 감사의 말씀을 올린다.

2015년 12월 최라영

| 목차 |

서문

최근 서술이론의 전통과 혁신

제임스 펠란James Phelan & 피터 라비노비츠Peter J. Rabinowitz

광범위한 논문집의 서문을 쓴다는 것은 언제나 스킬라Scylla와 카리브디스Charybdis 사이를 항해하는 일이다. 이 책에서 이 비유는 일반 비유의 차원을 넘어서 훨씬 더 구체성을 띠고 있다. 당신이 머리에 떠올릴 스킬라는 해안선에서 멀리 돌출한 곳의 절벽동굴에 사는 괴물일 것인데, 스킬라의 많은 팔들은 아주 가까이 온 배의 선원들을 잡아끌었던 것이다. 그리고 카리브디스는 그 절벽을 피하려고 하는 배를 위협하는 소용돌이였다. 이러한 이미지 요소들은 몇 가지 방식으로 이 책의 서문과 서술이론 그 자체의 문제를 환기시키고 있다.

이를 테면 서문은 어떻게 조직되어야 할까? 한편으로 우리는 내용을 단지 요약하기만 하면서 명확함을 지향할 수도 있다. 스킬라의 절벽에 가깝게 다가가는 것과 같은 이러한 접근은 돌처럼 단단한 명료함을 제공해줄 수 있을 것이다. 그러나 이 방법은 논문들과 독자들 모두에게서 영혼을 잡아 끌어낼 위험성을 지닌다. 다른 한편으로 우리는 변함없이 확장적인 자기반영의 소용돌이에 직면하게 된다. 결국, 서문은 그 자체가 쉽게 하나의 서술이 될 수 있다. 그리고 서술 연구의 역사를 포함하는 최근의 서술 연구에 관한 서술은, 학문적 훈련에 의하여 날카로운 자의식을 가진 저자들에 의하여 씌어질 때, 특히 끝없는 순환 고리를 헛돌게 될 위험성이 있다.

이 작업은 스킬라와 카리브디스가 단순히 회피될 수 있는 잠재적 위험이 아니기 때문에 여전히 더욱 어렵다. 사이렌처럼 스킬라와 카리브디스는 또한 매혹을 선사한다(이 책이 음악에 관한 세 편의 글과 곁길로 음악적 쟁점을 다루는 한 편의 글을 포함하는 것은 적절하다). 실지로 누구나, 서술이론에 관한 학문 그 자체는 절벽과 소용돌이의 구별과 유사하게 매혹적이거나 생산적인 두 가지 방식으로 나뉜다고 주장할 수 있을 것이다. 즉, 한편으로 우리는 안정된 상륙, 즉 서술이 만들어지는 근본적이며 불변하는 원리들의 이론적 기반에 관하여 연구하였다. 이 접근법은 종종, 구조주의 서술론 혹은 고전적 서술론이라고 불리는 것과 관련된다. 그리고 이 접근법은 특히 포스트구조주의 출현 이후에는 종종 구식이며 심지어 기묘하기까지 한 것으로 여겨지곤 한다. 또한, 이 접근법은 이것이 고려하는 작품으로부터 생명을 빼앗아버리는 것으로 여겨지곤 한다. 그러나 우리는 이 책에서 이러한 접근법이 여전히 지극히 활력적인 연구 영역이며, 또 여전히 작품을 선명하게 조명하는 작업을 만들어내고 있음이 명확하게 되길 희망한다. 요즘 들어 이 접근법의 주장들은 '모든 서술들'에 관해서가 아니라 '다수의 서술들'이나

'특정한 역사적 시기의 서술들'에 관해서 이야기하고 있는 데서 알 수 있듯이 좀 더 신중해지는 경향이 있다.

다른 한편으로, 우리는 탐욕스러운 회전운동을 경험하는 학문을 지닌다. 이 소용돌이는 부분적으로는 서술이론의 상당부분이 자의식적이고 자기비판적인 특성을 지닌 것으로 인해 야기된 것이다. 우리가 과거에 '이론실천theorypractice'이라 부른 것은, 이를테면, 특수한 이론적 가설들의 해석결과들을 사용하여 바로 그 가설들을 테스트하고 재검증하는 방식이었다. 그러나 서술이론의 회오리는 종종 '서술 전환'이라 불리는 것에서 또한 유래하는데, 이 경향은 '서술'이라는 용어가 점점 더 폭넓은 분야들을 포괄하게 하고 연구 주제의 범위를 계속해서 확장, 흡수하게 만든다(어떤 사람들은 '빨아들인다'는 표현을 쓸 것이다). 서술이론은 다년간에 걸쳐 점증적으로 역사적이고 정치적이며 윤리적인 질문들에 연관되어 왔다. 동시에, 서술이론은 문학 연구라는 애초의 발상지로부터 영화와 음악과 그림을 포함한 다양한 미디어들과, 예를 들어 법과 의학 같은 비문학적인 다른 분야들에 관한 검토를 포괄하는 쪽으로 이동해 왔다.

따라서 이 책이 스킬라와 카리브디스 모두를 반영하는 것, 즉 서술이론의 항구적 원리에 관한 연구와 최근 이론의 많은 전환들과의 연관 모두를 반영하는 것은 전혀 놀라운 일이 아닌 것이다. 이 책의 아주 많은 글들 그 자체가 소용돌이의 즐거움을 찾는 사람들을 만족시킬 만큼 충분한 회전운동을 제공하고 있기 때문에, 사실상 이 서문은 대체로 카리브디스의 절벽에 더 가깝도록 항해하고 있다. 그럼에도 불구하고 우리가 이 서문을 쓰는 일이 친숙하면서도 교묘한 경로를 따라 항해하는 일을 포함하는 것이며 이 서문을 읽는 당신 또한 그러하리라는 것을 경고해줄 만큼 우리는 충분히 자의식적이다. 점차 명확하게 그 이유가 드러나겠지만, 우리는 당신이 우리식의 항해의 선택이 불가피한 것은 아님을 인식하였으면 한다. 당신은 어떤 다른 항로를 아주 잘 그려볼 수도 있을 것이다. 그럼에도 이 서문 이상으로 더 많은 것들을 독해할 때까지 그 경로를 취하는 일은 참으로 어려운 작업일 것이다.

이 책은 서술이론에 관한 현대의 역사를 논의하는 프롤로그로 시작한다. 첫 번째 글인 「서술이론의 역사 (I)−초기 발달의 계보학」에서 데이빗 허만David Herman은 이 분야의 기원을 개관하고 있다. 그런데 허만은 니체Nietzsche와 푸코Foucault가 촉진한 '계보학'의 개념에 강한 영향을 받았으며 그런 연유로 허만의 글은 단순계열적 방식으로 움직이는 것을 거부하고 있다. 허만은 특히 초기 구조주의 서술론이 "수십 년에 걸쳐 대륙들, 국가들, 사유 학파들과 개별적 연구자들에게 보급된, 지적 전통과 비판이론 운동과 분석적 패러다임의 복잡한 상호작용"으로부터 성장한 방식에 관심을 지닌다. 즉 허만의 연구는 "특수한 이야기들을 공유된 기호적 체계에 의해 지지되는 개별적 서술 메시지로서" 다루면서 서술을 연구하는 시도이다. 허만은 웰렉Wellek과 워렌Warren의 영향력 있는 『문학의 이론Theory of Literature』을 중심 거점으로 하여, 그로부터 안과 바깥으로 움직이면서 광범위한 영역에서 표면적으로는 경합하는 비평가들 사이에 서로 겹치는 연관들을 보여주려고 한다. 그럼에도 이 비평가들은 '단일하게 지속되어온 연속적 연구의 전통'은 아니지만 당시로 볼 때 적어도 '가족 유사성으로서 특징지어지며 군집을 이루는 발달들'을 반영하고 있다. 허만의 주요 요점들 가운데 하나는, 어떤 주어진 시기에 당대 이론가의 연구로부터 흡수해 들일 수 있는 것이란, 근본적으로 그 시대의 독해 패러다임이 지닌 영향력에 의존하고 있다는 것이다. 그리하여 그의 역사는 역사의 이모저모를 되짚어보면서 '오래된' 이론적 연구들이 '새로운' 문맥 속에서 어떻게 새로운 반향들을 얻게 되는가 하는 것을 논증하고 있다.

「서술이론의 역사 (II)―구조주의부터 현재에 이르기까지」에서, 모니카 플루더닉Monika Fludernik 또한 점진적 발달들이 언제나 좀 더 완성된 비평의 축적에 기여하는 단선적인 연대기를 거부하고 있다. 그보다 플루더닉은 자기 반영적인 방식으로 서술이론을 서술이론 역사의 해석에 적용하여 두 개의 겸쟁적인 '플롯'을 설계하고 있다. 그리고 나서 플루더닉은 그 두 번째의 플롯을 따라서 서술이론이 어떻게 가지들을 넓히며 뻗어 나갔는지를 보여준다. 특히 그녀는 형식주의 연구로부터 젠더와 정치학의 쟁점들을 포함한 화용론으로 옮겨가며, 미디어 연구 및 다양한 사회과학의 서술 전환narrative turn 연구로 나아가서는 마침내 언어학과 인지주의의 쟁점들에 이르고 있다. 마지막으로 플루더닉은 글의 첫머리로 되돌아가서 미래의 가능성을 일별하는 것으로써 능숙하게 끝맺고 있다.

이 책의 프롤로그는 브라이언 맥헤일Brian McHale의 「망령들, 그리고 괴물들―서술이론의 역사를 쓰는 일의 가능성 혹은 불가능성에 관하여」로 끝난다. 여기서 멕헤일은 서술이론에 관한 통찰력을 발휘하여 우리가 허만과 플루더닉에게 위탁한 연구들에 문제를 제기하고 그들의 작업을 의문시하고 있다. 특히 멕헤일은 자신이 '관념의 역사history of ideas'와 '제도적 역사institutional history'라고 명명한 두 가지 상이한 종류의 역사를 규정짓고 있다. 그리고 그는 그 역사들 간의 알력이 서술이론의 진정한 역사를 불가능한 것으로서 만들고 있다고 주장한다. 맥헤일은 좀 더 도발적인 용어들을 사용하면서, 고전적 서술론의 스킬라에 상응하는 '구조'에 특권을 부여하는 서술이론과, 서술 전환의 카리브디스에 상응하는 '역사'에 특권을 부여하는 서술이론 그 둘 사이에는 화해하기 어려운 대립이 놓여있음을 주장하고 있다. 글의 순서상으로, 맥헤일의 글이 프롤로그의 마지막에 놓이지만, 그것이 독자가 그의 말을 최종적인 것으로서 취해야 한다는 것을 의미하지는 않는다. 그럼에도 우리들은 프롤로그란 의문들을 해결하기보다는 더 많은 의문들을 열어젖히는 하나의 도발이여야 한다고 본다.

제1부, '다루기 힘든 문제들에 관한 새로운 조명'에서는 과거 40년 혹은 50년 동안 서술이론의 흐름에서 되돌아가는 물결로서 지속되어 온 몇 가지, 즉 지속적이면서도 핵심적으로 남아있는 서술이론의 논쟁들을 살펴보고 있다. 첫 번째 글은, 허만의 역사와 플루더닉의 역사에서 이미 소개된 웨인 부스Wayne C. Booth의 「암시된 저자의 부활—왜 성가실까?」이다. 이 글은 부스가 1961년, 『소설의 수사학The Rhetoric of Fiction』에서 처음 소개한 개념, 암시된 저자the Implied Author, 즉 텍스트에서 풀이되기로 저자의 '이차적 자아second self'로 되돌아가고 있다. 이 책의 여러 집필자들을 포함한, 많은 후속 이론가들은 이 개념이 쓸모없거나 과잉이라고 주장하였다. 대조적으로, 부스는 이 개념이 이전보다 좀 더 중요하다고 믿고 있다. 부스는 처음에 이 관념을 전개하도록 이끌

었던 맥락들을 재고하는 것으로부터 출발하고 있다. 그리고 소설 논의를 위하여 개발된 이 개념이, 소설뿐만 아니라 시에서도 그리고 우리 일상의 상호작용 속에서 자신들을 드러내는 방식에 이르기까지, 우리의 이해를 어떻게 향상시켜줄 수 있는지를 계속해서 보여주고 있다.

다음 두 편의 글은, 부스가 『소설의 수사학』에서 소개한 또 하나의 주요 서술론 용어인 '신뢰할 수 없는 서술자the unreliable narrator'에 관하여 다른 각도에서 다루고 있다. 첫 번째 글은 부스의 암시된 저자 개념에 불만족스러워하는 비평가들 중의 한 사람인 안스가 뉘닝Ansgar Nünning이 쓴 것이다. 뉘닝은 「신뢰할 수 없는 서술의 재개념화─인지적 접근과 수사학적 접근의 종합」에서 신뢰할 수 없는 서술에 관한 개념 규정에 불만족스러움을 표현하면서 신뢰할 수 없는 서술로 인해 쏟아져 나온 논쟁들의 세부 맥락들에 참여하고 있다. 그리고 뉘닝은 텍스트에서 신뢰할 수 없는 서술을 대하였을 때 사실상 독자들이 어떻게 비신뢰성unreliability을 인지하느냐 하는 질문에 특별한 관심을 보여주고 있다. 뉘닝은 비신뢰성이 단순히 텍스트의 '구조적' 측면이나 '의미론적' 측면에서 규정될 수는 없다고 주장한다. 그에 의하면, 비신뢰성은 또한 독자가 텍스트로 가져오는 '개념적 틀conceptual frameworks'과 관련된다. 좀 더 일반적으로, 뉘닝은 비신뢰성에 관한 적절한 모델은 수사학적 서술이론가들과 인지적 서술이론가들 사이에서 분명하게 갈라지는 논쟁들이 제공한 최근의 통찰들을 통합할 필요가 있다고 주장한다. 뉘닝은 답변되어야 할 것으로 남아있는 일련의 여섯 개의 질문들과 함께 도발적으로 자신의 글을 맺고 있다.

뉘닝이 새로운 통합적 이론을 개발함으로써 신뢰할 수 없는 서술을 설명하는 것에 개입된 어려움들을 줄여나가기를 희망한다면, 타마 야코비Tamar Yacobi는 「저자의 수사학, 서술자의 신뢰성과 비신뢰성, 서로 다른 독해들—톨스토이Tolstoy의 『크로이체르 소나타Kreutzer Sonata』」에서 일반론의 다음 단계로 진전함으로써 동일한 영역에 관한 다소 다른 시각을 제공하고 있다. 야코비는, 비신뢰성은 독자로 하여금 텍스트의 명백한 모순들을 해결하도록 용인하는 하나의 '독해 가설reading hypo-thesis'로 간주될 때 최상으로 이해될 수 있다고 주장하고 있다. 그녀는 톨스토이의 중편소설에 관한 상이한 독해들이 상충되면서 발생하는 폭넓은 격차들을 살펴보면서 자신의 주장을 입증하는 사례를 보여주고 있다. 야코비는 이러한 상이한 독해들에 관해 공통적 특질을 지닌 몇 개의 부류로 범주화한 다음에, 독자가 텍스트를 읽고 이해하면서 발생하는 모순들을 다룰 때에 사용하는 몇 가지 공유된 통합적 메커니즘의 작용으로 인해서, 이러한 모든 범주들이 어떻게 차례로 만들어지게 되었는지를 계속해서 보여주고 있다.

힐리스 밀러J. Hillis Miller와 단 쉔Dan Shen의 글은, 서술이론가들을 오랫동안 당황시켰던 다른 복잡한 문제, 즉 내용에 대한 형식 혹은 의미에 대한 문체의 연관성이라는 관점에서 빈번하게 출현한 문제들에 착수하고 있다. 언급한 두 가지의 연관성에 관하여 밀러는 헨리 제임스의 『사춘기The Awkward Age』를 정밀하게 독해하는 가운데, '실체에 대한 형식'이라고 표현하고 있다(「헨리 제임스Henry James와 '초점화', 혹은 제임스가 '짚Gyp'을 사랑하는 이유」). 많은 서술론자들은 이론의 목적이 새로운 독해들을 생산하는 것은 아니라고 주장해왔다. 그럼에도 밀러는 해석적 판단을 종종 거부하는 것처럼 보이는 세대에게는 서술론적 특징들이 실지로 좀 더 급진적으로 해석에 도움을 줄 때에야 그것들이 가치를 지닐 수 있다고 주장한다. 즉 밀러는 이 세대들은 서술론적인 특징들이 '문학작품을 더 나은 독해나 더 나은 가르침으로 이끌 때에 단지 유용한 것으로 간주한다'고 주장한다. 밀러에게 훌륭한 독해란 반드시 단순하고 안정된 것만은 아니다. 즉 훌륭한 독해란 독해 그 자체의 소용돌이 속에서도 잘 끝맺을 수 있는 것이다. 인내심이 있으며 이론적으로 정교한 밀러의 분석은, 형식적으로 변칙적인(적어도 제임스의 정전 내에서는) 그러한 서술에서 제임스가 어떻게 실체와 형식 간의 구별을 깨뜨리는 데에 성공하는지 그리고 어떻게 텍스트의 '올바른 독해'가 그 독해의 종결로서의 '비결정성'에 이르는 것이 되도록 드러나게 하는지를 보여주고 있다.

쉔은 「서술론과 문체론은 서로를 위해 무엇을 할 수 있는가」에서 하나의 익숙한 가정을 살펴보면서 출발한다. 그 가정이란 서술론적 사유에서 핵심적인 스토리와 담론의 구별('무엇'이 이야기되느냐와 '어떻게' 이야기되느냐의 구별) 그리고 많은 문체론적 사유에서 핵심적인 내용과 문체의 구별('무엇'이 표현되느냐와 '어떻게' 표현되느냐의 구별)은 대략적인 등가관계를 이룬다는 것이다. 그녀는 적절한 사례로 든 어니스트 헤밍웨이 Ernest Hemingway의 『우리의 시대에In Our Time』의 간결한 삽입장interchapter을 사용하면서 그러한 유사한 구별들이 단지 피상적이라는 것을 계속해서 보여준다. 그리고 그녀는, 서술의 문체에 관한 전적인 이해는, 서술론과 문체론 양자의 통찰들을 종합하는 상호학문적 접근법을 요구한다는 것을 계속해서 보여주고 있다.

1부의 마지막 글인 리처드 월시Richard Walsh의 「서술 허구성의 화용론」은 힘겹게 지속되어온 서술이론의 문제들 중의 하나인 허구의 특성에 관심을 보여준다. 월시는 허구가 무엇이고 또 어떻게 작용하는지를 설명하는 시도들의 역사를 조사하고 있다. 월시는 그러한 시도들의 풍부한 다양성에도 불구하고, '허구성fictionality의 현대적 진술들'이 일반적으로 이론적인 화제의 하나 혹은 그 이상의 작은 레퍼토리를 주제로 하고 있음을 지적한다. 또한 월시는 인내심 있는 탐구를 통하여 핵심적인 현대적 진술들 특히 발화행위이론과 가능세계 이론에 토대를 둔 것들을 보여주고 있다. 그런데 이 모든 방법들은 '진실의 영역에서 허구적 행위를 분리함으로써' 다양한 전치의 종류들로 축소된다. 즉 월시와 야코비의 글의 차별성에도 불구하고, 그들의 글들은 방법론적으로 흥미로운 유사성을 지니고 있다. 월시는 하나의 대안으로서, 진실이라기보다는 연관이 주요용어가 되는 허구성에 관한 화용론적 진술들을 제공하며, 카프카Kafka의 『심판The Trial』의 발단을 분석하면서 그러한 해석적 힘을 보여주고 있다.

제2부 '수정과 혁신'은 서술이론의 몇 가지 기본개념에 관해 상당히 새로운 견해를 제공하는 글들을 함께 모아놓았다. 필자들은 다양한 방식으로 이 개념들에 관한 신선한 수확을 보여주고 있다. 즉 어떤 것들은 우리의 기존 이해 범주에서는 적절하게 논의될 수 없는 서술들에 초점을 맞추고 있으며, 어떤 것들은 이론의 논리 그 자체나 이론과 독자의 경험 간의 불편한 조합에 초점을 맞추고 있으며 또 어떤 것들은 이러한 방법들의 결합을 사용하기도 한다. 2부의 글들은 모두 '이론실천'에 참여한다는 점에서 자의식적인 독자에게 몇 가지 도발적이면서

새로운 이론화를 제공할 뿐만 아니라 현재의 이론을 어떻게 수정하느냐 하는 데에 있어서 암시적인 첫걸음을 제공한다.

브라이언 리처드슨Brian Richadson은, 제임스 조이스James Joyce의 『율리시즈Ulysses』에 주로 초점을 맞추고 20세기의 다른 아방가르드 서술들을 다루면서, '서술 전개의 대안적 형식들'을 고려하도록 하는 '플롯의 시학 너머로' 능숙하게 옮겨간다. 리처드슨은, 크레인R. S. Crane, 폴 리쾨르Paul Ricoeur, 피터 브룩스Peter Brooks, 그 외 여러 이론가들이 개발한 주요한 모델들이, 브룩스의 용어로 '계획과 의도'를 서술에 제공하는 일관된 인물들을 개입시키는 논리적 연관 사건들의 연속으로서 플롯을 이해한다고 지적하면서 시작한다. 그러나 리처드슨은 이 개념을 거부하는 소설쓰기의 전통을 지적함으로써 이러한 모델들에 의심을 던지고 있으며, 근본적으로 상이한 논리들을 통하여 시종일관 독자를 움직이고 있다. 그러고 나서 리처드슨은 중요한 결정적 사실들 즉 이 대안들의 영역에 관한 통찰력 있는 연구를 전달하고 있다. 그 연구는 『율리시즈』의 다중적 전개원리로 시작해서, 리처드슨이 일컫기로, 다다이스트들과 윌리엄 버로우William Burroughs와 같은 그들의 후계자들이 보여준 우연적인 전개로서 종결하고 있다.

「그들은 사자들을 쏘았다, 그렇지 않은가?─『긴 이별The Long Goodbye』의 '패스Path'와 대위법」에서, 피터 라비노비츠의 주요한 관심은 시간과 시간의 재현에 접근하는 우리의 도구들에 놓여 있다. 라비노비츠는 음악과 서술에서의 시간 처리의 유사성과 차이를 해명해 가면서 출발한다. 그리고 그는 서술이론이 인물이 서술의 사건들을 경험하는 질서를 언급할 수 있는 새로운 개념을 필요로 한다고 제안하면서 끝맺고 있다. 그는 이 개념을 '패스'라고 부른다. 그는 '패스'가 (사건들의 연대기적 질서와 관련한) '스토리'나 '파불라' 그리고 (이 사건들의 재현의 질서와 관련한) '담론'이나 '슈제' 사이에서 잘 만들어진 구별을 보충하고 있는 것으로 간주한다. 그는 인물들이 스토리의 질서뿐만 아니라 담론의 질서 속에서도 사건들을 경험하지 못할 것이기 때문에 그리고 그 차이는 독자들에게 중요할 수 있기 때문에 우리가 이 개념을 필요로 한다고 주장하고 있다. 라비노비츠는 레이먼드 챈들러Raymond Chandler의 『긴 이별』의 새로운 독해를 통하여 이 개념의 해석적 가치를 보여준다. 그리고 라비노비츠는 스토리 질서와 담론 질서 그리고 '호랑이-덫' 일화와 관련된 필립 말로우Philip Marlowe와 다른 인물들의 '패스들'을 조심스럽게 추적하고 있다. 상이한 '패스들' 간의 대위법을 인식하는 것은, 우리가 그 일화의 중요성을 재해석하도록 이끌 뿐만 아니라 또한 말로우가 그 일화의 중요성을 이해하지 못했음을 드러내고 있다. 그리고 이것은 이 소설의 규범적 독해를 전복할 수 있는 새로운 사실인 것이다.

우리는 라비노비츠의 글에서부터 수잔 스탠포드 프리드먼Susan Stanford Friedman의 「공간의 시학 그리고 아룬다티 로이Arundhati Roy의 『작은 것들의 신The God of Small Things』」으로 이동하면서 시간으로부터 공간으로 관심을 전환하게 된다. 프리드먼은 서술이론이 공간보다는 시간에 특혜를 부여해왔다고 진술하며, 시간을 강등함으로써가 아니라 "서술을 위한 발생적 힘으로서 시간과의 충만한 동반관계로" 공간을 회복시킴으로써 그러한 불균형함을 시정하기를 바라고 있다. 그녀는 에드워드 소자Edward Soja, 미하일 바흐찐Mikhail Bakhtin, 프랑코 모레티Franco Moretti, 그리고 로렌스 그로스버그Lawrence Grossberg처럼, 공간에 관한 좀 더 깊은 관심을 주장해온 이론가들에 주목하면서, 우리가 정적인 배경으로서 공간을 간주하는 것을 멈추고 "적극적이고 동적이며 '충만한'" 서술의 구성요소로서 공간을 인정하기 시작해야 함을 제안하고 있다. 좀 더 구체적으로, 프리드먼은, 우리가 서술의 발생과 전개와 결말에서 경계와 경계의 넘나듦이 하는 역할에 좀 더 관심을 가질 것을 제안하고 있다. 그리고 그는 로이의 소설에 관한 정력적이고 통찰력 있는 독해를 통하여 공간의 시학의 결과들을 탐구한다. 또한 그는, 소설의 공간들이, 탐욕스럽고 잔혹한 연결과 분리의 복합적 경계들 즉 역동적으로 진행되는 플롯의 변화 속에서 지속적으로 세워지고 위반되는 경계들을 어떻게 포괄하는지를 보여준다.

수잔 랜서Susan S. Lanser의 글, 「보는 이의 '나' — 애매모호한 결합과 구조주의 서술론의 한계」는 월시의 글과 흥미로운 자매편을 형성하면서 논픽션의 '나'가 저자와 일치하는 것과는 달리 허구물의 '나'는 저자와 다르다는 잘 알려진 가정에 어떤 새로운 시각을 취하고 있다. 랜서는 이 가정이 상황을 지나치게 단순화한다고 주장하면서 세 가지 주요한 범주로 된 좀 더 복합적인 체계를 제안한다. 편집자에게 쓰는 편지와 학술 논문과 같은 결합 텍스트는 주요인물인 '나'와 저자가 일치하는 것이다. 그리고 분리 텍스트는 '국기에 대한 충성의 맹세' 혹은 신뢰할 수 없는 서술자를 지닌 소설처럼 주요인물인 '나'와 저자가 일치하지 않는 것이며 혹은 농담이나 애국가처럼 주요인물인 '나'와 저자의 관계가 텍스트의 의미와의 필연성이 결여된 것이다. 그리고 애매모호한 텍스트는 주요인물인 '나'가 저자와 연관되기도 하고 혹은 그 둘이 구별되기도 하면서 결합 텍스트와 분리 텍스트 사이를 움직이고 있는 것이다. 소설과 시는 전형적으로 애매모호한 텍스트이다. 랜서는 이 분류에 근거하여 서정시와 서술과 같은 장르들은 기본 설정 즉 시는 결합 텍스트이며 소설은 분리 텍스트라는 조건을 지니지만 수많은 여건들 아래서 이러한 기본설정의 경계들은 넘나드는 것이 되고 있음을 주장하고 있다. 독자들은 직관적으로 어떻게 이러한 단층선fault lines을 항해하는지를 알고 있지만, 이론가들은 독자들이 그렇게 하는 방식들에 주의를 기울이지 못해왔다. 랜서의 글은 샤론 올즈Sharon Olds의 시, 「아들Son」, 앤 비티Ann Beattie의 단편소설, 「찾아서 바꾸어라Find and Replace」 그리고 필립 로스Philip Roth의 소설, 『인간의 오점The Human Stain』과 같이 다양한 작품들을, 우리가 어떻게 읽고 있는지에 관한 시사적 분석들을 보여주면서 이러한 해석적 실천들을 설명할 수 있는 이론적 체계를 제공하고 있다.

「네오내러티브－또는, 사실주의 소설과 최근 영화에서 '서술할 수 없는 것'을 어떻게 표현할 것인가」에서, 로빈 워홀Robyn Warhol은 서술에서 재현될 수 있는 것과 재현될 수 없는 것을 지배하는 관습들에 토대한 다양한 유형의 분류를 제공한다. 워홀은 '가상서술된 것the dis-narrated'과 '서술되지 않은 것the unnarrated'의 현상을, '서술할 수 없는 것the unnarratable'이라는 더 큰 범주 내의 한 사례로서 점검한다. 그리고 그의 작업은 장르 관습들과 이 관습들의 변화를 확인하기 위한 것이다. 제럴드 프린스Gerald Prince에 의해 처음 명명된 '가상서술된 것'은, 발생하였을 법한 무엇 혹은 발생한 것으로 상상되었으나 실제로는 발생하지 않은 무엇인가에 관한 서술이다. '서술되지 않은 것'은 발생했던 무엇에 관한 서술이 결핍된 것이다. 즉 이것은 '발생한 것으로 추정된 무엇을 명백히는 이야기하지 않으면서 서술자가 서술을 거부하는 것을 전경화하는' 서술의 단락들에서 발견될 수 있다. '가상서술된 것'과 '서술되지 않은 것' 둘 다는, 위홀에 의하면, '서술할 수 없는 것'을 재현하는 전략들이다. 그리고 위홀은 '서술할 수 없는 것'을 네 가지 유형들로 분류하고 있다. 그 유형들로는, '서술할 수 있는 수준 아래에 있는 것the subnarratable'(당연하게 여겨서 그다지 서술할 만한 가치가 없는 것), '서술할 수 있는 수준 위에 있는 것the supranarratable'(말로 형언할 수 없는 것), '서술할 수 있는 것에 적대적인 것the antinarratable'(사회적 관습이 수용할 수 없는 서술으로서 명명된 것), 그리고 '서술할 수 있는 것을 벗어난 것the paranarratable'(형식적 관습이 서술할 수 없도록 만드는 것)을 들 수 있다. 위홀은 이러한 범주들에 근거를 두고서 할리우드 영화가 '서술할 수 없는 것'을 지배하는 형식적 관습 혹은 사회적 관습을 위반함으로써 자신이 '네오내러티브'라고 명명한 것들을 어떻게 통시적으로 창조해왔는지를 보여준다.

「서술의 특질과 힘으로서의 자의식─보편적 구도에서의 말하는 이대 정보제공자」에서, 메이어 스턴버그Meir Sternberg는 서술 재현에서 소홀히 여겨진 특질로서의 자의식 즉 서술자의 자의식뿐만 아니라 인물들의 자의식에 관심을 지닌다. 스턴버그는 세 가지 중요한 주장들을 만들어내고 있다. ① 자의식은, 그 전체를 보여주는 것으로부터 전적으로 부재한 것에 이르는, 스턴버그가 일컫기로, 자신을 제외한 청중들을 전적으로 의식하고 있는 화자로부터 유일한 청중이 자신인 정보 제공자에 이르는 연속선을 따라 그려질 수 있다. ② 자의식은 늘 중개되어온 것으로서 그것은 저자에 의해 중개된 서술자의 자의식이기도 하며 혹은 서술자와 묘사적 상황에 의해 중개된 인물의 자의식이기도 하다. 그리고 ③ 서술의 형식과 기능에 있어서 자의식의 중요성은 아직까지 이해되지 못하였다. 스턴버그는 이러한 요지를 드러내기 위한 신중한 논의와 사례들을 제공하면서 자의식의 현상이 아직 인정받지 못해온 원인에 관한 분석을 포괄하고 있다. 그 결과는 설득력 있는 사례이며 이것은 자의식의 현상 특히 자의식의 연속선상에 놓인 자의식적이지 못한 결말이 좀 더 깊은 주의를 받을 필요가 있음을 알려주고 있다.

「포Poe의 『타원형 초상화The Oval Portrait』에서 연속과 삽입과 에크프라시스Ekphrasis의 효과」에서, 엠마 카팔레노스Emma Kafalenos는 서술의 구조를 이해하는 또 하나의 접근법을 제공하면서, 포의 이야기를 분석하고 있는 자신의 글에서 제목을 구성하는 세 개 용어의 상관관계에 관하여 기능분석을 활용하여 탐구하고 있다. 카팔레노스의 기능분석은 블라디미르 프로프Vladimir Propp와 츠베탕 토도로프Tzvetan Todorov의 연구에서 제안된 모델들을 수정하면서, 서술에서 사건들이 어떻게 연속된 다섯 단계를 거쳐서 진행되는지에 초점을 맞춘다. 그 다섯 단계는, 평정, 혼란, 그 혼란을 해결하려는 인물(혹은 행위자)의 노력, 그 노력의 성공이나 실패, 그리고 마침내 새롭게 구축된 평정이다. 카팔레노스는 문학작품의 시각적 구성재현인 '에크프라시스'와 삽입서술 둘 다를 포함하고 있는 포의 이야기를 점검하면서, "기능분석은 사건들이 이야기되는 방식이 그 사건들의 원인과 결과의 해석에 미칠 수 있는 효과의 크기를 보여준다"는 자신의 주장을 증명하고 있다. 좀 더 구체적으로, 카팔레노스는 어린 소녀의 죽음을 서술하는 포의 이야기의 마지막 단락이, 삽입된 서술의 기능분석에 어떻게 영향을 미치는지 그리고 그 이야기 전체의 기능분석에 있어서 어떻게 또 다른 상이한 영향을 미치는지를 보여준다. 또한 그녀는 이러한 차이에 기여하는 요소들을 확인하면서 '에크프라시스'의 역할에 특별한 관심을 기울이고 있다. 이와 같이 『타원형 초상화』에 관한 카팔레노스의 통찰력 있는 독해는 ① 삽입된 서술의 사건과 삽입된 서술의 액자 속 사건 사이의 연결, 그리고 ② 서술에서 '에크프라시스'의 역할에 관해 우리가 이해하는 방식의 모델로서 역할할 수 있다.

　카팔레노스는 '내부텍스트성intertextuality'의 한 종류에 초점을 맞추면서 단일한 이야기 속에서 재현되거나 삽입된 몇몇 텍스트 간의 상호작용을 점검하고 있다. 한편 시모어 채트먼Seymour Chatman의 글, 「『댈러웨이 부인Mrs. Dalloway』의 소산—2급 서술로서의 『세월The Hours』」은, 관심을 전환하여 상호텍스트성에 주목하고 있다. 채트먼의 탐구는 2급 텍스트의 '거듭 쓴 양피지palimpsests'(기존의 원천 텍스트와 명백한 상호텍스트성을 갖는 텍스트)에 관한 제라르 주네뜨Gérard Genette의 연구에 토대를 두고 있다. 채트먼은 2급 서술이 그것의 원천에 가질 수 있는 다양한 관계의 종류들을 분류한 다음, 버지니아 울프Virginia Woolf의 『댈러웨이 부인』에 존경을 표하는, 마이클 커닝엄Michael Cunningham의 『세월』에 주목하고 있다. 채트먼은 커닝엄의 소설이 주네뜨가 '치환'이라고 일컫는 것 즉 새로운 인물을 창조하지만 수정이나 패턴의 기저로서 원천 텍스트를 사용하는 작품으로 간주하고서 커닝엄의 소설을 조명하고 있다. 좀 더 구체적으로, 채트먼은 커닝엄의 『세월』이 울프의 『댈러웨이 부인』의 '보충물' 즉 원전을 변형시키지만 그 원전을 바꾸는 것을 추구하지 않는 서술로서 간주하고 있다. 이러한 기본틀 내에서, 채트먼은 치환의 '방식'에 초점을 두면서 두 소설의 구성요소들이 만들어내는 많은 관계들을 추적하고 있다. 채트먼은 유사싱과 차이성 그 모두에 주의하기 때문에 커닝엄이 울프의 작품의 원천을 창조적으로 활용한 것뿐만 아니라 커닝엄이 울프의 작품에 대해 빚진 것에 관해서도 보여줄 수 있었다. 좀 더 일반적으로는, 채트먼의 분석은 두 소설 각각이 보여주는 구체적 기교와 함께 2급 서술들에 대한 접근법의 가치를 조명하기 위해 작업하고 있다.

제3부는 '서술형식, 그리고 역사, 정치학, 윤리학과의 관계'를 고려하는 글들로 구성되어 있다. 이 영역의 글들은 성서의 서술로부터 최근의 의학적 서술로 이어지는데, 의학적 서술은 4부의 전개, '문학적 서술을 넘어서'와 연결점을 제공하는 마지막에 해당된다.

데이빗 리히터David Richter의 「장르와 반복과 시간적 질서 ─ 성서의 설화론의 몇 가지 측면들」은, 성서의 서술이 서술론적 모델들에 선사하는 도전들을 인정하면서 논의를 시작한다. 즉 성서의 서술은 명확히 확인할 수 있는 저자들에 의하여 씌어지지 않았으며 서술의 일관성이 추정되기가 어렵다. 그리고 실지로, 성서의 서술에 있어서 고유한 정체성은 종종 불명확하게 나타난다. 그렇다면 서술론이 성서의 연구에 무엇을 제공할 수 있는가? 리히터는 유연하면서 역사적이며 정보에 근거하여 장르, 반복, 시간적 질서의 개념을 적용하는 것이 중요한 해석적 도움을 가져올 수 있다고 답하고 있다. 리히터는 요나Jonah의 책에 관한 다른 시각의 독해가 요나서가 속한 장르에 관한 상이한 가정에서 출발한다는 것을 보여주면서 논의를 전개하고 있다. 리히터는 요나의 책이 풍자적 우화라는 견해를 옹호하고 있다. 그러나 그는 자신의 특유한 분류가 저항에 직면할 것이라고 강조하는데 그 이유는 그러한 분류는 성서의 일부가 허구라는 생각을 수용하는 일을 수반하기 때문이다. 리히터는 두 번째 사례로서 사무엘기Samuel 상권에서 다방면에 걸친 반복의 활용을 논의하면서, 그러한 반복의 용례들이 가능할 수 있는 많은 해석들을 거쳐서 편집자가 지닌 중요한 역할에 주목하기에 이른다. 그러고 나서 그는 이 반복들이 사무엘기 상권을 「라쇼몽 Rashomon」의 선행물 혹은 『압살롬, 압살롬!Absalom, Absalom!』을 만들어내는 것으로 종결되고 있다고 주장한다. 이 작품들은 화자들이 말하는 스토리보다 화자들의 모티브가 더 큰 재미를 주고 있다. 리히터의 세 번째 사례는 사무엘기 하권에서의 시간적 질서이다. 여기서 드러나는 사실들은 다윗David이라는 인물에 관한 우리의 이해를 급진적으로 재구성하도록 이끈다. 서술론적인 근거를 지닌 이러한 해석들은, 리히터가 주장하기로, 연속적 전체를 이루는 서술로서의 성서에 초점을 두기보다는, '발췌인용구'(맥락과는 분리된 짧은 글들)에 초점을 두는 것을 왜 종교들이 선호해왔는지를 설명하도록 돕고 있다.

해리 쇼Harry E. Shaw의 「왜 우리의 용어들이 머물러 있지 않으려 할까? 검토되고 역사화된 서술 커뮤니케이션 다이어그램」에서는 서술론의 개념들이 역사적 지속성을 지니는가에 관한 질문이 이어지고 있다. 쇼는 서술이론의 기본도구들에 관한 이해, 좀 더 확장된 서술 개념들 그리고 서술의 역사 사이에서 우리가 필요로 하는 관계에 관해 논의한다. 쇼는 실제 저자로부터 암시된 저자, 서술자, 텍스트, 저자적 청중, 암시된 독자, 그리고 마침내 실제 독자에 이르기까지 서술커뮤니케이션에서의 움직임을 도표로 나타내는 유명한 다이어그램에 초점을 두고 있다. 그리고 그는 우리의 상이한 관심들이 다이어그램의 요소들에 어떻게 다양한 의미들을 부여하는지를 보여주면서 논의를 시작한다. 서술에 관한 수사학적 관점에서 연구하는 이론가들은 암시된 저자의 개념이 필수적인 구성요소라고 발견한다. 반면에, 서술에 관한 정보적 관점에서 연구하는 이론가들은 이 개념이 불필요한 것이라고 발견한다(쇼는 이 부분의 논의에서, 이 책 전반부에서 부스의 글과 뉘닝의 글이 제기한 암시된 저자의 논쟁들에 관한 자신의 견해를 제공하고 있다). 쇼는 수사학과 정보 진영 간의 차이들을 논의하면서, 주네뜨 법칙, 즉 우리가 다이어그램의 화자로부터 청중으로 움직임에 따라 다이어그램의 구성요소들의 실체성이 사라지게 된다는 견해가 특별히 수사학자들과 관련된다는 사실에 주목한다. 정보지향적 이론가들은 텍스트에서 식별할 수 있는 존재로서 저자적 청중을 한정지음으로써 견고한 의미를 부여하고 있다. 한편, 수사학자들은 서술자에 관한 자신들의 이해로 되돌아가서 저자적 청중을 논의함으로써 더 훌륭하게 답변하고 있다. 쇼는, 이 견해의 결과들을, 『허영 시장Vanity Fair』에서 새커리Thackeray의 서술자에 관한 독해와 관련지어 논의한 다음에, 자신만의 어떤 역사적 굴절성을 보여주면서 자의식적 서술 전환의 사례를 만들고 있다. 즉 쇼는 자신의 이론적 편애가 서술의 역사에서 특별한 시기 즉 19세기 영국소설의 분석에 관한 관심의 일부임을 보여주고 있다.

앨리슨 케이스Alison Case의 「서술이론에 있어서 젠더와 역사—『데이빗 카퍼필드David Copperfield』와 『황량한 집Bleak House』의 회상적 거리의 문제」는, 19세기 영국소설에서 형식과 역사 간의 필연적인 연관성을 강조하는 쇼의 견해를 이어간다. 그럼에도 케이스는 페미니즘 서술론의 렌즈를 통하여 보기 때문에 그 영역에 관한 그녀의 견해는 상이하다. 사실상 케이스의 글은 제임스 펠란의 「수사학으로서의 서술Narra-tive as Rhetoric」에서 '역설적 역언법paralipsis'에 관한 논의에서 놓치고 있던 역사적 차원을 덧붙이고 있다. 펠란은 순진한 인물 서술자의 서술이 궁극적으로 드러나는 변화들에 의하여 알려지지 않을 때 그러한 기술이 구사된다고 설명한다. 펠란은 또한, 그 기술이 비록 엄격한 재현을 위반하지만, 감성과 무의식의 힘을 극대화하여 인물의 변화를 만들어내도록 하기 때문에 종종 효과적이라고 주장한다. 케이스는 펠란의 진술이 20세기의 사례들에는 유효하지만, 19세기에 이 기술은 종종 '젠더화된 문학적 약호'의 일부일 뿐이라고 주장한다. 구체적으로, 역설적 역언법은 서술에 관한 지배력의 결핍을 드러낸다고 하여, 반드시 '여성'을 의미하는 것은 아니지만 '여성적'이라는 특성으로서 서술자를 표현하고 있다. 케이스는 『황량한 집』과 『데이빗 카퍼필드』에서 동일한 문제에 관한 디킨스Dickens의 다른 관점의 접근법을 대비시키면서 자신의 주장을 발전시킨다. 그것은 회상적 인물 서술자로 하여금 앞서 나온 그 인물의 순진한 의식을 어떻게 공감적으로 재현하도록 만들어내는가 하는 것이다. 디킨스는, 에스더 서머슨Esther Summerson의 서술 부분에서, 역설적 역언법을 사용하며 또한 에스더가 이야기의 표현력이 미흡하다는 것을 나타내는 다양한 장치들을 사용하고 있다. 반면에 디킨스는, 데이빗의 서술 부분에서 데이빗이 서술표현에 능숙하다는 것을 주목하는 서술자의 관점에서 논평을 사용하고 있다. 게다가, 케이스는 젠더, 기술, 그리고 서술의 능숙함 사이에서 그와 같은 연결고리들을 만들어내면서 디킨스야말로 그가 속했던 세대의 전형이라고 주장하고 있다.

제임스 펠란의 「서술판단과 서술의 수사학적 이론—이언 매큐언Ian McEwan의 『속죄Atonement』」는 형식과 역사에 관한 초점으로부터 형식과 윤리학에 관한 초점으로 옮겨간다. 펠란의 주요 이론적 주장은, 서술 판단의 개념이 서술형식, 서술윤리학, 그리고 서술미학에 관한 수사학적 이해에 핵심적이라는 것이다. 왜냐하면 서술판단은 각각의 영역이 다른 나머지 영역들로 개방되는 것을 허용하는 일종의 경첩으로서 기능하기 때문이다. 펠란은 세 가지 종류의 판단들, 해석적 판단, 윤리적 판단, 미학적 판단을 식별해 봄으로써 자신의 주장을 전개하고 그 판단들의 상호관계와 관련된 여섯 개의 주제를 명확하게 나타내고 있다. 그리고 그는 스토리텔링에 관한 독자의 윤리적 판단의 문제와 인물들의 윤리적 판단의 문제를 엮는 복합적 소설, 『속죄』의 분석을 통하여 자신의 이론적 주장을 발전시킨다. 『속죄』는 죄와 속죄의 관계문제에 명백하게 관련되어 있다. 먼저 이 작품은 열세 살 브라이어니 탤리스Briony Tallis가 어떠한 의도 없이 언니의 애인을 성적 가해자로서 오해하게 되는 것을 보여준다. 두 번째, 이 작품은 브라이어니가 자신의 실수를 깨닫고 그것을 수습하려는 노력을 보여준다. 그러나 매큐언은 속죄할 무렵의 브라이어니를 보여준 다음, 저자인 그가 청중의 입장에서 그러한 오인을 조장하였다고 누설한다. 즉 우리가 읽은 이 소설은 매큐언의 것일 뿐만 아니라 브라이어니의 것이기도 한 것이다. 그들의 소설 둘 다의 세계 속에서, 브라이어니의 실수는 실제적인 것이었으나 브라이어니의 속죄는 순수한 허구였던 것이다. 브라이어니의 언니와 언니의 연인은 결코 재결합하지 않았으며 그 두 사람은 사실상 그러한 재결합이 가능할 수 있기조차 전에 죽었다. 이와 같이, 우리는 자신의 과거를 허구로 만들어내도록 한 브라이어니의 윤리학, 그리고 우리가 독해하는 서술을 오인하도록 한 매큐언의 윤리학 그 두 가지를 모두 명명할 필요가 있다. 펠란은 매큐언이 그러한 오인을 만들어내서 소설의 심미적·윤리적 힘을 증진시키는데 성공하였을 때에도 심지어, 매큐언은 우리로 하여금 심미적·윤리적인 면에서 브라이어니의 정당성을 불충분한 것으로서 간주하도록 이끌어가고 있다고 주장한다.

다음 두 편의 글은 생애쓰기를 다루고 있다. 앨리슨 부스Alison Booth의 「러슈모어 산Mount Rushmore의 변화하는 얼굴들－집합적 초상화와 참여된 국가 유산」은, 초상화와 전기의 연관성 그리고 집합적 전기와 정치학의 연관성을 연구하고 있다. 부스의 방법은, 문학적 형상들의 갤러리에, 그리고 '러슈모어 산'과 '위대한 미국인의 명성의 전당'과 같은 미국 역사의 중요한 부분을 기념하도록 디자인된 장소에, 포함되어야 할 초상화 / 전기가 누가 되어야 할 것인가에 관한 결정들에 초점을 맞추고 있다. 각각의 경우에, 부스는 개별적 초상화(그리고 그것의 암시된 전기)를 선택하고, 집합적 초상화('인물 연구prosopography'라는 용어를 사용하는)를 전개시키며, 그리고 더 큰 국가적 공동체를 위하여 집합적 초상화가 갖는 의미를 추적하는 가운데서 복합적 상호작용을 고찰하고 있다. 인물 연구는, 불가피하게, 누가 포함되었는지 혹은 누가 제외되었는지 그리고 왜 그렇게 되었는지에 관하여, 대표성이라는 정치적 질문을 제기한다. 결과적으로, 부스가 자신의 요약에서 밝힌 대로, 인물 연구는 "기념비적인 집합적 재현에 있어서 청중들뿐만 아니라 인물 연구의 추천인들"을 개입시키고 있으며, 문화적 유산의 특정한 친족관계를 요구하면서 전기와 역사의 연관을 형성하며 잃어버린 무엇을 만져

볼 수 있다는 잔상을 남기고 있다.

시도니 스미스Sidonie Smith와 줄리아 왓슨Julia Watson은, 「자서전의 곤혹스러움—서술이론가를 위한 조언 노트」에서 생애쓰기에 관한 쟁점을 이어간다. 그러나 그들은 이 작업에서 다양한 종류의 질문들을 의미 있게 제기하고 있다. 그들은 서술이론으로부터 좀 더 관심을 받을 만한 자서전적인 실천에서 네 가지 주요한 곤혹스러운 지점들을 탐구하고 있다. 먼저, 스미스와 왓슨은 자서전적인 속임수(그리고 속임수와 관련한 주장들)에 관한 다양한 동기와 결과를 분석한다. 그럼에도 그들은 그 동기가 무엇이든지 간에 자서전적인 속임수가 독자들에게 어떤 배신의 감정을 일으키도록 한다는 것을 강조하면서 글을 결론짓는다. 두 번째 곤혹스러운 지점 즉 소설과 논픽션의 경계를 조롱하는 포스트 콜로니얼적 작품들에 관한 논의는, 다른 사람의 이야기를 말하고 있는 자서전이라는 주장과 누군가의 이야기를 말하고 있는 소설이라는 주장 둘 다를 포괄하고 있다. 이와 같은 실험작업은, 스미스와 왓슨이 주장하기로, "자서전 정전의 복합성, 그리고 자기 재현 및 진실 말하기라는 주요양식들을 다루고 연구하는 자서전 비평가들"에 대해 의문을 제기하도록 한다. 다음으로, 스미스와 왓슨은 인권 침해의 증언을 포함하는 자서전적 서술들에 관심을 가진다. 이 자서전적 서술들은 종종, 집합적인 것을 말하며 청중의 인정을 호소하는 자리에 자서전적 주체를 위치시키고 있다. 게다가, 저자의 경험을 인정하는 것은 또한, 그 인정과 관련한 무엇인가를 수반하기 때문에, 그러한 호소들은 청중에게 특별한 윤리적 부담감을 갖도록 만든다. 마침내, 스미스와 왓슨은 물질성에 관해 논의하면서 최근의 혼합 매체로 된 자서전이 몸과 재현 매체와 자서전적 주체 사이에 놓인 연결고리와 관련한 질문을 제기한다는 것에 주목하고 있다. 이 글은 이 책에 모아놓은 많은 글들처럼, 일종의 자의식적인 회전운동으로 끝맺고 있다. 즉 스미스와 왓슨이 주장한 모두 네 개의 곤혹스러운 지점들은 최근의 서술이론으로부터 어떠한 조명을 받는 동시에 또한 서술이론에 대한 도전을 제공하고 있는 것이다.

제럴드 프린스는 포스트콜로니얼적 생애쓰기에 관한 스미스와 왓슨의 논의에서 하나의 가닥을 집어 올려 「포스트콜로니얼 서술론에 관하여」라는 광범위한 자신의 글에 그것을 짜 넣고 있다. 프린스는, 이 혼성물hybrid에 관한 자신의 버전이 "(후기) 고전적 서술론의 결과들을 채택하고 또 그것들에 의존할 (…중략…) 것이겠지만, (후기) 고전적 서술론을 변화시키면서 서술을 바라보는 일련의 포스트콜로니얼적 렌즈를 착용함으로써, 아마도 (후기) 고전적 서술론을 더욱 풍부하게 만들 것"이라고 설명하고 있다. 프린스는, 놀랄 만큼 많은 서술론적 범주들을 포괄하면서 인상적으로 신속하고 명확하게 이동함으로써, 그리고 그 서술론적 범주들이 새로운 관점에서 어떻게 보여지는지를 제시함으로써, 포스트콜로니얼적 서술론의 개념에 관해 정교하게 작업하고 있다. 몇 개의 사례를 들자면, 누군가는 목소리의 관점에서 포스트콜로니얼 서술론의 '언어적 힘 혹은 공동체적 대표성'에 초점을 둘 수 있을 것이다. 또한 누군가는 서술자의 관점에서, 포스트콜로니얼의 위상과 발화적 상황을 바라 볼 수 있을 것이다. 그리고 누군가는 이 책에서 꽤 주목을 요하는 공간의 관점에서, 경계횡단과 혼재향에 주목하고 있는 수잔 프리드먼Susan Friedman의 글이 다룬 쟁점을 살펴보게 될 것이다. 프린스는 현재의 서술이론과 미래의 서술이론을 위한 중요한 세 가지 기획을 포괄한 좀 더 광범위한 시야 속에서 포스트콜로니얼 서술론을 스케치하는 가운데 자신의 글을 끝맺고 있다. 그 세 가지 기획은 ① 이 글에서처럼 서술에 관한 새로운 사례들을 고려함으로써 현재의 범주들을 지속적으로 재검증하고 수정하는 것, ② 서술론을 위한 경험론적 토대를 만드는 노력의 일환으로서 서술의 다양한 요소들의 역할을 연구하는 것, 그리고 ③ 서술능력의 모델에 관한 계발노력을 부활시키는 것이다. 프린스는 자신의 글의 말미에서 이 책의 1부와 2부의 글들에 동기를 부여하고 있는 관심사의 종류들을 되짚어보면서, 이 책의 에필로그의 글들에서 제기되고 있는 관심사의 종류들의 미래를 가늠해보고 있다.

미래에 대한 이러한 조망은 멜바 커디-킨Melba Cuddy-Keane의 「모더니즘의 소리풍경과 지적인 귀 ─ 청각적 지각을 통하여 서술에 접근하기」로 이어진다. 이 글은 서술의 미래에 관한 프린스의 첫 번째 프로젝트와 관련한 하나의 모델로서 역할할 수 있을 것이다. 그 이유는 이 글이 서술에서 소리의 재현을 다루기 위한 어휘론과 방법론을 발달시킬 것을 모색하고 있기 때문이다. 동시에, 이 글은 쇼와 케이스의 연구에 반향을 주고 있으며, "모더니티가 '인간의 감각기관'에 있어서 새로운 경험의 계기가 된다"는 역사적 주장을 만들어내면서, "새로운 지각적 앎과 함께 지각, 특히 청각적 지각에 관한 새로운 이해를 자극하고" 있다. 커디-킨은 버지니아 울프의 소설에서 소리 지각에 관한 울프의 재현을 분석하면서 이 글의 두 가지 주요 관심사를 동시에 조합하고 있다. 커디-킨은 (표지landmark와 풍경landscape의 패턴을 따른) '소리표지sound-mark'와 '소리풍경soundscape'과 같은 용어를 고안하였으며, (시각을 묘사하는 서술론의 용어들, 초점화, 초점화하다, 초점자의 패턴을 본뜬) '청진화', '청진화하다', '청진자'와 같은 용어들을 고안하여 사용하고 있다. 그리고 커디-킨은 『큐 정원Kew Gardens』에서 『세월』에 이르기까지 울프가 사용한 소리풍경과 관련한 영역 및 그리고 울프의 소리풍경이 보여주는 중요성을 보여주고 있다. 커디-킨의 유연한 분석은 우리가 "의미론이 아닌 음향학적 독해에 의하여 (…중략…) 서술감각을 만들어내는 새로운 형식들을 발견할 수 있게 된다"는 것을 보여준다.

쉴로미스 리몬-케넌Shlomith Rimmon-Kenan의 글, 「두 개의 목소리, 혹은-결국 누구의 삶이고 죽음이고 이야기인가?」는, 일라나 해머맨Ilana Hammerman과 해머맨의 남편, 유겐 니에라드Jügen Nieraad가 쓴 질병에 관한 두 가지 층위의 서술, 『암의 표지 아래서-되돌아오지 않는 여행 Under the Sign of Cancer : A Journey of No Return』의 윤리학에 관한 명상을 보여준다. 이 책의 전반부는 급성 골수백혈병 말기의 니에라드의 진술이며 후반부는 니에라드의 죽음 이후 해머맨의 시각에서 니에라드의 질병을 이야기하는 진술로 구성되어 있다. 리몬-케넌은 해머맨의 논법을 "같은 중심을 갖는 관련 범주들"로서 구조화한다. 그 범주들이란 "죽어가는 남편과 그의 아내의 관계, 두 가지 층위를 지닌 서술 실천, 의료 '조직'에 의한 남편과 아내의 전유, 의사들과 다른 독자들의 이 서술에 관한 공표된 반응들, 그리고 이 글에서 입증되고 있는 저자인 나 자신의 사적인 전유"가 될 것이다. 그 결과는 펠란의 연구처럼 서술의 형식과 윤리학의 문제들을 연결하는 하나의 분석을 보여주는 것이 된다. 그럼에도 리몬-케넌은 논픽션적 질병서술과 그 서술에 대한 공표된 반응들 — 뿐만 아니라 이 서술에 의해 제기된 쟁점들에 관한 그녀의 사적인 관심과 사유—에 초점을 맞추고 있다. 그리고 이것은 리몬-케넌으로 하여금 다양한 일련의 윤리적 질문들로 이끌고 있다. 해머맨의 서술은 니에라드의 경험에 관한 불가피한 전유인 것인가? 혹은 그녀의 서술은 의료 조직에 관한 정당한 진술고발인 것인가? 또한 리몬-케넌 특유의 분석은 또 하나의 전유가 되는 것인가? 리몬-케넌은 지적이면서도 정밀한 이런 질문들을 취하면서 결정적으로 자신의 논문제목에서 취한 질문들에 답변하는 것은 유보하고 있다. 그렇게 함으로써, 리몬-케넌은 서술에 관한 진지한 윤리적 참여로부터 결과할 수 있는 지적인 소용돌이를 보여주는 설득력 있는 사례를 제공하는 셈이다.

앞서 우리가 말했듯이 서술이론은 확장주의적 특질을 지니고 있다. 제4부, '문학적 서술을 넘어서'는 전통적인 문학적 서술을 훌쩍 넘어선 영역들에 기여할 수 있는 서술이론의 탁월한 역할을 사례로 보여주는 일곱 편의 글을 모아놓고 있다. 그러한 영역들에 기여하느냐 혹은 그 영역들을 삼켜버리느냐? 4부에 속한 몇 편의 글에서 제기된 질문들이 보여주듯이, 서술 이론가들 사이에서조차 (누군가는 제국주의적이라고까지 말할 법한) 이러한 잠재적 확장주의가 끼치게 될 영향에 관하여 의혹을 나타내는 경우가 있다.

4부의 영역은 일반적 측면에서의 언어적 분야로부터 비언어적인 분야로 이동하고 있다. 즉 이 영역은 최근 문화에서 인식되지 못해온 서술 메커니즘의 힘에 관해 논의하는 두 편의 글로 시작한다. 먼저, 「법에서의 서술과 법의 서술」에서, 피터 브룩스Peter Brooks는 법적 영역의 '스토리텔링의 역할'에 관하여 숙고한다. 스토리들은 법적 실천에 있어 절대적으로 핵심이 된다. 그러나 브룩스에 따르면, 법은 공개적으로 그 스토리들이 핵심이 되는 것을 인정하지 않는다. 대신에, 법은 '서술을 규제하는 법적 노력들'을 통하여 단지 암시적으로 그리고 단지 최소한으로 스토리의 중요성을 인정한다. 그러한 법적 규제는 '말하기의 조건들'을 유지시켜서 "서술들이 말하기의 조건들을 판단하도록 책임진 사람들에 도달하"도록 하며 그리하여 서술은 통제되고 법칙에 지배된 형식을 취하게 된다. 그리하여 서술 내용은 다른 말로 하자면 억압되는 것이다. 브룩스의 글은 청중들 — 판관과 배심원들 — 에 의해서 스토리들의 수용과 해석을 특별히 다룰 것을 요청하는 '법적 서술론'을 주장하면서 결말을 맺고 있다.

「이차적 자연, 영화적 서술, 역사적 주체 그리고 〈러시아 방주Russian Ark〉」에서, 알란 나델Alan Nadel은, 서술영화narrative cinema에서 인식되지 못해온 관습들의 영향에 관하여 연구한다. 대부분의 관객들은 서술영화를 '자연적인 것'으로 지켜보는 가운데 자신들의 관점을 취하고 있다. 그럼에도 사실상 이와 같은 영화들은 "관객이 현실을 향해 있는 특혜받은 하나의 창문을 얻는다는 환영을 창조함으로써 반직관적인 경험을 자연적인 것으로 만들고 있다." 이러한 자연화naturalization는 관객들이 의미심장한 사회적·심리적 결과들을 거느린 망각이라는 배움의 종류에 참여할 것을 요구한다. 나델은 '고전적 할리우드 스타일'의 관습들 — 특히 클로즈업의 활용으로 이 지면에서 사례를 보여주는 — 에 초점을 두고 있다. 그리고 그는 알렉산더 수쿠로브Alexander Sukurov의 2002년 영화, 〈러시아 방주〉에 관한 분석으로써 결론을 맺고 있다. 즉 〈러시아 방주〉가 어떻게 '개입되어 있는 영화적 서술의 문체와 역사를 의문에 붙이는가'를 보여준다.

다음, 세 편의 글은 얼핏 봐서는 법이나 영화에 비해 서술의 관심사로 볼 때 아주 많이 동떨어져 있는 것처럼 여겨지는 영역인 음악을 다루고 있다. 「결말을 서술화하기 — 죽음과 오페라」에서, 린다 허천Linda Hutcheon과 미하일 허천Michael Hutcheon은, 음악과 스토리에 관한 오페라의 결합을 설명하기 위하여 규범적 서술론적 모델이 의미 있는 변화를 취해야 할 필요가 있음을 주장한다. 그들은 고통과 죽음을 주제로 한 오페라들에 관한 질문에 관심을 가짐으로써 그러한 변화의 힘을 보여주고 있다. 그 작품들이 어떻게 즐거움을 창조하는 것일까? 그들은 전통적 서술이론가들의 연구(특히 프랑크 커모드Frank Kermode의 연구)를 확장시키면서, '죽음의 명상contemplatio mortis'에 관한 근대 초기의 실천과도 무척 유사한 방식으로, 오페라가 공유하는 대중적 경험들이 청중에게 '죽음을 연습하게 하고' '죽음의 불안'에 직면하게끔 허용한다고 보여주고 있다.

「음악과 영화적 서술, 영화적 서술로서의 음악 혹은 — 이것은 '라이트모티브leitmotif'가 아니다」에서, 로얄 브라운Royal S. Brown은 독립적 스토리와 결합된 색다른 종류의 음악, 영화음악을 살펴본다. 영화음악에 관한 전통적 논의들은 이 독립적 스토리의 서술 양상에 특전을 부여해왔다. 그리고 그 논의들은 우리가 스크린에서 보는 서술에 겹쳐서 배가되는 단지 일련의 주제들과 동기들로서 음악을 축소시키고 있다. 대신에, 브라운은 서양음악이 의존하는 코드 형식의 음악 그 자체 속에서 '준-서술quasi-narrative의 특성'을 살펴본다. 구체적으로, 브라운은 휴고 프리드호퍼Hugo Friedhofer의 〈우리생애 최고의 해The Best Years of Our

Lives) 와 버나드 허만Bernard Herrmann의 〈북북서로 진로를 돌려라North by Northwest〉를 분석의 대상으로 삼고 있다. 브라운은 그들이 작곡한 타이틀 시퀀스title sequence에서의 우리의 시간 관념과 영화음악이 상호작용하는 방식들에 주의를 집중하고 있다. 그의 분석은 콘서트홀에서 익숙한 '엄격한 음악적 코드를 위반함으로써' 영화음악이 어떻게 화면 움직임screen action에 따른 상상력이 결여된 반복, '그 너머로 종종 떠오르게 되는지'를 보여준다. 또한 그는 영화음악이 '서술의 본질이 되는, 바로 그 '스토리'에 관한 메타텍스트meta-text의 종류'를 최상의 상태로 전해주고 있다는 논평을 제공하고 있다.

음악에 관한 마지막 글, 「고전적 기악곡과 서술」에서 프레드 에버렛 마우스Fred Everett Maus는, 표면적으로는 서술의 관심사로부터 아주 동떨어진 것처럼 보이는 음악, 즉 프로그램 뮤직이 아닌nonprogrammatic 기악곡을 다루고 있다. 마우스는 매리슨 걱Marison A. Guck, 수잔 맥클래리Susan McClay, 안토니 뉴컴Anthony O. Newcomb의 작품에 특별한 관심을 기울이면서, 음악학자들이 1970년대에 진지하게 서술이론을 처음 취하기 시작한 이래로 떠올랐던 논쟁들 중의 주요주장들을 도식적으로 나타내고 있다. 그리고 나서 마우스는 음악과 서술은 느슨한 유추관계임을 주장하면서, 음악에 관한 텍스트의 "시학"에 관하여 좀 더 주의 깊게 고려해야 한다고(음악에 '관한' 텍스트의 "시학"을, 음악학자들이 논의한 음악에 관한 융통성 없는 재현으로서 단순히 간주하지 않고) 주장하고 있다. 그는 이러한 견해에 근거에서 아주 중요한 주장을 피력하는데 그것은 우리가 안정되고 일관된 이상적 대상으로서 음악작품들을 고려할 것이 아니라 '같은 악보로 시작할 때에도 다른 연주자들이 제각각 창조할 수 있는 다양한 극적인 연속'으로서 고려해야 한다는 것이다. 마우스는 베토벤Beethoven의 5번 교향곡에서 하나의 악구에 관한 몇몇 상이한 연주들을 조심스럽게 분석하면서 이러한 요지를 논증하고 있다.

이 책의 글들 대부분은 특수한 텍스트의 세부들 속에서 각각이 취한 주장의 근거를 고찰하고 있다. 그런데 「'나'는 스파르타쿠스다」에서, 캐서린 귄터 코닷Catherine Gunther Kodat은, 앞서 글들과는 본질적으로 다른 연구를 보여주고 있다. 즉 코닷은 많은 다양한 서술들에 등장하는 특별한 인물, 스파르타쿠스를 연구하였다. 그녀는 조심스럽게 형상figure이란 용어를 끄집어내는데, 아주 설명할 수 없을 정도로 대항하고 투쟁하도록 운명지어진 한 사람의 형상에 의하여 우리가 왜 계속해서 매료되는지에 관한 질문을 취하고 있다. 그리고 이 질문에 답하기 위하여, 코닷은, 그 자신이 일컫기로, 번스타인J. M. Bernstein 이후에, 아이데틱한eidetic 변주의 주요 사례로서 스파르타쿠스 형상의 반복에 관한 논의를 선택하고 있다. 코닷은 얼핏 보기에는 스파르타쿠스가 "파편화되고 있는 서술들(즉 스파르타쿠스가 공통 줄거리가 되는 조각나고 불완전하고 또한 모순된 노예 폭동의 초기 역사들)을 결합하여 하나의 단일한 형상이 지닌 힘"을 드러내는 것처럼 보인다고 주장한다. 그리고 코닷은 다양한 미디어(특히 하워드 패스트Howard Fast의 소설, 스탠리 큐브릭Stanley Kubrick의 영화, 그리고 아람 하차투리안Aram Khachaturian의 발레)에 등장하는 '스파르타쿠스'의 다양한 버전들에 관하여 탐구한다. 코닷의 탐구는 토대로서의 서술 그리고 서술이 사실상 포함할 수 없는 형상으로서의 스파르타쿠스 사이에 놓여 있는 다소 근본적인 긴장감을 보여주고 있다. 마침내 스파르타쿠스는 퀴어적 인물로서 나타나며 그 인물의 스토리는 불가피한 '우리의' 이야기가 될 수도 있을 것이다.

이 책의 마지막 부에서 가장 급진적인 글은 아마 틀림없이 페기 펠란 Peggy Phelan이 쓴 「퍼포먼스 예술사의 파편들—렌즈에 희미하게 비친 폴록Pollock과 나무스Namuth」일 것이다. 펠란은 퍼포먼스 예술의 역사에 초점을 두면서 서술을 향한 요청 그리고 (코닷처럼) 서술이 지닌 한계 모두를 자의식적으로 탐구하고 있다. 그녀는 잭슨 폴록Jackson Pollock의 액션 페인팅을 주요한 사례로 논의하는 가운데 하나의 눈부신 역설에 직면한다. 한편으로, 서술은 퍼포먼스 예술의 역사를 창조하기를 원하는 사람들에게는 필수적인 것이다. 다른 한편으로, 폴록의 작품은 비평가들(특히 폴록의 작품들을 찍은 나무스의 사진이라는 매개를 통하여 그의 작품을 논의하는 주요한 비평가들)의 논의 방식에 관한 펠란의 진술들에서 보듯이, 서술 그 자체는 '주체와 대상의 구별, 행위와 말하기의 구별을 뒤흔드는' 목적을 지니고 있는 퍼포먼스 예술의 바로 그러한 정신에 역행하는 기능을 지닌 것이다. 이 글은 '퍼포먼스적 글쓰기'로 된 실험들 중의 하나로써 결말을 맺고 있다. 즉 그녀는 폴록의 액션 페인팅에 관하여 "액션이 살아 움직이는 듯한" 산문을 경유하여 숙고하고 있다. 즉 "액션이 말해주는 힘은 현재를 갱생시키는 매 순간의 숨결 속에서 거주하고 있는 것이다."

에필로그는, 제럴드 프린스의 글의 결말처럼, 서술의 최근 발달들을 고려하면서 또한 암시적으로든 혹은 명시적으로든 서술과 서술이론 모두의 미래를 향한 길을 가리키는 두 편의 글을 포함한다. 마리-로르 리안Marie-Laure Ryan의 「서술과 디지털적인 것—매체와 더불어 생각하는 법을 배우기」는, 소프트웨어 시스템의 가능성과 실제 서술의 가능성의 실현 사이의 관계에 초점을 둠으로써 최근 25년에 걸친 디지털 서술digital narrative의 발달을 탐구하였다. 리안은 세 가지 종류의 주요한 디지털 서술에서, 자신이 '행동유도성affordances'이라고 일컫는 숙련된 연구들을 제공하고 있다. 그 세 가지 서술이란 인포콤 소프트웨어 Infocom software에 기초한 상호작용적 소설, 스토리공간Storyspace에 토대한 하이퍼텍스트 서술, 그리고 플래시 소프트웨어Flash software에 토대한 혼합매체 서술mixed-media narrative이다. 그리고 나서 리안은 소프트웨어의 잠재력을 활용한다는 취지를 담은 글의 주제구, '매체와 더불어 생각하기'에 관하여 좀 더 큰 이론적 요지들을 전개시키는 작업에 착수하고 있다. 매체와 더불어 생각하기는 "저술 시스템이 제공하는 제반 특질들에 관한 과도한 개발이 아니라 시스템의 행동유도성과 서술 의미의 요청을 절충시키는 기술이다." 이 관점에서 볼 때, 누구라도 인쇄 서술의 준거에 의하여 디지털 서술을 판단해서는 안 될 것인데, 왜냐하면 각 종류의 서술들을 근본으로 삼는 기술들은 매우 상이한 행동유도성을 제공하기 때문이다. 다른 말로 하자면, 디지털 서술이 셰익스피어Shakespeare나 프루스트Proust의 서술과 같은 것이 아니라고 해서 무엇인가가 결핍된 서술로서 인식해서는 안 될 것이다. 그보다, 우리는 "자유롭게 탐구할 만한 서술 아카이브들archives, 말과 이미지의 역동적 상호작용, 그리고 멀티플레이어 온라인 컴퓨터 게임에서 발견할 수 있는 판타지 세계로의 능동적 참여", 이와 같은 것들을 제공하는 가능성의 영역들을 얼마나 잘 활용하느냐에 의해 디지털 서술을 판단해야 할 것이다.

마지막 글, 포터 애보트Poter Abbott의 「모든 서술적 미래들의 미래」

는, 서술의 미래를 위한 서술 형식과 그것의 결과들이 지닌 힘에 관한 고찰로서 현재 '기술적 지원을 받는' 서술 엔터테인먼트에 관한 그의 분석에 근거를 두고 있다. 애보트는 그와 같은 서술들(뢴Ryhn이 분석한 종류들뿐만 아니라 무MOOs와 머드MUDs게임)이, 서술의 영역을 확장시켰으며 상호작용성에 좀 더 주의를 기울여왔다는 사실에 주목하면서 논의를 시작한다. 그럼에도 애보트는 궁극적으로 서술들과 인쇄서술들의 근본적 구조에 있어서, 뢴의 분석과는 달리 그것들의 차이보다는 유사성에 좀 더 주목하고 있다. 그러나 애보트는, 디지털적인 우리 세대를 강조하는 전환들이, 우리의 행위와 인지에서 발달하고 있는 전환들 즉 우리가 일관된 기본-서술master-narrative로부터 좀 더 파편화되고 열린 결말을 갖는 특정 서술들을 향해 이동하는 것을 신호하고 있는지 어떤지를 질문함으로써 좀 더 심화된 연구에 착수하고 있다. 즉 애보트는, 2001년 9월 11일의 테러리스트들 그리고 조지 부시George W. Bush와 추종자들 사이의 갈등을 보여주는 기본-서술들에 관한 고찰을 포함하는 최근의 정치적 장면에 주목하여 독해하는데, 이를 통해 그는 구체제가 여전히 잔재해 있다는 사실을 다시 한 번 제시해주고 있다. 그럼에도 그 대답은 다음과 같은 질문을 던져주고 있다. 즉 서술 e-엔터테인먼트의 현재의 발달들과 구체제들 사이의 관계는 무엇인가? 애보트는 서술 e-엔터테인먼트의 발달들 속에서 '이미 주어져 있는 서술의 특성'에 대한 거부감을 표현하며, 아직은 서술로서 형성되지 못한 경험을 뜻하는 '미리 서술할 수 있는 것the prenarratable'에 결과적으로 더 지대한 관심을 발견한다. 좀 더 일반적으로 애보트는, '미리 서술할 수 있는 것'과 서술 사이를 오가는 일은 우리가 자신의 삶을 살고 있는 것과 그것을 서술하는 것 사이의 진폭이자 곧 애보트가 우리의 정신적 건강을 위해 필수적이라고 간주하는 동요의 과정과 유사한 방식으로 일치한다고 주장한다. 결과적으로 엔터테인먼트 기술의 종종 멋진 발달들은, "서술 혹은 그 밖의 것들이 대체로 매여 있는 제약들 속에서 여전히 이루어질 것이다. 그리고 그러한 제약들은 시간 그 자체가 하나의 형태를 지니고 그것을 어떤 식으로 읽어내도록 준비하고 있다는 환영을 우리에게 주고 있다."

  서문에서, 우리는 이 책의 집필자들과 함께 명백하게 토대를 잘 갖춘 지식이라는 뚜렷한 암벽 그리고 이론적·해석적 혁신이라는 물결의 소용돌이 그 사이를 항해하였다. 우리는 이 항해를 되돌아보면서 몇 가지 더 큰 결론들에 이르게 된다. ① 최근 서술이론은 번성하고 있는 하나의 기획이다. 그 이유는 정확히, 서술이론은 그것의 혁신을 추구할 때조차도 그것의 역사와 전통을 강하게 의식한 채로 남아있기 때문이다. 한 가지 항해상의 실수가 스킬라 혹은 카리브디스 어느 하나에 너무 가까이 가도록 하는 것이라면, 똑같이 중대한 실수는 스킬라와 카리브디스 둘 다를 망각하고 항해하는 것이다. ② 전통과 혁신 사이에서 항해하는 최상의 방법이란 없는 것이다. 그리고 서술이론의 학자들이 계속해서 그 새로운 항로를 발견할 때조차 그들은 그 항로에서 다방면으로 통하는 복합적 경로들을 발달시켜왔기 때문에 서술이론의 분야는 현재 번성하고 있다. ③ 우리의 집필자들이 진행하고 있는 연구들은 서술이론의 분야가 확장, 번성하는 데에 실질적인 역할을 담당할 것이다.

프롤로그

서술이론의 역사 (I)

초기 발달들의 계보학

데이빗 허만David Herman

말하자면, 하나의 사실은 수천 년의 세월에 걸쳐 그것으로부터 분리되는 사건들을 통하여 사후적인 방식으로 역사적인 것이 된다. (Benjamin 1969 : 265)

도입부

츠베탕 토도로프Tzvetan Todorov가 1969년도 그의 책 『『데카메론』의 문법』에서 '내러톨로지'라는 프랑스 말을 만들었을 때, 그는 이 말을 '전기', '사회학'과 대등한 것, 나아가 '서술의 과학'을 의미하는 것으로 사용하였다. 그리고 그는 자신의 작업이 갓 태어나 들판에 나온 새와도 같은 노력이라고 표현하고 있다. 토도로프는 모든 종류의 문화적 현상을 연구하는데 있어서 '파일럿 과학'으로서 소쉬르의 언어학을 활용할 것을 추구한 포괄적 구조주의 혁명에 참여하고 있었다(Dosse 1997 : 59~66). 또한 그는 초기 롤랑 바르뜨Roland Barthes 계열 이론가들([1957] 1972)이 정한 선례들에 토대를 두고 작업하였다(Culler 1975). 그들은 광고, 사진, 박물관 전시, 레슬링 경기 등에 관해 법칙에 지배되는 의미화 실천이나 그 자체의 고유한 '언어'로서 다양한 형식의 문화적 표현들을 특징짓던 이론가들이었다. 바르뜨, 클로드 브레몽Claude Bremond, 제라르 주네뜨Gérard Genette, 그레마스A. J. Greimas, 토도로프 등의 연구자들은 서술론을 구조주의 연구의 하위 분야로 만들어내면서 소쉬르 Saussure의 논의, 즉 체계로서 간주되는 언어인 '랑그'와 그 체계의 기저에서 생산되고 해석되는 개별 언술, '빠롤'을 구별 짓는 방식을 따랐다. 그들은 공유된 기호 체계가 지탱하는 개별적 서술 메시지로서 특수한 이야기들을 설명하였다. 그리고 서술론자들은 소쉬르의 언어학이 '빠롤'에 비하여 '랑그'에 특전을 부여하였던 것과 마찬가지로 언어의 기호적 기초작업에서 구조주의 구성요소와 조합 원리들에 초점을 두었으며 개별 서술에 대하여 일반 서술에 특전을 부여하였다. 그들의 주요한 관심은 텍스트 너머의 기호적 원리에 관한 것이었다. 이 원리에 따라서 인물, 진술, 사건 등의 기본 구조단위가 조합, 재배열, 변형되어서 특수한 서술 텍스트를 생산한다.

나는 이 글 후반부의 '구조주의 제유법The Structuralist Synecdoche'(또한 Prince 1995 참조)에 관한 절에서 구조주의 서술론의 방법과 목표와 유산을 다시 찾아볼 것이다. 그러나 이 글을 시작하는 자리에서, 혁신을 향한 서술론자 자신들의 요청, 혹은 1960년대 이래 서술 연구에서 그들의 업적이 끼친 깊은 영향에도 불구하고 구조주의 이론은 사실상 그 프로그램적 선언 일부로서 앞세웠던 진술이 제안했던 것만큼은 혁신적이지 못했다는 사실을 강조할 필요가 있다(예를 들면 Barthes [1966]1977 참조). 물론, 프랑스 구조주의 서술론은 지적 전통의 복합적 상호작용, 비판이론 운동과 분석적 패러다임으로부터 출현하였으며, 수십 년에 걸쳐 대륙과 나라를 건너 여러 학파들과 개별 연구자에까지 보급되었다. 동시대적이지 않은 진화(Bloch 1988)와 변화의 십자형 벡터로 특징지어지는 관련 연구의 출현들이 보여주는 이 같은 복합성은 이 분야에서의 정확한 세계시간 내 좌표에서 어떤 특수한 혁신을 고정시키는 일을 어렵게 한다. 따라서, 이 글에서 또 주장하겠지만, 이야기를 연구하는 방법의 출현이나 보급에 관해서라면 아주 복잡한 스토리가 고려될 필요가 있다.

이 글의 다음 절은 사례 연구 접근법을 채택할 것인데 1949년 출간된 『문학의 이론Theory of Literature』에서 허구적 서사에 관한, 르네 웰렉René Wellek과 오스틴 워렌Austin Warren의 논의 검토로 이어질 것이다. 나는 20세기 중반, 북아메리카에서 출판된 이 영향력 있는 텍스트에 초점을 맞추겠지만 초기의 독일 학파, 체코·러시아 학파 등의 자취도 쫓아서 서술에 관한 오늘날의 연구가 다른 파괴적 사건들 중에서도 특히 2차 세계대전으로 인한 불연속, 고립을 겪으면서 어떠한 모습으로 형성되어 왔는지를 주목할 것이다. 『문학의 이론』의 웰렉과 워렌의 논의 역시 그러한 사건들의 영향권하에 있다. 그럼에도 그들의 논의는 서술이론의 과거와 현재를 공모한 역사적 경향의 네트워크에 관한 진입지점을 제공하고 있다. 그리고 이 글의 다음 절은 다양한 형식으로 출현하여 상호작용하고 또다시 출현한 서술이론 접근법들의 광범위한 맥락을 드러내도록 조명할 것이다. 내 진술이 보여주겠지만, 이 분야에 관한 초기 앵글로아메리카의 발의가 최근의 서술 연구에 중대하게 공헌하였음에도 불구하고(이 장의 '형태론Morpology II' 절 참조), 이것은 또한, 유럽에 뿌리를 두었고 이후 1960년대 초, 프랑스에서 발달한 구조주의 서술론에서 나타난 복합적 담론과 전통 내에서도 위치 지어져야 한다. 이 장의 마지막 절은 웰렉과 워렌의 진술로 귀환하여 이 글에서 개관한 더 큰 역사적 발달의 관점에서 그들의 연구를 재평가할 것이다.

나는 이 글의 예비적 주석으로 프레드릭 니체Friedrich Nietzsche([1887]1968)에 의해 고안되었고 미셸 푸코Michel Foucault([1971]1984)에 의해 다시 활기를 띤 의미로서 '계보학genealogy'의 용어를 사용한다. 이 어법에서의 계보학은 잊혀진 상호관련성을 밝히고 계통에서 모호하거나 확인되지 못한 노선들을 재건할 것을 추구하는 연구 모드이다. 그리고 이것은 그렇게 하지 않는다면 전적으로 분명히 무관하게 취해질 제도, 믿음 체계, 담론이나 분석 모드 간의 관계를 드러낼 것을 추구하는 연구 모드이다. 이러한 방법의 계보학은 우리가 "과거뿐만 아니라 미래를 향해 변화 없이 주어지고 확정되어 뻗어간다고 착오적으로 생각하는 의존적 구조들 즉 사회적·제도적인 방만한 구조 혹은 그 외 다른 것들의 특성을 뒤바꾸어서 살펴볼 것을 모색한다(Nehamas 1986 : 110). 따라서, 나는 이 글을 하나의 계보학으로서 언급하면서 서술론 역사 서술의 목표를 명확히 하고자 한다. 즉 나는 역사적·개념적 관련 네트워크라는 하나의 복합적 계보 속에서 최근의 서술이론들을 위치 짓고자 한다. 그리고 이 이론들이 단일하고 연속적인 연구의 전통이 아니라 가족 유사성에 의해 특징지어질 수 있는 일련의 발달들과 관련하여 어떤 방식으로 구성되고 있는지를 강조할 것이다. 이와 같은 유사성들은 지금까지도 계속, 규정하기에 악명 높게 어려운 작업으로 인식되고 있다(Wittgenstein [1953]1958; 이 글의 마지막 절 참조).

『문학의 이론』과 서술이론—사례 연구

신비평의 전성기에 출판된 웰렉과 워렌의 『문학의 이론』은 허구적 서사에 관한 특수 연구일 뿐만 아니라 앵글로아메리카 형식주의의 일반 문학이론 형성에 일조하였다. 소설에 관한 장은 문학 연구의 '외재적' 접근법에 반대해서 '내재적' 접근법을 발달시키려는 저자들의 중심 목표를 반영한다. 웰렉과 워렌은, 예를 들면 역사, 사회그룹, 철학논쟁과 같이, 타학문 분야에서 연구된 대상들에 문학을 종속시키는 '실증주의적' 방법을 멀리하였다. 대신에, 그들은 문학이라는 대상의 특성에 토대를 둔 문학의 이론을 지지하고 있다. 그들의 소설에 관한 장은 특수한 연구대상으로서 허구적 서사의 특성을 구체화하면서 이후 서술이론가들에게 핵심적 관심을 지속적으로 받아온 많은 연구쟁점들에 착수하고 있다.

- 장편 및 단편소설을 포함한 허구적 서사가 그것에 합당한 서술의 정전 형식이 아닌 서술로서 조직된 담론의 단지 특수 하위 유형을 구성한다

는 견해(Wellek & Warren 1949 : 225, 이하 페이지 수만 표시)

- 스토리의 인과논리와 시간논리의 결합 혹은 서술의 과정과 결과의 통합(p.222)

- 이야기재료, 서술의 '파불라'를 구성하는 기본 상황과 사건, 그리고 플롯이나 '슈제'를 구성하는 기본 요소들 사이의 구별(pp.224~226), 다시 말해, '스토리'와 '담론' 간의 구별(Chatman 1978), 이것은 토도르프(1966)와 주네뜨([1972]1980) 같은 불어권 구조주의자들에 의해 아주 생산적으로 계발되었다

- 사회적·인류학적 원형을 포함한 소설의 인물유형 및 성격묘사 characterization의 방법들(pp.226~228)

- 시점point of view(pp.230~233)

- 액자 이야기framed tales 그리고 '이야기 안의 이야기'에서 결과한 서술의 삽입 모드(p.230; Genette [1972]1980 참조)

- 허구적 담론의 저자와 서술자의 불일치(p.230; Booth 1961 참조)

- 발화 및 인물 의식의 재현 전략들(pp.233~234)

- 허구적 서사narrative fiction의 '진실'은 구성요소들이 자체적인 충족적 '질서kosmos'를 형성한 방식에 근거한다는 견해, 한편, 역사적 진술의 진실은 그 부합 정도, 어떤 의미로 세계의 존재방식에 의존한다(pp.219~222)

저자들은 이와 같은 쟁점들을 목표로 삼음으로써 사실상 서술이론의 후속적 접근법들 — 이를 테면 프랑스 서술론의 탄생에 의해 가능해진 접근법들처럼 — 을 예기하거나 보여주려고 하였던 것인가? 앞서 말하였듯이 이야기는 그리 단순하지 않다.

웰렉은 한때 프라하 언어 학파와 협력하였으며 그런 연유로 소쉬르 언어학을 포함한 초기 유럽·슬라브 학파에서 유래한 관념들이 보급되도록 도왔다. 영어·비교문학 전문가로서 웰렉 자신의 이력으로부터 일부 도움을 얻은『문학의 이론』은 담론의 네트워크와 역사적 트렌드를 가로지르며 그 중심점을 구성하고 있다. 웰렉과 워렌의 접근법 형성에 일조한 바로 그 형식주의의 관념들은 언어예술의 자율성을 주장하며 '문학성'을 강조한 러시아 형식주의자의 주장을 반영하고 있다. 그리고 웰렉과 워렌의 형식주의의 관념들은 앵글로아메리카 신비평의 원리를 이끌어내는 상승작용을 하였으며 나아가 구조주의 서술론의 발달에 영향을 끼쳤다. 그런데 빅토르 슈클로프스키Viktor Shklovskii, 보리스 토마셰프스키Boris Tomashevskii, 블라디미르 프로프Vladimir Propp, 그 외 다른 형식주의자들은 서술의 문제들을 연구하는 20세기 초 독일 학자들로부터 주요한 영향을 받았다(이 장의 '20세기 초의 서술시학' 절 참조). 그리고 그들은 웰렉과 워렌이 1949년 텍스트에서 그렸던 담론의 세계뿐만 아니라 매우 주목할 만한 서술론적 토포이topoi의 기초 일부를 만들어내도록 도왔다. 그 사례로는, 이야기 층위나 내용 층위를 필수요소와 선택요소로 분석하는 것이나 혹은 인물들을 행위자로서 재고하는 것 등을 들 수 있을 것이다(보충논의로는 이 장의 '20세기 초의 서술시학' 절과 '구조주의 제유법' 절 참조).

이런 맥락에서, 서술이론의 역사는 단일한 시간선을 따라 전개되는 것이 아니라 유사한 발달궤도들을 따른 산재된 연구의 관심들로부터 서술이론 역사의 구조를 얻어 왔던 것이다. 그리고 계보학은 이러한 궤도들이 더 큰 역사적 군집으로 함께 모이도록 허용한다. 이처럼 서술이론의 후학자라면, 가족 유사성 즉 웰렉과 워렌이 초일반적 현상으로서 서술을 특징지은 것, 그리고 이후에 바르뜨가 요약한 유사진술들([1966]1977) 사이에서 반드시 인과적이지는 않지만 서로 한정적인 관계를 모색하는 일이 현명할 것이다. 즉 『문학의 이론』에서 웰렉과 워렌의 스토리-담론 구별의 사용과 『서사담론Narrative Discourse』에서 주네뜨의 유사한 구별에도 이러한 관계가 적용될 것이며, 인물유형의 인류학적 기초를 지향한 웰렉과 워렌의 연구와 인류학적 연구가 적용된 그레마스의 행위자 이론 혹은 서술 플롯에서 약호화된 일반 행위역할 이론의 경우도 마찬가지일 것이다.

그러나 웰렉과 워렌의 허구적 서사에 관한 장이 초래하였으며 그들의 연구가 차례로 기여하였던 담론과 전통의 특별한 상승효과에 관해 무엇이 정확하게 설명하고 있는가? 다른 말로 하자면, 서술이론의 초기 발달들에 관해서, 체코·러시아·프랑스·앵글로아메리카의 관념과 접근법들이 위치 지어질 수 있는 역사적 군집의 특성과 범주는 무엇인가? 내 글의 나머지 절은 이러한 질문들을 탐구할 것이다.

20세기 초의 서술시학 ─독일과 러시아의 '형태론적' 모델들

루보미르 돌레젤Lubomír Doležel(1990)은 자신이 쓴 서양시학의 역사에서 아리스토텔레스(1971)로부터 프라하 학파의 기호학자들에 이르는 폭넓은 시대를 다루고 있다. 돌레젤은 그 책에서 서술에 관한 수많은 관념들이 관련된 발달들로서 이해될 수 있는 어떤 하나의 군집을 확인하였다. 돌레젤은 낭만주의 직후 시기에 표면적으로 다양한 (서술)시학의 접근법들이 폭넓은 '형태론적' 연구의 전통에 근거한 (서술)시학의 보편적 계보에 의해 단일화되었다고 주장한다. 돌레젤은 괴테Goethe로 거슬러가서 형태론적 패러다임을 추적하고 빅토르 에를리치Victor Erlich (1965)와 피터 스타이너Peter Steiner의 선행 연구에 토대하여(1984 : 68~98; Steiner & Davydov 1977 참조) 낭만주의 시대의 형태론적 시학의 출현이 폭넓어진 인식론적 전환을 보여주는 표지라고 특징짓는다. 쟁점 중인 것은 세계의 구조를 이해하는 것에 있어서 유기적 모델이 기계론적 모델을 대체한 것이다(Doležel 1990 : 55). 돌레젤은 다음과 같이 말한다, "해부학과 형태학은 유기체가 부분들의 집합이라는 가정을 공유한다. (…중략…) 그러나 해부학은 부분들을 분리하고 확인하는 것에 만족하는 반면, 형태학은 다양한 부분들이 더 높은 질서의 구조화된 전체를 구성한다는 것을 알려준다. 즉 형태론은 개별적 부분들로부터 복합적 구조의 형성에 관한 이론이다"(Doležel 1990 : 56).

서술시학 영역의 형태론적 방법은 20세기 초, 독일에서 진척되었다 (Doležel 1990 : 126~141; Doležel 1989). 형태론적 방법은 러시아 형식주의 이론가에 의해 좀 더 발달되었고 곧 이어 형식주의자들의 연구에 근거를 둔 프라하 구조주의자들에 의해 발달되었다. 서술 형태론의 기초적 연구들은 독일 철학자, 오트마르 스키슬 본 플래스켄버그Otmar Schissel von Fleschenberg가 쓴 1912년 프로그램적 선언을 포함하고 있는데, 그는 더 높은 층위의 서술구조들로써 '수사학적 예술 장치'를 분석하였다. 그리고 이 연구들은 독일문학 연구자 베라르 슈펠트Berard Seuffert의 논의를 포함하고 있는데 그는 문학적 서술에 관한 요약적 축조물로서 확인되는 것들에 관하여 논의하였다.

돌레젤이 주목한 바와 같이, 스키슬, 슈펠트, 빌헬름 디벨리우스Wilhelm Dibelius 같은 독일학자들은, 서술들 내에 포함된 구조적 요소들에서 '배치'(논리적 배열)와 '구성'(예술적 배열)을 구별 지었다. 그들은 특히 구성적 패턴의 두 가지 측면 즉 행위의 패턴과 행위하는 인물의 패턴에 초점을 맞추었다. 이와 같이, 디벨리우스는 1910년대 영국소설에 관한 연구에서 '역할'의 개념을 "전체에서 일정한 기능을 하는 인물"이라고 규정함으로써 러시아 민속 이야기에 관한 프로프의 형태론적 연구를 예기하였다(Doležel 1990 : 133~134). 프로프는 디벨리우스처럼 인물을 플롯에 종속시키면서 특수한 행위자에 초점을 두는 것이 아니라 구체적 이야기들 속에서 다양한 개인들이 구체화하는 플롯에 근거한 반복적 '기능'에 초점을 두고 있다(아래 참조). 그다음에, 슈펠트는 그레마스가 프로프의 연구에 기초를 두고 발달시킨 행위자 이론을 예기하면서 서술구성의 요소로서 인물들의 시스템을 연구하였다. 스키슬은 그의 입장에서 인물 그 자체보다는 행위의 구성에 초점을 두었으며 패턴화된 장면과 에피소드의 배치와 관련하여 서술구조들을 분석하고 기본 구성 원리로서 '고리(크란츠kranz)'와 '프레임(라멘Rahmen)'을 확인하고 있다.

광범위한 형태론적 접근법에 토대한 서술구성에 관한 이러한 초기의 관심들이 이후 독일서술이론을 형성하도록 하였다. 관련 연구들을 들어보면, 앙드레 졸레스André Jolles가 괴테에게서 영감을 얻은 "단순한 형식"(일화, 속담, 전설, 기타)에 관한 형태론(Doležel 1990 : 205 n. 31)인 『단순 형식들Einfache Formen』, 그리고 제라르 주네뜨가 『서사담론』([1972]1980)에서 요약하면서 영향력 있는 서술론적 모델을 제시하면서 주목한 두 편의 노작들을 포함하고 있다. 그가 주목한 논문은, 1948년에 첫출판되고 1968년에 증쇄된 귄터 뮬러Günther Müller의 『형태론적 시학Morphological Poetics』에서의 「서술 시간과 서술된 시간Narrative Time and Narrated Time」 그리고 에버하드 람머트Eberhard Lämmert(1955)의 『서술의 구조적 요소들 Structural Components of Narrative』이다. 이러한 최근의 독일 연구들은 주네뜨에 의해 확장되었으며 구성이라는 관념 그 자체가 지닌 의미론적 잠재력을 계발하였다. 그리고 그 연구들은 서술로서 구성되었을 때 다시 말해 서술 전체를 형성하는 다른 사건들의 복합물로서 통합되었을 때 사건들이 어떻게 독특한 시간-척도와 사건 구조를 얻을 것인지에 관해 연구하였다. 러시아 형식주의자들은, 이와 같은 연구 노선과 유사하게, '구성'이라는 관념을 '플롯(슈제)'이라는 관념으로서 지형화하였다. 특히 슈클로프스키([1929]1990)에게서 플롯은 사건들의 배열뿐만 아니라 "서술을 방해하고 지연시키는데 사용되는 모든 '장치들'"도 포함하고 있다 (Erlich 1965 : 242; Wellek & Warren 1949 : 226 참조).

한편, 1920년대 무렵까지 서술구성에 관한 독일의 연구들은 러시아에 많이 알려져 있었다(Doležel 1990 : 134~136). 러시아에는 형태론적 모델이 번성하였는데 그 연구들은 약 사십여 년 후에 프랑스에서 개발된 구조주의 서술론 중심의 후속 서술이론 연구들을 형성하도록 하였다 (Erlich 1965 : 171~172 · 239 · 249; Steiner 1984 : 68~98). 러시아 형식주의자들은 서술 장르 전반을 포괄하면서 가장 폭넓은 산문형식의 가능 영역을 위한 문체상의 모델들을 개발하는 데에 전념하였다(Erlich 1965 : 230 ~250; Schklovsky [1929]1990). 그들은 예를 들어 '스카스skaz'와 같은 서술기술을 연구하였으며 이로써 쓰인 서술의 인격화된 서술자 형상은 저자와 청중 사이에서 자연발생적인 특유의 스토리텔링이라는 환영을 만들어내는데 명백한 매개역할을 하였다(Erlich 1965 : 238; Prince 1987 : 87 ~88). 형식주의자들은 이 같은 더 높은 층위의 서술 구조에 관심을 기울이면서 톨스토이Tolstoy의 역사적 파노라마소설에서부터 꽉 짜여진 탐정소설이나 러시아 요정 이야기에 이르기까지 모든 종류의 산문서술들을 연구하였다. 이처럼 확장된 연구의 초점들은 현대 서술이론의 역사에서 볼 때 매우 중요한 진전임이 곧 입증될 것이다. 이 새로운 초점은 '소설'의 이론으로부터 '서술'의 이론을 분리하는 것을 도왔다. 그리고 이것은 학문적 관심이 문학적 글쓰기의 특수한 장르에서부터 모든 담론, 곧 더 폭넓은 해석, 서술의 조직들로서 파악될 수 있는 기호활동 일체에까지 이르도록 전환시키고 있다. 이와 같이, 형식주의자들은 브레몽(1964), 바르뜨([1966]1977)(Herman 2004) 같은 후기 프랑스 구조주의 이론가들의 초일반적인 선례들, 말 그대로 일반적인 경우를 넘어서서 열렬한 지지를 얻는 선례들을 만들었다. 게다가, 산문 텍스트에 적합한 문체론을 창조하려는 형식주의자들의 시도는 도스토예프스키 Dostoevsky 소설의 다성적 목소리 혹은 다중적 목소리의 분석에 관한 바흐찐Bakhtin([1929]1984) (반형식주의) 연구의 출발점을 구성하였다. 반세기가 지나서, 바흐찐의 연구는 서술에 관한 내용주의 접근법을 형성하도록 도왔으며 이 접근법은 구조주의 서술론과 논쟁을 일으켰다. 그런 다음, 구조주의 서술론자들이 러시아 형식주의로 거슬러가서 자신들의 뿌리를 추적하는 일이 나타났다(이 장의 '구조주의 제유법' 절 참조).

러시아 형식주의자들은 서술구성에 관한 독일 이론가들의 형태론적 접근법을 채택하고 자신들의 연구의 틀을 모든 유형의 서술을 포괄하는 연구로 확장하면서 선구적인 많은 노작들을 저술하였다. 예를 들면, 보리스 토마세프스키([1925]1965)는 플롯과 관련된 '묶인' 모티브와 플롯과 무관한 '자유로운' 모티브를 구별 지으면서, 그 자신의 「서술 구조주의 분석 입문」(Barthes [1966]1977)에서 바르뜨의 '핵'과 '촉매' 구별과 관련한 기초를 제공하였다. 시모어 채트먼Seymour Chatman(1978)의 '핵'과 '주변'으로서 재명명된 이 용어들은 각각, 스토리-내용의 핵심요소와 그 주변요소를 가리킨다. 이야기의 핵심 사건들을 없애거나 부가하라, 그러면 당신은 더 이상 동일한 이야기를 가지지 않는다. 주변사건들을 없애거나 부가하라, 그러면 당신은 동일한 스토리를 다른 방식으로 이야기한 것이 될 것이다. 자유로운 모티브 대 묶인 모티브에 관한 토마세프스키의 연구와 관련한 구조화 장치로서의 플롯에 관한 빅토르 슈클로프스키([1929]1990)의 초기 작업은 내가 이미 언급했던 서술론의 토대를 이루는 가정들 중의 한 가지를 제공하였다. 다시 말해, '파불라-슈제' 혹은 스토리-담론의 구별은 무엇이 그리고 어떻게 즉 이야기되는 무엇 대 이야기되는 방식 사이의 구별인 것이다.

현대 서술이론에서 아주 중요한 형식주의의 선례는 블라디미르 프로프Vladimir Propp의 『민담 형태론Morphology of the Folktale』([1928]1968)이 제공하였으며 이것의 첫 영역본은 1958년에 출간되었다. 프로프는 자신의 접근법을 괴테적인 형태론(Doležel 1990 : 141)과 명백하게 연관지으면서 더 높은 질서의 서술구조들에서 가변요소와 불변요소, 구체적으로, 변화하는 인물들과 그들이 행한 플롯상의 불변적 기능들(예를 들면 악한 행위, 악당에 대한 처벌 등)을 구별 지었다. 모두 통틀어, 프로프는 인물의 행위들을 31개의 기능으로서 요약하였는데 이것은 그가 데이터

자료로서 사용한 러시아 민속 이야기의 플롯들로부터 인물들의 행위가 갖는 의미를 찾는 관점에서 규정되었다. 게다가 그는 주어진 이야기에서 그 기능들이 배치되는 것에 관한 규칙들을 구체화하였다. 브레몽(1973)과 바르뜨([1966]1977) 같은 프랑스 구조주의자들에게 원형서술론적 연구로서 영향을 끼친 레비–스트로스Lévi-Strauss([1955]1986)는 이후에 프로프의 기능 개념에 토대를 두고 오이디푸스 신화를 구조화한 '신화소' 혹은 '전체 구성단위'에 관한 심도 있는 구조분석을 보여주었다. 나아가, 프로프의 접근법은 '행위자' 인물에 관한 구조주의 이론의 기초를 구성하였다. 즉 그레마스([1966]1983)는 프로프가 '행위의 영역'으로 명명한 것으로부터 추론하여 서술 속의 (무수한) 특수 행위자들이 일반 역할들의 전형의 창조에 포괄될 것을 모색하였다.

그러나 나는 1960년대와 1970년대 초, 구조주의 서술론자들이 선행 연구자들의 연구에 기초를 둔 방식들을 구체화하기 전에 현대 서술이론의 계보학 내에 있는 또 다른 어떤 분야를 탐구할 필요가 있다고 생각한다. 쟁점 중인 것은 20세기 중반에 출현한 웰렉과 워렌의 『문학의 이론』과 그것의 앵글로아메리카 서술시학의 전통이다. 적어도, 이 책은 헨리 제임스Henry James(Miller 1972)에 기원하며 퍼시 러벅Percy Lubbock([1921]1957)에 의해 약호화된 소설이론의 전통으로 거슬러 확장시켜 볼 수 있다. 이러한 전통은 유기체론의 강조로서 시작되었으며 유기체론은 잘 만들어진 플롯mythoi이 더 큰 전체에 기여하고 있는 요소들을 구성하는 방식에 관한 아리스토텔레스Aristotle의 관심으로까지 거슬러 추적될 수 있다. 제임스식 유기체론은 한편으로는 문학적 가공물에 관한 '유기적 통일체'로서 부상하고 있던 뉴크리티시즘의 개념과 일치하면서, 다른 한편으로는 웰렉과 워렌의 소설에 관한 장에서 표면화된 서술 형태론에 관한 독일, 체코, 러시아 이론들과 일치하였다. 그러나 무엇보다도, 크레인R. S. Crane(1953)과 같은 시카고 학파 계열의 네오아리스토텔레스 학파 그리고 그의 제자 웨인 부스Wayne Booth(1961)는 프랑스 구조주의자들이 초기에 언어학적으로 지향한 유럽·슬라브 모델들이 한계를 드러내는 시기보다 이십여 년 앞서 앵글로아메리카 소설이론에서 유사한 경향의 영향력 있는 비평수준을 보여주었다. 이와 같이 앵글로아메리카와 프랑스 구조주의 서술에 관한 접근법은 동시대적이지 않은 변화의 간격을 지니고서 유사한 진화 궤도들을 따라서 다소 엇갈리는 발달을 겪어 왔다.

형태론 II – 유기적 형식, 앵글로아메리카 형식주의 그리고 그 너머

헨리 제임스의 영향력 있는 1984년 논문 「소설의 기술The Art of Fiction」 (Miller 1972 : 27~44)은 앵글로아메리카 소설이론의 중요한 토대를 제공하였다. 이 자리의 논의를 위해 제임스가 요약한 그 모델에서 서로 관련된 세 가지 특성을 정리해 보기로 한다. 그것은 유기적 통일체로서의 소설의 특성, 규범적 접근법이 아닌 기술적 서술분석 접근법의 채택, 그리고 소설 텍스트 '생산'의 정확한 레시피 혹은 규약에 대한 회의적 태도로서 요약할 수 있다. 20세기 초부터 중반까지 앵글로아메리카 서술이론의 후속과정은 이와 같은 제임스식 접근법의 특성들과 관련한 (다소 변증법적으로 연관된) 일련의 답변들로서 지형화될 수 있다

제임스는 허구적 서사가 그것의 부분들의 합보다 훨씬 위대한 높은 수준의 언어 구조물이라고 특징짓고 있다. 이것은 이 장의 '20세기 초의 서술시학' 절에서 논의한, 후기 형태론적 모델과 아리스토텔레스 시학과 유사한 방식이라고 할 수 있다. 또한 제임스는 소설의 요소들이 참여한 게슈탈트(형태)와의 관계로부터 그것들의 기능적 자질들을 이끌어내었다. 그럼에도 살아 있는 유기적 조직을 지닌 문학작품에 관한 제임스의 비유적 공식은 러시아 형식주의자들이 채택한 그것보다 오히려 더 분명하다. 즉 제임스는 사건 대 묘사 그리고 묘사 대 대화와 같은 규준적인 대립들을 의문시하면서 다음과 같이 말하고 있다. "소설은 어떤 다른 유기체처럼 살아 있는 것이자 모두가 하나인 것으로서 지속적인 것이다. 그리고 내 견해로는, 소설은 그것이 살아 움직이는 것에 비례하여 각각의 부분에 그것들 각각의 다른 무엇인가가 있다는 것이 발견될 것이다"(Miller 1972 : 36). 이와 동일한 맥락에서 제임스는 두 부분으로 구성된 그의 유명한 수사학적 질문을 던지면서 인물과 사건은 서로 연관되며 처음에 그것들의 의미를 얻도록 했던 플롯으로부터 따로 떨어져서 이해될 수 없다는 것을 주장하고 있다. 즉 "사건의 결정을 제외한다면 인물이 무슨 소용이 있겠는가? 인물의 묘사를 제외한다면 사건이 무슨 소용이 있겠는가?"(Miller 1972 : 37). 유사한 방식으로, 제임스는 소설에서 형식과 내용 간의 구별을 거부하면서 다음과 같이 쓰고 있다. "관념이 만들어지는 것을 소설의 출발점으로서 보는 이야기에 관한 이와 같은 이해는 유기적 통일체와는 다른 무엇인가로서 소설이 이야기될 수 있는 유일한 방식일 것이다"(Miller 1972 : 40). 제임스의 주장 즉 소설의 내용이 그것의 형식을 결정하도록 허용되어야만 하고 그 역도 그렇게 되어야 한다는 바로 이 주장으로 인해서 그의 진술은 확고한 반규범주의로서 남아 있게 되었다. 그는 성공적인 허구적 서사에 도움이 되는 무엇인가를 '선험적으로' 받아쓰는 일은 불가능하다고 주장하고 있다. 그보다, 그는 다음과 같이 말하고 있다. "삶을 재생산하는데 아주 직접적으로 작용하는 훌륭하고 건전한 예술이란 그것이 완전하게 자유로워지는 것을 요구해야만 할 것이다. 예술은 실천에 의지하여 살아가며 그 실천의 의미는 바로 자유인 것이다"(Miller 1972 : 33).

퍼시 러벅([1921]1957)은 제임스의 소설이론뿐만 아니라 그의 소설적 실천으로부터 깊은 영감을 얻었다. 러벅은 한 부분을 없애거나 바꾸는 것이 전체 작품을 파괴할 것이라는 유기적 통일체로서 언어적 인공물을 특징짓는 뉴크리티시즘의 동시대인들과 협력하여 작업하면서 (Brooks [1947]1992) 소설이 유기적 단일체라는 이념을 채택하였다. 이와 같이 그는 톨스토이 같은 작가들이 붓 가는대로 쓴 창조물보다는 제임스가 개성적으로 잘 만들어낸 소설들에 특전을 부여하였다. 그럼에도, 러벅은 제임스 고유의 접근법으로써 꼭 보증된 것은 아니더라도 어느 정도까지 그의 진술을 토대로 '시점'의 문제를 내놓았다(Miller 1972 : 1; Booth 1961 : 24~25). 그렇게 하면서, 러벅은 제임스의 생각을 전유하여 놀랄 만한 규범의 틀을 만들어내었다. 그의 주요 관심은 보여주기('극형식의' 사건들)와 말하기('묘사하거나' '그려보는' 사건들)를 지나칠 정도로 구별 짓는 것이었으며 이것은 묘사가 극형식보다 열등하며 그려보기가 장면-만들기보다 열등하다는 것을 주장하는 것이었다. "다른 조건들이 동등하다면 좀 더 극적인 방식이 덜 극적인 방식보다 나은 것이다. 그것은 방법으로서는 간접적인 것이다. 그것은 어떤 일이 그 자체로서 보이도록 두는 것으로서 그 일을 회상하고 숙고하고 그려보는 것을 대신하는 것이다(Lubbock 1957 : 149~150). 러벅은 제임스의 생각들을 체계화하면서 그것들을 감질 맛 나는 그러한 묘사로부터 마치 처방전과도 같은 것으로 바꾸어버렸다. 이와 같은 방식으로, 그는 소설적 기술들이 예술적 천재의 신비스러운 감화가 아니라 그것들이 기교의 일부라고 해석하였다. 좀 더 구체적으로, 러벅은, 반영자 인물이나 허구적 의식의 중심을 통해 여과되어 극적으로 만들어지는 사건들에 관한 소설적 기술들을 설명하기보다는 그 기술들 자체를 지지하면서 세부적 방법이나 절차들이 소설 기교의 핵심부에 놓여 있다고 주장하였다.

이에 대하여, 웨인 부스Wayne C. Booth(1961)는 서술기술들의 쟁점을 강조, 지지하면서도 제임스의 소설상의 실천뿐만 아니라 그의 이론의 원본진술들에서 명백히 나타나는 특질이나 복합성을 복구할 것을 추구하면서 러벅이 주장한 그러한 관점들을 뒤집었다. 즉 부스는 말하기보다 보여주기에 특전을 부여하는 논의에 반대하면서 말하기의 우선적 가치를 강조하였다. 또한 그는 '보여주기'가 일반 서술론의 요건에서 볼 때 지엽효과 내지 부대현상임을 주장하였다. 이와 같이, 부스는, 러벅과 달리, 소설이론의 최고의 관심에 '시점'을 두는 것을 거부하였다. 실지로, 부스의 놀랄만한 진술은 말하기-대-보여주기 논쟁의 전제 자체가 지니고 있는 난해한 점들을 노출시켰다. 그는 보여주기가 (피할 수 없이 존재하는) 서술상의 중재가 숨겨지는 어떠한 방식으로 조직된, 의도적으로 구조된 특정 말하기의 종류로서 구성된 하나의 효과라고 특징짓고 있다. 부스는 또한, 말하기보다 보여주기를 강조하는 것은 이점도 있지만 그 대가를 치른다고 주장하였으며 서술의 명백한 논평들이 성취하여온 중요한 수사학적 효과들을 목록화하고 있다. 그것들은, 예를 들자면, 텍스트의 어딘가에서 만들어진 규준들에 특수한 것들을 연관 짓는 것이나 사건들의 의미를 강화시키는 것, 혹은 무드를 조율하는 것 등을 들 수 있다.

좀 더 일반적으로, 예술적 순수성에 대한 요구는 지리멸렬하다는 부스의 엄격한 주장, 즉 밀에서 겨를 분리하는 것처럼 수사학적 허구적 서사를 '순수한 것으로 만든다'는 것은 사실상 불가능하다는 그의 주장은 네오아리스토텔레스 학파의 문학이론 접근법과 일맥상통한 것이다. 부스가 시카고 학파와 연관된 것을 고려한다면(Crane 1953; Richter Vince 1993 참조), 알렌 테이트Allen Tate(cf. Booth 1961 : 28~29)와 같은 형식주의 지향 비평가들과 논쟁을 일으켰다는 것은 놀라운 일이 아니다. 그도 그럴 것이 테이트는 언어적(언어 지향적) 특수용례로서 규정된 예술작품의 자율성과 자기충족성을 주장하는 다른 뉴크리티시즘 비평가들에게 영향을 끼치고 있던 이론가였다. 부스의 모델은 크레인Crane, 엘더 올슨 Elder Olson, 리처드 맥케온Richard Mckeon 같은 네오아리스토텔레스 학파가 개발한 비평맥락의 틀에 관한 대안으로서 위치 지어질 수 있다. 이들 네오아리스토텔레스 학파는 문학 텍스트의 분석 접근법으로서 아리스토텔레스의 인과적 분류법을 사용하였다. 즉 아리스토텔레스의 고유 개념들은 사실상 뉴크리티시즘 비평가들이 『시학Poetics』에서 가져온 유기체론을 재문맥화하는 데에 사용되고 있었다. 이 구조에서 언어예술의 원인들은 '발생적' 원인으로서 저자, '최종적' 원인으로서 독자, '물질적' 원인으로서 언어, 그리고 '형식적' 원인으로서 재현맥락을 포함하고 있다(Vince 1993 : 117). 따라서 네오아리스토텔레스적인 관점에서 보면, 일반적 문학예술과 특수한 허구적 서사에 관한 뉴크리티시즘 이론들은 언어예술에서 명백하게 작용하는 모든 원인세력들을 단지 '물질적 원인'으로만 한정시켜보는 것에 잘못이 있었다. 네오아리스토텔레스적 접근법은 발생적 원인에 관한 관심을 의도적 오류로서 혹은 최종적 원인에 관한 관심을 감정의 오류로서 떠넘기지 않고 이것들 모두에 관한 관심이 연구에 있어서 정당한 초점임을 주장하였다. 유사한 방식으로, 부스는 물질적 원인뿐만 아니라 발생적 원인과 최종적 원인을 변수로 두면서 특수한 종류의 허구적 구도들이 어떻게 저자와 청중 사이에서 특수한 종류의 수사학적 상호작용을 촉진시키는가에 관하여 연구하였다.

이에 더하여, 서술 유형들에 관한 부스의 논의는 보카치오Boccaccio의 『데카메론Decameron』으로부터 고대 그리스 서사극, 나아가 세르반테스 Cervantes, 헤밍웨이Hemingway, 셀린느Céline 등, 다양한 저자들의 장편 및 단편소설들에까지 광범위하게 전개되고 있다. 그리고 부스의 논의는, 앵글로아메리카의 전통을 잇는 후속이론가들이 오로지 소설만을 초점화하기보다는 다양한 종류의 서술들을 탐구하도록 고무하였다. 그런데 소설의 이론으로부터 서술의 이론이 이처럼 분리된 것은 약 사십여 년 전에 러시아 형식주의자들이 독자적으로 발의해왔던 하나의 과정이기도 하였다. 그리고 이것은 로버트 스콜스Robert Scholes와 로버트 켈로그 Robert Kellogg의 연구서 『서술의 특성The Nature of Narrative』(1966)과 같은 광범위한 연구에서 그 정점을 이루었다. 의미심장하게도, 스콜스와 켈로그의 연구서는 유사한 초일반적 연구초점으로써 구조주의 서술론을 실효성 있게 들여온 『커뮤니케이션Communications』8과 같은 해에 출간되었다.

구조주의 제유법—러시아 형식주의 이후의 서술론

　네오아리스토텔레스 시카고 학파는 언어예술의 물질적 원인에 관한 뉴크리티시즘 비평가의 배타적 강조들을 거부하였으며, 그들은 일명 '구조주의 혁명'의 시기에 즈음하여 구조주의 서술론의 핵심부에 놓인 서술＝언어의 등식에 관한 논쟁들을 진작부터 해오고 있었다. 한편으로, 바르뜨, 브레몽, 주네뜨, 그레마스, 토도로프는 서술론의 프로젝트 즉 러시아 형식주의자들이 주로 사용했던 "이론적 제유법"(Steiner 1984)에 주목한 연구들을 발표하였다. 스타이너는 형식주의자 빅토르 지문스키Viktor Zirmunsky의, "시의 재료가 언어인 한 (…중략…) 언어학이 제공한 언어 현상의 분류는 체계적으로 구조화된 시학의 기초가 되어야 한다"는 1928년도 그의 진술을 인용하였다. 그리고 그는, "지문스키가 기술한 모델이 제유법 즉 **파르스 프로 토토**pars pro toto 관계이며 그 모델은 언어예술의 재료인 언어가 예술 그 자체를 대체하며 언어과학인 언어학이 문학 연구를 대체하는 것임"(p.138)을 지적하였다. 서술론자들은 이러한 수사를 반복하였으나 그들은 무엇보다도 제유법에다 준과학적 위상과 해석학적 권위를 부여한 소쉬르의 연구에 주목하였다. 서술론자들은 그들 스스로 구조주의 언어학의 정밀한 토대로서 간주하는 어떤 형식주의 제유법을 복귀시키고 있었다. 그런데 역설적이게도, 서술론자들은 그 과정에서 자신들 고유의 사례를 만들어내기 위해 다시 말해 서술이 (탁월한) 언어의 종류라는 주장을 재확신하기 위해 그들이 사용했던 바로 그 언어학적 모델의 한계들도 함께 노출하였다.
　여하튼간에, 파일럿 과학 혹은 '이론적 제유법'과 같은 (소쉬르적) 언어학의 사용은 주요한 연구의 틀로서 구조주의 서술론의 대상과 방법과 전체목표를 형성하게 되었다(Herman 2002 : 2~4 참조). 서술론의 근본 가정은, 보편적이면서도 다소 함축적인 서술모델을 통해서 많은 다양한 창작물들과 인공적 이야기의 유형들을 인지하고 해석해내는 사람들의 능력에 관해 설명한다는 것이었다. 다음으로, 서술론 분석의 '존재목적'은 스토리에 관한 사람들의 직관적 앎을 강조하는 모델을 명백히 특징 짓도록 개발하는 것이었는데, 이것은 사실상 사람들의 서술능력을 구성하는 무엇에 관한 진술을 제공하는 일이 되는 것이었다. 이에 따라, 바르뜨는, 언어학에서 그 '기본 모델'의 위상을 모색해왔는데(Barthes [1966]1977 : 82), 그는 페르디낭 드 소쉬르Ferdinand de Saussure([1916]1959)가 언어학자들을 위해 구체화했던 연구가 서술론자들에게도 동일한 대상이 된다는 것 즉 무한한 **서술메시지들**la parole이 근거를 둔 것은 **체계**la langue이며 체계의 기저 위에서 그것들은 일단 이야기로서 이해될 수 있다는 것을 확인하였다.

게다가, 초기 바르뜨 계열의 서술론자들은 분석대상을 확인할 뿐만 아니라 자신들의 연구 방법을 정교화하기 위해서 구조주의 언어학을 사용하였다. 언어학적 방법의 채택은 가능하게 하는 것과 구속하게 하는 것 양쪽을 모두 증명하는 것이었다. 긍정적 측면에서, 언어학의 사례들은 이야기들에 관한 생산적인 관점들을 서술론에 제공하였고 새롭고 중요한 연구문제를 만들어내는 용어들과 범주들을 제공하였다. 예를 들면, 언어학적 패러다임은 바르뜨가 '묘사의 층위'에 관한 '결정적' 개념으로서 특징지었던 것들을 제공할 수 있도록 하였다(Barthes 1977 : 85~88). 문법이론으로부터 가져온 그 개념은 하나의 서술이 '전제들의 단순한 총합'일 뿐만 아니라 계층적 층위들로 분석될 수 있는 복합적 구조임을 시사하고 있다. 마찬가지 방식으로 그 개념은 자연-언어의 발화는 그것의 구문론적, 형태론적 혹은 음운론적 재현의 층위에서 분석될 수 있음을 시사하고 있다. 바르뜨는 세 가지 묘사의 층위들을 구별 짓고 있는데 그것은 서술을 스토리와 담론 층위로 구별 짓는 러시아 형식주의로부터 영감을 얻은 토도로프(1966)의 주장들에 기초를 둔 것이다. 즉 가장 낮은 층위 혹은 가장 작은 층위는 '기능functions'(이 용어에 관한 프로프와 브레몽적 의미에서)이며 그리고 '행위actions'(Greimas가 그의 연구에서 행위자actant로 사용한 의미에서)가 있으며 마지막으로 '서술narrations'("토도로프가 대략적으로 '담론'의 층위"라고 한 의미에서(1977 : 88; cf. Genette [1972]1980))이 있다.

그러나 서술론은 또한, 그것이 전형적인 것으로서 취급한 언어학적 모델들에 의해서 제한되었다. 아이러니컬하게, 서술론자들은 구조주의 언어학의 결점들이 언어학 이론 그 자체의 영역에서 명백해져가고 있을 바로 그 즈음에 그들의 파일럿 과학으로서 구조주의 언어학을 수용하였던 것이다(cf. Herman 2001). 소쉬르적 패러다임의 한계들은, 한편으로는, 언어구조를 분석하는 신생의 형식(예를 들자면 생성-문법) 모델들에 의하여 한시름을 덜었다. 다른 한편으로는, 그것들은 루드윅 비트겐슈타인Ludwig Wittgenstein, 오스틴J. L. Austin, 그라이스H. P. Grice, 존 설John Searle 그리고 기타 포스트-소쉬르적인 언어이론가들을 일깨워서 강력한 도구들이 개발되도록 도왔다. 당시에 그 이론가들은 언어 사용의 문맥이 사회적으로 위치 지어진 발화들을 생산하고 해석하는 것에 어떤 방식으로 영향을 주는가에 관심을 지니고 있었다. 그들은 구조주의 언어학과 그 자리를 대체한 촘스키Chomsky의 패러다임에서 추상화와 이상화의 대위생산적 양식으로서 간주했던 것들에 의문을 품기 시작하였다. 이러한 노선들을 따른 연구는 언어학적 체계의 특정한 특질들 — 일상회화의 전환을 일으키는 함의들, 담론의 대용어들, 프로토콜(규약) 기타 — 이 단지 문장 너머의, 어떤 층위에서만 나타난다고 인식하도록 이끌었다.

따라서 바르뜨는 "모든 진술적 문장은 어떤 의미에서 하나의 짧은 서술에 관한 대략적 요약인 것과 마찬가지로 서술은 하나의 긴 문장이다"라고 말하고 있었다. 그럼에도 그는, "확장되어 비율상으로 변형된 서술들 속에서 주요 언어범주들 즉 시제, 양상, 무드, 인물"(Barthes 1977 : 84)을 발견하게 된다고 주장하였는데, 이것은 바르뜨가 자신의 의도와는 무관하게 구조주의 서술론의 한계를 드러내는 대목이다. 바르뜨뿐만 아니라 초창기의 다른 서술론자들도 문장-층위의 문법에 속하는 모든 범주들이 문법기제에 개입된 묘사의 힘이나 설명의 힘의 도움을 얻지 않고서도 담론의 층위에 이르기까지 별다른 문제없이 만들어질 수 있다는 가정을 공유하고 있었다. 보카치오의 『데카메론』에 관한 토도르프의 연구는 전통적 문법으로부터 그 범주들을 빌려왔는데, 그것은 서술된 존재들과 행위주체들을 명사로서, 서술된 행위들과 사건들을 동사로서, 그리고 서술된 자질들을 형용사로서 대비시키는 것이었다(Todorov 1969). 주네뜨([1972]1980) 또한 동일한 문법적 패러다임에 주목하였으며 시제, 무드, 목소리를 사용하여 서술된 세계the narrated world, 재현적 관점의 서술the narrative, 그리고 재현을 가능하도록 하는 서술하기the narrating 사이의 관계들을 특징지었다.

실지로, 서술론자들이 구조주의 언어학의 관념들을 전유한 것은 연구의 대상과 방법을 결정지었을 뿐만 아니라, 그것은 서술론의 기획 그 자체의 전반적 목적으로서 작용하고 있었다. "언어학은 해석학이 아니다"(Culler 1975 : 31)라는 조나단 컬러Jonathan Culler의 진술이 있다. 다시 말해, 언어학적 분석은 특수한 발화의 해석을 제공하는 것이 아니라 문법적으로 수용할 만한 형식과 시퀀스의 생산과 과정에 있어서 가능한 조건들에 관한 일반적 진술을 제공하는 것을 추구한다는 것이다. 유사한 방식으로, 서술론자들은 서술의 구조적 분석이 해석의 시녀로 간주되어서는 안 된다고 주장하였다. 서술론의 목표는 근본적으로 분류적이며 기술적인 것이었다. 이야기의 구조분석은 서술론적으로 조직된 신호 체계가 '무엇'을 의미하는가 하는 그것 자체가 아니다. 그보다, 그것은, 이 체계가 '어떻게' 의미하는가, 구체적으로는 이 체계가 서술'로서' 어떻게 의미하는가에 관심을 지닌 것이었다. 그에 따라, 서술론자들은 야콥슨Jakobson(1960)의 시학과 비평의 구별에 집착하였으며 그 약호에 의하여 지탱되는 특수한 이야기들보다는 서술의 약호에 특전을 부여하면서 서술비평이 아닌 서술시학을 추구하였다. 비평가들은 개별적 이야기들의 순차적 독해에 참여하는 한편, 서술론자들은, 언술표지나 기타표지들의 집합이 처음에 하나의 서술로서 파악될 수 있도록 허용하는 무엇들에 관하여 연구하였다.

이와 같이, 구조주의 서술론자들은 러시아 형식주의자들에게는 다소 암시적인 배후 가정이었던 이론적 제유법을 명백한 방법론으로 만들었다. 본질적으로, 서술론자들은 특정한 모델을 만들기 위한 목적으로 언어이론들에 의지하였던 것이다. 그 과정에서, 그들은 다른 학문 분야(Herman 2002)에서 배양된 관념들을 서술이론의 영역으로 가져옴으로써 얻게 되는 결실들을 확신하였다. 그러나 서술론의 역사로부터 배우게 되는 또 다른 교훈이 있었다. 그것은 말하자면 서술 연구에 관한 크로스-학문의 전이는 주의 깊게 다루어져야 한다는 것이다. 그것은, 다른 분야의 맥락 내에서는 그 적용의 한계가 그 자체로 이미 명백해진 관념들과 방법들을 과도하게 확장시키는 수고들을 치루어내는 일을 염두에 두어야 한다는 것이다.

다시 방문한 웰렉과 워렌－계보학적 관점

전반적으로, 이 장에서 제공된 진술들은 서술이론의 초기 발달사가 단일한 인과사슬로 연관지어지며 (러시아 형식주의, 뉴크리티시즘, 서술론 등과 같은) 간결한 시기구분에 자리를 내어주는 일련의 사건들로 간주되어서는 안 된다는 것을 주장하고 있다. 그보다, 이 장의 진술들은, 서술이론의 초기 발달사가 한동안은 비틀거리고 가끔씩은 나란히 펼쳐지면서 다양한 진행의 속도를 지니고 출현하며 그리고 멀리 산재된 인과적 네트워크들을 통하여 서로를 서로 속에 새겨넣는 그와 같은 세력들의 장으로서 간주되어야 한다고 주장하고 있다. 나는 서술에 관한 현대적 연구의 출발점을 스케치하면서 케빈 힐R. Kevin Hill(1998)이 특징지었던 계보학적 방법에 동의하고 있다.

역사는, 계보학자들에 따르면, 헤겔의 경우에게서처럼 목적론적이지 않다. 계보학자들은 역사적 과정의 어떤 목표는 확인할 수 없으며 그리고 그들이 할 수 있는 것은 역사가 아주 초기의 상태로부터 어떻게 점진적으로 출현하였는지를 계속해서 보여줄 수 있을 뿐이라고 주장하고 있다. 그보다, 계보학자들은 불확실한 합류점에 의하여 동시대의 결과들을 생산해내는 과정을 도표화하고 있다. 그 과정은 개인은 가족사의 목표가 아니라는 비유로서 요약될 수 있을 것이다. 그보다, 그것은 하나의 가족은 방대한 조직의 관계들이며 그리고 어떠한 개인도 과거로부터 가계혈통을 이어온 많은 합류점들 가운데 단지 하나임을 나타내고 있다. (Hill 1998 : 1)

마찬가지로, 어떤 개별적 접근법이나 학파도 서술이론의 역사(좀 더 적합하게는 역사들)의 '목표'는 아닌 것이다. 대신에, 이 분야는 가계혈통이 교차, 연관되면서 발달된 군집이나 가족을 구성하고 있다. 그리고 이러한 맥락에서, 초기의 발달들은 후기의 발달들 위에 하나의 형태를 갖지만 결정적인 영향을 끼치지는 못한다. 그리고 어떤 분석 모드들은 공유된 역사적 전통으로부터 그 가지들이 나오면서 그것들의 전통 속으로 귀환하는 반면에, 또 어떤 분석 모드들은 이들 연구 영역에 크고 지속적인 영향을 끼치지는 못한 이론적 혁신들을 나타내고 있다.

계보학적 관점에서 보면, 허구적 서사에 관한 웰렉과 워렌의 글은 구조주의 서술론을 '예기하지는' 못하였다. 그보다, 이 글은 그 자체가 독일·체코·러시아의 개발 노선들에 의하여 형성되었으며 또한 이 개발 노선들은 역사적·전기적·개념적 영향을 미치는 다중적 경로들을 통하여 서술론자들의 모델과 방법을 만들어내도록 이끌었다. 『문학의 이론』의 두 사람의 저자와 서술론자들은 보편적 관념들에 주목하면서 서술구조를 스토리와 담론으로 분석하였으며 특수한 인물

들로부터 인물의 유형들(혹은 행위자들)로 그 관심을 전환시켰다. 뿐만
아니라, 그들은 서술재현들의 인과관계와 연대기의 상호관련성을 강
조하였으며 모든 종류의 서술들에 관한 초일반적인 연구초점이 지닌
이점을 (다소 명백하게) 지적하였다.

  그러나 웰렉과 워렌의 주장에는, 본래적으로 구성된 구조주의 서술
론과는 단순하게 동화될 수 없는 요소들이 있다. 구조주의자들은, 그
들 특유의 소쉬르적 유산으로 인해서, 소설의 참조에 관한 문제 다시
말해 (소설의 서술과 다른) 서술들이 참조하는 무엇에 관한 질문에 대응
할 수 있는 준비를 갖추지 못하였다. 그런데 웰렉과 워렌은 소설의 '코
스모스(우주)'라는 관념 — 소설의 재현들에 의해 강조되고 환기된 스
토리세계 — 에 구멍을 내고 그것을 끄집어내면서 서술의 의미론에 관
한 문제들을 조명하였던 것이다. 그리고 그 문제들은 그들의 작업 이
후 육십여 년에서 팔십여 년 동안이나 더 개발되지 못한 채로 남아 있
게 되었다. 이후에 또 다른 담론의 복합성들로 인해서 서술이론은 새
로운 형태를 갖추어 만들어지게 되었으며 서술이론의 계보학적 윤곽
도 변화를 맞게 되었다.

2

서술이론의 역사 (II)

구조주의부터 현재에 이르기까지

모니카 플루더닉Monika Fludernik

서술론의 역사는 최근에 두 가지 다른 플롯에서 조명되어 왔다. 그 첫 번째 플롯은 '서술론의 시작과 쇠퇴'라 이름지어진 것이다. 이것은 토도로프Todorov, 바르뜨Barthes, 그레마스Greimas의 초기 시작지점들이 시사하는 이야기 속에 놓인 것들이다. 이 플롯은 제라르 주네뜨Gérard Genette 에게서 그 정점에 이른 것으로 보고 있다(또한 F. K. Stanzel, Mieke Bal, Seymour Chatman, Gerald Prince, 그리고 Susan Lanser의 연구에서도 주네뜨의 연구와 근접한 몇몇 정점들을 볼 수 있다). 이후에 이 플롯은 쇠퇴기로 접어드는데 그에 따라 '저자의 죽음' 혹은 '서술론의 죽음'을 논의하는 와중에서 이 분야를 적합한 방식으로 괄호치기하게 되었다. 이러한 진술은 지금은 구식의 것으로 간주되고 있는데(Herman 1999 : 1), 카를로 로마노Carlo

Romano(2002)가『고등 교육 연대기*Chronicle of Higher Education*』에서 쓴 최근의 글도 그러한 범주로 볼 수 있다. 잉게보르크 후스터레이Ingeborg Hoesterey(1992)는『끝나지 않은 이야기들*Neverending Stories*』에서 쓴 서문에서 서술론 발달의 세 가지 단계를 구별 짓는 작업을 통해서 서술론의 플롯에 관한 대안적 교량지점을 제공하고 있다. 그 세 가지 단계는 "서술론적 학문에서의 '고대적' 단계"(이 책의 앞장에서 데이빗 허만David Herman이 논의한 시기와 대략 상응하는), 구조주의적 패러다임에 근거를 둔 '고전적' 서술론의 두 번째 단계(허만이 "후기 낭만주의 서술론"이라고 명명한), 그리고 후스터레이가 "뉴헬레니즘"으로서 기술하고 있는 일명 '비판적' 서술론의 세 번째 단계(Hoesterey 1992 : 3)이다. 이러한 모델은 긍정적인 관점에서 서술론이 지속적으로 번성할 것임을 확신시키도록 고안되었다. 그러나 이 모델은 첫 번째 플롯이 지니고 있는 흔적의 일부를 보유하고 있다. '헬레니즘'이라는 용어 ― '비판적'이란 관련 수식어를 달고 있음에도 ― 는, 그리스 건축과 조각 양식의 패턴에 관한 기술을 의미함에도 불구하고, 현재 번영하고 있는 학문뿐만 아니라 일반적으로 헬레니즘 시대와 연관되어 심미적 수준들을 희석화하는 의미를 또한 암시하고 있다. 여기서 헬레니즘 시대란 망각 속으로 아주 가라앉기 이전에 마지막으로 번성을 겪으며 전성기를 지나가고 있는 학문을 암시하기 때문이다.

두 번째, 현재 지배적인 대안적 플롯은 좀 더 많은 부분을 망라할 수 있는 서술이론의 발달들 가운데 단지 하나의 단계로서 고전적 서술론을 간주하는 것이다. 그 플롯은 '기원과 소설의 기원'(cf. Cobley,『기원과 소설의 기원*The Rise and Rise of the Novel*』)이라는 제목을 달고 있다. 경쟁력 있는 이 플롯에서는 서술이론의 새로운 지향들과 다양성이 뒤따르면서 서술론의 청춘기가 이어지고 있다. 그리고 이러한 서술이론들은 후기 구조주의에 대한 반응들과 문화적 연구에 관한 패러다임의 전환 속에서 발생한 일련의 하위 연구 분야들을 만들어내고 있다(예를 들면 데이빗 허만의 1999년 논문집, 『서술론들Narratologies』에서 모든 것을 알려주는 복수형의 제목을 취한 연구, 그리고 Richardson 2000; Fludernik 2000a; Nünning 2000이 제공하고 있는 연구들을 참조). 가장 빈번하게 언급되는 하위 학문 분야들 중에는 정신분석적 서술 접근법이 있으며(예를 들면 Ross Chambers 1984; Peter Brooks 1985), 페미니즘 서술론이 있으며(특히 Lanser 1992 · 1999; Warhol 1989 · 2003 참조), 문화 연구-지향의 서술이론들이 있으며(예를 들면 Steven Cohan & Linda Shires 1988; Nancy Armstrong & Leonard Tennenhouse 1993) 뿐만 아니라 서술에 관한 탈식민적 독해에 집중하고 있는 더 최근의 연구들이 있다. 이 패러다임은 그다지 번성하지는 않았지만 이것의 확장은 또한 어휘론적인 결과들을 보여주고 있다. 일부 비평가들은 여전히 자신들을 서술론자로서 확인하며(특히 Herman, Ryhn, Lanser, Fludernik, Nünning), 한편 다른 비평가들은 필자가 이 글에서 '고전적 서술론'이라고 일컬었던 '서술론'이라는 용어를 한정적으로 사용하기도 한다(Barthes, Todorov, Genette, Prince, Chatman, early Lanser, Cohn, Stanzel). 나는 이 책의 취지를 살리는 의미에서, '서술이론Narrative Theory'과 '내러톨로지Narratology'라는 말을 서로 바꾸어서 써도 무방한 것으로서 사용하고자 한다(복합적인 어휘론적 제안으로는 Nünning 2003과 비교해 보라). 이 두 번째 플롯은 대안적으로 '다양한 발달들De pluribus progresso'로 명명된 것으로서 이것은 하나의 성공적인 스토리로서 결말을 맺고 있다. 다양한 접근법들과 비판적 이론과의 이종적 결합들 가운데서, 몇몇 서술론들이 태동, 현재 부상하고 있으며 이 서술론들은 이 분야의 학문이 주요한 갱생의 과정을 겪고 있다는 것을 표시하고 있다. 최근의 업적들로는, 가능세계이론Possible worlds theory을 비롯하여 정보-기저 접근법이나 미디어기술-기저 접근법 등을 헤아려볼수 있을 것이다(이것은 Marie-Laure Ryan 1991 · 1999 · 2001의 연구와 특히 관련된다). 그리고 주요 업적들 중에는, 데이빗 허만의 전체 연구물(1995 · 2002)에서의 철학, 언어학, 회화분석의 결합들, 안스가 뉘닝Ansgar Nünning(특히 1997 · 2000)의 인지 · 문화적 연구 지향의 작업들, 두칸Duchan과 브루더Bruder와 휴이트Hewitt(1995) 그리고 보톨루씨Bortolussi와 딕슨Dixon(2003)이 보여주었던 서술론과 경험과학의 결합들이 있다. 또한 플루더닉이 재현한 유기체적 역사주의 접근법(특히 1996 · 2003a)이 있으며 웨인 부스Wayne C. Booth의 『소설의 수사학The Rhetoric of Fiction』과 『우리가 만나는 친구The Campany We Keep』의 연구를 이은 개별서술론의 패러다임들에 이르기까지 수사학과 윤리학을 확장시킨 연구들(Booth [1961]1983 · 1988; Phelan 1989a · 1996; Phelan & Rabinowitz 1994; Rabinowitz & Smith 1998)이 있다. 여기에는 또한 미디어와 다른 장르들을 분석한 울프Wolf (2002, 2003)의 서술이론의 확장 연구를 포함시킬 수 있을 것이다.

이어지는 글에서, 나는 롤랑 바르뜨Roland Barthes 이래로 다양한 단계들 속에 놓인 서술이론의 주요한 특성들로서 간주하고 있는 것의 윤곽을 그려볼 것이다. 중요한 서술이론가들을 모두 거론한다는 것은 명백히 불가능한 일일 것이다. 또한 과거 사십 년에서 오십 년 동안에 쓰인 서술론 연구들의 기원과 다양성에 각각의 정당한 가치를 부여하는 일도 가능하지 못한 일이다. 더구나 내가 제시한 글은 개별적 학파들, 폭넓게 영향을 끼친 공헌들, 그리고 이론전공의 논문출판물들 ― 수많은 중요 학자들을 불리하도록 하는 경향을 지닌 ― 을 지지하는 쪽에 치우쳐 있다.

구조주의 서술론 ―이원적 대립, 범주화, 그리고 유형학에 대한 분노

구조주의는 페르디낭 드 소쉬르Ferdinand de Saussure의 연구 즉 화자의 불완전한 '빠롤Parole'의 수행들과는 상관없는, 하나의 체계(랑그Langue)로서의 언어구조에 관한 언어학적 통찰에 기초를 두고 있다. 그리고 구조주의는 서술론의 중요한 곁가지였던 초기의 문학구조주의에 적합한 매개변수를 지니고 있다. 서술론이라는 대건축물은 제일 근본이 되는 주춧돌로서 소쉬르와 음운론을 모방하면서 이원적 대립이라는 구조를 만들어내었다. 즉 브레몽Bremond의 플롯분석(1973)에서 대안적인 두 가지 과정 사이에서 취해진 결정들은 이 영웅이 탐구한 각각의 경계 속에서 취해져야만 할 것이다. 좀 더 뚜렷하게는, 이원적 대립항들의 모음으로써 작업하고 있는 제라르 주네뜨의 서술형식의 유형론(1980)에서 이원적 대립 구조의 특성이 나타나고 있다. 구체적으로, 동종화자homodiegetic 대 이종화자extradiegetic(화자가 이야기 속의 인물인지 혹은 그렇지 않은지와 관련한), '내적 초점화focalization interne' 대 '외적 초점화 focalization externe' 등을 들 수 있다. 마지막으로, 주네뜨가 세 가지 범주들을 취하여 이원적인 체계로 전환하는 방식에서 시사적인 사례를 볼 수 있다. 주네뜨는 실제적으로 세 가지 유형의 초점화를 취하고 있는

데 '영도의 초점화focalization zéro'는 한계를 지닌 관점(외적 초점화external 대 내적 초점화internal의 하위 갈래로 분류되는)과 대비하여 한계지어지지 않는 것으로서 규정된다. 즉 이원적 대립항이 역할하지 못하는 영역의 경우에는 세 가지 혹은 네 가지 범주가 제공되어야 했다. 이러한 전통은 슈탄젤F. K. Stanzel이 『서술의 이론A Theory of Narrative』([1979]1984)에서 자신의 1955년도 유형론 연구(1971년 번역)를 구조주의적으로 재작업함으로써 주네뜨를 넘어서는 것으로 이어지고 있다. 슈탄젤은 『서술의 이론』에서 이원적 대립항으로서 구성되어 있는 세 가지 축을 소개하고 있으며 다음에는 세 가지 서술상황(아래 참조)을 구성하도록 하고 있다. 유형학과 분류화를 향한 열정은 또한 미케 발Mieke Bal, 제럴드 프린스Gerald Prince 그리고 수잔 랜서Susan Lanser의 초기 서술론적 연구의 상당 부분에서 특징적 국면으로 나타나고 있다. 그리고 현재에는 안스가 뉘닝Ansgar Nünning의 연구에서 현저한 특징을 보여준다.

이원론 및 유형학의 강조는 서술론에서 만연한 두 가지 특질을 비추어내고 있다. 그 특질은 서술론의 과학성 지향('유사'-언어학적 형식주의와 경험론을 경유한) 그리고 서술론의 궁극적 기술목표들이다. 서술론의 "기하학적 상상력"(Gibson 1996)은 서술이 인지할 수 있고 기술할 수 있는 것이며, 그에 따라 서술론의 작업들도 이해할 수 있고 설명할 수 있다는 환영을 투사적으로 보여주고 있다. 서술론은 전통적 문학 비평의 주관주의에 의해 감염되지 않고서 해석을 향한 안내지침들을 제공할 것을 약속하였다. 이러한 태도는 텍스트가 안정된 존재이며 독자는 예측할 수 있는 방식으로 텍스트에 반응하고 있다는 것을 전제로 한다. 이와 대조적으로, 좀 더 최근에 실용주의적인 지향을 보여주는 포스트

구조주의 서술론의 지지자들은 텍스트의 분석이 텍스트와 독자의 상호작용에 의해 영향받게 된다는 것을 주장하면서 텍스트의 안정성에 의문을 던지고 있다. 그리고 포스트구조주의 서술론자들 중의 일부는 언어학적 이원론 범주와 유형학에 대한 서술론의 집착을 비판하고 있다(Gibson 1996).

그럼에도 초기 구조주의-유형학적인 서술론 단계의 주요한 문제는 이론과 실천 사이에서 어려운 관계에 놓여 있었다. 한편으로, 서술론은 텍스트를 분석하는 데 있어서 일련의 도구를 생산할 것이 요구되었다(서술론에 있어서 이러한 '도구상자'의 논리는 뉘닝의 작업에서 가장 현저하게 나타나고 있다). 다른 한편으로, 서술론은 왜 그리고 무엇 때문에 즉 서술의 기호학과 문법에 그 초점을 맞추어야 했다. 다른 말로 하자면, 서술론은 적용과학의 분야인 동시에 그 자체로 고유한 서술 텍스트의 이론이기도 한 것이다. 적용과학으로서의 서술론은 "그래서 무엇을 한단 말인가? 혹은 텍스트의 이해를 위한 이러한 모든 하위 범주들이 도대체 무슨 소용이 있는가?"와 같은 비판적 도전들에 직면하고 있다. 이를테면 해체주의 혹은 라캉식 정신분석이론과 같이, 하나의 이론으로서의 서술론은 이론적 제안들이 의미 있는 독해들을 생산하는 데 도움이 되지 못한다는 비판에 직면하고 있다. 문학에 관한 포스트콜로니얼적 해석이나 페미니즘적 해석과는 달리, 서술론적 분석들은 텍스트에 관한 전적인 새로운 독해들을 분석들 그 자체 내에서 생산하지 못하는 경향을 지니고 있다. 즉 서술론적 분석들은 종종, 텍스트가 '어떻게' 특정한 효과들을 보여주게 되었는지를 조명하고 이 효과들이 '왜' 발생하는지를 설명해주면서, 그것으로써 존재할 수 있는 텍스트의 해석을 위한 주장들을 제공하고 있다. 이것은 서술론이 왜 포스트모더니즘적 서술에서 아주 잘 저합하게 되는가 하는 이유가 된다. 즉 포스트모더니즘적 서술의 도구들은 모방적 전통이 어떤 방식으로 위반되고 있으며 그리고 그 도구들이 어떤 방식으로 명쾌하게 재기능하는지를 보여주는 데에 적합하도록 탁월하게 맞추어져 있다. 이 영역의 훌륭한 연구로는 맥헤일McHale([1987]1996, 1992)과 울프(1993)의 작업을 들 수 있다. 포스트모더니즘적 텍스트에 관한 연구들은 또한 서술론의 이론화를 현저하게 확장시켰다. 그 이론화의 사례로는 인칭의 범주(Fludernik 1994; Margolin 2000) 및 시제(Margolin 1999a) 관련 연구를 들 수 있다. 이 관점에서 보면, 서술론은 서술과 특별히 관련된 문학기호학 및 심미학의 진정한 하위 학문 분야라고 할 수 있다.

고전적 단계의 서술론은 학파들로 범주를 나눌 수 있는데, 단순히 국적에 의존한 분류가 적절한 것인지는 의문시된다. 그중에서 명백히 가장 현저한 것은 『서사담론Narrative Discourse』(1980)에서 제라르 주네뜨가 구성한 패러다임이라고 할 수 있다. 『서사담론』은 출간 초기에 영어로 번역되어서 미국인들에게 뚜렷하게 채택되었으며(prince 1982 · 1987), 그 후 유럽인들(Bal [1985]1997 · 1999) 그리고 이스라엘 학자들(Rimmon-Kenan [1983]2002)에게 알려지게 되면서 국제적인 영향력을 행사하였다. 서술론에 관한 주네뜨의 전체 연구들은 무엇보다도, 그가 질서order, 지속 duration(속도tempo) 그리고 빈도frequency를 구별 지으면서 현저하게 전개 하였던, 서술의 시간성temporality에 주의를 보여주는 세밀한 연구로 인해 괄목할 만한 것이 되었다. 플래시백flashback 곧 '소급제시analepsis'라는 주네뜨의 용어는 문학비평에 있어서 일상적인 용어가 되었다. 그리고 특히 포스트모더니즘 소설을 다루는 작업에 있어서 서술 층위의 위반을 언급하는 '대체제시metalepsis'라는 용어 또한 문학비평에서 반복적으로 나타나게 되었다(예를 들면 McHale 1992 · [1987]1996). 질서, 지속 그리고 빈도에 관한 주네뜨의 시간 모델은, 1948년에 귄터 뮐러Günther Müller가 구별 지었던 '담론의 시간Erzählzeit'(서술하기 또는 담론시간)과 '스토리의 시간erzählte Zeit'(서술된 것 혹은 스토리시간)을 결정적으로 확장시킨 것이었다. 휴지, (확장), 장면, 요약, 그리고 생략을 포함한 속도tempo의 범주는 뮐러의 논의를 요약하고 있으며 그의 논의를 조직화하고 있다. 그러나 주네뜨는 질서order의 중요한 측면들(다시 말해, 서술에서 스토리의 요소들의 재조직으로서)을 더하고 있다. 즉 그는 '빈도'를 덧붙이고 있는데 '빈도'는 사건들이 한 번 이상 이야기될 수 있다는 것에 주목한 것이며 그리고 되풀이되고 있는 스토리의 요소들이 한 가지 전형적인 재현을 향해 압축될 것이라는 점에 주목한 것이다. 게다가 주네뜨는 회고적 서술이 단지 서술과 스토리 사이에서 가능한 시간적 관계만이 아니라는 것을 알아차린 최초의 인물이었으며, 그는 동시삽입된 스토리텔링의 존재에도 관심을 보여주고 있었다.

서술의 시간성에 관한 주네뜨의 통찰이 매력적인 것으로서 드러났다면 그러한 면모를 더욱 부각시키는 것은 그가 동종화자와 이종화자를 구별 지은 사실에 있어서이다. 동종화자와 이종화자의 구별은 필딩Fielding의 『톰 존스Tom Jones』의 분석에서 보듯이, 서술자가 자신을 '나'로서 언급함에도 불구하고, 왜 '삼인칭' 서술자가 되는지를 설명하는 데 있어 안고 있던 문제들을 딱 잘라서 회피할 수 있도록 하기 때문이다. 주네뜨의 용어, 이종화자는 서술자가 이야기 세계의 일부가 아니라는 것을 단순하고도 고상하게 명확히 하고 있다. 그런데 주네뜨는 많은 기술용어들(동종화자 / 이종화자, 외적 화자extra- / 내적 화자intradiegetic, 메타화자metadiegetic 등)에서 '디게틱diegetic'이라는 어원을 사용하고 있다. 이러한 사실은 주네뜨가 인칭과 층위 간의 구별을 유용한 것으로서 인정하고 있음을 보여준다. 또한 이것은 주네뜨가 서술론적 담론 다시 말해 이야기('뮈토스muthos' 혹은 ― 이후의 서술론 용어로는 '역사histoire')라기보다는 말하기의 행위를 실제적으로 언급하기 위해서 그리스 어원을 지닌 '디에게시스diegesis'를 도입한 문제를 보여준다. 주네뜨의 '디에게시스' 도입은 독일어권 학자들이 왜 주네뜨의 어휘론을 거부하였는가 하는 중요한 이유들 중의 하나이다.

게다가 주네뜨의 모델은, 잘 알려진 주요통찰들 뿐만 아니라 서술 연구의 분야에서 초점화focalization라는 개념을 만들어내는 공헌을 하였다. 그의 초점화는 '관점perspective'과 '시점point of view'이라는 전통적인 용어들을 상당부분 대체하고 있다. '누가 말하는가(서술자)'와 '누가 보는가(발이 초점자focalizor라고 부르는 것[1997 : 146~149])'에 관한 유명한 주네뜨의 구별은 개별성과 정확성을 최대화한 분류화가 가능하도록 하는 서술론을 촉진하도록 하였다. 이와 같이 주네뜨는 슈탄젤([1955]1971)이 만든 아주 초기의 모델과는 관련성이 없는 자리에서 자신의 입지를 차지하고 있었다. 슈탄젤의 초기 모델은 아주 초기에 통용되었던 유기체적 프레임 혹은 '형태론적' 프레임(Friedemann [1910]1865; Müller [1948]1968) 그리고 서술에 관한 동시대 독일의 연구(Lammert 1955; Hamburger [1957]1993)와 연관된 원형적 서술상황이라는 포괄적 개념에 그 기초를 두고 있었다. 슈탄젤은 헨리 제임스Henry James에 의해 고무된 이론가들, 퍼시 러벅

Percy Lubbock과 노먼 프리드먼Norman Friedman이 보여준 미국의 새로운 비평적 통찰들을 부가적으로 덧붙여서 이 통찰들을 통합하였다.

슈탄젤의 결작magnum opus, 『서술의 이론A Theory of Narrative』은 원래 'Theorie des Erzablens'라는 제목으로 1979년 첫출판되었으며 1982년도 독일어 개정판이 1984년에 영어본으로 번역되었다. 이 책은 독일어권 국가들과 동유럽권 일부국가들에서 정통 서술론 모델로서 존재해 왔으며 지금까지도 여전히 그러한 모델로서 인정받고 있다. 이 책에서 슈탄젤은 서술상황의 원형을 구성하는 각각의 축이 한 극을 이루는 이원적 대립항에 기초를 둔 세 가지 서술상황을 소개하였다. 그리고 슈탄젤은 세 가지 서술상황의 원형모델이 구조주의 노선을 따른 '유형론적 범주'로 정렬되도록 수정하였다. 슈탄젤의 모델이 주네뜨의 모델과 차별적인 부분을 들어보자면 유기체적이고 전체론적 프레임, 원형성에 대한 강조 및 역사적 조망 그리고 텍스트의 역동학에 대한 관심을 들 수 있다. 슈탄젤은, 널리 보급된 주네뜨의 이분법을 대신하여, 역사적으로 영향력 있는 소설 유형들에 관한 원형 버전에 일치하는 세 가지 '서술상황'으로부터 세 부분으로 구성된 이론적 연구들을 제시하였다. 필딩Fielding의 『톰 존스Tom Jones』에서 형상화된 '작가적' 서술상황은 소설의 세계(영도의 초점화를 지닌 외적 화자와 내적 화자)를 훌쩍 넘어서서 모든 것을 전달하는 서술자의 존재(Sternberg [1978]1993)와, 인물의 사고와 감정에 용이하게 접근하는 허구적 세계에 관한 파노라마적 관점을 결합하였다. 즉 서술자는 전형적인 방식으로 끼어들어서는 많은 메타서사적 진술들을 탐닉하고 있다. 대조적으로, 슈탄젤의 원형 '인물적figural' 서술상황(예를 들면 조이스의 『젊은 예술가의 초상화A Portrait of the Artist as *a Young Man*』)에서 서술은 주요 주인공의 마음속으로 매개없이 직접 접근하는 환영을 전달하고 있다. 그리고 거기에는 전경화된 어떤 서술자 인물도 없다. 마침내 슈탄젤의 '일인칭 서술상황'(예를 들면 디킨스Dickens의 『데이빗 카퍼필드*David Copperfield*』)에서 서술자는 자신의 과거 경험을 회상하고 있는데, 서술하고 있는 자아로서의 기능 안에서 서술자 자신의 경험을 가치평가하지만, 그러나 종종 그 서술자는 독자들과 함께 과거 자신의 경험적 자아에 몰두하고 있다. 세 가지 서술상황들은 단순한 '원형'이기 때문에 개별 텍스트들은 이러한 서술상황의 특성들을 결합할 수 있다. 특히 19세기 소설들은 슈탄젤이 작가적-묘사의 연속체라고 부르는 것을 보여주고 있다. 즉 그 소설들은 주어진 특정한 절의 서술들에 나타난 외부적 관점과 내부적 관점 사이에서 서술을 빈번하게 이동시키는 것을 보여주고 있다.

1979년에 슈탄젤은 자신의 유형론의 원본을 개정하면서 세 가지 축으로 된 세 가지 서술상황에 관한 근거를 보충하였다. 즉 인칭의 범주(동종화자/이종화자)는, 원형적으로 정체성의 극에 놓인 '일인칭 서술상황'을 지닌 서술자가 속한 허구 세계의 정체성 대 비정체성에 토대를 두고 있다. 그리고 슈탄젤의 시점의 범주(외적 화자 대 내적 화자)는 외부 관점에 의해 원형적으로 지배받는 것으로서 작가적 서술상황을 규정한다. 또한 범주의 양식(화자 대 반성자 양식)은 반성자의 극에 의해 구성되면서 인물적 서술상황을 규정한다. 슈탄젤은 '유형론적 범주'로서 이러한 서술상황들을 두었는데 그것은 범주화 그 자체를 위한 것이 아니라 서술형식들 간의 연속과 주요 범주들의 개방성을 논증하기 위해서였다. 이러한 명백한 목표들에도 불구하고 슈탄젤의 모델은 열띤 논쟁들을 불러일으켰다(Stanzel 1978·1981; Cohn 1981; Genette 1988; Chatman 1990).

　슈탄젤은 서술의 유형론 정리에 이어서 소설의 역사에 특별한 관심이 있었다. 그리고 그는 일인칭 텍스트 이전에 혹은 인물적 소설 이후에 놓여 있는 특히 작가적 서술의 우위성에 관심이 있었다. 슈탄젤은 또한 서술자적 담론을 전경화하는 경향이 있는 소설의 도입부의 방식을 분석하였으며 그리고 소설책의 후반부에서 서술자의 윤곽이 어떤 방식으로 미약해지는가에 관하여 분석하였다. 이와 같이 슈탄젤은 은 연중에 독자들을 자신의 주장에 끌어들이고 있으며 실용적이면서도 역사적인 주안점을 지닌 후속 서술론 연구들을 예기하였다.

　다음으로는, 고전적 서술론의 단계에서 슈탄젤과 주네뜨 이후에 출현한 가장 영향력 있는 학자들 가운데 특별히 세 사람의 이론가를 논의할 것이다. 그중 한 이론가로서 제럴드 프린스Gerald Prince를 들 수 있다. 프린스는 처음으로 서술론의 용어사전을 독자들에게 제공하였다(지금은 1998년에 Schellinger에 의해 보충된 『소설의 백과사전Encyclopedia of the Novel』과 Herman, Jahn, 그리고 Ryan에 의해 출간된 『루틀리지 서술이론 백과사전Routledge Encyclopedia of Narrative Theory』이 있다). 또한 프린스는 주네뜨적인 모델을 개선시킨 두 가지 중요한 개념들 — 서술자적 청중narratee, 즉 서술자가 이야기를 건네는 텍스트-내부인물의 도입, 두 번째, 서사화narrativehood(서술narrative을 서사narrative로서 만드는 것) 및 서사성의 정도degrees of narrativity(서술들의 체계성)라는 포괄적 개념 — 을 만들어내었다. 그중 첫 번째 혁신은 커뮤니케이션 지향 모델의 범람을 초래하기도 하였다(예를 들면 Coste 1989; Sell 2000). 또한 프린스는 텍스트가 하나의 서술로서 고려되기 위한 기본적 요건들을 규정하려고 시도하였다. 그러한 프린스의 시도는 '서사성narrativity'의 용어 및 서술론의 주요 개념들을 명확히 규정짓는 데에 도움을 주었다. '시사성'에 관한 논의는 화이드White(1980), 채드민Chatman(1990), 리안(1992), 스터게스Sturgess(1992), 플루더닉(1996), 프린스(1995, 1999), 맥헤일(2001), 스턴버그(2001), 허만(2002)의 연구 등에서 볼 수 있다.

내가 여기서 논의하고자 하는 두 번째 비평가는 네덜란드 학자, 미케 발이다. 발은 주네뜨의 초점화 이론에 관한 최초의 논쟁적 지점을 제시하였으며 주네뜨의 초점화 이론이 지금과 같이 확장된 것이 될 수 있도록 제안하였다. 발에 따르면, 제대로 규정된 초점화는 초점자 focalizor와 초점화의 대상 둘 다를 요구한다. 그러므로 발은 초점화를 행하는 사람(이야기 밖의 화자, 인물)과 초점화되고 있는 대상(인물의 외적 행위 혹은 인물의 마음 — 이것은 주네뜨의 외적 초점화 대 내적 초점화와 상응한다) 을 구별짓고 있다. 즉 주네뜨의 모델은 관점의 한계 — 영도의 초점화 (어떠한 제한도 없는) 대 제한적인 외적 초점화 혹은 내적 초점화 — 에 토대를 두고 있으며 그것은 초점자와 초점화되는 것이라는 간결한 이분법을 취하고 있다. 이와 같은 식으로 발은 주네뜨의 모델을 다시 쓰고 있는 셈이며, 결과적으로는 서술자–초점자focalizor 즉 '바라보는' 서술자를 도입한 것이 된다. 발이 기여한 두 번째 중요한 혁신은 영화(이미 Chatman 1978 : 96에서 논의된), 발레, 드라마(Bal 1997 : 5)를 설명하는 영역으로 서술론을 확장시킨 것이었다. 발은 서술의 이데올로기적 기능에 깊은 관심을 지녔음에도 불구하고 당시 유행한 서술자–인물의 인격화 anthropomorphization를 반대하였다. 즉 발은 비인격적 대명사 'it'로써 서술론의 사례가 되는 단순기능적 자질을 표시하고 있다. 또한 발은, 포스트서술론에 관한 최근의 연구에서, 그림을 중심으로 그림을 서술로서 혹은 이데올로기로서 초점화하는 연구를 계속하고 있다. 그의 연구는 특별히 성경의 주체들과 관련되면서도 페미니즘적 관점에도 토대를 두고 있다. 여기에서 그녀는 신역사주의와 문화 연구에 관한 후속 발달들을 예견하고 있다.

이 절에서 특별히 주목할 수 있는 세 번째 학자로는 시모어 채트먼을 들 수 있다. 채트먼은 미국에서 서술론 연구의 권위 있는 교과서,『스토리와 담론Story and Discourse』(1978)을 저술하였다. 서술의 두 가지 근본 층위 ― 스토리(서술이 무엇에 관한 것인가)와 담론(텍스트) ― 에 관한 채트먼의 빈틈없는 설명은, 특히 영화를 포함한 다양한 서술 미디어를 설명할 수 있도록 서술의 개념을 확장시키면서, 서술을 구성하고 있는 요소들에 관한 질문을 다시 제기하는 데에 기여하였다. 채트먼의 모델에서 서술담론은 다양한 형태들 ― 서술자의 담론과 영화의 시퀀스 기타 ― 에서 출현할 수 있다.『스토리와 담론』에서 채트먼의 서사성에 관한 규정은 스토리(플롯)와 담론(매개적 재현)이라는 두 가지 층위의 역동적 상호관련성 속에서 다시 취해지고 있다. 채트먼의 두 번째 중요한 이론서,『용어에 관하여―영화와 소설의 수사학Coming to Terms : The Rhetoric of Narrative in Fiction and Film』은 서술을 다른 텍스트 유형들(주장, 기술, 기타)과 통합하면서 서사성에 관한 개념을 의미심장하게 확장시켰다. 이와 같이 채트먼은 서술의 특성에 관한 초일반적, 언어학적 논의를 위한 길을 열어 보이고 있다. 게다가 그는 숨겨진 서술자covert narrators와 드러난 서술자overt narrators 간의 유용한 구별을 도입하고 있으며 관점의 제한을 표시하는 데에 서술자의 '성향slant' 그리고 인물과 관련된 '여과filter'를 부가적으로 구별 지음으로써 서술론의 어휘론을 풍부하게 만들었다. 즉 시점의 유형들에 근거를 둔 관점으로부터 이데올로기적인 것을 분리하는 채트먼의 시도는, 초점화와 비신뢰성에 관한 연구에서 굉장한 영향력을 지닌 것이 되어오고 있다. 더군다나 채트먼은 영화를 서술 장르로서 최초로 분석한 비평가들 중의 한 사람이었다. 이와 같이 채트먼은 처음으로 영화 서술 쪽으로 연구의 노선을 확장하였으며 그의 연구 노선은 여러 학자들의 핵심 연구들 즉 메츠Metz(1971), 브래니건Branigan(1984 · 1992), 보드웰Bordwell(1985) 등에 의해 보충되었다. 좀 더 논쟁적으로, 채트먼은 또한 영화 연구에 "영화적 서술자"(1990 : 126~134)의 개념을 도입하여 서술자의 기능에 상응하는 서술의 어휘를 영화담론에 제공하려고 하였다.

우리가 살펴보았듯이, 고전적 서술론은 텍스트의 다양성을 기술하는 전문용어들을 개발하였으며 서술문법과 시학을 위한 수많은 핵심범주들을 고안하였다. 그 핵심범주들 중에 스토리-담론 구별이 아마도 가장 근본적인 것일 것이다. 두 번째로 커뮤니케이션으로서 서술의 개념은 저자와 서술자(프리드먼K. Friedemann과 볼프강 카이저Wolfgang Kayser에 의해 별개의 인물로서 고안된)뿐만 아니라 서술의 사례들을 좀 더 확장시켜 목록화하는 결과물을 가져왔다. 그러한 확장의 사례로는 서술자적 청중, 암시된 저자(Booth [1961]1983) 그리고 암시된 독자(Iser [1972]1990)를 들 수 있을 것이다. 그리고 서술의 다양한 특질 즉 대명사적 특질, 시간적 특질, 표현적 특질이 거의 동시에 부각되었다. 또한 앞에서 언급한 새로운 범주들이 확장, 범람되도록 하였다(슈탄젤의 서술상황, 주네뜨의 동종화자 / 이종화자, 그리고 질서와 속도와 빈도, 채트먼의 성향과 여과, 발의 초점자, 랜서의 소통적 시점 범주들 기타). 그리고 서술의 시제가 쟁점이 되어 특히 수많은 결정적 연구들을 생산하도록 하였다(Weinrich [1964]1985; Ricoeur 1984~88; Fleischman 1990). 또한 초점화에 따른 서술층위의 쟁점과 특히 인물 담론의 층위는 폭넓은 관심을 끌어들였다. 서술론자들은 특히 자유간접담론 형태의 의식의 재현에 관한 서술에 주요한 관심을 쏟게 되었다(Cohn 1978; McHale 1978 · 1983; Banfield 1982; Sternberg 1982; Fludernik 1993).

고전적 모델들은 토도로프Todorov, 바르뜨Barthes, 브레몽Bremond, 그레마스Greimas의 경우에, 플롯과 서술문법에 관한 구조주의적 편향으로부터 출발하였다. 그럼에도 1970년대와 1980년대의 서술론은 플롯보다는 담론과 서술에 대부분의 관심을 보여주었다. 플롯 연구의 초점은 피터 브룩스Peter Brooks의 정신분석적 작업, 즉 『플롯의 이해Reading for the Plot』(1985)로 되돌아가서 맞추어지고 있으며 최근에는 마리-로르 리안Marie-Laure Ryan(1991 · 1992)과 데이빗 허만(2002)의 작업에 플롯 연구의 초점이 맞추어지고 있다. 그리고, 필립 하몽Philippe Hamon(1972), 우리 마고린Uri Margolin(1990 · 1995 · 1996), 랄프 샤이더Ralf Scheider(2001)의 후기 주제들과 같은 아주 뛰어난 몇몇 논문들도 발표되었다. 그럼에도 특이한 것은, 서술론의 연구로 볼 때 배경과 인물의 영역이 상당히 불충분한 채로 남아 있다는 점이었다. 마침내, 서술의 미메시스와 허구성의 문제가 주요한 쟁점이 되었으며, 그 쟁점은 특히, 주네뜨와 슈탄젤의 서술론적 모델을 반박하는 것으로 여겨지는 포스트모더니즘 문학의 맥락 속에서 이루어졌다. 그도 그럴 것이 주네뜨와 슈탄젤의 서술론적 모델들은 19세기부터 20세기 초반의 사실주의 소설에 토대를 두고 있었다. 고전적 서술론은 사실주의적이며 개연적인 매개변수들로부터 이탈하는 포스트모더니즘적 텍스트(플롯이 없거나 모순된 인물이 등장하는 것, 연속된 일련의 행위들이 비논리적으로 연결되는 것 기타)를 분석해 내는 작업을 시사하였나. 한편으로, 울프의 연구는 낯설게 하기 상치의 기술들을 훌쩍 뛰어 넘어서서, 허구성fictionality에 관한 기초작업과 심미적 환영aesthetic illusion의 구성에 관한 메타서사적 전략metafictional strategies의 분석에 이르도록 도왔다. 소설과 역사적 서술을 대비하는 중요한 연구로는 리쾨르Ricoeur의『시간과 서술Time and Narrative』(1984~88), 제라르 주네뜨와 도릿 콘Dorrit Cohn의 논문들(Genette 1991 재판; Cohn 1999)을 들 수 있다. 역사적 문헌들에 관한 서술론적 분석에 이어서 서술론의 분석이 점차 논픽션 서술로까지 확장된 것은, 헤이든 화이트Hayden White의 이름과 핵심적으로 연결되는, 역사주의 연구의 '서술 전환narrative turn'의 흐름 속에서 발생하였다. 화이트는 19세기 역사적 문헌들의 분석을 통해 역사 서술의 기술에서 문학일반의 구조들이 드러나고 있음을 보여주었다(특히 1973·1987). 더 중요한 의미를 지니는 것은, 화이트가 플롯의 구성(다시 말해 담화narrativization)이 문학적 서술에 영향을 미치는 만큼이나 역사문헌의 담론에도 영향을 미친다고 주장한 부분이다. 게다가, 20세기 역사 텍스트에 관한 서술론적 분석(Carrard 1992)과 그 분파(논픽션 소설)에 관한 연구는, 점차적으로 문학적 서술과 비문학적 서술의 연속성을 강조하게 되었다. 이 같은 서술론적 분석은 다른 방식으로 사용된 서술전략의 쟁점들이나 혹은 어떤 다른 영역 내 조합의 쟁점들을 진전시키게 되었다.

자, 이제 1980년대 초에 시작되었으며 미국의 동시대 비판이론의 추세와 밀접한 관련을 지닌 서술 연구에 있어서 그 첫 번째 주요 패러다임의 전환에 주목해 보자.

형식을 넘어서－화용론, 젠더, 그리고 이데올로기

내용주의 서술론은 두 가지 주요 원천에서 출현하였다. 첫 번째 원천은 헨리 제임스Henry James의 『소설의 기술The Art of the Novel』(1907~17; James [1934]1953)의 영향력과 관련한 토착 미국인의 전통으로서 확인될 수 있다. 헨리 제임스의 책은 서술 시점narrative perspective에 관한 연구들을 잇따르게 하였으며(Percy Lubbock 1921; Norman Friedman 1955) 그리고 서술 시점의 연구는 웨인 부스의 『소설의 수사학The Rhetoric of Fiction』([1961]1983)과 『역설의 수사학A Rhetoric of Irony』(1974)의 아이러니 연구에서 그 정점에 이르렀다. 두 번째 주요 원천은 언어학의 화용론적 혁신으로서, 언어학적 구조주의와 생성문법을 대체하였으며 언어 연구에 있어서 의미론, 문맥 지향, 그리고 텍스트의 쟁점들을 재도입하였다. 아주 초기의 언어학적 모델들은 텍스트 문법(예를 들면 Dijk 1972; Petöfi & Rieser 1973; Petöfi 1979)과 기호학의 발달(Lotman 1977)을 고무하였다. 한편, 언어학적 모델들은 현재, 문학적 적용에 현저하게 적합한 방법론과 개념들을 제공할 수 있는 텍스트언어학, 발화행위이론, 사회언어학, 그리고 회화분석 관련모델들로 대체되고 있다. 특히, 언어학적 화용론은 형식과 기능 간의 다중적 관계들을 고려할 수 있도록 한다는 점에서 기능의 개념을 강조하였다. 이와 같이 '텔 아비브 시학과 기호학의 포터 연구소the Porter Institute for Poetics and Semiotics in Tel Aviv'에서 메이어 스턴버그를 비롯한 기타 연구원들의 작업은, 하나의 형식이 몇 가지 기능과 일치할 수 있다는 것을 입증하였으며 또한 하나의 기능도 몇 가지 표면 구조요소들로서 특징지어질 수 있다는 것을 입증하였다. 이 연구는 결정적으로 기능분석과 프레임-이론에 관한 관심을 촉진하였으며 그에 따라 1990년대에 그 수가 늘어난 인지주의 연구들의 토내가 되었나.

대화적 서술은 1970년대에 윌리엄 라보프William Labov, 드보라 태넌 Deborah Tannen과 월리스 체이프Wallace Chafe, 그리고 1990년대의 기타 연구자들에 의해 연구가 이루어졌다. 대화적 서술은 1970년대 후반, 독일의 서술론 연구의 핵심 영역이 되었으며(Harweg 1975; Ehlich 1980; Quasthoff 1980 · 1999; Stempel 1986), 데이빗 허만(1997 · 2002)과 모니카 플루더닉(1991 · 1993 · 1996)에 의한 포스트고전주의 서술론 연구에 핵심적인 영향을 끼쳤다. 동시에, 일상적 스토리텔링의 심미적, 준허구적 특성은 점차, 언어학에서도 논의하게 되었다(Tannen 1982 · 1984; Norrick 2000; Ochs & Capps 2001). 대화적 서술 관련 연구는 서술론 자료의 집대성과 확장을 가져왔으며 지금은 장편 및 단편소설뿐만 아니라 구두언어로 된 서술까지 포함하고 있다.

서술론 연구에서 두 번째 주요 영역은 페미니즘 문학비평의 맥락 속에서 결실을 거두었다. 1988년도에, 수잔 랜서Susan Lanser(1986 · 1988)와 닐리 디엔고트Nilli Diengott(1988)는, 젠더의 쟁점들과 관련한 서술론의 맹목지점에 관하여 서로 열띤 논쟁을 벌였다. 랜서는 여전히 젠더 지향적 서술론의 주요 지지자(Lanser 1992 · 1995 · 1999)였으며 주로 서술자-인물의 젠더화에 관하여 집중하고 있었다. 이처럼 서술자의 특질에 관한 질문(드러난 서술자 / 숨겨진 서술자, 동종화자 / 이종화자, 기타)은 성과 젠더의 영역으로 확장되었다. 즉 명백한 명명이나 묘사 혹은 서술자-인물의 행위들은, 드레스코드, 행동패턴, 문화적 관습 등을 방편으로 삼는 암시된 젠더화와는 비교되어야 할 필요가 있었다. 그와 같은 분석들은 본래의 언어학적 용어의 의미에서 보면 화용론적인 것이다. 왜냐하면 그 분석들은 독자의 해석전략, 기대, 예측을 포함하고 있기 때문이다. 로빈 위홀은 서술론의 주요 범주들을 다시 쓰는 일을 모색하기보다는, 남성저자의 텍스트와 여성저자의 텍스트에서 서술론적 담론의 다양한 유형들을 논의하는 시도 속에서 "참여하고 있는 서술자engaging narrator"라는 개념을 제안하였다(Warhol 1989 · 2003). 여기서는 또한, 서술자적 청중과 실제 독자가 두드러지게 개입되고 있다. 서술론적인 성 혹은 서술론적 젠더의 쟁점에 더하여, '여성' 플롯구조 대 '남성' 플롯구조(Mezei 1996; Page 2003) 그리고 여성의 관점에 의한 서술역사의 개정(예를 들면, 그러한 첫 번째 소설가로는 애프라 벤Aphra Behn(Fludernik 1996))은 연구의 부가적 쟁점들이 되어 왔다. 이와 동시에, 루프Roof(1996)와 랜서 Lanser(1995 · 1999)는 페미니즘 연구를 퀴어 연구로 확장시켜왔다.

1980년대와 1990년대에 폭넓게 계발된 세 번째 서술론의 연구 영역은 궁극적인 지향에서 볼 때 이데올로기적인 것이었다. 이 연구의 강조점은 포스트콜로니얼 비평, 신역사주의, 혹은 문화 연구와 같은 혁신이론의 학문 분야로부터 유래하고 있었다. 이러한 종류의 서술론 분석들 중에서 포스트콜로니얼 비평을 사례로 들어보자. 포스트콜로니얼 비평의 주요한 요점은 텍스트가 원어민 인구의 억압에 공모하는 (네오)콜로니얼 담론에 고취되는 방식에 관심을 지닌다는 것이다. 그리고 그 주요한 요점은 동시에 (네오)콜로니얼 담론이 억압적 이데올로기를 쇠퇴시키면서 끝을 맺는 방식에 관심을 지닌다는 것이다. 포스트콜로니얼 이론과 페미니즘 이론 혹은 젠더 연구는 오리엔탈 담론과 이국적 담론 및 콜로니얼 담론의 분석에서 종종 서로 힘을 합치고 있다. 그 이유는 가부장적 패턴 혹은 (네오)콜로니얼 패턴은 문학 텍스트나 여행담 혹은 역사적 글쓰기 등을 가로질러서 상통하여 작용하는 것으로 간주되기 때문이다. 포스트콜로니얼 서술론 비평은 특수한 서술기술의 선택이 어떠한 방식으로 동양적 혹은 가부장적 기저구조를 전달하도록 돕는지 기술하려고 시도하고 있다. 그리고 포스트콜로니얼 서술론 비평은 서술이 초점화, 플롯구조 혹은 자유간접담론을 선택, 사용함으로써 동양적, 가부장적 기저구조에 때때로 어떻게 저항하는지 혹은 그 구조를 어떻게 약화시키거나 해체시키는지를 기술하려고 시도하고 있다. 마지막으로, 포스트콜로니얼 서술론은 문화적 혼종 혹은 하위 주체subaltern의 상징적 자유를 기념하는 것과 관련된 실험적 서술기술에 관심을 지니고 있다(이러한 맥락의 비평으로는, Pratt 1992; Spurt 1993; Fludernik 2000b; Richardson 2001a 참조).

이 글의 한정된 지면으로 인하여, 나는 초기 막시즘 혹은 문화유물론적 서술분석에 관한 유사 연구의 사례들을 보여주지 못하였으며 또한 신역사주의 서술론의 용례들을 논의하지 못하였다(훌륭한 연구로서 Eagleton 1996; Cobley 2001 참조). 알튀세Althusser뿐만 아니라 막스Marx와 엥겔스Engels에 의한 막시즘적 소설 독해 및 이데올로기 개념의 활용은 이미 서술과 소설 연구에서 중대한 관련을 맺고 있었다(Georg Lukács의 연구에서 목격하듯이). 그러나 여기서 강조하고자 하는 것은, 페미니즘 비평, 젠더 지향 비평, 포스트콜로니얼 비평, 이데올로기 비평 등, 비평들 내부의 전환, 즉 대체로 텍스트의 '징후적 독해symptomatic reading'에 관한 지향이 증가하고 있다는 점이다. 초기 정신분석적 연구에서처럼, 텍스트와 장르에 관한 비평적 논의는 비평가가 '텍스트의 요소들에 대항하는' 독해를 발견하는, 즉 무의식적이거나 억압된 혹은 심리적이거나 이데올로기적인 그러한 '충동들'을 표시하는 텍스트의 전략들을 위치 짓도록 시도하고 있다. 저자가 전적으로는 인식하지 못하는, 텍스트의 은밀한 동기화에 관한 이 같은 폭로는 또한 서술기술들에 관한 해석적 패턴을 바꾸는 경향을 지니고 있다. 저자가 자신이 의도한 뜻을 전달하기 위하여 사용한 서술과 수사학적 기술들이 있다. 그러나 이러한 기술들은 표면적인 의미화 기능과 은밀하고 내재적인 이데올로기적 의도의 전달 사이에서 분열되어버리기도 한다. 그 시나리오는, 포스트콜로니얼 비평가, 페미니즘 비평가, 막시즘 비평가가, 텍스트가 표면적으로 드러난 이데올로기적 경향을 은밀하게 약화시키거나 혹은 그 이데올로기적 경향을 의문시하도록 만드는 듯한 표지들 — 외견상 가부장적 구조들을 칭찬하는 것처럼 보여줌으로써 오히려 가부장적 구조들에 대한 비판이 그 텍스트로부터 수집될 수 있는 경우처럼 — 을 빈번하게 감지해낸다는 사실로 인해서 더 한층 복잡해진다. 이와 같이 키플링Kipling의 많은 단편 이야기들에서, 서술의 목소리는 외관상으로는 콜로니얼 담론이면서 또 한편으로는 오리엔탈 담론에 참여하고 있다. 그러나 키플링의 이야기 플롯들은 영국의 우월성과 원주민을 향한 경멸이라는 교훈을 약화시키고 있으며 그리고 키플링의 서술자는 흔한 농담조의 말을 늘어놓고 있는 것처럼 보인다(「용납할 수 없는Beyond the Pale」은 이와 같은 관련사유를 보여주는 좋은 사례가 된다). 서술론에서 체계적으로 분석되어오지 못해왔던 무엇이란 이와 같은 독해들이 호소하고 있는 구조적 패턴들이다(한편, Chambers 1991; Sinfield 1992 참조). 서술기술들이 한 가지를 의미하면서 동시에 그 반대의 것을 의미하도록 하는 일이 어떻게 가능한 것인가? 그와 같은 사례들에서 어떠한 서술기술의 유형들이 쟁점에 놓여 있는가? 대부분의 경우에, 특수한 형식적 요소들은 이데올로기적 징후나 혹은 그 이네올로기저 싱후의 선복을 표시하지는 않는다. 그보다 그 텍스트들이 독해되는 구조는 다양한(가부장적, 콜로니얼적, 자본주의적, 기타) 참조들 속에서 최초의 독해과정을 통해서는 발견되지 못했던 해석의 경로들을 열어서 보여주고 있다.

이러한 복합적 유형의 서술쟁점들의 확장은 다음 절로 이어지고 있으며 이 절에서는 최근에 확장된 서술용어들이 논의될 것이다. 1960년대에는, 모든 것이 하나의 텍스트(에펠탑으로부터 조망되는 파리까지를 포함하여)로 될 수 있었으며 바야흐로 요즘 우리는 '서술 전환'을 경험하고 있다.

'서술의 전환'과 미디어

이 절에서는 서술론의 패러다임이 사회과학의 폭넓은 스펙트럼, 즉 법적·의학적·정신분석적·경제학적 담론에까지 적용될 수 있는 영역들 가운데 미디어 연구와 '서술' 용어의 일반화와 관련한 발달들(Bal 1999 참조)을 논의해 보고자 한다. 서술론의 구조적 틀이 비문학적인 학문 분야들에 의해 적용되는 일은 서술론적인 토대를 희석화시키거나 혹은 서술론의 정확성을 종종 상실하도록 만들었다. 또는 그러한 적용은 서술의 어휘론을 비유적으로 사용하도록 하는 결과를 초래하기도 하였다. 즉 리몬-케넌Rimmon-Kenan이 주장하였듯이(2001), 서술이론은 서술론 바깥의 맥락 속에서의 서술이론 개념의 배치들에 관해서 합의할 필요가 있는 것이다. 정신분석적 실천을 보여주는 한 사례에서, 환자들은 긍정적인 정체성의 투사를 허용하는 환자 자신들을 위한 생애 이야기를 만들어내도록 고무되고 있다(cf. Eakins 1999). 콘Cohn(1999 : 38 ~57)이 보여주는 것처럼, 프로이드Freud의 치료서술들은 허구적 스토리텔링이나 실제세계의 스토리텔링과는 아주 판이하게 달랐다. 이러한 맥락에서 특히 흥미를 더하는 것은 '서술' 개념의 낯선 활용들이 종종, 스토리텔링 행위와 맞물려 발생하고 있는 점이다. 그 결과 많은 사회과학들은 원천자료로서 인터뷰로부터 서술들을 사용하기도 하는데 이른바 무고의 '서술'이나 범죄의 '서술'을 구조화하기 위한 것이다. 이 서술들은 서술들의 주제 속에서 관찰되는, 행위와 경험에 관한 이론적 설명이지 전통적 서술론의 어떤 의미를 지닌 것들은 아니다. 요즘에는 심지어 정책 훈련에서도 서술전략이 뚜렷하게 나타나고 있다(Roe 1994). 서술이론가들은 다른 분야의 주제들에서 서술어휘론이 적용되는 것을 단순히 반대하기보다는, 서술이론 개념의 확장에 관해 이론화 해야 하며 또한 그러한 확장에 부수적으로 따르는 어휘의 정확성 손실을 상쇄시킬 수 있는 이론적 기초작업을 제시해야 한다(Nünning & Nünning 2002 : 3~5).

그리고 정신분석과 관련하여 이야기를 시작하고자 한다. 정신분석과 관련된 서술론의 번성기는 1980년대로 거슬러간다. 1980년대는 로스 챔버스(1984)와 피터 브룩스(1985)가 정신분석적 기초작업을 활용한 중요한 연구물을 출간한 때였다. 주로 세 가지 정신분석 개념이 서술에서 적용되었다. 그것은 저자를 분석하는 것, 인물을 분석하는 것, 그리고 텍스트에 대한 독자의 관계를 정신분석적 해석으로써 드러내는 것을 포함하고 있다. 다양한 패러다임들에 의존한 정신분석적 서술분석은 프로이드적 분석, 라캉적 분석, 혹은 클라인적 분석이나 다른 이론가의 작업들에 기초를 두고 있었다. 주요한 정신분석적 문학 연구들은 또한, 억압, 진이, 혹은 신경증과 같은 특수 개념에 초점을 맞추고 있었다. 그리고 많은 문학비평가들은 텍스트에서 여성에 대한 처우에 특별한 관심을 지녀왔으며 남근 중심의 정신분석적 연구 방식에 관하여 종종 못마땅하게 독해해왔다. 대조적으로, 최근의 정신분석 연구는 환자들의 스토리텔링에 의존할 뿐만 아니라 치료의 목적을 위해 대화와 서술을 방법론적으로 활용하고 있다(Schafer 1992). 치료에 있어서 혹은 치료과정의 이론화에 있어서, 스토리텔링 및 대화와 서술을 적용하는 것은 상호학문적인 방식으로 서술 개념을 활용한 것이다 — 즉 그러한 적용은 문학 텍스트를 고전적 정신분석의 구조틀에 의존한 연구가 아니며, 서술의 기초 연구와 서술의 방법론 내에서 치유자와 환자 간의 상호작용을 분석하는 것이다.

또한 서술은 법적 담론에서 오랜 기간에 걸쳐 결정적 역할을 해왔다. 목격자와 피고자는 이야기를 하고 있다. 즉 경찰, 기소자, 변호사, 판사는 배심원들이 확신을 발견해야 하는 적법성의 서술들을 만들어내고 있다. 더군다나, 범죄의 서술이나 무고의 서술은 종종, 증거의 해석에서 환자의 증상에 관한 정신분석적 재건과 유사한 방식의 토대를 지니고 있다. 지난 이십여 년 동안에, '법과 문학'이라 불리는 새로운 연구 영역은 법적 관심사를 문학적으로 주제화하는 것(Weisberg 1984 · 1992; Dimock 1996; Brooks 2000; Thomas 1987 · 2001)과 관련하여, 또한 법적 실천(Hyde 1997)에 관한 합법적 (특히 비유적) 언어의 영향과 관련하여 발달해왔다. 이 새로운 연구의 상당한 부분에서 서술의 관심사들이 개입되고 있다.

서술이 많은 다른 학문 분야들에서 중요한 용어가 되어 왔음에도 불구하고 앞에서 논의한 두 개 분야 즉 정신분석적 담론과 법적 담론은 서술론이 타분야에 대한 선도적 학문으로서 서술론의 호소력을 큰 폭으로 더해왔음을 강조하기에 충분할 것이다. 이와 같이 서술론은 서술 개념들의 비문학적 활용이나 심지어는 서술 개념들의 비언어적 활용에 직면하게 되었으며 그 가운데서 전통적 서술론이 지닌 문학적 · 시적 구조들은 그 의미를 상실하고 있는 것처럼도 보인다.

이와 같이 확장된 서술용어들과 함께, 서술 연구의 새로운 출발은 또한 가능세계이론을 포함하고 있으며 그리고 하이퍼텍스트와 커뮤니케이션 연구에 관한 최근 서술론적 분석의 전환들을 포함하고 있다. 가능세계이론은 사울 크립케Saul A. Kripke로부터 기원하는 오랜 철학적 전통을 지니고 있다. 그것은 원래 소설의 참조의 문제를 해결하려는 시도에서 출현한 것이었다. 그리고 가능세계의 개념(참조가 더 이상 하나의 문제가 아닌)은 토마스 파벨Thomas G. Pavel과 루보미르 돌레젤Lubomir Doležel의 서술론적 연구에서 맨 처음으로 활용되었다(Pavel 1986; Doležel 1998a · 1998b). 이 이론은 지금은 마리-로르 리안Marie-Laure Ryan(1991 · 1999 · 2001)의 연구와 관련을 맺고 있다. 가능세계이론 연구의 최근 제안들은, 플롯 구조의 설명이나 대체 플롯 전개에 관한 독자의 개입 혹은 계획된 것이든 공상적인 것이든 간에 인물의 대체 행위의 연속들에 관하여 특별한 중요성을 부여하고 있다. 이 접근법의 주요 혁신들 가운데 하나는, 허구적 텍스트에서 나폴레옹Napoleon이나 샤를마뉴Charlemagne와 같은 주인공의 특성을 나타내는, 세계 너머의 정체성 개념에 관한 것이다. 리안은 가능세계이론으로부터 얻은 통찰들을 사용하여 서사성의 개념을 재공식화하였으며(Ryan 1992) 그리고 그는 서술론의 관점에서 하이퍼픽션

hyperfictions을 분석하였다(Ryan 2001). 리안의 연구와 유사한 작업은 가상성의 문법에 영향을 끼쳤으며(Margolin 1999b) 그리고 가상성의 분법은 가능세계의 시나리오와 긴밀하게 연결되고 있다.

초일반적, 인터미디어intermedial 서술론의 확장은 안스가 뉘닝과 베라 뉘닝Nünning & Nünning(2002)의 최근 연구에서 제시되고 있다. 특히 주목할 만한 것은 드라마 서술에 관한 연구관심의 증가를 들 수 있을 것이다(Richardson 1987 · 1988 · 2001b; Jahn 2001) — 드라마 서술 장르는 이전에 미케 발(1997), 맨프레드 피스터Manfred Pfister를 제외한다면, 거의 모든 학자들이 서술론으로부터 제외하였던 것이었다. 미케 발과 맨프레드의 드라마에 관한 영향력 있는 이론들은 서술론의 많은 범주들을 활용하고 있었다(Pfister [1977]1991). 초일반적인 서술론의 우산 아래서 드라마에 관한 뉘닝의 소전제는 부분적으로 열린 관점 대 닫힌 관점의 구조에 관한 피스터의 이론을 채택하고 그 이론에 기초를 두고 있다. 그런데 피스터의 이론은 본래 희곡의 분석을 위해 개발된 것이었으며, 안스가 뉘닝과 베라 뉘닝Nünning and Nünning(2000 · 2002)은 현재 피스터의 이론을 서술론의 핵심 이론으로서 재통합해내고 있다(Fludernik 2003b). 구체적으로 안스가 뉘닝과 베라 뉘닝Nünning and Nünning(2002)은 부가적으로, 만화, 그림, 시, 그리고 음악에 관한 서술분석을 포함시키고 있다(특히 Wolf 1999 · 2002 참조). 그리고 그림으로 나타낸 서술과 음악은 마리-로르 리안의 『미디어를 가로지르는 서술Narrative Across Media』(2004)에서 뚜렷하게 모습을 드러내고 있으며 또한 그것은 마리-로르 리안의 책에 속한 별도의 논문들에서도 소개되고 있다.

현재—인지주의적 전환 그리고 언어학적 모델의 부활

사회과학 내부의 '서술 전환' 그리고 서술이론의 미디어 연구를 향한 동향과 함께 또 하나의 주요한 전환이 일어나고 있다. 그것은 "인지주의적 전환"(Jahn 1997)이라고 명명할 수 있는 것이다. 서술이론은 구조주의적 전통과 형태주의적 전통 속에서 이미 존재해 있던 인지주의적 근원을 향하여 점차 새롭게 순응해오고 있었다(Herman 2002). 그리고 부가적으로, 서술이론은 인지언어학과 경험적 인지 연구로부터 가져온 통찰들을 흡수하고 있었다. 따라서 서술론의 역사를 그려보는 한 가지 방식으로서, 20세기에 발생한 언어학적 패러다임을 하나하나 채택해나가는 것을 생각해 볼 수 있을 것이다. 그러한 패러다임으로서, 구조주의(고전적 서술론), 생성언어학(텍스트 문법), 의미론과 화용론(발화행위이론, 공손어법의 문제, 기타), 텍스트언어학(대화분석과 비판적 담론분석), 현재의 인지언어학(인지주의 서술론)을 들 수 있다. 인지언어학은 언어구조가 인간의 인지에 의해 예정되어 있는 방식을 분석하고 있는 것이다. 즉 인지언어학적 접근법은 폭넓은 주제의 영역들을 포괄하고 있다. 이 영역들은 색채용어나 공간 지시물을 나타내기 위해 만들어진 어휘들, 비유적·개념적 사고에 영향을 미치는 신체적 스키마타schemata의 구성 분석, 그리고 인간의 인지와 그에 따른 언어구조에 결정적으로 중요한 원형 및 스키마타를 포함하고 있다.

서술 연구의 인지주의적 전환은 두 가지 기본 층위에 관여하고 있다. 한편으로, 서술 연구의 전환은 인지적 관점에서 행위와 사건에 관한 인간의 지각에 초점을 두고 있다. 다른 한편으로, 서술 연구의 전환은 서술구조들(텍스트 내에서 전달된)을 분석하고 그 서술구조들이 어떠한 방식으로 근본 인지매개변수 혹은 제제를 바르고 있는지를 분석하고 있다(Dijk & Kintsch 1983 참조). 데이빗 허만의 기념비적인 『스토리 논리Story Logic』(2002)는 첫 번째 접근법에 집중하고 있는 반면에, 서술일화 및 그 일화의 텍스트 표층구조에 관한 플루더닉의 모델은 두 번째 층위의 접근법에 초점을 두는 경향이 있다. 동시에, 인지주의적 패러다임의 전환은 두 가지 주요한 방법론의 노선을 만들어왔다. 그 하나는 대화분석에 초점을 두면서 쓰인 문학적 서술의 원형으로서 구두언어로 된 서술에 초점을 맞추고 있으며, 다른 하나는 독자-텍스트 관계에 관한 인지주의적 전제들에 초점을 맞추고 있다. 실제로는, 다양한 연구들이 이러한 모든 지향들의 특성을 공유하고 있다. 그럼에도 이것은 발달들의 패턴에 관한 전반적인 것을 제공하는 것에 유용한 것인데, 그 이유는 이러한 패턴은 다른 분석의 축들이 아닌, 하나의 분석의 축에 근거한 가지들로서 개별적 과제들을 위치 짓도록 하는 일을 가능하게 하기 때문이다. 이와 같은 많은 접근법들이 허만(2003)의 연구에서 제시되고 있다.

기본적으로, 데이빗 허만의 『스토리 논리』(2002)는 일반 서술을 위한 패러다임으로서 대화적 서술에 초점을 맞추고 있다. 허만이 인지주의적 주요 접근법을 지지하는 것은 일반적인 토대로서 만들어져 역사적으로 확장될 수 있었던 선호규칙들을 도입한 것에서 드러나고 있다. 허만은 자신의 시기적절한 논문집, 『서술론들Narratologies』(1999) — 밀레니엄의 전환기에 출간된 서술론비평에 관한 연구 — 을 출간한 것에 이어서 권위 있는 연구서, 『스토리 논리』를 출간하였다. 『스토리 논

리』는 철학, 언어학, 대화분석, 인지주의 이론을 깊이 탐구하여 스토리
텔링의 논리를 지배하고 있는 마이크로 디자인microdesigns과 매크로 디
자인macrodesigns의 체계를 제시하고 있다. 이처럼 중요한 책에서, 플롯,
관점, 인칭, 혹은 서술자적 청중(다른 것들 중에서)과 같은 전통적 서술론
의 범주들은 기초 연구 방식들로서 (철학적) 언어학에 토대를 둔 광범위
한 영역에 걸친 이론적 접근법들에 의해 고무되고 있는 더욱 확장된
기초 연구 작업들로서 통합되고 있다. 허만이 강조한 것은 서술의 '논
리'에 있으며 그가 초점을 둔 것은 담론보다는 스토리에 있다. 반면에
마리사 보톨루씨Marisa Bortolussi와 피터 딕슨Peter Dixon의 시기적절한 연
구서, 『정신분석서술론Psychonarratology』(2003)은 독자의 텍스트 참여에
관한 경험론적 분석에 특전을 부여하고 있다. 이 책은, 좀 더 정교해진
실험들이, 독자의 편에서 특정한 '문학적' 반응을 불러일으키는 텍스
트의 특질들을 어떠한 방식으로 결정짓게끔 돕는지를 보여주고 있다.
또한 이러한 실험들이 초점화와 같은 서술론의 범주가 실제 경험론적
작품에서 유용할 것한지 그렇지 못할 것인지 결정짓게끔 하는지도 보
여주고 있다.

대조적으로, 플루더닉(1996 · 2003a)은 대화적 서술의 원형성을 강력
히 강조하면서 동시에 텍스트 표층구조와 통시적 관점을 결합하여 강
조하고 있다. 이 접근법은 인지주의적 패러다임에 상당한 정도로 의존
하고 있으며, 또한 언어학적 표층구조의 표지에 의해서가 아니라 독자
의 역할과 관련한 능동적 텍스트의 서사화narrativization에 의해서 결정
된 서술패턴의 형태분석에까지 이르고 있다. 게다가 플루더닉의 연구
는 역사주의적 쟁점이나 통시적 쟁점에 강력한 관심을 보여주고 있다.

이전에는, 슈탄젤이 중요한 역사주의적 지향을 지니고 있던 유일한 초기 이론가였다. 서술형식들에 관한 역사는 페미니즘 연구들과 수많은 독일 재건 관련 연구에서 주요한 역할을 하였다(예를 들면 Korte 1997). 또한 플루더닉(1996 · 2003a)은 서술에 관한 통시적 분석을 보여주고 있으며, 특별히 중세 영국의 소설로부터 초기 모더니즘 소설에 이르는 서술의 발달들에 초점을 둔 주제들에 관심을 기울이고 있었다. 중세 텍스트와 초기 모던 텍스트에 관한 분석은 중요한 이론적 반향을 가져올 것이 확실했는데 그도 그럴 것이 현재의 서술론적 범주들은 대략적으로 볼 때 여전히 (최대한으로 보아서) 1700년대와 1990년대의 소설들에 토대를 두고 있기 때문이다.

인지주의적 전환에 관한 한, 또 한 사람의 주요 주창자는 안스가 뉘닝을 들 수 있다. 뉘닝은 자신이 연구해온 서술론의 전 작업이 구성주의에 속하는 노력이라고 명백히 선언하였다. 뉘닝은 19세기 소설(1989)의 서술론적 기능분석으로부터 출발하였으며 재빨리 암시된 저자에 대한 비판에 초점을 맞추었다(이 책의 5장 참조). 또한 신뢰할 수 없는 서술의 개념의 재고, 수정에 관심을 보여주었다(Nünning 1999a · 1999b). 뉘닝의 작업은 비신뢰성에 관한 독자의 인지를 돕는 텍스트표지들에 관한 분석 그리고 독자의 해석전략을 경유하여 형성된 신뢰할 수 없는 서술자의 능동적 구조화, 또한 텍스트 표지들의 분석과 독자의 능동적 구조화 사이의 중간과정을 해명하려는 시도로서 특징지을 수 있다. 안스가 뉘닝과 베라 뉘닝Nünning & Nünning의 다중적 원근법주의에 관한 좀 더 최근의 연구는 논리적 결정에 이르기까지의 과정에 관하여 그들이 주장한 연구 노선들을 확장시키고 있다. 즉 안스가 뉘닝과 베라 뉘닝은 서술들 그 자체에 총체적인 의미를 두고 있는 일반적 과정들을 다루고 있으며 그리고 암시된 저자의 개념을 대체하기 위하여 텍스트의 총체적 의미에 기여하는 것으로서 구성주의적 이론으로의 전환을 보여주고 있다. 이러한 작업 — 부스의 비판에도 불구하고 — 은 실제적으로 부스의 주요한 지적 유산들 중의 하나인 서술의 윤리학과 밀접한 관련을 맺고 있다.

안스가 뉘닝과 베라 뉘닝의 작업은 우리 서술론자들을 웨인 부스에게 되돌아가도록 만들었으며 그리고 고전적 서술론과 그것의 유형론적 선호 속에서 자리잡고 있었던 한 가지 범주의 종식으로 이끌고 갔다. 한편으로, 그들의 작업은 서술론의 중요한 연구주제들을 확장시켰으며 또한 서술의 이론적 방법론이 개진되도록 하는 역할을 하였다. 소설에 초점을 두면서 출발한 서술론은 지금, 일반 서술들 전반을 설명하는 것에까지 그 역할을 하고 있다 — 그리고 현재의 서술론은 대화적 스토리텔링을 포함하여 다양한 서술재현들 즉, 의학적 맥락, 법적 맥락, 역사적 문헌, 신문기사, 영화, 발레, 연극, 비디오 클립video clips, 기타 등등, 점점 더 늘어나는 영역들을 포함하게 되었다. 동시에, 서술론은 비판이론의 통찰들을 흡수해왔으며 서술론 그 자체를 페미니즘, 정신분석, 포스트콜로니얼 등의 형태로 만들어 왔다. 또한 서술론은 서술론의 다양한 연구 방법으로서 언어학, 인지주의, 구조주의, 경험주의의 모델을 텍스트로서 채택해왔다. 아마도 이러한 유연성이 서술론이라는 학문 분야에 현재의 활력과 생산성을 얻게끔 하였을 것이다 — 한편, 해체주의와 같이 한 가지 특수한 방법론에 얽매인 연구는 1990년대의 경쟁적 기류 속에서 명맥을 유지하는 혹독한 시간을 견여왔다. 데이빗 허만처럼, 필자 또한 1970년대부터 현재에 이르는 발날들을, 개별 서술론자들의 연구에서 흥미로운 방식으로 결합된 관점 및 쟁점들의 다양한 복합체로서 간주하고 있다. 그럼에도 서술론의 인지주의적 전환은 또한 전체적으로 다른 스토리를 만들어내는 것도 허용하고 있다. 그 스토리는 말하자면 최근 서술론 연구의 언어학적 모델의 부활과 관련한 것이다. 이 관점에서 보면, 고전적 서술론은 상호학문적 연구의 언어학적 범주들에 관한 서술론의 경험론적 관련성을 입증할 수는 없었다. 그러나 서술론자들이 언어학으로부터 인지주의적 연구 쪽으로 옮겨오면서 일구어온 작업들은 마치 새로운 삶을 발견한 것처럼 보인다. 게다가 인문 분야에서의 서술론의 전환 덕택으로, 언어학자들조차 서술론을 더욱 더 진지하게 받아들이고 있다. 이와 같이 인지주의적 패러다임의 전환은 경험론적 과학과 서술론이 훨씬 더 밀접한 동반 관계를 형성하는 주요한 길을 만들 수 있도록 하였다. 그리고 인지적 패러다임의 전환은 서술론이 과학적인 이미지를 향한 서술론 본래의 열망을 실현시키는 쪽으로 머나먼 길을 헤치고 전진해왔음을 단적으로 보여주고 있다.

3

망령들, 그리고 괴물들
서술이론의 역사를 쓰는 일의 가능성 혹은 불가능성에 관하여

브라이언 맥헤일Brian McHale

조직에서의 어떤 유령

어떤 유령이 서술이론에 출몰하고 있다. 혹은 적어도 그것은 데이빗 허먼David Herman과 모니카 플루더닉Monika Fludernik의 서술이론 역사에 출몰하고 있다. 그 유령은 다름 아닌 미하일 바흐찐Mikhail Bakhtin이다. 바흐찐(1895~1975)은 다른 저작도 많지만 서술이론에 관한 두 가지 획기적 출판물의 저자로서 그의 세 번째 저작물도 어떤 식으로든 서술이론과 관련되어 있다. 그는 확실히 이십 세기 하반기에 도처에 널리 알려진 서술이론가이자 매우 영향력 있는 사람 중의 한 사람이다. 그는 서술이론에 관해 무지하다 할지라도 문학을 전공하는 대학원생이라면 그에 관한 상당부분을 틀림없이 알고 있을 영향력 있는 서술이론가

이다. 그러나 바흐찐은 허만과 플루더닉의 서술이론 역사에서는 거의 부재하는데 그러한 사실이 오히려 시선을 끌고 있다. 플루더닉의 것에는 그는 완전히 부재하며 허만의 경우에는 그를 불충분하게 언급하고 있다. 대다수 사람들이 선호하는 서술이론가가 어떻게 역사, 그것도 서술이론에 관한 역사로부터 사라져버린 것이나 다름없이 되었을까?

아마도 서술사에 관한 작업의 분담이 그 원인이었을 것이다. 즉 필자가 있다가 좀 더 말하겠지만, 허만은 구조주의를 관통하여 서술이론의 초기 발달사를 담당하였다. 그리고 구조주의 이후를 다룬 플루더닉의 발달사는 바흐찐이 중간에 오랜기간 이력이 없었던데다가 그에 관한 서구의 뒤늦은 수용으로 인하여(이 글에서 내가 좀 더 다루겠지만) 그의 작업이 두 사람의 서술사 분담의 경계에 놓여 있다. 예측하기 어려운 바흐찐의 수용양상을 살펴 볼 때 1980~90년대의 내용주의 서술론자들뿐만 아니라 러시아 형식주의자들과도 동시대인으로서 바흐찐은 서술발달사에 관한 이 두 사람의 역사 모두에 속한다. 아마도 허만과 플루더닉은 각각 서로가 바흐찐을 맡았을 것으로 생각하였을 것이다. 그러나 그렇다면 그것은 사소한 지나침인가? 그리고 쉽게 고쳐지는 일인가. 이러한 실수를 잡아내지 않는다면 편집자가 왜 있겠는가?

나는 바흐찐의 부재가 사소한 지나침이라고 믿지는 않는다. 그보다 그것은 서술이론의 역사와 궁극적으로 서술이론 그 자체 내의 중요한 긴장을 보여주는 징후적인 것이다. 내가 보기에는, 바흐찐은 서술이론의 역사를 서술하는 두 접근법의 틈새에 미끄러져 있다. 허만과 플루더닉은 서로의 다른 접근법을 의식하면서 갈등하였을 것이다. 즉 둘의 접근법 중 어느 한 쪽에 바흐찐이 그려질 것이겠지만 서로가 그를 다르게 형상화할 것이라고. 그가 그렇게 낯설게 사라져버린 것은 상당부분 이와 같은 생각들에 기인하였을 것이며 그 결과는 역사와 이론, 이론의 역사화라는 전체적 기획을 무색해버리도록 하게까지 만든다.

어떠한 종류의 역사가 서술이론의 역사가 되어야 할까? 나는 두 가지 앵글 중의 하나로부터 서술이론의 역사를 접근해야 할 것이라고 본다. 혹자는 서술이론을 구성하고 있는 '관념들의 체계'로부터 시작할 것이며, 그것의 기본 개념과 용어의 원천을 확인하고 이후 이론가들이 다루는 사유와 쟁점들을 추적하여 그 체계의 다양한 양태들을 병렬하여 보여줄 수 있을 것이다. 이러한 접근법은 역사연구가 러브조이의 고전적 양식으로 쓰인 '관념의 역사'와 유사한 것으로서, "낭만적", "원시적", "존재의 대사슬Great Chain of Being", 그리고 다른 "단위-관념들unit-ideas"(러브조이의 용어, Lovejoy [1936]1957 · [1938]1948 참조)을 사용하고 있다. 허만은 러시아 형식주의 전통과 후속 서술이론 양자를 공유한 웰렉과 워렌의 '연구 초점들'을 구체화하면서 그와 같은 종류의 역사를 실천하고 있다(이 책의 1장). 한편 플루더닉은 발이 도입한 관념들이 초점화에 관한 주네뜨의 원개념으로 나아가게 된 것을 추적하면서 동일한 종류의 관념 지향적 역사를 실천하고 있다(이 책의 2장).

대안적으로, 혹자는 '제도적 존재'의 시각으로부터 서술이론의 역사를 접근할 것이다. 나는 여기서 '제도적'이란 말을 확장된 개념으로 이해하지만 그럼에도 아직 알아차릴 만한 의미를 지닌다고 생각하는데, 그것은 대학제도들, 연구협력단체들, 학문적 경로들, 출판보급의 여건들, 그리고 전문인력의 과정들을 포괄할 뿐만 아니라 지적 친화성, 멘토십, 역할 모델링 등과 같은 비공식적 조직들이나 사적인 관계들, 간단히 말해 관념들에 관한 '사회적' 삶 전체를 포괄한다. 확장된 의미에서, 제도적 역사는 그 자체로서 단위관념들과 그것들의 계보들을 선점하고 있다. 뿐만 아니라 그것은 누가 누구를 아는지, 누가 누구를 가르쳤는지, 누가 무엇을 출판했는지, 언제 출판을 금지 당했는지 혹은 누가 그렇게 되었는지, 누가 무엇을 읽었는지, 언제 그리고 어떤 여건하에서인지, 누가 모스크바에서 프라하로 그 용어를 가져왔는지, 거기에 갔을 때 무슨 일이 일어났는지 등을 선점하고 있다. 이것은 허만이 "잊혀진 상호관련성을 밝혀내기를 모색하는 것"으로서 특징지어지는 역사의 종류이다. "그것은 모호하거나 인식되지 못한 계보의 노선들을 재구축하는 것이며 제도와 믿음 체계와 담론 혹은 그렇게 하지 않았다면 아주 뚜렷하게 무관하였을 분석의 양식들 사이의 관계들을 드러내는 것이다"(이 책의 1장). 허만은 니체Nietzsche와 푸코Foucault를 따라서 이러한 양식을 '계보학'이라고 부르고 있다.

관념의 역사의 시각에서 볼 때 바흐찐의 입지는 상대적으로 안전한 듯이 보인다. 우리는 서술이론의 개념 체계에 관한 일종의 지형도로 역할할 것을 희망하는 『루틀리지 서술이론 백과사전Routledge Encyclopedia of Narrative Theory』을 표본적인 것으로서 취할 것이다. 여기서 바흐찐의 이름은 그가 기여했던 많은 핵심 개념들과 연관지어 나타난다. 즉 그것은 '대화식 토론법', '이중-목소리 가설', '다성성heteroglossia', 그리고 말할 것도 없는 몇몇 다른 개념들을 포함하고 있다. 그럼에도 제도적 역사의 시각에서 볼 때의 그림은 아주 다른 것처럼 보인다. 여기에는 일명 바흐찐 혹은 '바흐찐 그룹'의 구성원들, 즉 볼로쉬노프V. N. Vološinov와 메드베데프P. N. Medvedev를 포함하여 바흐찐이라는 이름을 환유적으로 나타내고 있는 저술들이 완전히 추방되어져 있다.

처음에 바흐찐은 러시아 형식주의자들을 둘러싼 지적 열풍과 관련되어 있었으며, 그는 자신의 대변인이자 퍼소나, 볼로쉬노프와 메드베데프를 통해 형식주의자들과의 논쟁에 참여하였다. 스탈린 시대에, 바흐찐은 침묵하였으며 지역적으로도 모호한 존재였다. 즉 그는 러시아 반혁명 백군White Army의 퇴역병이었던 자신의 형 니콜라이Nikolai와 연루, 기소되어 영국에서 도피생활을 하게 되었던 스탈린 시대의 명백한 희생자였다. 그는 일정부분 슬라브적 맥락에 토대를 두고 있는 웰렉과 워렌의 서술시학의 선구자였음에 틀림이 없다. 그러나 사실상 웰렉 자신 혹은 앞서 그의 프라하 학파 스승들이 바흐찐 그룹에 관해 많이 알고 있었다는 증거는 불충분하다. 바흐찐은 1960년대에 고국 러시아와 서구 슬라브 두 군데 모두에서 다시 등장하였으며 1970년대 초까지 그의 저작들은 번역되어 널리 활용되었다. 그럼에도 그가 서구 시학에 편입된 것은 실지로 1960년대 말에서야 이루어졌는데 그것은 줄리아 크리스테바Julia Kristeva의 중재에 의해 그의 이론이 파리 구조주의자들에게 채택되었기 때문이었다. 1980년대까지 바흐찐은 특히 미국, 이후에는 러시아에 이르기까지 엄청난 사후의 이력을 향유하였다. 과거 이십여 년에 걸친 바흐찐 수용의 이야기는 적용과 남용, 반문맥화와 재문맥화라는 일련의 과정들을 겪었다. 그리하여 제도적 맥락으로부터 또 다른 맥락으로 옮겨가면서 패러다임과 학문의 분야들을 분리시키는 그 벽들을 유령처럼 통과하면서 불가사의하게 분열되고 다중화되었으며 수많은 스펙트럼을 지닌 지금의 바흐찐에 이르고 있다. 거기에는 웨인 부스가 후원한 『도스토예프스키 시학의 문제들Problems of Dostoevsky's

Poetics』의 1984년 개역판 소개글을 썼던 미국식 자유인문주의자 바흐찐이 있다. 그리고 포스트구조주의자 바흐찐, 유물론자 바흐찐이 있으며, 페미니스트 바흐찐, ('이중적 목소리double-voiced'와 '이중적 의식double conscious-ness'이 융합된) 아프리카계 친미주의자 바흐찐, 포스트콜로니얼주의자 바흐찐, 그리고 포스트소비에뜨 종교주의자 바흐찐이 있다. 그리고 그 외에 의심의 여지가 없이 다양하게 존재하는 수많은 바흐찐이 있다.

허만과 플루더닉이 쓴 두 가지 역사 모두에서 바흐찐이 명백하게 부재하거나 거의 부재에 가까운 이유는, 그 두 사람이 관념의 역사 모드와 계보학의 역사 모드 사이에서 그리고 서술이론 체계의 설명과 제도적 계보의 서술 사이에서 머물렀던 이유들에 주로 기인하고 있다. 그들은 아마도 어느 쪽에도 소속되지 않은 어떤 정신을 지켜내기 위해 두 가지 방식 모두를 취해야 한다고 절감하였을 것이다. 왜냐하면 그들은 만약 자신들이 한 가지 모드를 선택하고 다른 한 쪽을 제외하는 것을 선택하였다면 (다음 절에서 알게 되겠지만) 그 자신들이 서술이론을 관통하는 치명적 구별방식에 가담하게 될 것이라고 의식하였기 때문일 것이다. 그들은 또한 분명히 두 가지 모드를 조화시킬 수 있다고 생각하였을 것이다. 그러나 (또한 다음 절에서 알게 되겠지만) 그 작업은 상상하는 것 이상으로 아주 어려우며 그것을 해내는 것은 아마도 불가능한 일일 것이다. 그들은 두 가지 모드를 조화시키지 못하였을 뿐 아니라 다만 그것들을 혼합하여 전체가 이것도 저것도 아니며 두 가지의 어떤 합성도 아니면서 이것조금 저것조금인 것, 즉 약간의 계보학과 또 약간의 관념의 역사를 뒤섞어 놓은 역사들을 만들어버렸다.

바흐찐은 특히 이렇게 혼합된 접근법으로 인해서 불이익을 받는 처지에 놓여 있다. 우리가 보았듯이 그의 입지는 관념의 역사에 관한 한 확고해 보이지만 제도적 관점에서 보면 결코 그렇지 못하다. 제도적으로, 바흐찐은 유목민이며 일종의 유랑하는 유대인 혹은 굶주린 유령이다. 그리고 그는 어떤 특수한 자리에 정착하지 않고서 지적 세계를 가로질러 끊임없이 움직이도록 운명지어졌다. 동시대 러시아 형식주의의 반대론자로서 그는 형식주의의 역사에서 그려져야만 하지만 결코 그러지 못하였다. 대신에 그는 동시대 내용주의 서술론 영역 — 유물론, 아프리카계 친미주의, 페미니즘, 탈식민주의 기타 — 의 동조자로서 나타난다. 그가 이들과 제도적으로 연관된 것은 단지 전적으로 사후적인 것만은 아니며 주로, 억지로 잘못 끌어다 붙인 다양한 지적 분류 형식들에 기인한 것이다. 서술론 역사가들이 바흐찐의 제도적 이력상의 변화와 모순들에 직면하여 관념의 역사 속의 한 인물로서 그를 다루기를 얼마나 선호하였는가는 쉽게 찾아볼 수 있는 일이다. 그것은 관념들의 역사 속에서 '바흐찐, '대화주의'의 아버지'라는 그의 입지가 아주 꽤 안정적인 것처럼 보이기 때문이다.

불행하게도 서술이론의 제도적 역사 속으로 그를 통합시키는 것을 어렵게 만드는 바로 그러한 노마디즘이 또한 관념의 역사 속에서의 그의 입지를 약화시키도록 만들고 있다. 서술이론의 학문적 영역 내부와 그것을 훌쩍 넘어선 곳에서 그같이 폭넓은 실천의 영역들을 가로질러 차지해온 '대화dialogue', '대화주의dialogism', '다성성heteroglossia' 등이 지닌 바로 그 평이함이 누군가의 의심을 불러일으키기 쉬웠던 것이다. 아마도 이렇게 '이동하는 개념들'은 실지로 종국에 가선 서술이론에 속하지 않게 된다. 아마도 결국, 바흐찐은 실지로 서술이론가가 아니며 학문 분야의 역사 속에서도 다루어질 수 없을지도 모른다. 그리하여 바흐쩐은 제도적으로 위치 지어질 수 없고 학문적으로도 의심받으며 여기도 저기도 아닌 채 그 틈새들 사이에서 미끄러지고 있다.

역사 서술 속에서 바흐쩐의 자리바꿈에는 확실히 불가사의한 무엇 혹은 아마도 숙명적인 무엇인가가 있다. 바흐쩐은 언어예술에서 언어의 작용방식에 관한 서술들로부터 그것들에 부수적인 사회적 경험과 맥락을 제외시킨 것에 대해서 형식주의자들을 비판하였다. 또한 그는 결과적으로 역사적 존재로서의 언어를 제외시키고 언어를 탈역사화시켜버린 것에 대해서도 그들에게 책임을 부과하였다. 탈역사화와 역사적 탈문맥화를 바흐쩐 그 자신이 경험해야 한다는 것은 일종의 시적 정의인가, 그렇지 않다면 아마도 숙명적인 정의인 것인가? 형식주의자들과 동시대인 바흐쩐은 '모든 사람들'의 동시대인이 되어 왔다. 그리고 그는 특정한 시공간에 닻을 내리지 않았으며 '어떤 누구'의 관념 체계에도 융합되기에 종종 유용하였다. 물론 그는 정확히는, 언어를 '역사화하며' 역사적인 사회적 부대 영역 속에서 언어의 자리를 복원할 것을 주장하였으며 그것은 바흐쩐이 바로 우리의 시대에 수없이 다양한 역사주의 이론과 내용주의 이론에 있어서도 아주 적합한 것이 되도록 만들었다. 어떤 다른 무엇보다도 이것이, 일련의 재전유와 재문맥화에 있어서 그가 그렇게 매력적인 후보가 되도록 하였다. '탈역사주의적' 형식에 '반대한' 역사주의 쪽에 정확히 있었기 때문에 역사를 통하여 표류하도록 느슨하게 잘려나간 바흐쩐은 그의 기괴한 위치를 고려하지 않을 수 없는 무척 복합적인 역사적 아이러니의 희생물로 떨어져버렸다. 형식주의자에 대한 바흐쩐의 공격들이 볼로쉬노프와 메드

베데프 같은 다른 이름들의 표지 아래서 실현되었다는 것을 또한 기억하라. 다시 말해 그것들은 '유령이 쓴' 것이다. 그렇다, 아주 많은 권위자들이 그렇다고 주장하고 있다.

구조 대 역사

정확히는 '역사'와 '서술이론' 사이에서 — 서술론적 개념 체계들을 계승, 재건하려는 역사가들이 당면한 임무 그리고 제도적 역사의 맥락 하에서의 체계와 그러한 개념들을 역사에 의한 결정에 맡기려는 역사가들의 임무 사이에서 — 내가 일찍이 친숙했던 바흐찐의 사례는 서술이론의 역사들을 관통하며 흐르고 있는 긴장에 관한 일종의 우화로서 역할하고 있다. 그 역사들 속에서 그러한 긴장이 흐르고 있으며, 실지로 (아래서 내가 논의하겠지만) 그러한 긴장은 모든 층위의 학문 분야에서 다양한 어휘들을 통해 중복되고 있는 우리 서술론 분야를 관류하면서 곧장 흐르고 있다. 즉 그것은 현재, 한편으로는 '고전적인' 구조주의 '서술론의' 경향 그리고 페미니즘적 서술론과 역사주의적 다양한 분야들을 폭넓게 포함하도록 구조화된 내용주의 경향(Chatman 1990 참조) 사이의 어떠한 알력으로서 반영되고 있다. 이러한 긴장을 나타내는데 사용할 모든 용어들 중에서 가장 정전적인 것은 필자가 이 절의 제목으로 취했던 '구조' 대 '역사'이다.

역사주의와 구조주의라는 두 개의 지향은 '보충적'인 것이라고 이야기하는 편이 나을 것이다. 즉 구조주의 계보에 속한 서술론이 내용주의 서술론을 보충하였으며 그리고 그 역도 마찬가지라는 것이다. 그러나 불행하게도 그것들 사이의 관계는 그럴 것이라고 짐작되는 만큼 행복한 관계나 혹은 흐트러짐이 없는 관계인 것은 아니다. 아주 반대로 사실상, 서술이론이라는 커다란 막 아래서 구조주의와 역사주의는 서로 입장을 조정해가며 움직이고 있다. 즉 각각은 다른 편의 허를 찌르거나 혹은 이겨내도록 모색하면서 다른 편을 '포괄하고 있다.' 그리고 각각은 만약 그렇게 하지 않는다면, 다른 한 편을 망각하려고 하거나 '억누르려고' 하고 있다. 그리고 이것은 우리가 알고 있는 억압된 것들은 귀환하려고 한다는 한 가지 위험한 책략을 보여주고 있다. 서술론이 역사를 억압한다는 역사주의 서술론 진영의 비난은 물론 익숙한 것이다. 즉 이것은 이미 형식주의자들에 대해 바흐찐 그룹이 공격했던 실재적인 부분이었으며 이후에 형식주의와 구조주의를 모두 비판한 제임슨Jameson의 공격에 있어서도 적용되는 것이다. 그러나 그 반대의 경우 역시 틀림없는 사실일 것이다. 그것은 역사주의 서술론이 그것의 서술론적인 입장과 반대되는 타자를 억압한다는 것이다.

역사주의가 어떻게 서술론을 앞지르기 하려고 하였으며 그리고 그것을 포괄하려고 하였는가를 사례로 보여주기 위해서, 이 글이 실린 이 책의 여러 장들을 넘어 다른 책들까지 들여다 볼 것도 없다. 그러한 논문들로는, 앨리슨 케이스Alison Case(「서술이론에 있어서 젠더와 역사」), 알란 나델Alan Nadel(「이차적 자연, 영화적 서술, 역사적 주체 그리고 〈러시아 방주〉」), 그리고 해리 쇼Harry Shaw(「왜 우리의 용어들이 머물러 있지 않으려 할까?」)의 글들을 들 수 있다. 즉 서술론적 범주들은 다른 기원들을 지니며 다른 방식으로 '적용하는' 어떤 체계의 영속적 특징으로서가 아니라 역사적인 것에 의존하여 변화하는 것으로서 간주되는 하나의 역사적 관점으로부터 다시 찾아지게 된다는 것이다. 특정 시대에 근거를 둔 서술론의 일부로서 예를 들자면, 쇼는 보편적으로 '주어진' 서술들로서가 아니라 시대에 따라서 변화하고 있는 순응력 있으며 적용 가능한 것으로서 커뮤니케이션 모델을 다룰 것을 제안하고 있다. 다른 한편으로, 역사주의를 앞지르려는 구조주의자들의 노력은 러시아 형식주의자들의 글쓰기로부터 쉽사리 그 사례를 들 수 있다. 즉 그들은 바로 발생 단계에서부터 경쟁적인 막시즘-역사주의자들의 설명 모드의 압력에 지배받고 있었다. 그리고 그들은 다양한 방식으로 역사적인 것들을 포괄하거나 혹은 선수를 치는 것을 모색함으로써 대응해나갔다. 이와 같은 노력은 야콥슨Jakobson과 티냐노프Tynjanov가 쓴 「언어와 문학 연구에서의 문제들Problems in the Study of Language and Literature」([1928]1971)의 주제에서도 발견될 수 있다. 이 논문은 형식주의가 잠시 번성했던 바로 그 무렵, 즉 야콥슨이 이미 프라하로 이민 간 이후의 것으로서, 문학 텍스트 모델은 부분들의 체계적 관계로서 문학의 역사 자체의 층위에까지 일정한 간격으로 확장된다는 것이다. 체계적 용어들로써 재인식된 역사는 현재 좌파 '아웃사이드' 곧 강경한 역사주의자들의 영역이 되는 대신에 형식주의자들의 범주 내에 놓여 있다.

좀 더 강력하게 선제적인 것으로는 '동기화motivation'라는 개념이 있다. 이것은 형식주의 서술시학의 일부 초기 버전들 속에서 이미 존재하고 있었다(Tomashevsky [1925]1965; Shklovsky [1929]1990). 형식주의자들이 단정하였듯이 언어예술의 작업이 일련의 장치들 — 소외의 장치, 지연의 장치, 그리고 방해된 형식의 장치 등 — 을 구성한다면 그렇다면, 예술가들은 자신들의 장치를 드러내도록(스턴Sterne이 『트리스트럼 샌디*Tristram Shandy*』에서 악명 높게 그렇게 하였던 것처럼) 선택해야 한다. 혹은 예술가들은 장치들을 위한 알리바이를 만들어내고 자연스러움과 필수부가결함이라는 장막 너머로 그 알리바이의 임의성을 가리는 것 — 장치들을 '동기화'하기 위하여 — 을 선택해야 한다. 구체적으로 슈클로프스키Shklovsky의 단순한 사례들 중에서 한 가지를 채택해 보자면(Shklovsky 1990 : 110), 셜록 홈즈Sherlock Holmes가 요구하는, 거의 만성적으로 오도되는 탐정이 있다. 홈즈가 자신의 결점들에 대항하여 연기해낼 수 있는 무능력함을 지닌 적수를 요구한다고 할 때, 그 멍청이는 사립탐정이 되든지 혹은 하급관리가 되든지 즉 형식적 측면에서는 어떤 엄격한 기준이 적용될 필요도 없고 또한 그것이 중요하지도 않다. 그럼에도 코난 도일Conan Doyle이 속한 역사적인 시기를 고려한다면, 아주 만족스러울 정도로 이 장치에 '동기를 부여하는' 분명한 선택은 하급관리 — 말할 것도 없이 레스트레이드Lestrade 경감 — 으로서 그는 저자가 졸렬한 주 정부의 환경에 대항하여 개별 부르조아지의 우위성을 그려나가도록 만들고 있다. 슈클로프스키는 프롤레타리아 정권에서라면 그러한 역할의 분담이 역전되어야 할 것을 주장하고 있다. 즉 성공적인 탐정이 아마도 하급관리가 되어야 할 것이며 반면에 서투른 인물이 사립탐정이 되어야 한다는 것이다. 그럼에도 이 장치와 이것을 '일정하게' 동기화하는 요구는 일치하는 것이 될 것이다. 이처럼 동기화의 개념은 역사적 부대사건이 형식적 구조라는 바로 그 조직 속으로 끌려들어가도록 허용하고 있다. 즉 역사적인 것은 장치의 역할 속에서 위치 지어진다. 동기화의 개념을 통해서 본, 역사적인 부대사건에 대한 구조의 이 같은 개방성은 후속 서술이론

속에서 하나의 오래된 유산을 거느린다. 그것은 '핍진성vraisemblance' (Genette [1968]2001)과 '자연화naturalization'(Culler [1975]2002 : 153~187)라는 명명 아래서 파리 구조주의 이론에서 몇 가지 다양한 방식으로 다시 등 장하였으며, 또한 텔아비브Tel Aviv 학파의 핵심적 개념으로서 현재까지 계승되어 지속되고 있다(예를 들면, Sternberg 1983).

나는 역사주의가 서술론의 타자Other를 포괄할 것을 추구하면서 서술 론을 억압하고 있으며 마찬가지로 그 역으로 서술론도 역사를 억압하 고 있다고 주장해왔다. 나는 이러한 주장을 정당화할 수 있으며 아마 틀 림없이 일부 독자들은 내가 특별히 사용한 이 '억압'이라는 용어를 수사 학적 과잉으로서 과한 표현이라고 간주할 것이다. 그러나 나는 아주 효 과적인 사례를 보여줌으로써 내 주장을 뒷받침할 수 있다. 그러한 사례 를 이야기하기 위해서 우리의 분야에서는 논쟁된 적이 없는 두 편의 고 전을 잠시 방문해 보기로 한다. 그 한 작품으로는 조라 닐 허스턴Zora Neale Hurston의 소설, 『원숭이 마음The signifying Monkey』(1988)과 그 외 다른 지면에도 실린 「그들의 눈은 신을 보고 있었다Their Eyes Were Watching God」, 즉 자유간접화법으로 된 헨리 루이스 게이츠Henry Louis Gates의 서술을 들 수 있다. 그리고 이 작품에 대한 논의의 짝을 이루는 것으로는, 제라 르 주네뜨Gérard Genette의 시학, 구체적으로, 『서사담론Narrative Discourse』 ([1972]1980)에서 프루스트Proust에 관한 주네뜨의 서술을 들 수 있다.

게이츠Gates의 작업은 서술론적 기술을 역사적인 것으로 만들어내 는 획기적인 사건이었다. 그는 서술론적 범주들을 도입하였으며, 체계 적인 방식으로는 최초로, 아프리카계 미국인들의 방언들을 소설로서 재현한 역사를 논의할 수 있도록 하였다. 그럼에도 게이츠는, 자유간접화법free indirect discourse으로 된 허스턴의 기술handling을 해석하고 그것을 문맥화하기 위하여 어떤 의미에서 서술론을 '잊어버려야'만 했다. 그는 「그들의 눈은 신을 보고 있었다」에서 자유간접화법의 독특성과 새로움을 주장하고 있다. 그리고 그 작품에서 예를 들면 서술과 자유간접화법은 문체론적인 방식으로 정체성의 지점 그 가까이를 향해 집중되고 있다. 또한 그 작품은 자유간접화법을 통하여 개별 인물들의 말과 생각들을 재현해내고 있을 뿐만 아니라 공동체 전체의 집합적 언술과 생각들을 재현해내고 있다. 이 자리에서 「그들의 눈은 신을 보고 있었다」에서 이와 같은 특질들이 드러내고 있는 의미론적인 특수한 역할과 문화적인 특별한 역할에 관해서 논쟁할 필요는 없을 것이다. 그럼에도 '형식적인 특질에서 보면' 게이츠가 끄집어내어 보여준 그러한 것들이 전례가 없거나 독특한 것이라고 하기는 어려울 것이다. 즉 그것들은 자유간접화법이 서술담론의 준-보편적 범주로서 포함될 가능성을 보여주고 있는 하나의 영역에 속한다. 게이츠는 허스턴의 혁신들을 역사주의적이고 내용주의적인 것의 사례로 만들어내면서, 서술담론의 체계 속에 놓인 그것들의 기초에 관해서는 중시하지 않고 있다. 즉 그는 허스턴의 실천이 결국에는 전적으로 특별하거나 전례가 없는 것이 아니라는 반대주장들에 개방적인 입장을 취하고 있다. 그런데 그 반대주장들은 그녀의 자유간접화법이, 형식적인 면에서나 기능적인 면에서 그녀가 기꺼이 인정하고자 하는 것 이상으로 '규준적'이라고 논의하고 있다. 이때 구조는 역사의 우위에 서고 있다. 즉 억압된 서술론이 귀환하고 있는 것이다.

이와 반대로, 주네뜨는 특정한 소설가의 서술 실천 — 프루스트의 서술 실천 — 이 보편적이며 초역사적인 적용 가능성을 열망하는 서술론적 일반 범주들의 체계라는 배경에 대항하고 있는 것으로서 기술하고 있다. 혹은 그보다 그는 동시에 두 가지 것들을 해내려고 한다는 것이 옳을 것이다. 한편으로 주네뜨는 단지 서술 실천의 '준거들norms'의 일부와 관련한 것으로만 이해될 수 있는 프루스트 시학의 독특한 표현법들을 포착하려고 하였다. 그리고 다른 한편으로 그는 프루스트의 『잃어버린 시간을 찾아서Recherche』를 주요 사례로 사용한 일반 범주의 체계를 개발하려고 하였다. 주네뜨는 양극에 놓인 상반된 것들 — 변칙과 전범, 개인어와 체계들 — 그사이에서 교묘하게 균형을 잘 맞추어가고 있다. 그럼에도 그의 접근법에서 우위를 점하는 것은 결국에는 준거들의 체계이다.

그러나 우리가 주네뜨의 접근법을 거꾸로 세워 놓고서 준거들보다도 변칙적인 것들에 우선권을 부여해 본다면 어찌될 것인가? 몇 가지 관점들로 볼 때 이러한 과제에 착수되어야 할 필요가 있다. 먼저, 우리는 모두 한가지로 초역사적인 준거들에 호소하는 것을 포기해야만 할 것이다. 그리고 우리는 있는 그대로 어떤 종류의 하나로서 프루스트적인 서술시학을 개발하여 그의 변칙들을 특이성의 준거로서 끌어올려야 할 것이다. 대안적으로, 우리는 『서사담론』(Genette 1980 : 12~13)의 영역본에서 컬러Culler가 썼던 서문이 제안하였던 것들을 행해야 할 것이다. 그리고 우리는 결국 현실의 모델들에 기초를 둔 준거들과 관련한 '모든' 문학적 서술의 그 변칙적 특성을 인정해야 할 것이다. 이러한 두 가지 움직임 사이 — 한편으로는 프루스트적 서술의 바로 그 특수성에 맞추어서 변경하고, 다른 한편으로 광범위한 문학적 변칙들에 맞추어 변경하는 일 — 에서 가능할 수 있는 그 세 번째 움직임으로서 '역사주의적' 지향이 있다. 이와 같은 움직임의 종류에 관해서, 랜덜 스티븐슨Randall Stevenson의 연구가 그것을 구체적으로 보여줄 것이다. 그는 주네뜨가 매우 중요하게 공헌한 영역들 — 초점화focalization와 시간성의 관계relations of time — 그리고 비록 프루스트의 모든 소설들은 아니지만, 관점persepctive 및 시간성temporality과 관련한 그의 모더니즘 소설의 혁신들 사이에 놓인 밀접한 관련성에 주목하고 있다. 다른 말로 하자면, 프루스트의 실천들에 관해서 초역사적 준거들 일부와 관련하여 변칙적인 것들로서가 아니라 특수하게 역사적으로 결정지어진 '시대 양식period style' — 하이 모더니즘적 시대 양식? — 의 전형적인 것으로서 바라보게 된다고 추측해 보자. 이러한 관점에서 보면, 주네뜨가 보편적인 것들로서 상정한 범주들이 실제로는 특수한 모더니즘적 역사주의의 실천을 반영하는 것으로 나타나게 될 것이다. 그리고 그가 초역사적인 체계로서 추정한 것들은 시대에 그 특수한 근거를 두고 있는 쇼Shaw의 서술론과 예기치 않은 친족관계를 공유하게 될 것이다. 이러한 움직임들 가운데서, 구조는 그 의기양양함이 꺾이게 되며 억압된 역사는 귀환하게 되는 것이다.

서술론자, 프랑켄슈타인Frankenstein

다시 한번, 이러한 두 가지 지향들, 구조주의와 역사주의가 서로 보충적인 관계는 아니라고 하더라도, 적어도 '서로 화해 가능한 것'이라고 이야기할 수 있다면 좋을 것이다. 그럼에도 내 생각으로는 그것들의 관계는 늘 갈등을 이루는 것으로서 존재해왔으며 그런 방식으로 남아 있을 것 같다. 아마도 구조와 역사는 결국 화해 불가능한 관계일 것이다. 혹은 그보다 그것들은 다른 차원에서가 아니라 경쟁적 지향들 가운데 어느 하나를 보여주는 용어들을 논의하는 차원에서만 화해 가능할 것이다. 구조주의 전통 내에서 서술론을 실천하려면, 그것은 역사주의 서술론의 좋은 점들을 얻어내려고 노력해야 할 것이다. 또한 그것은 역사주의 서술론을 앞질러서 이겨내거나 그것을 장악할 수 있거나 해서 그 서술론의 지평이 되어야 할 것이다. 그리고 그 역의 경우도 마찬가지이다. 즉 내용주의 서술론 혹은 역사주의 서술론을 실천하려면, 구조주의 서술론을 앞질러서 그것을 이겨내려고 애써야 할 것이다. 하나를 실천한다는 것은 다른 하나를 억압한다는 것이다. 따라서 우리가 살펴본 것처럼 억압된 타자는 언제나 귀환하게 되는 것이다.

모니카 플루더닉은, 그의 서술론적 연구(예를 들면, Fludernik 2003)와 마찬가지로, 이 책에 실린 글, 즉 구조주의 이후 서술이론 역사의 끝부분에서도, '역사주의적 인지 서술론historicist cognitive narratology'이라는 형식으로서 구조와 역사의 새로운 화해를 약속하고 있다. 그녀는 서술에 관한 역사주의적 접근법들에 활력을 주기 위하여 인지 과학으로부터 유래한 도구들이 지닌 잠재성들을 강력하게 주장하고 있다. 나는 그녀가 그러한 화해주의를 위해 부여한 그러한 기회들에 관해서 상당히 낙천적이지 못한 견해를 지니고 있다. 나는 2002년 봄, 『오늘의 시학Poetics Today』의 특별 쟁점 '인지적 역사주의Cognitive Historicism'라는 전도유망한 표제를 붙인 '문학과 인지적 혁명'의 논의를 내 주장의 적절한 사례로서 인용하고자 한다. 초대한 사설가들은 그 쟁점의 논문들이 "문화적 변화의 특수 사례들에 관한 시각을 보여주는, 진화된 신경인지적 구조들과 그에 부수적인 문화적 환경 간의 복잡한 상호작용을 강조하고 있다"고 주장한다. 사설가들에 따르면 그 논문들은 다음과 같이 말하고 있다. 그것은 "문학적 역사 속에서의 쟁점들이란, 접근법들에 의해 침해받지 않고서, 인간의 보편성과 종-특유의 인지 메커니즘specied-specific cognitive mechanisms의 정당성을 인식하는 것이다, 그리고 그와 같은 인식은 순수하게 구조주의적인 주체의 개념들에 의존하고 있는 비평을 피해온 방식들에서 생산적으로 재개될 수 있다"(Richardson and Steen 2002 : 5)는 것이다. 그럼에도 나는 여전히 설득되지 못한 채로 있다. '신경인지적 구조들neurocognitive structures'과 '종-특유의 인지 메커니즘'은 몇만 년을 넘도록 지속되어 왔으며 그리고 아마도 현대의 '호모사피엔스homo sapiens'의 안정적인 영속적 특질이며, 그렇기 때문에 이것들이 불과 몇십 년 혹은 수백 년에 걸친 역사적 규모로 일어나고 있는 변화들에 어떻게 작용할 수 있을 것이라고 보지는 않는다. 그리고 그것들이 그러한 시간의 척도에서 나타난 변화들과 차이들을 포착할 수 없다고 해서 그와 같은 구조들과 메커니즘들을 환기하는 접근법이 '역사주의적인 것'이 된다고 주장할 수 있다고도 보지 않는다.

내 견해로는, '인지적 역사주의'에 관한 이 논문들은 역사적인 차이들을 인지주의적인 것으로 만들지 못하며 그리고 인지적 구조들을 역사주의적인 것으로 만들지도 못한다고 본다. 그들(혹은 플루더닉)이 약속하는 것이 무엇이든지 간에 그들이 최종적으로 인지주의와 역사주의를 화해시킬 수는 없을 것이다. 그들이 실제적으로 '행하는' 것이란 인지주의적 순간들과 역사주의적 순간들 그사이에서 번갈아 작업하는 것이 될 것이다. 또한 그것은 구조와 역사의 사이에서도 마찬가지로서 처음에는 이것 나중에는 저것 이런 식이 될 것이다. 이러한 작업은 둘 사이의 화해와 동일한 의미를 갖지 못한다. 그것은 마치 밤중에 지나가고 있는 배와도 같이 스치고 지나갈 것들에 불과할 것이다.

게다가, 나 역시, 우리가 자신들을 인지적 역사주의자들 혹은 그 밖의 기타 그 무엇 — 단순한plain-vanilla 역사주의자들, 문화유물론자들, 내용주의자들, 완강한 보수 서술론자들, 페미니즘 서술론자들 등등 — 으로 부르든지 간에, 이들 논문을 작업하였으며 우리 모두가 작업하고 있는 바로 그 무엇들을 주장하게 될 것이다. 즉 나는, 이 책『서술이론입문A Companion to Narrative Theory Companion』의 기고가들 중에서 다수는 아니라 하더라도 많은 이들이 구조와 역사가 화해될 수 있다고 믿고 있을 뿐만 아니라 게다가 그들이 자신들의 논문에서 역사라는 우연적 사건들로써 서술론의 도구와 통찰들을 솔기 없이 분석하였으며 그들 스스로가 그렇게 하였다고 믿고 있다고 말할 수 있다. 나는 그들이 이러한 믿음을 갖고 있는 한 그것은 아마도 그들의 착각일 것이라고 말할 것이다. 우리가 서술을 연구할 때 우리가 하고 있다고 생각하는 것이 무엇이든지 간에, 우리는 아마도 역사와 구조를 화해시키지는 못한다. 그리고 다른 한편으로, 우리는 어떤 한 가지를 성공적으로 추구한 나머지 타자를 배제시킬 수도 없는데 그것은 이 글에서 내가 논증하려고 애썼듯이 억압된 것들은 항상 귀환하기 때문이다. 우리가 정말로 하고 있는 무엇이란 기껏해야 서술론적 순간들과 역사주의적 순간들 그사이에서 그것들을 번갈아 작업하는 것일 뿐이다. 어떠한 '순수한'

서술론의 실천도 발견될 수는 없으며 또한 어떠한 '순수한' 역사주의 서술론도 발견될 수는 없는 것이다. 그리고 어떤 안정감 있는 두 기지의 종합 혹은 두 가지에 관한 솔기 없는 분석이란 것도 없는 것이다 ― 그저 단지 정신없도록 하는 짜깁기 작업 즉 이것에서 조금, 저것에서 조금, 그리고 먼저 이것, 나중에 저것만이 있을 뿐이다.

최근에 나는 젊은 핀란드 학자(사물리 하그Samuli Hagg)의 미발간 박사 논문을 검토할 기회를 가지게 되었다. 그는 주네뜨가 프루스트의 『잃어버린 시간을 찾아서』에서 분석했던 것들을 핀천Pynchon의 『중력의 무지개Gravity's Rainbow』를 분석하는 것에 적용하였다 ― 그것은 다른 말로 하자면, 주네뜨가 『잃어버린 시간을 찾아서』에 관한 서술론을 만들어 내어서 서사담론에 관한 일반 체계를 세웠던 것과 마찬가지로, 서술론적 범주들의 체계에 관하여 똑같이 비판적으로 숙고하고 있는 핀천에 관한 서사론을 생산하고 있는 것이다. 그는 체계적 서술론과 관련지어 볼 때 핀천의 실천에서 변칙적인 것으로서 다루어지는 것들의 문제 그리고 그 체계적 서술론을 향해 통합되고자 하는 핀천의 실천 속에 있는 것들의 문제에 있어서 특히, 주네뜨가 겪었던 동일한 많은 어려움들에 직면하였다. 그런데 이 논문은, 『중력의 무지개』에서 직면하였던 것들과 같은 그러한 변칙들이, 좌파 '아웃사이드'에서가 아니라 '인사이드'에 가져온, 변칙적인 것이라기보다는 온전한 것으로서 다룰 수 있는 가정이 주어진다면, 우리가 어떠한 종류의 서술론에 관한 질문들을 차례로 직면하게끔 할 수 있다고 주장한다. 또한 그는 그러한 결과들이, 단지 일관된 부분으로서 "『중력의 무지개』의 서사론"이 아니라 "양립할 수 없는, 기관들과 살덩이들로부터 가져와서 잔인하게 꿰매어 짜맞춘 괴물과도 같은 서사론"이라고 결론짓고 있다. 그는 계속해서, "아주 혼란스럽게도 (…중략…) 이러한 기술방식은 '어떠한' 서술론 — 혹은 이 문제에 관해서라면 역사주의 서술론 혹은 내용주의 서술론 — 의 개념에도 굉장히 적합하게 맞는 것처럼 보인다"고 주장하고 있다.

이것은 사실일 것이며 '모든' 서술이론은 괴물과도 같은 것이다. 그렇다면 허만의 것과 플루더닉의 것과 같은 서술이론의 역사는 이것 조금, 저것 조금 그리고 여기서 약간의 구조, 저기서 약간의 역사 — 다른 말로 하자면 '프랑켄슈타인'의 이야기를 다시 들려주는 것 — 를 함께 모아서는 그러한 괴물로 어떻게 짜깁기되는가 하는, 단지 그러한 진술일 뿐일 수 있다. 저것이든 혹은 그것이든 간에 유령의 이야기가 될 수밖에 없는 것이다.

1부
다루기 힘든 문제들에 관한
새로운 조명

4

암시된 저자의 부활

왜 성가실까?

웨인 부스Wayne C. Booth

『소설의 수사학』의 저자가 '저자의 죽음'을 옹호한 비평가들을 끔찍해한다는 것은 여기 독자들이 깜짝 놀랄 일은 아닐 것이다. 실제로 **암시된 저자**the implied author(IA)는 다만 늘 있어 왔으며 **육신을 지닌** 저자가 존재하지 않는다고 주장할 사람은 없다. 작품에 관한 저자의 의도가 우리가 그것을 읽는 방법과 무관하다고 어떻게 믿을 수 있겠는가? 물론 비평가들은 텍스트 **바깥에서** 저자가 표현한 의도가 완성된 텍스트에서 최종적으로 실현된 의도와는 전적으로 대조될 수 있다는 주장을 정당화하였다. 그러나 그 차이가 IA와 실제 저자를 구별하는 일의 중요성을 극적으로 만들어주는 것은 아닐까?

이 글 전체는 이런저런 어리석은 IA-암살시도들을 반박하는 것에 바쳐질 수 있을 것이다. 암살시도들은 IA의 부활에 최선의 노력을 기울인 리포트를 뒤따르게 하였다. 짐 펠란Jim Phelan과 피터 라비노비츠 Peter Rabinowitz의 것과 같은 몇몇 논의들은 아주 훌륭해서 나는 그저 그 것을 베끼고 싶은 유혹을 느낀다. 대신에 나는 그 개념을 어떻게 규정 할 것인가와는 별도로 왜 그 개념을 살려두도록 전적으로 노력해야 하 는지에 관한 한 가지 설교를 더 제공하고자 한다.

처음으로 IA에 관해 썼을 때 나는 적어도 세 가지 동기에 의해 이끌 렸으며 그것은 전적으로 1950년대의 비평현장에 대한 불안으로 유발 된 것이었다.

① 소위 소설의 객관성을 광범위하게 추구하는 것에 관한 고민. 많은 이들 이 옹호할 만한 소설가라면 **말하기**가 아니라 **보여주기**에 관여해야 하며 그래서 독자가 모든 판단을 하게끔 맡겨야 한다고 말하고들 있었다. 칭찬할 만한 소설가라면 저자의 의견을 솔직하게 드러내는 모든 흔적 들을 없애버려야 한다. 저자의 논평은 종종 지루할 뿐만 아니라 진정 한 '시적' 특질을 **언제나** 훼손한다.

바르뜨Barthes, 푸코Foucault 등이 그 암살시도를 명백히 하기 오래 전 부터, 비평가들은 진정으로 감탄할 만한 소설은 **예술적으로** 보이는 무 엇에 관한 저자의 의견을 드러내는 모든 흔적들을 깨끗이 씻어낸다고 공언하고 있었다. 칭찬할 만한 소설은 인물들과 사건들에 관한 저자의 의견들이 감추어졌을 뿐만 아니라 완전히 제거되어서 **객관적으로** 제시 되어야만 했다.

이 관점은 조셉 필딩Joseph Fielding, 제인 오스틴Jane Austen, 그리고 조지 엘리엇George Eliot과 같은 천재들이 실천한 고도의 서술능력을 종종 격하시키도록 이끌었다. 물론 유럽과 러시아의 위대한 많은 소설가들은 말할 것도 없다. 또한 그것은 명백한 오독誤讀으로 종종 이끌었다. '보여주는 자의 입장'에 선 많은 사람들은 숨김없이 표현된 저자의 수사학이 그것 자체로 주요한 심미적 창작이 될 수 있는 방법들을 간단히 무시해버렸다. 지면이 허락하였다면, 나는 천재적 여성, 마리안 에반스Marian Evans가 창조한 남성 IA, '조지 엘리엇'이 쓴 저자의 긴 논평 몇 개를 인용하였을 것이다. 그녀 혹은 그의 적극적인 '참견들'은 내가 에반스의 소설들을 독해하는 데 도움을 주었을 뿐만 아니라 그 창조자를 존경하고 심지어는 사랑하도록 이끌었다. 만약 내가 마리안 에반스를 알고 있었더라면 과연 그녀와 사랑에 빠졌었을까? 물론 내가 살아 있는 실체로서의 인간the flesh-and-blood person(FBP)을 만난 상황에 달렸겠지만. 그러나 여러 갈래의 자의식이 틈입闖入하도록 하는 그녀의 IA는 매혹적이다.

② 학생들의 오독에 대한 곤혹스러움. 내 대학의 학생들은 위대한 자의식을 지닌 서술자의 **말하기** 관습에 전혀 성가셔 하지도 않았으며 그 어떤 혹평들도 읽은 적이 없었다. 그럼에도 그들은 서술자와 IA의 차이 그리고 IA와 IA를 창조한 FBP의 차이에 관해 너무 자주 무지한 것 같았다. 아주 많은 학생들이 특히, 객관적이라고 하는 현대소설을 읽을 때 부분적이든 전체적이든 **신뢰할 수 없는** 목소리를 의도적으로 창조하는 저자의 목소리로부터 **서술의** 목소리를 구별하도록 배운 적이 없었다.

빈번한 오독의 가장 걱정스러운 사례는, 지금 내가 기억하기로는, 샐린저Salinger의 『호밀밭의 파수꾼Catcher in the Rye』이었다. 학생들은 계속해서 홀덴 콜필드Holden Caulfield에 아주 완전히 동화되어서는, 샐린저가 주인공의 심각한 오류와 취약점에 관해 제공했던 아이러니한 단서들을 놓쳐버렸다. 홀덴의 말은 대부분 마치 저자가 그가 말한 모든 것이 곧이곧대로 읽히기를 바라기라도 한 것처럼 간주되었다. 이와 같이 만연한 오독에 대한 비평적 무관심이 나를 무척 괴롭혔다.

③ 저자와 독자의 관계에서 비평가가 수사학의 윤리적 효과의 가치를 얼마나 무시하는가에 관한 '도덕주의자와도 같은' 고민. 이것은 내가 윤리학을 강조하는 것에 반대하는 많은 공격들을 낳았다. 비평가들은 계속해서, 시뿐 아니라 소설도 "의미하지 않고 존재해야 한다"고, 또한 시와 마찬가지로 소설도 "어떤 것도 일어나지 않도록 해야 한다"고 주장했다. 비평가들이 소설에 관한 이러한 '유미주의적' 확신을 갖지 않았음에도 불구하고, 많은 이들이 "도덕적이거나 비도덕적인 책은 없다, 책들은 잘 쓰이거나 잘못 쓰인다, 그것이 전부다"라는 오스카 와일드Oscar Wilde의 주장을 믿어 의심치 않았다. 윤리적 관심에 대한 거부반응이 여전히 편재해 있지만 1950년대보다는 근래에 좀 더 많은 비평가들이 소설의 윤리학과 같은 것이 있다는 것을 재인식하고 있다. 예를 들어, 2003년도 쿠체J. M. Coetzee의 노벨상에 대한 반응들에서, 우리는 계속해서, 음울한 에피소드를 잔뜩 지니고서도 정당성을 부여받은 수상자의 소설들이, 우리가 속어로 가득찬 세계에서 맞닥뜨리는, 범람하는 잔혹과 고통에 반응하는 방식들을 어떻게 향상시켜 왔는가 하는 개방적인 주장

들에 직면하였다. '순수한' '시적' 비평가들은 그때 물러서 있던 것과는 달리, 대부분의 비평가들은 우리가 위대한 소설을 오독하지 않는다면 그것이 우리를 윤리적으로 교육시킨다는 것을 인정하고 있었으며, 몇 몇 비평가들은 단지 암묵적으로 이것을 인정하고 있었다. 그러나 1950 년대와 1960년대에는, 해석이 전적으로 **독자의** 책임문제라고 주장하는, 머지않아 '독자 반응'이라고 일컬어지게 될 동향動向을 받아들이는 사람들의 수가 증가하고 있었다. "헨리 제임스Henry James의 인물들이 무엇을 하고 있는가에 관해 내가 독해한 것은 제임스의 의도보다 훨씬 더 중요하다. 그래서 내가 그에게 배워야 할 것이란? 아무것도 없다."

이러한 세 가지 동기들은 지금 다음과 같은 네 번째 동기에 의해 강화된다. 그것은, 저자가 IA를 창조하는 것이, 우리의 매일, 매시간의 건설적이거나 파괴적인 역할극에 의존해 있는 보편성과 어떻게 관련되는가에 관해서 내가 좀 더 생각해 보게 된 것이다. 삶의 곳곳에서 말하거나 글을 쓸 때마다, 우리는 우리 자신이 알고 있는 자기의 성격 버전이 실제세계에서 보이는 많은 다른 우리 자신들과는 아주 다르다는 것을 드러낸다. 때때로, 우리 자신의 창조된 버전들은 하루하루를 살아내는 우리 자신들보다 우월하다. 때때로, 그들은 우리가 다른 경우에 보이거나 보이기를 희망하는 우리 자신들보다 한탄스러울 정도로 열등한 것으로 드러난다. 우리 모두에 있어 주요한 도전은 이처럼 좋은 가면쓰기와 나쁜 가면쓰기를 구별하는 일이다. 그리고 그 도전은 특히 문학비평에 있어서 강력하다.

몇십 년 전에, 솔 벨로Saul Bellow는 저자의 가면쓰기의 중요성을 멋지게 극화했다. 내가 그에게 "요즘 뭐하세요?" 하고 물었을 때 그는 말했다, "아, 저는 **헤르조그**Herzog라는 제목을 붙일 소설책을 매일 네 시간씩 수정하기만 했어요." "매일 네 시간씩 소설책을 수정하면서 무엇을 이루고자 하나요?" "아, 저는, 그저 제 자신에게서 좋아하지 않는 그런 부분들을 없애버리고 있었어요."

거의 모든 우리의 발언에서, 특히 퇴고의 시간을 가질 때면, 우리는 의식적이든 무의식적이든 벨로를 흉내 낸다. 우리는 좋아하지 않거나 적어도 그 순간에는 적절하지 못한 것처럼 보이는 그런 자기 자신들을 그저 없애버린다. 우리가 말한 모든 것이 수정되지 않는다면, 손질되지 못한 감정들과 사고들을 '솔직하게' 터트림으로써 단지 무심코 입밖에 낸 것이 삶을 참을 수 없는 것으로 만들지 않겠는가? 당신은 사장이 웨이터들에게 그들이 진심으로 웃고 **싶지** 않다면 결코 웃지 말라고 가르친 레스토랑에 가고 싶겠는가? 당신이 강의실로 향할 때 당신이 자기 자신에 대해 여기는 것보다 더 유쾌하고도 학식 있는 퍼소나를 수행하면 안 된다고 관리책임자가 요구한다면 당신은 계속 가르치고 싶겠는가? 예이츠Yeats가 쓴 시들이 그의 아주 굴곡 많은 삶의 꾸밈없는 기록들일 뿐이라면 당신은 그의 시들을 읽고 싶겠는가? 모든 사람이 모든 순간에 '솔직하도록' 맹세한다면 모든 순간 우리의 삶은 재앙스러울 것이다.

좀 더 중요한 것은, 우리가 좋은 가면쓰기와 나쁜 가면쓰기의 차이들을 생각하지 않는다면, 예를 들면 정치인들의 정직하지 못한 속임수의 수사학처럼 나쁜 종류의 가면쓰기에 의해 파괴적으로 속아 넘어갈 가능성이 훨씬 더 크다는 사실이다. 그리고 우리는 좋은 종류의 가면쓰기에 윤리적으로 의존하는 것에 감사해야 하지 않을까? 이를 테면, 우리의 배우자들에 의해 창조된 IA들, 즉 가장 좋은 상태의 상관들, 저널리스트들, 그리고 또 다른 사람들은, 우리가 가장 좋아하는, 유익한 포즈를 취하고 있는 사람들을 가리키는 것이다. 이 글이 보여주겠지만, 내게 있어 그들은 자신들이 좋아하지 않는 자신들을 어떻게 몰아낼 수 있는지를 아는 저자들이다.

명료한 윤리적 사실은, 우리 모두는 적어도 어느 정도까지 다른 사람들 특히 저자들에 의해 창조된 더 나은 자기 자신인 IA를 받아들이고 그것에 몰입함으로써 어떻게 살 것인가에 관한 우리의 모델을 끌어낸다는 것이다. 부모님과 형제자매와 친구들처럼 우리가 함께 지내는 사람들이, 우리가 만나는 문학의 어떤 IA보다도 좋든 나쁘든 우리의 모델로서 우리들 대부분에게 매우 더 큰 영향을 미친다는 것은 당연한 사실이다. 그러나 친구들, 친척들조차도, 그들이 좋아하지 않는 자기 자신들을 지우기 위한 적어도 상당한 시간들을 견뎌냄으로써 우리에게 영향을 끼칠 수 있었다. 그리고 우리들 대부분에게 있어, 그들은 아주 어렸을 때부터, 놀랍도록 다양한 IA를 가지고 우리의 삶을 채워준 **문학적** 참여에 가장 먼저 우리를 끌어들였다.

종종 전적으로 가짜로서 투영된 자신들이 끼치는 이와 같은 불가피한 보편적 영향력은 어떤 점에서 이로움을 주며 또 어떤 점에서 의문스러울까? 그들은 항상 어느 정도는, 좀 더 복잡한 자신들, 또 너무 자주 존경받지 못할 만한 자신들을 가리고 있는 가면을 쓰고 있다. 우리는, 몇몇 사람들이 순전히 위선이라고 부를 만한 그런 가짜 가면의 착용을 칭송해야만 할까? 가짜 가면의 착용이 저자의 실제 삶에 의해 주어질 만한 것보다 훨씬 나은 삶의 모델을 제공하기 때문에 그것이 우리에게 유익하다는 것일까? 혹은 슈왈츠제네거Schwarzenegger와 같은 위선적인 종류의 연기가 있다면 우리는 그 모든 것을 비난해야만 할까?

가짜가면을 쓰는 데 대한 있을 법한 저술들에 관한 그와 같은 위협적인 질문들을 남겨두고서, 나는 우선은, 벨로가 보고한 것과 같은 **문학적** 종류의 가면쓰기, 곧 내게는 가장 중요한 것처럼 보이는 구석자리로 물러서 있다. 나는 우리가 벨로가 행했던 몰아내기에 관하여 그에게 깊이 감사해야 한다고 확신한다. 개인적으로 그를 아는 시간이 흐르는 동안에 나는 어느 누구도 좋아할 것 같지 않은 다른 버전들, 즉 그것들이 그의 소설을 지배하였다면 전적으로 그 소설들은 파괴하였을 것 같은 벨로의 버전들과 마주쳤다. 내가 갖고 있지 않은 그의 원고들을 연구한 사람들은 그러한 주장을 확신할 수 있게 하는 더 많은 것들을 발견할 것이다. 즉 그는, 수천 페이지들로부터, 그가 정말로 좋아하고 그리고 내가 사랑하는 IA를 보여주는 몇백 페이지들만을 선택하였다.

분명히, 저자가 만든 인물에 관한 모든 판단은 잠정적인 것임에 틀림이 없다. 그러나 단지 냉소주의자만이 이러한 판단에 어떤 실제적인 도덕적 구별이 없다고 다음과 같이 주장할 수 있을 것이다. "이것은 **전적으로** 속임수인데 뭐하러 그럴까?" 진지하게 작업한 저자가 우리에게 그의 작품을 선사할 때, FBP는 의식적으로든 무의식적으로든 우리가 비평적 결합을 갈망하도록 하는 IA를 창조한 것이다. 그리고 IA는 일상적 세계의 FBP보다 항상 훨씬 더 우월하다.

이러한 요지에 관한 내 연구의 대부분이 소설에 집중되어 있기 때문에 나는 이 자리에서는 시로 옮겨서 논의할 것이다. 그 요점은 IA가 우리의 모델로서 가치가 있을 뿐만 아니라 우리가 정화된 IA와 비천한 FBP의 차이를 아는 것이, IA를 보여주는 문학작품에 관한 우리의 찬사를 실제적으로 강화할 수 있다는 것이다. 내가 아는 바로는 이러한 요지는 이전에는 결코 강조되지 못했다.

우리가 시를 읽을 때 만나는 IA들은 소설에서의 IA와 무엇이 다를까? 아주 분명히, 우리는 **일부러** 결함을 지니며 의도적으로 신뢰할 수 없는 서술자의 역설적인 초상화를 자주 만나지는 못한다. 『남아 있는 나날 *Remains of the Day*』에서 헉 핀Huck Finn이나 가즈오 이시구로Kazuo Ishiguro의 집사처럼, 일관되게 의심스러운 목소리를 창조한 시인은 굉장히 드물다. 우리가 더 자주 만나는 것은, 좀 더 신뢰할 수 있도록 말하자면, FBP의 희망대로, 우리가 결합하게 될 IA와 전적으로 일치하는 것을 암시하는 아주 정화된 퍼소나이다. 이를 테면, "나는, 시인으로서, 진짜 나의 목소리로 당신에게 직접 말을 건넨다." 그러나 우리가 어떤 위대한 시인이라도, 과거로부터 현재에 이르는 그의 전기들과 자서전들을 살펴보면, 그의 시적 자아가 우아하게 옷을 차려입고 나타나서, 주의 깊은 독자가 지니기를 갈망하는, 삶의 비애와 환희의 감수성을 보여주고 있음을 발견할 것이다. **그러나** FBP는 일상적인 행위에서 그것을 자주 위반해왔다는 것을 발견할 것이다. 예이츠Yeats의 주장으로 바꾸어 말하자면, 그것은, 우리가 시를 창조하는 자기 자신들과의 싸움에 의한 것으로서, 우리가 타인들과 갈등할 때 만들어내는 수사학과는 대조를 이룬다. 여기서 물론, 나는 '수사학'이란 말을 내적 갈등을 내포하는 것으로 확장하였다.

브라우닝Browning과 같은 몇몇 시인들이, 신뢰할 수 없는 시적 목소리를 의도적으로 창조한 것은 사실이다. 최근에는 실비아 플래스Sylvia Plath처럼 자기파괴적 결함과 비참함을 아름답게 누설하고 이것들을 재창조한 많은 이들이 있다. 그렇게 함으로써, 그들은 여전히, 시를 창조하는 바로 그 행위 동안에, 아침식사를 하는 배우자에게 악담을 퍼붓는 사람과는 비교가 안 되는 우월한 자아를 깨닫고 있다.

일부 독자들은 전기가 FBP의 삶이 얼마나 끔찍한 것인지를 드러낼 때 아주 혼란스러워진다. 아주 존경받는 시인의 전기가 '있는 그대로의 것'을 밝혀낼 때, 많은 사람들은 그의 시가 폄하되었다고 여긴다. 엘리엇T.S Eliot이 자신의 시에서 '사적인 것을 지나치게 드러낸'고 생각되는 삶의 감정적 편린들을 없애려고 얼마나 애를 썼는지 알게 된다면, 어떻게 이전에 그랬던 것과 마찬가지로 그의 시를 존경할 수 있겠는가? 시란, 엘리엇이 주장하였듯이 "감정의 표출이 아니라 감정**으로부터의 도피**이다. 또한 시는 개성의 표현이 아니라 개성**으로부터의 도피**이다. 그러나 물론, 개성과 감정을 지닌 사람들만이 그러한 것으로부터 도피하고자 하는 것이 의미하는 바를 알고 있다"(Eliot [1917]1932 : 10). 한 가지 종류의 감정과 개성으로부터 도망쳐서는 다른 종류의 감정과 개성을 창조하는 동안에, 엘리엇의 가면쓰기가 경멸받을 만한 것이 되지 않았을까? 그가 '모든 것을 터트리기'로 결정하였다면, 그는 좀 더 위대한 시인이 되지 않았을까?

놀라울 것도 없이, 몇몇 사람들은 '그렇다'고 대답할 것이다. 그들은 시는 정직해야 하는데 그렇지 못한 시를 이런 식으로 만들어낸 엘리엇과 그 밖의 시인들을 공격할 것이다. 지금까지 거의 모든 연구는, 시인이 좀 더 정직하였다면 그들의 시가 더 나았을 것이라고 자주 제시하고 있으며, 저자가 의문시할 만한 자기 자신들을 다양하게 은폐한 것을 "밖으로 드러내는 것"에 바쳐졌다. 나의 대답이 "그렇지 않다"라는 것은 놀라운 일이 아닐 것이다. 우리가 감탄하는, 대부분의 시편들은, 저자가 가면을 쓸 수 없었다면 무척 형편없었을 것이다. 우리는 그들의 청소작업을 다행스러워해서는 안 되는가? 우리는 세탁작업을 행하는 그들의 능력에 감탄해서는 안 되는가?

이 자리에서 내가 언급할 두 가지 사례 중 그 첫째로서 로버트 프로스트Robert Frost를 생각해 보자. 그는 몇몇 전기 작가들에 의해 거의 악의적으로 '밖으로 드러난' 시인이다. 우리가 「이야기 나눌 시간A Time to Talk」이라는 그의 시에서 만나는 프로스트는 누구일까?

한 친구가 길에서 나를 부르며

느린 걸음으로 말을 몰 때,

나는 가만히 있을 수 없어 주위를 둘러보았다.

밭갈이가 한창 남아 있는 언덕 위에서,

그리고 내가 있는 곳에서 소리쳤다. "무슨 일로?"

이야기 나눌 시간은 정말로 아니지만,

나는 괭이를 부드러운 농지에 던진다,

날의 끝까지는 오 피트,

그리고는 터벅터벅, 나는 돌벽으로 올라갔다.

찾아온 친구를 맞으러

When a friend calls to me from the road

And slows his horse to a meaning walk,

I don't stand still and look around

On all the hills I haven't hoed,

And shout from where I am, "What is it?"

No, not as there is a time to talk,

I thrust my hoe in the mellow ground,

Blade-end up and five feet tall,

And Plod : I go up to the stone wall

For a friendly visit (Frost [1916]1939 : 156)

먼저, 여기서 어떤 사람이 서술자이자 화자인가?

그는 내가 존경하지 않을 수 없으며 그리고 내가 **기꺼이** 존경할 만한 남자다. 그는 착실하게 열심히 일하는 농부이다. 그리고 그는 언덕에서 괭이질을 해야 하는데도 찾아온 친구를 아주 배려해서 그에게는 중요한 일을 그만두고 친구와 이야기를 나눌 것이다. 그는 부드러운 농지를 사랑하는 남자이지만 찾아온 친구를 위하여 그 일을 남겨둔다. 시골풍경 속에서 친구와 좋은 이야기를 나누는 것이 그에게는 더 고귀한 가치를 지닌다.

그러나 그 서술자 너머로 그를 창조하는 IA는 누구인가? 글쎄, 어떤 의미에서 그들은 동일시된다. IA는 분명히 화자에 적대적인 어떤 아이러니를 의도하지 않는다. 그러나 그는 단순히 친절한 농부만은 아니다. 즉 이 화자의 미덕을 공유하지만 그는 시적인 형식에 골몰하는 좀 더 복잡한 인간이다. 그는 road, hoed와 walk, talk와 around, ground 와 tall, wall, 그리고 6행 떨어져 있는 "What is it?"과 friendly visit에서 보듯이, 어떤 독자도 압운에 의해서만 운율이 결정된다고 주장할 수 없도록 그의 규칙에 적합한 효과적인 운율을 만들어내기 위해서, 아마 도 몇 시간 혹은 며칠 동안 매우 골몰하였을 것이다. 또한 그는 짧은 마 지막 행의 For a friendly visit으로 우리를 다만 놀라게 하기 위하여, 보 격과 행 길이에 골똘히 작업하였을 것이다. 필자는 두 가지를 다해 보 았는데, 이 일은, 나로서는 땅에 쟁기질하는 것보다 훨씬 힘든 작업이 다. 그리고 분명히 농사짓기를 즐긴다고는 하지만, 찾아온 친구와 우 정 어린 대화를 나누는 것이 더 소중하다고 생각하고 또 아름다운 시 를 쓰는 것이 무엇보다도 소중하다고 생각하는 사람을 만난다는 것은 멋진 일이다. 그럼에도 우리가 알기로, 그는 몇 년 동안 괭이에 손댄 적 이 없었다. 그 결과, 이 시는, 프로스트는 위대하지 않지만 그의 IA는 위대하다는 방향으로 움직이고 있다. 그는 신뢰할 수 있는 서술자라기 보다는 기묘하게 풍부한 인물이며, 그럼에도 이것이 충격적으로 대조 를 이루지는 않는다. 결국, 한 사람의 헌신적인 농부는 또한 시인일 수 있으며, 그 농부와 시인 모두는 이웃과 이야기하기를 좋아할 수 있다.

그러나 그러는 사이에 FBP-프로스트는 어디에 있는가? 당신은 이 러한 질문을 거부하는 사람들에 동참하기를 원할 것이다. 왜냐하면 이 질문은 시의 즐거움을 감소시키기 때문이다. 앞에서 언급한 두 명의 프로스트를 전기 작가들에 의해 그려진 프로스트와 대조해보면 충격 적이다. 그를 처음으로 그리고 가장 영향력 있게 부정적으로 폭로한 글은, 그를 "무서운 사람, 쩨쩨하고 집념이 강하고 무서운 남편이자 부모 (…중략…) 괴물, 고의적으로 잔혹한 사람 (…중략…) 시골풍 농부 유형인 처하지만 늘 유복하고 도시적인 남자"(Thompson 1966 : 27)라고 하였다. 좀 더 최근의 전기 작가들은 그를 그렇게 나쁘게 묘사하지 않는다. 무서운 결점들을 부정하지는 않지만 몇몇은 그를 좀 더 우호적으로 그린다(Parini 1999 참조). 그러나 그들 중 어떤 것도 가까운 이웃이나 친척 혹은 점심친구로 내가 만났으면 하는 사람을 보여주지는 않는다. 내가 옆집 이웃이나 형으로 두기를 원하는 남자는 저 시 혹은 좀 더 괜찮은 그의 시에서 나타나는 사람이거나 내가 대학생 때 참석했던 강연에서 만난 멋진 포즈주의자이다.

이러한 대조가 그의 시에 대한 나의 찬사를 깎아내리는가 혹은 내가 여기서 주장한 대로 실제적으로는 좀 더 그를 치켜세우는가?

대조적인 자신들에 관한 아주 좀 더 복잡한 컬렉션이 실비아 플래스에 의해 제시된다. 비교적 적은 수이지만 내가 연구했던 시인들의 삶을 통틀어서, 그녀는 "자기모순적 IA에 관한 한 가장 큰 컬렉션을 지닌 FBP"로서는 최상의 수상 후보자이다. 그녀의 남편, 그녀의 일기들 그리고 그녀에 관한 많은 전기 작가들이 보여주듯이, 그녀는 자신이 보이고 싶은 그 사람에 정말로 적합했던 바로 그녀의 시편들에서 그녀자신이 분열되는 것을 느꼈다. 그녀는, 자신의 많은 목소리들이 창조한 시들과 이야기들이 훌륭하다고 느꼈을 때조차, 그녀의 많은 목소리들 가운데 어떤 것도 단순하게 신뢰할 수가 없었다. 그녀의 처녀시집의 제목이 많이 달라진 이후에, 그녀는 '계단의 마귀The Devil of the Stairs'를 선택한 이유를 설명하면서 다음과 같이 말한다. "이 제목은 나의 책을 아우르며 절망의 시들을 '해명해주는데' 이 시들은 희망의 시만큼이나 기만적이다"(Plath 1981 : 13).

그녀는 절망의 목소리와 희망의 목소리 사이에서뿐만 아니라 분노, 육체적 폭력, 복수, 성적 환희, 그리고 실망의 목소리 가운데에서 결정짓는 끔찍한 시간을 보냈다. 테드 휴즈Ted Hughes는, 그녀가 자살하기 얼마 전에 결국 최종적으로 '아리엘Ariel'이란 제목에 정착했을 때, 그녀가 "1962년에 쓴 사적으로 공격적인 시들 일부를 누락시켰으며, 아마도 그녀가 잡지에 이미 내지 않았더라면 한두 편 더 누락시켰을 것"(Plath 1981 : 15)이라고 설명한다. 자넷 말콤Janet Malcolm은 이 시들에서 자신이 어떻게 그려지는가에 관한 플래스의 어머니의 고통에 공감하면서 다음과 같이 타당하게 설명한다.

『아리엘Ariel』과 『벨 자The Bell Jar』의 퍼소나가, 플래스가 그려지고 기억되기를 바랐던 퍼소나로 되는 일은 플래스 부인에게는 결코 일어나지 않았던 듯하다. 그녀는 출판을 위해 이런 식으로 썼는데 이것은 그녀가 그렇게 비추어졌으면 했기 때문이었다. 그리고 그녀의 어머니에게 보여준 얼굴은 그녀가 독서대중에게 보여주었으면 하는 얼굴이 아니었다. (Malcolm 1994 : 15)

나는 "그녀의 어머니가 알고 있던 자신은 그녀가 정말로 **되기를** 희망했던 그러한 자아가 아니다"(Malcolm 1994 : 18)라고 좀 더 강하게 말하고자 한다.

플래스가 죽고 난 후, 휴즈가 컬렉션을 출판하기로 결정했을 때 그는 이 모순들 일부를 없애버렸다. 그리고 그는 그 책의 서문에서 다음과 같이 설명한다. "몇몇 조언자들은, 마지막 시들에 표현된 격렬한 모순적인 감정들을 독서대중이 (…중략…) 취하기에는 어려울 것이라고 여겼다 (…중략…) 이러한 우려는 몇 가지 통찰들을 보여주었다"(Plath 1981 : 15). 그녀의 저널목록들은, 내가 읽은 건 단지 일부이지만, 많은 부분이 사실일 것이고, 몇몇은 분명히, 그녀가 싫어하는 자아들이 이제는 삭제된, 출판 가능한 버전들로 바꾸겠다는 생각으로 활성화된 이야기들로 가득 차 있다. 그러나 대부분의 이야기들에서, 우리는 이런저런 초월적인 '그녀자신', 특히나, 단지 한 사람의 여성이라는 것뿐만 아니라 너무 자주 비참한 여성이 되는 상황을 어떻게 감당할 지를 깨닫게 되는 자신을 찾아내어 투영시키려는 진실한 노력을 찾아볼 수 있다.

플래스는 자신의 시들 전반에 걸쳐서 빈번하게, 그녀가 어떤 종류의 **진짜** 상처 입은 자아들을 정직한 초상화로 나타내려고 힘들게 시도하고 있음을 보여준다. 그러나 우리는 그녀가 그러한 자아들에 관한 시를 쓰려고 앉아 있었을 때 그것들 대부분이 빠져나가버렸다는 우리의 행운에 명백히 감사할 수 있다. 테드 휴즈의 바람을 피운 일에 분노해서, 그녀가 "그가 지닌 셰익스피어의 복사본뿐만 아니라 1961년의 겨울에 작업한 모든 그의 작품들을 조각조각으로"(Malcolm 1994 : 18) 찢어버렸던 그 즈음에 관해서는 시를 쓰지 않은 것에 우리는 유감스러워해야 하는가?

자살을 앞둔 그녀의 가장 최후의 시들조차도, 자살을 기도하고 있으면서도, 여전히 너무나 창조적으로 살아 있는 저자를 나타내고 있다. 여기, 아마도 그녀의 마지막 시일 「가장자리Edge」에 그 최후의 순간이 있다.

그 여성은 완전해진다.

그녀의 죽은

몸은 성취의 미소를 짓는다,

그리스 본래의 환영이

그녀의 토가의 소용돌이 속으로 흐른다,

그녀의 벌거벗은

발은 말하고 있는 듯하다,

우리 먼 길을 왔구나, 끝났다.

죽은 아기들은 둘 다 감겨 있다, 하얀 뱀으로,

아가들의 조그만 우유병으로부터, 지금은 비어버린.

달콤하고 깊숙한 어둠꽃의 목구멍으로부터

굳어지며 피의 향기를 흘리는 정원에서

오므라드는 장미의 꽃잎들처럼,

그녀는 아기들을 껴안아 자신의 몸속으로 접어 넣었다.

달은 서러워할 그 어떤 것도 없다,

뼈의 두건에서 지켜보는.

그녀는 이런 일에 익숙해져 있다.

그녀의 검은 옷이 타닥거리며 끌린다.

The woman is perfected.

Her dead

Body wears the smile of accomplishment,

The illusion of a Greek necessity

Flows in the scrolls of her toga,

Her bare

Feet seem to be saying :

We have come so far, it is over.

Each dead child coiled, a white serpent,

One at each little

Pitcher of milk, now empty.

She has folded

Them back into her body as petals

Of a rose close when the garden

Stiffens and odors bleed

From the sweet, deep throats of the night flower.

The moon has nothing to be sad about,

Staring from her hood of bone.

She is used to this sort of thing.

Her black crackle and drag. (Plath 1981 : 272~273)

이 시를 소리 내어 여러 번 읽은 후에, 나는 나 자신이 이 시에 감탄해 있을 뿐만 아니라 매 획에서 암시되고 있는 저자를 사실상 사랑하는 느낌마저 가지고 있음을 깨닫는다. 그녀의 일기장과 조금은 신경을 덜 쓴 시들 일부에서 내가 만난 사람과는 놀랍도록 다른 사람. 그녀는 물론 자살에 대해 생각하고 그것을 시도하고 심지어 그것을 계획하기까지 한다. 그러나 그런 동안에도 그녀는 자살기도가 어떻게 **느껴지는지**에 관한 아름다운 시를 창조하고 있다. 그녀는 자신의 아이들을 비유적으로 죽이는 것이 될 자살을 저지르는 끔찍한 방식에 관해 **생각하고** 있다. 다시 말해, 아이들과 함께 한 그녀의 과거의 삶도 사라질 것이며, 그 사랑스러움도 어찌됐든 사라져 버릴 것이다. 슬픔 속으로, 아니, 슬픔이 아닌 것 속으로. 저 달은 인간적 감정을 초월한 세계이며 서러워할 그 어떤 것도 없다.

그 끝에서, 플래스가 실제로 오 분 전 혹은 어제 느꼈던 것이 무엇이든지간에, 그녀가 그 자신을 투사하도록 선택한 창조자는, 시적인 힘으로써 다가오는 그녀의 죽음을, 죽음의 보편성에 관한 일반적 진실에 위치 짓고자 시도하고 있다. 그리고 그 진실을 탐구하는 동안, 그녀는 또한 시적인 미, 훌륭한 시적 구조를 열망하고 있다. 죽어가고 있는 자신을 생각하면서, 그녀는 자살충동에 사로잡힌 동안, 아름다운 시를 쓰고 있는 유능한 자아를 창조하고 있다. 따분한 방식이겠지만, 당신이 이제 이 시를 소리 내어 읽어본다면, "in the scrolls of her toga", 그리고 이어지는, orose, close, odors, throats, bone에서 그녀가 어떻게 운율을 다루는지를 주시하게 될 것이다. 그녀는 마치 한숨짓고 있는 듯하다, 오, 오, 오, 죽음이여, 당신의 독침은 그 어느 곳에 있는가?

그러나 이어지는 '오'의 심술궂은 모음운으로의 변화 그리고 거칠고 폭발적인 두운과 반두운半頭韻, "Each dead child coiled, a white servant", 그리고 마침내 각운과 두운의 집중, "blacks crackle and drag."

그녀의 그림자는 플래스와 그녀의 독자들을 어디로 끌고 가는가?

죽음과의 강렬한 대면으로!

우리는 플래스가 새벽 5시, 깨어 있던 그 최후의 순간에, 난방이 안된 얼어가는 아파트에서 「가장자리」와 다른 걸작시들을 썼다고 들었다. 그때 그녀는 재정적으로 절박하였고, 테드의 불륜에 비참하리만치 분노해 있었으며, 두 아이들을 돌보는 일에 어쩔 줄 몰라 하고 있었고, 친구들에게 재정적 도움을 구하는 데에도 필사적이었다. 매일 아침 몇 시간 동안, 그녀는 시들을 들고 작업하면서, 마침내 그녀가 표현하기 바랐던 진정한 자아를 찾았다고 느꼈음에 틀림없다. 그리고 그녀는 그것을 해냈다. 그러나 우리가 보았듯이, 그러한 창조적 자아는 여전히 하나의 가면이다. 매일 아침, 아이들이 깨어나자마자 찢겨져야 했던 가면이었던 것이다. 그녀는 자신의 삶 속에서 줄곧, 자신의 가면쓰기에 관한 자의식으로 인해 고통받아왔다. 때로는 전적으로 수동적이며 가정적인 헌신적 여성으로, 때로는 별로 단정치 못한 여자로, 때로는…… 누가 알겠는가?

그러는 동안, 당신과 내가 이 같은 시의 독자로서 연기하게 되는 다양한 자아들은 누구인가? 시인의 가면쓰기가 우리 자신의 다양한 가면들에 작용하는 것은 무엇인가, 그리고 우리가 시인의 가면과의 조우로부터 얻는 것은 무엇인가. 이것의 중요성을 인식할 때에만 시인의 가면쓰기의 완전한 가치가 이해될 수 있다. 과장되게 극화하는 위험을 무릅쓰고, 나는 그들을 다양한 '부스들Booths'이라고 명명할 것이다. 그러나 독자 여러분은 당신만의 이름으로 대체하기를 바란다.

글쎄, 먼저 부스 1이 있다. 그는 처음에, 모든 점에서 충실하고 정확하게 시를 따라가느라 아주 전념한 독자이다. 그리고 그는 온갖 수사를 동원하여 IA에 참여하려 하고 IA가 희망하는 암시된 독자IR가 되기를 희망하고 있다.

부스 1은 의혹에 대한 코울리지Coleridge의 전적인 보류를 실천하려고 시도하면서, 이 같은 글에서 공을 들이고 있는 복잡한 비평문제들과 관련해서 개입해오는 생각들을 허용하지 않는다. 그는 그저 시 속으로 들어가려고 IA에 합류하고자 한다. 그는, 죽음에 직면한 때가 왔을 때, 심지어는, 죽음에 관해 창조적인 무엇인가를 쓴 플래스에 그 자신이 필적할 수 있기를 희망한다.

이러한 공감적 독해에서, 부스 1은 의식적으로나 무의식적으로 모든 시의 애호가들, 특히 죽음에 관한 사유들을 독해하기 좋아하는 특별한 유형의 애호가들에 합류하고 있다. 그들은 자유시를 싫어하는 구식 독자가 아니며, 혹은 '멋지지' 못하거나 유쾌하지 못한 시들을 싫어하는 낙관주의자가 아니며, 혹은 명백한 압운을 싫어하는 '초객관적인' 사람도 아니다. 피터 라비노비츠Peter Rabinowitz([1987]1998)가 '저자적 청중'이라고 한 암시된 독자들은, 다른 현대시들을 상당히 많이 읽었음에 틀림이 없다. 그렇지 않다면 그들은 이러한 시들을 읽어내지 못할 것이다. 그러나 그들은 또한, "소리는 틀림없이 의미의 메아리일 것이다"라는 계율을 가진 알렉산더 포프Alexander Pope만큼이나 운율의 풍부함을 놀랍도록 사랑하는 이들이다. 즉 그들은 내가 단지 부분적으로만 추적했던, 자유서정시의 미묘한 효과를 인식하면서 세부적인 것에까지 면밀히 주의를 기울인다.

한편, 부스 1의 한 버전이 있는데 이것을 부스 1a라고 일컬어보자. 그는, 주의를 기울여 독해하는 다른 몇몇 시애호가들과 달리, 시를 읽는 내내, 이 시인이 이 시를 쓴 직후에 자살하였음을 알게 된다. 암시된 '플래스'는 그처럼 절망적인 생의 시간에 이렇게 창조적인 순간을 이루어냄으로써, 나 같은 독자가 특별히 감동받을 것임을 감지했음에 틀림이 없다. 우리가 그녀가 자살한 것을 알지 못한다면 이 시를 얼마나 다르게 읽을지 생각해 보라.

나는 저자적 청중에 합류하기를 열망하면서, 그리고 그렇게나 다른 이러한 가면들을 진지하게 쓰고 있는 나 자신을 생각하면서, 물론 여기에, 몇몇 부가적인 부스들이 나타난다고 고백해야만 한다. 매우 당황스럽게도 주제 없게 나서는 비평가, 부스 2가 있다. 그는 이 글을 쓰기 위하여 시를 활용하고 있다. 좋은 가면쓰기와 나쁜 가면쓰기에 관해 고심하면서, 때로 그것에 '위 또는 아래를 향한 위선'이라는 이름을 붙이기까지 하면서, 자신의 저작의 결실에 고무되어, 플래스의 자아들 중의 어느 한 가지 버전에 대해 의심할 여지없이 무례하게 느끼거나 적어도 부적절하게 느끼게 될 만한 방식으로 자신의 비평적 관심을 보여주었다. 부스 2는 부분적으로 부스 1을 무력화시키면서 전적인 합류로부터 부스 1을 다소 비껴가고 있다. 즉 부스 2는 창조하고 고통받는 퍼소나인 IA의 '아래에' 잔인하게 서 있다. 혹은 '위에' 있다고 말해야 할까. 그는 물론, 자신이 건설적 가면쓰기 또는 포즈취하기의 한 사례라고 주장하고 싶어한다. 즉 이 문장을 제외하면, 그의 정신, 그의 영혼, 그의 자신은 포즈취하기, 가면쓰기 그리고 이 시에 대한 그것의 관계에 관한 진실을 정직하게 비판적으로 추구하는 데에 완전히 전념하고 있다.

그러는 동안에 FBP로서 부스 3은 휴식을 취하고 화장실에 가서 일

간신문을 한두 페이지 읽으면서, 플래스의 시를 다루는 이 글의 아직 충분히 훌륭하지는 못한 부분을 어떻게 수정할 것이냐에 관해 약간 생각한다. 그는 컴퓨터 앞에 너무 오래 앉아서 등이 쑤셔 괴로워하고 있다. "젠장, 이제 그만하고 부쳐버려!" 실제로 그는 조금 있으면 친구들이 현악사중주를 연주하러 올 것이기 때문에 약간 압박감을 느끼면서 글을 쓰고 있다. 그리고 그는 정말로, 그들이 오늘 아침 연주할 베토벤의 작품 59번 3악장을 위한 첼로 부분을 연습하고 있어야만 한다. 그래서 그는 시와 씨름하거나 그것에 관해 생각하는 것으로부터 마음이 거의 전적으로 흐트러져 있다. 그는 오늘 아침 그의 저술들 중의 한 편에 대한 아주 부정적인 리뷰를 발견한 나머지 아주 고통스럽다.

다음날, 베토벤에 관한 좋은 느낌을 가지고 초고草稿로 돌아간 천상 도덕주의자인 부스 4는 시가 아니라 자살에 관해 생각하고 있는 자신을 발견한다. 플래스가 기대했음에 틀림없는 청중인 다른 많은 독자들과 달리 이 부스는 개인적으로 결코 자살을 고려해 본적도, 시도해 본적도 없다. 그의 감정은 작년에 자살을 시도했다가 실패한 독자의 감정과는 매우 다를 것이다. 그는 실제로, 자살은 모든 이가 가능한 한 마지막 순간까지 저항해야만 할 비도덕적인 행위라는, 모호하나마 현실적인 신념을 지니고 있다. 그래서 그는 FBP-플래스가 자살을 고상하게 만듦으로써 세상에 대해 행한 것에 관해 그녀에게 설교를 하고 싶은, 부적절하면서도 미학적으로 보면 파괴적인 유혹을 느낀다. 그럼에도 그동안 그는 IA는 우리를 향상시켜 부스 4의 영역으로 옮겨가게 하기 때문에 IA에 관한 생가도 포기되어서는 안 된다는 이 글의 전체 주제를 의식하고 있어야 한다.

다른 부스들이 이 시를 읽고 또 읽으면서 독해와 관련한 이러한 문장들을 수정하고 또 수정할 때, 비평가인 부스 2는 여기서 천상 학자이자 비평가인 퍼소나, 즉 시인들이 그들의 가면쓰기로 우리를 얼마나 풍부하게 하는가에 관한 진실만을 객관적으로 추구하는 사람으로 계속 가면을 쓰고 있다. 그리하여 그는 다른 다양한 암시된 청중이나 실제 청중으로부터 불편할 정도로 그 자신을 고립시킨다. 즉 그는, 플래스가 시와는 무관한 것으로 생각했을 뿐 아니라 그가 알기로도 시와는 무관한 일련의 사소한 일들에 관해 생각하면서 그 자신의 글을 좋은 형태로 만드는 것에 노심초사하는 비평가가 된다. 그는 이처럼 자신이 그 시에 해를 끼칠 위험을 알고 있으면서도 시적 이해를 약화시킬 수도 있는 **지나친** 해석을 그 시에 부과한다. 단지 플래스의 시만이 이와 같은 부당한 개입으로부터 그를 구해줄 수 있다. 그리고 그러는 동안, 바로 그 순간, 그는 아주 정직한 한 사람의 저자를 암시하기 위하여 고군분투하고 있다.

도덕적이거나 지적인 어떤 신념을 가진 독자라도, 일단 플래스의 가면쓰기가 드러나는 한 적어도 그것의 어떤 부분에 대해 반감을 품는 것을 피할 수는 없다. 부스 3으로서의 나는, 그녀가 문화, 가족, 친구들, 그녀의 영어선생님들, 그리고 그녀가 읽은 책들이 그녀에게 강요한 "모더니즘적 개인주의"에 어떻게든 저항했다면, 또 그녀가 하나의 진정한 자아를 찾으려는 고뇌에 찬 탐색을 어떻게든 겨우 약화시킬 수 있었다면, 그녀는 그와 같은 자살을 피할 수도 있었을 것이라고 생각하지 않을 수 없다. 테드 휴즈는 부정했지만, 몇몇 비평가들이 주장했던 것처럼, 그녀는 위대한 소설가가 될 수 있는 재능을 가지고 있었다.

이 이야기 끝에서, 우리가 할 수 있는 것이라고는, 그녀가 마침내 그 마지막 시편들을 쓸 수 있도록 그녀 자신을 자유롭게 해준 가면을 발견하였다는 **우리의** 운명에 감사하는 일 뿐이다. 그 가면은 안타깝게도 오븐가스를 틀어놓은 그녀를 구할 수는 없었다. 이미 돌이킬 수 없는 일이 되었지만 부스 3은 이렇게 말하고 싶은 유혹을 느낀다. 즉 그녀가 그 끝에서 삶을 붙들어 지속할 수만 있었다면 그리고 그녀가 "나는 자살을 찬양하면서 자살에 관한 아름다운 시를 쓰는 일에 몰입해 있는 진정한 시인의 가면을 쓰고 있었을 뿐이다"라고 말했다면 우리 모두는 무척 행복했을 것이라고.

결론을 향해 가면서, 이 논의의 어떤 것도 시적 자아로서의 가면쓰기가 속임수임을 시사하지는 않는다는 것을 강조하는 일은 중요하다. 창조된 IA는, 몇몇 전기 작가들이 주장했고 다른 이들이 종종 시사했듯이, 우리가 한탄할 만한 가짜로서 창조자를 비난하게끔 되는 바로 그러한 창조를 한 어떤 사람은 아니다. IA는 살아 있는 죄인들처럼 프로스트와 플래스의 단순히 진짜 버전들이 아니다. 그들은 어떤 의미에서는 **좀 더** 진짜이며 그리고 물론 아주 좀 더 존경할 만하며 영향력이 있다. 시인들은 좋아하지 않는 자신들을 몰아내면서 그들의 세계와 우리 세계 양쪽을 고양시키는 버전들을 창조해왔다. 더 우월한 버전들로부터 나온 이 같은 행위가 없다면 우리의 삶이 얼마나 피폐할 것인지 한 번 생각해 보라.

한편, IA의 과거 암살자의 합창이 우리에게 외친다. 이러한 모든 얼토당토않고 또는 거짓된 구별들이 성가시지 않은가? 어떤 식으로든 타당해 보이는 방식으로 텍스트를 해석하고 한번 텍스트와 더불어 살아

보는 것은 어떤가? FBP는 잊어라, IA를 지워버려라, 그리고 **시를 해석하라!** 또 다른 합창은, IA의 개념을 믿고는 있지만, 프로스트와 플래스의 결함들을 곱씹어서 그들의 명성을 손상시켰다고 나를 비난할 것이다. 왜 그토록 저자의 삶에 관한 소름끼치는 사실들을 거론하는가. 시를 다만 즐겨라.

나는 줄곧 암시해온 한 가지 단순한 대답을 반복할 수 있을 뿐이다. 즉 FBP에 관한 경멸할 만한 세부적 사실들을 알게 되었을 때, 나는 프로스트와 플래스 그리고 다른 효과적 가면을 쓴 이들의 작품에 대한 나의 경외감이 실제로는 좀 더 **커지는 것**을 발견한다. 어떻게 그런 결함과 고통을 지닌 생명체가 그렇게 아름다운 감동적인 작품들을 만들어 낼 수 있었을까? 글쎄, 명백하게도, 그들은 한탄스러워 한 자신들의 FBP의 부분들보다 훌륭하게 **보이려는 것**이 아니라 훌륭하게 **되기**를 열망했기 때문에 그렇게 할 수 있었다. 그들은 비열한 행위로 세상을 병들게 한 그러한 자신들보다 더 실제적이고 더 진실하고 더 진짜인 그 자신의 버전을 창조한다. 자신들의 작품을 퇴고하며 앉아 있을 때 그들은 좋아하지 않는 자신의 일부들을 없애버린다. 혹은 더 암울한 자아가 극적으로 표현될 때, 플래스에게 있어 아주 종종 그러했던 것처럼, 더 우월한 IA는 시나 소설 혹은 대본을 퇴고하여 FBP의 다른 버전들을 극복해낸다. 즉 "그러한 가치들과 눈부신 필치를 보여줄 수 있는 사람, 그게 바로 진짜 나다."

또 하나의 합창이, 지금 아주 더 작은 소리로, 내가 IA와 실제 텍스트의 차이에 관한 문제를 회피하고 있다고 유감스러워하며 끼어든다. 어떻게 내가 계속, 텍스트에 의해 암시된 사람이 텍스트 그 자체와 동일한 것처럼 말할 수 있는가? 글쎄, 그것은, 나는 아직도 부스 1 유형이 독해하는 어떤 순간에는 실제적 차이가 **있다**고는 생각하지 않기 때문이다. 우리가 저자가 텍스트를 창조할 때 결코 꿈꾸지 않았을 IA의 버전들을 창조하게 되는 것은, 부스 2처럼 다른 시간틀과 문화적 대비에 관해 생각하기 시작할 단지 그때뿐이다. 물론 내가 **지금** 텍스트를 읽으면서 재창조한 IA는, 내가 사십 년 혹은 이십 년 전에 재창조하였을 IA와 일치하지 않는다. 그러나 나의 주장은, 내가 실제 텍스트가 암시하는 대로 본다는 것이며, 내가 지금 매번 읽을 때마다 내가 생각하게 된 선택들은 저자에 의해 그때 만들어진 것이고 이번에는 그것이 그것을 취한 사람을 암시하게 된다는 것이다. 텍스트는 항상, 어느 의미에서 창조자로부터 분리된 '거기 바깥에' 있으며, 수많은 독해와 오독에 지배되는 것이 사실이다. 그러나 **창조의 시간에** 또한 나의 재창조의 시간에, 내가 **지나친** 해석을 강요한 것이 아니라면 그 둘은 동일한 것이다. 독자들이 발견해주었으면 하고 IA가 바랬던 무엇과는 상관없이, 텍스트 안에서 찾게 될 무엇을 미리 '알고 있으며' 그래서 그것을 발견하는 독자들에 의해 쓰인, 충격적으로 쏟아지는 텍스트 왜곡의 현現 사례들을 제공하려는 것을 참고 있다.

어떤 사람들은 윤리적인 효과에 대한 나의 강박관념이 거슬릴 수 있을 것이다. 나는 그러한 반대에 약간은 무례하게 대답할 수 있을 뿐이다. 즉 당신은 사실상 **지나치게** 해석하는 **오독자**誤讀者인 '저자-암살자'의 메아리들이 아니라고 확신하는가? 그들은 단지 이론적 또는 구조적인 질문들을 추구하면서 사실상 작품을 의도된 대로 **경험하지는** 못하였다. 인물들을 통하여 저자와 어떤 감정적인 유대감도 경험하지 못했기 때문에, 그들은 그처럼 윤리적 영향을 일축해버릴 수 있었다. 시가 전적으로 경험될 때까지 추상적인 비판적 질문들을 한 쪽으로 남겨두고, 전적인 감정이입과 전적인 성취와 전적인 순화 혹은 정화 속에서 저자들에게 합류하는 전율을 알고 있는 독자들만이 그렇게 전적으로 빠져보았던 독자들만이, 어떻게 그 합류가 누군가의 삶을 바꾸어내는지를 발견한다.

우리는 우리 자신을 작품을 만들어낸 창조된 자신과 결합시키고 작품을 그것이 의도된 대로 재창조하면서 창조를 성취한 IA를 점점 더 닮아간다. 그리고 우리는 창조의 배후에 있는 나아 보이려는 자아들에 관해 알게 될 때, 이전보다 더욱 작가의 창조를 경외할 수 있을 뿐만 아니라 우리 자신이 어떻게 꽤 더 나은 자아들을 창조할 것인가에 관한 모델을 목격할 것이다.

우리가 이후에 저자에 대한 우리의 참여 가운데 일부가 해로우며 심지어는 재앙스럽다고 판단하게 될지라도 그러한 참여라는 주제는 지속적인 연구를 절실히 필요로 한다. 우리는 문학에서뿐만 아니라 정치학이나 저널리즘에서 그리고 학문적 연구에서나 강의실에서도 건설적으로 혹은 파괴적으로든 일상에서 넘쳐나는 IA들을 만날 것이기 때문이다.

5

신뢰할 수 없는 서술의 재개념화
인지적 접근과 수사학적 접근의 종합

안스가 뉘닝 Ansgar F. Nünning

신뢰할 수 없는 서술자를 소개하면서

웨인 부스Wayne C. Booth가 신뢰할 수 없는 서술자the unreliable narrator를 하나의 개념으로서 처음 제안한 이래로, 이 개념은 텍스트 분석에서 기본적이며 필수불가결한 범주로서 고려되어 왔다. 이것은 부스의 잘 알려진 공식과 관련이 깊다. 즉 "나는 작품의 준거들norms, 말하자면 암시된 저자의 준거들에 일치하여 말하거나 행동하는 서술자에 관해서 '**신뢰할 수 있는**' 서술자라고 불렀으며 그렇지 못한 서술자에 관해서 '**신뢰할 수 없는**' 서술자라고 불렀다"(1961 : 158~159). 이 진술은 이 용어에 관한 개념으로서 주요한 정전으로 인정받아왔으며 단지 아주 최근에 이르러 도전받고 있다. 부스에 따르면, 신뢰할 수 있는 서술자와 신뢰할 수 없는 서술자 사이의 구별은, 주어진 서술자와 작품의 암시된 저자를 분리시키는 '거리의 정도와 종류the degree and kind of distance'에 의존하고 있다. 규범적 서술론의 연구들, 학술논문들, 문학용어의 어휘록에서 제공된 이것의 개념들을 비교해 보면, 대다수의 서술론자들이 부스의 개념을 따라서 신뢰할 수 없는 서술자에 관한 거의 동일한 개념들을 제공하고 있음을 알 수 있다.

다수의 비평가들은 부스 그 자신이 "서술자들에 있어서 이러한 거리의 종류가 거의 희망이 없는 부적절한" 어휘라고 거리낌 없이 인정했다는 것을 잊고 있는 것처럼 보인다(1961 : 158). 일반적으로 서술의 신뢰성에 관한 질문에서 그 중요한 원인을 찾게 되는 문제 그리고 이 개념을 둘러싼 풀리지 않는 쟁점들 그사이에는 실로 독특한 모순들이 있다. "대체로 서술과 문학에서 신뢰성 문제의 중요성에 관해서는 어떤 의심의 여지도 없다 (…중략…) (그러나) 문제는 (예측하기로) 복잡한 것이며 (불행하게도) 그것이 중요한 문제인데도 잘못 규정되어 있다"(Yacobi 1981 : 113). 서술에 관한 수사학적 접근법의 전통 속에서 연구하고 있는 비평가들과 이론가들은, 암시된 저자가 텍스트 분석에 있어서 중요하며 필수불가결한 범주들 가운데 하나로서 생각하고 있다. 한편으로, 구조주의 서술론자들과 인지주의 서술론자들은 암시된 저자의 개념을 포기할 것을 주장하였으며 또한 신뢰할 수 없는 서술자에 관한 근본적인 재개념화 작업이 이루어져야 한다고 주장하였다. 많은 다른 서술론적 범주들(예를 들면, 사건과 행위, 동종화자와 이종화자, 질서와 지속 그리고 빈도와 같이 잘 규정되고 익숙한 용어들을 들 수 있다)과는 대조적으로, 서술이론에 관한 이 두 가지 핵심 개념은 모두가 격렬한 토론, 심지어는 열띤 논쟁의 주제가 되어 왔다.

신뢰할 수 없는 서술을 둘러싼 논쟁들이 보여주듯이, 이 화제는 서술에 관한 현재의 주요한 대다수 접근법들, 즉 이 개념이 기원하고 있는 수사학적 접근법과 윤리적 접근법으로부터 서술론적 접근법과 페미니즘적 접근법을 거쳐서 인지적 서술론에 이르는 모든 영역에서 지대한 관심을 끌어 왔다. 신뢰할 수 없는 서술이 동시대의 서술이론에서 그와 같은 핵심적 쟁점이 되어온 것에는 많은 이유들이 있다. 첫 번째, 서술론적인 비신뢰성이라는 화제는 지극히 풍부한 주제로서 흥미를 자아내는 수많은 이론적인 문제들을 개입시키고 있다(예를 들면, 암시된 저자가 필요한지 어떤지에 관한 쟁점 중인 문제가 있으며, 독자들이 텍스트의 모순들과 애매함을 어떤 식으로 처리하는가에 관한 똑같이 복잡한 문제들이 있다). 두 번째 신뢰할 수 없는 서술은 기술과 해석의 경계면일 뿐만 아니라 미학과 윤리학의 경계면에 놓여 있기 때문에, 그것은 이론적이며 해석적인 중요한 문제들과 광범위한 해석적 결과들을 가져오는 서술자의 신뢰성(비신뢰성)에 관한 어떤 결정을 통합하고 있다. 세 번째, 신뢰할 수 없는 서술이 현대소설과 포스트모던소설 모두에 널리 만연해 있다는 바로 그 사실은, 모든 비평가들 그리고 신뢰할 수 없는 서술자에 관한 우리의 일반 개념들, 두 편 모두에 대하여 상당히 도전적 과제를 제공하고 있다(Wall 1994 참조). 마지막으로 말하고자 하는 것은, 하나의 현상으로서 신뢰할 수 없는 서술은 당연하게도 허구적 서사에 한정되지 않는다는 것이다. 이것은 장르들, 미디어, 그리고 다른 학문 분야들을 가로지르는 폭넓은 영역의 서술들에서 발견될 수 있다.

이 장의 제목이 제시하는 것처럼, 이 글은 신뢰할 수 없는 서술에 관한 최근의 작업들을 고찰해보면서 서술이론이 아주 잡히지 않으며 복합적인 그것의 화제를 다루는 데 있어서 상당한 진전을 이루어 왔음을 보여주고자 한다. 서술론자들은 전통적 진술들에 있어서 주요 문제들을 확인하였을 뿐만 아니라, 이론적인 규정들뿐만 아니라 어휘론적이고 분류학적인 유용한 구별들을 제공하였다. 신뢰할 수 없는 서술을 재개념화하려는 시도들은 주로 네 가지 영역들을 포함하고 있다. ① 신뢰할 수 없는 서술의 이론과 개념, ② 다양한 종류의 비신뢰성에 관한 전형적인 구별, ③ 신뢰할 수 없는 서술자들의 투사에 개입되어 있는 텍스트의 단서들과 참조적 프레임들, ④ 독자, 텍스트, (암시된) 저자에 있어서 그 각각의 역할.

이 글은 인지적 접근법과 수사학적 접근법 사이의 관계를 재통합하며 인지적 서술론과 수사학적 이론에 있어 최근의 작업들이 신뢰할 수 없는 서술을 재개념화하는 것에서 그 토대를 제공한다는 것을 보여주려고 시도할 것이다. 다음 절은 신뢰할 수 없는 서술의 인지주의적 재개념화에 관하여 요약적으로 보여줄 것이다. 즉 신뢰할 수 없는 서술은 이것에 관한 이론들이 지금까지 토대를 두고 있던, 일반적으로 인식되지 못해온 전제된 구조틀에 관하여 좀 더 조명해 볼 수 있도록 한다. 이러한 논의의 이어지는 다음 절에서는, 인지적 접근법과 수사학적 접근법의 통찰들을 통합할 것이다. 그리고 우리가 비신뢰성의 속성들이 저자적 행위주체, 텍스트의 현상(인격화된 서술자와 비신뢰성의 신호들을 포함하고 있는), 그리고 독자의 반응을 구성하는 세 부분으로 된 구조를 개입시키고 있다는 것을 염두에 두어야 하며 그렇게 될 때에만이 신뢰할 수 없는 서술에 관한 전체적 개념에 관해 온전히 이해할 수 있음을 주장할 것이다. 마지막 절은 간단한 요약을 제공하고 있으며 이것은 서술이론이라는 매혹적인 분야에서 좀 더 많은 작업이 이루어져야 할 필요가 있음을 주장하고 있다.

신뢰할 수 없는 서술에 관한 관습적 이론들에 관한 비판 그리고 인지주의적 재개념화—독자의 역할과 독자의 참조의 틀

비신뢰성은 대부분의 독자들이 직관적으로 알아차리는 하나의 효과이다. 이 글의 앞에서 요약했던 것처럼, 비신뢰성의 효과에 관하여 특수한 방식으로 설명하였음에도 불구하고, 그러한 방식은 그것에 관해 풀어보려고 시작하자마자 많은 문제들을 야기시키고 있다. 제럴드 프린스Gerald Prince의 『서술론 사전*Dictionary of Narratology*』에서 신뢰할 수 없는 서술자의 개념은 왜 이것이 그러한 문제들을 야기시키는지에 관하여 이해할 수 있도록 하는 좋은 출발지점을 제공하고 있다. "서술자의 준거와 행위는 암시된 저자의 준거들과 일치하지 않는다. 즉 그것은 서술자가 지닌 가치들(취향, 판단, 도덕의식)이 암시된 저자의 그것들과 동떨어지게 되는 것이다. 서술자의 진술에 관한 신뢰성은 그 진술의 다양한 특질들에 의해 약화되기도 한다"(Prince 1987 : 101). 이러한 **공통된 견해**communis opinio를 요약하였던 프린스의 훌륭한 정리에도 불구하고 이 개념은 여전히 애매모호함을 지니고 있다. 왜냐하면 이 개념은 서술자의 신뢰성을 측정하는 단지 유일한 준거가 암시된 저자이기 때문이며, 이 암시된 저자의 층위와 준거는 사람들이 생각하는 것 이상으로 확인하는 것이 참으로 어렵기 때문이다. 그럼에도, 신뢰할 수 없는 서술자에 관해 썼던 대다수 이론가들과 비평가들은 암시된 저자를 당연하게 취하였으며 비신뢰성을 결정할 수 있는 유일한 준거로서 암시된 저자를 삼는 것을 당연하게 여겼다. 지금까지 신뢰할 수 없는 서술에 관한 최상의 고전적 이론비평들로는 아마 틀림없이, 타마 야코비Tamar Yacobi(1981; 1987)와 캐슬린 월Kathleen Wall(1994)을 들 수 있을 것이다. 그런데 그들은 암시된 저자(그/ 그녀 혹은 그것)가 신뢰할 수 없는 서술을 설명할 수 있는 가능한 유일한 방식인 것처럼 암시된 저자에 의존하여 논의를 전개시키고 있다. 서술자의 비신뢰성이 암시된 저자가 지닌 준거들과 비교해서 측정될 것이라고 주장하는 비평가들은, 그 자체로 악명 높게 잘못 규정된, 어디서나 통용되는 이 비평적 기준에 따라서만 결정을 내리게 된다(Nünning 1997b 참조).

일부 서술론자들은 암시된 저자의 개념이 서술자의 비신뢰성을 결정하는 데에 있어서 신뢰할 수 있는 기초를 제공하지 못한다는 것을 지적해왔다. 리몬-케넌Rimmon-Kenan([1983]2003 : 101)이 "암시된 저자의 가치들(혹은 준거들)은 (…중략…) 도달하기에는 악명 높게 어렵다"고 진술한 것에서도 알 수 있듯이 암시된 저자는 그 자체가 매우 갈피를 잡기가 어렵고 불투명한 개념이다. 이론적인 관점에서 볼 때 암시된 저자라는 개념은 매우 문제적인데, 그 이유는 이 개념이 순수하게 텍스트적인 현상이라는 어떤 환상을 창조하기 때문이다. 그러나 규정된 많은 개념들을 살펴 볼 때, 암시된 저자가 하나의 텍스트의 전체적 구조라는 토대 위에서 독자에 의해 만들어지는 복합 개념이라는 것은 분명하다. 만약 암시된 저자가 목소리가 없는 구조적 현상이라고 인식된다면, 사람들은 암시된 저자를, 서술전달의 구조에 개입된 어떤 화자로 서 간주해서는 안 될 것이다. 즉 암시된 저자는 수용과정상의 구성요 소, 저자에 관한 독자의 관념 혹은 "독자가 텍스트의 모든 구성요소들 로부터 추론하고 정리한 하나의 복합 개념"(Rimmon-Kenan [1983]2003 : 87) 인 것이다. 채트먼Chatman(1990 : 77)이 "우리는 '암시된' 저자보다는 '추 론된inferred' 저자라고 말하는 것이 낫다"고 썼을 때, 그는 독자에 의해 수행되어야 하는 무엇인가를 다루고 있음을 넌지시 인정하고 있다. 그 럼에도 부스적인 시각에서 보면, 추론된 저자라는 개념은 암시된 저자 라는 개념과는 완전히 다른 것이다. 후자는 저자에 의한 창조이며 이것 은 독자가 실제로 참여할 수도 있고 그렇지 않을 수도 있는 것이다. 한 편, 추론된 저자는 독자에 의한 창조이며 이것은 텍스트를 쓴 살아 있는 사람에 의해 투사된 암시된 저자에 상응할 수도 있고 혹은 그렇지 않을 수도 있는 것이다(이 책의 4장 참조). 펠란Phelan(2005 : 41~42)이 설득력 있 게 주장하였듯이, 이러한 차이는 채트먼(1990 : 5장)의 「암시된 저자에 관한 변호Defense of the Implied Author」가 실제로는 부스의 개념에 관한 변호가 아니라 변호를 가장한 재규정이라는 것을 의미하고 있다.

암시된 저자의 개념에 관한 논쟁은 중요한 의미를 지니고 있는데, 그것은 이 개념이 광범위한 이론상의 관련문제들을 초래하기 때문이 기도 하다. 첫 번째, 암시된 저자의 개념은 저자의 의도authorial intention 라는 개념을 재도입하고 있다. 그럼에도, 그것은 뒷문을 통하여 실제 저자와 저자적 가치라는 영역에 어휘론적인 연관을 제공하고 있다. 채 트먼(1990 : 77)은 "암시된 저자라는 최초의 개념은 해석에서 저자의 의 도를 관련짓는 논쟁들 속에서 일어났다"고 지적하였다. 많은 비평가들에게, 암시된 저자는 텍스트의 현상에 관해 이야기하고 있다는 위장 아래에서, 저자 자신의 의도에 관하여 어휘론적으로 수용할 만한 방식을 제공하고 있다. 두 번째, 이야기되는 대로라면, 작품의 준거와 가치를 반영하는 암시된 저자는 윤리적 비평의 종류에 있어서의 하나의 척도로서 역할하면서 동시에 잠재적으로 경계 없는 해석상의 상대주의를 검토하도록 역할하고 있다. 세 번째, 한정적이며 유일한 조항을 사용하는 것은 단지 하나의 옳은 해석만이 있다는 것을 제시하는 것이다. 간단히 말해서, 암시된 저자의 개념은 저자의 도덕적 입장뿐만 아니라 해석상의 교정과 수용을 판단하도록 하는 토대를 비평가에게 다시 제공하는 것처럼 보인다.

암시된 저자의 개념에 대한 주요한 반대의견은 그것이 명확하지 않으며 이론적 정합성이 결여된다는 것에 있다. 구조주의 서술론자들은 텍스트 준거의 구조로서 암시된 저자를 규정하는 측면에서 모순이 있으며 그에 따라 전체로서의 텍스트와 암시된 저자를 융합하는 것에 있어서도 모순이 있다고 지적하였다. 구조주의 서술론자들은 또한 서술에 관한 커뮤니케이션 모델에 있어서 발신인의 역할에, 암시된 저자를 투사하고 있다고 지적하였다. 또한 그들은 하나의 존재가 서술 전달의 일련의 과정에서 뚜렷한 행위주체이면서 텍스트 그 자체가 될 수는 없다고 주장하였다. 더 나아가, 만약 암시된 저자가 전체 텍스트에 상응하는 것이라면, 그리고 암시된 저자의 상대역인 암시된 독자가 또한 텍스트의 기능이 되는 것으로 추정된다면, 그렇다면, 암시된 저자는 암시된 독자와 상응하는 것이거나 그것의 소전제에 해당될 것이다(Nünning 1997b). 이와 같이 해서 다만 한 가지가 분명해지는데 그것은 그처럼 일관성이 결여된 개념은 비신뢰성을 결정짓는 토대를 제공할 수 없다는 것이다.

신뢰할 수 없는 서술에 관한 관습적 이론들은 방법론적으로도 불만족스럽다. 그 관습적 이론들은 서술자의 비신뢰성이 독해 과정에서 어떻게 이해되는가를 명확하게 하지 못한 채 남겨두기 때문이다. 독자가 어떻게 서술자의 비신뢰성을 감지하는가를 설명하기 위하여 채트먼이 사용한 비유는 그 적절한 사례가 될 것이다. 그는 아마 틀림없이, 이 맥락에서라면 가장 유명한 두 가지 비유 중의 하나인 '행간 읽기'에 호소하고 있다. 채트먼(1978 : 233)은 독자들이 "행간을 '끝까지 읽고서' 결론지을 것"을 주장하는데, "그것은 사건과 실재하는 것들은 '그런 것처럼' 존재할 수는 없으며 그렇기 때문에 우리는 서술자의 진술을 의심스러운 것으로 간주해야 한다"는 것이다. 이와 같은 진술들은 명쾌하긴 하지만, 서술자의 비신뢰성이 어떻게 실제적으로 독자에 의해 결정되는가에 많은 도움을 주지는 못하였다. 암시된 저자에 관한 두 번째 보편적인 비유는, 무엇인가가 '서술자의 배후'에서 지속되고 있다는 것이다(Riggan 1981 : 13; Yacobi 1981 : 125 참조). 예를 들면, 채트먼(1978 : 233)은 "암시된 저자가 암시된 독자와의 비밀스러운 소통을 만들고 있다"고 제시하고 있다. 리간Riggan(1981 : 13)은 거의 정확하게 동일한 이 구절을 사용하고 있을 뿐 아니라, "암시된 저자 편에 놓인 존재는 항상 서술자의 등 뒤에서 알아볼 수 있음(1981 : 77)을 아주 애매하게 진술하고 있다." 그런데 『역설의 수사학A Rhetoric of Irony』의 1부에서 요약된, 견고한 아이러니를 독해하는 것에 있어서 부스(1974)가 진술한 네 가지 단계는, 아주 신뢰할 수 없는 서술을 구별 짓는 것에 있어서 하나의 구체적 방법을 구성하고 있다. 이러한 부스의 견해와는 대조적으로, 리간은 서술자의 배후에 있는 전능한 암시된 저자가 사실상 어떻게 알아볼 수 있는지에 관해서는 논의하지도 않고 일깨워주지도 않고 있다.

어떠한 상식이 우리에게 무엇인가를 말하고 있는 것처럼 보인다. 그럼에도 신뢰할 수 없는 서술자와 관련한 문제는 명확성을 요구하는 개념'이라는' 것이다. 그리고 그것은 대부분의 이론들이 비신뢰성이 실제로 무엇인지에 관해서 불명확하게 남겨두었으며 그리고 도덕적 결함과 인식론적 결함을 구별 짓지 못하였다는 것을 말해준다. 부스를 환기시키는 대부분의 개념들은 비신뢰성이 암시된 저자나 실제 저자의 준거 그리고 서술자에 의해 뚜렷해지는 준거들 그사이에서 하나의 도덕적 거리를 구성한다고 강조하였다. 그러나 다른 이론가들은 쟁점이 되는 것은 도덕적 준거들에 관한 질문이 아니라 서술자가 하는 진술의 진실성에 관한 질문이라고 지적하였다. 이와 같이, 리몬-케넌([1983]2003 : 100)의 개념은, 이야기에서 서술자의 진술이 지닌 정확성 혹은 그 서술자의 논평이나 판단들이 지닌 정당성에 견주어서 비신뢰성이 측정될 수 있는 방식을 논의할 수 있는 길을 열어주고 있다. 즉 "신뢰할 수 없는 서술자는 (…중략…) 독자가 의심하는 이유를 지니는 어떠한 것에 관한 이야기 그리고 / 혹은 논평을 만들어내는 사람이다." 여기서 '그리고 / 혹은'으로 나타낸 것은 매우 개방적이며 유연한 것처럼 보이지만 실지로는 아주 무심하게 사용한 것이다. 대부분의 이론가들은 우리가 윤리적 · 도덕적으로 이탈한 서술자, 즉 굉장히 지독하거나 끔찍한 사건, 이어서 서술자의 관점에서 보면 주목하기 어려운 그러한 것들에 관해서 온건하고 사실적으로 정확한 진술을 제공하는 서술자인가, 혹은 이해가 다소 느리며 그 혹은 그녀가 어리석은 바보임을 지속적으로 노출하는 오류가 있는 해석들을 보여주는 '정상적' 서술자인가 어떤가 하는 것이 중요한 차이들을 '만들어낸다'는 것에는 일치하고 있다. 이와 같이, 비신뢰성이 근본적으로, 이야기의 사건이나 사실에 관한 잘못된 반영의 문제인지 혹은 서술자의 불충분한 이해나 의심스러운 판단들 혹은 오류가 있는 해석들에서 결과한 것인지 어떤지는 명확하지 못하다.

일부 서술이론가들은 이와 같은 문제들을 인식하고서 어휘론적인 한정들이나 유형론적 구별들을 제안하였다. 랜서Lanser(1981:170~171)는 독자가 신뢰할 수 없는unreliable 서술자 즉 의심할 근거들을 지닌 이야기를 만들어내고 있는 서술자인지 혹은 신뢰가 가지 않는untrustworthy 서술자 즉 건전한 판단들의 관습적 개념들에 따르지 않는 논평을 하는 서술자인지를 구별 지어야 한다고 처음으로 제안한 이론가들 중의 한 사람이다. 올슨Olson(2003) 또한 랜서와 동일한 연구 노선을 추구하고 있다. 즉 그는 틀리기 쉬운fallible 서술자, 다시 말해 독자가 의심할 이유들을 지닌 이야기를 만들어내는 서술자와 관련된 사실상의factual 비신뢰성, 그리고 신뢰가 가지 않는 서술자, 다시 말해 건전한 판단들의 관습적 개념과 일치하지 않는 논평과 해석들을 보여주는 서술자가 보여주는 규범상의 비신뢰성 사이를 구별 짓고 있다. 그리고 그는 이 두 가지 유형이 독자들에게 다양한 반응들을 이끌어낸다는 것을 강조하고 있다.

더구나, 비신뢰성의 원인은 "서술자의 제한된 지식과 사적인 관여들, 그리고 서술자의 문제적인 가치-스키마"를 포함한 다양한 것들이 있을 것이다(Rimmon-Kenan [1983]2003:100). 우리는 비신뢰성의 원인들에 의존하여 신뢰할 수 없는 서술자들에 관한 다양한 유형들을 구별

지을 수 있다. 그 예를 들면, 광인, 순진한 서술자, 위선자, 성도착자, 비도덕적인 서술자, 악한, 거짓말쟁이, 사기꾼 혹은 익살꾼 등을 들 수 있을 것이다(Riggan : 1981 참조). 이와 같은 유형들은 사회적 관습과 문학적 관습에 토대를 두고서 "신뢰할 수 없는 서술자들을 유의성 있게 유형화한 것들이다"(Fludernik 1999 : 76).

이 주제에 관한 가장 정교한 논문들 중 한 편에서, 펠란Phelan과 마틴 Martin(1999)은 비신뢰성에 관한 지금까지의 분류들 가운데 가장 체계적이며 유용한 방식을 개발하였다. 또 한편으로 이들은 서술의 비신뢰성의 문제에 관한 매우 중요한 몇 가지 이론적 쟁점들을 제기하였다. 펠란과 마틴이 취한 귀납적 유형론은 서술자가 세 가지 주요 기능을 수행하는 경향이 있다는 사실에 기초를 두고 있다. ① 서술자는 인물, 사실, 사건에 관하여 보도한다. ② 서술자는 인물, 사실, 사건을 평가하거나 간주한다. ③ 서술자는 인물, 사실, 사건을 해석하거나 독해한다. 각각의 기능이나 역할은 다양한 종류의 비신뢰성을 초래하도록 하는 커뮤니케이션의 한 가지 축을 따라서 존재한다고 간주될 수 있다. ① 사실 / 사건의 축을 따라서 발생하는 신뢰할 수 없는 보고reporting, ② 윤리 / 평가의 축을 따라 발생하는 신뢰할 수 없는 평가evaluation, ③ 앎 / 인지의 축을 따라 발생하는 신뢰할 수 없는 독해reading 혹은 해석interpretation. 펠란과 마틴은 이와 같은 비신뢰성의 세 가지 축들을 구별 지으면서 서술자가 모자라거나 혹은 왜곡하거나 하는 한 가지 축을 따라서 두 가지 다른 방식으로 신뢰할 수 없게 된다는 것을 지적하였다. 결과적으로, 그들은 비신뢰성에 관한 여섯 가지 주요 유형들을 구별 지었다. 그 유형들은 불충분한 보고underreporting와 잘못된 보고misreporting, 불충분한 간주underregarding와 잘못된 간주misregarding(혹은 잘못된 평가misevaluating), 그리고 불충분한 독해underreading와 잘못된 독해misreading이다.

펠란과 마틴이 제시한 분류는 실생활의 매개변수들에 기초를 둔 리간Riggan의 유형론과는 대비를 보여주며 매우 체계적인 것이다. 뿐만 아니라, 그들의 분류는 수사학적 모델에 토대를 두고 만들어진 훌륭한 장점을 지니고 있으며, 저자적 행위주체, 서술자, 그리고 서술자적 청중 사이의 관계에서도 유효성을 지니도록 초점을 맞추고 있다. 게다가 펠란과 마틴은 이 축과 상관없는 모든 이탈들을 서술자적 청중이 서술자가 제공한 보고, 평가, 혹은 해석과는 다르게 이해하고 추론하도록 요구한다는 것을 강조하고 있다. 그럼에도, 수사학적 접근법은 독자가 누군가를 바라보게 될 때, 어떻게 신뢰할 수 없는 서술자(보고자, 평가자, 그리고 / 혹은 해석자나 독자로서 자신의 역할을 하는)를 실제적으로 인지하는가 하는 질문에 관해서 만족스러운 답변을 제공하지 못하였다.

신뢰할 수 없는 서술을 이해하는 데에 있어서 인지적 · 구조주의적 접근법 내에서 연구하고 있는 서술론자들은, 신뢰할 수 없는 서술자와 암시된 저자 사이에서 만들어진 연결관계가 비신뢰성에 관한 실용주의적인 효과들을 설명할 수 있는 가능성을 서술이론으로부터 빼앗아 간다고 주장하였다. 일부 이론가들은(예를 들면, Yacobi 1981 · 1987 · 2001; Nünning 1998 · 1999) 서술의 세계들을 구조화하는 것에서 텍스트의 재현 모드와 독자의 선택들 간의 상호작용에 초점을 두면서 텍스트와 독자의 상호작용 속에 비신뢰성을 위치 짓고 있었다. 실지로, 그 이론가들은 비신뢰성이 서술자의 인물특성이라기보다는 독자의 해석적 전략이라고 주장하였다. 이러한 움직임은 독자들에 의한 어떤 투사로서 참조 이론의 맥락 속에서 관련 현상들을 개념화할 것을 제안하도록 이끌었다. 즉 독자들은 신뢰할 수 없는 서술자를 분석적 해석 장치로서 투사함으로써 애매모호함과 텍스트의 모순들을 해결하려고 시도한다는 것이다. 독자 혹은 비평가는 극적 아이러니의 한 사례로서 텍스트를 독해하고 그리고 신뢰할 수 없는 서술자를 투사함으로써, 서술자가 감지하였을 법한 어떠한 모순들에 관해서 어떻게든지 설명하고 있다. 컬러Culler(1975 : 157)는 여기서 개입된 무엇에 관해서 명확히 하였다. 즉 "텍스트가 말하는 것처럼 보이는 무엇과는 다른 무엇인가를 의미한다고 제안하는 그 순간에, 우리는 그 텍스트의 진실을 향하여 이끌도록 예정되어 있는 해석학적 장치로서 텍스트와 세계에 관한 우리의 기대들에 기초를 둔 모델들을 도입하게 된다." 유사한 방식으로, 나는 신뢰할 수 없는 서술을, 텍스트의 구조적 혹은 의미론적 측면뿐만 아니라 독자들이 그러한 서술에 가져오는 개념적 참조작업들을 포함하는 하나의 현상으로서 간주하고 있다.

서술자가 신뢰할 수 없는지를 결정하는 것은 단지 결백한 기술 행위가 아니라 주관적 성향을 지닌 가치 판단 혹은 대체로 인식되지 못한 채로 있는 비평가의 일반 전제들과 도덕적 확신들에 의해 지배된 투사라는 것이다. 신뢰할 수 없는 서술에 관한 최근의 연구들은 문학적 효과의 발생에 있어서 사실주의적이고 참조적인 개념들이 끼치는 영향에 관한 컬러의 가설을 확신시키고 있다. 컬러(1975 : 144)는 "특히 서술 산문에서 가장 문학적인 효과는, 독자가 텍스트가 말하는 무엇에 관해서 평범한 인간의 관심사와 관련시키려고 하거나 혹은 텍스트가 말하는 것에 관해서 고결함과 일관성을 갖춘 모델로서 구성된 인물의 행위나 반응과 연관시키려고 하는 사실에 의거하고 있다"고 주장한다. 리간의 책은 여기에 적절한 사례들을 제공하고 있다. 리간은 그와 같은 네 가지의 서술자 유형을 구별 짓고 있다. 즉 그는 '악한', '광인', '순진한 사람' 그리고 '익살꾼'을 지정하고 있다. 이러한 유형적 구별들은 텍스트에 관해 수용된 문화적 모델들이나 문학적 관습들과 관련짓는 하나의 방식으로서는 최선의 것으로서 이해될 수 있다. 리간(그리고 그와 같은 입장의 비평가들)은 텍스트의 데이터를 토대로 이전에 보유된 세계-지식을 분석하며 혹은 심지어 기존의 개념적 모델들을 텍스트에 부과해 보기도 한다. 신뢰할 수 없는 서술을 설명하는데 사용되는 모델들은 텍스트의 모순들을 해결하는 하나의 맥락을 제공한다. 그리고 그 모델들은 문화적으로 만연한 참조들의 관점에서 개별 소설들을 이해할 수 있도록 만든다.

신뢰할 수 없는 서술자에 관한 투사에서 근거로 작용하는 정보들은, 텍스트의 자료로부터 유래하는 그 만큼이나, 적어도, 읽는 사람의 마음에 있는 그러한 모델들과 개념적 스키마로부터 무척 많이 유래하고 있다. 다른 말로 하자면, 신뢰할 수 없다고 간주될 것인지 그렇지 않을 것인지는, 서술자가 자신의 준거와 가치들 및 전체 텍스트의 준거와 가치들(혹은 암시된 저자의) 그사이의 거리에만 의존하는 것이 아니다. 그것은 자체적으로 당연히 변화하게 되어 있는 독자나 비평가의 세계 모델들과 규범의 준거들로부터 세계에 대한 서술자의 관점들을 분리하는 거리에 의존하고 있다. 이러한 과정은 물론, 관련된 것으로서 간주되는 어떠한 특수한 스키마에 관한 질문을 제기할 것이다.

신뢰할 수 없는 서술에 관한 대다수의 이론들이 의존하는 전제적 구조틀의 분석은 이미 낡은 것이라고 할 수 있다. 그것은, 신뢰할 수 없는 서술에 관한 연구들이 대체로 암시적으로 인식되지 않은 채 남아 있는, 많은 의문시되는 개념적 전제들에 근거를 두어 왔기 때문이다. 이러한 기본적인 전제들은, 특정한 ① 인식론적이고 존재론적인 전제들, ② 문학에 관한 자유 인문주의적 관점에 토대한 가정들, 그리고 ③ 정신분석적이고 도덕적이며 언어학적인 준거들을 포함하고 있다. 이 모든 것들은 문체적인 모델을 비롯한 다른 이탈적인 모델들에 근거를 두고 있다. 신뢰할 수 없는 서술에 관한 대부분의 이론들이 근거를 두고 있는 전제적 구조들에 관한 분석은, 신뢰할 수 없는 서술자에 관한 보수적 개념이 문학에 관한 사실주의적 인식론과 재현적 관점의 기묘한 혼합물이라는 것을 드러내고 있다.

인식론적이고 존재론적인 전제들은 사실주의를 구성하였으며 그리고 지금까지, 객관성과 진리라는 의심스러운 개념들을 구성하고 있다. 좀 더 구체적으로, 비신뢰성에 관한 전통적 개념들은 세계, 타자, 그리고 자기 스스로에 관한 객관적 시각이 얻어질 수 있다고 전제하고 있다. 신뢰할 수 없는 서술의 개념은 또한, 인간이 원칙적으로 사건들에 관한 진실한 진술들을 제공할 수 있는 존재로서 취해진다는 것을 암시하고 있다. 그리고 사건들에 관한 이러한 진술들은 "원칙적으로 사건들에 관한 권위 있는 버전"(Wall 1994 : 37)이 만들어지고 또한 복구될 수 있다는 추측들을 진전시키고 있다. 서술의 비신뢰성에 관한 이론들은 또한, 문학에 관한 사실주의적·재현적 개념들에 의존하는 경향이 있다. 신뢰할 수 없는 서술자 개념은 야코비가 적절하게 "서술자에 관한 준-인간 모델"이라고 일컬었던 것에 토대를 두고 있으며 혹은 누군가는 이와 유사하게 인격화된 암시된 저자의 모델이라고 덧붙일 것이다.

게다가, 서술론의 비신뢰성 이론들은 또한 인식되지 못해왔던 광범위한 개념들로 인해 상당히 고무되어 있다. 이 개념들은 문체적인 이탈 모델들에 근거를 두고 있거나 혹은 특정 규범이나 다른 규범들로부터 벗어난 좀 더 일반적인 개념들에 근거를 두고 있다. 비신뢰성의 개념은 눈에 띄지 않게 '신뢰성'으로서 여겨지도록 기본 설정된 몇 가지 가치들을 전제로 하고 있다. 그리고 비신뢰성의 개념은 일반적으로 규정되지 못한 채로 있으며 단지 당연한 것으로 여겨지고 있다. 대부분의 비평가들은 그러한 신뢰성이 실지로 기본 설정된 가치라고 주장한다. 예를 들어, 랜서Lanser(1981 : 171)는, 관습적 영도degrees zero가 권위의 극점들에 다소 근접한 것이라고 주장한다. 월Wall은 신뢰할 수 없는 서술자에게서 "신뢰할 수 있는 다른 부분들"이 근거할 수 있는 전제들을 처음으로 조명한 이론가이다. 그리고 월은 신뢰할 수 있는 서술자는 "'이성적' 자기참여적인 인도주의의 주체이며 또한 '실제의' 세계를 반영할 수 있는 투명한 매체가 되는 언어로써 세계를 점유하고 있는 주체"(1994 : 21)임을 주장하고 있다. 이러한 신뢰성의 준거들이 비록 모호하고 잘못 규정된 것이라 할지라도, 월의 주장은 서술의 비신뢰성이 측정될 수 있는 어떤 규준을 제공하고 있다.

좀 더 심화된 논의를 위해서, 우리는 비신뢰성을 결정짓도록 강조하고 있는 예상된 몇몇 다른 준거들을 구별 지을 수 있을 것이다. ① 일반적으로 '상식'으로서 언급되는 그러한 모든 개념들, ② 주어진 문화가 일반 심리학적 행위들로서 구성되어 있도록 하는 그러한 규준들 ③ 언어학적 규범의 몇 가지 개념들, 그리고 ④ 문화적으로 일치된 도덕적 · 윤리적인 규범들. 이러한 모든 암묵적 전제들이 지닌 하나의 문제는, 준거들의 설정이 비평가들이 인식하는 것보다 훨씬 더 어렵다는 것이다.

게다가, 신뢰할 수 없는 서술에 관한 비평적 실천과 이론적 작업 둘 다에서 이러한 다양한 일련의 준거들은 일반적으로 명백히 드러나지 않고 단순히 언급만 되면서 소개되고 있다. 만약 그것들이 어떤 이론적 검증을 받는다 하더라도 그것은 드문 일이다. 전형적 사례를 한 가지 들어 보자. 리간Riggan(1981 : 36)은 신뢰할 수 없는 일인칭 서술자에 관하여 유일하게 저서분량의 연구물을 썼다. 리간은 서술자의 비신뢰성이 "일반 도덕규범들 혹은 기본상식 그리고 인간적 품위라는 관점에서, 서술자의 (도덕적) 철학이 수용되지 못함"으로써 드러나게 될 것이라고 주장하였다. 이와 같이 말하면서, 그는 감춰둔 고양이를 가방 밖으로 끄집어내듯이 진술하고 있다. 즉 주어진 서술자가 얼마나 비정상적이고 바람직하지 못한지 비도덕적인지 혹은 도착적인지를 결정하는 그러한 격자를 비평가에게 제공하는 것은 암시된 저자의 준거와 가치가 아니다. 그것은 '일반 도덕규범들'과 '기본상식' 그리고 '인간적 품위'이다. '일반 도덕규범들'과 '기본상식'에서처럼 겉보기에는 설명이 필요 없는 격자들을 다루는 데서 발생하는 곤혹스러운 문제는, 일반적으로 수용되는 어떠한 정상이라는 기준이 공정한 판단들을 위한 근거로서 역할할 수 있도록 존재하고 있지는 않다는 것이다. 다원론적·포스트모던적이며 다문화적인 우리의 세대에서 '정상적인 도덕규범들'과 '인간적 품위'로서 간주되는 무엇인가를 결정짓는 일은 이전보다 더 어려운 일이 되고 있다. 다른 말로 하자면, 서술자는 어떤 비평가의 도덕적 정상이라는 개념들에 견주어서는 완전히 신뢰할 수 있겠지만, 다른 사람들이 지닌 그러한 개념들에 견주어서 본다면 아주 신뢰할 수 없을지도 모르는 것이다. 심지어 아주 투박하게 설명하자면, 남색꾼은 험버트 험버트Humbert Humbert 혹은 소설 속의 아동 성추행자 그리고 나보코프Nabokov의 『로리타Lolita』의 서술자가 신뢰할 수 없다고 발견하지 못할 것이다. 그럼에도 그러한 남색꾼들조차 험버트가 위반하고 있는 도덕적 코드를 지니고 있을지도 모르는 것이다. 즉 마네킹을 모아서는 그것들과 사랑을 하다 버리곤 하는 남성우월주의적 성도착자는, 이언 매큐언Ian McEwan(1979)의 『그야말로 죽어 있는Dead As They Come』의 미치광이 독백자의 준거들과 자신의 준거들 사이에 어떤 차이를 감지하지 못할 것이다. 그리고 사랑하는 어머니가 달갑지 않은 아기들을 버리는 것을 지켜보았던 어떤 누군가는, 엠브로스 비어스Ambrose Bierce의 『존속 살해 클럽The Parenticide Club』의 이야기 모음들이 있을 수 없는 부당한 방식이라는 것을 발견하지 못할 지도 모른다.

게다가, 비신뢰성으로서 규정할 만한 텍스트의 단서들은 수없이 존재한다. 요구되는 것은 이러한 신호들에 관한 좀 더 섬세하고 체계적인 진술이라고 할 수 있다. 신뢰할 수 없는 서술자들은, 스토리와 담론 사이의 갈등들뿐만 아니라 텍스트 너머의 요소들을 포함하고 있는, 텍스트의 많은 모순들에 의해 특징지어지는 경향이 있다. 서술자의 비신뢰성을 나타내고 있는 텍스트의 다른 요소들은, 서술자의 진술과 행동 사이의 모순들에 관한 서술자의 담론 속의 내재적 모순들(Riggan 1981 : 36, 그는 이것이 서술자의 행동과 그가 제시하는 도덕적 관점들 사이의 분열된 모순들이라고 일컫고 있다)로부터, 동일한 사건에 관한 다양한 각도의 진술들로부터 결과한 그러한 모순들(Rimmon-Kenan [1983]2003 : 101 참조)에까지 이를 것이다. 윌(1994 : 19)이 단순히 '어휘상의 버릇' 혹은 '서술자의 언어 습관'으로서 언급하는, 비신뢰성에 관한 단서들의 영역은, 예를 들면 언어학적인 주관성의 표현들을 구체화함으로써 좀 더 차별지어질 수 있으며 또한 그렇게 되도록 해야만 할 것이다. 한편으로는 주관성 그리고 다른 한편으로는 비신뢰성이라 불리는 효과 사이의 밀접한 연관성 때문에, 플루더닉(1993 : 227~279)이 제공한 것들 즉 표현성 및 주관성의 범주들에 관하여 실질적으로 총망라한 진술들은, 비신뢰성에 관한 문법적 표지들에 관한 목록의 초안을 잡는 데에 유용할 것이다. 그리고 표지들은 언어학적인 주관성의 표현이라는 관점에서 좀 더 심화된 방식으로 차별지어질 수 있을 것이다. 신뢰할 수 없는 서술의 관점에서 어떠한 독해가 만들어지게 되는 것은 종종 서술자의 주관성 혹은 인지적 한계들에 관한 언어학적, 문체론적 재현들에 의존하고 있다.

비신뢰성에 관한 좀 더 실질적인 이론을 개발하기 위해서 실용적이며 인지적인 참조틀이 필요하다. 그리고 그 참조틀은, 독자 혹은 비평가의 머릿속에 이미 존재하고 있는 세계모델, 가치, 준거, 개념적 정보들, 그리고 텍스트의 정보 및 텍스트 바깥의 정보 간의 상호작용을 고려하는 일이 될 것이다. 다른 방식으로 말하자면, 우리는 독해 과정의 상호작용 모델과 독자지향적인 실용적·인지적 참조틀을 필요로 하는 것이다. 플루더닉(1993 : 353)의 아이러니에 관한 설명들은 이 참조틀이 어떻게 개념화될 수 있을 것인가를 보여주고 있다. "텍스트의 모순 그리고 의미론적으로 부적절한 표현에 의한 모순들 혹은 언술과 행동 간의 괴리(위선을 보여주는 경우라면)는 단순히 해석상의 모순들만을 '신호로 보낼 것이다.' (…중략…) 그리고 나서 이 모순들과 괴리는 독자들의 편으로 복귀, 이동할 것을 요구할 것이며 독자들은 모순들을 의도된 높은 수준의 의미 즉 아이러니로서 간주할 수도 있을 것이다." 독해과정의 상호작용 모델은, 신뢰할 수 없는 서술에 관한 이론가들에게, 신뢰할 수 없는 서술자의 투사가 독자의 머릿속에 위치해 있는 텍스트의 정보들과 텍스트 외부의 개념적 정보들 두 가지 모두에 의존하고 있음을 알려주고 있다. 컬러, 야코비, 월, 그리고 다른 이론가들이 답변하였듯이, 신뢰할 수 없는 서술에 관한 이러한 견해는 신뢰할 수 없는 서술을 일종의 자연화naturalization로서 간주하였다. 다시 말해 "어떤 의미에서는 이미 자연스러운 것이거나 혹은 판독할 수 있는 담론이나 모델의 유형들에 근거해서"(Culler 1975 : 138) 텍스트를 관련짓는 것이다.

우리가 비신뢰성을 자연스러운 것으로서 받아들이도록 허용하는, 인식되지 못한 참조틀을 인지하고 그것들을 명확히 하는 것은 또한, 비신뢰성의 현상을 재개념화하는 데에 중요한 단서를 제공할 것이다. 먼저, 일상의 경험들로부터 유래한 참조틀referential frames — 혹자는 참조기준frames of reference이라고 부를 수도 있는 — 그리고 문학적 관습들의 체득에서 결과한 참조틀 사이를 구별 짓는 것으로써 시작해야 할 것이다. 그 첫 번째 참조의 틀은 독자들의 경험적 체험과 핍진성의 비평기준에 근거해야 할 것이다. 이러한 체제는 텍스트가 언급하는 가정들 혹은 말하자면 실제세계와 적어도 일치하는 가정들에 의존하고 있다. 그리고 이것은 우리가 그러한 세계의 준거들과 관련되어 있는 서술자의 행위에 따라서 신뢰성을 결정짓도록 허용하고 있다. 두 번째 참조의 틀은 텍스트가 쓰이고 출판될 시기와 관련한, 사회적·도덕적·언어학적 준거에 관한 독자들의 지식에 의존하고 있다(Yacobi 1987). 그리고 세 번째 참조의 틀은 인간성에 관한 심리학적 관련 이론에 관한 지식 혹은 심리적 일관성 및 정상적인 사람의 행위에 관한 암묵적 모델들에 의존하고 있다.

서술자에게서 가능한 비신뢰성을 측정하기 위해 가져온 두 번째 일련의 모델들은 많은 특수한 문학적 참조틀을 포함하고 있다. 예를 들면 일반 문학적 관습들, 관습들과 문학 장르의 모델들(Yacobi 1981 : 115f), 상호텍스트적 참조의 틀, 다시 말해 특수한 구실들에 관한 참조들, 악한, '허풍선이milesglorious', 사기꾼과 같은 전형화된 인물모델들, 그리고 마지막으로 빠뜨려서는 안되는, 각각의 작품 그 자체에 의해 만들어지는 구조와 준거들을 포함하고 있다. 일반적인 참조틀은 부분적으로, 서술자의 잠재적 비신뢰성이 측정될 때 사용되는 비평기준들에서 결정된다(Yacobi 1987 : 20f 참고). 한편 심리학적 관점 혹은 사실주의적 관점에서 신뢰할 수 없는 것으로 간주되는 서술자는 만약 텍스트가 과학소설의 장르에 속한다고 한다면 아주 신뢰할 수 있는 존재로 보일 수도 있는 것이다.

신뢰할 수 없는 서술의 이론들에 관한 이와 같은 인지적 전환에 덧붙여서, 즈렉Zerweck(2001 : 151)은 "이차적인 근본 패러다임의 전환 즉 좀 더 위대한 역사성과 문화적 앎을 향하는 무엇"을 요청하고 있다. 신뢰할 수 없는 서술로서 알려진 서술기술의 발달 그리고 준거, 가치들과 같은 문화적 참조틀이 역사적인 변화에 지배된 이래로, (비)신뢰성에 관한 전반 개념들은 역사화되어야 할 필요가 있으며 또한 폭넓어진 문화적 발달들의 맥락 속에서 이해되어야 할 필요가 있다. 베라 뉘닝V. Nünning과 즈렉은, (비)신뢰성이 귀속되는 것은 해석적 선택과 전략을 포함하기 때문에 문화적으로나 역사적으로 변화하는 것이라고 주장하였다. 베라 뉘닝([1998]2004)은, 올리버 골드스미스Oliver Goldsmith의 소설,『웨이크필드의 목사The Vicar of Wakefield』를, 문화역사적 서술론에 관한 하나의 시험 사례로서 활용하고 있다. 그는 의미의 구조화에 있어서 역사적 변화 가능성, 그리고 쓰이고 읽히고 그리고 리뷰되는 작품이 속한 시대의 가치들이 고려될 수 있을 때에만이, 신뢰할 수 없는 서술에 관한 서술론적 분석이 가치를 지니며 역사적으로도 의미 있는 것이 될 것이라고 논증하였다. 문화적이며 역사적인 차이들을 고려하지 않는 독자와 비평가는, 프림로즈 박사Dr. Primrose와 같은 서술자의 (비)신뢰성을 잘못 독해하는 것은 물론이며『웨이크필드의 목사』와 같은 감상주의적 소설을 잘못 독해하기가 쉬운 것이다.

신뢰할 수 없는 서술을 실제적으로 찾아내기

—텍스트의 역할 그리고 저자의 역할

서술에 관한 수사학적 접근법을 지지하는 사람들은, 인지적 서술론자들이 암시된 저자라는 욕조의 물속에서 텍스트라는 아기를 끄집어내는 일을 하고 있다고 간주하였다. 그들은 신뢰할 수 없는 서술의 인지적 이론이 비신뢰성에 관한 저자의 행위주체와 텍스트의 신호들을 희생하고서 독자의 역할을 과장하고 있다고 비판하였다. 더구나, 펠란 Phelan(2005 : 48)은, 신뢰할 수 없는 서술에 관한 구조주의적이며 인지적인 급진적 개념화로 인해서, 텍스트와 독해 관습에 의해서뿐만 아니라 그 텍스트를 디자인한 것 일명 암시된 저자에 의해서 부과되고 있는 다중적인 구속들을 확인하지 못하게 되었음을 설득력 있게 지적하였다. 즉 만약 비신뢰성을 나타내는 표지로서 누군가가 그 모순들을 디자인하였다는 가정으로부터 진행되지 못한다면, 비신뢰성을 나타내는 표지로서 텍스트의 모순들을 독해하려는 해석적 움직임은 궁극적으로 볼 때 해석학적 의미들을 풍부하게 만들어내지 못하게 될 것이다 (cf. Phelan 2005 : 48).

단지 독자와 텍스트의 상호작용만으로, 비신뢰성을 다시 위치 짓도록 모색하고 있는 인지주의적 서술론자들과는 대조적으로(예를 들면, Nünning 1998 · 1999; Zerweck 2001), 펠란(2005 : 38~49)은 암시된 저자와 신뢰할 수 없는 서술을 둘러싼 최근의 논쟁들을 조명하면서 이 개념을 재점검하였으며 비신뢰성의 입지에 관해서도 검토하였다. 부스는 실제 저자와 암시된 저자 간의 일치가 아닌 그것들의 연속성의 개념을 상기시키고 있다. 그리고 부스는 암시된 저자를 존속시키면서도 암시된 저자를 텍스트 바깥으로도 이동시킨다. 부스는 이런 식으로 살아 있는 저자와 암시된 저자 간의 더 밀접한 연결관계를 재설정하고 있다(또한, 이 책의 4장 참조). 한편, 펠란(2005 : 45)은 '추론된 저자'의 독자반응 버전 그리고 텍스트와 암시된 저자의 융합적 버전 두 가지 모두를 반대하고 있다. 그럼에도 펠란은 실제 저자 그리고 실제 저자의 암시된 상대역 사이에 보유된 연속성을 강조하고 있으며 암시된 상대역이 하나의 구조물이라고 재규정하고 있다. 또한 그는 실제 저자의 부분적 재현이 "저자의 합리화된 버전, 특수한 텍스트의 구조화에서 적극적으로 역할하는, 저자의 능력, 특성, 태도, 믿음, 가치, 그리고 기타 자질들을 실제적으로 언급한 하위

집합"이라고 재규정하고 있다. 이 진술에 따르자면, 암시된 저자는 텍스트의 산물이나 구조가 아니라 그보다는 텍스트를 존재하도록 하는 데에 책임이 있는 행위주체라고 할 수 있다. 펠란은 신뢰할 수 없는 서술의 개념이 서술 커뮤니케이션의 수사학적 관점을 전제로 할 뿐만 아니라 또한 저자들이 공유할 만한 의미, 믿음, 태도, 가치, 준거를 소통하기 위하여 특수한 방식으로 그 자신들의 텍스트를 고안해낸다는 가정을 전제로 한다고 확신하며 주장하고 있다.

그레타 올슨Greta Olson뿐만 아니라 펠란과 마틴은 신뢰할 수 없는 서술에 관한 다양한 모델들이 모두가 "세 부분으로 나뉘는 구조를 지닌다는 것을 상기시키고 있다. 즉 이 구조는 ① 인격화된 서술자의 지각과 표현들과 암시된 저자의 그것들 사이의 이분화를 인식하게 되는 독자, ② 인격화된 서술자의 지각과 표현들, 그리고 ③ 암시된 저자(혹은 텍스트표지들)의 지각과 표현들"(Olson 2003 : 93)로서 구성되어 있다. 특히 펠란의 수사학적 모델은 저자적 행위주체, 텍스트의 현상, 그리고 독자 반응 사이의 순환적 관계로부터 어떤 의미가 유래한다는 시기적절한 조언을 주고 있다. 또한 펠란의 모델은 독자뿐만 아니라 저자 또한 개념적이며 문화적인 스키마에 의지하고 있다는 사실에 관해서도 조언을 주고 있다. "그러나 만약 독자들이 해석을 만들어내는 데에 개념적 스키마가 필요하다면 저자들도 또한 구조적 전체를 만들어내는 개념적 스키마가 필요하다"(Phelan 2005 : 49). 그의 수사학적 접근법은 동일한 텍스트의 현상이 다양한 독자들에 의해 다양한 방식으로 해석될 수 있고 또한 종종 그렇게 될 것이라는 것을 인정하고 있다. 그리고 그의 접근법은 독자들이 저자들과 함께 이해, 가치, 믿음을 실지로 공유하게 되는 많은 방식들의 설명에 아주 적합하게 들어맞는다. 이와 같이 하여 펠란의 접근법은 서술의 윤리적 차원을 개척하는 하나의 유용한 방식을 열어 보이고 있다.

신뢰할 수 없는 서술에 대한 펠란의 수사학적·윤리적 접근법은 신뢰할 수 없는 서술에 관한 급진적인 구조주의적, 인지주의적 이론과는 대비를 보여준다. 즉 펠란의 접근법은 저자적 행위주체, 텍스트 중심적 현상이나 표지들 그리고 독해과정의 독자 중심적 요소들 사이의 상호작용에 초점을 맞추고 있다. 그의 접근법은 다음과 같은 주장으로 이끌고 있다. 즉 "텍스트는 저자적 청중에게 보내는 신호들을 통하여 특정한 윤리적 반응을 이끌어 들이며 한편 개별적인 윤리적 반응들은 우리 자신의 특수한 가치와 믿음들이 복합적으로 개입된 상호작용에 의존할 것이다"(Phelan & Martin 1999 : 88~89). 신뢰할 수 없는 서술의 개념은 구조적인 행위주체라는 존재를 전제로 한다. 그리고 그 행위주체는, 신뢰할 수 없는 서술자의 위트 없는 자기노출 혹은 의도하지 않은 개인적 결함의 폭로에 관하여 독자들의 관심을 끌어내기 위하여, 저자적 청중 혹은 가설적인 이상적 청중을 향한 명백한 신호들과 암묵적 가정들을 텍스트로 가져오도록 한다. 즈렉Zerweck(2001 : 156)의 주제는, 신뢰할 수 없는 서술에 관한 수사학적 접근법의 관점에서 "인격화된 서술자가 의도하지 않았는데 자기의 잘못을 드러내는 것은 비신뢰성을 판단하는 데에 필요한 조건이다"라고 말하고 있다. 이와 같은 즈렉의 주제는 서술자가 의도하지 않았는데 자기의 잘못을 드러내는 것은 또한 도리어 일부 더 높은 종류의 층위에 놓인 저자적 행위주체의 어떤 의도적 행위를 전제한다는 통찰로써 보충될 필요가 있다. 그럼에도 우리는 구조적 행위와 의도적 행위를 '암시된 저자' 혹은 '실제 저자'에 귀속시켜야 하는지 어떤지에 관한 논쟁에 개방적이어야 할 것이다.

이언 매큐언의 소름끼치는 그로테스크한 단편, 『그야말로 죽어 있는Dead As They Come』을 간략히 살펴본다면, 앞에서 요약한 많은 문제들을 풀기 위하여 인지주의적·수사학적 접근법들이 어떻게 종합될 수 있는지에 관한 좋은 사례가 된다는 것을 알 수 있을 것이다. 또한 이 작품은 이러한 접근법들이 비평가의 해석적 분석에서 직면한 문제들을 조명해내도록 종합될 수 있는지에 관해서도 좋은 사례가 된다. 텍스트적이며 맥락적인 어떠한 신호들이 독자들에게 서술자의 신뢰성이 의심받는다는 것을 제시하고 있는가? 암시된 저자(펠란이 재규정한 의미에서)는 텍스트와 서술자의 담론에서 누군가를 보았을 때 그 사람이 신뢰할 수 없는 서술자인지를 비평가가 알아차리도록 허용하는 단서들을 어떤 방식으로 제공할 수 있을 것인가? 간단히 말해서 사람들은 어떻게 서술자의 비신뢰성을 감지하는가? 매큐언의 이야기는 마흔 네 살 된 부유하고 에고이스트적인 광인 독백자(그리고 여성혐오주의자)에 의해 이야기되고 있다. 그는 세 번의 결혼 실패 이후에 마네킹 인형(가게 마네킹)으로 드러나게 되는 '패셔너블한 여성'과 미친 듯이 사랑에 빠진다. 매큐언은 그 인형을 사기로 결심하였고 그녀를 헬렌Helen이라고 불렀다. 서술자가 감정적인 성적 환희 그리고 "완벽한 조화"(p.71)라고 기술한 두 달 후에, 그는 갑자기 '헬렌'이 자신의 운전수인 브라이언Brian과 정사를 나누었다고 의심하기 시작한다. 그를 점점 더 의심스럽도록 만드는 것은 "헬렌이 전혀 듣지 않고 있었다"(p.72)는 것이며 "그녀는 아무것도 아닌 것, 절대로 아무것도 아닌 것이라고 말했다"는 것이다. 또한 매큐언이 헬렌의 눈을 들여다 볼 때 그 자신이 보고 있다고 믿는 것은 "굉장히 적나라한 경멸"(p.76)이었다는 것이다. 이 이야기는 공포스러운 절정에 도달하는데, 제목에서 유추되듯이 그것은 열정적인 광기로 미친 상태에서 서술자가 "두 가지 야만적인 관련 욕망들을 인식하였을 때였다. 그녀를 강간하고 그리고 파괴하는 것 (…중략…) 그녀가 죽었을 때 나는 돌아왔다"(p.76).

우선 사실에 관한 서술자의 신뢰성 다시 말해 서술자가 만들어낸 이야기는, 세계에 대한 극도로 특이한 그의 시각과 혼란스럽고 분열된 그의 정신에 의하여 다만 나쁜 쪽으로 진행되고 있다. 한편, 독자들은 사건들의 세부에 관한 익명 서술자의 주석과 평가 그리고 서술자가 독해하고 해석하는 방식, 예를 들면 매큐언이 헬렌의 감정이라고 판단하는 것, 이 모든 것들을 전적으로 의심할 만한 많은 이유들을 갖게 된다. 주요한 원인은 서술자가 오늘날의 문화가 보유하고 있는 많은 규범들 즉 정상적인 심리 행위와 폭넓게 받아들여지는 준거와 가치들로 구성될 수 있도록 하는 것들을 어기고 있다는 것이다. 시작부분부터 바로, 암시된 저자는 독자에게 서술자의 세계관이 어떤 건전한 독자의 세계지식과는 급진적으로 동떨어져 있음을 의심의 여지없이 알려주고 있다. 독자의 세계지식은 아마도 독자에게 직접적인 방식으로, 서술자가 가게 진열창을 지나서 다만 걷고 있었으며 그러다가 서술자가 잘 차려입은 마네킹에 매료되어 자신의 발길을 멈추었다는 것을 알려줄 것이다.

나는 여성에게 포즈를 취하는 것을 좋아하지 않는다. 그러나 그녀는 '무척 인상적이었다.' 나는 멈추어 서서 그녀를 바라보아야만 하였다. 그녀의 다리는 잘 뻗어 있었다. 과감하게 앞으로 나온 오른발, 의도적으로 우연함을 가장해 바닥에 끌리는 왼발. 그녀는 윈도우에 거의 닿을 정도로 자신의 앞쪽으로 오른손을 들고 있었다. (…중략…) 뒤로 잘 넘긴 머리, 희미한 미소, 권태 혹은 즐거움으로 반쯤은 감은 눈. 나는 말을 할 수가 없었다. 아주 인공적인 온전한 존재, 그러나 그때 나는 단순한 남자가 아니었다. (McEwan 1979 : 61~62)

서술자가 명백하게 자기 자신을 특징짓는 것은 "나는 서두르는 남자다"(pp.61~62) "나는 단순한 남자가 아니었다"(p.62)와 같은 불투명한 많은 진술들을 포함한다. 그러나 그는 또한 사적인 많은 결점들을 지혜롭지 못하게 노출시키면서 자신에 관한 많은 정보들을 독자에게 제공하고 있다.

나는 나 자신에 관한 무엇인가를 여러분에게 말해야만 한다. 나는 부자다. 나보다 더 돈이 많은 사람은 런던에 거주하는 열 명 정도일 것이다. 아마도 단지 다섯이나 여섯 사람일 수도 있다. 누가 물었냐고? 나는 부자고 전화로 돈을 벌었다. 이번 크리스마스에 나는 마흔 다섯이 된다. 나는 세 번 결혼했다. 시기적으로 내 결혼기간은 팔 년, 오 년, 그리고 이 년 지속되었다. 지난 삼 년 동안 나는 결혼을 하지 않았다. 그렇다고 내가 게을렀던 것은 아니다. 나는 쉬지는 않았다. 마흔네 살 된 남자는 쉴 시간이 없는 것이다. 나는 서두르는 남자다. (McEwan 1979 : 62)

대부분의 다른 사례들에서, 신뢰할 수 없는 서술의 구조가 강조하는 것처럼, 매큐언의 이야기는 극적 아이러니 혹은 모순된 인식이라는 관점에서 설명될 수 있다. 그것은 이 이야기는 허구적 세계에 대한 서술자의 착란된 시각 그리고 독자가 이해할 수 있기로는 일탈적인 상황 그사이의 대비를 포함하고 있기 때문이다. 매큐언의 신뢰할 수 없는 서술자의 경우에, 극적 아이러니는 고도로 이례적인 서술자의 의도와 서술자의 의문시되는 가치 체계 그리고 일반 독자들의 일반 세계-지식, 가치, 준거들 그사이의 모순으로부터 결과한다. 독자가 보기에 많은 진술과 행위들에서 결여된 서술자의 내적인 조화, 그리고 서술자의 시각과 독자자신의 정상 개념 간의 모순, 이 모든 것들이 서술자의 신뢰성이 실지로 매우 의심스러운 것임을 제시하고 있다. 독자는 서술자가 아주 다른 두 가지 문맥 속에서 이야기하는 것을 해석하고 있다. 한편으로, 독자는 서술자가 이야기하기를 원하고 이야기를 통해 의미하려고 하는 것, 다시 말해 헬렌과의 비극적이고 치명적인 러브스토리에 관한 서술자의 버전에 노출되어 있다. 그럼에도 다른 한편으로, 서술자의 진술들은 독자를 향한 부가적인 의미, 즉 서술자가 의식적이지도 않고 전달 의도를 지니고 있지도 않다는 뜻을 나타내고 있다. 독자를 향한 부가적인 의미를 인식하지 못하는 매큐언의 신뢰할 수 없는 서술자는 계속해서 독자들에게 자신의 특이성과 정신착란상태에 관하여 간접적인 정보를 제공하고 있다.

암시된 저자는 텍스트의 서술자로부터 명백하게 기인한 것으로 간주되는 독특한 특성, 이상한 믿음, 도착적 행위들을 보여준다. 이에 더하여, 암시된 저자는 또한 독자로 하여금 텍스트에서 진술되는 것들 그 너머에 있는 서술자에 관한 추론들을 만들어내도록 초대하는, 폭넓은 영역의 표지와 신호들을 이 이야기에 부과하고 있다. 이러한 "추론들의 초대"(Bortolussi & Dixon 2003 : 80~81)는 다음과 같은 사례들을 포함한다. 즉 서술자가 자신의 결혼을 '연대순으로' 리뷰하는 기입 방식, 내뱉는 서술들에서 숨 막히도록 하는 자아중심적 기질, 과하게 제공되지만 일관성이 결여된 정보들, 다른 사람들에 대한 경멸적 태도, 그리고 "침묵하는 여성"을 향한 편애(p.63) 등이 그것이다. 이와 같이 독자들은 서술자와 의문시되는 서술자의 가치에 관한 추론들을 이끌어내도록 초대된다. 그리고 독자들은 극도의 이기주의자, 여성혐오주의자, 그리고 독백자로서 서술자를 구조화시키고 있다. 즉 서술자는 다른 사람들에 대한 어떠한 존경심도 갖지 않으며, 점점 더 줄어드는 결혼기간들이 알려주듯이 분명히 점차 더 참을 수 없는 존재가 되고 있다, 그리고 서술자는 자신의 요구, 흥미, 그리고 쾌락주의를 만족시키는 것에만 오로지 관심이 있다, 이와 같은 모습으로 서술자는 독자에게 비추어진다.

서술자가 정말로 신뢰할 수 없다는 것을 독자에게 알려주는, 독자 혹은 비평가의 세계-지식, 정상적인 것의 규준, 준거, 가치들로부터, (허구적) 세계에 관한 서술자의 극도로 특이한 견해를 분리시키는 것은 단지 그것들 사이의 거리만은 아니다. 그렇게 분리시키는 것은 비신뢰성의 표지들로서 역할하고 있는 폭넓은 영역의 텍스트의 특질들이라고 할 수 있다. 매큐언의 독백자의 서술은, 신뢰할 수 없는 서술자를 출현시키고 있는 다른 많은 텍스트들처럼, 비신뢰성에 관한 단서들로서 기능하는 규정 가능한 텍스트의 많은 모순들로서 특징지어진다. 이러한 모순들 중에서 가장 뚜렷한 두 가지는 서술자의 담론에서의 내적인 모순 그리고 서술자의 언술과 행위 사이의 모순이다. 매큐언의 서술자는 특히 놀라운 사례를 제공하고 있다.

내가 생각하는 이상적인 대화는 두 사람의 참여자가 강요받지 않고서 자신들의 사유를 완전한 정도로까지 이야기할 수 있도록 허용하는 그러한 것이다. 또한 그 대화는 전제들을 끝없이 규정짓고 한정하는 일은 결코 없으며 결론을 변호하는 일도 물론 없을 것이다. (…중략…) 헬렌과 함께라면, 나는 이상적인 방식으로 대화할 수 있었다. 나는 그녀에게 '이야기할' 수 있었다. 그녀는 아주 가만히 앉아 있었다.(…중략…) 헬렌과 나는 어떤 것도 방해할 수 없는 완벽한 조화 속에서 살았다. 나는 돈을 벌었고 나는 사랑을 했다. 나는 이야기하였으며 헬렌은 들었다. (McEwan 1979 : 701)

암시된 저자는 서술자의 비신뢰성에 관한 많은 다른 텍스트의 신호들을 이야기에 제공해왔다. 그러한 사례로는 스토리와 담론 사이의 갈등을 들 수 있으며 사건들에 관한 서술자의 재현 그리고 서술자가 제공하는 사건들에 관한 설명, 평가, 해석 사이의 갈등을 들 수 있을 것이다. 서술자가 실제로 '헬렌'을 사는 장면의 기술 사례에서 보듯이, 서술자의 논평은 "논평하는 장면에서 제시되는 증거와 조화를 이루지 못하고 있다"(Wall 1994 : 25). 독자들 혹은 비평가들은 서술자의 주관적 편견이 특히 분명하게 나타나는 진술들을 분석함으로써 그와 같은 차이를 만들어낼 수 있다. 또한 독자들이나 비평가들은 서술자의 진술들이 암시하는 세계관을 스토리 자체와 비교함으로써 그러한 차이를 만들어낼 수 있다. 예를 들면, 『그야말로 죽어 있는』에서 주관적 진술, 평가, 그리고 일반적 발언 등, 서술자의 자기표현적 진술들은, 많은 극적인 사소한 세부들에 의해서뿐만 아니라 기술, 보고, 장면제시와 같은 서술 모드에 의해 투사된 사건과 인물에 관한 견해들과는 전적인 불화를 이룬다. 서술자는 헬렌을 어떻게 얻게 되었는지를 사실적으로 정확히 보고하고 있다. 예를 들면 서술자는 "마네킹 인형(오, 나의 헬렌)"을 사겠다는 낯선 주문을 한 다음에, 다섯 명의 여성 판매원들이 "내 눈을 피했으며"(p.65) 그리고 "그들은 키득거렸으며 서로 곁눈질을 하였다"(p.65)고 말하고 있다. 그러나 서술자는 여성 판매원들이 왜 그렇게 하는지 그 이유에 관한 정확한 해석은 도무지 할 수 없었다고 진술하고 있다.

이와 같은 내적인 모순에 더하여, 암시된 저자는(다시 한번 펠란이 재규정한) 또한 조심스러운 방식으로, 서술자가 비신뢰성에 대한 단서로서 역할하는 특이한 언어습관을 지니도록 하였다. 서술자의 문체적 특이성, 언어 규범의 위반들, 그리고 그라이스Grice의 회화적 가정들의 위반 등은, 서술자의 비신뢰성을 감지하는 데에 중요한 역할을 하고 있다. 예를 들면 화자지향적 표현과 수신인 지향적 표현이 빈번하게 나타나는 비신뢰성의 실제적인 지표들이 있다. 마틴 에이미스Martin Amis의 『돈Money』 혹은 줄리안 반스Julian Barnes의 『내 말 좀 들어봐Talking it over』에서 신뢰할 수 없는 서술자뿐만 아니라 매큐언의 이야기에서의 신뢰할 수 없는 서술자가 에고이스트인 데다가 강박적인 독백자임을 보여주기 위하여 단어를 세거나 혹은 심도 있는 통계적 방법들을 사용할 필요는 없다. 서술자들의 언술 중 다수를 차지하는 것은 실제적으로 그들이 선호하는 단어, '나는'으로 시작하는 화자지향적 표현이다. 유사한 방식으로, 이들 서술자를 포함한 많은 다른 신뢰할 수 없는 서술자들이 수신인 지향적 표현들을 과잉적으로 사용하는 경향이 있음을 실제적으로 인지하지 못한다는 것은 불가능한 일이다. 또한 신뢰할 수 없는 서술자들은 신뢰성의 구문론적 지표들, 구체적으로 불완전한 문장,

느낌표, 삽입, 망설임, 이렇다 할 동기가 없는 반복들도 과잉적으로 사용하는 경향이 있다. 매큐언의 『그야말로 죽어 있는』은 그러한 과잉들로 가득 차 있으며 패트릭 맥그래스Patrick McGrath의 소설들 또한 마찬가지이다. 이에 더하여, 서술자의 태도를 표현하는 평가수정, 강화표현, 그리고 형용어구와 같은 비신뢰성의 어휘적 지표들 또한 언급할 수 있을 것이다. 이 모든 것들은 매큐언의 단편 이야기들과 맥그래스의 장편 소설들에 뚜렷하게 나타나는 특질이다. 주관성에 관한 이러한 모든 문체적 표현들은 고도의 감정적 개입을 가리키고 있다. 그리고 그 문체적 표현들은 독자에게 단서들을 제공하여 독자가 사실 / 사건의 축, 윤리 / 평가의 축, 그리고 / 또는 지식 / 인지의 축을 따라서 서술자를 신뢰할 수 없도록 간주하는 절차를 거치도록 만든다(Phelan & Martin 1999 참조).

이러한 사례들이 보여주겠지만, 신뢰할 수 없는 서술자에 관한 투사는, 인지적 접근법들이 제시하는 것처럼, 독자의 참조틀이나 독해 그 자체의 관습에 따라서 결정되는 것만은 아니다. 왜냐하면 텍스트 특히 신뢰할 수 없는 서술자의 텍스트를 디자인한 사람들, 말하자면 (암시된) 저자는 서술자가 전개하고 있는 방식들에 다중적인 구속을 부과하기 때문이다. 서술에 관한 수사학적 접근법은, 신뢰할 수 없는 서술자에 관한 투사가 적절하거나 혹은 그렇지 못하거나를 떠나서, 창조적 행위 주체라는 존재를 전제로 한다는 것을 상기시키고 있다. 그리고 그 창조적 행위주체는 폭넓은 역에 걸친 명백한 신호들과 추론들을 지닌 텍스트와 서술자를 제공하고 있는데, 이것은 독자의 주의를 서술자의 위트없는 자기노출과 비신뢰성으로 이끌기 위한 것이다.

결론 그리고 심화 연구를 위한 제안들

요약하자면, 이 글은 인지적 접근법과 수사학적 접근법 둘 다로부터 개념들과 사유들을 종합하고 있다. 그럼으로써, 이 글은 신뢰할 수 없는 서술 그리고 독자들이 텍스트들과 타협하여 진행시키는 방식에 관한 우리의 이해를 진전시키려고 하였다. 텍스트들은 신뢰할 수 없는 서술자를 특징짓고 있으며 신뢰할 수 없는 서술자들에 관한 투사에 개입되어 있는 전제, 참조틀, 텍스트의 신호들에 관하여 다소 세부화된 목록들(결코 소모적이지만은 않은)을 창조하고 있다. (암시된) 저자, 텍스트의 현상 혹은 신호들 그리고 독자의 반응 그사이에서 순환하는 관계들을 강조하는 수사학적 접근법이, 독자와 텍스트만을 강조하는 인지주의적 서술론을 포괄할 수 있다 하더라도, 그럼에도 인지적 접근법은 신뢰할 수 없는 서술자를 인식하는 것에 있어서 좀 더 섬세하고도 미묘한 차이를 보여줄 수 있는 도구들을 제공해 줄 수 있을 것이다. 제안해온 두 가지 접근법의 종합은 여전히 답변을 얻을 수 없는 몇 가지 질문들을 남겨두고 있다(예를 들면, 위에서 요약한 목록에서 다양한 아이템들은 각각 어떠한 중요성의 정도를 지니는가?). 그럼에도 두 접근법의 종합은 아마 틀림없이 신뢰할 수 없는 서술에 새로운 통찰들을 가져다줄 수 있을 것이며 서술이론을 탐구하는 데에 있어서 생산적인 방법들을 열어줄 수 있을 것이다. 그리고 수사학적 접근법과 인지주의적 접근법의 종합은 점점 더 그러한 역할을 하게 될 것이다. 그 이유로 그러한 종합은 예를 들면 문학적 인물, 사건, 그리고 플롯이 구조화되고 (암시적 저자에 의해) 전개되는 (독자에 의해) 방식과 관련을 지니고 있으며, 또한 생산하는 쪽과 수용하는 쪽에서 작용하는 개념적 스키마의 역할과 관련을 지니고 있기 때문이다.

비신뢰성의 원인이 저자 혹은 암시된 저자이든 아니든 간에, 텍스트의 현상 그리고 독자의 반응 간의 순환적 관계를 포함하고 있다는 견해는 일치되고 있다. 그럼에도 신뢰할 수 없는 서술에 관한 진술들은 이들 세 가지 요소 중의 어느 하나에 원인을 두는, 즉 그 요소들이 각각 어떠한 중요성의 정도를 지니는가에 관해서는 여전히 매우 다양한 입장을 보여주고 있다. 인지적 서술론자들은, 독자가 비신뢰성을 감지하는 가장 중요한 토대로서 텍스트를 가져오는 문화적 구조들과 독자반응을 추려내고 있다. 한편, 서술에 관한 수사학적 접근법의 전통 속에서 연구하는 서술이론가들은 변화하는 연구의 동향에 발맞추어 재작업하고 있다. 그럼에도 대다수의 이론가들은 규정될 수 있는 폭넓은 영역의 신호들이 서술자의 비신뢰성을 측정할 수 있는 단서들을 제공하기 때문에, 서술자의 비신뢰성을 결정하기 위하여 단지 직관적 판단들에만 의존할 필요가 없다는 것에 일치하고 있다. 텍스트의 신호들은 텍스트 자료와 독자의 선험적인 개념적 세계지식 그리고 정상적인 것의 규준들 일체를 포함하고 있다. 마침내, 그와 같은 신호들은 개별작품 그 자체에 의해 만들어진 것이자 저자적 행위주체에 의해 디자인된 구조와 준거들 그리고 독자의 지식과 심리적 성향 및 준거와 가치체계, 두 가지 모두를 구성하게 된다. 이 구성물들은 서술자가 믿을 수 있는지 그렇지 못한지 판단하도록 결정짓는 궁극적인 지침들을 제공하고 있다.

이 글에서 제시된 인지적·수사학적 접근법의 종합은, 독자와 비평가가 서술자를 신뢰할 수 없는 서술의 사례로서 직관적으로 고려하는 어떤 방식을 설명하는 복합적 문제들을 재고하도록 하며 또한 이 문제들에 관한 심화 연구를 자극하는 주요한 수단이 제공될 수 있도록 한다. 그러나 부스의 초기 작업 이래로 '신뢰할 수 없는 서술'이라는 용어가 지닌 폭넓은 우산 아래에 잠겨 있던 복합적인 일련의 서술 전략들을 명명하기 위해서는 좀 더 많은 연구가 이루어질 필요가 있다. 적어도, 상당히 개척되어야만 할 여섯 가지 중요한 영역이 있다. 중요한 영역들 중의 하나는, 최근에 인지적 서술이론가들과 수사학적 서술이론가들이 제공한 통찰들을 분석하면서 신뢰할 수 없는 서술에 관하여 온전한 제 몫을 할 수 있는 이론들을 계발하는 것이다. 두 번째로 필요한 것은, 텍스트 자료들과 해석적 선택들 간의 상호작용에 관한 더 정교한 분석을 포함하여, 신뢰할 수 없는 서술의 단서들에 관한 좀 더 섬세하고 체계적인 진술을 제공할 수 있도록 하는 것이다. 세 번째로 곧 탐구되어야 할 영역은 동시대 소설가들과 저자들의 초기 작품을 비롯한 전체 작품들 속에서 다양하게 나타나는 신뢰할 수 없는 서술자에 관한 논의를 고찰하는 일이다. 즉 신뢰할 수 없는 서술자들이 변화하고 있는 문화적 담론들을 반영하거나 혹은 이 담론들에 대답하는 방식에 관한 논의를 고찰하는 일이다. 네 번째로, '신뢰할 수 없는 서술'로서 알려진 서술기술의 발달에 관한 역사가 쓰여야 할 것이다. 그것은 아직까지 어느 누구도 18세기부터 20세기까지의 시대를 포괄하는 역사적 개관을 제공할 엄두를 못 내었기 때문이기도 하다(간략한 스케치에 관해서는, Nünning 1997a; Zerweck 2001 참조). 다섯 번째, 신뢰할 수 없는 서술에 관한 일반 범주가 적절하게 규정되지도 못하였고 측정조차 되지 못하였기 때문에, 다양한 장르들, 미디어, 학문 분야들을 가로질러 나타나는 비신뢰성은 매우 풍부한 연구의 영역들을 제공하고 있다는 사실에 주목해야 할 것이다. 즉 이 주제에 관한 논문편수가 아주 적음에도 불구하고(Bennett 1987; Richardson 1988 참조), 다른 미디어와 기타 영역뿐만 아니라 (법과 정치를 포함한) 허구적 서사가 아닌 타장르들에서 활용되고 있는 신뢰할 수 없는 서술자 — 예를 들면 회상극과 같은 극적 장르 혹은 극적 독백에서 — 에 관하여 여태까지보다는 좀 더 폭넓은 관심이 기울어져야 할 것이다. 마지막으로, 서술이론을 역사화하는 최근의 시도들에 중요한 동력을 실어주기 위해서 신뢰할 수 없는 서술과 같은 서술기술들의 발달에 관하여, 또한 신뢰할 수 없는 개별 서술자들의 수용에 관한 발달사(V. Nünning 2004 참조)에 관하여 새롭게 볼 수 있는 시각을 키워나가야 할 것이다.

6

저자의 수사학, 서술자의 신뢰성과 비신뢰성, 서로 다른 독해들

톨스토이의 『크로이체르 소나타*Kreutzer Sonata*』

타마 야코비|Tamar Yacobi

나는 한 편의 유명한 이야기를 이 글의 주제로 가져오고자 한다. 그 이야기는 작품의 해석과 이론의 보편적 척도에 관한 논쟁을 불러일으켰으며, 필자가 보기에, 그것은 결론에 관한 대안적 방식들로서 다양한 독해들을 강조하고 있다. 이론과 이야기와 독해의 조합은, 서술자의 신뢰성에 관한 불일치한 지점들을 설명하는 장치에 의존하고 있으며, 그것은 특히, 필자가 공감하는 텔아비브Tel Aviv 학파의 서사론의 설명적 힘을 보여주고 있다. 나는 『크로이체르 소나타』에 의하여 촉발된 비평적 논쟁들과 제안된 이론적 기초작업들을 개괄적으로 살펴보면서 이 글을 시작할 것이다. 이 글의 아주 상당한 부분은, 이 이야기의 다양한 독해들, 심지어는 양립할 수 없는 영역에 속한 논의들이 이론의 연구틀 속에서 각각 생겨날 수 있었으며 또한 어떻게 설명될 수 있는지를 보여주는 것이다.

톨스토이의『크로이체르 소나타』(1891년 첫 출간)는 불륜을 의심했기 때문에 아내를 살해한 러시아 귀족, 포즈드니이셰프Pozdnyshev의 이야기이다. 그는 재판을 받고 방면된 이후에 기차를 함께 타게 된 한 여행자에게 그 일에 관해 모두 이야기한다. 그의 진술은 결코 전형적이지 않다. 그는 광기를 번뜩이면서 자신의 계획을 인정하고 살인장면을 상세히 이야기한다. 게다가 질투심에 불타서 살인을 저질렀던 그 당시와는 달리, 화자는 지금 죽은 아내에게 동정을 표하고 있으며 두 사람 모두가 똑같이 사회경제적 조직이 배태한 희망 없던 희생자라고 표현하고 있다. 아마도, 그는 급진적인 과도한 개혁이라는 어떤 해결책으로써 사회경제적 조직에 대한 직접적인 공격을 자기방어적으로 계속하였던 것이다. 이를테면, 성적 섹스가 모든 사회적 악을 유발시킨다면 그것은 심지어는 남편과 아내 사이일지라도 폐지되어야 한다, 결과적으로 인간종족이 멸망할지라도 그를 저지하지는 못할 것이다 등등. 이야기와 개혁의 계획 모두는 포즈드니이셰프의 대화 상대자와 여행객들이 보도하는 형식의 틀 속에 있다.

『크로이체르 소나타』에 관한 논쟁은, 급진적인 그의 주장을 환영하거나 혹은 그것을 비난한 그 작품의 첫 번째 독자들로부터 시작되었다. 당국의 검열은 그 작품을 금지시켰으나 러시아 전역에서 유통되고 있는 손으로 씌어진 복사본들을 막을 길은 없었다. 피터 울프 묄러Peter Ulf Møller는 그 작품의 초기 수용에 관해 면밀히 쓴 보고서에서 논쟁하고 있는 축들에 관해서 설명하고 있다. 즉 보수비평가 대 자유 비평가, 종교적 사상가 대 세속적 사상가, 성적 학대를 받으면서도 논쟁중인 이념을 수용하는 아내들과 그러한 이념을 거부하는 페미니스트들, 혹은 성적 생활의 문제에 관해 톨스토이에 동의하는 사람들 그리고 그의 결론에는 동의하지 않지만 그의 공약들을 반박하는 사람들에게는 반대하는 이들(Møller 1988 : 39~162). 많은 경우에, 저자의 이데올로기에 관한 독자들의 다양한 반응들은 화자의 신뢰성에 관한 그들의 관점들을 조합하는 것이었다. "전형적인 현대적 남편 혹은 특히 일탈하여 주색에 빠진 남편", 그리고 "오해받은 것으로 드러나는 인물을 대변하는 남편 혹은 작품을 쓴 저자의 대변인으로서의 남편"?(Møller 1988 : 134 · 135).

백여 년 후에 논쟁은 다시 계속되었다. 그리고 그것은, 사실상으로, 저자와 독자를 매개하는 포즈드니이셰프에 관한 논쟁이었다. 그의 모순에 관한 극도의 의구심은 여전히 그 역할 면에서는 전혀 생산적이지 못한데도 결코 지치지 않는 것처럼 보인다. 다수의 비평가들 가운데서, 한 슬라브주의자가 일반화하였듯이, 톨스토이의 "정조에 관한 (…중략…) 견해들은 지나치게 부적절하게 표현된 나머지 설명할 수 있는 범주를 넘어선다. 한편, 회개하지 않는 설교자, 살해자의 입을 통해 톨스토이의 견해를 나타낸다는 수사학적 전략이란 전혀 예측할 수 없는 것이다"(Herman 1997 : 16, n.4). 이후의 지면에서 알게 되겠지만, 주해자들은 대략 세 가지 기본 입장들로 나뉘어진다. ① 톨스토이의 믿을 만한 대변인으로서 서술자를 취하는 사람들 ② 서술자가 믿을 수 없음을 주장하는 다른 한 편의 사람들 그리고 ③ 여전히 그 문제를, 서술자뿐만 아니라 저자자신이 수용할 수 없는 이데올로기와 / 혹은 혼돈된 담론으로 지정하는 또 다른 사람들. 서술자가 저자와 일치하거나 혹은 그렇지 않다고 판단하는 첫 번째와 두 번째 견해는 상호대칭적이면서 원리적인 면에서 상호배제적이다. 세 번째의 것은 저자 그 자체를 사상가, 예술가, 설교자로서 판단하는 데에 있어서 선호도와 관련양상에 따라 그 구분이 복잡해진다. 그리고 늘 그것은 그렇게 되어서는 부정적인 결과에 이르고 있다. 이후 논의에서는, 앞선 두 가지 견해와 비교할 때 세 번째 견해가 어떠한 하위갈래로 나뉘어지는지를 밝혀볼 것이다.

내 의도는 『크로이체르 소나타』의 핵심을 "단번에 최종적인 것으로서" 결정짓고자 하는 것은 아니다. 또한 서사론의 역할도 이와 마찬가지일 것이다. 대신에, 나는 다양한 해석적 입장들이, 광범위하지만 구체적으로 서술들에 근거한 적합한 해석이론의 우산을 쓴 대안적 가설로서 최상으로 지형화되며 상호관련된다는 것을 보여주고자 한다. 여기서 가장 요구되는 것은, 서술자의 비신뢰성을 지적하면서 이야기를 설명하는 독해들과 그리고 저자를 비난하는 독해들 사이의 심연에 다리를 놓을 수 있는 이론이다. 나의 근본적 주제들을 미리 이야기하자면, 심지어는 화자와 저자에 관한 대조적인 독해들 혹은 저자를 대하는 화자에 관한 그러한 독해들이, 의식적이든지 그렇지 않든지 간에, 말하자면 적합한 분석기제의 참조로써 표면적 불일치들을 설명할 수 있는, 더 깊게 보면 동일한 층위의 원리에 의해 작용하고 있다는 것이다.

"비신뢰성"은 두루 알다시피 웨인 부스Wayne Booth로부터 유래한 것이다. 그는 비신뢰성을, 텍스트의 암시된 저자적 준거들과 서술자의 거리로서 규정짓는다(1961 : 158 · 159). 부스는 "거리"와 "준거" 양자의 "다양함"에 근거를 세우고 우리가 지닌, 화자의 (비)신뢰성에 관한 개념의 유연성을 주장하고 있다. 그러나 왜, 어떻게, 그리고 어디서, 화자와 암시된 저자의 "거리"가 발생하는 것이며 혹은 발생하지 않는 것인가?

이 때문에 내가 조합한 이론은, 소설 담론을, 동기가 부여된 것이거나 그렇지 않다면 융합적인 것이 되는 복합적 커뮤니케이션의 행위로 보는 메이어 스턴버그Meir Sternberg의 사유(예를 들면 1978 : 254~305; 1983)에 영향을 받고 있다. 이에 따라 나는 진작부터 비신뢰성을 하나의 독해 가설로서 규정하였다. 그것은, 저자와 불화하는 몇몇 사유, 지각, 혹은 커뮤니케이션의 주체 — 특히 보편적 화자 — 를 희생하는 대신에, 텍스트상의 문제들(설명할 수 없는 세부로부터 자기모순에 이르기까지)을 해결하도록 만들어진 것이다(예를 들면 Yacobi 1981 · 1987 · 2001). 적용, 전도, 혹은 또 다른 가설로의 대체에조차 개방적인 것으로 추정될 수 있는, 그와 같은 해석적 이동이 가능한 가설의 특성을 간략하게 다시 강조해 보자. 소설의 비신뢰성은 서술자의 (그럴법한) 초상에 결합된 인물의 특성이 아니라 관계의 토대 위에서 임시변통적인 것으로 간주되는(혹은 제기되는) 어떤 특질로서 문맥에 작용하는 (똑같이 가설적인) 준거들에 의존하고 있다. 하나의 맥락에서 "믿을 수 있는" 것으로 보여지는 무엇은 저자의 일반적 구조틀뿐만 아니라 독해문맥을 포함하고 있다. 그리고 그것은 또 다른 맥락에서는 믿을 수 없는 것으로 판명되기도 하며 혹은 심지어는 서술자가 지닌 결점들의 영역 바깥에서 설명되는 것이 되기도 한다.

일반적 준거들에 의한다면, 예를 들면 바셰비스-싱어Bashevis-Singer의 「바보 김펠Gimpel the Fool」의 화자는, 실지로 그의 이웃들이 그를 보고 속이며 정말 바보처럼 보인다. 그런데 그의 명백한 바보스러움은 문맥을 통해서 진정한 순진함으로서 독해되는 것이다. 그럼에도 순진함은 그의 창조자가 더 내밀한 준거들을 이야기하기 위해 김펠에게 부과한 하나의 자질로서 말하자면 그의 장점이 된다. 이처럼 어렵게 얻

은 신뢰성을 거울처럼 유사하게 비추어내는 것으로는, 새커리Thackeray
의 『허영 시장Vanity Fair』을 들 수 있는데 이 작품에서 쇼맨Showman은
신뢰할 수 없는 판단들이 횡행하는 모순의 시대 속에서 파멸되는 어떤
의혹의 형상으로 나타난다(이것과의 비교, 심화된 참조로는 Yacobi 2001을 보
라). 즉 유사한 방식으로 윤리학이나 이데올로기가 아닌, 사실의 문제
와 관련한 긴장감을 보여주는 것이다. 압제적이며 전능한 서사범주인
필딩Fielding의 『톰 존스Tom Jones』는 그 같은 서술자의 자발적인 진실의
은폐 ─ 거짓진술을 포함하여 ─ 가 그의 신뢰성과 어떻게 조화를 이
룰 수 있는가를 보여주고 있다. 한편 서술자의 신뢰성은 텍스트의 규
칙과 목표에 호소하는 저자의 책략으로도 설명될 수 있다(Stenberg 1978
: 248 · 265~268; 1983 : 172ff; 2001 : esp. 150ff).

간단히 말해서, 텍스트의 모순들과 서술자의 비신뢰성 사이에는 어
떤 자동적인 연관이 존재하지 않는다. 똑같이 인지되는 긴장들, 난관
들, 양립하기 어려운 것들 ─ 언어학적으로도 괴이한 ─ 은 항상 대안
적 원리나 혹은 분석적 기제에 개방적이기 때문에 더욱 그러한 것이
된다. 그러한 원리들 가운데, 나의 초기 연구는 존재론적 기제, 기능론
적 기제, 일반론적 기제, (비)신뢰성의 판단들에 특별한 원근법적 방식,
그리고 이것과는 경쟁구도에 있는 발생론적 기제를 추려내었다. 다섯
가지 모두는 사실상 『크로이체르 소나타』의 논쟁과 관련되어 있으므
로(물론 다양한 정도의 차이를 보이지만) 나는 이 이야기를, 내 이론적 연구
들을 시험하는 사례로 삼았다. 나는 일련의 기제들을 간략하게 요약할
것인데 그 기제들은 다음의 근거 위에서 다양한 해석적 효과를 만들어
내도록 작용하고 있다.

①'**존재론적**' 기제는 모순들을, 허구적 세계의 층위를 통해, 나아가, 현실로부터 벗어난 가능성의 정전을 통해 참조하고 있다. 그것은, 요정 이야기, 과학소설 혹은 카프카Kafka의 "변신Metamorphosis"의 세계와 같은 극단적 사례들이다. 우리가 다루는 소설에서 논쟁되는 부분은, 사랑, 교육, 성적 도덕성, 그리고 여성의 자유와 같이 중요한 쟁점들에 관한 포즈드니이셰프의 일반화 주장들의 적용가능성에 관한 것이다. 포즈드니이셰프는, 우리가 그를 판단한 의미에서 볼 때, 자신의 부부간의 위기가 전형적인 것이라고 계속해서 주장한다. 어느 정도까지, 그 요청은 세계에 들어맞는 것인데, 해결책이 필요한 보편적인 문제를 구체화하고 있기 때문이다. 만약, 다른 한편으로, 그의 위기가 독특한 것이라면, 병적인 것은 말할 것도 없으며 자신의 주장대로 시행해야 한다는 그의 주장은 비신뢰성을 드러내고 있는 것이 된다.

②'**기능론적**' 기제는 그러한 일탈을 요구하거나 정당화하고 있는 결말의 관점에서 이탈적인 질서를 부과하고 있다. 이상해 보이는 것이 무엇이든 간에 — 인물, 사고, 구조에 관한 — 그것들은 작품에서의 지엽적 목적이나 전반적 목적 혹은 문학적 목적이거나 그 외 다른 목적들에 의해서 동기를 부여받을 수 있다. 여기서, 예술에 대한 톨스토이의 종교적 세계관과 인습타파 이론이, 텍스트의 일반적 질서뿐만 아니라 그것의 재현에 있어서의 수수께끼적인 방식을 설명해줄 것이다. 적절하게도, 톨스토이는 『소나타』의 "예술적 기교"의 저급함을 강조하면서 그것은 "드러나게 될 끔찍한 진실에 관한 다만 충분한 실마리를 (…중략…) 주었을 뿐"(Møller 1988 : 10에서 인용)이라고 설명한다. 그와 같은 방어적인 입장은 우리에게 이 자리에서 고도의 통일성의 기준을 기대하지 않

도록 권고하는 것이 된다. 톨스토이에게, 포즈드니이셰프는 저자가 "끔찍한 진실"을 전달하는 그것에 유용한 입을 지닌 것이다. 그때 기능성은 외견상으로 (비)신뢰성과는 동떨어진 것이 되지만, 존재론과 유사하게(그리고 다음에는 장르상으로) 비신뢰성과 상호작용하게 된다.

③ '**일반론적**' 원리는, 엄격한 비극의 플롯에 맞서는 코미디의 인과관계에서의 자유처럼 특정하게 약호화된 모델이나 현실을 단순화한 것에 호소하고 있다. 여기서, 존 맥스웰 쿠체J. M. Coetzee는 "자아에 관한 핵심적 진실을 말하고자 하는 근본적 동기"(Coetzee 1985 : 194)로서 "자서전적 글쓰기의 양식"을 규정한 세속적 '**고백**confession'이라는 일반적 구조들 속에서 우리의 이야기를 분석하고 있다. 따라서 쿠체는 수많은 말하기의 모순들을 지니면서도 진실을 말하고자 하는 포즈드니이셰프의 요청과 함께하고 있다. 그러면서도 한편으로는 그의 고백이 얼마나 신뢰할 수 있을 것인가 그리고 그의 전향이 어느정도까지 설득될 수 있을 것인가에 관해서는 의아해하고 있다. 일반론적 맥락과 "동기"는 그와 같은 내재적 긴장들을 가능할 수 있는 방식으로 설명해버리곤 한다. 혹은 그렇게 할 수 없다면 그것이 누구의 책임 소재인지에 관한 질문을 제기하기도 한다. 고백하는 대리자의 탓인가 혹은 그의 창조자의 탓인가?

④ '**원근법적**' 원리 혹은 비신뢰성의 원리는 『크로이체르 소나타』의 독자가 다양한 모순들 — 사실, 행동, 논리, 가치관, 미학의 문제들에서 — 을 서술자와 저자 간의 불화의 징후로서 설명해내도록 한다. 이를 테면 포즈드니이셰프는 의도치 않은, 톨스토이에 관한 잘못된 재현의 단서, 혹은 포즈드니이셰프에 관한 톨스토이의 조작된 노출의 단서

들을 볼 수 있다. 이와 같은 독해는 화자의 비신뢰성에 호소하는 것에 관해서라면, 사실, 행위, 그 외 기타를 포괄하며, 뿐만 아니라 그러한 화자의 유형을 선택한 암시된 준거들에 관한 심화된 가설을 전제하고 있다.

⑤ 마지막으로, '발생론적 기제'는 텍스트의 생산이 야기하는 허구적 괴이함들과 모순들을 추방하고 있다. 무엇보다도, 다른 방식이었다면 결정될 수 없는 영역에서, 이 기제는 (이를 테면 흐리터분하고 부주의하며 이데올로기적으로 광적인) 저자에 대해 비난을 하고 있는 것이다. 이 같은 설명은 다른 기타 방식들과는 상이한 것이다. 모순들이 네 가지 담론의 맥락들로부터 창조자의 맥락으로 전환될 때, 그것들은 좀 더 알아차릴 만한 것이 되지만 그렇다고 반드시 더 수용적으로 되는 것은 아니다. "톨스토이의 작품 14장에는 실수로 보이는 한 가지 모순을 찾을 수 있는데, 그것은, 여섯 아이를 낳았다고 하는 포즈드니이셰프가 다른 장에서는 다섯이라고 한 점이다"(Isenberg 1993 : 167, n.29). 다른 한편으로, 이것과 연관된 발생론적 환경뿐만 아니라 저자의 글쓰기 과정의 증거들(일기나 편지들)은, 또 다른 분석기제를 지지하여 기타 해석적 대안(들)을 능가할 수 있는 하나의 해석가설을 선호하도록 할 수도 있을 것이다. 여기서는 또한, 아홉 개의 판본들과 '속편'을 포함한, 이야기의 근원에 관한 많은 관련 증거들이 커다란 역할을 하게 될 것이다.

다시, 원근법적 기제와 유사하게, 발생론적 기제는, 이야기되는 스토리와 연관된 누군가를 대가로 하여 텍스트의 기이함들을 설명하고 있다. 그럼에도 책임 소재를 확인하는 것에 있어서 차이를 보이는 부분은, 신뢰할 수 없는 서술자에 관한 기술적 개념으로부터 저자가 서투르거나 불쾌하다, 혹은 자기모순적이다 등과 같은 심한 가치평가로 나아가는 것에는 반대한다는 점이다. 이처럼 종종, 발생론적 설명은 어떠한 조정력의 상실에 원인을 돌리고 있다. "포즈드니이셰프 부인이 얼마나 많은 아이들을 가졌는지"와 같은 작은 세부에 관한 것이든지, 혹은 인물, 플롯, 그리고 이데올로기와 같은 중요한 쟁점들에 관한 것이든지 간에. 그러나 모순으로부터 발생하고 모순으로서 판단되는 데도 불구하고, 결과적인 아이러니 — 현재 저자 자신을 반대하는 쪽으로 이끌려진 — 는 텍스트의 모든 층위에서 의도되지는 않는 것이다. 다른 측면에서 보면, 오류를 범하기 쉬운 서술자를 가설로 삼는 것은, 장면들 너머의 자율적 소통주체가 아이러니를 능숙하게 운용하는 것을 추정하도록 하는 것이다. 그와 같은 독해에서 허구적 메시지는, 서술자의 표면적 기이함들과 그리고 기이함들의 원천과 핵심으로서 우리가 가설화한 암시된 소통이라는 잠재된 일관성 그 사이에서 나뉘어지고 있다.

또한 원근법적 기제와 발생론적 기제는 『크로이체르 소나타』의 논쟁에 관한 설명과 상당한 관련이 있다. 그리고 존재론적 기제 혹은 기능론적 기제와 같은 다른 기제들은 주요 독해들을 지지하거나 혹은 그것들을 거부하거나 보충하는 특수한 역할을 하고 있다. 일반적으로, 첫 번째 독해의 범주들(포즈드니이셰프는 신뢰할 수 있는 서술자이다)은 모두가 그와 같은 말하기에는 어떤 중요한 내재적 긴장이 있을 수 없음을 나타내고 있다. 그것은 존재론적 기제(그의 문제들은 보편적인 인간의 조건을 표현한다)와 기능론적 원리(명백한 모순들은 문맥 속에서는 효과적이다) 사이에서 분석되어야 할 것들이 여전히 남아있다는 것을 암시하고 있다.

만약 서술자가 실지로 저자의 대변인이라면 모든 그의 선택들, 발췌들, 그리고 조합들은 어느 정도 신뢰성에 봉사하여 작용되어야 한다. 한편, 포즈드니이셰프의 견해를 반대하는 독해들은 그러한 모순들을 강조하고 있다. 그러나 그 독해들은 책임소재를 밝히는 주체 — 화자(원근법적 기제 혹은 비신뢰성의 기제 내의) 그리고 / 혹은 그의 창조자(발생론적 귀결로서) — 에 관해서는 일치하지 않고 있다. 이 두 가지 분석 모델은 이 이야기의 독해와 관련한 두 번째 모델과 세 번째 모델을 만들어 내고 있다.

광인으로 떠넘기기 — 신뢰성에 봉사하는 수사학

첫째, 포즈드니이셰프가 신뢰할 수 있다고 판단한다는 것은, 그의 담론에서 모든 중요한 내재적 긴장들이, 저자가 선호하는 주제적 목표들과 수사학적 목표들을 조장하도록 고안되었다는 것을 뜻한다. 긴장에 저항하고 긴장 속에 있으며 또한 긴장을 관통하여 번갈아 나타나는 그 같은 움직임은 이것을 조장하도록 한 저자적 수사학을 요구하고 있다. 모든 신뢰성 가설은 설득을 수반하는 법이다. 그러나 아내를 살해한 자의 입에서 나온 말로 시작해서 성적인 섹스에 관한 결말로써 납득시키는 방식은 그러한 난해함을 설득해야 할 요청들을 증폭시킬 뿐이다. 그렇다면, 수사학적 대안은 무엇이겠는가. 그리고 다양한 분석의 기제들은 이러한 상충적인 주제에 어떻게 작용하는 것인가 '혹은' 어떠한 대안을 지니는 것인가?

텍스트의 질서에서, 첫 번째 수사학적 단계는 어떤 개인의 고정된 사고를 넘어서서 일반 핵심과 주제들을 다변적으로 확장하는 것이며 직접적으로 그러한 확장을 요청하고 있다. 포즈드니이셰프의 독백이 나타나기 전에도, 두 가지 장치가 이와 같은 유력한 효과에 따라 작용하고 있다. 그 장치는 바로, 작품 첫 머리의 인용구와 시작 장면이다 (Isenberg 1993 : 80~82를 비교하라).

작품 첫 머리의 인용구는 제목과 마찬가지로, 독립적인 주체(익명의 액자-서술자, 그리고/ 혹은 저자)에 의해 선택되었다. 더군다나, 톨스토이는 여기서 높은 권위에 호소하며 성적 도덕성에 관한 그리스도의 말씀 가운데 두 가지를 인용하고 있다(마태복음 5장 28절 · 19장 10~12절). 두 번째의 것은 명백하게 "천국의 왕국을 위해" 금욕을 추천하고 있다. 주인공의 주제에 관한 그리스도 말씀의 인용은 일시적인 깊이를 줄 뿐만 아니라 사전에 이데올로기적 무게와 명성을 부여하고 있다. 포즈드니이셰프는 직접, 자신의 새 이데올로기에 맞추기 위해 이 구절들 중의 하나(Tolstoy 1963 : 313)를 (재)인용하고 설명하고 있다. 그리고 묄러가 지적하듯이, "여덟 번째 초안 판본에서" 그는 또한 마태복음 5장 28절의 해석을 반복하면서 (…중략…) 결론짓고 있다(Møller 1988 : 28; Tolstoy 1960 : 448~449, n.100). 보편성 곧 주제의 신뢰성을 얻도록 하는 발생론적 지지가 확장되는 것이다. 또한 마태복음의 동일한 인용문이 톨스토이의 "크로이체르 소나타의 후속편Sequel to the Kreutzer Sonata"(1929 : 163)에서 반복되는 것이다.

다음, 시작부분에서 길게 이어지는 대화장면은 그 문제의 주제적 관련성을 끄집어내고 있다. 살인자의 강연이 이야기를 지배하고 있지만 그것은 액자화하는 이야기의 내부에 놓여 있으며 그리고 명백히, 잠시 머무는 일군의 승객들과 의견을 교환하는 가운데 하나의 답변으로서 주어진 것이다. 그럼에도 승객들의 "선택"과 "토론은 (…중략…) 결코 우연적인 것이 아니다"(Møller 1988 : 20; Isenberg 1993 : 86~89). 즉 이혼의 빈도, 여성의 권리와 교육, 결혼 제도, 가족 윤리의 악화와 같은 쟁점들이 제기되고 있는 것이다. 당시에, 새로 수용된 관념들로 인해 정교적 행위코드의 포기가 증가하였으며 또한 외딴 마을에까지 부부간의 갈등이 심화되면서 결혼의 위기는 명백해지고 있었다. 더군다나 두 사람의 주요 논쟁자, 보수적인 늙은 상인과 전통에 얽매이지 않는 여인은, "러시아의 성 도덕 역사에서 자료상으로 상당히 간단히 분류되는 두 가지 단계를 (…중략…) 재현하고 있다. (…중략…) 그러나 그 둘 모두는 동시대적인 에티튜드의 영역에서의 극점들로서 존재하는 것이다"(Møller 1988 : 23). 이에 따라 자신의 곤경이 예외적인 것이 아니라 "여성의 문제"로서 알려진 무엇에 관한 징후라는 포즈드니이셰프의 주장에 관한 진보적 지지가 있다(Mandelker 1993 : 21~30). 개방적 참여자들은 모두가 결혼이 모든 계층들에게 해결할 수 없는 문제가 되어왔다는 것에 동의하였다. 그리고 그들은 저자가 허구적인 것을 훌쩍 넘어 자신이 속한 시대의 실제 러시아 세계를 향해 시야를 확장한 것으로 보았다. 누가 동의하지 않을 것인가? 사태를 실제적으로 비추어내는 "존재론적 기제"는 일반화를 향한 화자의 요청을 지지하고 있다.

또한 쟁점의 범주에 관한 극적 형식의 대화는 이어지게 될 과장된 가치판단을 앞서 볼 수 있도록 한다. 그것은 먼저, 경쟁관계에 있는 세계관을 부정하는 방식을 통해서이다. 포즈드니이셰프(그리고 이 독해에서의 그의 창조자)에 의해 공격받은 사람들은 이미 자신들의 요청을 접어 버린, 그 같은 화자들의 배우자였던 것이다. 우리는, 여성을 위한 교육과 사랑을 위한 결혼과 같은 현대성의 관점에서, "남자 같은" 외양을 하고 현대적 맥락에서 조롱거리의 대상이 되거나 혼란스러운 반응을 나타내는 그와 같은 숙녀를 발견할 수 있다. 즉 한편으로 그녀의 비논리적인 개입은 허구적인 논쟁의 바깥에서도 효력을 발휘하지는 못할 것으로 추정된다. 그녀의 보수적 적대자는 오랜 상인으로서 실제 그의 행동(술자리에 참여하는)은 자신의 설교적 전통종교와 문란한 여성들과의 관계에서 모순을 보여준다. 게다가, 톨스토이는 발생론적으로 볼 때, 그 상인을, 초기 판본들에서의 품위있는 사람으로부터 한 사람의 위선자로 변형시켰다(Møller 1988 : 20~23).

마침내, 논쟁은 극적으로 해결된다. 상인은 익명의 서술자를 통해 그의 성적 실천에 관한 명백한 암시는 피하고 있다. 즉 포즈드니이셰프의 도발적인 질문들 아래서, 그의 반대자, 숙녀는 유사한 방식으로 답변을 주지 않고 사라진다. 두 사람의 "재현적" 목소리의 실패는 그들 각각의 이데올로기에 영향을 미친다. 이것은 "정당하지 못한" 수사학이지만 그럼에도 아마도, 소설에는 필요불가결한 — 혹은 적어도 유용한 — 수사학일 것이다. 실제 삶에서의 논쟁과 유사한 부분은 어떤 정해진 싸움에 관한 다만 현혹적인 사실의 표면일 뿐이다. 삶 속에서 대담자들은 '직접적으로' 자신들의 태도와 주장에 책임이 있으며, 또한 자신들의 권력관계와 결정에 책임이 있다. 이 지점에서, 허구적 인물로서의 포즈드니이셰프는 자신에게 주어진 삶의 현실인 무엇 속에서 경쟁적인 이데올로기주의자와 그와 같은 이데올로기에 직면하는 것이다. 그러나 암시된 저자 — 그의 주제적 목적과 수사학적 목적을 위해서 — 는 그러한 적대자들을, 혼란을 겪거나 혹은 위선적인 "가치없는 사람들"로 격하시킨다. 그에 따라 자신의 대변인의 근본적 개혁 노선에 권위를 부여하고 있다(Isenberg 1993 : 83 · 87 · 88을 비교하라).

이러한 선택들은 의심의 여지없이 기능론적인 것이다. 톨스토이는 『전쟁과 평화』의 결말에서 나타샤 로스토프Natasha Rostov와 같이 지적인 여성 적대자 혹은 매력적이며 행복한 기혼여성을 창조할 수 있었다. 유사하게, 종교적인 "대리인"은 『안나 카레리나Anna Karenina』의 레빈Levin과 유사한 모델이 될 수 있었을 것이다. 그리고 그렇게 해서 그가 가르치는 무엇(실지로 자신의 초기 버전들이 그렇듯이)을 실천할 수 있었을 것이다. 요약하자면, 톨스토이는, 그룹의 토론을 결혼의 위기로 이끌면서 그리고 그와 같은 열등한 이념적 대변자들에게 처음으로 무대를 내어줌으로써, 우리로 하여금 개혁의 필요성을 설득하고자 하였을 것이다. 적어도, 서사적으로, 그는 적절한 새로운 이념으로 우리의 관심을 고양시키며 또한 포즈드니이셰프의 반응에 동기를 부여하고 있다.

부정의 수사학에는 그다지 만족스럽지 않지만 톨스토이는 긍정의 장치들을 다양하게 만들어내고 있다. 플롯의 층위에서, 포즈드니이셰프의 "결혼은 역설적으로, 완전히 정상적인 결혼의 한 사례로서 기능하고 있는 것이다"(Møller 1988 : 12). 결혼의 정상적 상태(이를 테면 부부갈등의 사소한 원인들과 빈도)는 존재론적 범주나 보편적 특성을 확인시켜준다. 그리고 결혼의 비극적 결말은 급진적 변화에 관한 하나의 경고와 동기로서 역할하는 것으로 추정된다. 그 와중에서, 톨스토이는 부부가 일반적인 결혼의 지옥으로부터 정도를 넘는 파국을 향해 치달을 만큼 충분한 흥미로운 강력한 힘을 필요로 하였다. 그리고 그는 그 모든 힘들 가운데 베토벤 소나타 즉 "윤리적으로는 개입할 수 없는 예술"의 "흥을 돋우는 흥미로운" 촉매를 집어 들었다(Møller 1988 : 16 · 17). 그것은 남편의 살인적인 분노를 촉발하기 위한 것이었다.

독백가 고유의 담론의 층위에서 수사학적 비유들은 풍부하다. 그것들은, 통계학, 수사학적 질문들, 앞서 나온 문구를 가리키는 반복들, 성적 중독과 기타 중독 간의 유사성 등을 호소하고 있다. 포즈드니이셰프의 충격적 전략들은 가족생활로부터의 탈자동화를 포함하고 있다. 즉 욕망과 유사해진 사랑, 혹은 여성의 보호를 위해 매춘부와 동등해진 아내들. 결혼에서, "순수한 소녀는 방종한 남자에게 팔려가며 그리고 그 매매는 적합한 의례들에 의해 존재한다"(Tolstoy 1963 : 309). 혹은 화자의 감정상의 편차가 그의 이성적인 주장과 연대기적 이야기와 어떻게 함께 하는지를 관찰해보라(Møller 1988 : 36). 톨스토이는 두 가지 극단적인 것을 필요로 하고 또한 그것에 가치를 부여한다. 즉 포즈드니이셰프의 진실함의 표지들 그리고 명백히 서사화된 그의 추론. 그와 같은 설득력을 지닌 힘들에 어떻게 참여할 것인가? 그 힘들의 모순은 아마도 신뢰성 가설을 약화시킬 것이다. 포즈드니이셰프의 독백은 종교적 소책자와 신경질적 발작의 혼합물처럼 보여질 수 있다(Møller 1988 : 35~37).

따라서 중요한 수사학적 기능은 포즈드니이셰프의 내부적 수신자와 미래의 독해자에게 할애될 것이다. 그가 포즈드니이셰프의 진실함에 의해 감동받을 것이라는 사실은, 어떠한 자아-선언 그 이상으로 훨씬 그것에 관해 숙고하도록 한다. 마찬가지로, 그가 긴 독백을 인용한 것은 그 인용의 (연대기적) 논리의 질서를 전경화하고 있다(예를 들면, 부가된 장 구분을 통하여). 한편, 있는 그대로를 말하는 방식을 취하는 그의 진술들은 "포즈드니이셰프의 내적 동요를 기록하고 있다"(Møller 1988 : 36 · 37). 게다가, 폭넓게 합의되었듯이, 익명의 서술자는 허구적 세계 내에서 독자의 대리인으로서 역할하고 있다. 즉 세계적인 관점틀을 지닌 소통자(암시된 저자, "톨스토이")는 그의 수신자(암시된 독자)를 설득한다. 그리고 그것은 내부 화자(포즈드니이셰프)가 **'자신의'** 청취자에게 영향을 미치는 과정을 극적인 것으로 만들고 있다. 이에 따라 청취자는 "작품에 붙여진 일종의 용도지침"으로서 역할하고 있다(Møller 1988 : 38). 이 같은 대칭적 장치를 강화하기 위하여, 극화된 수신자는 개방적인 논쟁자들과는 달리 이성적인 사람인 것이다. 그는 자신의 마음을 변화시키는데 결코 서두르지 않고 또한 새로운 생각들에 귀를 닫은 것도 아니면서 우리의 대리인으로서 역할하고 있다.

따라서 이 수사학적 과정은 두 부분으로 나뉜다. 첫 번째 과정에서, 포즈드니이셰프의 수신자는 종종, 질문, 반대, 놀라움을 표현하는 감탄문으로써 놀라움을 주는 그의 독백들을 가로막고 있다.

"여성의 지배는 무엇을 의미하나요?" 나는 말했다. "법은 남자에게 이익을 줍니다." (Tolstoy 1963 : 306, 이하 페이지 수만 표시)

"부도덕을 당신은 말하나요?" 나는 끼어든다. "그러나 당신은 가장 자연스러운 인간의 기능을 말하고 있어요."

(…중략…)

"그러나 어떻게", 나는 말했다. "인간종족이 영속될 것인가요?" (p.310)

나는 그의 생각이 새롭고 충격적임을 발견하였다.

"그러나 무엇이 이루어져야 하지요?" 나는 말했다. "만약 당신이 말하는 것이 사실이라면, 그렇다면 남자는 단지 이 년에 한 번 아내와 사랑을 할 수 있겠네요. 그러나 남자들은……" (p.318)

이와 같은 반응들은 포즈드니이셰프의 가치체계와 노섹스의 주제에 관하여 예기되고 있을 법한 독자의 의구심과 유보를 말로 표현한 것이다. 전반부에 걸쳐 지속적으로 나타나는(장 16~28), 청자의 의존적 경향은 작품 후반부에서 설득력 있게 조정되며(장 16~28) 청자의 반응은 변화를 보여주고 있다. 그는 질문하기를 멈추지만 심지어는 그 자신을 독자에게 이야기할 때에도 새로운 생각들에 관한 자신의 관심을 지속적으로 표현하고 있다. 어떤 한 지점, 그가 마차에 홀로 남겨졌을 때 — 서술자는 자신의 경험적 자아에 관하여 — "나"는 "그가 말했던 모든 것을 내 머릿속에서 검토하는 데에 아주 골몰하게 되었으며 (…중략…) 그가 돌아온 것을 알아차리지 못했다." 그리고 떠날 때에는, 그는 가슴이 벅차서 "눈물을 흘리기"까지 하였다(Tolstoy 1963 : 330~331 · 369).

더구나, 내부 화자들에 관하여 풍자적으로 처리한 시작 장면과는 달리, 저자는 수신자의 수사학적 역할을 경감시키도록 유의하고 있다. 그래서 위에서 인용한 것처럼 우리는 그가 만일 실제로 포즈드니이셰프로 인해 생각이 바뀌어졌는지에 관해서는 결코 알 수 없다. 또한 우리는 가혹한 결혼 위기들과 소용없는 여타 해결책들로 인하여 적어도 더 광범위하게 대중들의 청취를 요청하는 과도한 제안을 한다는 사실만을 확신하게 된다. 심지어는 회의적인 독자조차 (책 머리말의 인용문과 같이)

전면적으로 암시될 뿐만 아니라 조정되고 있는, 저자의 수사학의 나머지 부분에 의하여, 저급한 한계들이 결코 저항하기 어려운 것들임을 발견하고 그것들에 공감을 얻는 쪽으로 이끌어질 수도 있을 것이다.

이에 따라, 이 이야기의 소통적 구조를 재고해보자. 살인자의 이야기를 인용하고 구성하고 보고하는 공식적 서술자로서, 이야기의 앞선 청자는 주어진 텍스트의 선택과 조합에 책임이 있게 된다. 이 입장은 그 청자가 직접 인용한 반응들 그것에 특히 지대한 권위를 부여하고 있다. 만일 포즈드니이셰프가 전면적인 화자였다면, 그는 그 반응들을 개종된 것으로서 오인하였을 수도 있고 혹은 심지어는 하나의 본보기로서 설득하기 위해 그것들을 조작하였을 수도 있는 것이다. 그러나 우리는 이러한 용이하지 않은 반응들을 사실 그대로 액면적 가치의 층위에서 취할 것이며 그리고 저자적 독해 속에서 우리자신의 관점을 취하도록 하는 하나의 안내서로서 취할 것이다. 가령 역으로, 상대편 화자의 신뢰성을 지지하는 다른 사람들에 대한 '비'신뢰성 기제로서 전환해볼 수도 있는 것이다. 작품 전반부에서 논쟁자들의 패배(호소, 논리, 일관성, 정직 등에 관한)와 주인공의 견해를 나란히 둘 것을 선택하는 사람은 예비 개혁자, 포즈드니이셰프가 아니라 바로 서술자 자신인 것이다.

마침내, 톨스토이가 쓴 '후기' 혹은 '속편'은 같은 맥락을 지닌 저자의 의도에 관해서 어떤 의심의 여지도 남겨놓지 않고 있다. 그의 '후기' 혹은 '속편'은 성적인 관계와 그 결과에 관한 다섯 가지 핵심들로써 시작되며 포즈드니이셰프의 주장을 강화하고 있다. 그러고 나서, 심지어는 더 급진적으로, 그것은 교회의 규칙들을 거스르는 성적 도덕성에 관한 그리스도의 가르침(특히, 작품의 머리말의 인용 문구들)을 설명하고 있다.

어니스트 시몬스Earnest Simmons(1960 : 128)가 요약하듯이, 톨스토이의 "이상주의적이지만 논리적으로 진보한 사고"가 정신없는 포즈드니이셰프의 과장된 확신으로부터 다양해진다는 사실을 제외한다면, 그의 '후기'는 창조자와 창조물 사이의 근본적인 합일점을 보여주고 있다. 결과적으로, 시몬스는 단독 제시라는 층위 면에서도 대변인의 신뢰성에 자질을 부여하고 있다.

후속편의 발생론적 증거는, 근원적 충동에 관한 심화된 자료들로써 강화되고 있다. 저자의 일기와 서신뿐만 아니라, 이 이야기의 여섯 가지 초기버전들과 『무엇이 예술인가?What is Art?』에서 전개된 작품은, 톨스토이가 소통적 전략 및 수사학적 전략에 의해 어떻게 점차적으로 반관습적인 이데올로기로 나아갔는가를 보여주고 있다(Møller 1988 : 1~38 · 181~199). 그와 같은 증거는 완성된 소설들이 암시하는 무엇과 일치하는 것처럼 보인다. 즉 그 소설들이 암시하는 것은 신뢰성 가설이 수수께끼같이 배열된 텍스트의 특성을 최상으로 설명할 수 있다는 것이다. 머리말에서의 신약성서의 인용문은 왜 놓여 있는가? 어떤 이유로 논쟁들은 포즈드니이셰프의 독백보다 우선하는가? 그것들은 주어진 논쟁자들, 특성들, 이데올로기들, 역설들, 위엄있지 못한 철회들을 포함하고 있다. 베토벤 소나타의 기능은 무엇인가? 내부 수신자는 처음에 왜 의아한 반응을 보이고 다시 태도를 바꾸게 되었는가? 총괄적인 서술이 포즈드니이셰프에게보다 이 익명의 인물에게 왜 할애되고 있는가? 또한 이해되지 않는 것은, 톨스토이는 왜 자신의 습관과도 맞지 않는 '후속편'을 붙여 일관되게 같은 생각을 지녔음을 보여주려 하였는가?

그렇기 때문에 저자가 일탈한 화자에게 신뢰성을 부여하는 가설은 내용상으로는 그럴 법해 보이지 않는다. 그것은 그 가설이 너무나 많은 답변들, 그것도 아주 상호관련적인 것들을 제공하기 때문이다. 심지어는 아주 이상한 부분들조차 톨스토이의 이데올로기적 표상과 가정할 수 있는 일반독자의 믿음들 사이에 다리를 창조하도록 장치된 수사학적 전략 속에서 연관된 의미들을 만들어내고 있다.

그럼에도 『크로이체르 소나타』에 관한 논쟁은 여전히 계속되고 있다. 그리고 그것은, 내가 추측하기로는, 전반적으로 난해한 일관성에 호소하는 이 글에서 들었던 사례들을 앞세우는 일을 계속하게 할 것이다. 이에 관해, 쿠체는 텍스트에서 "권위를 부여받지 못한 다른 독해들, 다른 진실들에 대항할 수 있는 장치가 결핍되었다"고 논의하고 있다. 이젠벅Isenberg은, "비평적 전통"을 검토하면서, "설화론적 시각에서 볼 때 『크로이체르 소나타』에서 가장 놀랄 만한 것은, 그것 자체의 요소들에 대항하는 독해들을 일깨우는 힘을 지닌 것이라고 결론짓고 있다(1993 : 107). 두 사람의 학자 모두는 주인공의 신뢰성과 저자의 조정력 둘 다를 불안정한 것으로 보고 있다. 그러나 충돌하는 해석들에 관한 나의 관심은 두 학자들이 믿을 만한 중개자라는 대안을 공유하고 있다는 이론적 기초에 놓여 있다. 심지어, 저자를 바라보는 방식에 있어서 화자의 아주 상반된 독해들도 의식적이든 그렇지 않든 간에, 똑같이 더 깊은 원리에 의하여 다시 말해 적합한 해석기제의 참조에 의하여 표면적인 모순들을 설명하면서 작용하고 있는 것이다.

신뢰할 수 있는 중개자에 반대하면서 — 역독해의 원근법적 가설

한 가지 역독해의 노선은 포즈드니이셰프를 신뢰할 수 없는 소통주체라고 간주하고 있다. 그 노선의 주창자들(예측하기로, 비신뢰성에 관한 내 진술에 근거한)은, 일련의 첫 번째 독자들에게는 문제가 되지 않거나 권위를 인정받을 법한 자료들 가운데서 어떠한 긴장을 감지하고 있다. 키이스 엘리스Keith Ellis는 진술한다, "소설에서 도덕적인 것 혹은 '후기'에서 목적의 진술은 (…중략…) 행위를 충분히 설명할 수 없다." 그리고 "해석은 (…중략…) 진술된 저자의 목적에 의하여 해롭게 제한될 수도 있을 것이다"(1971 : 892). 또한 이젠벅은 "표면적 의미와 잠재된 의미 사이에서의 충돌", 다시 말해 "텍스트에 의해 제안된 젠더의 이론과 텍스트에 의해 수행된 젠더의 시각 사이에서의" 충돌을 발견하고 있다 (1993 : 93).

신뢰성에 관한 앞서의 주장과 비교해서, 이러한 역독해론자들이 주장하거나 강조하는 긴장들의 종류가 무엇인지 그리고 다함께 강등되거나 혹은 전수되는 것은 무엇인지에 주목하는 일은 가치를 지닌다. 즉 엘리스는 작품서두의 인용문을 무시하며 "배경"이 되는 개방적 토론에 관해 거의 언급하지 않는다. 그리고 엘리스는 익명적 액자-서술자를 "참견하지는 않지만 주의깊은 청중"으로서 간주한다. 즉 그는 "명확함을 위해 특정한 요청들에 자신의 진술을 한정짓고" 그리고 "적절하게 비판적이지 않다"(1971 : 893・894).

대신에, 비신뢰성의 주장은 문제적인 화자와 발화에 초점을 두고 있다. 쿠체가 타당하게 진술하듯이, 그의 "동요", "우스운 사소한 소리들",

이상한 생각들, 그리고 증오감을 주는 범죄는 바로 시작부분부터 나쁜 인상을 만들어내고 있다. 그리고 이것들은 "어떤 신뢰할 수 없는 서술자에 대한 '기대', 즉 우리 모두가, 그에게 **'반대하며'**(…중략…) 아주 쉽게는 독해할 수가 없는" 그런 사람에 대한 **'기대'**를 만들어내는 것에 기여한다(Coztzee 1985 : 196, 강조는 인용자). 독백가의 인물은 이처럼 비신뢰성의 원인과 표지 둘 다가 되며, 역설적으로 암시된 소통에 의한 목표가 된다. 따라서 어떤 사람들은 포즈드니이셰프의 질투를 두드러지게 강조한다("일단 왜곡되고 있는 그 존재가 인지되면 우리는 서술자의 판단들을 전적으로 신뢰할 수가 없게 된다"(Ellis 1971 : 898)). 그러나 다른 어떤 사람들은 그의 정신적 혼란을 곰곰이 숙고하고 있다("어디서나 남근상을 보는 한 남자"(Coztzee 1985 : 198)). 또 어떤 사람들은 그를, 아내의 여인에게 성적으로 이끌리는 잠재적 호모섹슈얼로 본다(Isenberg 1993 : 96~91). 그리고 기타 등등.

많은 사람들은, 포즈드니이셰프의 심리적 문제들을 반영한 것으로 보고, 예상했던 대로 그의 이론이 왜곡되었거나 혹은 모순들로 점철되었다는 것을 발견하였다(혹은 상상하였다). 젠더에 관한 '이론'과 '시각', 혹은 '도덕'과 '행위' 사이에서 발견되는 모순들은 구체적인 등가관계를 보여주고 있다. 예를 들면, 어떤 지점에서 그는 성을, 후천적인 인위적 습관으로서 규정짓고 있다. 또 다른 지점에서는 무의식적인 수성獸性으로서 규정짓고 있다(Isenberg 1993 : 92 · 93). 혹은 엘리스(1971)가 주장하듯이, 그는 "먼저, 여성을 뒤쫓는 남성들을 비난하고 그다음에는 남편들을 사로잡는 여성들을 비난하고 있다." 다시, "그는 남성의 성적 즐거움에 종속되는 여성을 공격하면서 여성의 권리들에 관하여 강렬하고 예민하게 방어하고 있다. 그러나 다른 곳에서, 그는 여성들의 교활함을 비판하면서 '이 모든 것의 결과는 여성의 지배력 행사이며 그 것으로부터 전 세계는 수난을 겪고 있다'고 선언하고 있다." 그는, 모든 결혼은 이혼, 자살, 그리고 살인에 이르게 된다는 주장과, 그가 저지른 일에 대한 공포심으로 인해 자신의 경험을 독특한 방식으로 나타내고 있다는 상반된 주장 그 사이에서 표류하고 있다. 게다가, 나쁜 짓을 한 사람의 "어수선한 일반화들은 (…중략…) 행위를 합리화하려는 필사적인 당연한 시도라고 해석되기도 한다"(Ellis 1971 : 894~896). 그에게는 죄책감을 인지하지 못하는 징후들이 감지된다. 예를 들면 그가, "결혼 생활의 결정적 순간들"에 관한 변호사의 언급을, 자신의 범죄를 암시하는 것으로서 오해하고 있는 대목을 들 수 있다(Gustafson, Isenberg에서 1993 : 166, n.23). 엘리스는, 그러한 모순들에 관해, 이성적인 조정력을 넘어선 포즈드니이셰프의 정신병리학으로써 명백하게 풀어나가고 있다. 즉 "『크로이체르 소나타』에서 질투를 동기부여의 힘으로 간주하고 주제상의 대립을 지배적 문체론의 지배적 특징으로 간주함으로써, 소설의 통일성과 일관성을 드러낼 수 있는 한 가지 해석을 제공한 것이다"(Ellis 1971 : 899). 그리하여 해석 원리에 관한 연구 또한, 이와 같은 독해의 유형 ─ 그러나 신뢰성과는 동떨어진 ─ 으로 이끌려가게 된다. 비신뢰성 가설은, 주인공의 존재론적인 요청(결혼위기의 만연함)도 아니고 그의 대담한 해결도 아닌 것을 수용하면서, 그의 독백에서 알 수 있는 불운들을 (과도하게) 초점화하고 주관화한다. 불운들의 재패턴화는 역독해의 시각으로부터 잇달아 일어난다. 즉 과거 사건들에 관한 주어진 진술과 개혁을 위한 계획은 둘 다 망상의 징후로서 진단된다. 도리어, 아내의 살인자의 마음에서 일어나는 작용들이 역설적으로 암시된 중심적 관심 대상이 되는 것이다. 즉 텍스트에서 추정되는 준거와 구도는 (비정상적인 대변인에 의해 전달된) 도덕적 이데올로기와 관련한 것이 아니라 화자에게서 나타나는 정신병리학과 관련한 것이 된다.

저자적 의도 혹은 구성에 반대하면서 — 발생론적 대안

그러나 문제적인 이데올로기는 놀라울 것 없이, 주요한 세 번째 발생론적인 일련의 독해들을 초래해왔다. 이에 따라 긴장들과 모순들이 텍스트 속에서 다시 진단되었으나 그럼에도 현재, 특정한 좌표 내에서 해결되지 못한 채로 저자 자체를 비난하는 쪽으로 되어 있다. 명백한 소통주체로부터 암시된 소통주체에게로 책임이 전환되면서, (신뢰할 수 있는 서술자 대 신뢰할 수 없는 서술자의 양극화에서처럼) 단지 대안적 해석 모델로서가 아니라 가치평가와 정전여부에 관한 질문들을 향해 횡단하고 있다. 여기에 몇 가지 다양한 양상들이 있다.

① 일부 독자들은 톨스토이의 암시된 청중이 되기를 거부한다. 그것은 『소나타』에서 제안된 그의 이데올로기에 대한 격렬한 적대감 — 인습 타파적 종교든 혹은 여성에 대한 그의 태도이든지 간에 — 때문이다. 어떤 쟁점에서든지, 충돌은 텍스트 내부에서 일어나는 것이 아니라 옹호되는 주제와 독자가 끌어들이는 반주제 사이에서 일어나는 것이다. 또한 쟁점들 가운데 선호되는 수용들은 종종 그룹의 관심사들을 표현하고 있다. 그리고 그것들은 결합하여, 다양하고 심지어는 상호

적대적인 관점에서 작품의 주제를 반대하고 있다. 또한 동시대 교회 성직자들의 신랄한 비판적 반응(Møller 1988 : 145~162)이 있었다. 그들은『소나타』처럼 양극적 반응을 보이도록 유사하게 씌어진 '반-문학 counter-literature'에 반대하였으며(Møller 1988 163~180) 또한 역사, 문화적 시대착오로서 톨스토이를 공격한 후기 페미니스트들에도 반대하였다(Mandelker 리뷰 1993 : 13~57).

②좀 더 빈번하게, 독자들은 텍스트에서 이데올로기적이며 교훈적인 핵심 관심사에 관해 재인식한다. 그리고 그들은 독백자의 신뢰성을 정상적인 것으로서 받아들이게 된다. 그럼에도 그들은 제안된 이데올로기 내에 있는 모순들을 발견한다(이를 테면, 희생자와 개혁자 사이에서 바뀌고 있는 여성의 역할들, 정신과 육체의 분열, 과학적 사실들에의 맹목). 그들은 저자와 대변인 사이에 어떠한 거리도 발견할 수 없기 때문에, 그러한 긴장들을 저자의 탓으로 비난한다. 일부의 독자들은 실지로 톨스토이의 정전으로부터『소나타』를 "극도로 불완전한 작품"이라며 축출해 버리기도 했다(Davie 1971 : 326). 그들은 그 작품이 "톨스토이의 최악의 면모를 보여준다"(Spence 1961 : 227)고 주장하고 있다. 또 다른 독자들은 이데올로기주의자로서의 톨스토이의 특성과 예술가로서의 그의 특성이 충돌을 일으키는 것으로 보고 그 둘을 정교하게 구별짓고 있다. 한 가지 "강력한 전통"은 톨스토이가 "창조의 과정에서 (…중략…) 분열되었으며" 이와 같은 "자질들"을 보여주게 되었다고 주장한다. "그러한 특성 각각은 다른 편을 속이려고 시도하며" "예술가는 두 가지에 아주 공감하면서도 그것들의 승자로서 나오게 될 때"(Møller 1988 : 17)에 환호받게 된다.

어디서나, 그러한 분열은 수신자에게 호소함으로써 텍스트의 독해에서 차별적 지점들을 만들어내고 있다. 이와 같이 이젠벅은, 사실, 해석, 이데올로기, 그리고 자기검열에 관한 포즈드니이셰프의 수많은 실패들을 열거한 후에, 『소나타』의 독자들이 톨스토이의 지시를 따를 수 있고 그의 "주요 청자"의 목소리로 된 "세 가지 종류의 반응들"에 공감할 수 있다고 주장한다. 그것은 주인공을 사면시키든지 혹은 그의 교훈을 마음에 담아두든지 혹은 적어도 "의미의 균열"을 분석하지 않고서 그의 이야기에 "유혹되든지" 하는 것이다. 그러나 이것은 이젠벅이 보기에, "순종적인 독자"의 반응으로서 그러한 독자는 똑같이 순종적인 액자-서술자의 모델에 "함몰되고 있는" 것이 된다. 대신에,

> 가능할 수 있는 유일한 지침으로서 작품의 표면적 의도를 받아들이는 저항하는 독자는…… 당연히 그것을 선입견적인 실패라고 결국 밝혀내는 것으로서 끝낼 것이다. 혹은 독자는 습득된 지혜로서가 아니라 그 작품을 하나의 스토리로서 역할하도록 하면서 그 혹은 그녀가 연관된 몫에 관해 알아차리게 될 것이다. 그런데 이것은 설교적인 목표들에 반대하는 것을 의미하며 톨스토이가 스스로 의식하지 못한 채 악의 축으로 되었다는 것을 의미하고 있다. (Isenberg 1993 : 107)

사실상, 이젠벅은 여기서, 세 가지 원리적 독해노선들을 제공하고 있다. 이것들은 대략 세 가지 그룹의 실제독자에 상응하며 관련 분석 기제들 사이에서 분류된 것이다. 그는 신뢰할 수 있는 대안(세 가지로 구성된)이 가능할 수 있다고 주장한다. 그러나 그것은 톨스토이의 설교와 진술을

수용하고 텍스트 내에서 난처하게 만드는 많은 것들에 스스로의 눈을 감는 사람들에게만 단지 가능한 것이다. 텍스트 바깥의 저자의 의도들과 관련한 텍스트의 모순들을 의식하고 있으며 이것들에 저항하는 사람들은 발생론적 독해로서 끝맺으면서 『소나타』는 "편향적인 하나의 실패"라고 말할 것이다. 기껏해야, 그들은 저자의 견해와 추측건대 서술자의 견해를 역설적으로 거부하는 독해를 의도하고서 "훈계적인 목표들에 반대하여" 이야기한 것으로서 텍스트를 구제할 수 있을는지 모른다.

이러한 사례가 입증하듯이, 수많은 긴장들이 발생론적 접근법에 의해 제기되며 이것들은 원근법적 가설의 옹호자들에 의해 발견되거나 상상되거나 혹은 확대된 것과 일치한다. 발생론적 독해에서는 그것들이 저자의 중개자가 아닌 저자의 실패를 가리킨다는 것을 제외하면 그러한 것이다. 사실적, 논리적 결핍으로 인하여 자기모순에까지 이르는 것으로 가장 자주 공격받는 것은 바로 이데올로기와 일반론들(여성, 결혼, 의사들, 기타에 관한)이다. 그러나 때때로, 발생론적 충동은 정신병리학을 알아내는 데에 있어서는 비신뢰성 가설과 일치하고 있다. 그것은, 지금 다시 보자면, 톨스토이의 정신병리학이자 혹은 인물의 그것을 포함한 톨스토이의 정신병리학이며, 나아가 예술가와 이데올로기 주의자 사이에서 분열된 의식 그 너머의 것이다.

③ 그와 같은 독자들에게, 포즈드니이셰프의 기이함들은 그의 창조자의 심리적인(심지어 정신병적인) 혼란들을 반영하고 있다. 그래서 『정신과 치료를 받는 톨스토이 The Tolstoy on the Couch』(1998)에서 다니엘 랜커-라페리에 Daniel Rancour-Laferriere는 포즈드니이셰프의 정신적 혼란(무엇보

다도 그의 여성혐오증)을 톨스토이의 정신적 외상으로 추적하고 있으며 톨스토이가 두 살 때 어머니를 상실한 일에까지 거슬러 올라가고 있다. 이 분석자는 심지어, 결혼에 관한 포즈드니이셰프의 이야기가 하나의 대리물이라는 것을 부정하고서 그것들을, "자아 중심적인 나르시스적인 것"으로서 판단한다(p.62). 그는 작품 머리말의 인용문이 "기독교 신앙을 선전하는 것"으로 인용된 것이 아니며 다만 톨스토이의 개인적인 믿음들을 "표현하고 있다"고 주장한다. 그와 같은 독해는 발생론적 논리에 의하여 텍스트 바깥의 어딘가에서 (일관성은 없지만) 말하자면 저자의 불균형한 개성 속에 어떠한 일관성을 위치시키는 것이다.

④ 몇몇 발생론적 판단들은 텍스트상으로 일관성 있는 (그리고 그 때문에 신뢰할 수 있는 권위를 얻거나 혹은 신뢰할 수 없도록 되는) 독해들로, 변형되거나 그러한 독해들과 연관된다. 이와 같이 해서, 엠마누엘 벨리코프스키Emmanuel Velikovsky는 "질투심에 가득찬 살인자 포즈드니이셰프는 자신의 본성을 알지 못하는 호모섹슈얼로서 표현되었으며 심지어는 저자인 톨스토이도 그것을 알아차리는데 실패하였다"(1937 : 18)고 주장하게 된다. 그는 계속해서, 톨스토이가 의식적이지 못하지만 자신의 빼어난 "직관"으로 억압된 동성애를 극화하고 있다고 기뻐하고 있다. 그리고 그는, 포즈드니이셰프의 다양한 일탈들을 공공연하게 정신치료사의 실제 환자들의 행동과 비교하고 있다. 그리하여 저자는 프로이트적인 통찰 혹은 (자아에 관한) 지식으로써 판단되며 그는 궁극적으로 긍정적인 존재로서 부각된다. 반면에 진단받고 있는 주인공은 신뢰할 수 없는 존재로 드러나게 된다. 이 논문이 『정신분석 리뷰Psychoanalytic Review』에서 출판된 사실은 텍스트의 성공을 평가하는 외재적인 비평기준을 시사한다.

문학적 관점에서, 쿠체는 원근법적 독해와 발생론적 독해 사이의 또 다른 균형지점에 도달하고 있다. 우선, 쿠체는 살인에서 정점을 이루는 그의 다양한 괴벽들을 나란히 열거하면서, 신뢰성의 다양한 표지들로써 포즈드니이셰프의 비신뢰성을 암시하고 있다. 주목할 정도로 후자의 발생론적 가설에 기여한 것은 장르와 관련한 논쟁이다. 그것은 톨스토이가 포즈드니이셰프의 (논쟁이 될 만한) 전향을 극화하지 않았다는 것이며 그 이유는 그가 진실을 드러내는 심리적 경험보다는 진실을 옹호하는 것에 더 관심을 지니고 있었기 때문이라는 것이다. 이같이 정신분석학을 고려하지 않고서, 익명의 서술자가 이끄는 대로 따라가야 할 필요도 있는데, 그렇게 보면 서술자는, 청자로서, 주인공이 고백하는 동안 줄곧 "침묵"함으로써 주인공의 진실의 버전을 지지하고 있는 존재가 된다(Coetzee 1985 : 204).

지금까지의 쿠체의 분석은 신뢰성 가설에 관한 또 다른 변주체이다. 그러나 그다음에, 그는 발생론적인 모순을 확인하고 있다. 왜『안나 카레니나』의 저자는 영민한 심리학적 통찰을 갖고 있으면서도 왜 "그렇게 순진해 빠진 단순한 경향의 책을 썼는가? 그 책에서 진실을 말하는 자가 이야기하는 진리는 일련의 대담한 단정들로 나타나고 있다"(1985 : 231). 쿠체의 답변은 저자의 특수한 성격 및 이력과 그리고 바로 우리의 이야기가 지닌 특수성들을 연관짓고 있다. 먼저, 그는 우리에게 초기의 톨스토이는 환영의 극적 과정 너머의 그 위에 진리를 서열화한다고까지 일깨우고 있다. 그는 좀 더 중요한 것은, 톨스토이가 이 텍스트를 "애매하게 만듦으로써" 심리학적으로 "더 풍부하게 하거나" "더 심오할 수 있도록" 그렇게 여전히 만들 수 있었음에도 불구하고 이러한

"조직기제"에 흥미를 잃은 것이라고 진술한다. 이에 따라 쿠체는『크로이체르 소나타』의 발생론적 과정에 관한 추측으로서 결론을 맺고 있다. 톨스토이는 "평생을 바친 탐색을 통해 상당한 업적을 쌓고 권위를 모았음에도 불구하고", 그는 "성급한 소설적 전개방식"으로써 **진실에 안착해버리려는** (무분별한?) 결정"으로 이끌려졌고 결국에는 그렇게 되어버린 것이다"(p.232, 강조는 원문). 이러한 발생론적 가설은, 제기될 또 다른 문제 다시 말해『소나타』는 톨스토이의 의도된 (신뢰할 수 있는 서술자) 독해뿐만 아니라 비신뢰성 가설을 포함한 반대의 독해들에도 열려 있다는 것에 대한 한 가지 답변을 제공하고 있다. "톨스토이의 그 작품에서 권위를 부여받지 못하는 다양한 독해들에 대항할 수 있는 장치들이 결핍된 것"은, 위대한 예술을 줄곧 하나의 목표로 삼는 잘 만들어진 이야기에 관한 그의 이념적인 저항을 상징적으로 나타내었을 것이라는 주장이다.

나는 지금 요지를 심화할 수 있는 더 나아간 변주들에 관해서는 남겨두고자 한다. 지지하거나 반대하는 것으로 쓰인, 해석들과 요소들의 이 같은 다양함 덕분으로『크로이체르 소나타』는 내 이론적 기초작업에서 효과적인 시험 사례를 제공하고 있다. 즉 그 사례는 대체로, 모든 주요 문제들을 설명하는 쟁점을 결정짓는 것에 있어서, 어떤 독해도 충분히 강력하지 않고 어떤 세계관도 충분한 일치는 볼 수 없다는 근원적 사실을 보여준다. 논쟁성이 덜한 텍스트들은 사례를 제시하는 다양한 분석 기제들 사이에서 더 적고 단순한 노선, 혹은 더 안정된 노선들을 따라서 분포될 것이다. 원근법적 독해로부터(포즈드니셰프는 신뢰할 수 있다) 그것의 상반된 독해로(그는 신뢰할 수 없다) 혹은 심지어는 발생론적 실패로 전환하는 와중에도 그럼에도 그 같은 해석상의 논리와 텍스트의 권력 구조의 원리(중개 서술자 너머의 저자, 톨스토이의 창조물로서의 포즈드니이셰프) 둘 다는 효력을 지니며 남아 있다. 최종적 진단이 무엇이든 간에 분석은 필연적으로 (적어도) 두 가지 담론-문맥에 관여하고 있다. 그것은 명백하고 자유롭게 문제적인 담론-문맥 그리고 함축적이며 좋든 나쁘든 결정론적인 또 하나의 담론-문맥이다. 실생활의 커뮤니케이션과는 달리, 허구적 대변인의 신뢰성은 몇 가지 객관적 진실(사실 혹은 관념에서의) 혹은 시학적 원칙("예술적 기교")에 의해 결정되지 않으며 또한 공정한 근거들(주제, 증거, 태도에 관한)에 의해서도 결정되지 않는다. 그의 신뢰성은 가설화된 준거들과 저자의 목표들에 대하여 일치하거나 충돌적이거나 하는 그러한 관계 속에서 결정되는 것이다.

7

헨리 제임스와 '초점화' 또는 제임스가 '짚Gyp'을 사랑하는 이유

힐리스 밀러J. Hillis Miller

헨리 제임스는 자신의 소설들과 단편들의 뉴욕판 서문에서 많은 멋진 서사론적 개념들을 소개하고 있으며 그것들은 면밀히 생각해야 할 문제들이 꼬리를 물고 이어지도록 한다. 그것들 중의 하나는 소설작품에서 '의식의 중심center of consciousness'을 단일하게 제한하는 방법이 훌륭한 형식을 위한 필요조건의 기본 전제라는 것이다. 그것은 『비극의 뮤즈The Tragic Muse』의 서문에서 "크고 느슨하며 헐렁한 괴물들"이라고 제임스가 경멸적으로 일컬었던 것을 피하는 최상의 방법이었다(James 1971~9, vol.7 : x). 제임스는 그러한 괴물의 사례로서 『전쟁과 평화War and Peace』, 『삼총사Les Mousquetaires』, 『뉴컴 일가The Newcomes』를 들었으며, 자신이 "즐거움을 얻는다"고 일컬은 "깊이 숨 쉬는 경제 및 유기적 형식"과 그것들을 대비시켰다(ibid.). 한편, 제임스는 비범한 상상력이 충만한 나머지

"제멋대로 뻗어나가서는" 작품의 중앙부에서 예기치 못한 전개를 보여주는 성향이 있었다(James 1971~9 vol. 26 : 299, vol 7 : xi · xii · xxi). 그리하여 그는 자신을 위해서 아주 필수적인 제한 원리들을 만들어내었다. 이를테면 제임스의 『황금의 잔*The Golden Bowl*』의 전반부는 대체로 프린스Prince가 주변상황과 사람들을 알아가는 것에 한정된 반면에 후반부는 매기Maggie를 의식의 중심으로 만들고 있다. 또한 『대사들*The Ambassadors*』은 스트레처Strether의 '시점'에 상당히 일관성 있게 제한되어 있다. 물론, 이 소설들에서 '의식의 중심'은 실제적으로는, 자유간접화법을 통하여 프린스 아메리고Prince Amerigo나 매기로, 혹은 스트레처로도 보일 수 있는 방식을 보여주는 포괄적 의미에서의 "전능한 서술자"이다. 즉 제임스의 주요 언어 전략들 중의 하나는 내적 독백이라기보다는, 현재시제로 된 인물의 말, 혹은 때로는 말하지 않는 인물의 내면을 과거시제로 된 서술자의 말로써 재현하는 자유간접담론이다. 그 서술자는 다른 사람들의 의식을 인식하는 대상으로서 규정될 것이다. 그럼에도 그 서술자는, 만약 공동체와 관련한 어떤 것이 제임스의 소설에 실지로 전제되어 있다면, 집합적 의식이나 공동체 의식을 지닌 존재에 매우 가깝다.

　'의식의 중심'의 다른 명칭은 지금은 구식 용어가 된 '시점'이며 정교하게 공들인 최근 서사이론에서는 '초점화'에 해당된다. 이 용어들 중 어떤 것도 결점이 없는 것은 아니다. 각각은 어떤 식으로든 명확히 해두지 않으면 안 되는 의문을 지니고 있다. 예를 들어 세 가지 모두는 소설이 말로 이루어졌다는 사실을 회피하고 있다. 그것들은 소설이 '보는 것'의 문제이며 또는 그것이 '의식'으로 이루어져 있다고 암시하는 경향이 있다. 구체적으로, '초점화'란 용어는 광학에서 가져온 것이다. 그것은 특정한 장치 또는 그 외의 것, 이를테면 망원경, 쌍안경, 현미경, 혹은 초점화 장치로 간주될 수 있는 마음과 몸의 합성물을 통하여 보는 것이다. 따라서 그 비유적 토대로 볼 때, 초점화는 특정한 위치에서 바라보는 문제로서가 아니라 사물들에 초점을 맞추는 문제로서 규정되지 않는다면 기존의 '시점'과 다를 바가 없는 것이다. 이러한 용어들은 문학에서 허구적 작품의 본질적 존재 양식이 철저히 언어적이라는 방식을 회피하고 있다. 언어 없이는 어떤 것도 존재할 수 없는 것이다.

또 다른 접근 방식에서 보면, '의식의 중심', '시점', 혹은 '초점화'와 같은 용어들은, 비록 오늘날의 서사이론에 필수적인 개념이라고 할지라도, 이것들은 한낱 비유적 표현들이라는 것이다. 이 같은 것으로서의 의식은 어떤 소설에도 존재하지 않으며 단지 말로써 의식을 재현한 것일 뿐이다. 초점을 바라보거나 초점으로 가져가는 것은 어떤 소설에도 존재하지 않으며 이것들에 관한 표현된 말로서 다만 가상적 환상이 있을 뿐이다. 이것은 사소한 차이가 아니다. 이와 대비적으로, '자유간접화법'이란 용어는 진짜 언어학적 용어이다.

물론 대다수의 서술론자들은 이 모든 것을 알고 있다. 그들은 이러한 형식적 특징이 의미와 어떻게 관련되는지를 논증하는 것보다 '초점화'의 다양한 형식들을 솜씨 있게 제한적으로 구별하는 데에서 때때로 더 한 즐거움을 얻는 듯이 보인다. 대개의 경우 서술론자들은 이것들의 구별이 그 자체로는 유용하지 못하다는 것을 알고 있다. 이것들은 문학작품에서 더 나은 독해나 더 나은 가르침으로 이끌 때에 다만 유용한 것이다. 서사론적인 구별과 정교함은 그것 자체로는 '과학'으로서 가치롭지 못하다. 적어도 이것들은 인간의 게놈을 판독하는 것이 가치로운 것과 아주 동일한 방식으로 가치가 있는 것은 아닌 것이다. 게놈의 판독은 새로운 사실들을 찾아낼 뿐만 아니라 그러한 사실들은 또한 사회적으로도 유용하다. 그것들은 새로운 약과 새로운 질병 치료제로 이끈다. 과학적 발견과는 달리 서사론적 구별은 외부 세계에 관한 사실들이 아니다. 이것들은 인간 언어의 특정한 특징들을 이야기하도록 허용하는 귀납적 목적을 위해 조작된 학문적 인공물이다. 즉 서사론적인 구별은 근본적으로 사회적으로 유용한 더 나은 독해의 보조물로서 유용하다. 헨리 제임스가 이해하였듯이 형식이 의미가 되는 것이다. 『사춘기*The Awkward Age*』를 위해 자신이 선택한 형식적 원리들을 지켜나가는 것은, 제임스가 이 소설의 서문에서 말했듯이, "정말로 잘 만들어진 예술작품의 내용과 형식이라는 중요한 구별이 뚜렷이 붕괴되어 버리는 것을 우리로 하여금 아주 기쁘게 볼 수 있도록 돕는다"(James 1971~9 책9 : xxi). 그에 따라 전적으로 훌륭한 독해란 형식주의적 독해가 되는 것이다.

　제임스의 아주 파격적인 작품, 『사춘기』(1899)를 독해함으로써 적어도 부분적으로 나는 이 글에서 형식과 내용의 구별이 이렇게 "붕괴하고 있음"을 보여주고자 한다. 이 작품은 제임스에게 파격적인 것인데, 그것은, 형식의 경제에 이르기 위한 '의식의 중심'이라는 원리가 그의 작품들에서는 보편적 법칙으로서 간주되기 때문이다. 『사춘기』가 기이하거나 법칙이 없다고 여겨지는 것은 이것이 전능한 서술자 그리고 거의 전적으로 서문에서 그가 일컫는 "배후의"(p.xvii) 인물들에 관한 객관적 재현 두 가지 모두를 피한다는 점에서 그러한 것이다. 이 소설은 대체로, 일반적 의미에서의 전능한 서술자도 지니고 있지 않으며 인물들의 마음과 감정에서 어떤 의식의 중심이나 시점 혹은 초점화도 지니고 있지 않다. 이 소설은 인물들이 말하고 행하였던 무엇, 즉 그들의 옷, 표정, 제스처, 그리고 기타 행위, 자신들을 둘러싼 것들을 인물들이 어떻게 보았는가를 다만 객관적으로 묘사하고 있다. 독자는 이러한 "피상적인", 그러나 명백한 증거로부터 객관적 표지 너머에서 일어나는 무엇을 알아내어야만 한다. 부가적 수단들은 상호참조, 반복, 암시, 반향 등이다. 이것들은 소설의 어떤 장면이나 진술을 다른 것들과 연결시킨다. 제라르 주네뜨Gérard Genette([1972] 1980)는 이러한 기술을 "외부 초점화"로서 확인하면서 서술자가 인물들이 아는 것보다는 잘 알지 못한다는 증거로서 이것을 독해하고 있다. 주네뜨가 사례로 든 것은 대실 해밋Dashiell Hammett이었다(p.190). 그럼에도 제임스의 사례에서, 독자는 서술자가 인물들의 마음속에서 일어나는 모든 것을 알고 있으며 서술자가 하고자 한다면 그것을 드러낼 수 있다고 여긴다. 그런데 이러한 방식은 서술자가 인물의 마음 특히 이 소설 전반부의 장면들에서 반더뱅크Vanderbank 의 마음으로 들어가는 부분에서는 거의 볼 수 없다.

제임스는 서문에서 자신의 방법들에 관하여 아주 구체적으로 밝히고 있다. 그가 말하고자 하는 것은 『사춘기』에서 자신이 신중하게 무대 공연의 법칙에 따르는 것을 변호하는 맥락에서 나타나고 있다. 이 작품에서, 그는 말하길, "**비록**' 누군가의 행위에 관한 언급들이 사물들을 보여주는 것과 정확히 같은 정도의 강도로만 다만 존재할지라도" "빈곤함에서 헤어나서" "아름다움"을 얻을 수 있다(p.xx). 이 소설에서, 그는 계속해서 말하길, "색실 주단의 오른편에 달려 대롱거리는 실크나 울 조각처럼 불쑥 나오는 불쾌하고 "느슨한 결말"은 존재하지 않는다. 우리는 상호관계, 행위 그 자체의 내부에 있는 모든 관계들에는 전적으로 차단되어 있으며, 물론 삶 전반에 관한 관계를 제외한다면, 이러한 관계들 중 어떤 부분도 일부 다른 영역을 제외하고는 어떠한 것에도 관련되어 있지 않다(ibid.)." 여기서 제임스는 서문 전체에 걸쳐서, 재현적 가치, 실제 삶의 모방을 위한 문학에 가치를 부여하는 모방적 사실주의를 승인하는 일반적 원리에 충실하다. 그럼에도 그 관계는 파편이나 부분들로 측정되는 것이 아니라 "삶 전체의 관계"에 의해 측정된다. 그 자체로서는 전체이지만 그럼에도 그것은 부분들의 지시적 가치로부터가 아니라 상호관계로부터 그것의 본질적 의미를 이끌어낸다. 이와 유사한 방식은 소쉬르의 언어이론에서 볼 수 있는데, 단어나 음소는 지시에서가 아니라 상호간의 차별 관계에서 그것의 의미를 끌어낸다. 이러한 요소들은 『사춘기』에서 모든 것들이 "정확히 동일한 측면에서 보여지는 것이 된다." 즉 예리한 구경꾼이 보고 들었을 무엇만이 "보여질" 수 있다는 즉 개방될 수 있다는 법칙을 따르고 있는 것이다. 그 나머지 부분들은 비밀스럽게 숨겨진 채로 있다.

그런데 『사춘기』 이후 불과 몇 해만에 잇따라 나온 세 편의 위대한 걸작 즉 『대사들』, 『비둘기의 날개 The Wings of the Dove』, 그리고 『황금의 잔』에서, 제임스는 일반적이며 가장 강력한 자신의 도구인 이 서술 기술들을 도대체 왜 피하고 있는 것인가? 필자가 이 질문에 답변해 본다면, "정말로 정교한 예술작품"에서는 형식이 곧 의미가 되며 혹은 내용과 형식 간의 구별이 현저하게 붕괴된다고 주장할 만한 사례를 보여주는 일이 될 것이다.

먼저, 나는 『사춘기』의 서문에서 제임스가 주장한 모델들을 확인해야만 한다. 그 한 가지는 무대극이다. 1898년 가을과 겨울의 첫 주 동안에(p.xv), 그 소설이 처음 선보인『하퍼스 위클리*Harper's Weekly*』의 편집자들에게, 이 작품에 대한 계획을 적은 한 장의 다이어그램을 어떤 식으로 제시하였는지, 제임스는 서문에서 다소 슬픈 듯한 아이러니한 방식으로 독자에게 이야기하고 있다. 그는 당시에 편집자들이 자신이 이야기하고 있는 것을 아주 가벼이 보지 않았다는 사실이 희극적인 일이라고 회고한다.

나는 한 장의 종이 위에, 내가 거론한 정기간행물의 관리자를 위해 내 프로젝트를 스케치하면서 그려보았던 것을 기억한다 — 그리고 지금 내게 떠오르는 것은, 어쩌면 유대 신비주의의 효과처럼 불안하게 확장되어서는 다만 헛되이 옅어지게 되는 형상이다 — 간결한 하나의 원의 형상은 많은 작은 원들이 중앙의 한 대상으로부터 거의 같은 거리에 정렬, 구성되어 있다. 중앙의 그 대상은 나의 상황이자 본질적으로 나의 주체이며, 이것으로 인해서 주변상황들은 그것에 맞는 명칭을 얻게 된다. 그리고 작은 원들은 꽤 많은 뚜렷한 램프들을 재현한 것이다. 내가 그것들을 즐겨 일컫는 대로라면, 그것들 각각의 기능은 적절한 강도로써 중심대상의 측면들 중 하나를 비출 것이다. 나는 중심적 대상을 각각의 측면들로 분할하였다. 그것들이 그렇게 보이지 않던가? 그 작은 측면은 괴이하게 여겨질 것이다.(그럼에도 나는, 잠정적으로가 아니라, 그것을 대중적으로 사용해야 한다고 제안하고 있다) 그리고 우리는 그러한 표지로써 넘어서게 될 것이다.

각각의 내 "램프들"은 역사에 있어서 단일한 "사회적 범주*social occasion*"와 관련 인물들의 소통을 조명하게 될 것이다. 그리고 이 각각의 램프들은 의

문시되는 장면의 잠재된 색을 완전히 끄집어 낼 것이며 또한 마지막 한 방울까지 내 주제와의 관련성을 보여주도록 역할할 것이다. 나는 형상 그 자체, 정말로 완전한 장면의 것으로서 이와 같은 범주의 개념을 드러내었는데, 그것을 명명하기는 어려웠다. 한편, 나는 크고 충만한 원을 그리는 내 계획의 깊숙한 비밀 속에서 웅크리고 있었다. (pp.xvi · xvii)

독자들은 이 "램프들"이 여기서 의식의 중심들이 아니라 객관적으로 제시된 사회적 장면, 즉 화실에서 대화를 주고 받는 장면이라는 것에 주목할 것이다.

언뜻 보기에는, 제임스가 '초점화' 또는 '시점'과 유사한 또 하나의 비유로서 소설가의 방법들을 위한 독점적인 또 다른 시각적 비유를 독자에게 제시하고 있는 것처럼 보일 것이다. 그럼에도 조심스럽게 독해해 보면, 문제가 그렇게 단순하지 않다는 것을 알 수 있다. 제임스의 비유는 "비밀스러운" "유대 신비주의의" 혹은 게다가 "괴이한"이란 형용, 수사로서 명백히 전면적으로 제시된다. 제임스의 비유에서 어떤 것이 유대 신비주의적이며 비밀스러우며 괴이한가? 이러한 용어들은 비밀스러운 무엇인가에 관한 약호를 가리킨다. 그리고 그럼에도 어느 정도 익숙하지만 무시무시한 무엇인가, 즉 프로이트의 용어로 간단히 말하자면 "망령의unheimlich" 무엇인가에 관한 경험을 가리킨다. 많은 수식어로도 '중심적 대상'이라는 그의 '상황'을 명명하는 것이 불가능하다는 것에 신비스러움이 있다. 중심적 대상은 기괴한데 왜냐하면 그것은 영혼이나 망령 혹은 중심적 대상 그 자체의 분신으로만 단지 나타나며 결코 그것 자체 내부로부터나 혹은 그것 자체로서는 나타나지 않기 때문이다. 제임스는 몇몇 중세의 마법사처럼 "웅크리고는" 신비한 종이에 이러한 중심적 대상을 그림으로 그리면서 자신이 적어둔 것을 어디에서도 말하지 않는다. 그것은 어떠한 핵심이거나 또 다른 영역이었던가? 혹은 어떤 대상이나 다른 것들의 소묘였던가? 그는 말할 수 없기 때문에 말하지 못한다. 그는 그 대상 위에 다만 램프를 비추도록 할 수 있으며 그리고 그러한 방법을 통하여 하나씩 그것의 '측면들'을 드러낼 수 있을 뿐이다. 이러한 절차, 다시 말해 글자 그대로의 명칭을 지니지 못한 무엇인가의 비유적 명명을 위한 수사학적 명칭은 '카타크레시스(오어법誤語法, atachresis)'가 될 것이다. 제임스의 '범주들Occasions' 그 각각은 다른 방식으로는 명명될 수 없는 상황, 즉 명명되지 않은 중심적 대상을 뜻하는 '카타크레시스'이다.

게다가, "그것의 측면들 중의 하나를 적절한 밝기로 비추는" 하나의 '램프'로서 각각의 '범주'를 일컫는 것은 '초점화'의 비유와는 근본적으로 다르다. 초점화의 비유는 서술의 대상이 보여지고 있는 거기를 암시한다. 그것은 서술의 대상에만 초점에 맞추는 일이다. 대조적으로, 중심적 대상을 조명하는 '범주들'에 관한 제임스의 비유는 그 대상이 상당히 영원한 어둠 속에 있음을 암시한다. 즉 그 대상의 '측면들' 중의 하나인 그것은 다만 주어진 '범주'를 경유하여서만 조명될 수 있다. 제임스의 비유는 그 대상을 드러낸다기보다는 그 대상의 측면들을 드러내는 데에 수행적으로 기능하고 있다. '범주Occasion', 이 말은 발생한 무엇인가 혹은 우연한 사건이 되는 무엇인가를 명명한다. 이 말은 사라진 라틴어 **오키데레**occidere(과거분사 occasus)에서 유래한다. 램프와 초점자 사이의 이러한 차이는 거울과 램프에 관한 마이어 에이브럼스

Meyer Abrams([1953] 1971)의 유명한 구별과 유사한 측면이 있다. 에이브
럼스는 시적 언어의 준구성적 힘에 대항한 미메시스의 고전적 이론에
관한 거울을 설정하였던 것이다.

내가 '카타크레시스'를 말할 때, 이러한 범주들이, 문학적으로 보는
것의 문제가 아니라 제임스가 사용한 광학적 이미지에 의해 비유로 된
언어행위라는 함축적인 내 주장을 무엇이 정당화하는가? 그 대답은,
이 소설에서 제임스만의 엄격히 형식적, 일반적 규칙에 따라서, 이러
한 범주들이 몇몇 사회적 장면에서 주고받는 대화들로서 구성되고 있
다는 것이다. 각각의 범주는 무대 지시를 최소화하면서 대화에서 둘
또는 그 이상의 주요 인물들을 불러온다. 중심적 상황의 몇 가지 측면
들을 비추는 주어진 '램프'는 인물들이 말하는 무엇으로서 거의 독점적
으로 구성되며 이에 더해 서술자가 보도하는 인물들의 제스처와 동작
으로 이루어진다. '범주'는 다시 말해 따라다니는 보이지 않는 구경꾼
이 보았거나 들었던 무엇, 혹은 특별히 들었던 것들로 구성된다.

『사춘기』의 중심사상은 다음의 문장에 나타난다. "그녀의 어조의
반향이 반더뱅크의 바로 앞에 있는 관찰자에 의해 포착되었을 것인데
그것은 그의 대화자(난다)에 의해 포착되었을 가능성이 컸다. 그녀는
피상적이기는 하지만 그럼에도 그 자리에서 알아보았어야 할 필요가
있었다. ─ 그리고 이것이 그녀가 보여주었던 전부이다 ─ 그러나 그
녀는 디너를 기다리는 적절한 태도로 있었다"(p.389, 또한 다른 사례들로는
pp.148 · 238 · 269 · 400 · 424 · 449 · 514 · 535 · 536을 보라). 데이빗 허만David
Herman은, 아마도 다소 불필요할 정도로 미숙하거나 오도적이기조차
한 관점에서, 이것을 "직접 가설적 초점화" 혹은 "반사실적 초점

자"(Herman 1994 : 237)라고 일컫는다. 그는 이러한 것들로써 어떤 실제적 목격자도 존재하지 않았다고 나타내고 있다. 만일 우리가 진짜 일어났었던 사건들을 상상한다면 이것은 충분히 사실일 것이다. 물론, 전체 이야기가 정확히 일어나지 않았다는 의미에서 보면 그것은 "반-사실적"이다. 그것은 단지 그것을 뜻하는 말에서만 존재하는 것이다. 가설적 목격자는 독자를 위한 대리인으로서의 서술자이다. 이 서술자는 무대극을 조심스럽게 지켜보는 청중의 입장에 있는 것으로 상상된다. 이와 같은 관객은, 그 혹은 그녀가 해석하는 것으로 볼 때, 배우들이 말하는 것들과 그들이 행하고 보는 방식들에 한정되어 있다.

이것은 이 소설에 관한 제임스의 자발적 전략이었으며 그는 이 전략이 일반적인 자신의 방법과는 뚜렷이 다르다고 인식하였다는 것을 보여준다. 그리고 그것은 불가해한 중심적 대상을 둘러싼 신비스런 원 안에 정렬된 괴이한 작은 원들에 관한 다음의 서문단락에 의해 확인된다. 여기서 제임스는 자신의 모델이 무대극이었음을 명백히 말하고 있다.

그 개념의 아름다움이란 연극의 이어지는 장들의 형식을 각각 구별짓는 것과 유사하다. 이것은 매혹적 문구이상의 사례이다. 연극의 장에서의 신성한 구별 — 그리고 손쉽게 성공적으로 도달하는 다른 어떤 것보다 더 위대한 — 은, 내가 추론짓기로는, 특별하게 지켜진 객관성을 지닌 것이었다. 이러한 객관성은, 그것의 이상을 성취하였을 때에, 상정되기로 "배후 너머의" 것의 부재로부터 차례로 나타났다. 그리고 그것은 설명과 부연을 아우르면서 "단순한" 이야기화자의 위대한 보조 수품실로부터 잠동사니들을 끌어내어서는 환영을 보여주도록 한다. 그러한 환영은 당황스럽게 하면서도 똑같이 즐거움을 주는 어떤 것을 부정하도록 하는 원천이며 어떤 변화를 위해 계속되는 것이다. 그 문제에 있어서라면, 충만한 효과를 위해 긍정적으로 작용하는 그것과 같은 종류들의 법칙을 면밀히 고려하는 순간에 모든 것이 흥미롭게 된다. "종류들"이란 바로 문학에서의 삶이다. 그리고 진실과 힘은 종류들에 대한 완전한 인식에서 나오며, 종류들 각각의 의미를 보유한 최상의 풍부함에서 나오며, 그리고 종류들이 서로 일관성 있게 깊이 침투하는 것에서 나온다. "배후로 가는 것의" 이유에 관해, 내가 직접 내세워 말하기는 어렵지만, 말하자면 그것은 제 자리와 질서 속에 있는 옳고 아름다우며 풍요로운 것이다. 종류들을 혼돈하는 것은 고상함을 상실한 글과 어리석은 가치를 보여주게 된다. 마찬가지로 그러한 노선을 완전히 단념하고 아주 다른 무엇인가를 한다는 것은 진실한 과정과 효과의 매체를 또 다른 연관 속에 두는 것이 될 것이다. (p.xvii)

이것은 충분히 명확한 것처럼 보인다. 그러나 제임스가 "배후로 가는 것"을 단념하는 이유는 대체 무엇일까? 그는 왜 자신의 특별한 노선을 포기하는 것이며 그렇게 해서 자신이 이름을 얻을 만한 무엇을 포기하는 것일까? 그는 무대극과도 유사할 수 있으며 혹은, 누군가 말하기로는, 현명한 구경꾼에 의해 보여지는 것처럼 상상적 연극의 보도와도 유사한 어떤 소설을 쓰려고 시도하고 있는 것인가? 이러한 특수한 '내용', 이러한 '중심적 대상', 이러한 '상황', 이러한 '본질적 주체', 이러한 '주제'에 이러한 '형식'이 제임스에게 왜 특히 적절한 것으로 보여지는가? 이 경우는 아니기를 희망하지만, 그 대답은, 이 사례에서는, 형식과 내용 사이의 어떤 특수한 조화는 아마도 존재하지 못한다고 하는 것이다. 제임스는 다만 변화를 위해 다른 무엇인가를 시도하기를 원하였다. 이 소설은 『여인의 초상』 혹은 『대사들』이 씌어졌던 것처럼 씌어졌을 수 있었던 것이다. 제임스는 다만 극적 형식이나 장면적 형식을 실험하기만을 결정하였던 것이다. 일단 그가 그렇게 하기로 결심하였다면 종류들을 혼돈하지 않기 위해서 그는 엄격히 심미적이며 도덕적인 의무감으로 일관하여야 했다. 더구나, 누군가가 주장하였듯이, 제임스는 1895년에 올린 자신의 무대극 〈가이 돔빌Guy Domville〉의 실패로 인해 분노와 굴욕감 속에 빠져 있었다. 청중은 그 연극을 야유하였으며 막이 내려지고 제임스가 자리에 나타났을 때 그를 야유하여 무대 밖으로 퇴장시켰다. 특히나 그가 굴욕감을 느낀 것은 제임스의 극이 실패한 그때에 오스카 와일드Oscar Wilde의 〈이상적인 남편An Ideal Husband〉이 런던 근처의 다른 극장에서 굉장한 성공을 거두었기 때문이었다. 내가 방금 인용한 단락에 이어지는 서문의 글은, 뒤마Dumas와 입센(물론 와일드는 언급되지 않았지만)의 논의를 우회하여, 연극을 보는 영국의 대중이 단지 "유아적 지능"을 지녔다고 하는 화가 난 그의 방어적 공격이다(p.xviii). 제임스는 비밀스럽게 생각하였을 것이다, 나는 어떠한 세계 즉 내 전문 영역은 소설이지만 내가 무대극 "종류"에 관한 중요한 어떤 것을 할 수 있다는 것을 보여줄 것이다. 나는 와일드에게 갈 것이다. 그는 스캔들을 끌고 다니지만 어떻든 알고 보면 괜찮은 사람이거든.

그럼에도 제임스가 곧이어 주장한 다른 모델은 몇몇 다른 더 심오한 이유가 『사춘기』의 극 형식을 채택하도록 이끌었을 것임을 시사한다. 누구도 주목하였을 것 같지 않지만, 제임스는 말하길, 그는 "독창적이며 지치지 않으며 매력적이며 철학적인 '짚Gyp'(p.xii)"의 방법을 모방하고 있었다. 도대체 누가 짚이었던가? 내가 주변을 물어보며 알아낸 결과, 현대 프랑스 문학의 많은 전문가들도 그녀를 들어본 적이 없었다. 『사춘기』를 논의한 어떤 비평가도 이 선행한 단서에 관한 어떠한 자료도 추적해보지 않았다. 프랑스 혁명을 상당히 환기시키는 "짚"은 거의 믿을 수 없는 이름을 지닌 19~20세기 프랑스 작가의 익명이다. 그의 이름은 Sibylle Gabrielle Marie Antoinette Riqueti de Mirabeau Comtesse de Martel de Janville(1849~1932)이다. 이것은 농담이 아니다! 짚은 많은 소설들, 연극들, 그리고 기타 작품들을 쓴 저자였다. 그 모든 인물들 가운데 프레드릭 니체Friedrich Nietzsche가 또한 그녀를 굉장히 존경하였다. 니체는 『에케 호모Ecce Homo』에서 모델작가로서 그녀를 언급하고 있다. 니체가 특히 존경했던 것은 진짜 프랑스어를 명쾌하게 구사하는 짚의 소설들이 지닌 멋진 경제와 빠른 템포였다. 나 또한 이러한 것들을 존경하고 있다. 짚을 향한 공유된 찬탄이, 내가 알고 있는 바로는, 제임스와 니체 사이의 유일하고 명백한 연관물이다.

짚이 정한 "가장 행복한 형식"은 소설 속 대화의 사용으로서 그것은 서사적 논평 혹은 "배후로 가는 것"이 거의 전부 필요없는 것이다. 예를 들어 "쉬퐁Chiffon이 말하였다"처럼, 짚은 "말하였다"를 동반하여 단순히 인물의 이름을 부여하는 것으로써 종종 화자를 가리키고 있다.

제임스가 일컫기로, 『사춘기』에서의 "짚의 흔적"(p.xiv)은 그가 이 작품을 위해 선택한 극적 형식이 적절하다는 것을 보여준다. 왜냐하면 이 소설은 예를 들면 『쉬퐁의 결혼Le mariage de Chiffon』(1894)처럼 짚의 소설과 같은 형식일 뿐만 아니라 내용상으로 상당한 관련을 지니기 때문이다. 이 소설은 『사춘기』와 유사한데 제임스는 그것의 1985년도 판본을 읽었을 가능성이 있다.

정확히 무엇이 『사춘기』의 '내용'이며 '상황'이며 '주제'였던가? 제임스는 서문에서 무엇이 발생하는지 어린 소녀의 결혼적령기가 언제인지에 초점을 맞추어 설명하고 있다. 그것도 일층으로 내려가 어른들의 대화를 처음 듣는, 특별히 영국 사회사의 "미성숙한" 때에 초점을 맞추고 있다. "사춘기"란 말은 단지 사춘기 시기뿐만 아니라 소설의 배경인 역사적 과도기의 순간을 뜻하기도 한다. "사춘기"란 "세기의 비늘le fin de siè cle"의 또 다른 이름인 것이다.

사춘기에 미성숙한 것이 무엇이냐 하는 것은 지금의 독자들에게는 거의 익살맞은 표현처럼 여겨질 것이다. 역사적으로 상상하는 행위는 진지하게 그것을 취하도록 요구하고 있다. 당시에 소녀들은 여전히 성에 관한 사실들에 전적으로 무지한 채 자신들의 결혼 침대로 가는 것으로 간주되었다(소설 속에는 무엇인가가 있었을 것임에 틀림이 없지만). 동시에, '대화', 제임스가 일컫기로는, 중상류층의 화실의 대화는 점점 더 자유스러워져가고 있었다. 어린 소녀들은 그 대화를 엿듣는 것이 차츰 허용되고 있었다. 브루컨햄 부인Mrs. Brookenham의 '사교 모임'의 대화는 자신들이나 그들이 알고 있는 사람들의 성적인 비행에 관한 상념들에 거의 전적으로 초점이 맞추어져 있었다. 궁지! 아포리아! 사회적 실상은 결혼하기를 희망할 수 있는 결혼적령기의 미혼 소녀의 몸뿐만 아니라 정신에도 필요한 처녀성에 관한 구식의 가정들과는 전혀 다르게 작용하고 있었다.

제임스는 유럽 대륙이나 미국, 혹은 영국의 상황을 조심스럽게 구별

짓고 있다. 미국에서 이와 같은 대화는 일어나지 않으며 혹은 실지로, 제임스가 보기에는, 흥미로운 것이면 무엇이든 어떠한 대화도 가능하다. 프랑스나 이태리에서 이러한 대화는 일어나지만 미혼의 젊은 여성은 그것으로부터 조심스럽게 격리된다. 『사춘기』의 여주인공, 난다 브루컨햄Nanda Brookenham은 너무 일찍 내려와서는 어머니의 화실과 그 밖의 장소에서의 모든 대화들을 듣게 된다. 그녀는 예를 들면 최근에 결혼한 친구, 티쉬 그레돈Tishy Gredon과 함께 시간을 보낸다. 그런데 그 친구는 남편이 자신을 배신할까봐 두려워하고 있다. 난다는 성, 특히 불법적 성에 관한 것들도 모두 알게 된다. 따라서 그녀가 놀랍도록 매력적이며 지적이라고 할지라도, 짚의 쉬폰과도 흡사하게, 그녀는 자신의 특수한 공동체나 '사교 모임'에서는 결혼할 수 없도록 되어버린다. 그런데 쉬폰은 또한 성에 관해서도 그렇지만 자신의 손위형제들의 성적 비행에 관해서도 모든 것을 알고 있다. 그러나 이것이 해피엔딩을 방해하지는 않는다. 쉬폰은 소설의 결말에서 부자인 "마크Marc 아저씨"와 약혼하며 그리고 아마 이후에도 행복하게 살아갈 것이다.

　『사춘기』의 핵심사건은 반더뱅크가 난다 브루컨햄과 결혼하기를 암묵적으로 거절한다는 것이다. 난다의 할머니를 사랑했으며 그녀로부터 거절당했던 그 고장의 부유한 할아버지, 롱던Longdon 씨가 반더뱅크가 난다와 결혼한다면 신부지참금 형식으로 그에게 큰 유산을 약속했을 때에도 반더뱅크는 이를 거절하고 있다. 그는 이러한 기회를 왜 단념하는가? 그의 단념은 제임스가 그로 하여금 이처럼 정형을 벗어난 형식을 선택하도록 한 것과 어떻게 관련되는가?

　나는 이러한 질문들에 몇 가지 대답을 제시할 것인데 이 모든 것은 +

텍스트의 인용으로써 지지될 것이다. 결국 우리가 가질 수 있는 모든 증거는 텍스트이며 이에 더하여 서문이나 노트의 한두 개 목록 그리고 편지글의 진술이 될 수 있을 것이다. 서문이나 노트의 목록 및 편지글은 대체로 오도적이지 않겠지만 그렇게 될 수도 있으며 혹은 자율적인 것이겠지만 그렇지 못할 수도 있다. 험프리 워드Humphry Ward 부인에게 쓴 편지에서, 제임스는 그녀에게 말하길, "저는 '카사마시마 공작부인The Princess Casamassima'의 좌측과 우측 그 '배후로 갑니다', '보스턴 사람들The Bostonians'은 (…중략…) '사춘기'에서 제가 계속해서는 '결코 할 수 없었던' 꼭 그러한 방식입니다(즉, 거짓되고 한정된 '겉모습'을 제외하면, 여기저기서 '조금씩' 그것을 하면서도, 저는 설명할 시간을 갖지 못하였습니다)"(James 1974~84 vol. 4 : 110). 글쎄, 이 증거는 무엇을 보여주는가?

누군가는 반더뱅크가 난다와 결혼하였더라면, 짚의 『쉬폰의 결혼』에서 쉬폰이 마크 아저씨와 결혼하게 되듯이, 그것이 제임스 소설에서는 거의 보편적 법칙을 거슬렀을 것이라고 말하기 시작할 것이다. 이 법칙은 단념이 거의 모든 그의 소설의 마지막 행위임을 말하고 있다. 그의 소설과 이야기들은 거의 모두가 포기하는 것으로 끝난다. 이러한 포기는 항상은 아니더라도 아주 종종 보통의 결혼이나 이성간의 성적 관계에서 일어난다. 『대사들』에서 스트레쳐는 마리아 고스트리Maria Gostrey가 그녀자신을 제안한 것을 거절한다. 『애스펀의 서류The Aspern Papers』의 이름 없는 서술자는 비록 티나 양Miss Tina과의 결혼이 자신이 돈을 얻을 수 있는 유일한 방법이었음에도 그녀와 결혼하기를 거부한다. 이사벨Isabel은 『여인의 초상』에서, 그녀가 길버트 오스몬드Gilbert Osmond로부터 도망하고자 한다면 불성실한 그와의 불행한 결혼으로부터 그녀를 해방시켜 주겠다는 캐스파 굿우드Caspar Goodwood의 제안을 거절한다. 케이트 크로이Kate Croy는, 『비둘기의 날개The Wings of the Dove』에서, 비록 일찍이 머튼 덴셔Merton Densher에게 자신을 영원히 바치겠다고 맹세하였음에도 불구하고 그와의 결혼을 거절한다. 케이트가 말하기로, 덴셔는 "그녀와의(밀리Milly와의) 추억을 너무나 사랑한 나머지"(James 1976~9 책20 : 404) 밀리의 돈을 취하지 않을 것이며 그리고 케이트와 결혼할 것이다, 이것은 케이트가 추정한 상황이었다. 제임스의 소설에 익숙한 독자는 어느 정도든지 간에 반더뱅크를 향한 난다의 열정이 불만족스러운 채로 남게 될 것이라고 기대할 것이다. 예리한 독자는 '포기'와 '희생'이, 제임스가 서문에서 자신의 결정을 규정짓기 위하여, 이 경우에는 '배후로 가'지 않기 위하여 사용하는 단어들임을 알아차렸을 것이다. 제임스에게 있어서 소설적 형식은 항상, 희생의 문제, 아주 끊어내는 문제, 포기나 거절의 문제이며, 이것은 아무렇게나 되어가는 것을 피하기 위한 것이었다. 그러나 『사춘기』에서, 그는 자신에게 특히 친숙하며 자신의 다수 작품들에서는 본질적인 어떤 절차를 희생하고 있다. 이러한 희생은 형식이 주제와 부합되어야 한다는 법칙에 따르기 위해서는 필연적인 것이었다.

이와 같은 특별한 경우에 주요 주인공은 왜 거절하도록 결심하는가? 이 소설에서 다양한 세부에 의해 암시되는 하나의 대답은 제임스 자신처럼 반더뱅크가 결혼하는 부류가 아니라는 것이다. 또한 그는 아마도 게이일 것임이 명백히 또한 조심스럽게 제시되고 있다. 나는 2004년 5월 몬트리올에서 개최된, 제임스를 주제로 한 학회에서 많은 논문들이 '퀴어 이론'의 분과학문 내에 있음에 주목하고 있다. 제임스의 글쓰기에서 숨겨져 있다고 할지라도 그들은 그에게 추정된 퀴어성과 그러한 각인과의 관련문제를 연구하였다. 브루컨햄 부인은 『사춘기』의 한 지점에서 반더뱅크를 향한 딸의 사랑이 실망스럽게 될 운명임을 알고서 단호하게 말하고 있다. "불쌍한 내 어린 것! …… 그는 결코 단호하게 하지는 못할 거야. 그리고 느껴지는 바로는 '내'가 그랬듯이…… 다만 그럴 수밖에 없겠구나. 너도 그렇게 보지 않니? 그녀를 구하고자 하는 것이라고"(p.91). 공작부인은 브루컨햄 부인에게 아내감을 찾는 것을 의미하며 묻는다, "반더뱅크 씨가 찾고 있는 것은 무엇이지요?" 브룩컨햄 부인은 대답하길, "오, 유감이지만 '그는' 아무런 이유없이 불쌍하군요!"(p.62). 또 다른 곳에서 그녀는 반더뱅크에게 그로부터 낸다를 보호해야만 한다고 말하며 그 이유를 말하고 있다, "'…… 그들이 당신에게 의지한다면, 그들은, 나의 친애하는 반Van, 어떤 비어 있는 존재에 의지하는 것이다.' 부드럽고 낮은 음성을 타고난 그를 잠시 생각하면서 그녀는 슬프지만 단호하게 자신의 머리를 흔들었다, '너는 할 수 없을 거야'"(p.295). 반더뱅크가 "비어 있다"는 것은 그가 이성적 욕망을 느낄 수 없기 때문일 것이다.

반더뱅크는 다른 인물들에게 "신성한 공포"(예를 들면, p.308)를 불어넣는 것으로 반복적으로 이야기되었다. 이것은 아마도 그가 탁월한 정신을 지니고 그들의 바깥에 있으면서도 그들 너머에 있기 때문이다. 아마도 그는 대다수의 인물들에게 동기를 부여하는 이성애적 사랑의 소통에 참여하고자 하는 소망이나 능력을 가지지 않았을 것이다. 가장 따뜻하고 가장 자연스러운 우정과 소설에서 주고받는 대화들은, 들리기에는, 틀림없이 남자들 사이의 것이다. 그것들에는 종종 반더뱅크가 개입되어 있는데 예를 들어 롱던 씨와 반더뱅크가 함께 있는 시작 장면이나 혹은 반더뱅크와 밋치Mitchy가 함께 하는 장면을 들 수 있다. 자발적으로 서로의 애정과 긴장감을 푸는 따뜻함 혹은 소위 '호모사회성'에 관한 많은 것들이 이 장면에 나타난다. 대조적으로 반더뱅크는 브루컨햄 부인(자신을 위해서 그를 원하는)과 난다(또한 그를 원하는) 둘 다를 늘 불편해 하며 당황스럽게 여긴다. "감히 그것을 명명할 수 없는 사랑"에 관한 다소 명백한 언급이 한 곳에서 나타난다. 롱던 씨와 반더뱅크가 난다와 결혼한다면 그녀에게 큰 유산을 주겠다는 롱던 씨의 제안을 의논하고 있었을 때 반더뱅크는 어느 지점에서 말한다, "글쎄! 우리는 서로를 가치 있게 여긴다. 그리스인이 그리스인을 만날 때—!(p.265). 글쎄, 그리스인이 그리스인을 만날 때 그러고 나서 오랜 속담이 단언하듯이 쟁탈전Tug of War이 올 것이다. 한편, '그리스식 사랑'은 또한 동성애를 의미하는, 세기의 지느러미에 놓인 하나의 약호명이었다.

이것은 굉장히 만족스러운 대답이다. 그것이 만족스러운 이유는 은밀한 동성애를 통하여 제임스의 모든 것을 설명하는 현재 유행하는 경향과 일치하기 때문이다. 또한 그것이 만족스러운 것은 제임스는 옷장 밖으로 결코 나오지 않았기 때문에 그는 '그리스인'이 알아차릴 만한 방식으로 그것을 암시하면서 함축적으로 반더뱅크의 거절을 설명하는 아주 당연한 이유를 보여주었기 때문이다. 이것은 행복한 설명이 될 것인데 그 이유는 제임스가 이 소설을 위해 '짚 형식' 다시 말해 그가 자신의 인물들의 발화와 드러난 행위의 '배후에 가'지 못하도록 하거나 혹은 그들의 비밀스러운 욕망과 혐오를 직접적으로 누설하지 못하도록 하는 형식을 왜 선택하였는지를 설명해주기 때문이다. 이러한 형식을 선택한 것은 반더뱅크(그리고 제임스 자신)가 옷장 속에 안전하게 있도록 하면서, 한편으로 그가 브루컨햄 부인과 같은 사람들 속에서 동성애의 결과들에 관하여 숨기거나 혹은 비밀스럽게 쓰는 것이 허용되도록 만들고 있다. 이러한 설명을 하려 애쓰는 것은 또한 제임스를 '바깥으로' 끌어내려는 어느 정도 외설적 욕망을 만족시킨다. "보라, 여기에 또 한 사람이 있다!" 의기양양한 비평가는 외친다.

단지 한 가지 문제가 이렇게 솔깃하게 제공된 만족스러움을 받아들이는 것을 방해하고 있다. 즉 이러한 결론에 거스르는 많은 증거들이 소설의 안과 바깥에서 인용될 수 있는 것이다. 인용들에 기초를 두고서 강력한 사례들이 반더뱅크가 온전한 이성애자임을 주장하도록 만들어질 수 있다. 즉 그는 자존심이 지나치게 강하고 윤리적으로도 올곧으며 평생의 부채를 받아들이는 일 즉 롱던 씨에 의해 자신이 매수되기를 허용하도록 하는 제안을 받아들이기를 꺼리는 것이다. 혹은 그가 자신의 행운을 의미하는 사회적 약호를 받아들인다고 해도 난다는 성에 관해 지나치게 많이 알고 있으며 그 이상의 것을 알고 있기 때문에 그녀가 좋은 사람인 줄은 알지만 받아들일 수 없었을 것이라고 주장될 수 있다. 즉 그녀는, 자기자신을 일컫길, "온갖 것이 흘러 관통하는 일종의 작은 배수관"(p.358)이라고 말하고 있는 것이다. 제임스가 공책에 쓴 이 소설을 위한 최초의 주석은 독해를 지지한다.

그녀를 좋아하는 한 젊은이 ─ 그는 그녀가 그 상태로부터 빠져나오기를 바란다 ─ 는 그녀가 어느정도로 노출되었는지 기타 등등…… 을 감지하고 있다. 젊은이는 주저하는데 그것은 자신이 생각하기에 그녀가 이미 너무 많이 알고 있기 때문이다. 그가 주저하고 있는 시간 동안에도 그녀는 점점 더이상의 것을 알아가고 습득하고 있을 것이다. 그는 그녀가 얼마나 많이 알고 있는지를 상당부분 발견하고는 그것에 끔찍해하면서 그녀를 떨구어버린다. 그녀는 어떤 순진함도, 그가 느끼기로는, 찾기 어렵게 된 것이다. (James 1987 : 118)

이 주석에서 "신성한 공포"는 반더뱅크의 편에 있다. 반더뱅크는 "알고 있는" 젊은 미혼여성에게 "공포감을 느끼다." 그런데 난다 또한, 감동적인 한 장면에서 반더뱅크에게, 그가 자신에게 규정할 수 없는 공포감을 준다고 말하고 있다. 그가 그녀에게 자신에게서 두려워하는 것이 무엇인지를 구체적으로 말하도록 요청할 때 그녀는 말한다, "몰라요. 공포는 공포예요"(p.212).

물론 제임스는 이 소설을 쓰게 되었을 때 자신의 마음을 바꾸었을 수도 있다. 혹은 그가 하고 있는 것이 무엇인지를 알지 못하였을 수도 있다. 다시 말해 그가 의도하지 못하고 그렇게 퀴어 소설을 썼었을 수도 있는 것이다. 그럼에도 반더뱅크가 느낀 "신성한 두려움"은 이 구절이 이 소설에 처음 나타났을 때 오해의 여지없이 여성의 욕망을 유혹하는 성적인 반짝임으로서 규정되었다. 밋치와 반더뱅크가 반더뱅크를 향한 난다의 열중과 밋치를 거절한 일을 이야기하고 있을 때 밋치는 반더뱅크를 향하여 말한다, "위대함에서 비롯한 신성한 두려움. '그것'을 바깥으로 끄집어낼 수 있는 사람은 바로 당신이예요"(p.308). 이것은, 이 문맥에서, "신성한 두려움"이 반더뱅크의 숨겨진 호모섹슈얼을 가리키는 것이 아니라 그의 이성애적 매력을 언급하는 것으로서 충분히 명확하게 말하는 것처럼 보인다. 난다와 롱던 씨 사이의 절정 장면에서 그녀는 그의 시골집에서 함께할 것을 동의한다. 그런데 그녀는 반더뱅크가 적어도 그녀가 이해할 수 있도록 이유들을 명확히 밝히면서 거절한 일을 변호하고 있다. 즉 그녀는 롱던 씨에게 그녀가 반더뱅크가 생각하는 그대로의 자기자신이라는 것을 절대적으로 이해시키고 확신시키고자 하는 것이다. 즉 그녀는 반더뱅크의 거절은 정당화된다고 주장한다, "끔찍하게 불가능한 사람이 바로 저예요, 그리고 제 자신의 불가능함으로써 다른 모든 것을 덮어 가렸던 사람도 저예요"(p.541). "저는 그처럼 저'예요'", 그녀는 말한다. 그리고 롱던 씨가 "무엇처럼?"이라고 되묻자 그녀는 말한다, "그가 생각하는 무엇처럼요"(p.543). 다시 말해, 소설이 명확히 하는 무엇이란 너무 많은 것을 알고 있으며 따라서 전통적인 결혼서약을 말할 수 없는 젊은 미혼 여성이라는 것이다. 당시에는 "작용하지 못하는 공동체" 내에서 이러한 변칙수행적 발화행위가 이루어진 사실을 제외하고 본다면, 그녀가 알고 있는 것들이 자신이 수행할 수 있는 힘을 불가능하게 만드는 것이다. 그와 같은 발언들은 효력이 미치는 공동체 조항들에 근거해 있을 수는 없는 것이다. 그러한 발화행위의 사례로는 롱던 씨와 영원히 살겠다는 난다의 약속을 들 수 있다.

나는 『사춘기』가 말하자면 의미상으로 "결정지을 수 없는 것"이라고 결론짓는다. 이 이야기가 제기하는 기본적 질문, 이 경우에는 반더뱅크가 난다와 결혼하기를 왜 거절하는가 하는 질문에 있어서 양립할수 없으며 모순된 일련의 답변들이 제시될 수 있다. 각각은 인용들에 의해 지지될 수 있지만 그럼에도 어떤 결정적인 증거도 이것들 사이에서 승인할 수 있는 선택권을 주지는 못한다. 한 가지 독해에 따르자면 반더뱅크의 거절은 그의 숨겨진 동성애로부터 발생한다. 다른 독해에 따르자면 그의 거절은 그가 매수되기에는 지나치게 자존심이 강한 것으로부터 기인하며 또한 성에 관해 지나치게 알고 있는 난다에 대한 혐오로부터 기인한다. 나는 『사춘기』의 올바른 독해는 이 작품의 결론으로서 이와 같은 비결정성에 도달하는 것이라고 주장하고 있다.

 "작용하지 못하는 공동체"란 나의 구절은 그 이름을 지닌 장-뤽 낭시Jean-Luc Nancy(Nancy 1991)의 책을 암암리에 가리킨다. 작용하지 못하는(혹은 작동되지 못하는) 공동체는 서로서로를 전적으로 이해할 수 없는 특이성들의 집합으로 이루어져 있다. 이러한 집합은 다수의 전제들을 공유하기 때문에 서로가 유사하며 또한 서로를 이해하는 개인들이 모인 전통적 공동체 내에서는 함께 모여 있을 수가 없는 것이다. 다수의 빅토리아 소설들에서 상정되는 공동체의 종류인 『사춘기』의 전통적 공동체가 붕괴되는 단적인 증거는, 오스틴J. L. Austin(1962)의 발화행위 이론에 의해 찾아볼 수 있다. 그것은 공고한 제도들을 지닌 공동체의 존재에 의한 보증된 발화행위들 일체가 이 소설에서는 빗나가고 있으며 혹은, 오스틴의 표현으로는, "부적절한" 경향이 있다는 것이다. 많은 빅토리아 소설들은 공동체의 제제를 받으며 이를테면 결혼식에서 "제가 그러겠습니다"라는 "적절한" 서약으로써 끝맺고 있다. 이러한 행복한 결혼이 남자주인공과 여자주인공을 결합시킨다. 그 결혼은 다음 세대 즉 결혼으로 태어날 아이들에 대한 유산이나 소유권을 물려주게 된다. 이러한 어떤 종류의 것도 『사춘기』에서는 일어나지 않는다. 이 소설은 그들의 결혼서약을 배반하였거나 혹은 그렇게 할 것 같은 사람들로 가득 차 있다. 그것은 세기의 비늘, 영국문화에서의 결혼의 붕괴에 관한 소설로서 기술될 수 있을 것이다. 말하자면, 반더뱅크는 롱던 씨가 그에게 제공한 계약이나 규약에 서명하지 않을 것이다. 그리고 난다는 결혼하지 않은 채 죽게 될 것이다.

『사춘기』에서 공동체의 이러한 붕괴는 빅토리아 소설의 일반적 형식의 붕괴와 일치하고 있다. 소위 전능한 서술자는 대부분 이와 같은 스토리를 말하고 있다. 조지 엘리엇George Eliot의 소설이나 앤서니 트롤럽Anthony Trollope의 소설에서 보듯이, 서술자는 공동체의 집합의식을 위한 대변인이다. 또한 서술자는 독자를 위해 인물들을 해석할 수 있다. 그는(혹은 그녀나 그것은) 스토리의 의미에 관한 현명한 주석을 말할 수 있는 것이다. 그리고 이 같은 주석은 독자의 이해와 평가를 안내하게 된다. 서술자는 인물들의 의식에서 가장 깊숙한 곳을 통과할 수 있으며 주어진 순간에 인물들이 생각하고 느끼는 바로 그것을 자유간접화법으로 독자에게 보도할 수 있다. 이것은 니콜라스 로일Nicolas Royle이 타당하게 명명한, 일종의 기이한 텔레파시에 의해서 이루어지는 것이다(Royle 2003 : 256~276).

모든 것이 『사춘기』에서 거의 완전히 사라졌다. 어떤 것도 배후로 가지 않고 있다. 모든 것을 설명하고 집합적 지혜를 대변할 어떤 현명한 전능한 서술자도 없다. 자신의 소설들에서 이야기되는 스토리들과 관련하여 서술자의 개입을 최소화하여 한 행씩 번갈아 대사를 말하는 짚의 형식을 활용하여 만들어낸 특질이 무엇이든 간에, 그것은 제임스가 입센Ibsen의 형식 혹은 짚의 형식을 채택하고 변화시킨 『사춘기』의 형식이며 그것은 작품의 내용과 일치하고 있다. ㄱ 내용 혹은 중심적 대상 혹은 상황은 19세기 말 중상류층 영국에서 "작용하지 못하고 있는" 공동체라는 매우 포괄적 용어로서 규정될 수 있다.

『사춘기』의 독자들은 어떠한가? 그들은 공유된 경험을 지닌, 은밀하게 흩어진 그들만의 공동체를 형성하고 있지는 않는가? 최근, 이 소설에 관한 상당히 많은 훌륭한 논문들이 씌여졌던 것은 사실이다. 서로간에 아주 날카롭게 불일치하지 않는다면 그것들은 소설이 어떤 공동체를 만들었다는 증거로서 취해질 수 있을 것이다. 제임스가 속한 시대에서는 어떻든 그와 같은 공동체는 존재하지 않았다. 제임스는 결혼에 관한 어떠한 희망도 포기한 난다의 슬픔만큼이나 애처롭게 고백하고 있다. 그리고 그는 자신의 작품이 얼마나 팔리는지에 관한 소식을 헛되이 기다렸다. 이후에 소설을 책 버전화한 출판업자는 그로부터 질문받고서 알려주었던 일을 씁쓸하게 기록하고 있다. "'나'는 이 책이 아무것도 말한 것이 없다는 것이 유감스럽다. 나는 내 모든 경험을 통틀어, 이보다 더 일반적이며 완전한 경멸로써 다루어진 작품을 결코 본 적이 없다"(p.xv).

8

서사론과 문체론은 서로를 위해 무엇을 할 수 있는가

단 쉔Dan Shen

스토리story와 담론discourse의 서사론적 구별은, 표면적으로 보면, 내용content과 문체style의 문체론의 구별과 조화를 이루는 것처럼 여겨진다. 통상적으로, '담론'이 "어떻게 스토리가 이야기되느냐" 하는 것이라면, '문체'는 "어떻게 내용이 제시되느냐" 하는 것이다. 그러나 나는 이 글에서 ① 표면적 유사함이 본질적 차이를 은폐하고 있음을 주장할 것이다. 그리고 ② 그러한 차이는, "서술이 어떻게 제시되느냐" 하는 문제에서 서사론적 접근과 문체론적 접근을 아우른 통합적 방식을 요구하며 나는 이 글에서 그러한 접근법의 가치에 관해 입증할 것이다. 구체적으로, 나는 어니스트 헤밍웨이Ernest Hemingway의 단편을 분석하면서 상호 학문적 접근법에서 결과한 중요한 사실들을 보여줄 것이며 또한 나아가 미래의 연구를 위한 제안들을 제공할 것이다.

'담론'과 '문체'의 차이들

서사론의 '담론'과 문체론의 '문체' 사이의 관계는 표면적으로는 유사성을 보여주면서도 본질적인 차이를 보여준다. 왜냐하면, 담론은 주로, 엄격히는 언어학의 문제들을 넘어서는 제시 양식들과 관련되며, 그리고 문체는 일반적으로 좁게 볼 경우 언어의 선택들과 관련되기 때문이다. 스토리와 담론의 서사론적 구별방식은 "무엇이" 이야기되느냐와 "어떻게" 이야기를 전달하느냐 사이의 것이다(Chatman 1978 : 9; Shen 2001 · 2002). 유사하게, 내용과 문체에 관한 전통적 문체론의 구별방식 또한 "무엇을 말해야 하느냐"와 "어떻게 그것을 말하느냐" 하는 것이다(Leech & Short 1981 : 38). 이와 관련하여 로저 파울러Roger Fowler는 『언어학과 소설Linguistics and the Novel』에서 쓰길,

> 프랑스인은 문학적 구조의 두 가지 층위를 구별짓는데 그것은 그들이 '**스토리**histoire'와 '**담론**discour', 스토리와 언어라고 일컫는 것이다. 스토리(혹은 플롯)와 소설구조상의 다른 추상적 요소들은 언어학 이론과의 유추로써 정해진 범주들의 관점에서 논의될 것이다. 그러나 언어학의 '직접적' 관심사는 확실히 '담론'의 연구에 있다. (Fowler[1977] 1983 : xi, 강조는 원문)

그러나 사실상, 프랑스 서사론의 '담론'은 파울러가 문체론의 '문체'에서 "소설에 적합한 언어"(위의 책)로서 일컫은 것과는 대체로 상당히 다르다. 그 두 가지는 중첩적으로 한정되면서도 구별되는 함축적인 경계가 있다.

서사론의 담론에 관한 가장 영향력 있는 저서로는 제라르 주네뜨 Gérard Genette의 『서사담론』([1972] 1980)을 들 수 있다. 이 책은 '담론'을 세 가지 기본 범주로 분류하고 있다. 그것은 시제(스토리 시간과 담론 시간 사이의 관계), 무드(서술 재현의 형식과 정도), 그리고 목소리(서사행위 그 자체가 서사에 연관되는 방식)이다. 첫 번째 범주, '시제'는 질서와 지속과 빈도라는 세 측면으로 구성된다. '질서'의 관점에서 보면(스토리 사건들의 연대기적 순서와 재배열된 사건들의 텍스트상 순서 사이의 관계) 미세구조적 층위와 거시구조적 층위 둘 다에서 분석이 행해진다. 미세적 층위에서 분석의 대상은 짧은 에피소드로서 그것은 스토리 시간에서의 입장 변화에 따라서 시간적 순서에 따른 단락들로 분류된다. 그럼에도 주네뜨의 주관심사는 거시적 층위에 있으며 이 층위에서 프루스트Proust의 『잃어버린 시간을 찾아서Recherche』는 열두 개의 시간적 절들로 나뉘어지며 그중 일부는 이백 페이지 이상 지속된다. 이와 같은 추상적 수준에서 분석이 행해질 때 언어학적 특질들은 단순히 무관한 것이 된다.

서술질서에 관한 논의에서, 주네뜨는, 다양한 종류의 '시간교란' 즉 회상analepsis(과거회상)과 예상prolepsis(미래삽입)과 같이 스토리와 담론이라는 두 가지 질서의 불일치함에 초점을 맞추고 있다. 이와 같은 시간교란들은 한 가지 유일한 예외를 지니며 문체론의 관심사 바깥에 놓여지게 된다. 그 예외는 일명 거두절미하고 시작하는 것(스토리의 중간부터 시작하는 것)으로서 종종 한정적 표현들의 사용과 관련되어 있다. 적절한 사례로는 헤밍웨이의 『프랜시스 매컴버의 짧고 행복한 삶The Short Happy Life of Francis Macomber』의 첫 번째 문장을 들 수 있다. "지금은 점심시간이었다. 그리고 아무 일도 일어나지 않은 것처럼, 정찬 천막에서 그the 진덧물 한 쌍이 날아다니는 아래에 그들은 모두가 앉아 있었다." 즉 어떤 선행사도 없이 "그들은"과 정관사 "그the"를 사용하고 있으며 그리고 "지금"보다 앞서 일어난 무엇인가를 언급하고 있다. 그리고 이것은 헤밍웨이가 중간부터 이야기를 시작한다는 것을 전적으로 가리키고 있다.

지오프리 리치Geoffrey Leech와 마이클 쇼트Michael Short는 소설 문체론에 관한 세미나 연구, 『소설의 문체Style in Fiction』에서 미세구조 층위의 장면구성에 상당한 주의를 기울였다. 그들은 세 가지 종류의 장면 구성 즉 제시적 장면, 연대기적 장면, 그리고 심리학적 장면의 구분을 제공하고 있다(1981 : 176~180 · 233~239). 연대기적 장면구성의 한 가지 사례로는, "그 외로운 방랑자는 자신의 말에 안장을 채워 탔으며 그리고는 일몰 속으로 타고 가버렸다"(앞 문장에 대하여 "그 외로운 방랑자는 일몰 속으로 타고 가버렸다, 자신의 말에 타고 안장을 채워서는")를 들 수 있다. 이것은 분명히 구문론적 질서의 문제인 것이다. 심리학적 장면구성의 적절한 사례로는 다음의 단락을 들 수 있다.

가브리엘Gabriel은 다른 사람들을 현관까지 배웅하지는 않았으며…… 한 여자가 또한 그늘진 앞쪽의 맨 위쯤에 서 있었다. 그는 그녀의 얼굴을 볼 수 없었다. 그러나 그는 흑백의 그림자를 드리우는 그녀의 스커트에서 테라코타 인형과 연어빛 분홍 장식들을 볼 수 있었다. 그녀는 아내였다. (제임스 조이스James Joyce, 『죽은 자들The Dead』, Leech & Short 1981 : 177)

여기서 독자들은 "가브리엘과 함께 있는 것처럼 보인다, 그는 보이지 않는 얼굴 즉 그늘 속의 모호한 형상이 있는 쪽 계단을 올려다보고 있다…… 조이스가 자신의 세 번째 문장을 '자신의 아내가 서 있었다……' 로 시작했더라면 심리학적 장면의 효과는 무화되었을 것이다"(Leech & Short 1981 : 177 · 178). 이것은 본질적으로 저자가 특수한 관점을 반영하면서 말을 선택하는 문제이다. 리치와 쇼트가 미시적 차원에서 선택한 사례들이, 일반적으로, 다만 시간상의 관점, "지금"으로써 장면 제시의 모드 속에 있다는 것은 주목할 만한 일이다. 이러한 사례들은 다시 말하자면, 과거, 현재, 미래라는 다른 시간적 관점에 관한 재질서화를 개입시키지 않는다. 즉 그것들은, 다른 효과를 창조하기 위해서 언어를 활용하는 다양한 방식들을 문제삼고 있는 것이다.

'담론'에 관한 두 번째 시간적 측면은 '지속'(서술 속도)으로서 이것은 사건들의 실제 지속과 텍스트의 분량의 관계에 의해 규정된다(Genette 1980 : 87 · 88). 프루스트의 『잃어버린 시간을 찾아서』는 "세 시간 동안을 150페이지로 쓰는 것에서부터 아주 대략적으로 12년 동안을 세 줄로 쓰는 것, 또는 일 분을 한 페이지에 쓰는 것에서부터 한 세기를 한 페이지에 쓰는 것에 이르는 "다양함의 영역"을 보여주고 있다"(Genette 1980 : 92). 이것은 확실히 언어적 특질과는 별도의 변화의 종류이다. 서사는, 주네뜨의 관점에서, "시간교란 없이는 있을 수 있지만, 사람들이 **리듬**의 효과를 선호한다고 할 때(아마도 그럴테지만) 연대기의 불균등함 곧 가속화나 감속이 없이는 존재할 수 없다"(pp.87 · 88, 강조는 원문). 서사론자들이 연구한, 이와 같은 서사 '리듬'(정상 속도, 가속화, 감속, 생략, 휴지)은, 문체론자들이 관심을 지닌 언어적 리듬과는 본질적으로 다른 것인데 후자는 말의 특질과 조합이 문제가 되기 때문이다(예를 들면 강조된 음절과 강조되지 않은 음절의 변화, 구두점의 사용, 단어와 구절 및 문장의 길이를 들 수 있다). 실지로, 어떤 사건을 묘사하는 단어가 무엇이든지 간에, 서사론자에게는, 이 단어들이 텍스트에서 동일한 지면을 차지하는 한 서술 속도는 변화되지 않은 채로 있을 것이다. 다른 한편으로, 문체론자는 개입된 서사의 '리듬'에 주목하지는 않지만 하나의 사건을 묘사하는 데 어떤 단어들이 사용되었는지에 집중할 것이다.

서사론자들의 '담론'에서 시간의 특성에 관한 마지막 항목은 "서사 빈도"이다. 서술은 "한 번 발생한 것을 한 번 말할 수 있으며, n번 발생한 것을 n번, 한 번 발생한 것을 n번, n번 발생한 것을 한 번 말할 수 있을 것이다"(Genette 1980 : 114). 즉 어떤 사건을 한 번 말하는지 혹은 그 이상으로 말하는지 하는 것은 언어 그 자체의 선택이 아닌 것이며 그에 따라 그것은 문체론에서 적합한 관심사 또한 넘어서는 일이 된다.

앞에서 언급한 세 가지로 나뉘는 담론의 구별 — 시제, 무드, 그리고 목소리 — 에서 후자의 두 범주는 언어학적 매체 특히 초점화(시점)와 발화의 제시 양식과 좀 더 많은 관련이 있으며, 그에 따라 그것들은 서사론자와 문체론자 양측으로부터 관심을 끌어왔다. 그러나 여기에서조차 일부 요소들은 본질적으로는 비언어학적인 것이다. 서술의 다른 유형들로 말하자면, 서사론적인 "서술자의 분석은, 문법적 인칭과 같은 언어학적 특성이 아닌, 서술하는 스토리를 '대하는' 서술자의 구조주의적 입장을 강조한다"(Rimmon-Kenon 1989 : 159). 한편, 언어학적 특성은 문체론자들의 관심사가 되는 것이다. 실지로, 동일한 구조주의적 입장을 지닌 두 사람의 서술자가 있다고 할 때 그들은 다른 언어를 선택한 이유로 해서 급진적인 다른 방식으로 이야기하게 될 것이다. 그럼에도 유일하게 문체론만이 이 같은 다른 언어의 선택을 고려하고 있다.

서사론의 담론은 때때로, 성격화 특히 직접 한정, 간접 제시, 그리고 유추적 강화(Rimmon-Kenon 2002 : 59~71)와 같은 성격화의 다양한 모드들과 관련을 지닌다. 서사론은 직접 한정으로서 간주되는 무엇과 관련되며 또한 그것이 제공하는 어떤 구조적 기능과 관련을 지닌다. 반면에, 문체론은 인물을 묘사하는 데에 어떠한 특별한 단어들이 사용되는지에 초점을 맞추며 또한 이 단어들이 잠재된 다른 선택과 대비할 때 어떠한 효과를 전달하는지에 초점을 맞춘다. 간접 제시로 말하자면, 리몬-케넌은, 행위, 발화, 외양, 그리고 환경(의 다양한 범주들)을 구조적으로 구별짓고 있다. 문체론은 일반적으로, 이와 같이 서술된 행위, 외양, 그리고 환경을 당연하게 여기며, 이러한 "허구적 사실들"을 재현하기 위해 저자가 선택한 단어들이 무엇인가에 관해 연구할 것을 촉진하고 있다(목적이 있는 예외로는, Mills 1995 : 159~163을 보라).

서사론과 유사하게, 문체론은 시대에 따라 발전해왔으며 점차로 독자와 문맥에 관심을 지니게 되었다. 그럼에도 이 분야의 관심사는 비평이론의 발달보다는 언어학의 발달을 좀 더 반영하고 있다. 지금까지, 문체론의 수많은 분야들이 있어왔으며, 예를 들면, 다른 것들 가운데서도, 문학적(실용적) 문체론, 기능적 문체론, 담론 문체론, 비판적 담론분석, 페미니즘 문체론, 문학 실용주의, 그리고 인지 문체론을 들 수 있다(Wales 2001을 보라). 언어학적 모델 혹은 비평적 구조들이 채택한 것이 무엇이든지 간에, 문체의 규정이 무엇이든지 간에, 그리고 독자와 문맥과의 관계가 무엇이든지 간에, 문체론은 일반적으로 언어 특질들의 기능과 효과에 집중하는 분야로서 특징지어지고 있다.

경계의 이유

'담론'과 '문체' 사이의 경계는 부분적으로, 시적 분석과 관련되는 서사론과 문체론의 영역과는 다른 방식들에서 나온 결과이다. 산문 소설의 문체론적 분석은 시에 관한 문체론적 분석과 그다지 많이 다르지는 않다. 양자는 다른 형식들로써 명백하게 언어의 사용에 초점을 맞추고 있다. 대조적으로, 산문소설에 관한 서사론적 분석은 시 분석의 전통과는 동떨어져왔으며 이것은 스토리 사건들과 사건들의 재배열 사이의 관계를 주목하는 것에 초점을 맞추고 있다. 산문 소설을 연구하면서, 문체론자들은 프라하 학파의 "전경화" 개념을 채택하였는데 이 개념은 애초에는 시의 연구에 근거를 두었던 것이다. 놀라울 것도 없이 "전경화"의 개념은 "언어의 예기된 사용 혹은 일상적 사용으로부터의 '이탈들'"(Stockwell 2002 : 14)로 인한, 뚜렷한 심리학적 특징의 문제로서 대두된 것이었으며 그것은 서사론의 영역으로 편입되지는 않았었다. 서사론의 뚜렷한 특질을 보여주는 것은, 앞에서 언급하였듯이, '시간 교란'의 개념이며 이것은 연대기적 사건들의 인과적 순서로부터 다양한 종류의 이탈 형식들을 취하고 있다.

'담론'과 '문체'의 경계를 짓게 된 근본적인 또 다른 이유는 서술론과 문체론이 언어학의 분야에 관한 상이한 관계를 만들어왔다는 점이다. 문체론은 언어 텍스트의 분석에서 언어학의 발견들을 사용한다. 그리고 그것은 언어학으로부터 분석적 힘을 얻는 동시에 또한 언어텍스트와 언어 자체의 사용이라는 언어학에 한정되어 지배된다. 대조적으로 서사론은 비유적으로 언어학의 발견을 활용한다. 앞에서 언급하였듯이, 주네뜨는 언어학 용어인 '시제'를 채택하여 '질서'와 '지속'과 '빈도'를 포괄하였다. 그런데 '질서'의 관점에서 보면, 시간교란은 종종 시제와는 관련이 없다(예를 들어, "그녀가 처음 학교에 **갔을** 때……" 혹은 "5년 후에, 나는 다시 그를 **보았다**"). 또한 동사의 시제는 자연적인 시간상의 사실들과 일반적으로 함께 한다는 사실에 주목할 필요가 있다(예를 들면, 과거 시제는 과거 사건들을 묘사하는 데 사용되곤 한다). 그러나 주네뜨의 '시간교란'('과거회상' 혹은 '미래삽입')은 담론이 스토리 사건들의 자연적 배열순서로부터 얼마나 이탈하는가에 관심을 가진다. 이러한 의미에서, 주네뜨의 '시간교란'과 동사의 시제변화 사이의 관계는 본질적으로 유사한 것이 아니라 서로 상반되는 것이다. 그리고 절대적으로, 동사 시제와 '지속' 혹은 그러한 류의 '빈도' 사이에서는 어떠한 실제적 유사성도 지각될 수 없다. 문법용어로서의 '무드'와 서사담론에서의 '무드'(서술거리와 초점화) 사이의 관계는 단지 비유적인 것이다. 유사하게, (주로 층위들의 형식과 서술의 유형들에 놓이는) '목소리'의 영역은 '목소리'(능동적 목소리 대 수동적 목소리)라는 문법적 범주와는 아주 동떨어져 있다.

경계를 가로질러서

특히 폭넓은 시야를 지닌 일부 학자들이 '문체'와 '담론' 사이의 경계를 가로질러왔다는 사실은 주목할 가치가 있다. 서사론자들과 개별 문체론자들의 두 진영 간의 상호 학문적 시도는 주로 문체론 쪽에서 이루어졌다. 한편, 서사론 진영에서는, 리몬-케넌이 도발적이며 통찰력 있는 1989년의 연구, 『모델이 어떻게 매체를 간과하는가*How the Model Neglects the Medium*』를 출간하였다. 이 연구는 '언어의 배제'가 서사론 위기의 근본원인을 구성한다는 '반-직관적인' 주장을 지지하고 있다. 그럼에도 리몬-케넌은 다소 다른 방식으로 언어를 다루고 있다.

그러나 정확히 무엇이 '언어'를 의미하는가? 나는 이 용어를 두 가지의 의미에서 생각한다. ① 매체로서의 언어, 혹은 논의 중인 스토리가 말에 의해 전달된다는 사실(영화장면들, 무언극의 동작들, 그리고 기타에 의한 것이 아닌), ② 행위로서의 언어 혹은 논의 중인 스토리가 어떤 사람에게서 어떤 사람으로 이야기되며 게다가 그러한 말하기가 사실-진술적일 뿐만 아니라 수행적이라는 사실. (Rimmon-Kenan 1989 : 160)

언어의 첫 번째 의미를 설명하기 위한 하나의 주석이 더해지고 있다. 즉 "이 연구는 『말에서 유래된 세계들*Worlds from Words*』(1981)에서 펠란Phelan이 선택한 것, 즉 '그럼에도 소설의 매체에 관한 나의 질문은, 언어와 다른 재현적 매체 사이의 유사성들과 차별성들에 관한 것보다는 문체에 관한 쪽으로 향하게 될 것이다'라는 주장과는 다른 방향을 취하고 있다(6~7)"(1989 : 164 n.4). 즉 "다른 방향"으로 인해 관심사는 '문체'로부터 언어 자체의 특정한 자질로 전환된 것이다. 다시 말해, 그것은, 언어의 선조성, 그것의 디지털적 특성, 차별적 특성, 궤도성, 비결정성, 반복성, 추상적 특성에 주목한다는 것이다. 리몬-케넌(p.162)은 매체 그 자체의 이 같은 기술적, 기호적 특질들을 강조하면서 의도적으로 문체의 문제를 간과하고 있다. 언어의 두 번째 의미 ― 행위로서의 언어 — 로 보면, 초점에 놓인 무엇은 문체가 아니라 서술의 일반 기능과 동기화가 된다. 다시 말해 그가 문체론에 주목하지 않았다는 것은 놀라운 일이 아닌 것이다.

서사론 진영에서의 상호학문적 출판물이 모니카 플루더닉Monika Flu-dernik(1996 · 2003), 데이빗 허만David Herman(2002)과 같은 문학 언어학자들로부터 전형적으로 유래하였다고 할 수도 없다. 공인된 두 사람의 서사론자는 문체론과 서사론의 두 분야를 연구하면서 자신들의 학문적 이력을 시작하였다. 그러나 그들은, 서사론에 관한 자신들의 책이나 논문에서 확실히 입증되었듯이, 문체론과 언어학의 상당한 전문지식을 토대로, 점차 서사론 진영 쪽으로 옮겨왔다. 한편, 문체론이 다른 서사론자들에게 많은 영향을 끼치지 못했던 사실은 다음의 주요 원인들로서 설명될 수 있다. ① 서사론자들의 의식적, 무의식적 '언어 배제 경향', ② 문체론의 언어학적 기술성, ③ 문체론이 영국(또한 유럽대륙과 오스트레일리아)에서 번창하였음에도 불구하고 그것의 발달은 다수의 영어권 서사론자들의 근거지인 미국에 한정되어온 사실.

문체론 진영에서는 수많은 상호학문적 시도들이 출현하였으며, 대표적인 연구자로서 폴 심슨Paul Simpson(1993), 사라 밀즈Sara Mills(1995), 조나단 컬페퍼Jonathan Culpeper(2001), 피터 스톡웰Peter Stockwell(2002) 등을 들 수 있다. 이들의 연구는 전형적인 복합학문으로서 특징지어지며 다양한 접근법들을 결합시키고 있다. 그럼에도 그것들은 여전히 뚜렷한 문체론적 정체성을 보유하고 있는데 그것은 이 연구들이 언어에 초점을 두고 언어학에 의존하기 때문이다. 또한 서사론에 주목하고 있는 문체론의 사례들이기 때문에, 서사론적 모델들과 개념들이 언어의 기능작용을 연구하는 전형적인 기본틀로서 사용된 것은 놀라운 일이 아니다.

최근의 상호학문적인 시도들은 인지언어학 혹은 인지과학에 주목하는 경향이 있다는 것은 주목할 가치가 있다. 1990년대까지는 존재하지 않았던 인지 문체론 분야(인지 수사학, 인지 시학)는 서술론 진영의 인지적 전환과 유사한 방식으로 빠른 속도로 전개되고 있다(Herman 2002; Bortolussi & Dixon 2003을 보라). 이와 같은 문체론과 서사론의 보충적 관계는 스톡웰이 『인지 시학*Cognitive Poetics*』에서 쓴 다음의 진술에서 추론될 수 있다.

> 문학적 문맥에서 이러한 스키마 이론의 관점은 스키마가 작용하는 세 가지 다른 영역, 즉 <u>세계 스키마</u>, <u>텍스트 스키마</u>, 그리고 <u>언어 스키마</u>를 가리킨다. 세계 스키마는 내용과 관련하여 지금까지 고려된 스키마들을 포괄하고 있다. 텍스트 스키마는 사건장면 구성과 구조적 조직화라는 관점에서 세계 스키마가 나타나는 방식에 관한 우리의 기대를 반영하고 있다. 언어 스키마는 어떤 주체가 나타날 것으로 기대하는 언어학적 패턴화와 문체의 적절한 형식들에 관한 우리의 관념을 내포하고 있다. 후자의 두 가지를 취한다면 텍스트의 구조 혹은 문체론적 구조에 관한 우리의 기대를 깨뜨리는 것이 <u>담론의 이탈</u>을 구성하며 담론의 이탈은 스키마의 새로운 발생 가능성을 제공한다……. 그럼에도 스키마 내부의 헤더와 홈들 그리고 스키마를 통과하는 트랙들은 또한, **'문체론적'** 특질들과 **'서사론적'** 특질들의 관점에서 논의될 수 있다. (Stockwell 2002 : 80~82, 밑줄과 강조는 인용자)

여기서 우리는 스토리(내용 영역)와 담론(두 가지 제시 영역)을 명확하게 구별지을 수 있다. 그럼에도 물론, 이 세 영역의 스키마는 동시적으로 작용할 것이며 그리고 해석 과정에서 서로 상호작용하게 될 것이다. 중요한 것은, '담론'은 텍스트적 / 유기적 영역(서사론의 담론)과 언어 / 언어학(문체론의 문체)이라는 두 가지 영역으로서 구성된다는 것이다. 이것은 내가 이끌고 가는 지점과 직접적으로 관련되어 있다. 왜냐하면, 제시의 층위는 유기적(서사론적) 선택과 언어적(문체론적) 선택 둘 다를 포함하고 있으며, 이들 선택은 각각, 결과적으로 "스토리가 어떻게 제시되는가"에 관한 일부의 그림을 볼 수 있는 단순한 하나의 측면에 초점을 맞추고 있기 때문이다. 즉 서술제시의 충분한 전면모를 살펴보기 위해서는 서사론과 문체론의 관심을 결합하는 일은 바람직하며 필연적인 것이다.

이 글의 한정된 지면 내에서 내가 의도하는 핵심을 논증하기 위해서 나는 어니스트 헤밍웨이가 쓴 짧은 이야기에 관한 한 가지 복합학문적 분석을 제공하고자 한다.

그들은 아침 6시 30분, 그 병원의 벽에 기대선 여섯 명의 내각 수상을 쏘았다. 법원 뜰에는 수영장이 있었다. 법원 뜰의 보도에는 죽은 잎들이 젖어 있었다. 몹시 비가 내렸다. 병원의 모든 셔터는 닫혀 있었다. 수상들 중 한 사람은 장티푸스를 앓고 있었다. 두 명의 병사가 그를 아래층으로 끌고가서 비 내리는 바깥으로 데려갔다. 그들은 벽에 기댄 그를 들어 올리려고 하였으나 그는 물 웅덩이에 주저앉았다. 다른 다섯 사람은 벽에 기대어 아주 조용히 서 있었다. 마침내 장교는 병사들에게 그를 세워둘 필요가 없다고 말하였다. 그들이 첫 번째 일제사격을 하였을 때 그는 무릎에 머리를 댄 채 물 속에 앉아 있었다. (Hemingway[1925] 1986 : 51)

이것은『우리의 시대에*In Our Time*』(1924)의 파리 판본(첫 출판은 1925년)을 구성하며 이 작품의 삽입장으로 나오는 삽화들 중의 하나이다. 이 삽화는 실제 역사적 사건에 근거를 두고 있다. 즉 이것은 터키에 대항한 그리스의 성공적이지 못한 캠페인 이후 곧 1922년에 아테네의 전 수상을 포함한 여섯 명의 그리스 내각 수상들에 행한 극악한 사형사건을 배경으로 하고 있다(Simpson 1996 : 120~122을 보라).

서사론적으로 볼 때, 주목할 만한 특질은 주네뜨가 '반복적' 서술이라고 부르는 무엇, 즉 단지 한 번 일어난 무엇을 두 번 서술하는 것이다. 서술은 사건의 요약으로 시작하며 그리고 배경에 관한 묘사 후에, 동일한 사건의 장면 재현으로 이동한다. 매우 집약적인 제시 장면은 세부적인 제시 장면과 상호작용하면서 각각 서로의 것을 강화하고 있다.

이 삽화를 독해하는 동안, 독자들은 사형집행이 불러오는 공포감의 특성과 그리고 자연스럽게 전달하는 제시 방법의 특성 사이에서 강한 긴장감을 체험하게 된다. 이 긴장감은 부분적으로 서사론적 특질, 즉 외부 서술자의, 분리되고 다만 관찰자적인 입장에서 결과한 것이다. 그리고 이것은 부분적으로 문체론적 특질 즉 헤밍웨이가 선택한 중립적 보도 문체에서 결과한 것이다. 맨처음의 요약, "그들은 아침 6시 30분, 병원의 벽에 기대선 여섯 명의 내각 수상을 쏘았다"는 사실적인 사건처럼 여겨진다. 이것은 마치 사형이, 그것을 평가하거나 특징짓는 것도 요구하지 않고 보도될 수 있는 일상적인 사건인 것처럼 보이도록 만든다. 헤밍웨이가 읽었던 동일 사건에 관한 신문의 진술과 헤밍웨이의 삽화를 비교해보자. 신문에서는, "**그리스 전 지도자들의 사형으로 드러나는 잔학행위들**" 이것은 "그날 아침의 '**공포**'로 시작해서······ '**유령들의**'

정렬…… '**소름끼치는**' 장면……"(Simpson 1996 : 121, 강조는 인용자)과 같은 구절을 포함하고 있다. 헤밍웨이가 이 짧은 이야기를 썼을 때, 그는 이미 1차 세계대전의 잔학성을 경험하였다. 그리고 그러한 경험은 범죄 스토리들을 다루는 보도기자로서의 자신의 경험과 오버랩되어서, 삽화들에서 전쟁, 총사격, 그리고 살인에 초점을 맞추도록 이끌었다. 실지로, 헤밍웨이의 세계는 폭력과 죽음의 세계이며 거기서 잔학성은 일상의 일처럼 다루어진다. 이 삽화에서처럼 헤밍웨이는 재현되는 무엇의 공포와 그리고 그것에 관심을 끌도록 제시되는 사실감을 부여하는 방식 사이에서 나타나는 모순을 빈번하게 사용하고 있다. 그 효과는, 그와 같은 비인간적 잔학행위들에 익숙하지 않은 독자들 혹은 내각 수상들에 행한 불법적 사형집행을 "익숙한 일처럼 다루는 것"에 쉽게 충격받는 독자들과의 관계에서 보면 더욱 충격적인 것으로 나타날 것이다.

서술은 감정적으로 분리되어 있지만 반면에, 독자들은 "그들" 그리고 "여섯 명의 내각 수상들"과 같은 한정적 표현들로 시작하는 뚜렷한 문체론적 특질에 의해 즉각적으로 이야기 속으로 끌려들어간다. 긴장감이 형성되면서 일련의 질문들이 이어지게 된다. 누가 "그들"인가?, 누가 "여섯 명의 내각 수상들"인가? (허구적) 세계의 어떤 지역에서 이 일이 발생하였는가? 몇 년도(월, 날짜)에 이러한 (가공의) 사건이 발생하였는가? 헤밍웨이가 역사적 사건이 발생한지 석 달 만에 이 스토리를 썼음에도 불구하고 독자들은 이 년이 훨씬 지날 때까지 출판된 스토리로 접할 수 없었다. 대다수 독자들은 특히 훨씬 그 이후에 접한다고 볼 때, 역사적 사건과 이 삽화를 연관짓기는 어려울 것이다. 이것의 답변은 텍스트 속에서는 발견될 수는 없으며 사건은 시간, 공간, 심지어는 국적의 구체성이 결핍하기 때문에 보편성의 감각을 보유하고 있다(수상들과 병사들의 국적이 구체화되지 않은 채로 있다). 헤밍웨이는 그와 같은 정보를 억압함으로써 그 같은 살인들이 세상 어디서나 어느 때에나 일어날 수 있다는 것을 제시하는 것처럼 보인다.

흥미롭게도, 첫 번째 문장에서 부정 관사 "a"가 나타나는데 그것은 선행하는 한정적 표현들과 충돌을 일으킨다. 좀 더 자연스러운 표현과 비교해보면,

아침 6시 30분, 그들은 그the 병원의 벽에 기대선 여섯 명의 내각 수상들을 쏘았다.

무리의 병사들이 어떤a 병원의 벽에 기대선······ 여섯 명의 내각 수상들을 쏘았다.

좀 더 자연스런 문맥에서 보면 "병원"은 심리적으로는 덜 뚜렷하게 보여지도록 나타난다. 헤밍웨이의 버전에서, '한정적 문맥'에 놓인 부정 관사 "어떤a"은 "어떤a 병원"이 당연하게 취해질 수는 없는 하나의 새로운 정보임을 나타내고 있다. 부정관사 "a"를 맞지 않게 취한 것은, 사형집행이 일반 사형대에서 행해지지 않았으며 목숨을 구할 장소로 추정되는 어떤 병원에서 행해졌다는 요지를 강조하는 것처럼 여겨진다. 사건의 특성과 배경의 특성이 충돌하는 것은 개입하지 않는 듯한 방식으로써 사형집행의 잔인함을 고조시키고 있다. 사실상, 역사적인 그 사형집행은 점심때쯤 "도시에서 약 일 마일 혹은 반 마일 밖의" 어떤 장소에서 행해졌다(Simpson 1996 : 121에서 인용). 전 수상은 몸이 아픈

상태였으며, 어떤 병원에서 거기로 끌려갔으며 다섯 명의 수상들은 어떤 감옥에서 끌려갔다. 헤밍웨이의 텍스트에서, 여섯 사람 모두는, 생명이 막 깨어나기 시작하는 새벽 무렵 "어떤 병원의 벽에 기댄 채" 총살되어 죽었다. 이 진술은 강렬한 역설적 효과를 만들어내고 있다.

이 사건에 관한 장면적 재현에서, 텍스트의 지면 대부분(여섯 문장 중에 다섯)은 장티푸스에 걸려 아픈 수상에게 바쳐지고 있다. 역사적인 사건의 차원에서 볼 때, 그 수상은 사형장으로 가는 도중에 죽었으나 그의 시체는 그런 상태에서도 "기대어 세워서는" 살아있던 수상들과 함께 사형되었다. 헤밍웨이는 아주 비인간적인 이러한 사실을 왜 생략하고 다만 아픈 수상에게 그와 같은 구조적인 선명함을 부여하였을까? 그것은 개인적이면서도 또한 기술적인 이유와 결부된 것으로 보인다. 헤밍웨이는 이태리의 서부전선의 전쟁 중에 심하게 부상당했다. 그리고 이 외상적 경험은 그가 아픈 사람을 특별히 주목하여 공감하게 되었을 가능성이 있다. 이 관점에서 보면, 우리는 그 살해의 배경으로서 헤밍웨이가 왜 "어떤 병원"을 선택하였는가 하는 것을 더 잘 이해하게 될 것이다. 기술적인 측면에서 볼 때, 헤밍웨이가 구조적으로, 아픈 수상에게 초점을 맞춘 것은 사형의 비인간적 특성을 아주 효과적인 방식으로 전달하도록 만든다. 역사적인 사건의 차원에서 보면, 아픈 수상은 맹독성 알카로이드 주사를 맞으면서까지 발사대 전방에 서 있도록 되었다. 한편, 헤밍웨이의 버전에서는 다음과 같은 절정으로 이어지는 진행을 취하고 있다. "두 명의 병사들이 그를 운반했고……"(아픈 남자는 걸을 수 없었다)에서부터, "그들은 그를 벽에 기대어 서도록 하였다……"(아픈 남자는 서 있을 수가 없었다)로, 그리고 마침내는 "그는 무릎에 머리를 댄 채 물 속에 앉

아 있었다"(아픈 남자는 주저앉은 채 자신의 머리조차 들어 올릴 수 없었다)로 전
개된다. 마지막 구절은 텍스트에서 결말에 초점을 맞추는 상황을 만들
며 심리적으로 뚜렷한 영향을 주고 있다. 그것은 독자의 편에서 강렬한
분노와 동정을 불러일으키도록 하는 것이다. 어떻게 앉아 있을 수조차
없는 사람을 쏠 수 있을까? 단 하나의 문장이 유일하게 다른 희생자들에
게 바쳐지고 있다. "나머지 다섯 사람은 벽에 기대어 아주 조용히 서 있
었다." 이 문장은 아주 경제적인 방식으로, 헤밍웨이의 영웅적 약호 즉
죽음과 파멸을 조용히 대담하게 직면하는 행위를 전달하는 것처럼 보
인다. 이것은, 한편으로는 아픈 남자의 비참한 장면과 대비를 보여주며,
다른 한편으로는 독자들의 기대와는 충돌을 일으키는 가운데 놀라움과
찬탄의 반응을 만들어낼 것이다.

　　그럼에도 이 삽화에서 가장 주목할 만한 서사론적 특질은 주네뜨가
"묘사적 휴지"라고 일컬은 것이다. 즉 외부 서술자 관점에서의 장면 묘
사, 텍스트의 지면을 차지하지만 스토리 시간을 차지하지 않는 묘사,
그에 따른 스토리 시간의 '정지'. 이러한 묘사적 휴지는 요약과 세부사
건의 재현 사이에 끼여 있지만 그럼에도 전체 텍스트 지면에서 4분의
1을 차지하고 있다.

　　법원 '뜰'에는 수영장이 **'있었다'. '법원 뜰'**의 보도에는 죽은 잎들이 젖어 **'있었
다'.** 몹시 비가 내렸다. 그 병원의 셔터는 모두 닫혀 있었다. (강조는 인용자)

　　『우리의 시대에』의 삽입장으로서 기능하는 다른 삽화들에서, 행위
와 대화는 지배적이며 순수한 장면묘사는 최소한으로 남겨지고 있다.

실지로, 삼인칭으로 서술된 여덟 개의 삽화들 중에서, 여섯 개의 삽화는 순수한 장면묘사를 포함하지 않으며 나머지 두 개의 삽화 역시 텍스트 분량을 고려할 때 이와 거의 마찬가지라고 할 수 있다. 문체론적 분석은 헤밍웨이가 위 삽화에서만 순수한 장면 묘사에 왜 그렇게 텍스트의 많은 지면을 할애하였는지를 설명해줄 수 있도록 돕는다. 구조적으로 두드러지는 이 묘사적 휴지에서, 다음과 같은 문체론적인 세 가지 특질들이 전경화되고 있다. ① "—가 있었다"의 장황한 반복 그리고 "법원 뜰", ② 첫 번째 문장과 두 번째 문장 사이의 비일상적인 구문론적 경계, 그리고 ③ 원인과 결과 관계의 역전. 다음의 글과 비교해 보자.

몹시 비가 내렸다. 바닥에는 수영장이 있었다. 그리고 법원 뜰의 보도에는 죽은 잎들이 젖어 있었다.

이 구절은 다만 직설적으로 배경을 묘사한 것이다. 그러나 헤밍웨이의 원전은 부가적인 상징적 의미를 취하고 있다. 전경화된 반복과 함축적인 기능이 곧 선명하게 드러나는데, 그것은 "수영장"과 "피로 물든 수영장" 그리고 "죽은 잎들"과 "죽은 시체들"의 상징적 결합에 주목하게 될 때 나타나는 것이다. 누군가는 "늙은 내 동료들은 모두가 가버렸다. 나는 나무에 붙어 있는 마지막 이파리와도 같았다" 혹은 "가을 이파리처럼 가치 없이 가볍게"라고 풀이할 것이다. 여섯 명의 수상들은 인류 역사에서 볼 때 중요한 인물이었다. 그러나 그들은 지금 없애야 할 쓸모없는 이파리들처럼 취급된다. 그들의 죽은 시체들은 죽은 이파리 이상의 중요한 의미가 없다. 이것은 분명히 헤밍웨이의 허무주의적 세계관과 관련이 있다. 의미심장하게도, 어색한 언어표현의 반복과 구문론적 경계는 상징적인 두 대상의 의미론적 무게를 더하고 있다. 즉 관련된 두 문장의 앞쪽이 아니라 '뒤쪽에' "몹시 비가 내렸다"를 배열함으로써 심화된 효과를 보여주는 것이다. 또한 앞서 제시된 지문에서는, 순서는 뒤바뀌어져서 "몹시 비가 내렸다"로써 심리적 효과를 증진시키면서도 "수영장"과 "죽은 잎들"의 상징적 무게는 완화시키고 있다. 게다가 헤밍웨이의 버전에서, "법원 뜰"의 반복은 우리가 흔히 볼 수 있는 일반 "수영장"이나 "죽은 잎들"이 아니라 '피 흘린 사형이 집행된 법원 뜰의' "피로 물든 수영장"과 "죽은 시체들"을 강조하고 있다. 또한 이탈적인 구문론적 질서를 보여주는데 그것은 결과를 먼저 배치하고 원인을 다음에 두는 것이다. 이것은 원인과 결과의 자연스러운 관계를 느슨하게 하도록 기능하며(그것은 이어지는 비의 문제만은 아니다……), 매우 미묘한 방식으로 "수영장"과 "죽은 잎들"의 상징적 의미를 나타내며 고조시키고 있다. 이러한 관점에서, "젖은 죽은 잎들"은 피에 흠뻑 젖은 시체들을 상징하는 것으로 보여진다. 그리고 이 관점에서 우리는 연관된 반복을 더 잘 이해할 수 있다. 즉 "그는 '물 웅덩이에' 주저앉았다", 그리고 "그는 무릎에 머리를 대고 '물 속에' 앉아있었다"에서는, 피로 물든 웅덩이에 움츠려 있는 아픈 남자에 대한 동정적 관점을 엿볼 수 있는 것이다. 그리고 "병원의 셔터는 모두 닫혀 있었다"에서 법원 뜰이 피 묻은 사형장을 상징한다면 병원 그 자체는 커다란 무덤을 상징하는 것처럼 보인다. 배경에 관한 이러한 상징은 사형장면의 반복된 재현을 눈에 띄지 않게 대위법적으로 보여주면서 매우 강렬한 효과를 만들어낸다.

아주 전적으로, 우리가 헤밍웨이의 삽화에서 "스토리가 제시되는 방법"을 감상하기 위해서는, 서사론적 분석과 문체론적 분석 양자 모두를 행해야 할 필요가 있다. 전자는 구조적 기술들에 초점을 맞추고 있다. 예를 들면 간결한 요약과 세부화된 장면 재현이 각각 서로의 것을 강화하는 방식을 들 수 있다. 그리고 이것들과 함께, 외부 서술자의 거리를 둔 관찰자적 입장 그리고 아픈 남성에게 일어나는 사건의 구조적 초점화 및 진행적 묘사 — 다른 희생자들의 간결한 묘사와 대비되는 — 사이에 끼워져 있는 묘사적 휴지가 구조적으로 뚜렷하게 상호작용하고 있다. 다른 한편으로, 문체론적 분석은 글의 처음에 나오는 한정적 표현들에 초점을 맞추게 된다. 이 표현들은 이어지는 부정 관사 "a", 또한 시간과 공간과 인물들의 국적에 관한 구체적 설명의 부재와 대비를 보여준다. 뿐만 아니라, 한정적 표현들은 중립적 문체와 사실전달적 어조, 그리고 전경화된 술어반복과 문장경계, 뿐만 아니라 묘사적 휴지에 끼워진, 구문론적으로 이탈된 사건 구성과도 대비를 보여준다. 서사론적 특질과 문체론적 특질은 상호작용하며 서로 강화한다. 그리고 헤밍웨이의 예술의 '방법'을 이해하기 위해서는 이와 같은 상호작용을 이해할 필요가 있다.

현재의 실천들과 미래의 연구

현재, 서사론의 '담론'과 문체론의 '문체' 사이에는 함축적 경계가 있으며 또한 수많은 상호학문적 시도들의 출현에도 불구하고 기존 출판물과 강좌들 다수는 순수하게 문체론적이거나 혹은 순수하게 서사론적인 특성을 지닌다. 이 시점에서 나는 미래의 연구를 위한 다음과 같은 제안들을 제공하고자 한다.

이론적 논의의 관점에서, 문체론의 '문체'와 서사론의 '담론'에 구체적인 규정작업이 요구된다. 언어 매체로서의 서술에 관해서라면, "서술 재현" 혹은 "스토리가 어떻게 이야기되느냐"는 두 가지 측면으로 구성된다는 것이 맨 처음 지적될 필요가 있다. 두 가지는 일부 중복되지만 전자는 조직적이며 후자는 언어적인 것이다. 즉 '문체'는 "스토리가 어떻게 제시되느냐 하는 언어적 측면"에서 규정되는 것이며 그에 따라 "문체론적 특질"은 **언어의** 형식 혹은 **언어의** 기술의 선택 문제로서 이해될 것이다. 한편, 서사론적 연구에서, 담론은 여전히, "스토리가 제시되는 방법" 혹은 "기표와 진술과 담론 혹은 서술 텍스트 그 자체"로서 규정되고 있다(Genette 1980 : 27). 그럼에도 서사론적 '담론' 연구에서 관심사가 문체나 언어 선택은 제쳐두고 스토리 사건들의 구조적 조직에 초점을 두고 있는 사실은 지적되어야 한다. 즉 "서사론적 특질들"은 서사전략 혹은 조직적 기술들로서 이해되어야 하는 것이다.

문체론의 연구서에서, 서사론의 서사전략의 관심사들을 참조하는 일은 생산적인 방법이 될 것이다. 많은 문체론자들에게 서사론적인 작업들이 아직 잘 알려져 있지 않았기 때문에 그들에게 서사론을 소개, 촉진하는 일이 필요하다. 흥미로운 사실은 문체론이 번영해온 영국에서의 서사론의 발달은 미국의 경우보다 훨씬 더 느리게 전개되어왔다는 것이다. 한편, 영국주재 시학과 언어학 협회와 이 협회의 공식저널, 『언어와 문학*Language and Literature*』이 문체론과 서사론의 상호연결을 촉진하는 중요한 역할을 한 사실이 있음은 주목할 필요가 있다.

서사론의 연구서에서, 독자들에게 연구범주의 윤곽을 알려주는 일이 도움이 될 것이며 또한 "스토리가 어떻게 제시되느냐"에 관한 좀 더 충분한 견해를 얻기 위해서 저자의 '문체'에 좀 더 관심을 기울여야 한다고 지적하는 일도 도움이 될 것이다. 저자의 '문체'에 관한 것은 제임스 펠란James Phelan의 『언어로부터의 세계*Worlds From Words*』에서 잘 규정되어 있다. 즉 "'문체'는 언어 체계의 특수한 용례들을 언급하는 데 사용되는 구체적 용어이다. '문체'는 또한, '**해석에서 빠질 수 있는, 문장 혹은 단락의 그와 같은 요소들**'(Phelan 1981 : 6, 강조는 인용자) — 나는 이후에 좀 더 충분하게 논의해 볼 것이다 — 이라는 이면적 의미를 지니고 있다." 서사론적 연구들은 종종, "해석에서 빠질 수 있는 문장 혹은 단락의 그와 같은 요소들"과 관련을 지니고 있지 않다. 그러나 펠란의 분석 사례에서는, 많은 문학 서사들에서 "스토리가 어떻게 제시되느냐" 하는 매우 중요한 요소들 또한 보여주고 있다. 실지로, 펠란의 1996년도 저작, 『수사학으로서의 서술*Narrative as Rhetoric*』(그리고 서사론에 관한 기타 연구들)과 그의 『언어로부터의 세계』(그리고 문체론에 관한 연구들)를 비교해 볼 수 있다. 그 결과는 확실하게, 언어의 기능성에 밀접한 관심을 가지는 것이 서술 분석의 풍부한 결과들을 가져올 수 있으며 그리고 더욱 완전한 모습을 얻기 위해서는 언어의 기술뿐만 아니라 조직의 기술에 관심이 기울어져야 한다는 이중의 깨달음으로 이끌게 된다. 앞에서 언급하였듯이, 모니카 플루더닉의 2003년 논문, 「서술에서의, 연대기, 시간, 시제, 그리고 실험성」과 같은 상호학문적인 많은 시도들은, 서사론적 관심(이를 테면, 연대기)과 문체론적 관심(이를 테면 시제)을 함께 다룬 훌륭한 결실을 보여준다.

현재, 플루더닉과 허만의 연구들은 서사론이 문체론적 분석이나 언어학적 분석의 이점들을 어떻게 얻을 수 있는지를 보여주고 있다. 그럼에도 서사론자들과 문학을 전공하는 학생들은 많은 문체론적 출판물들의 언어학적인 기술적 부분들로 인해 머뭇거리게 된다. 그러나 현재, 다양한 많은 문체론적 연구들이 미미한 것으로 남겨져왔던 언어학적 기술들을 다룸으로써 언어와 문학 두 분야 모두의 독자들과 학생들을 염두에 두고자 하고 있다. 그러한 사례로는 루틀리지에서 출판된 『경계 시리즈─문학 연구의 언어The Interface Series : Language in Literay Studies』의 연구물들을 들 수 있다. 혹은 하나의 대안으로서, "근접 독해" 쪽으로 관심을 기울인 연구들도 있다. 우리 모두가 알다시피, 이 접근법은 한 동안 유행하였으나 상당부분, 이데올로기적 제약들 때문에 지난 20여 년 동안 인정받지 못해왔다. 근접독해는 영국에서는 상당 부분 문체론으로서 대체되어 왔으나 문체론 자체가 무척이나 배제되어 온 미국에서는 근접 독해의 "죽음"이래로 '문체'는 대부분 간과되었다. 흥미롭게도, 미국 주재의 내러티브NARRATIVE 리스트서브listserv는 2003년 5월 15일, 다음의 제안을 요청하는 메일을 발송하였다. 즉 "근접 독해에 주목하도록 하는 헨리 제임스Henry James와 신형식주의" 그리고 "보수적, 편협한, 심지어는 '압제적' 비평적 실천으로서 오랫동안 불신 받아온 '근접 독해'는 귀환의 기미를 보여주고 있다. 아직 이러한 귀환은 상당히 불안한 것으로 나타난다……. 어떤 의미에서 신형식주의가 새로운가? 신비평으로 귀환하는 그들의 어떠한 방식이 그것의 한계를 인식하고 있는가……?"

우리는 근접 독해를 행하면서 확실히 초기에 나타났던 한계들을 없애도록 노력해야 할 것이다. 지금, 문체론 혹은 근접독해, 그 밖에 무엇이든지 간에, 언어 지향적 접근법은 구조지향적 서사론의 관심사를 넘어서서 "어떻게 스토리가 제시되느냐"에 관한 많은 것들을 드러내어줄 것이다. 이러한 사실로 볼 때, 학생들은 연구의 두 가지 영역 모두에 관한 교과과정을 이수하고 관련서적들을 읽도록 장려되어야 할 것이다. '문체'와 '담론'의 상호보완성을 명확히 인식하고서(서사론에 의해 연구되었듯이), 서사비평에서의, 서사론의 관심사와 문체론 및 근접독해의 관심사를 서로 결합하는 데에 좀 더 의식적인 노력이 행해지도록 요망된다.

더구나, 서술 재현에 관한 서사론과 문체론의 결합적 연구들은 리몬-케넌Rimmon-Kenan의 초기의 요청들을 확장시킨 것이다. 이 연구들은 특히 서사론 분야에서 증가하고 있는 미디어 연구의 결실들에서 볼 수 있는 것처럼, 언어학적 매체와 다른 매체들 사이의 관계를 찾아내는 연구들로 인해 더욱 풍부해질 수 있다. 헤밍웨이의 삽화에 주목해보면, 우리는 구조적 기술이나 혹은 언어적 기술이 스크린에서 직접적 혹은 간접적으로 전달될 수 있는지 없는지에 관한 방법들을 찾아낼 수 있다. 영화는 특성상 장면적이기 때문에 최초의 요약은 유일하게 장면 제시로 대체된다. 말하자면, 그것은 병사들이 여섯 명의 수상들을 총살하는 장면이나 살해 후에 죽은 여섯 명의 시체들을 보여주는 장면으로 대체될 것이다. 그러한 장면들에서는 한정적 표현과 부정관사 "a"의 대비적 관계가 전달되기 어려우며 그리고 개입된 사람들의 외양과 의상 / 제복으로 인해 국적이 은폐되기가 어렵다. 이 최초의 장면과 함께 이어지는 재현은 플래쉬백으로서 기능할 것이다. 그러나 헤밍웨이 텍스트의 자연적 재현과는 뚜렷이 구별되는 스크린상의 이와 같은 재현은 그의 텍스트처럼 그렇게 자연스럽게 나타나지는 못할 것이다. 왜냐하면 스크린상에서, 우리는 요약이 아닌 장면에 의해 실체화된 이중적 장면 제시만을 볼 수 있기 때문이다. 스크린에서 재현된 아픈 수상을 구조적인 정점이 되도록 전달하는 일은 어렵지 않을 수 있다. 그러나 이례적인 구조적 선명함, 술어의 반복, 이탈된 구문론적 경계 그리고 질서화 등이, 헤밍웨이 텍스트에서 결합적으로 기능하는 것을 나타내면서 배경의 상징적 의미를 끄집어내는 일은 그리 쉬운 일은 아닐 것이다. "젖은 죽은 이파리들"의 클로즈업은 상징적 의미를 전달하는 것에는 성공적이겠지만 "수영장"의 클로즈업은 도움이 되지 않을 것이다. 그리고 외부를 찍는 방식은 아마도 피로 물든 수영장을 보여주는 것이 되거나 혹은 이와 유사하게 일반 수영장과 피로 물든 수영장 장면을 제시하는 것이 될 것이다.

궁극적으로, 우리는 '문체' 연구의 관점에서 좀 더 심화된 영역을 찾아낼 수 있을 것이다. 그것은 상호언어학적 비교에 적용할 수 있는 것으로서 저자의 문체론적 선택들이 개입된 구체적 언어자질들과 어떻게 연관되는지에 관한 흥미로운 조명을 비추어줄 수 있을 것이다.

9

서술 허구성의 화용론

리처드 월시|Richard Walsh

소송에 관한 생각들이 결코 그를 떠나지 않고 지금까지 남아 있다. 그는 자신을 변호하는 기록 문서를 준비하고 법정에 그것을 제출하는 일이 괜찮을지 않을지를 몇 번이나 생각해보았다. 그는 자신의 삶에 관한 짧은 진술서를 제출하고 그리고 그중에서 중요한 각각의 사건에 대해서는 자신의 행동에 관한 사유들을 설명할 생각이었다. 그리고 그는 지금, 자신의 행동경위가 선고받을지 혹은 인정될 것인지에 관한 생각을 이야기하고 또한 사건의 판결에 유리한 자기의 논리를 설명할 계획이었다. (Kafka [1925] 1994 : 89)

카프카Kafka의 『심판*The Trial*』의 주인공, 요제프 카Josef K.는 결백을 입증하고 자기를 해명하는 자신의 노력들이 초점도 없고 또한 어떤 경계도 없는 상황에 처해 있음을 발견하게 된다. 그는 자신의 삶에 관한 소모적 서술일 뿐인 형식적인 탄원을 다만 마음속에 그려볼 수 있을 뿐이었다. 카가 마음에 그려본 서술행위를 둘러싼 이상한 환경에 관해 이해하려는 우리의 노력들은 카프카의 서술행위의 특징적 사실과 결정적으로 관련된다. 즉 카가 자서전을 심사숙고하는 동안에 카프카는 소설에 참여하고 있는 것이다. 소설은 일반적으로 허구적 재현이라는 모방적 논리를 통하여 실제세계와의 이차적 질서관계를 지니는 것으로 이해된다. 즉 소설은 사건을 재현하거나 혹은 담론을 모방하며 우리는 서사를 이해하도록 하는 비허구적 양식들을 통하여 사건과 담론을 받아들인다. 그래서 소설이 상당한 정도로 비현실적인 어떠한 영역에서도(이 작품에서처럼) 익숙한 서술의 유형들과 관련한 관점에서 이해될 수 있는 것이다. 그와 같은 서술유형으로는 피고인의 자기정당화 노력과 도덕적 자서전의 담론뿐만 아니라 죄에 관한 심리학적 서술 그리고 『심판』의 보편적 참조들을 알려주는 몇몇 법적 서술의 종류들을 들 수 있다.

다른 한편으로, 법적 연구들과 같은 논픽션의 맥락에서의 서술영역이 최근 몇 년 동안에 많은 관심을 끌었다. 포터 애보트H. Porter Abbott의 『캠브리지 서사 입문Cambridge Introduction to Narrative』은 "서사론적 쟁점"에 하나의 장 전체를 바치고 있는데, "서사론적 쟁점"에 관한 그의 모범 사례는 리지 보덴Lizzie Borden의 악명높은 1893년 재판의 기소 및 변호에 관한 경쟁력 있는 서술의 노고들을 보여주고 있다. 리지 보덴은 아버지와 계모를 살해한 것으로 기소되었는데(또한 무죄로 석방되었다, Abbott 2002 : 138~155), 애보트는 다른 재판들처럼 이 사례에서도 수사학적 이점을 지닌 "기본 플롯들"로써 사건들을 재현함으로써 서술의 신뢰성을 입증하는 기소와 변호의 방식을 강조하였다. 여기서 기본 플롯은 기존의 문화적 권위를 지닌 익숙한 골격의 서술들을 의미한다. 그래서 살인 앞에서 명백했던 리지 보덴의 "감정의 결핍"이 한 편에서는 조신한 딸의 충격으로서 서술되고 다른 한 편에서는 냉혈한 맥베스 Macbeth 부인의 악의로서 서술된다(pp. 147~149). 법적 문맥에서는 특히 서술의 진실이라는 쟁점이 지적된다(결국, 리지 보덴은 사형선고의 위험에 처하게 되었다). 그러나 여기서 서술의 설명적 힘은 다른 서술들에 대한 관계에 비해 사실에 대한 관계에 있어서, 의존성이 덜한 편이다. 그리고 서술은 양측이 자신들의 사건을 설명하는 그와 같은 관점에 놓여 있다. 실지로 서로를 그렇게 비난하는 그러한 자기반영적인 순간 속에서도 그들은 어떤 다른 입장을 취할 수가 없다.

여기서 일반적 핵심은 허구적 서술이든 비허구적 서술이든 모든 서술은 고안된 것이라는 사실이다. 즉 서술은 구조물이며 서술의 의미는 서술의 체계에 내재적인 것이다. 상당수 이론가들에게 서사성의 일반적 자질은 전적으로 허구성이라는 개념을 포괄하고 있다. 즉 모든 서술들이 현실에 대한 직접적인 작용이라기보다는 다른 서술들과의 관계로부터 의미를 끌어온다고 할 때, 허구를 특징짓는 데에만 특별히 이러한 이차적 종류의 관계를 활용한다는 것은 이치에 맞지 않는 것이다. 그럼에도 곤란한 사실로 남아 있는 것은 리지 보덴 재판의 기소와 변호에 의한 정교화된 서술들이 카프카의 소설은 하지 못했던 진실요청을 제기하였다는 점이다. 그에 따라 이와 같은 두 가지 문화적 서술 양식은 상당히 상이한 해석적 가정들에 관해 일깨우도록 하였다. 이 관점에서 서사성에 관한 일반개념의 부상은 허구성의 쟁점을 대체하는 것과는 거리가 멀며, 그것은 허구성의 쟁점을 하나의 이론적 문제로서 실제적으로 노출되도록 하였다. 만약 서사재현의 논리가 허구와 비허구 사이에 납득할 만한 구별을 제공하지 못한다고 한다면, 이론적 관심의 쟁점은 필연적으로 허구적 서사의 내용으로부터 허구적 서사의 행위로 옮겨갈 것이며 그리고 허구의 제작물로부터 허구의 제작에 관한 것으로 옮겨갈 것이다. 관련의 행위로서 혹은 소통의 행위로서 허구적 서술을 이해하기 위하여 우리는 무엇을 할 수 있는가? 이 맥락에서 나는 허구성의 쟁점에 관한 화용론적 접근법을 옹호하고자 한다. 이것은 소통적 언어 사용을 지향한 철학적, 언어학적 연구영역에 주목한 것이며 특별히 관련이론의 개념적 구조들에 관해 일깨우는 것이다.

　허구성에 관한 최근의 논의들은 일반적으로 하나 혹은 그 이상의 작은 레퍼토리로 된 이론적 전략들에 의존하고 있으며, 그 전략들은 부정의 표시들로서 총괄적으로 이해될 수 있으며 몇몇 전치의 종류들을 통하여 얻어진다. 다시 말하지면, 허구성에 관한 이러한 논의들은 다양한 방식으로 허구성의 문제를 진실성의 문제로서 답하도록 만든다. 그리고 그것들은 진실의 영역으로부터 다시 말해 어떠한 재현의 약호화된 체계 혹은 언어로부터, 허구적 행위를 분리함으로써 허구성의 문제를 해결하고 있다. 내가 염두에 두고 있는 이론적 변화의 종류들은, 허구적 담론의 원천으로서 서술자의 설정, 공상 게임의 소도구로서 허구적 가공물의 재기술, 가장된 발화행위의 개념, 그리고 허구적 세계들을 실제 참조한 허구적 진술의 복원이다. 첫 번째와 두 번째의 동향은 허구적 구조들 내에 허구의 언어 그 자체를 위치시키고 있다. 세 번째의 것은 허구의 언어 그 자체를 진지하지 않은 언어로 간주하여 소통의 책임으로부터 실격시키고 있다. 네 번째 동향은 허구의 언어가 축자적이고 진지한 것이며 전적으로 가공적이지는 않은 것으로서 허용하고 있다(다시 말해, 허구적 언어가 그것과 관련한 행위는 일으키지 않는다는 정도까지). 그것은 허구성이 존재론적 양상의 문제로서 재규정되고 있기 때문이다. 허구성의 문제는 항상 어디에서나 나타난다. 그리고 그것은 마치 언어와의 관계를 '제외하고는' 어떠한 문제가 아닌 것처럼 보인다. 이것은 언어가 허구를 가능하도록 하는 무엇임을 고려할 때 내 상식으로는 이상하게 여겨진다. 여기서 다시 한 번, 나는 언어를, 재현의 약호체계라는 폭넓은 것으로 의미하며 그것은 어떤 매체로 된 허구도 언어, 재현적 약호에 똑같이 의존하며 단순히 인지적 환영에만 의존하지 않는다는 그러한 것이다.

나는 허구성이 소통적 구조를 내에서 기능한다고 주장하고자 한다. 즉 허구성은 언어를 사용하는 어떤 방식에 존재하며 그리고 허구성의 특징들은 그러한 언어사용으로 야기된 인지적으로 뚜렷한 수사학적 집합으로 구성된다. 나는 일반적으로 서술 허구성이 서사성과는 구별할 가치가 있다고 가정한다. 다시 말해, 모든 서술은 인공물이며 그것도 매우 엄격한 의미에서 허구적이라는 주장에 전적인 힘을 부여하고자 한다. 그럼에도 나는 허구적 서술이 일관되게 뚜렷한 문화적 역할을 지니고 있으며 이 역할을 설명하는 데에 허구성에 관한 명료한 개념이 요구된다고 주장하고자 한다. 그것은 형식적 관점에서보다는 기능론적, 수사학적 관점에서 가장 잘 설명된다. 허구와 밀접하게 연관된 형식적 자질들이 있는 것은 사실이다. 그러나 그 형식적 자질들은 허구성에 관한 필수조건 혹은 충분조건을 제공하지는 못한다. 대신에 허구성이 하나의 기능론적 속성이라고 말하는 것은 그것이 어떠한 언어의 사용이라고 말하는 것이 된다. 즉 허구성이 수사학적이라고 말하는 것은 그러한 언어사용이 독자 혹은 청중의 해석적 관심을 끌어내는 호소의 종류에 의해 구별된다고 말하는 것이다. 허구적 담론을, 형식적 부정, 의도적 부정 혹은 존재론적 부정이라는 틀로서 취급하는 어떠한 모델도 허구성의 개념에 대한 이러한 기준들을 충족시킬 수는 없다. 허구성이 언어를 사용하는 특징적인 방식으로 구성되는 것이라고 할 때, 허구성의 특징은, 한 가지 혹은 또 다른 방식으로 허구성을 실제 소통맥락으로부터 분리하기조차 하는 비허구적 용법으로써, 허구성의 적합성을 정확히 주장하도록 하는 일부 격리기제와 결합하는 것으로는 설명되지 않는다. 즉 허구의 수사학적 특징은 언어의 허구적 사용과 비허구적 사용 사이의 소통적 지속성과 일치한다. 허구성은 실제 세계의 소통적 구조들 내에서 직접적이고 진지하게 언어를 사용하는 데에 필수적인 수사학의 원천인 것이다.

나는 우리의 관심과 관련하여 허구의 주장과 관련한 오래된 문제를 재공식화하고자 한다. 이 문제는, 허구성과 관련성을 조화하는 문제로서 수 세기를 거쳐 내려온 것으로서 시에 관한 다양한 변호들 혹은 공화국으로부터 시의 추방을 촉진한 도전적인 성격을 지닌다. 관련성의 개념은 아주 구체적인 몇 가지 의미로 나타나며 허구성에 관한 최근의 논의들에 중요한 것으로 여겨져온, 뚜렷한 경계를 지닌 두 가지 이론적 영역 내에 있다. 하나는 허구적 세계이론으로서 관련행위에 초점을 맞추고 있다. 그리고 다른 하나는 발화행위이론, 즉 소통행위에 초점이 맞추어진 특히 그라이스Grice적인 "회화적 함의"(Grice 1989)와 관련한 논의이다. 관련 이론 그 자체는 화용론과 인지 언어학의 관점을 지니고 있는 커뮤니케이션 관련 접근법이다. 그리고 비록 이 분야의 연구가 허구성에 관한 어떤 세부적 고찰을 포함하고 있지 않았음에도, 그것은 허구에 관한 화용론적 이론이 허구성과 관련성의 관계를 추구하는 것으로부터 얻게 될 것이 많다는 것을 제시해준다.

　허구적 세계이론에서 관련의 쟁점은 두 가지 측면에서 발생한다. 첫 번째 협의의 측면은 주어진 허구적 세계에 내재적인 것이며 불완전함의 문제와 관련된다. 두 번째의 측면은 외재적인 것이며 독자를 향한 허구적 세계의 보편적 적절성과 관련된다. 허구적 세계이론에 있어서 문제가 되는 것은 그것의 불완전함이다. 즉 소설의 텍스트는 전적으로 하나의 세계를 구체화하도록 기대될 수가 없으며 또한 포괄적인 추론과정에 관한 충분한 기초작업을 제공할 수도 없는 것이다. 다시 말해, 허구적 세계들의 해석적 구조화에 있어서 공백과 비결정성은 항상 존재한다. 그리고 그것은 허구적 세계이론이 토대를 둔 가능세계들의 철학적 모델로부터 하나의 중요한 이탈이다. 왜냐하면 가능세계들이 논리적으로 완전한 것은 자명한 일이기 때문이다. 이론적 반응은 두 가지 보충적 복구전략이 나타나도록 하였다. 첫 번째는, 마리-로르 리안Marie-Laure Ryan이 제안한 것으로서, "최소 이탈의 원리"를 가정함으로써 가능세계이론의 논리적 구조틀의 노선에 허구적 세계를 가져오는 것이다. 최소 이탈의 원리는, 텍스트의 세계가, 명백하게든 암시적으로든 텍스트의 세계 그 자체뿐만 아니라 그 세계가 환기하는 어떤 장르관습들로 인하여, 그 모델로부터 이탈한 측면들을 제외한다면, 실제세계와 완전히 동일한 것으로서 이해되어야 한다는 것을 가리키고 있다(Ryan 1991 : 51).

이러한 경우에, 그렇다면 허구적 세계 그 자체는 결국 완전한 것인데 비록 독자가 텍스트의 해석 속에서 허구적 세계를 실현시키지 못했다 할지라도 그러한 것이 된다. 그러나 문제가 실제로 논리적 불완전함에 있다면 최소 이탈의 원리도 어찌할 도리가 없다. 즉 실제 세계의 모델이 결정적 안내지침을 제공하지는 않기 때문에(카는 자신의 삶에 관한 짧은 진술을 준비한다는 생각을 정확히 몇 번이나 하였던가?) 어떤 허구에 관한 서술 특수성과 관련한 비결정성들이 있는 것이다. 다른 한편으로, 최소 이탈의 원리가 "합리적으로 포괄적인" 세계(Ryan 1991 : 52)를 제공하는 데에 보충적 역할만을 지닌 것으로 추정된다면, 다음과 같은 질문이 제기될 것이다. 독자는 최소 이탈의 원리가 허용한 공백을 채우는 과정을 어디까지 추구하는가? 어떠한 기준이 그 해석적 추구를 제한하는가? 우리가 해석의 목표규정을 어떤 방식으로 선택하든지 간에 요구되는 기준은 그러한 목표들과의 관련성 가운데 하나이다.

허구적 세계들의 불완전함이라는 문제에 대한 리안의 답변은 토마스 파벨Thomas Pavel의 논의를 인용하는 것이었다. 파벨의 대안적 해결책은 다양한 규모의 세계들로서 허구적 세계들을 인지하는 것이며, 그것은 "최대의 이탈"이 되는 일은 없이 최소 이탈의 원리에 의해 제공된 텍스트 외부의 정보를 향해 구조화되며 그리고 그 정보에 개방적인 텍스트들에 의해 결정된다(Pavel 1986 · 107~108). 이를테면, 우리는 카가 맹장을 지니고 있다는 것은 바로 인지적으로 추론할 수 있는데 텍스트에서 이와 상반된 어떤 정보가 없다면 그러하다. 그러나 그의 외증조할아버지가 맹장을 지녔다는 추론은 무시할 것이다. 비록 후자의 추론이 최소 이탈의 토대 위에서 잘 만들어졌음에도 불구하고 맹장절제수술은 그 당시에는 가능하지 못했기 때문이다. 이와 같이 파벨의 설명은 관련성에 대한 중요한 개념을 도입하고 있다. 즉 "추론을 점차 불투명하도록 하는 일부 형식, 최대 이탈 구조에 대한 커지는 거부감의 일부는 대다수 허구적 세계들의 내부에서 작용하는 것임이 틀림없으며, 그것은 허구적 세계들이 관련없는 궤도들을 따라서 무제한적으로 확장되지 못하도록 한다"(Pavel 1986 : 95). 관련성에 관한 개념이 일단 인정된다면 그것은 어떻든 완전함의 개념을 전적으로 대신하게 된다. 허구적 세계의 "사실들"이 텍스트의 해석과는 상관없이 최대한으로 이해되는지 혹은 텍스트로부터 추론이 가능한 무엇의 토대 위에서 의존적으로 이해되는지 하는 것은 실제적으로 어떤 차이가 없다. 어떤 경우든, 추론의 범주는 원리적으로 무한한 것이기 때문이다. 허구를 대하는 독자의 지평은 추론이 가능한 무엇에 의해서가 아니라 추론할 가치가 있는 무엇에 의해서 결정된다. 즉 독자는 구체적인 해석의 문맥에서 서술의 항목들에 관련되지 않아 보이는 어떤 지점을 훌쩍 넘어선 논리적 추론 구성을 추구하지는 않을 것이다. 이것이 화용론의 한계이지만 그러나 이와 같은 한계만이 유일하게, 허구적 재현들이 (어떻게든 적절한 의미를 부여받도록) 존재하도록 할 뿐만 아니라 또한 이것들이 소통된다는 사실을 제공해줄 수 있다.

이와 같은 고찰들은 허구적 세계이론을 출현시킨 관련 개념의 다른 의미를 일깨우도록 한다. 파벨은 "관련의 원리"가 허구적 관련에 관한 유일한 두 가지 근본원리 중의 하나라고 선언하고 있다(1986 : 145). 그러나 그가 여기서 염두에 두는 관련의 종류는 지금까지의 담론이 전제로 한 내재적 관련과는 뚜렷이 구별된다. 대신에, 그것은 세계들 사이의 외재적, 총체적 관계를 드러나도록 만들며 그에 따라 허구적 세계에 대한 독자의 실감에 의존하도록 한다. 그럼에도, 우리가 이미 보았던 것처럼, 실감 자체는, 그것이 끝없는 투사가 아니라고 한다면, 굉장히 다양한 질서의 관련기준에 의존적일 것임에 틀림이 없다. 그러고 나서, 세계들 사이의 이러한 관계는, ("최소 이탈"의 규정하에서) 차이의 관점에서 정확히 추구되어야 하는, 세계의 구조화라는 예정된, 독자의 본래적 노력들을 낯설고 성가시게 반복하는 것이 된다. 이러한 두 종류의 관련 즉 내적 관련과 외적 관련은 궁극적으로 구별되는가? 혹은 그 관련들은 면밀한 검토하에서, 그것들 사이에 끼어드는 개념을 소멸시키는 과정 속에서 각각을 향해 붕괴되는가, 이것이 허구적 세계 그 자체의 개념인 것인가? 허구적 세계 이론에서 관련의 개념은 내가 저항하고자 하는 두 가지 가정들에 의해 그 테두리가 정해진다. 한 가지는 의미심장하게, 허구의 "사실들"이 관련에 관한 고찰들과는 독립적이라는 것이다. 다른 한 가지는 관련이 소통적 행위와는 독립적인 무엇인가를 의미하는 허구적 세계에 내재적인 것이라는 관념이다. 나의 반대주장은 독자의 해석 과제는 허구적 세계의 경계들 내에서는 이해될 수 없으며, 또한 실지로 실제적인 커뮤니케이션에서가 아닌 허구적 실재와의 관계 내에서는 이해될 수 없다는 것이다. 그리고 관련의 문제는 스토리와의 관련으로서 내재적으로 기술될 때조차도 항상 독자와의 상호적인 관계라는 것이다.

　물론, 커뮤니케이션의 쟁점은 허구성과 발화행위이론의 관계에서 핵심적이다. 리처드 오만Richard Ohmann(1971)과 존 설John Searle의 유사 발화행위모델은 문학담론의 규범적 발화행위 진술을 처음 정교하게 만든 것이다. 이 모델에서 저자의 발화행위는 진지하게 행해진 것이 아니라 가장된 것이며 또한 발화행위의 수행과 통상적으로 일치하는 적합성의 조건들(혹은 적절함의 조건들)에 유효하게 묶여 있다. 그러나 유사모델은, 예를 들면 전지적 서술과 같은 일반적 서술전략에서처럼, 삼인칭 소설이 일반적으로 어떤 비허구적인 실제세계의 발화행위의 기준들로부터 이탈한다는 사실에 의해 약화된다. 가장된 발화행위의 틀이 허구성을 설명하지 못하는 것은 허구성의 수사학이 종종 서술 그 자체에 거주하고 있기 때문이다. 예를 들면, 『심판』에서 내가 인용한 첫 번째 문장은 내용(또 다른 사유들을 향한 접근)과 형식(내적 초점화의 이중 시간적 관점, 이것은 다른 측면에서 변칙적인 "지금"에서 명백해진다) 둘 다에서 어떤 가장된 비허구적 발화행위로서 만회되는 것을 거부하고 있다.

좀 더 유망한 대안은 메리 루이즈 프랫Mary Louise Pratt(1977)에 의해 진전되었으며 이것은 그라이스H. P. Grice의 대화적 함의모델을 대신하는 것으로 여겨진다. 즉 그라이스는, 발화행위에 적용가능한 적절성의 조건들이, 세부 문장들의 의미론과 일치하는 것으로서가 아니라 몇 가지 일반 원칙들과 관련될 때 최상으로 이해된다고 주장하였다. 이러한 원칙들이 모여서 '협력 원리Cooperative Principle'를 구성하며 이것은 성공적인 커뮤니케이션의 토대가 된다. 즉 나의 목적에 부합되는 결정적인 것들은 "관련을 지닌다"는 '관련의 원칙'이며 그리고 그 첫 번째 '자질의 원칙'은 "네가 믿고 있는 무엇이 거짓이라고 말하지 않는다"이다 (Grice 1989 : 27). 그라이스의 접근법은 발화행위의 해석에서 상당한 정도의 유연성을 허용한다. 그 이유는 '협력 원리'가 적절하다는 공유된 가정을 주장하기 위해서는, 실제로 이야기되는 무엇은 추론 혹은 함의에 의하여 보충될 것이기 때문이다. 프랫은 발화행위가 관련될 수 있는 한 가지 방식이 "말할 가치가 있는 것"이 되는 것에 의한 것임을 제안한다. 즉 그녀는 "말할 가치가 있는 것"이 본질적인 관심을 지니거나 혹은 보여줄 가치가 있는 것이라고 정의하고 있다. 또한 말할 가치가 있는 발화행위는 심사숙고하고 해석하고 평가하도록 초대한다. 이것은 그녀가 "서술 전시 텍스트"라고 일컬어지는 발화행위의 뚜렷한 범주를 제안하도록 하였으며 서술 전시텍스트는 윌리엄 라보프William Labov의 사회언어학 연구에서 그녀가 인용한 비허구적 "자연 서술"과 허구적 서술 둘 다를 포함하는 것이다(Pratt 1977 : 132~136). 이 텍스트들은 그라이스의 '관련의 원칙'을 고수하며 그리고 관련의 적절성 조건들을 충족시키는데 그것은 정보적으로 되는 것에 의해서가 아니라 보여질 만한 것 — 말할 가치가 있는 것 — 에 의해서이다.

그럼에도, 프랫은 허구성 그 자체의 쟁점을 주장하는 것에는 미치지 못하였으며 그라이스의 '자질과 관련의 원리' 그리고 진실과 관련의 원리의 계층적 관계까지는 탐구하지 않았다. 소설을 수용하기 위해서, 프랫은 궁극적으로, 원래는 그녀가 반대했던 규범적 발화행위 진술에 의존하였으며 그리고 허구적 담론이 저자의 편에서 소설의 구조틀 내의 서술자에 속하게 되는 유사 전시 텍스트임을 인정하였다(1977 : 173 · 207 · 208). 프랫은 유사모델과는 독립적인 허구적 담론에 관한 논의를 제공한 것이다. 즉 그녀는 말할 가치가 있는 것이라는 개념에서 저자의 발화행위의 관련을 규명하는 데에 유연성 있는 토대를 보여주고 있다. 그리고 그녀의 말할 가치가 있는 것은, 진실의 기준과는 관련없이 저자의 적합한 발화행위를 충분히 설명하는 것으로 간주하는 것에 상당히 근접해 있다. 간단히 말해서, 그녀는 관련을 강조하는 그라이스식 모델의 측면들을 진전시킨 것이다. 그러나 그녀는 관련의 쟁점이 궁극적으로 진실의 쟁점에 이차적이라는 가정에 의해서 봉쇄되고 있다. 그것은 진실의 쟁점으로 인해 허구적 담론에 관한 어떤 직접적인 저자적 모델을 배제하기 때문이다.

프랫의 사례는 그라이스와 관련하여 내가 소개하고자 하는 관련이론으로 인도하고 있다. 그라이스의 "대화적 함의" 모델은 종종, 언어의 약호 모델이 커뮤니케이션을 설명하는 데는 충분하지 않으며 추론적 모델에 의하여 보충될 필요가 있다는 사실을 인정하는 가운데 개발되었다. 댄 스퍼버Dan Sperber와 디어드리 윌슨Deirdre Wilson이 설명한 것처럼, 관련 이론의 혁신은 추론이 커뮤니케이션의 보충적 구성요소가 아니라 그것의 핵심임을 주장하고 있다. 그라이스에게 있어서, 언술은 주어진 문맥에 축자적으로 관련되거나 혹은 그렇지 않거나 간에 '협력의 원리'를 되찾게 되는 함의들에 관한 추론적 연구를 촉진하고 있다. 스퍼버와 윌슨은 이러한 이해의 과정에서 사건들의 순서가 역전되어야 한다고 주장한다. 즉 "처음에 문맥이 결정되고서 그다음에 관련이 부과되는 것이 아니다. 대조적으로, 사람들은 고려 중인 가정이 관련을 지니기를 바란다(혹은 그렇지 않다면, 그들은 그 가정을 굳이 고려하지 않을 것이다). 그리고 그들은 그 바람을 정당화할 수 있는 맥락 즉 관련을 최대화하는 맥락을 선택하고자 한다"(Sperber과 Wilson 1995 : 142). 이와 같이 약간은 기술적인 어휘론 일부를 명확히 해 보면, 여기서의 '맥락'은 개인에 의해 채택된 가정들의 집합 혹은 개인의 인지적 환경의 하위집합이 된다(1995 : 15). **'인지적 환경'**은 주어진 시간에 개인에게 명백한 사

실들의 전체 집합 혹은 그러한 가정들의 전체 집합이다(p.39). 지각이
나 추론이 가능할 수 있다면 무엇인가는 '**명백하다.**' 하나의 '가정'은 실
제 세계에 적용되는 것처럼 개인에 의해 취급되는 어떠한 생각(어떠한
개념적 재현)이다(p.2). 한 개인에게 새로운 가정에 대한 관련이 '최대화
되는 것'은 그것을 고려하는 과정에서 투입된 노력과 형성된 맥락효과
(혹은 좀 더 엄격하게는 긍정적 인지 효과) 사이에서 최적의 균형을 이룰 때
이다(pp.144 · 265). 여기서 '맥락효과'는 이전의 가정들과 새로운 가정
들 사이의 상호작용으로부터 발생하고 있는 맥락을 수정하는 것이다.
즉 만약 맥락효과가 개안의 인지적 기능이나 목표에 도움을 준다면 그
것은 '**긍정적 인지 효과**'인 것이다(pp.109 · 265). 예증하자면, 비록 단순화
시키긴 하였지만, 댄이 디어드리에게 주전자가 올려져 있다고 말하는
상황을 고려해보자. 그때에, 디어드리의 인지 환경은 자신이 논문을
쓰고 있는 사무실에서 지각할 수 있는 모든 물리적 현상을 포함한다.
그것은 그가 방금 한 말에 익하여 명백해지는 새로운 가정들(그가 그녀
에게 말하고 있다, 그리고 그가 자신이 주전자를 올려놓았음을 그녀에게 알리고 있
다, 기타) 뿐만 아니라, 자신의 논문과 연관하여 가져오는 관련이론 지
식, 과거 경험으로부터 수집하여 이해된 주전자 사용법, 댄의 친절한
성향의 평가, 그리고 그녀가 선호하는 음료에 관해 그가 알고 있는 것
기타 등등을 들 수 있다. 그녀는 이러한 새로운 가정들의 함의(댄은 그
녀를 위해 차를 만들고 있다, 그는 그녀가 부엌에서 자신과 함께하기를 기대한다,
기타)를 처리하는 맥락으로서, 이전 가정들의 하위집합을 끌어온다(주
전자는 차를 만드는데 사용된다, 댄은 그녀가 설탕을 넣지 않고 우유만 넣은 차를
좋아하는 것을 알고 있다, 기타). 이러한 새로운 가정들의 관련을 최대화하

기 위해서, 그녀는 이러한 함의들을 끌어오는데(그리고 이전의 가정들을 정정하는데) 요구되는 노력 그리고 그렇게 해서 얻게 되는 인지적 이점들 사이에서 균형을 맞추고 있다. 그녀는 비록 일부 추론들(댄은 부르면 들리는 곳 안에 있다, 댄은 영어로 말한다)이 매우 명백하며 아주 손쉽게 유용한 것임에도 불구하고 이 추론들을 굳이 끌어내려고 애쓰지는 않을 것인데 이 추론들은 어떤 인지적 효과가 아주 미약하거나 전혀 없기 때문이다(그녀는 이미 이것을 알고 있었다). 다른 한편으로, 그녀는 일부 미약하지만 명백한 추론들(댄은 그녀의 지적인 지구력을 과소평가하고 있다)을 끌어내는 것이 가치 있는 노력임을 발견하게 될 것인데 그것은 인지적 효과가 크기 때문이다(그는 알고 보면 그렇게 친절한 사람은 아니다). 그녀는 키보드를 치는 채로 있다.

나의 목적에 부합된, 아주 중요한 관련 이론의 결과는 관련의 기능들과 커뮤니케이션의 진실성 사이에서 관련이론이 제안하는 새로운 관계이다. 커뮤니케이션의 목적을 위해서 관련 이론은 명제들의 진실 기준이 맥락적 화용론의 관련기준에 부수적인 고찰이라는 관념을 진전시키고 있다. 이것은 가정들의 진실 혹은 거짓이 무관심의 문제라는 것을 말하는 것이 아니다. 혹은 심지어, 무관심의 문제가 있는 환경이 있다는 것을 말하는 것도 아니다(논의하고자 하는 방향대로라면 무관심의 문제는 소설에서의 갑작스러운 사건이다). 즉 가정이 전적으로 가정이 되기 위해서는 진실로서 받아들여져야만 한다. 그러나 모든 가정들은 큰 정도든 작은 정도든 간에 추론의 산물이며 이것은 관련이 이끄는 화용론적 과정이다. 그리고 가정의 진실은 언술 혹은 언술의 축자적 의미가 약호화된 형식의 진실에는 의존할 필요가 없다. 스퍼버와 윌슨은 비유와 아이러니에 관한 확장된 논의를 제공하는데 그 논의는 이와 같은 성공적 커뮤니케이션의 사례들이 맥락적 관련을 위한 추론적 연구에 의존한다는 가정에 관해서 발화행위이론과 주장을 공유하고 있다. 그럼에도, 이러한 연구가, 거짓으로 판명되는 "이야기되는 무엇"의 축자적 의미와 그리고 진실인 것으로 판명되는 재고된 암시적 의미 사이에서 결과적으로 어떤 이분법을 만들어내는 과정으로서 제시된다고 말하는 것은 아니다(1995 : 242).

관련 이론의 시각에서, 비유적 언어에 관한 이해(모든 언어로서)는 최대한의 관련이 성취될·때까지(다시 말해, 독자에 관해 말하자면, 관련화의 노력이 맥락효과의 도움을 넘어서는 지점에까지) 언어학적 약호를 채우는 추론적 과정으로서 이해된다. 이러한 과정에 진실의 기준만이 유일하게 개입되며 맥락효과의 특수한 조건으로까지 된다. 또한 진실의 기준만이 유일하게 그와 같은 맥락효과를 만들어내는 가정들과의 관련 속에서 적용될 수 있다. 또한 그 가정들은 축자적 언술을 포함할 필요가 없으며 혹은 하나의 명제로서 그 언술에 관한 어떤 번역을 포함할 필요도 없다. 즉 진실의 기준은 추론 과정의 '산물'이며 그것은 추론과정의 인지적 효과가 정보로서의 자격을 갖추어야 한다는 단지 그러한 의미에서만 성공적인 커뮤니케이션에 적용될 수 있다. 관련은, 한 개인에게, 인지적 이점들에 관한 개념적인 측정이며 스퍼버와 윌슨은 이것을 보편적인 "지식의 확장"으로서 해석하고 있다(Wilson & Sperber 2002 : 601). 그럼에도 그들은 명백히, 인지적 기능화에 관한 다른 종류의 이점들을 고려하는 가능성을 열어두기를 원하고 있다. 또한 "지식의 확장"이라는 개념 자체가 광범위한 인지적 효과들을 포괄하고 있다. 예를 들면,

스퍼버와 윌슨은 그들이 "시적 효과"라고 일컫는 인지 변화의 범주에 관해 기술하고 있다. 그것은 만약 하나의 언술이 폭넓게 정렬되는 미약한 함의들을 통하여 다수의 관련들을 성취한다면 그 언술은 다양한 의미를 갖는 시적 효과를 지닌다는 것이다(1995 : 222). 다시 말해, 관련을 만들어내는 데에 요구되는 지식의 확장은 인상주의적 특성이나 정서적 특성과 관련을 맺고 있다. 한편으로, 이것은 또한 수많은 세부적 인지 효과들과 수많은 미약한 명백한 가정들이 축적된 산물이다. 이 모든 것들은 이해과정의 결과물이며 이것들 중 어떤 것도 그 과정에 투입된 명제의 진실에 필연적으로 의존하고 있지는 않다.

이러한 토대 위에서, 나는 허구성의 문제가 결국에는 진실의 문제가 아니라 관련의 문제임을 주장하고자 한다. 독자가 적절한 해석문맥을 찾도록 이끄는 것은 축자적 진실에 대한 어떤 기대가 아니라 관련의 가정인 것이다. 관련 이론은, 추론과 함의의 생성이, 진실로서 간주되는 언술에서와 동일한 직접적 방식에 의해 명백히 거짓이 되는 언술로부터 진행되는 것을 허용하고 있다. 즉 진실에 관한 가치평가만이 유일하게 그러한 과정의 결과에 역할할 수 있는 것이다. 그리하여 단지 서술의 허구성만이 축자적 진실에 의존하는 그러한 가정들의 관련과 타협할 수 있다. 관련이론모델은, 허구성이 일상적 커뮤니케이션이나 "진지한" 커뮤니케이션으로부터 허구적 담론을 분리하는 범주가 아니라 하나의 맥락적 가정이라는 측면에서 허구에 관한 견해를 허용하고 있다. 다시 말해, 허구적'이다'라는 가정, 그 자체로서 명백하게 허구적 언술을 이해할 수 있는 것이다. 이러한 가정의 주요한 맥락효과는, 상대적으로, 축자적 진실에 의존하는 함의들을 종속시키면서 좀 더 발산적이며 축적적 방식들 속에서 관련을 성취하는 함의들을 선호하고 있음을 보여준다. 허구는 좀 떨어져서 보면 유추적 사고의 일부 형식을 통하여 총체적인 관련을 성취하지는 않는다. 즉 허구는 다양한 인지적 관심들이나 가치들의 함의를 통과하면서 점진적으로 관련을 성취하고 있다. 또한 다양한 인지적 관심들이나 가치들은 언술 그 자체의 명제적 진실을 수용하는 것에 의존하는 것이 아니라 서술 형식에 관한 그와 같은 관심들에 의한 배치와 투입과 작용을 수용하는 것에 의존하고 있다.

서술은 행위의 노선을 따르는 관련의 미결정으로서 이해될 수 있는 확실히 총체적이며 회고적인 의미를 지닌다. 그리고 서술종결은, 플롯 그 자체의 결정으로서가 아니라(비록 그것이 일반적으로 플롯의 관점에서 성취되는 효과임에도 불구하고) 관련에 관한 미결정적 평가들의 결정으로서 특징지어진다. 이러한 직접적인 의미에서, 허구성에 관한 질문들과는 상관없이, 서술 형식은 그 자체로 특징한 관련의 기대들과 일치한다. 『심판』의 결말에서, 카의 죽음은 아주 공감적인 종결 플롯사건일 뿐만 아니라 서술에 의해 제기된 몇몇 종류의 질문들에 대한 답변이다. 그리고 그러한 측면에서, 그의 죽음은 독자들에게 가능할 수 있는 전반적 평가들의 영역을 일깨우도록 만든다(예를 들면, 독자들은, 법적, 우주적, 시적으로든 간에, 카의 도덕적 이탈과 정의 모델을 관련짓기도 하며, 혹은 국가와 개인 사이의 힘의 균형이나 구조와 대리된 인물 사이의 힘의 균형을 관련짓기도 한다. 혹은 죄의 심리학적 기제들과 초자아의 권위를 관련짓기도 한다, 그리고 기타). 이와 같은 총체적인 주제상의 관련은 서술들에 의해 제공된 유일한 종류의 것도 아니며 그리고 이것이 반드시 가장 중요한 것도 아니다. 그럼에도 이와 같은 소설의 해석논리는 비허구적 서술들에 더 잘 맞는 독자의 인지환경을 구성하는 풍부한 사실들의 종류에서 우세한 것으로 보인다. 그러나, 허구의 독해과정에서 해석적 노력의 투입은 관련으로 인한 의미의 형성을 요구하고 있다. 즉 어느 누구라도 어떤 의미의 파악을 계속해서 지연시키지는 않는 것이다. 또한 특정한 궁극적 결정 그것 하나만으로, 프루스트Proust의 『잃어버린 시간을 찾아서Recherche』 혹은 『전쟁과 평화 War and Peace』 혹은 『클라리사Clarissa』에 관한 독해방식들을 유연하게 정당화할 수는 없다. 소설에서의 서술의 힘은 독해의 과정 속에서 전달될수록 풍부해지고 수정되고 재평가되며 또한 전복되는 가정들에 의존하게 된다. 심지어 소설에서의 서술전개는 '이미 만들어진' 관련의 의미의 토대 위에서만 단지 가능한 것이기도 하다.

소설에서의 관련 정보는 '서술의 이해'(논리적 하위집합, 평가적 하위집합, 그리고 정서적 하위집합을 포함하는)로서 집합적인 꼬리표를 붙이게 될 일반 가정들의 집합들을 포함한 인지환경을 알려주도록 역할하는 가정들에 의해 제공되고 있다. 또한 그것은 예를 들면 고려 중인 텍스트에 대한 일반적 기대들과 텍스트 주제의 항목들과 관련한 좀 더 구체적 가정들, 뿐만 아니라 허구성 그 자체의 가정을 포함하는 인지환경을 알려주도록 역할하는 가정들에 의해 제공되고 있다. 이러한 인지적 환경에서, 관련을 구성하는 맥락효과는 서술 이해의 일반적 기획을 알려주는 새로운 가정들에 의해(그리고 이것이 촉진시킬 심화된 이해의 종류들에 의해) 만들어질 것이며 혹은 서술의 특수항목들로부터 심화된 추론을 가능하게 하는 가정들에 의해 만들어질 것이다. 또한 서술의 특수항목들은 축적된 관련의 경험들이 출현하도록 하는 것에 기여할 것이다(이와 같은 축적적 효과는, 인상이 어떤 식으로 소통되는가에 관한 스퍼버와 윌슨의 논의에서 그들이 '시적 효과'로서 명명한 것과 유사하다). 그래서 카의 행위를 이해하는 데에 필요한 심리학적 동기에 관하여 『심판』의 독자들은 다소 미묘한 가설들을 구조화하면서 관련성을 발견할 수 있을 것이다. 혹은 그와 같은 이해는 정서적 관심을 끌어내는 데에 기여할 것인데 그것은 카가 매개가 되기 때문이다. 어떤 경우든 간에, 이러한 효과를 제공하는 서술의 일관성은 좀 더 명백한 가정들에 의존하며 그 가정들의 종류는 '허구의 진실'인 무엇에 관한 익숙한 관념과 관련된다. 그와 같은 가정들은 언술의 축자적 진실의 가치와는 상관없는 정보의 지위를 지니는데 그 이유는 그 가정들의 효용성 곧 그것들의 '관계성'은 맥락적인 것이지 참조적인 것은 아니기 때문이다(그럼에도 이것은 허구적 담론에 의해 유용해진 일부 가정들이 실지로 참조될 수 있는 가능성을 배제하는 것은 아니다. 그 사례로서 '실화소설roman à clef'이나 역사소설 혹은 많은 현대적 형식의 다큐멘타리 소설을 들 수 있다).

'소설 속에서의' 진실의 개념은 존재론적 얼개를 의미하는 것이 아니라 맥락에 의해 자격을 갖추는 것을 의미한다. 그리고 이러한 종류의 가정들은 선행가정들의 맥락과 관련한 정보를 제공한다. 우리는 일반적으로 허구적 언술들의 관련을 결정지으려고 하지는 않는다. 그것은, 반대되는 어떤 증거가 부재한, 언술들의 액면적 진실 가치는 관련성이 희박한 나머지 결정지을 만한 가치를 지니지는 못한다는 것을 우리가 사전에 알고 있기 때문일 것이다. 그러나 이것은 허구의 서술 일관성과는 타협하지 않는데 그 이유는 성공적인 관련의 결정이 이루어지기 위해 동일 지시어가 필연적인 것은 아니기 때문이다(수학을 생각해 보자. $x^2=2xy$

에서, 각각의 x는 동일한 가치를 지시하며 이것은 또한 2y의 가치임을 알기 위해서 우리가 x의 가치를 알아야 할 필요는 없다). 허구적 인물, 장소, 그리고 사건에 관한 다중적 관련들의 소통적 역할은 화용론적 문제이지 의미론적인 문제는 아니다. 허구적 서술이 전개됨에 따라서, 심화된 가정들이 명백해지는데 그것은 초기의 가정들이 새로운 가정들의 허구적 진실이 세워질 수 있는 어떠한 허구적 세계를 투사하였기 때문은 아니다. 그것은 초기의 가정들에서 성취된 관련 그 자체가 이어지는 연관된 가정들의 관련을 최대화하는 어떤 맥락적 토대가 되기 때문이다.

소설에서 관련에 의한 화용론적 추론의 진술은 그 담론의 너머에 있는 관련의 세계를 경유하여 전개되어야 할 필요는 없다. 혹은 언급하고 있는 표현들 사이의 한정적 '언표양상de dicto'의 관계들 너머에 있는 지시적 '사물양상de re'의 의미론을 경유하여 전개되어야 할 필요도 없다. 관련의 구조물로서 소설을 인지함으로써 우리가 설명할 수 있는 모든 것들이 허구적 세계들을 투사하고 있는 것이다. 또한, 우리는 물론, 성가신 우회, 제한된 기준, 역설, 혹은 말의 반복 같은 것이 없어도, 허구적(상상적, 문자 그대로 단정적이지 않은) 목적을 위한 언어의 재현능력을 진지하게 사용하여 소설을 이해할 수 있다. 다시 말해, 허구성의 의미론이 아닌 화용론의 관점에서 사유함으로써 설명할 수 있다. 우리가 그렇게 할 때, 관련의 소통적 평가기준은 지연된 것 혹은 간접적인 것이 아니라 근본적인 것이 되며 그리고 허구적 얼개에 내재적이거나 외재적인 것이 아닌 단일한 것이 된다.

카프카의 소설로부터 좀 더 심화된 사례는 내가 제안하고 있는 허구성에 관한 견해를 명료하게 하도록 도울 것이다. 그럼에도 나는, 이어지는 단락에서, 비판적 방법론을 진전시키지 않고서 다만 하나의 이론적 모델을 보여주기만 할 것이다. 관련 이론은 허구적 커뮤니케이션에서 경험을 강조하는 원리들을 설명하도록 도울 수 있다. 그러나 그것 자체가 그와 같은 경험에 관한 정교화된 사례를 특징적으로 뚜렷하게 만들지는 못하며 게다가 놀랄만한 새로운 해석들의 생산으로 이끄는 것도 아니다. 내가 갖고 있는 펭귄클래식Penguin Classics 판본에서 『심판』의 첫 번째 문장은 다음과 같이 번역된다. "누군가가 요제프 카에 대해 거짓기소를 하였음에 틀림이 없다. 그것은 그가 어떤 잘못된 일을 하지 않았는데도 어느 날 아침 체포되었기 때문이다"(Kafka 1994 : 1). 나는 이 문장에 의해 초대된 추론과정을 정교화하면서 이 문장의 주제는 아니라 해도, 명확히 그것의 초점이 되는 카와 관련한 가능한 가정들만을 다룰 것이다. 분석적 정밀함이나 완벽함을 그다지 자처하지 않는다면, 가능할 수 있는 네 개의 가정이 즉각적으로 제시될 수 있다.

① 요제프 카가 있었다.
② 요제프 카가 체포되었다.
③ 요제프 카는 어떤 잘못된 일을 하지 않았다.
④ 누군가가 그에 대해 거짓기소를 하였다.

허구성에 관한 맥락상의 가정은 또한 이 문장을 관련화하는 과정을 알려주고 있다(그 이유는 우리가 서점의 소설 코너에서 이 책을 찾았기 때문이거나 우리가 현대소설의 강좌를 위해 그것을 읽고 있기 때문이다. 혹은 우리가 카프카에 관한 이전의 일반지식을 지니고 있기 때문이다). 허구성에 관한 맥락상의 가정은 우리가 이러한 가정들을 처리하는 과정에 어떻게 영향을 미치는가?

　첫 번째, 그것은 가정 ①의 관련을 없앤다. 가정 ①은 존재론적 가정으로서 실제세계에 있는 요제프 카와의 관련으로써 풀어나가는 가능성에 의존하고 있다. 허구성의 가정은 이것을 배제하지 않는다. 그러나 그것은 사소한 관련이라는 추정을 만들어내며 이에 따라 그것은, 이해의 관련과정을 이끄는 노력과 효과의 경제 내에서 관련화과정을 거칠 만한 가치를 지니지 못한다. 이것은, 카의 세계에서의 그의 "실존" 문제와는 아주 다른 것이라는 사실에 주목할 필요가 있다. 즉 그의 세계는 허구적 세계 개념이거나 혹은 (좀 더 일반적인 느슨한 용법으로는) 비판적 담론과 허구적 담론 사이의 참여적 협력형식인 것이다. 존재론적 가정은 후자의 시각에 아무 것도 보태지 못하는데 그 이유는 (칸트를 따라서) 존재는 술어가 아니기 때문이다. 그리고 그것은 그 자체로 어떤 개념(여기서는 개념 '카')의 자질이 아니다. 물론, 다른 유형의 인물들도 있는데 그들의 존재론적 가정은 실제적으로 관련된 것이다. 이를테면, 나폴레옹 배역을 맡은 역사상의 인물과의 관련성을 인지하지 못하는 일은 『전쟁과 평화』를 곤궁하게 독해하는 것이 될 것이다. 가정 ②에서 ④까지는 다르게 진행되는데 그 이유는 그것들이 가정 ①의 명제를 주장한다기보다는 추정적으로 카에 관한 정보를 제공하기 때문이다. 그것들의 일관성은 관련의 결정이 아니라 공동 관련성에 의해 제공되며 그렇기 때문에 그것들은 허구성의 가정과 직접적으로 충돌하지 않는다. 그럼에도, 명확하게, 그것들은 카에 관한 단순한 정보로서만 관련을 성취하지는 않는다. 그것들은 몇몇 가능한 서술 스키마타 schemata를 구체화하도록 도울 수 있으며 스키마타 각각은 이러한 종류의 정보를 위한 잠재적인 설명을 위한 테두리가 된다. 이 가정들의 상대적 힘에 관한 우리의 평가와 일치하면서, 또한 그와 같은 스키마타와 관계하는, 이 가정들의 관련화과정은 서술 이해에 대한 우리의 평가와 계발에 개입하고 있다. 그러한 측면들 가운데서 관련성의 정도는, 개입된 우리의 노력들이 타당한 가치를 지닌다고 발견될 때 제공된다.

이러한 가능성은 허구성의 가정에 관한 또 하나의 효과에 의하여 강화된다. 즉 허구성의 가정은 특히 여기서는 내적 초점화의 형식으로 앎의 범주를 상상적으로 확장하도록 허가해준다. 또 하나의 정신적 관점의 재현은 본질적으로 허구성의 범주 지표가 아니라, 이것은 확실히, 허구성의 가정이 해석에 더 많이 계속해서 유용하도록 만들어주는 가능성인 것이다. 그래서 여기서, "누군가가…… 하였음에 틀림이 없다"는, 이것이 카의 시각을 반영하지 않는다면, 소설에서는 불필요한 추정일 것이다(혹은 이것은 재현된 서술자의 목소리이다. 그러나 그 추론을 지지하는 다른 어떤 증거는 나타나지 않는다). 이것은 심화된 가정들을 명백하게 만드는 데에 충분하다.

⑤ 요제프 카는 누군가가 자신에 대해 거짓기소를 하였다고 생각하였다.

그리고, 같은 근거에서,

⑥ 요제프 카는 자신이 어떤 잘못된 일을 하였다고 생각하지 않았다.

가정 ⑥의 해석적 기초는 이 번역에서보다 독일어 원어에서 좀 더 명백하지만 그럼에도 이것은 여기서 유용하다(그리고 내적 초점화를 좀 더 확실히 보여주는 것은 이어지는 문장, 보통 때 카의 아침식사를 가져다주는 요리사가 "이번에" 오지 않았다고 한 것이다 — 문장의 지시어는 서술의 시각이라기보다는 카의 경험적 시각의 전달에 초점을 맞추고 있다).

이러한 가정들은 가정 ③과 ④라는 명백함의 자질을 부여하며 또한 근본적인 애매함을 도입하고 있다. 내적 초점화는 또 다른 사람의 생각이나 말을 해석하는 언술이자 스퍼버와 윌슨이 "반향적"이라고 명명한 언술의 층위 안에 속한다(이 층위는 또한 직접 발화와 일인칭 서술을 포함하고 있다). 이 가정들은 가정 ⑤와 ⑥에서처럼, 생각이 뜻하는 것에 관한 정보를 제공할 뿐만 아니라 또한 생각이 뜻하는 것에 대한 태도를 취함으로써 관련을 성취한다(Sperber & Wilson : 238). 그러나 어떠한 태도인가? 내적 초점화는 아이러니와 공감의 많은 음영들을 에워싸며 그리고 다양한 해석들하에서 특수한 반향적 언술이 다음의 가정들 중의 하나가 추론될 수 있도록 허용한다.

⑦ 요제프 카는 부당한 희생자였다.
⑧ 요제프 카는 자신이 지배받는 법에 무지하였다.

그리고 물론, 더 심화된 가정들은 이 두 가지를 평가하는 독자의 입장에서 조명해보면 명백하게 된다. 즉 카는 함정에 빠졌거나 혹은 편집증 희생자이다(⑦), 그리고 그는 정당하게 신고된 것이 아니라면 편집증을 지닌 무지한 범법자이다(⑧)라는 것에서 명백해지는 것이다.

이 추론들의 평가적 특성은 어떠한 정서를 개입하도록 만들며 정서적 개입은 감정과 분리된 판단으로부터 동정적인 감정이입에까지 이르고 있다. 그리고 그러한 정서적 개입은, 개인 곧 자아나 주체와 법의 관계에 관한 독자의 정서적 성향 및 이데올로기적 성향에 의하여, 그 관계가 지닌 모든 내포들과 함께 밝혀질 것이다. 사건의 애매함이 유용하고 경쟁력 있는 가정들의 어떠한 하위집합에 대해서 결정적으로 선호할 수 없도록 한다는 것을 고려할 때, (환원될 수 없는 어떤 해석에 대한) 정서적 개입은 상당히 복합적으로 발생할 것이다. 물론, 이것은 서술의 효과가 발생하는 데에 근본적인 것으로서, 적어도 자신의 곤경에 대한 카의 복합적인 태도 때문이 아니다. 즉 몇 페이지를 넘기면 한 멋진 단락에서, 카프카는 "자신만의 관점에서 그것을 보려고 애쓰고" 있는 그의 모습을 보여준다(1994 : 7). 여기에 평가적 분리와 상상적 개입 사이의 멋진 균형이 있다. 즉 평가적으로 유입된 내적 초점화와 관련한 독자의 불확실성은 분리의 효과를 보여준다. 그럼에도 법 앞에 서는 것에 대한 카의 불안에 독자의 불확실성이 일치되는 것은 또한 이 불확실성에 정서적 개입의 자질을 부여한 것이다.

소설이 시작하는 첫 문장으로서 이것은 비교적 단순한 맥락 속에서 효과를 성취하고 있다. 그럼에도, 여기서 이미(필연적으로) 유용한 추론들은 언술 그 자체에서부터 서사적으로 추정되는 경향이 있다. 그리고 뒤따르는 서술 전개는 기존의 해석적 노력이 투입되는 방향으로 나아갈 것이며 그 과정으로부터 관련의 의미를 확보하는 효과들을 따르게 될 것이다. 그리고 그 결과, 이어지는 언술들의 맥락은 가능한 좀 더 많은 모든 종류의 추론들을 제공할 것이다. 실제적으로 끌려온 추론들은 독해할 때마다 인지적 환경과 해석적 전략에 따라서 다양할 것인데 그 이유는 이러한 맥락적 요소들은 사건 각각의 관련에 대한 구체적인 기대들에 자질을 부여할 것이기 때문이다. 그러나 모든 경우에, 이러한 기대들을 만족시키는 것은 추론의 노선들에 대하여 어떠한 우선순위를 매기도록 요구할 것이다. 즉 이해 과정의 화용론적 특성은 그것이 결코 논리적인 소모가 아니라는 사실을 가리키고 있다. 관련의 목표는 이해과정의 화용론적 특성을 요구하지는 않는다. 그것은 물론, 그러한 화용론적 특성이 허구성의 가정(실지로 허구적 언술의 논리를 확보하는)을 고려해서가 아니다. 그 이유는 화용론적 특성이 추론들의 재현논리가 정렬되지 못하게 혼돈에 빠뜨리는 다수의 허구적 서술들 가운데서 가능한 많은 추론들을 하찮은 것들로 만들기 때문이다.

기존의 설명들과는 대조적으로, 허구성에 관한 화용론적 이론은 실제 세계 맥락으로부터 허구적 담론을 분리하는 것을 요구하지 않는다. 서술의 특수한 항목들에 배경을 제공하는 최소 이탈의 원리는 필요하지 않는데 그 이유는 이 역할이 문맥상의 가정들로 채워지기 때문이다. 허구적 세계의 일부가 아니라 커뮤니케이션 상황의 일부가 있는 것이다. 다른 관점들에서처럼 이 관점에서도, 허구성은 존재론적 범주로서라기보다는 소통적 원천으로서 가장 잘 이해될 수 있다는 것이 핵심이다. 허구성은 세계들 사이의 경계가 아니며 그리고 또한 담론으로부터 저자를 소외시키는 범주도 아니다. 그것은, 독자에 의한 문맥상의 가정으로서 저자의 담론이 소설로서 제공된다는 명백한 정보에 의하여 촉진된다. 이러한 문맥상의 가정은 관련을 최대화하는 독자의 노력 속에 있는 예비적인 움직임이다. 그것은 수사학적 지향에 해당되며 이 지향은 담론의 관련이 상당한 결실을 맺도록 추구될 것이라는 하나의 기대이다. 담론의 관련은, 성공적인 관련 결정에 의존하는 정보적 연관으로부터 견고하게 출현하는 것이 아니라 폭넓게 정렬된 미약한 함의들로부터 출현함으로써 추구된다. 그러한 미약한 함의들은 정서적 효과와 평가적 효과를 축적적으로 생산하며 그리고 어느 정도의 축자적 관련 실패에 의해서는 손상되지 않는다. 그럼에도 실지로, 그 함의들은 궁극적으로 인지적 이점과 지식의 확장을 구성하고 있다. 이 모델에서의 어떤 것도, 허구로부터 사실적 정보를 얻는 가능성을 배제하도록 하는 것은 없다. 즉 허구성은 수사학적 집합으로서의 단계를 인정하지 않지만 그러나 허구는 재현으로서의 단계를 인정한다. 상호 배제적 커뮤니케이션의 의도와(가공적인 것과 단정적인 것) 정보적 의도 사이의 관련성을 이같이 구별짓는 것은, 소설의 규정을 어지럽히는 경계적 사건들의 영역 ─ 역사소설, '**실화소설**', 허구화된 회고록, 역사기술 메타픽션, 속임수들 ─ 을 수용할 수 있도록 한다. 그럼에도, 소설에 의해 제공된 지식은 주로, 무엇인 것(무엇이었던 것)에 관한 구체적 지식이 아니라, 인간의 문제들이 어떻게 작용하는가, 혹은 더 엄밀하게는, 논리적, 평가적, 감정적인 면에서 그것들을 어떻게 이해하는가에 관한 구체적 지식이다. 그것은 이와 같은 문제들이 상상의 반경 내로 들어와서 이해되는 의미의 방식에 관한 지식이다. 허구성의 화용론적 이론은, 내가 제시한 아주 폭넓은 의미들에서도 그러하지만, 허구의 가치를 다만 지식의 확장에만 '한정짓지' 않는다. 허구성의 화용론적 이론은, 허구가 직접적으로 소통된 인지적 이점들을 제공하며 그것은 허구성 그 자체의 맥락적 가정에 의해 전경화된다고 주장한다.

허구에 관한 우리의 경험 내의 적절한 인지적 범주에 관해서는 논쟁의 여지가 있다. 그러나 나는 전적으로 인지적 관점에서 그 경험 혹은 그것의 가치를 특징짓는 일을 추구하고 있지는 않다. 그리고 나는 여기서 커뮤니케이션에 관한 인지적 관점이 소설에서의 저자의 의도를 제한하는 관점을 의미한다고 생각하지도 않는다. 나의 주장은 구체적으로 허구적 담론이 형식적, 의도적, 혹은 존재론적 범주들을 수반한다는 고정된 관념에 반대하여 이끌려진 것이다. 허구성에 관한 현재의 모든 접근법들은 일부 이와 같은 범주들을 환기시키며 그리고 문학 비평은 애매함, 이중적 사고, 혹은 임시변통과 같은 종류들에 의해 사실과 타협하고 있다. 다시 말해, 문학비평의 존재의 이유는 아마 틀림없이, 허구와 실제 사이의 깊은 골을 연결하는 것이지만 그럼에도 문학비평은 실제적으로 어느 한 편에서의 관점을 희석시키려는 경향이 있다. 그것은 허구와 합작하며 또한 허구에 참여하고 있다. 혹은 그 밖에, 문학비평은 그것 자체로부터 분리되어서는, 종종, 계몽화된 비평가와 순진하게 현혹된 독자 사이에서의 간극을 열어젖히는 과정을 보여주기도 한다. 그 첫 번째로서 내재적 관점은 다수의 근접 독해와 반영지향 비평(나는 서술 항목들에 초점을 맞춘 비평을 의미하고 있다)에서 지배적인 것이다. 그 두 번째로서 외재적 관점은, 형식주의 지향과 독자반응비평 지향(적어도 이것들이 독해의 스토리들을 투사하는 한에서), 그리고 (예를 들면) 막시즘, 페미니즘, 정신분석, 퀴어이론, 혹은 포스트콜로니얼 관점을 텍스트에 부과하는 징후적 비평양식들에서 종종 명백하게 나타나는 것이다. 나는 어떤 접근법이든 근본적으로 잘못된 어떠한 것이 있다고는 생각하지 않으며 그리고 어떠한 접근법도 허구적 담론에서 일어나고 있는 무엇을 실제적으로 설명한다고 생각하지도 않는다. 허구적 담론에서 일어나는 무엇들 중, 그 첫 번째는 우리가 이미 소설에 익숙하다는 것(물론 우리는 그러하다)을 당연하게 여긴다는 것이다. 그 두 번째는, 허구적 텍스트가 사례를 제공하는 다른 관심사들을 추구하면서 허구성을 괄호 속에 넣는 경향이 있다는 것이다. 이러한 내부 / 외부의 이분법을 거부하는 것으로써, 허구성에 대한 화용론적 접근법은 그것이 지우고 있는 쟁점을 확인하게 한다. 그것은 이 접근법이, 현재 우리가 독자이자 비평가로서 행하는 무엇과 충돌을 일으키지 않아야 하며 그렇게 되어서는 안 된다는 것이다. 그러나 동시에 그것은, 내가 주장한, 우리가 하고 있지 않은 무엇인가가 가치로운 일이 될 것이라는 것도 확인시킨다. 즉 허구성에 관한 화용론적 접근법은 허구에 대한 우리의 경험과 이해 속에서 허구성 그 자체의 힘과 효과를 설명하는 일에 도전하도록 만들고 있다.

2부
수정과 혁신

10

플롯의 시학을 넘어서

서술진행의 대안적 형식과 『율리시즈*Ulysses*』의 다중적 궤도

브라이언 리처드슨Brian Richardson

20세기에 플롯논의에 관한 세부적 검토들은 다소 상당한 이견들을 드러내고 있다(예를 들면, 사건들의 문법적 질서에 관한 구조주의적 강조 대. 행동 궤도의 정서적 결과에 관한 네오아리스토텔레스적 강조). 그러나 구체적인 이견들로부터 뒤로 물러서서 보면, 공통점이 거의 없는 이론가들 사이에서조차도, 보편적인 일치를 보여주는 내용의 영역들을 드러내고 있다. 블라디미르 프로프Vladimir Propp와 같은 초기 구조주의자가 제공한 분석들은, 이와 경쟁적인 해석학의 관점에서 주장하고 있는 폴 리쾨르 Paul Ricoeur의 계통과 전적으로 모순되지는 않는다. 즉 리쾨르에게, 플롯은 "스토리의 사건연속을 지배하는 지적인 전체이다……. 플롯이 사건들을 스토리'로' '만든다면' 스토리는 사건들을 통하여 만들어지는 것이다"(1981 : 167). 프로프 또한 유사하게, 스토리가 시작되면서 나타

나는 문제나 갈등을 해결의 방향으로 이끄는 일련의 연관된 사건들을 사실로서 상정하고 있다. 이러한 관점들은 피터 브룩스Peter Brooks의 포스트구조주의적 정신분석 접근법과 일치하는 것이다. 브룩스는 실제로 두 사람의 견해를 인용하면서 자신의 고유의 입지를 추구하고 있다(1984 : 13~17). 브룩스는 플롯에 관하여 "서술의 구도와 의도 즉 연속과 시간을 통하여 전개되는 의미들의 구조"를 감싸는 것으로서 이 용어를 규정하고 있다(1984 : 12). 이것은 차례로, 플롯의 이론화에 관한 다른 주요한 갈래들과 조화를 이룬다. 즉 통일성, 구도, 완결, 효과에 관한 강조는 크레인R. S. Crane으로부터 시작하여 시카고 대학과 연관된 네오아리스토텔레스학파에 의하여 지속적으로 이루어지고 있다. 이러한 다양한 논의들의 정수를 뽑아보는 일은 서술의 본질 요소인 플롯에 관한 다음의 개념에 이르도록 한다. 즉 플롯은 몇몇 인과원리에 의해 목적론적으로 연결된 사건들의 배열이다. 다시 말해, 사건들은 전형적으로 어떠한 해결 혹은 수렴의 형식으로 이끌려지는 궤도에서 다 함께 묶여진다.

그럼에도, 이와 같은 개념이 지닌 문제는, 수많은 서술들이 이러한 플롯의 모델이나 서사 통일성, 결합, 플롯의 목적론에 관한 명백한 가정들에 대해서 저항하고 회피하거나 혹은 반대하고 있다는 사실이다. 이 경향은 시종일관, 파편적이며 열린 결말을 맺으며 모순적이거나 저항적인, 다시 말해 "플롯이 부재한" 텍스트 특히 20세기의 작품들에서 나타나고 있다. 이제 막 논의되기 시작하고 있는 개념들은 궤도들, 다시 말해 내가 서술진행이라고 일컫는 무엇을 기술하는 것에 있어서는 거의 소용이 없다. 여기서 내가 뜻하는 서술진행은 『율리시즈』 혹은

『파도The Waves』로 거슬러가며, 한층 더 실험적인 작품들 즉 거트루드 스타인Gertrude Stein, 레이몬드 루셀Raymond Roussel, 사무엘 베케트Samuel Beckett 혹은 알랭 로브-그리예Alain Robbe-Grillet의 작품들은 당연히 포함된다(우리는 이 저자들이 만들어낸 특수한 위반들을 이해하기 위해 플롯에 관한 이 같은 특성에 주목할 필요가 있었다. 그럼에도 플롯에 관한 이론적 견해들은 변화되지 못해왔음을 덧붙이고자 한다). 다음으로, 나는 최근 소설에서 플롯의 부재에 근거한 서사질서가 매우 뚜렷하고 다양하게 나타나고 있음을 확인할 것이다. 그리고 나는 관련된 역사적 선례들을 찾아내고 이와 같은 전략들이 이전의 전통적 양식의 사건 구성을 어떻게 보충하거나 혹은 대체하는가에 주목할 것이다. 이 작업은 가장 친숙한 질서로부터 아주 난폭한 질서 쪽으로 이동하는 작품 고유의 사건 구성의 원리를 보여줄 것이다. 다시 말해 그 원리는 거의 보이지 않게 스토리를 진행하도록 하는 질서로부터 스토리의 진행을 아주 스펙터클하게 전복시키는 질서에까지 이르고 있다. 플롯의 부재에 근거하는 사건들이 생산되는 방법들이 얼마나 많고 다양한가 하는 것이 놀라울 따름이다. 그리고 그러한 방법들이 서사론자들에 의해 좀 더 충분히 점검되거나 논의되지 못하였다는 사실도 놀라운 일이다. 나는 또한 관습적인 플롯구성의 질서화 기술이 아니라 다양하고 많은 질서화 기술들을 사용하는 소설, 『율리시즈』에 나타나는 전략들을 개별적으로 찾아볼 것이다.

『율리시즈』는 이러한 나의 관점에서 특별히 흥미롭다. 다른 한편에서 보면, 이 작품은 플롯이 요구하는 최소한의 무엇조차도 결핍한 것으로 여겨진다. 즉 이어지는 사건들은 상당히 임의적으로 일어나는 것처럼 보인다. 첫 번째의 선조적 진행(1~3장)은 방해되었으며 그리고 시간은 우리가 4장에서 블룸Bloom을 만난 때로 다시 고정되고 있다. 또한 두 갈래를 이루는 주요 이야기들은 종종 서로 가까워지지만 그럼에도 충분히 어떠한 의미 있는 방식으로 맞닿게 되지는 않는다. 그리고 마지막 장들은 사건들을 다 같이 묶어놓을 어떠한 기제에도 저항하고 있다. 즉 스티븐Stephen과 블룸은 헤어지게 되는데 그것은 마치 한 밤에 지나가고 있는 두 척의 배와도 같은 방식이다. 많은 짧은 장면들은 우연적으로 연결되는 것처럼 여겨지며 그리고는 확실히, 어떤 커다란 우연적 사슬에 의해 그러한 연결이 끊어지게 된다. 「떠도는 바위들 The Wandering Rocks」의 에피소드는, 공간적으로 인접한 몇몇 더블린 Dublin 시민들의 움직임, 본질적으로 보면 상호작용적이지 못한 상황들을 추적하고 있다. 이 에피소드는 이 작품이 전통적 플롯을 거부하는 것으로서 보여질 수 있는 전형의 종류라고 할 수 있다. 이 책이 내적 독백과 자유간접화법을 빈번하게 사용한 것은 아주 짧은 단락들의 장면 구성을 좀 더 우연적인 것으로 보여지게 한다. 즉 어떠한 생각이 인물의 마음에 막 떠올랐으므로 문장 B가 문장 A에 이어진다고 말하는 것은 별다른 설명을 요구하지 않는다. 이에 대해, 토도로프Todorov는 다음의 진술을 하기에 이른다, "시간적 질서에 대하여 가장 놀라운 종속을 보여주는 것이 바로 『율리시즈』이다. 행위들 사이에서 유일하거나 혹은 주요한 관계가 있다고 한다면 그것은 행위들의 순수한 연속이다"(1981 : 42).

표면적으로는 근거 없는 사건들과 일화들이 패턴을 이루도록 하는 명백한 한 가지 방법은 초기 텍스트의 질서를 재생산하는 방식에 의한 것이다. 현장감 있게 기록되는 이중의 선조적 진행들이 『율리시즈』에 나타나는 것은 동일한 사건 구성이 『오디세이』에서도 발생하기 때문이다. 즉, 조이스는, 다른 방식이었다면 동기부여도 되지 않고 인과적이지 못했을 스티븐과 바다의 신, 프로테우스Proteus와의 조우(3장)를, 스티븐의 네스토르Nestor 형상과의 만남(2장) 이후에 넣었다. 그 이유는 호머Homer의 텔레마코스Telemachus가 프로테우스와 전투를 치르기 전에(책 4권) 네스토르와 이야기하고 있기 때문이다(책 3권). 대체로 호머의 인과적인 시퀀스는 그렇지 않았다면 임의적이었을 조이스의 연결책을 보여주는 하나의 모형이 된다. 이러한 질서화가 많은 부분 이어지지만 그러나 이것이 조이스의 텍스트를 설명하는 전부는 결코 아니다. 즉 「로터스 이터스Lotus Eaters」, 「아이올로스Aeolus」, 「라이스트리곤인 Lestrygonians」, 「사이렌Sirens」, 그리고 「태양신의 황소Oxen of the Sun」와 같은 조이스의 에피소드들은 호머에 의해 사용된 것과 동일한 질서를 따르고 있다. 한편으로, 다른 에피소드들은(사이클로프스Cyclops, 키르케 Circe) 다른 목적에 맞도록 재배열된 것이다.

셀던 색스Sheldon Sacks는 우리가 플롯의 관습적 특성과는 대체로 독립적인 방식으로 조직된 서술들을 고려할 수 있는 또 다른 유용한 방식을 제공하였다. 그는 『캔디드Candide』 혹은 『라셀라스Rasselas』와 같이, 주제나 세계관을 우화나 허구적 사례로 보여주는 장르들을 논의하면서 에피소드들이 개연적 질서가 아니라 "수사학적 질서 속에서 서로 간에 관련된다"고 지적하고 있다. "라셀라스Rasselas가 자주 만났던 게 이 젊은이를 떠난 후에 열정을 통제하는 데에 전념한 현인을 만나게 되는 장면"(Sacks 1964 : 56)은 어떠한 허구적 '개연성'도 찾을 수가 없다"(Sacks 1964 : 56). 그럼에도, 그와 같은 장면은 소설 줄거리의 요구로부터 이어지는 것이다. 이 같은 종류의 수사학적 장면구성은 좀 더 이데올로기적인 성격을 띤 많은 소설들의 전환부에서도 발견된다. 단호하게 반교훈적인 경향의 조이스는 일반적으로, 이러한 방식으로 된 수사학적 진행을 사용하지는 않는다. 그럼에도, 우리는 「스킬라와 카리브디스Scylla and Charybdis」의 변증법적 사건들의 진행에서 수많은 모형들과 간접 수사학의 장면들을 볼 수 있다. "스킬라와 카리브디스"에는 도서관에 있는 인물들이 주장한 이상주의적인 주제들에 이어서 벅 멀리건Buck Mulligan의 아둔한 물질주의적 주장이 잇따르고 있다. 그리고 벅 멀리건이 그 방으로 입장한 것은 주제 / 반주제의 모델과 동시에 발생하고 있다. 연관된 방식으로, 「이타카Ithaca」의 교리문답식 구조는 최소한의 서술을 보여주는 대신에 연결된 일련의 질문들과 대답들에 의해서 장면이 이어진다. 피크C. H. Peake는 이 방법은 "자연스러운 서술의 것이 아니다. 이것은 사슬같이 연결된 일련의 사건들을 풀어나가지 않으면서 검증되고 있으며 분석되고 있는 어떤 정적인 상황을 의미하고 있다"(1977 : 283)고 진술한다. 우화의 진행에 관한 보편적 특성은 또한, 뉴스편집실을 배경으로 수사학의 기술을 주제화하는 "아이올로스Aeolus"의 장의 수많은 수사학적 궤도들 속에서도 나타난다.

하나의 주장을 예증하는 일련의 사건들로부터, 좀 더 일반적인 모티프에 근거한 교체 혹은 진행으로 이동해가는 것은 쉬운 일이다. 이러한 구성 양식들은 유사하지만 반면 이것들의 동기들은 상반될 것이다. 수사학적 시퀀스 구성은 하나의 의도적인 배열이며 그것은 독자의 마음을 저자의 신념과 가깝게 일치시키도록 하는 특별한 효과의 창조가 가능한 이점을 지닌 설정이다. 이러한 의미에서, 모든 부분은 전통적 플롯장치만큼이나 '기능적'이다. 전통적 플롯장치의 목적 또한 독자들이, 장을 옮길 때마다, 주인공들이 역경을 극복하여 그들의 욕망을 어떻게 얻고자 시도하는가를 공감적으로 지켜보도록 만드는 것이기 때문이다. 모티프에 근거한 건축적·수비학적 혹은 기하학적 종류의 장면구성은 근본적으로 균형을 향한 욕망을 충족시키는 것 이외의 기능은 거의 지니지 못하는 형식적 구도이다. 나는 이러한 형식들을 '심미적' 질서라고 지칭할 것이다. 우리는 프루스트Proust의 『잃어버린 시간을 찾아서』에서 뱅퇴이유Vinteuil가 작곡한 음악의 '작은 악절'의 전개를 살피는 것으로써 출발할 수 있다. 그 악절은 다양하게 육화되어 수많은 장면들에 나타난다. 그러나 그다음에는 일반적 궤도 즉 이전보다 더 정교해진 추론의 사례들이 이어진다. 그것은 스완Swann이 듣는 음악소절로서 시작하며 이후, 뱅퇴이유로 불리는 한 남성이 작곡한 소나타의 일부로서 확인된다. 작품이 계속되면서, 작곡자의 정체성이 전적으로 노출되며 그리고 한때는 오데뜨Odette를 향한 스완의 사랑의 표지였던 테마곡은 알베르틴느Albertine를 향한 마르셀Marcel의 사그라드는 사랑의 상징물이 된다. 그리고는 뱅퇴이유에 의한 7중창 전체가 전개된다. 이러한 모티프의 전개는 그것 고유의 독립적인 궤도를 지니고 있다. "뱅퇴이유의 7중창 전개가 왜 이 작품의 후반에 일어나는가?" 하는 질문에 대하여, "그것은 음악 소절의 확장주제의 정점이기 때문이며" 서술의 전략적 지점에는 주목하지 않았던 작곡자의 성취물을 다시 한 번 드러내어 확인하기 위해서라고 답변할 수 있다. 특정한 지점 이후에, 테마곡은 단순하게 서술을 동반하지 않으며 서사적 사건들은 모티프의 전개를 수용하도록 생산된다.

출발한 지점으로 되돌아오는 서술의 중요한 측면들의 익숙한 패턴 범주를 포함하여 수없이 다양한 이 같은 심미적 진행들이 열거될 수 있을 것이다. 또 하나의 패턴으로서, 포스터E. M. Foster가 헨리 제임스 Henry James의 『대사들The Ambassadors』(Foster 1927 : 153~162)에서 모래시계 형상으로서 묘사하였던 것을 들 수 있다. 우리는 또한 톨스토이Tolstoy 의 『안나 카레리나Anna Karenina』 전반에 빛과 어둠의 교체 장면이 이어 지는 것을 지적할 수도 있다. 나아가, 아마도 톨스토이가 형식적 구도 의 시각으로부터 "말랑말랑한 푸딩"이나 "크고 느슨하게 부푼 괴물"을 만들어냈다는 제임스의 부당한 혹평에도 주목할 수 있을 것이다(James 1972 : 262 · 267). 명확하게 앞을 향해 플롯을 진행시키지 못하게끔 하는 많은 장면들을 점검해 본다면, 사건들의 인과적 일부 사슬이 아니라 모티프 기능의 관점에서 플롯이 배치된다는 것을 설명할 수 있을 것이 다. 조이스는 이런 종류의 진행에 아주 능숙하다. 즉 『율리시즈』의 마 지막 열다섯 장들은 각각, 인간 몸의 다양한 기관을 주제로 나타내고 있다. 그리고 유사하게, 각각의 장에서는 다른 기술 혹은 과학이 전경 화되고 있다. 이러한 주제들의 특별한 발생적 기능들은 이 장의 층위 에서보다는 개별 사건들의 층위에서 발생하고 있다. 조이스Joyce는 아 이올로스의 에피소드를 보태지 않았는데 그것은 그가 특별한 기관(폐) 과 학문분야(수사학)를 극적인 것으로 보여주기를 원하였기 때문이다. 그럼에도 몇 가지 작은 사건들(정신적 사건을 포함하여)이 이러한 주제를 보여주는 주요한 목적을 대신하고 있다("루틀리지Ruttledge의 사무실 문이 속 삭였다. ee : cree. 그것들은 항상, 바람이 들어오고 나가도록 또 다른 반대편에 문을 만든다"(Joyce 1986 : 971)).

그러나 장과 사건에 관한 다른 종류의 균형적 배열이 제시될 수 있을 것이다. 즉 이것들은 다른 방식이라면 조직되지 못하였을 사건들의 집합구조를 제공할 뿐만 아니라 때때로 실제적으로 이러한 몇몇의 사건들을 계속해서 '생산한다.' 일찍이 빅토르 슈클로프스키Viktor Shklovsky(1990)는 반복, 유추, 대조 그리고 삼중 패턴을 포함하여 이야기 제재의 수많은 형식상의 배열들을 확인하였다. 그리고 그는 『롤랑의 노래Chanson de Roland』의 많은 부분이 일련의 동일한 장면들과 사건들의 이중적 반복 혹은 삼중적 반복으로 구성되고 있음을 지적하였다. 사실상, 이러한 많은 행위들은 인과적 연관, 유사사실, 혹은 수사학적 역할과 같은 기타 구성적 원리들을 위반하면서, 다만 나머지 텍스트를 움직이는 형식적 패턴을 완성시킨다는 이유로 존재하고 있다. 윌리엄 라이딩William W. Ryding은 한층 더 나아가, 이러한 종류의 분석을 전달하면서, 수많은 중세 서술들이, 이러한 효과를 독점하는 병행적이거나 대비적인 이야기노선들을 포함하여, "예술적인 이중성이나 삼중성 혹은 일부 다른 다중성의 형식"(1971 : 116)을 선호하며 서술의 단일성을 얼마나 삼가고 있는지를 기술하고 있다. 이와 같이 해서, 그렌델Grendel과 마녀를 물리쳐서 승리하고 50년 후의 사건을 그린 『베오울프Beowulf』의 두 번째 부는 늙은 베오울프Beowulf와 용과의 전투에 관한 전적으로 새로운(비록 전적으로 대칭적이지만) 이야기가 된다. 『롤랑의 노래Chanson de Roland』와도 유사한 이 작품은 "사실상 두 개의 시작과 두 개의 중간 그리고 두 개의 결말을 지니고 있다. 우리에게 꽤 진부하게 보이는 중심부의 불연속은 중세의 저자에게는 특수한 심미적 결말의 수단으로서 역할하였던 것처럼 보인다. 그것은, 우리가 추측하기로는, 스토리텔링에 있어서 어떠한 특별한 우아함이었다"(Ryding 1971 : 43). 서사를 구성하는 파편들의 생산과 질서에 관해 견줄 만한 다른 방법들도 문학사의 수많은 시기에서 보면 보편적인 것이다. 이러한 다채로운 건축술적인 진행들은 의심할 것 없이 대리된 것인데, 왜냐하면 많은 경우에, 그것들은 스토리의 주요 사건들의 진행 전개보다는 중요하지 않은 것처럼 보이거나 혹은 그러한 진행 전개에 단순한 부속물인 것처럼 보이기 때문이다. 서술 지각에 있어서 플롯의 견인력이란 아주 강력한 것이어서 대체 질서체계가 가시적으로 되려면 플롯이 포기되거나 억압될 필요가 있다. 그럼에도, 이러한 장면구성의 방법들은 주어진 서술이 작용하여 어떤 이유로 사건들의 배열을 얻게 되는지 설명하도록 돕는다. 심지어 단테Dante의 스토리가 「천국편Paradiso」을 통하여 대체로 절반 가까이 완성되었음에도 불구하고, 그는 구조적으로 필요한 33개의 캔토스cantos에 이르러서야 작품의 제재를 온전히 모두 전개하였던 것이다.

프루스트Proust의 사례에서 보듯이 일련의 문학저 모티프들익 배열은 규범적인 음악적 진행들로부터 모델을 얻었거나 혹은 그것으로부터 빌려왔던 것이다. 자신의 전체 소설을 위해, 프루스트는 바그너 오페라의 구조를 활용하였다. 혹은 어떤 사람들은 소나타의 일반 구조를 활용하였거나(스트린드베리Strindberg) 심포니의 구조를 활용하였거나(지드Gide, 안드레이 비엘리Andrei Biely) 재즈의 기본틀을 활용하였으며(랄프 엘리슨Ralph Ellison, 토니 모리슨Toni Morrison) 혹은 인디언의 관행적 고전 뮤지컬 형식, **라가**the raga를 활용하였다(아밋 차우두리Amit Chaudhuri의 1993년도 『오후의 라가 *Afternoon Raag*』). 토마스 만Thomas Mann의 『베니스의 상인*Death in Venice*』 그리고 『율리시즈』의 「사이렌Sirens」 에피소드의 질서를 보여주는 **카논풍**

푸가Fuga per cananem에서 입증되는 것처럼, 둔주곡이 제공하는 하나의 궤도는 때때로 저항할 수 없는 것으로 드러난다. 마지막 두 사례는 플롯이 부재한 질서화 장치들에 관한 한 가지 중요한 구별을 가리키고 있다. 질서화 장치들은 종종 드러나지 않으면서도, 좀 더 관습적 양식의 스토리 장면구성과 협력적으로 작용하고 있다. 그리고 이 장치들은, 그렇지 않다면, 그다지 동기화되지 못하는 장면들의 궤도를 생산하고 있으며 혹은 (만Mann의 경우에서처럼) 과잉결정된 서술진행을 생산하고 있다(다시 말해, 아센바흐Aschenbach는 베니스에서 죽는데 그 이유는 그가 전염병이 번진 도시에서 머무르기로 정하였기 때문이기도 하지만 '또한' 그것은 죽음이라는 베이스 테마곡의 마지막 표현이 있기 때문이기도 하다. 그 테마곡은 성적 욕망이라는 대위법적 테마곡과 합쳐지고 있다). 그럼에도, 조이스의 「사이렌」의 많은 장면들은, 스토리나 플롯의 전통적 시각에서 접근한다면 어떠한 의미도 찾지 못할 것이다. 실지로, 이 에피소드에서 이어지는 첫 번째 표현들은 거의 어떤 관습적 구조들로서는 사실상 이해되지 않는다. "금발 아가씨 곁, 청동 머리결 아가씨는 쇠말발굽 소리의 울림을 들었다. / 휙 — 챙챙 챙챙챙. / 끄스러기들, 돌과 같은 엄지 손톱에서 끄스러기들을 뜯어 버리면서, 끄스러기들. / 망측해! 그리고는 볼이 더 붉어진 금발 아가씨. / 허스키한 소리로 불리는 담배파이프. / 불리는. 블루 블룸 씨는 그 위에. / 금빛으로 솟은 머리칼. 공단의, 부드러운 가슴 위에서 활짝 피어나는 장미, 카스티유의 장미. / 전율하는, 전율하는, 아이돌로레스Idorores, / 삑! 금발을 엿보는…… 그 안에 누구인가"(p. 210, Joyce의 생략). 주 테마곡과 이어지는 모티프의 주요 버전들을 미리 보여주는 하나의 서곡으로서 (그리고 이들의 표면적 질서를 대략 평가하면서), 이것은 음악적 서곡과 동일한 기능을 수행하는 하나의 정확하고 유용한 요약이다. 음악적 서곡은 특히 그와 같은 이질적 모티프들이 제공되어 이어지는 음악의 전개부에서 그것들이 사실상 조화를 이룰 수 있는지의 여부를 확신하지 못하게끔 하는 아주 대담한 기능을 갖는다.

혹자는 이어지는 제재를 미리 보여주거나 알려주는 것으로서 「사이렌」의 시작 구절의 제시부를 지정할 수 있을 것이다. 그러나 혹자는 또 다른 관점에서 설득력 있게, 그 장의 나머지를 생성시키는 것으로서 「사이렌」의 그 시작 구절들이 효과적이라고 간주할 수 있을 것이다. 이와 같이 엇갈리는 관점의 종류들은 또한 종종, 텍스트 내부의 (허구적) 그림들에 의해 발생되거나 혹은 그렇게 간주되는 서술들과도 관련을 지니고 있다. 2세기, 롱구스Longus의 노벨라, 『다프니스와 클로에 *Daphnis and Chloe*』는 이야기를 지닌 그림을 부분적으로 묘사하면서 시작하는데, 서술자는 그러한 그림이 아주 멋진 것이라고 생각해서 묘사된 그림의 스토리를 산문에서 서술하기로 결정하게 되었다. 괴테의 『노벨레*Novelle*』에서, 우리는 황폐한 성의 그림들을 선사받는데 그것들은 시장 화재의 스토리이자 어떤 사람에게 뛰어들고 있는 사자의 그림이다. 이야기가 전개되면서, 주인공은 그 성을 방문하고 시장에서 발생한 화재를 관찰하며 그리고는 어떤 사람에게 뛰어들고 있는 실제의 사자를 목격하게 된다. 이와 같이 일어날 것 같지 않은 반복들은 기괴한 우연적 일치 혹은 과도한 아이러니의 제시로서 충분히 재현될 수 있다. 그럼에도, 혹자는 또한 그러한 반복들이 재현된 대상과 사건을 발생하도록 하는 서사 장면을 구성하는 초기 보르헤스의 교활한 희곡으로서 독해할 수도 있을 것이다.

우리는 조이스의 사례로는, 변화무쌍한 「키르케」 장에 주목할 수 있다. 이 장에서 블룸이 자신의 유년시절에 보았던 이미지가 현재의 것으로서 생생하게 출현하는데, 예를 들면 그의 침실에 있는 그림 속의 그리스 요정을 들 수 있다(pp.444~451). 이러한 종류의 "회화적 창세기"는 또한, 많은 '**누보로망**'에서 발견되며 그 사례로는 아마도 로브-그리예Robbe-Grillet의 『미궁 속에서*In the Labyrinth*』가 가장 기억할 만할 작품일 것이다. 이 작품에서, 그 책 시작부분에 묘사된 수많은 형상들은, 서술이 전개되면서 유사형태를 지닌 초점대상들을 계속해서 발생시키고 있다. 이와 같이, 그 방의 먼지층은 그것으로부터 전개되는 스토리에 등장하는 눈송이를 만들어내며 책상 위를 가로지른 형태의 대상 이미지는 내부 이야기에서 병사의 초점으로 변형되고 있다. 그리고 〈레이켄펠스에서의 패배The Defeat at Reichenfels〉라는 그림은, 세부묘사가 불가능하다고 기술된 후에, 살아나서는 하나의 서사로 전환되고 있다. 즉 하나의 묘사는 대체代替용법metalepsis을 통하여 사건들의 장면이 되며 그리고 시간적 예술형식과 공간적 형식의 대립은 와해되고 있다.

　　텍스트 발생의 다양한 형식들은 '**누보로망**'과 그것의 다양한 선례들에서 보편적으로 나타난다. 특별히 생산적인 유형은, 몇몇 선택된 언어표현들이 묘사하는 대상이나 행동을 계속해서 발생시키는 방식이다. 이것은 중요하면서도 매혹적인 서사 발생의 방법이며 좀 더 깊이 알아볼 가치가 있다. 장 리카르두Jean Ricardou(1972)는 그것을 구조적 비유라고 일컬었으며 그리고 문자로 표현되면서 텍스트에서 생명을 얻는 하나의 수사로서 기술하고 있다. 나는 이 방식을 "언어적 발생기"라고 지칭할 것이며 그리고 서술에서 나타나거나 발생하는 당시의 대상이나 사건을 명명하는 관습으로서 사용할 것이다. 전통적 작품에서는 당연히, 이 방식이 발생하기 전에 어떤 사건에 의해 아이러니의 전조가 나타날 것이다. 한편, '**누보로망**'에서 이 방식은, 텍스트의 사건들을 생산하는 말이나 이미지로서 서술 진행의 대체 원리가 된다. 예를 들면, 로브-그리예의 『뉴욕 혁명계획*Project for a Revolution in New York*』에서 모든 전환과 변화를 유발하는 "빨갛다"라는 개념은 (살인과 방화를 포함한) 많은 사건들을 발생시킨다. 이 작품에서 좀 더 주요한 것은, 토마스 오도넬Thomas D. O'Donnell(1975)이 설명하였듯이 대조적인 것들을 병치한 것이다. 오도넬은 확장되는 서술의 풍부함에 주목하면서 이 책에서 쥐를 만들어낸 아바타를 추적하고 있다. "이 소설의 가장 앞부분에서, 서술자는 노트에 글을 쓰고 벤 싸이이드Ben Said가 검은 장갑을 끼고 있는 장면을 보여준다. 벤 싸이이드는 겨드랑이 아래에 장갑을 쑤셔 넣고 있다. 또 하나의 장갑은 로라Laura의 탐정 이야기의 표지에서 나타나고 있다. 이 모티브는 유사하게 번갈아 나타나는데,

> 벤 싸이이드는 이야기책의 찢겨진 표지에 있는 소녀의 운명에 책임이 있을 것이다. 좀 더 자세히 살펴보면, 그 "장갑"은 현실적으로는 분노한 거대한 거미라는 사실은 주목할 만하다. 로라는 거대한 거미 혹은 거대한 '**쥐**'로부터 도망치려고 할 때 책장 꼭대기 위에 놓인 책을 발견하였다. 곧 거미와 쥐는 분리해서는 생각할 수 없는 결합적 요소를 형성하고 있다. (O'Donnell 1975 : 192)

이러한 사례들은, 오도넬이 지적하였듯이, "작품 전체에 미치는 '플롯'을 소설에 제공하고 있는 로브-그리예의 주제적 발생기술을 보여

준다"(1975 : 192). 조이스의 「키르케」에서, 우리는 언어적 발생기의 명확한 사례가 텍스트의 내용상의 확장을 생산하고 있음을 알게 된다. 블룸이 담배를 모욕하자 조Zoe는 반박한다, "계속 해. 담배꽁초가 그것을 연설하도록 해봐." 바로 이어지는 서술은 남성용 작업복 바지를 입은 블룸의 형상이며 그는 추종하는 민중들 앞에서 담배의 해악에 관한 연설을 하고 있다. 즉 "담배꽁초가 연설하도록 하"는 구절은 그것이 명명됨과 동시에 만들어지는 사건에 선행하고 있는 것이다.

다른 한편으로, 장 리카르두의 많은 글들에서, 프랑스어로 된 개인적 표현들은, 텍스트가 전개될 때 새롭게 명명된 대상이나 관계들을 계속해서 발생시키는 어휘상의 가벼운 변주들을 생산하고 있다. 심지어는, 표제면에 등장하는 출판사 이름("미뉴잇 판본Les Éditions de minuit")도 텍스트의 발생기로서 역할하고 있다. 이런 식으로, 「콘스탄티노플의 점령La Prise de Constantinople」에서, '판본Édition'이라는 말은 시온Sion의 언덕이라는 개념뿐만 아니라 에드Ed와 이디스Edith라는 인물들을 만들어내고 있으며 한편으로, **미뉴잇**Minuit은 그 책이 밤중에 펼쳐질 것임을 설정해주고 있다(Ricardou 1972 : 384). 이것은 아방가르드의 독점적 영역으로 보여지지만 이 같은 "어휘적 발생기"는 실제로, 사실상 단테까지는 아니라 하더라도, 스턴Sterne의 『트리스트럼 샌디Tristram Shandy』에까지 거슬러 올라갈 수 있다.

비교할 만한 알파벳식 패턴의 질서화 원리는 그다지 역동적이지 못하다. 롤랑 바르뜨Roland Barthes는 이와 같은 구성을 보여주는 자신의 개성적인 글들 중 한 편의 시작부분에서, 그와 같은 질서화 진행은 알파벳 그 자체의 모든 질서와 궤도를 지니고 있다고 진술한 적이 있다. 이러한 진행의 종류는 아마도 레이몬드 루셀Raymond Roussel로부터 계승된 것으로 거슬러가며 그것은 본질적으로 볼 때 허구적인 것은 아니다. 그러나 이러한 진행은, 미셸 뷔토르Michel Butor의 『모빌Mobile』처럼 서사와 서사 부재의 경계를 넘나드는 작품들에서 뿐만 아니라 논픽션과 서사가 부재한 형식에서(예를 들면, 바르뜨Barthes의 『사랑의 단상A Lover's Discourse』) 꾸준히 발견될 수 있다. 그리고 셰르져Sherzer는 "기호적 카탈로그"로서 『모빌』을 표현하며 그것은 "서사 없이도 존재하는 것"(1986 : 46 · 50)이라고 (확실히 논쟁적으로) 진술하고 있다. 흥미롭고도 정교한 이러한 전략들은 세 권의 사전 형태로 된 소설, 밀로라드 파비치Milorad Pavić의 『카자르의 사전Dictionary of the Khazars』에서도 발견될 수 있다. 서사론자는 알파벳식 구성이 단순히 '슈제'를 다르게 재배열한 방식이라는 것에 반대할 것이며 뿐만 아니라 실제적으로 '파불라'에 영향을 미치지 않는다는 것에도 반대할 것이다. 그럼에도, 월터 애비시Walter Abish의 『알파벳의 아프리카Alphabetical Africa』와 같은 일부 작품에서 질서화 원리는 묘사되는 무엇을 명확하게 발생시키고 있다(Orr 1991 : 113~116을 보라). 친숙한 언어적 질서화 원리로써 허구적 서사를 구성하는 다른 치환들이 여기에 포함될 것이다(파비치의 『차로 그려진 풍경Landscape Painted with Tea』에서의 가로세로 퍼즐, 나보코프Nabokov의 『창백한 불꽃Pale Fire』에서의 비판적 논평). 또한 조이스는 사적인 편지들로 된 놀이를 즐기며 알파벳에 의한 관계들을 만들어내고 있다("Ahbeesee defeegee kelomen opeecue rustyouvee"(p. 48)). 그럼에도 나는 어떤 형태로든 『율리시즈』에서 엄격한 알파벳식 질서화는 발견할 수 없었다(비록 이 책의 마지막 단어 — "Yes" — 의 철자가 역전적 순서로 볼 때 이 책에 나온 첫 번째 단어인 "Stately"를 암시하기는 한다).

최근 많은 프랑스 저자들이 사용한 또 하나의 발생기제는 하나의 사건으로부터 또 다른 사건으로의 진행에 관한 것이라기보다는 사건들의 반복에 근거를 두고 있다. 이러한 실천의 고전적 사례는, 아마도 로브-그리예의 『질투*Jealousy*』가 될 것이다. 이 작품에서는 대략적으로 동일한 일련의 사건들이 연속해서 아홉 번 제시되며 각각의 버전은 의미 있는 변화를 보여주고 있다. 로브-그리예는 다음과 같이 설명하고 있다. 즉 전통적 서술에서는 "현상 A를 이어가는 무엇은 현상 B이며 첫 번째 것의 결과이다." 한편, 『질투』와 같은 '누보로망'에서 "발생하는 무엇은 전적으로 다르다. 이 작품은, 인과적 연결에 의해 연관된 일련의 장면들을 다루는 것이 아니라, 동일한 장면이 그 자체로서 지속적으로 반복되면서 변화를 보여준다는 인상을 받도록 한다. 다시 말해, 장면 A는 장면 B로 이어지는 것이 아니라 장면 A′ 즉 장면 A의 가능한 변형태로 이어지는 것이다"(Robbe-Grillet 1977 : 5). 이 기술은 이론가들에 의해 다양하게 정의되고 있다. 이중에서 가장 유용한 용어는 아마도 디나 셰르져Dina Sherzer가 사용한 것이라고 할 수 있는데 그는 이러한 진행의 종류를 "연속적 구조물serial constructs"(1986 : 13~36)이라고 일컬었다. 연속적 구조물은 다른 패턴의 진행에 따라서 심화된 장면으로 구성된다. 즉 그것은 로브-그리예의 「비밀의 방The Secret Room」을 구성하는 반복되는 모순된 묘사들로서 시간상의 되풀이 형식으로 형태화되고 있다. 그리고 로버트 쿠버Robert Coover의 『하녀 볼기치기*Spanking the Maid*』에서 강박적인 재현 장면은 점차로 육체적 절정에 올라서는 이 책의 결말에 이르러 급속히 잠잠해지고 있다. 이러한 기술이 지속적으로 다양한 장르들에서 성행하는 것은 최근 독일 영화 〈롤라 런Run

Lola Run)의 성공에 의해 입증된다. 『율리시즈』의 각각의 에피소드에서, 조이스는 다른 에피소드들의 반향들을 포괄하지만 이것들 중의 일부는 아주 적절하지 못한 것으로 여겨질 수 있다. 얼핏 보기에 에피소드들의 반향적 기능만을 다만 제시하고 있는 것처럼 보인다. 그러나 이 방식을 제외한다면 텍스트를 발생시키는 것으로서 이야기될 만한 것이 없다. 또한 책 전체에서 연결되는 사건들의 모형적 재생산(다시 말해, **극중극**mises en abyme)이 조이스 텍스트의 몇몇 부분에서 재현되고 있다(예를 들면, pp.543 · 552).

하나의 관련된 기술로서 '콜라주' 구성이 있으며 이것에서 몇몇 주요 요소들은 수많은 다양한 배열과 문맥 속에서 재결합되며 그리고 다른 단일체와 연결되는 서사관계를 구성하고 있다. 이러한 질서는 서사가 부재한 텍스트에 존재할 것이다(그리고 이 질서는 매우 조화롭지 못한 것도 아닐 것이다). 그것은 그 자체가 진행이라기보다는 일관성의 원리에 더 가까운 것이다. 그 이유는 일정한 진폭에 도달한 다음에는 텍스트가 지속되어야 할 고유의 이유가 사라지기 때문이다. 그럼에도, "세 번째 혹은 네 번째 섹션이 어떻게 시작 단위들과 연관되는가?" 하는 질문에 답하자면, 타당성 있는 답변은 그것들이 재결합, 유추, 혹은 초기 조각들에 존재하는 일부 요소들의 변형이라는 점이다. 즉 콜라주 기법은 다시 말해, 그와 같은 진행을 필연적인 것으로 만들고 있다. 디나 셰르져Dina Sherzer는 진술하기로, 그와 같은 텍스트들은 "결말의 의미 혹은 완결성의 느낌을 가져오는 어떤 참조적 요소나 형태론적 요소가 없다는 개방적 사실들을 보여준다. 다른 변형들과 반복들은 기존의 것들에 보태어질 수 있으며 이것은 텍스트가 길어지도록 만든다. 그러나 그렇게라도

하지 않는다면 텍스트를 변화시킬 수가 없는 것이다"(1986 : 14). 이러한 진술은 륀 헤지니안Lyn Hejinian의 텍스트인 『나의 생애My Life』에 관해서라면 아주 적절한 기술이다. 이 작품은 원래, 저자가 37살이었던 1978년도에 출간된 것으로서 부분적인 자서전적 콜라주이다. 이때, 이 작품의 경우 37개의 섹션으로 구성되었으며 각각은 37개의 문장으로 구성되어 있다. 두 번째 판은 8년 후에 출간되었으며 그것은 45개의 문장으로 된 8개의 새로운 섹션을 지니고 있었다. 이것은, 이전에 출판된 전체 섹션에 8개의 새로운 문장이 보태어진 것이다. 즉, 해저드 아담스Hazard Adams(1986)가 우회적인 「떠도는 바위들」에 관한 자신의 연구에서 지적하였듯이, 때때로 모방적 관점을 위반하는 이 책의 방식을 볼 때, 『율리시즈』는 중심인물, 모티프, 문채, 요소들이 이어지는 장들 속에서 재결합되는 그와 같은 관습들의 어떤 모델로서 기능한 것이다.

이 영역을 마치기 전에, 우리는 초월적인 질서화에 관한 두 가지 다른 종류를 논의해야 할 필요가 있다. 즉 그것은 너무 많은 플롯을 가지는 것처럼 여겨지는 질서화의 종류와 그리고 플롯이 거의 없는 것처럼 여겨지는 질서화의 종류이다. 보르헤스Borges의 이야기, 「끝없는 갈래길의 정원The Garden of Forking Paths」에 의해(비록 작품 속에서 이 말을 실제로 구현하지는 않지만) 명료해지는 "갈래길"의 원리는, 정말 새로운 종류의 다중적, 상호 독점적 텍스트의 질서화를 향해 우리를 직접적으로 이끌 수 있다. 한 가지 좋은 사례는 아나 카스틸료Ana Castillo의 『믹스퀴아후아라의 편지The Mixquiahuala Letters』에서 발견된다. 이 텍스트는 책을 독해하는 동안에 세 가지 다른 장면들 즉 순응적 독자, 냉소적 독자, 그리고 공상적 독자의 장면을 제공하고 있다. 여기서 제시된 장면들 가운

데 그 어떤 것도 편지들의 전체적 범주를 포괄할 수는 없다. 혹은 그것
들은 심지어는 책을 펼치자마자 편지 일 번으로 시작하기도 한다. 이
러한 배열은 필연적으로, 또 다른 가능한 진행 즉 숫자로 된 진행이 나
타날 것임을 시사하고 있다. 또한 훌리오 코르타사르Julio Cortázar의 『원
반놀이Hopscotch』와 같은 작품에서는 작품의 확장기술들 즉 암시된 **'슈제'**
는 대체로 선조적으로 나타난다. 그리고 가능한 다른 궤도들도 급진적
으로 다른 **'파불라'**를 초래하지는 않는다. 그럼에도 기본 파불라의 해석
은 이어지는 버전에 의존하면서 변화하게 된다. "자기에게 맞는 모험
을 고르는" 대중적인 어린이용 책들은 이러한 측면에서 좀 더 급진적
인데, 이 책들에서는 독자의 다른 선택이 아주 상이한 장면을 초래하
기 때문이다.

　이러한 "갈림길"류의 구성은 하이퍼텍스트 서술과 무관하지는 않
다. 그리고 실지로 하이퍼텍스트의 단순한 원형으로서 유용하게 고려
될 수도 있을 것이다. 이와 같은 사례들은 지금 웹에서 상당히 보편적
이며 그중에서 「오후, 스토리afternoon, a story」는 뚜렷하게 특정한 성취
를 보여주고 있다. 흥미롭게도, 마가렛 앳우드Margaret Atwood는 그녀의
스토리, 『해피 엔딩Happy Endings』에서 일종의 준-하이퍼텍스트(혹은 실
지로는, 반-하이퍼텍스트)를 써왔다. 이 작품에서 대략 열 개의 유용한 서
술옵션들은 모두가 빠르게든 혹은 느리게든 주인공들의 죽음이라는
동일한 스토리에 이르게 된다. 앳우드의 작품은 하이퍼텍스트 세대에
관한 유용한 메타논평들을 제공할 수 있을 것이다. 그리고 이 작품은
전반적으로는 당연히 전통적 플롯의 개념 내에 포함될 것이다. 그럼에
도 주요한 차이가 있는데 그것은 다음에 일어날 어떤 사건을 선택하는

사람이 주인공이나 저자가 아니라 독자라는 사실이다(혹은, 좀 더 정확하게는, 독자는 저자가 제공한 활용가능한 한정된 일련의 옵션들로부터 선택하게 된다). 『율리시즈』는 통상적으로, 장들을 가로질러 확장되는, 혹은 실지로 조이스의 다른 작품들을 가로질러 확장되는 수많은 패턴들과 일치들, 뿐만 아니라 첫 번째 독해로는 이해될 수 없는 난해함으로 인해서(즉 어떤 일부를 이해하기 위해서는 책 전체를 알고 있어야 하는 것이다) 일종의 하이퍼텍스트로서 기술되어왔다.

다음으로, 서사전개에 관한 마지막 특성이 언급되어야 할 필요가 있다. 그것은 관습적이든지 아방가르드적이든 간에, 연결자도 거의 없으며 더구나 텍스트의 발생기는 더 찾을 수 없는 상대적으로 순수한 장면을 향한 움직임에 관한 것이다. "의식의 흐름"이라는 비평용어가 적용되는 첫 번째 문학작품, 즉 도로시 리처드슨Dorothy Richardson의 소설로부터 시작해서 수많은 페미니즘 작품들이 이와 같은 방향으로 움직이고 있다. 한편, 버지니아 울프Virginia Woolf는 리처드슨의 소설이 "통일성, 의미, 혹은 구도"가 결핍되었다고 비판하였다(1980 : 190). 울프는 『등대로To the Lighthouse』의 「시간이 흐른다Time Passes」 부에서 순수한 선조성을 직접 실험해 보곤 하였다. 이 부는 에바 피지즈Eva Figes의 소설, 『각성Waking』에 영감을 준 것으로 추정된다. 이 소설은 중심인물에 의해 의식이 일깨워지는 일곱 사람의 연대기로서, 각각의 등장인물은 대략 십여 년 간 다른 사람들과 분리되어 있었으며 또한 그들은 서로 너무 느슨하게 결합되어 있기 때문에 그들 모두를 한 사람의 동일한 개인에게 거의 연결시킬 수가 없다. 이와 같은 "과도한" 선조성은 또한, 클라리시 리스펙토르Clarice Lispector의 『아쿠아 비바Agua Viva』(『살아 있는 물The Stream of Life』) 혹은 몰리 블룸Molly Bloom의 독백에서처럼, '여성적 글쓰기'라는 주석이 딱 들어맞는 다른 작품들에서도 나타나고 있다. 서사의 단일한 노선이라는 개념에 대한 좀 더 큰 도전으로는, 이백오십 년에 걸쳐 삼 대륙에 흩어져 있던 집합적 주체를 거느린 서사의 종류, 즉 아프리카 이주자에 관한 카릴 필립스Caryl Philips의 소설『강을 지나서Crossing the River』를 들 수 있다. 이러한 급진적 사례들은 얼마나 많은 전통적 플롯들이 실제적으로 에피소드식 소설 혹은 피카레스크식 소설에 실재하고 있는지를 보여준다. 결국, 라사리요 데 토르메스Lazarillo de Tormes는 "자신의 모험과 주변여건들에 의해 변형되고 만들어지는 인물인 것이다. 황소를 향해 자신의 머리를 받던 순진한 아이는 맹목적인 주인의 머리를 기둥에 부딪치도록 하는 복수심에 불타는 아이와는 매우 판이하다"(Fiore 1984 : 84).

이러한 분석은 지금, 우리의 마지막 범주 혹은 그보다는 서술진행의 반대범주인 우연성the aleatory으로 이끌어가고 있다. 윌리엄 버로우William Burroughs와 칼하인츠 슈톡하우젠Karlheinz Stockhausen을 포함한 수많은 저자와 작자들은 모자 속에 자른 신문조각들을 던지고서 구절들을 선택하였던 다다이스트에 의해 대중화된 이 기술을 활용해왔다. 베케트Beckett의 『더 적은 것Lessness』은 임의로 수집된 것으로 전해지는 짧은 텍스트이며 그럼에도 이 작품의 요소들 사이의 수많은 상호연관들은 이것들이 나타내는 어떤 질서가 의도적인 것으로 보이도록 하는 경향을 지니고 있다. 『율리시즈』에는 이러한 어떤 우연성의 요소가 없다. 그리고 조이스는 한때, 이 작품이 지나치게 섬세하게 조직된 것은 아닌가하고 궁금해 한 적이 있다. 이 말은, 조이스의 전 작품들에서 다만 단일하게라도 우연성의 문구가 있다는 것을 의미하는 것이기도 하다. 리처드 엘만Richard Ellmann이 이야기하였듯이, 조이스는 『피네간의 경야經夜Finnegans Wake』의 일부를 사무엘 베케트Samuel Beckett가 받아쓰도록 하였다.

> 그 같은 회의 중이라, 베케트는 문 두드리는 소리를 듣지 못하였다. 조이스는 말하였다, "들어와요." 그리고 베케트는 그것을 받아 썼다. 이후에, 그는 자신이 썼던 것들을 다시 읽었다. 조이스는 말하였다, "'들어와요'란 말이 무슨 뜻이지?" "네, 선생님께서 그렇게 말씀하셨습니다." 베케트가 대답하였다. 조이스는 잠깐 동안 생각에 잠겼다. 그러고 나서 말했다, "그것 그대로 두어요." 그는 자신이 공동저자가 된 우연의 일치를 아주 기꺼이 받아들였다. (Ellmann 1982 : 649)

우리가 선행하는 분석들로부터 끌어와야 하는 어떤 결론들이란 일련의 사례들이다. 그것들은 때로는 의심의 여지 없이, 구도의 통일성, 불가피한 전개, 그리고 규정된 결론? 이라는 좋은 플롯의 모든 기본 요소들을 결핍한 에피소드들의 결합으로서 위협적으로 전환되고 있다. 우리는, 아주 다양한 허구적 서사의 전개와 진행을 충분히 설명할 수 있는 기제의 영역이, 내가 아는 범주에서는, 결코 체계적인 방식으로 논의된 적이 없다는 기이한 사실을 진술하는 것으로 시작해야 할 것이다(비록 내가 모니카 플루더닉Monika Fludernik(1996 : 269~310)과 브라이언 맥헤일 Brian McHale(1987)과 같은 이론가들이 꽤 다른 시각으로부터 이러한 많은 쟁점들에 접근하였음을 서둘러 덧붙이고 있기는 하지만). 그럼에도, 나는 이러한 광범위한 이론상의 공백들이 아주 놀라운 것임을 발견하게 되며 그리고 이 글이 이러한 이례적인 상황들에 관한 검토를 시작하는 데에 도움이 되기를 희망한다.

우리는 앞에서 논의된 다양한 장면구성의 관습들을 되돌아보면서 서술 진행에 관한 몇 가지 일반적인 전망에 관해 진술할 것이다. 플롯 부재에 근거한 서술진행의 형식들을 통틀어 분석한다는 것은, 그 형식들이 얼마나 만연한 것들이며 또한 그것들이 얼마나 중요한 것인가를 드러내는 것임에는 명백하다. 그것들 중 일부는, 수사학적 질서나 심미적 질서처럼, 더 관습적인 종류의 플롯장치에 보충적인 것일 수 있다. 즉 플롯에 근거를 두지 않은 형식들은, 정확히 출현하고 있는 서술 궤도의 동기에 관해서 거의 해명하지 못한 채로 계속해서 부가적 형식만을 보태고 있다. 전통적 플롯장치는 다른 진행의 방법들과 함께 인지되지는 않지만 일종의 대비적 관계를 이루며 빈번하게 혹은 심지어 전형적으로 작용하고 있다. 때때로, 이것들은 다양해지면서 충돌을 일으키기도 하는데 그것은 이데올로기적 궤도들이 사실주의 작품의 개연성을 대체할 때 아주 뚜렷한 상황을 연출한다. 나는 이 양식들이 붕괴되는 영역이, 상당히 위장되지 않은 방식으로 작용되고 있는 이데올로기적 작품에서 가장 가시적으로 발견된다는 의혹을 갖고 있다. 이를테면 작품의 모방 경제를 위반하는 이데올로기적으로 부과된 종결방식을 들 수 있을 것이다. 대조적으로, 언어적 발생기와도 같은, 급진적인 심미적 질서화 기술들은 상이하지만 좀 더 명백한 자율적 방식으로 매우 분열적이며 그리고 통상적으로 미메시스의 관습을 부정하면서 모두 합쳐져서는 플롯을 대체하고 있다.

그럼에도, 나는, 서사의 장면구성에 관한 더 급진적인 무플롯 혹은 반플롯의 기제들 모두가, 궁극적으로는, 선행하는 플롯장치의 개념에 의존하고 있으며 그럼에도 또한 새로운 배열들이 전제된 관습적 패턴을 부정하는 변증법적 방식으로 작용하고 있다는 의혹을 지니고 있다. 이와 같이, 플롯의 개념만을 단독으로 하여서는, 최근 많은 소설작품들에 실재하는 다양한 장면구성의 패턴들을 기술할 수가 없다. 그럼에도 다른 한편으로, 이와 같은 다수의 패턴들은 다만 플롯과 관련될 때에야 충분히 이해될 수 있는 것도 사실이다. 심지어, 우연의 구성물은 어떤 본질적인 이유에서가 아니라 플롯장치에 의해 생산된 질서의 종류를 모방하거나 혹은 저항하는 듯한 방식을 보여준다는 점에서 흥미롭다. 플롯과 그리고 다른 반주제적 질서원리 사이에서 공생하는 것은 특히, 로브-그리예의 『질투』에서 본질적으로는 동일한 일련의 사건들의 모순된 아홉 개 버전의 배열 집합에서 드러나고 있다. 여기서 묘사는 강도를 더해가며 전환된다. 즉 장 리카르두가 지적하였듯이, 이것은 관습적 소설의 전형이 되는 느린 상승과 빠른 하강의 전통적 구조를 추적할 수 있도록 한다. 유사하게, 실험영화, 〈롤라 런〉을 구성하는 장면의 변주는 코미디의 일반적 패턴을 따르면서 마지막 장면의 끝에서 성공적인 결말을 보여주고 있다.

우리는, 『율리시즈』가 아주 명확하게 보여주듯이, 텍스트의 다양한 지점들에서 작용하고 있는 서술전개의 다중적 원천들을 통하여, 변화무쌍하며 역동적인 전개를 보여주는 서술진행을 확인할 수 있다. 플롯이라는 개념 단독으로는 많은 플롯들이 이끄는 구성의 장면들 전체를 설명하는 데에 적절하지 않다. 물론 앞에서 확인된 좀 더 실험적인 텍스트의 발생기를 설명하는 데에는 말할 것도 없을 것이다. 우리는 마땅히 플롯에 관하여, 서사 장면구성의 요소, 다른 진행의 종류들, 특히 수사학적 질서화와 심미적 질서원리에 보충적이거나 혹은 상반되어 만들어진 다양함들에 독립적일 수도 있고 혹은 그것들에 작용할 수도 있는 것으로서 고려해야 할 것이다.

문학적 가치에 이점을 주는 관점에서 본다면, 가장 설득력 있는 서술 장면은, 독립적 질서들이 서로 공존하면서도 참견하지 않는 것처럼 보여지도록 만들면서 두 가지 혹은 그 이상의 진행 전략들을 솔기 없이 서로 조직해내는 것임은 당연한 일일 것이다. 여하튼, 단순한 알레고리 혹은 손쉬운 언어적 발생기, 명백히 예측 가능한 플롯 혹은 동기가 부여되지 않는 모험의 연결이든지 간에, 진행의 양식이 좀 더 단순하고 합리적일수록, 경험이 풍부한 독자들이 그 작품에 대한 흥미를 잃기가 좀 더 쉬워진다는 사실 또한 명확하다. 우리는 플롯에 관한 이론적 연구가 서술진행이라는 아주 변덕스러운 범주 내에서 논리적인 방식으로도 포괄되어야 한다고 촉구하는 것으로서 결론을 맺게 된다. 허구적 서사가 실제적으로 시간 속에서 전개되는 방식을 충분하게 설명하고자 한다면 이같이 좀 더 확장된 기초적 연구들은 필수적인 것이다.

11

그들은 호랑이들을 쏘았다

『긴 이별*The Long Goodbye*』의 '패스Path'와 대위법

피터 라비노비츠Peter J. Rabinowitz

『긴 이별』은 레이먼드 챈들러Raymond Chandler의 손꼽히는 본격 소설로서 상당한 분량의 작품이다. 그리고 이 작품은 많은 사람들에게 작가의 가장 어두운 곳을 드러내 보여준 소설이기도 하다. 즉 실패와 절망에 관한 그만의 사색은, 플로베르의 『감정교육*L'Éducation Sentimentale*』(MacShane 1976 : 207)에서 묘사된 피날레와 유사한 방식으로, 프랭크 맥셰인Frank MacShane이 "비어있는" 혹은 "공허한"으로서 일컬은 무엇으로써 결말을 맺고 있다. 여기서 나는 그러한 규범적 독해에 도전하고자 하며, 혹은 적어도 그러한 독해를 복합적인 측면에서 살펴보고자 한다. 이러한 나의 작업은 상당히 우회적으로 전개될 것이다. 먼저, 나는 존 태버너John Tavener가 숲속의 밤에 색다르게 함께한, 1987년도 합창 무대, 블레이크Blake의 『호랑이*The Tiger*』로부터 출발하고자 한다. 내 생

각으로는, 아주 특별하게 감동적인 무대는 아니었지만 그것은 "어린 양을 창조한 그가 당신을 창조하였는가?" 하는 대목에서 절정에 도달하는 주목의 순간을 보여준다. 바로 이 구절에서 음악의 응집된 결 — 긴 저음의 풍부한 다성음 — 은 돌연히 단순한 조화를 향해 이행하면서 갑자기 확 선명해지는 감각의 비전을 창조해내고 있다. 내가 여기서 이 사실을 언급하는 것은 챈들러가 초기에 썼던 공포감을 주는 시편들에서 블레이크적 편향을 보여주었기 때문만은 아니다. 또한 나는 태버너의 그 같은 결정과정이 음악적으로 독창적이라든지 해석 면에서 섬세하다고 해서 그것을 끄집어내는 것도 아니다. 그보다 태버너가 재현한 그 순간이 내 목적에 부합된 가치가 있다면, 그것은 그 순간이 신출내기 작곡가에게 꾸준히 유용하고 지극히 기본적인 대위법의 효과를 보여주었으며 아울러 그가 쓴 서술이 전문가의 손에서도 재현해내기가 힘든 그와 같은 효과를 창조하였기 때문이다.

그가 쓴 문학적 서사와 그의 음악적 삶을 구별짓는 한 사람으로서, 나는 사실상, 하나의 매체로 작업한 창조자들이 표면적으로 볼 때 다른 매체에 한정된 것으로 간주되는 기술과 효과의 유사성을 모색하는 방식들에 관하여 오랫동안 고민해왔다. 즉 과거에 나는 주로 문학과 음악의 유사성에 관해 연구하였다. 그것은, 특히 심지어는 서로 관련성이 없다 할지라도 순음악이 허구성 혹은 아이러니와 어울릴 수 있도록 하는 방식들에 관한 것이었다(따라서, 진짜나 실제의 것을 거짓이나 상상의 것과 구별짓는 어떤 직접적인 방식도 없는 것이다). 그런데 나는 최근에, 시간과 서술을 주제로 한 토론식 수업을 가르치면서 그러한 방식에 관한 영감을 얻게 되었다. 즉 음악과 문학의 유사성 특히 서술 산문의 단일한 행이 대위법적 게임에 개입할 수 있는 방식들에 관심을 지니게 된 것이다.

아마도 예비 저자들이 대위법에 관해 직면하는 문제는 물론, 피할 수 없이 순차적 질서를 지니는 언어로써 동시성을 표현하는 어려움에서 기인한 것이다. 보르헤스Borges의 유명한 이야기, 「끝없는 갈래길의 정원The Forking Paths」을 발생시키고 있는 하나의 핵심적 통찰은, 산문 서술의 저자가 시간적 동시성(이러한 경우에 인물들이 만든 다른 선택들에서의 "수평적" 시간)을 표현하는 유일한 방식은 그것을 공간적 인접(여기서는, "단일한" 장의 연속적 버전)으로 투사하는 것이라는 사실이다. 그러면서 독자가 사건들 사이의 관계를 재개념화할 수 있도록 그것을 끝까지 남겨두는 것이다. 예를 들면, 호레이스 맥코이Horace McCoy의 일종의 우울증 치료제, 『그들은 말을 쏘았다They Shoot Horses, Don't They?』의 이중적 시간의 구조 — 추정되기로, 그는 살인 미수 판결을 내리는 판사의 선고를 들으면서 주인공의 사건들에 관한 기억을 재현하고 있다 — 는 장과 삽입장을 바꾸어감으로써 지시되고 있다. 조이스 캐롤 오츠Joyce Carol Oates는 단편 이야기 「나사의 회전The Turn of the Screw」에서 세로단을 사용함으로써 동시성을 전달하려고 하였다. 또한 캐롤 쉴즈Carole Shields의 『우연한 사건Happenstance』은 다른 시각들로부터 동일 시간대를 차지하는 분리된 두 편의 소설을 함께 묶고 있다. 그럼에도 내가 세미나 시간 동안에 점점 더 명확하게 생각하게 된 것은, 서술은 내가 알고 있는 그 이상의 많은 방식으로 물리적 세계의 동시적 사건들과는 관련이 없는 많은 동시적 사건들을 허구적으로 만들어낸다는 것이다. 예를 들면, 다른 층위의 다양한 의식과 현실(기억, 환상, 기타)에 근거한 동시적 사유들을 재현하는 기술들이 있는 것이다. 서사작가들 또한 동시성

(혹은 아마 더 정확히는 '같이 존재함')을 재현하는 방식들을 생각해왔다. 그
것은 여러 층위들을 포함하는 적층된 현재의 시각, 다시 말해 실제 과
거나 상상된 과거로 인해 '일어난 일이거나' 혹은 그 과거의 '반복'이거
나 '반향'으로서 존재하는 현재의 시각에서이다. 즉 과거는 어떤 방식
으로든 현재 속으로 연결되어 지속되고 있는 것이다. 이 같은 동시성
의 재현들은 브론테Brontë의 『폭풍의 언덕Wuthering Heights』이나 포크너
Faulkner의 『압살롬, 압살롬!Absalom, Absalom!』에서 혹은 더 급진적으로는
인간의 일은 "전 우주를 암시할 수 있다는 보르헤스의 주장 속에서 나
타난다. 말하자면 '어떤 표범'을 말하는 것은 표범일체를 말하는 것이
며 다시 말해 그 표범을 생겨나도록 한 것들, 표범이 잡아먹었던 사슴
과 거북, 사슴을 키운 풀, 풀의 어머니인 대지, 대지에 빛을 준 하늘을
말하는 것이 된다"(Borges 1998 : 252).

　좀 더 일반적으로, 우리는 저자적 청중과 서술자적 청중(Rabinowitz 1998
: 93 - 104), 긴장과 불안정성(Phelan 1996 : 30) 그리고 인물들의 재현적, 합
성적, 주제적 차원(Phelan 1989 : 23)이 대위법적으로 얽혀있음을 알게 된
다. 우리는 또한 어떠한 아이러니의 담론과 바흐찐이 가치부여한 다성
성의 종류에서 대비적인 관점들을 볼 수 있다(또한 이 책의 10장 리처드슨의
글을 보라). 실지로 서술은 스토리와 담론(혹은 '파불라'와 '슈제' 혹은 여러분이
사용하고자 하는 어떠한 대안 용어들, 예를 들면 Chatman 1978)의 이중성에 토대
하기 때문에 서술은 결국 '근본적으로' 대위법적 선조성을 보여주는 단
일 노선에 명백히 의존한다고 주장될 수 있다. 나는 그러한 근본적 전제
에서 시작하여 나아가 그것을 발전시키고자 한다. 그리고 나는 스토리
와 담론의 구별이 지나치게 단순하며 게다가 서술은 실제로 이 구별이

제시하는 두 부분으로 된 고안물을 훌쩍 넘어선다고 본다.

　구체적인 나의 주장은 우리가 세 번째 용어, 패스로써 스토리와 담론의 구별을 보충할 필요가 있다는 것이다. 시모어 채트먼Seymour Chatman은 언젠가 "시간은 동일한 시계 방향으로 우리 모두를 지나간다"(Chatman 1978 : 98)고 주장하였으며 어떤 의미에서 그것은 사실이다. 그러나 '상대성 이론'은 사건들의 질서가 관찰자의 상황에 의존하는 특정한 여건들하에서 이루어진다는 것을 명확히 하며 그리고 그것은 우리의 일상인 뉴턴적 삶에서도 적용되는 것이다. 다양한 사람들(즉 문학의 다양한 인물들)은 다양한 질서들 속에서 사건들을 경험한다. 다른 말로 하자면, 한 인물의 경험 질서는 스토리 질서도 아니며 또한 담론 질서도 아닌 다른 어떤 것과 일치할 것이다.

　나는 한 편의 소설을 구체적 사례로 들어 이 문제를 보여줄 것이다. 아주 많은 서술들에서 그렇듯이 어떤 인물은 여행을 떠나며(사건 A) 여행에서 돌아온다(사건 C). 그리고 그는 친구들과 함께 만나서 자신이 떠난 동안에 일어났던 모험을 말한다(사건 E). 이러한 경우에 우리가 독해하고 있는 텍스트(여행자의 서술에 관한 친구들 중 한 사람의 보고)는 여행 동안에 여행자가 만난 한 여성에 관한 다음의 일화를 포함한다. 여행자의 스토리에서 이 일화는 잠시 끼어들어온 우연한 사건이다.

　(그녀는) 내옆을 따라 달렸다. 내 주머니 속에 꽂힌 꽃들을 주워 가끔씩은 한 손으로 던지면서 (…중략…) (사건 B) 그리고 그것은 나에게 상기시킨다! 자켓이 바뀌어졌으며 나는 (…중략…) 알아차렸다. (사건 D)
　(그는) 손을 호주머니에 넣고는 잠깐 멈추었다. 그리고 작은 테이블 위에

매우 큰 흰 당아욱과 그다지 다를 바 없는 시든 꽃 두 송이를 조용히 놓았다. (사건 F) 그러고 나서 그는 자신의 이야기를 다시 시작하였다.

우선, 이것은 연대기적 지그재그(론도에 가까운)의 전형과 같아 보인다. 비록 담론 질서가 ACEBDF일지라도 경험이 있는 독자라면 스토리의 중요한 질서, ABCDEF로 재구성하는 방법을 알고 있을 것이다. 그럼에도 그것은 사실상 전혀 스토리 질서는 아닌 것이다. 설명하자면, 이 단락은 웰스H.G. Wells의 『타임머신*The Time Machine*』([1895] 1934 : 49~50, 강조는 원문)에서 인용한 것으로서, 사건 B는 먼 미래에 발생한 것이며 이와 같이 해서 이 스토리의 질서는 ACDEFB가 되는 것이다. 그렇다면 ABCDEF의 구조는 무엇이라고 일컫겠는가? 이 구조는 주인공인 시간 여행자에 의해 경험된 사건들의 질서이기 때문에 소설에서 명확하게 중요한 역할을 하고 있다. 그러나 이것은 발생한 사건들의 질서도 아니며 더욱이 서술자가 사건들을 제시한 질서도 아니다. 시간 여행의 핵심이 "질서를 넘어서서" 사건들을 경험한다는 것은 놀라울 것도 없는 사실이다. 나는 이러한 질서를 주인공의 '패스'라고 명명할 것이다. 즉 여행자들이 머무는 시간이 좀 더 길어질수록 더 많은 '패스'가 있게 된다.

이러한 종류의 복합성이 단순히 시간여행 서사의 특징이겠는가. 그러한 말은 서사론적으로 볼 때는 기껏 무의미한 헛소리이다. 사실상, 이 문제는 좀 더 일반적으로 서사와 관련한 광범위한 의미들을 거느리고 있다. 규범적 서사론은 저자나 서술자의 관점에서 '담론'을 생각하도록 권하고 있다. 즉 우리가 '질서'에 관하여 이야기하는 그러한 정도에서(그리고 여기서 나의 관심은 다시 말해 초점화나 목소리가 아닌 질서이다), 담론은 일반적으로 제럴드 프린스Gerald Prince의 용어, "상황들과 사건들의 '재현' 질서"(Prince 1987 : 21, 강조는 인용자)에 개입하는 것으로 간주된다. 그러나 만약 우리가 독자 비평가로서 생각한다면 상황이나 사건이 독자에 의해 '수용되거나' 혹은 경험되는 질서로서 담론의 질서를 재개념화하는 것이 가능할 것이다. 그리고 일단 우리가 수용의 질서에 관하여 말하기로 한다면 텍스트에 나타나는 다른 질서들을 인지할 수 없는 독자의 수용의 질서에 특전을 부여할 수밖에 없지 않겠는가? 결국에는, 인물들 또한 사건들을 "수용하게 된다." 그것은 직접적으로 사건들을 경험하면서 혹은 간접적으로 사건들에 관해 듣게 되면서이며, 때로는 서술자적 청중으로서의 서술자로부터 그러나 더 빈번하게는 어떤 다른 방식들을 통해서이다. 인물들 모두가 동일한 질서나 혹은 동일한 원천으로부터 그렇게 되는 일은 드문 것이다. 실지로, 우리는 극적 아이러니에 관해서 '패스'의 충돌이라는 것으로서 손쉽게 재개념화할 수 있다. 예를 들면 오이디푸스의 '패스'와 티레시아스의 '패스' 간의 충돌을 들 수 있다. 혹은 이디스 워튼Edith Wharton의 『로마의 열병Roman Fever』의 주요 인물들, 그레이스 앤슬리Grace Ansley와 앨리다 슬레이드Alida Slade의 '패스' 사이의 충돌을 들 수 있다. 결과적으로, 다수의 서술들을 더 근접해서 검토해 본다면 그것들은 둔주곡을 이루는 '패스들'의 정원으로서 나타날 것이다.

그래서 여기서 무엇이 문제가 되는가? 우리가 진지하게 다중적 '패스들'의 존재를 받아들인다면 어떤 일이 일어나겠는가? 내가 믿기로는, 제3의 용어로서 '패스'를 고려하는 것은 이론적인 면에서나 해석적인 면에서 중요한 측면이 있다. 이론적으로 살펴보자면, '패스'의 개념은 우리의 전통적 관점에서 볼 때 맹목적 지점의 한 부분을 가리키고 있다. 이것은 다만, 전통적인 사유방식 즉 한 쌍을 이루는 스토리와 담론의 질서를 '사건들의 질서'와 '재현의 질서'로서 구별지어 간주하는 것에서 초래되는 두 가지 편견에 관해 지적하는 것이다.

먼저, 내가 말했듯이, 이러한 이분법적 구별은 암묵적으로 두 가지의 질서가 토대를 설명한다고 간주하게끔 한다. 이것은 마치 경험의 질서 혹은 지각의 질서가 아주 다른 것은 가능하지 않다고 하는 것에 견줄 수 있다. 그리고 그 추정은 경험이나 지각보다는 사건을 미묘한 방식으로 더 강조하는 경향이 있다. 현재, 초점화에 부여된 전적인 관심들, 특히 제임스의 소설과 제임스 이후의 소설분석에 관한 논의들을 고려한다면 경험이 지워져왔다는 주장을 정당화하는 것은 어려울 것이다. 그러니 기존의 어휘록은, 사건에 관해서라면, 경험보다는 우선하거나 혹은 그것보다 더 의미 있거나 혹은 더 기본적인 것으로서 고려할 것을 장려하고 있다. 즉 상당한 가치를 지닌 제럴드 프린스의 『서술론 사전Dictionary of Narratology』 그리고 『루틀리지 서술이론 백과사전 Routledge Encyclopedia of Narrative Theory』에서 "사건"에 관한 항목들은 포함되어 있지만 그에 상응하는 "경험"에 관한 항목들은 포함되어 있지 않다. 물론, 경험이 전적으로 사라져 있는 것은 아니다. 이를 테면, 『루틀리지 백과사전』에서 "사건유형"에 관한 데이빗 허만David Herman의 훌륭한 논의는 "정신의 상태"와 "성찰의 과정"에 관하여 설명하고 있다. 그럼에도 사건들은 어떤 원천의 상태로부터…… 목표 상태에 이르는 "시간과 장소의 특수한 전이"라는 의미에서 확실히 더 근본적인 것이 된다(앞서 Herman 논의).

　두 번째, 서사이론에서 경험을 강조하는 수위를 보면, 스토리 / 담론의 구별은 서술자의 경험이나 주인공의 경험 혹은 그 밖의 — 이를테면 제임스 펠란James Phelan의 가치로운 개념, "진행progression"(Phelan 1996)에서 보듯이 — 독자의 경험에 특전을 부여하는 경향이 있다. 심지어는 독자들이 신뢰할 수 없는 서술 속에 던져져 있음에도, 그들은 세 쌍, 즉 (암시된) 저자, 서술자, 그리고 (암시된) 독자로서 결말을 맺도록 되어 있다. 대조적으로, 나의 접근법은 우리가 좀 더 진지하게 서술 청중이라는 입장에서 다른 인물들의 경험들을 취하도록 할 것이다. 혹은 좀 더 정확하게, 내 접근법은 고전적 서사론에 의해 촉진된 방식이상의 '다른 방식으로' 그 인물들의 경험들을 진지하게 취하도록 권할 것이다. 구체적으로, '패스'의 개념(과 경험)을 진지하게 취한다면 우리는 서사론이 단지 '행위자'뿐만이 아니라 인상적으로 새겨진 '통행인들'(특히 서술자 그리고 그나 그녀의 선택받은 초점자들 너머의 사람들을 포함한)을 포괄하기를 희망하게 될 것이다.

　우리의 범주들은 독해하는 우리의 방식에 영향을 끼치므로 '패스'라는 세 번째 용어를 포함하도록 하는 이러한 이론적 전환은 또한 해석상의 결과들을 낳을 것이다. 예를 들면 다른 인물들의 입장을 취해보는 것은 서술자에 의해 초점화된 사람들이 아닌 입장들에서 어떻게 경험되느냐 하는 관점에서 서술을 재고하는, 일종의 '재초점화'를 진지하게 장려하도록 한다. 말할 필요도 없이, 다수의 서술들은 한 가지로된 '패스'를 따르도록 우리를 초대한다. 그것은 하나의 범주를 이루는 제한된 패스들로서 다른 패스들에 비해 하나의 중심적 목적에 관련된 것으로서 제시된다. 그럼에도 동시에 나타나는 다른 다수의 복합적인 서술들은, 그것들이 추구된다고 가정한다면 문학적 풍경에 관한 중요한 환영들을 보여줄 수 있는 다양한 '패스들'을 제공하고 있다.

때때로 이러한 '패스들'은 텍스트가 전적으로 전개시키지는 않은 잠재성들을 명료하게 보여준다. 체호프Chekhov의 이야기, 『개와 함께 있는 여인Lady with a Dog』을 들어보자. 이 이야기는 "경험들로 충만한" 고전적 텍스트로서 실제의 "사건들"은 거의 찾아볼 수가 없다. 그러나 내부를 향한 경험에 기꺼이 초점을 맞추는 독자들조차도, 다만 안나Anna와 드미트리Dmitri의 경험만을 고려하는 경향이 있다. 다시 말해, (체호프에게는 이례적으로) 이 이야기가 대중의 의식을 참조하며 시작하고 있음에도("사람들은 새로운 누군가, 개와 함께 하는 여인이 산책길에 나타났다고 말하고 있었다")(Chekhov 1964 : 173, 필자의 번역) — 또한 이 이야기의 첫 번째 부가 대체로 공공장소에서 일어나고 있음에도   어느 누구도, 험담하는 이름없는 사람들이 안나와 드미트리의 관계가 시작되는 과거의 장면을 어떻게 지켜볼 수 있었는지에 관해서는 묻지 않을 것이다(사실상, 우리는, 안나의 남편이 무슨 일이 일어나고 있다고 의심하는데도 각자의 배우자가 어떻게 그 정사를 볼 수 있었는지는 문제삼지 않을 것이다). '통행인들'의 입장을 취하는 한 가지 분석은 물론 우리가 진지하게 이야기를 숙고할 수 있는 새로운 시각을 부여해줄 것이다. 이런 방식으로, 만약 우리가 라스콜로니코프의 범죄를 처음부터 알고 있는 독자의 '패스'와는 전혀 다르게 『죄와 벌Crime and Punishment』의 소냐의 '패스'를 진지하게 취한다면 무슨 일이 생기겠는가? 책에 관한 이런 방식의 사유가, 도스토예프스키의 형식적 예술장치에 관하여, 소냐의 심리학에 관하여, 도스토예프스키의 수용철학에 관하여 가르쳐줄 수 있는 것은 무엇인가? 나는 이들 세 가지 영역 — 예술장치, 심리학, 그리고 철학 — 을 임의적으로 취하지는 않았는데, 그 측면들은 펠란Phelan(1989 : 23)이 명명한, 합성적 차원, 모방적 차원, 그리고 주제적 차원인 것이다. 이처럼 '패스'는 이 세 가지의 모든 측면에 관한 이해를 열어가도록 만든다.

대조적으로, 때때로 이들 새로운 '패스'는 오히려 적극적인 비판의 대상이 될 수도 있다. 즉 '패스'들을 따르는 것은 텍스트에 의해 가장 명확히 초대된 독해들에 저항하거나 그것들을 약화시키는 "반독해"를 초래할 수 있다는 것이다. 우리가 브리짓 오쇼너시Brigid O'Shaughnessey의 '패스' 관점에서 햄릿의 『몰타의 매The Maltese Falcon』를 독해하려 한다면 어떻게 되겠는가? 혹은 우리가 『잃어버린 시간을 찾아서In Search of Lost Time?』에서의 알버틴Albertine의 '패스'를 진지하게 취한다면? 실제로, "다시 쓰기"라는 총괄장르가 있는데 — 아마도 진 리스Jean Rhys의 『광막한 사르가소 바다Wide Sargasso Sea』는 가장 좋은 전형이 될 것이다 — 이 장르는 이어지는 새로운 '패스들'에 의하여 익숙한 소설들을 재초점화하고 있다.

그럼에도 그러한 차원을 훌쩍 넘어, '패스'의 개념이 서술 그 자체가 의존하고 있는 무엇을 드러내는 방식이 되며 서사구조의 '근본적' 특질들을 열어 보여주는 소설들이 있다. 이러한 사례들에서, 나는 '패스'에 주목하는 것이 의도된 의미에 대한 저항이라는 것은 말할 것도 없이 작품의 의미를 단순히 풍부하게만 하는 그러한 역할만 하는 것은 아니라고 주장하고 있다. 그보다, '패스'에 주목하는 것은 우선적으로 의도된 의미를 더 유용한 것이 되도록 만들 수 있다. 『긴 이별』로 되돌아가서 좀 더 세부적으로 살펴보자.

자, 어떤 의미에서 거의 모든 탐정 이야기들은 "내가 알기만 했더라면"의 구조에 참여함으로써 '패스'의 중요성을 암시하는 가정을 보여준다. 그러나 『긴 이별』은 그러한 일반적 추정에 이례적으로 심리적, 주제적인 무게를 부여하고 있다. 그것은, 알아채지 못한 결과가 주인공 탐정, 필립 말로우Philip Marlowe의 행복에는 결국 아주 유해한 것이 되기 때문이다. 말로우는 이러한 구조를 그의 친구인 테리 레녹스Terry Lennox에게 말하는 시작부분에 설정하였다. 즉 "만약 그에게 물었더라면 그는 자신의 삶에 관한 이야기를 말해주었을 것이다. 그러나 나는 어떻게 해서 그의 얼굴이 강타되었는지를 물어볼 수조차 없었다. 만약 내가 물었고 그가 말해주었더라면 한 커플의 목숨을 구하는 일도 가능하였을 것이다. 다만 가능할 수도 있었겠다는 추측일 뿐이지만"(Chandler 1992 : 22). 그리고 잠깐 나왔다 사라지는 말로우의 친구이자 LA 치안실 소속으로 외근 중이던 버니 올스Bernie Ohls 중위는 결말을 암시하며 요약하고 있다.

"만약 웨이드Wade가 죽어가던 시간에 당신이 나에게 웨이드와 그 노쇠한 레녹스를 연결시켜주었더라면, 나는 잘 해결했을 것이오. 그리고 또 당신이 웨이드 부인과 테리 레녹스 그 사람을 나에게 연결시켜 주었더라면 나는 충분히 내 선에서 그녀를 통제할 수 있었을 것이오. 당신이 처음부터 명확하게 나왔더라면 웨이드는 여전히 살아있었을 것이오. 레녹스는 말할 것도 없이." (Chandler 1992 : 337)

이러한 앎의 굴곡의 종류들은 문체론적 관습에 의해 조명되고 있다. 즉 말로우는 서술자로서 자신의 입장을 이해시키기 위하여 우리에게 필요한 정보를 주는 일을 종종 지연시킨다. 그가 서술의 담론의 측면에 자신이 알고 있는 무엇을 우리에게 말하지 않는 것은 단순하지가 않다. 또한 그는 스토리의 측면에서도 자신이 알고 있는 무엇에 관해서 우리를 오리무중에 두도록 만든다. 단지 신비를 고조시키려고 그가 그렇게 하는 것은 아니다. 그것은 일을 저지른 누군가에 관한 질문과는 관련이 없이 종종 단순한 이끌림을 만들어내고 있다. 이와 같이 해서 말로우는 자신이 완전히 낯선 사람인 것처럼 해서 먼저 갱스터, 멘디 메넨데즈Mendy Menendez를 묘사하고 있다(Chandler 1992 : 74). 그러나 두 페이지를 넘기면 우리는 말로우가 그가 누구인지를 정확히 알고 있음을 알게 된다.

내가 말했듯이, 챈들러의 소설은 전통적으로 실패와 좌절의 스토리로서 독해되며, 말로우와 테리 레녹스의 우정 — 말로우는 우정을 위해 상당한 희생을 치루었다 — 이 말로우가 테리의 도덕적 패배주의로서 일컬은 무엇하에서 어떻게 풀려나가는지를 연대기적으로 보여주고 있다. 이에 관해 프랭크 맥셰인Frank MacShane의 기술을 회고해 보자면, "마침내, 심지어는 무엇인가로, 혹은 감각적으로 들리는 행위의 약호로 다만 채워져야만 할 듯한 빈, 어떠한 공허가 있었다"(MacShane 1976 : 207). 혹은 프레드릭 제임슨Fredric Jameson은 다음과 같이 기술하였다.

만약 동일한 그림 퍼즐의 조각들로 다함께 짜 맞춘다면 챈들러가 쓴 챕들의 형식은 각 민족을 개별적으로 구별한 아메리카 최초의 구분방식을 반영하고 있을 것이다. 그것은 일부, 외부적 힘에 의해 연결된 요구였다(이 경우에는 탐정소설). 그리고 이러한 구분은 공간 그 자체에도 투영된다. 즉 군중들이 의문의 거리를 얼마나 많이 메우고 있다 해도 다양한 고독들이 실제로 하나의 집합적 경험으로 합쳐지지는 않는다. (Jameson 1970 : 633)

그러나 스토리 / 담론 / '패스'의 관점에서, 우리가 이 소설의 결말을 향한, 말로우와 갱스터 멘디 메넨데즈의 낯선 대결을 지켜볼 때, 현재의 규범적 해석의 요구에 의해 몇 가지 의심을 던지게 될 것이다.

장면은 그 자체로서는 다루기 힘든 문제적인 것이다. 실지로 많은 비평가들이 전체에서 장면을 생략해버렸다. 이에 따라 맥켄McCann은 장면을 생략해버린 플롯 요약을 보여주며, 아일린Eileen의 죄책감이 이 소설의 "절정 장면"(McCann 2000 178)으로 드러나도록 하는 사건들을 요청하고 있다. 유사하게, 리드R. W. Lid의 요약(Lid 1969 : 173~176)도 장면을 무시하며 그것은 맥셰인(1976 : 199 · 200)과 히이니Hiney(1997 : 207~209)의 것도 마찬가지이다. 그리고 장면을 고려한 비평가들조차도 대위법적인 지점을 보여주는 많은 부분들을 놓치고 있다. 이를테면, 조안나 스미스Johanna Smith는 무심하게, 올스는 "갬블러, 메넨데즈를 사로잡을 수 있는 유인책으로서 말로우를 내세우고 있다"(Smith 1995 197)고 말한다. 또한 말링Marling은 장면을 언급하지만 상당 부분을 생략해버리고 있다. 즉 "그는…… 집으로 간다, 집에는 메넨데즈가 그를 두들겨 패려고 기다리고 있다. 그러나 두들겨맞은 것은 메넨데즈이다. 그가 고용한 폭력배는 올스 중위가 보낸 위장 경찰로 드러난다"(Marling 1986 : 134).

나는 이러한 비평가들이 장면을 소홀하게 취급하는 것에 의혹을 지니는데 그것은 그들은 장면을 단지 채우는 것으로서 간주하기 때문이다. 궁극적으로 보면, 주제적인 반향들은 제쳐두더라도 챈들러의 제목 또한 마찬가지로 어떤 형식적 의미는 지니고 있다. 즉 이 책은 이러한 부류의 다수 소설들에 비해 좀 더 긴 작별인사를 하고 있다. 빈티지 판본을 보면, 살인자의 정체가 드러나는 장면이 313쪽에 나오는데, 요즘 시대의 탐정소설로서는 아주 길게 끌어 뒤쪽에 나온 편에 속한다. 그럼에도 챈들러는 베토벤의 소악장을 우리에게 제시하며 상황을 감추기 위한 66쪽을 덧붙여 놓았다. 그리하여, 343쪽과 352쪽 사이에서 일어나는 말로우와 메넨데즈의 장면은 소설의 결말을 유보하려는 단순한 또 하나의 지연처럼 보여질 수 있다.

이 소악장에서 무슨 일이 일어나는가? 요약하자면 — 챈들러의 소설을 요약하기란 결코 쉬운 작업은 아니지만 — 아일린 웨이드Eileeen Wade가 자살하면서, 그녀가 소설가 남편, 로저Roger의 살해(이후에는 자살로 간주된다)와 실비아 포터 레녹스Sylvia Potter Lennox의 살해(이것은, 테리 레녹스가 고백의 기록을 남기고 자기희생적 자살을 감행하면서까지 죄를 뒤집어쓴 것으로 되어 있었다)를 책임지려 했을 때, 그 미스테리에 관한 "해결책"이 나타나고 있다. 권력조직은 아일린의 자백을 억압하고자 하는데 그 이유는 단지, 그 자백이 부자이면서 영향력 있는 포터 가족과 시작부터 이 사건을 망쳐놓은 지방 검찰청 검사장에게 나쁜 평판을 일으킬 것이기 때문이었다. 그러나 올스 중위는 말로우에게 아일린의 자백을 복사하여 훔쳐 오도록 한다. 말로우는 언론에 그것을 전달하는데 그것은 그가 테리의 이름을 결백하게 하기를 원하였기 때문이다. 비록 그 자백의 출판물이 권력조직뿐만 아니라 갱단원, 메넨데즈까지 화나게 할 것을 알고 있었지만. 라스베가스 카지노 조작자, 랜디 스타Randy Starr를 따르는 메넨데즈는 전쟁 중에 테리의 영웅적 행동으로 목숨을 구한 적이 있었다. 그는 그 이후로 테리에게 부채감을 지니고 있었으며 말로우가 일을 그르치지 않기를 계속해서 요청하였다. 말로우는 자신이 성급하게 행동하고 있다는 경고를 무시하였는데, 린다 로링Linda Loring(실비아의 누이)이 그가 누명을 쓰고 있다고 이야기하였을 때에도 그러하였다. "당신은 그들이 호랑이들을 어떻게 쏘았는지 알고 있나요?" 그녀는 질문한다, "그들은 염소를 말뚝에 묶고는 그러고 나서 멀리 사라지네요. 그것은 염소에게는 가혹한 일이 되겠지요"(Chandler 1992 342). 그리고 그녀는 그에게 자기 자신이 희생양이었던 테리의 전철을 밟지 않도록 설득하였다.

그 대화 직후에 아니나 다를까, 말로우는 자신의 집으로 돌아가 메넨데즈와 "하드보이즈" 삼인조와 대면하게 된다. 말로우는 얻어맞고 총격을 받는다. 그리고 그는 의식없이 다시 싸우기 시작하는데 — 그것은 그기 살해되도록 위협받는 행위가 된다 — 그때, 호랑이-덫 시나리오를 확인이라도 시켜주듯이 올스 중위가 데우스 엑스 마키나deux ex machina처럼 나타난다. 올스가 말로우에게 증거를 복사해서 훔치도록 한 이유는 살인들과는 아무 관련이 없었다. 그보다, 그는 메넨데즈를 겨냥한 미끼로서 말로우를 이용하고 있었던 것이다. 메넨데즈는 사기꾼 풍속사범 단속반 경찰, 마군Magoon을 두들겨 팬, 갱단을 납득할 만한 전적으로 진작에 갱단의 서열을 깡충 뛰어 올라가 있었다. 메넨데즈의 명백한 폭도들은, 사실상 카지노 조작자, 스타에 의해 제공된 네바다Nevada 경찰이었다. 즉 스타는, 우리가 들은 바로는, 메넨데즈가 권력조직의 예민한 균형을 전복시킨 것에 관해서 올스만큼 화가 나 있었던 것이다. 하드

보이즈가 메넨데즈를 끌고가서 짐작건대 그를 죽음에까지 이르게 할 때 올스는 말하였다, "베가스의 누군가는 자신들의 허가를 망각해 버리는 당신의 방식을 좋아하지 않는다"(Chandler 1992 : 349). 말로우는 차분하게 말한다, "사막에서 나온 코요테가 오늘 밤 먹이를 얻게 될 것이다"(Chandler 1992 : 350).

왜 이 장면이 여기 있는가? 누군가는 플롯이 이끈 것이라고 주장할 것이다. 결국, 챈들러는 마군의 하위플롯을 없애는 것이 필요하였다. 그러나 사실상, 그 하위플롯은 매우 간략하며 소설에서 뒤늦게 소개된다. 즉 챈들러가 호랑이-덫 장면을 설정하기 위해 마군의 하위플롯을 소개하였다는 것 정도로 추정될 수 있다. 호랑이-덫 장면은 이것이 왜 포함되었는지 하는 질문에 힘만 더 실어줄 뿐이다. 누군가는 대안적으로, 이 장면이 난해함으로 유명한 챈들러의 플롯이 초래한 다만 결과적인 양상이라고 주장할 것이다. 그는 종종, 사건들이 사라지지 않도록 유지하는 것에 애를 먹었다. 이 측면에서는,『우편배달부는 벨을 두 번 울린다The Postman Always Rings Twice』에서 절정을 지연시키는 에피소드와 대략 유사하다(챈들러는 이 비교를 당혹해할 것이다(Chandler 1981 261)). 부연하면, 프랭크Frank는 한때 매지Madge라는 여성과 간통한 적이 있는데, 그녀는 기괴한 우연으로 호랑이들과 다른 큰 고양이들을 기르고 있었다. 그러나 나는, 어떠한 결말을 맺을지 우리가 특히 고려하는 그 때에, 이 장면이 많은 것을 가장 환하게 비추어준다고 생각한다. 왜냐하면, 호랑이-덫 장면은 이후 25쪽에 걸쳐 전개되는 만큼 그것 자체로서 긴 자별인사를 보여주기 때문이다. 그러한 전개 중에, 스타에 의해 마련된, 말로우와 테리(그의 자살은, 우리가 알게 되기로, 가짜였다)의 마지막 대화가 이루어진다. 거의 후기로서, 우리는 메넨데즈가 아카풀코 Acapulco에서 살아있으며 그것도 아주 잘 지낸다고 듣게 된다. 그리고 이것은 이 책에서 명백히 언급되지 않은 묻혀진 핵심사건을 추론하게 끔 남겨두도록 한다. 즉 스타는 올스가 말로우를 조종하였던 것처럼 마찬가지로 올스를 조종하였던 것이다. 그리고 그는 메넨데즈를 경찰로부터 채가는 하나의 방식으로서 전체 장면을 계획하였다.

충분히 많은 사건들이 있다. 그러나 경험들은 어떠한가? 스토리와 담론 그리고 다양한 '패스들'을 도표로 요약해 보자.

스토리	1 올스는 덫을 설정한다 2 (숨겨진 사건 : 스타는 올스를 조종한다) 3 말로우에 의해 훔쳐진 복제사진 4 린다는 말로우에게 경고한다 5 집 내부의 장면 6 말로우와 테리의 마지막 대화				
담론	3	4	5	1	6 (2를 암시한다)
올스	1	3	5		
말로우	3	4	1	5	6 (2를 암시한다)
혹은	3	4	5	1	6 (2를 암시한다)
메넨데즈	3	5	1	2	
혹은	1	2	3	5	
혹은	2	1	3	5	
스타	1	2	3	5	6

다양한 '패스들'은 합성적, 모방적, 주제적 의미를 지니고 있다. 먼저, 아마 적어도, 패스들을 주목하는 것은 우리가 챈들러가 만든 복합적인 플롯 형식을 이해하게끔 할 수 있다. 메넨데즈가 멕시코에 있다는 것을 우리가 알게 되는 순간은 태버너의 『호랑이』에서의 결정적인

순간과 견줄 수 있다. 즉 태버너의 그 결정적인 순간에서, 소설의 대위법적 노선들의 불협화한 충돌은 호랑이-덫 장면이 실제로 전부 무엇에 관한 것인지를 모두가 이해할 수 있도록 예리하고 명확하게 보여주고 있다. 여러분이 그 특별한 유추를 받아들이지 않는다고 해도 챈들러의 대위법적 '패스들'의 운용이 상당한 기술상의 천재성을 드러내고 있음을 부정하기는 어려울 것이다.

모방적 층위에서 '패스'를 연구해보면, 인물들의 경험들 — 특히 메넨데즈와 말로우의 경험들 — 에 관해서 우리가 몰랐던 것이 얼마나 많이 있었는가를 명확하게 알게 된다. 그들의 심한 언쟁은 환영에 기초해 있었던 것이다. 이 장면이 얼마나 명확하게 극도의 공포감을 주었던지 간에 실제적으로는 그 어떤 것도 위험에 처해 있지 않았다. 그러나 여기서 우리는 구미를 당기는 또 하나의 정보 — 이 작품에서 끝없이 연기되어온 것 — 를 알게 된다. 이것들 중에 어떤 하나라도 그가 위험에 처하지 않았다는 것을 알려주었는가, 그리고 만일 그랬다면 그는 다른 사람들이 그 사실을 아는지 혹은 모르는지를 알고 있었는가? 우리는 결코 알아낼 수 없으며 그래서 이 장면의 심리적 에너지만이 그 이상스러운 반향을 보여주고 있다. 그것도 우리가 '패스'의 관점에서 유의깊게 고려할 때에야 다만 그러한 조짐을 보여준다. 제프리 하트먼Geoffrey Hartman(1975 : 216)은 챈들러의 작품에 관하여(그리고 로스 맥도널드Ross Macdonald), "자신의 동기들이 다소 신비스럽게 남아있으며 혹은 그것들의 가차없는 축소부터 명백하고도 취약한 표식까지도 면제받는…… 유일한 인물은 다름 아닌 바로, 탐정이다"라고 주장하였다. 즉 이 장면은 중요한 무엇인가를 아주 복합적으로 제시하고 있으며,

메넨데즈의 '패스'나 말로우의 '패스', 둘 중 어느 것의 재구성 작업도 불가능하게 만든다.

그러나 '패스'의 관점에서의 분석이 가장 값어치 있는 보답을 주는 것은 주제적 층위이다. 처음에 봐서는, 스타는 전화를 받았던 상대로서 소설 속에 간신히 얼굴을 내미는 일종의 소설배경상의 주변인물일 뿐이다. 그러나 '패스'를 그려보면, 그가 적어도 절정 장면에서는 다른 인물들이 동분서주하는 와중에도 그 주변에서, '칸투스 피르무스cantus Firmus' 혹은 단조로운 저음으로 존재하였다는 것 — 혹은 덜 비유적으로 표현하자면, 스타는 다른 모든 사람들이 재구성해내는 스토리를 알고 있는(그리고 그것을 조절하는) 사람이었던 것이다 — 을 보여준다. 소설의 스토리는 핵심과 주변에 관한 우리의 생각이 잘못된 것일 수 있음을 암시하고 있으며, 말로우는 그러한 스토리에 관해 가장 나중에 이해하게 되었던 주요 인물이었던 것이다. 만약 우리가 스타의 관점에서 호랑이-덫 장면을 재고해 본다면 이렇게 되는가? 이 방식으로 재초점화한다면, 그 장면은, 스타와 메넨데즈가 테리를 도망치게 하려고 고안한 정교한 속임수, 즉 테리의 가짜 자살의 재연으로서 나타날 것이다. 그러나 린다 로링은 말로우가 테리의 전철을 밟지 않을까 염려하였으며(그에 따라 독자에게도 경고한 것이 된다) 말로우의 얼굴을 마비시킨 권총 가격은 테리의 얼굴 흉터(전쟁동안 겪은 나치 고문의 결과로 인한)를 흉내내는 한 가지 방식이기는 하였다. 그럼에도 사실상 이 장면에서 테리의 역할을 도맡은 인물은 말로우가 아니라 메넨데즈였던 것이다.

테리의 자살처럼, 재초점화된 호랑이덫 장면이 말로우의 마지막 진술이 거짓임을 알려준다는 것은 아주 중요하다. 아주 기억할 만한 챈들러식 결말 중의 하나를 보여주는 이 소설은 절망에 빠진 주인공의 독백으로 결말을 맺고 있다, "나는 그 사람들 중 어느 누구도 다시는 보지 못하였다. 경찰을 제외하고는. 그들에게 미처 작별인사를 고할 수 있는 어떠한 방도도 없었다"(Chandler 1992 : 379). 챈들러의 소설에 익숙한 독자들은 그의 다음 소설, 『플레이백*Playback*』이 린다 로링과 결혼한다는 그의 계획으로 결말을 맺기 때문에, 말로우가 여기서 기술적인 방식으로 '사실을' 왜곡하고 있음을 알고 있을 것이다. 그러나 스타의 관점에서 세계를 본다면 우리는 말로우가 더 깊은 층위의 '원리적인 측면에서' 잘못되어 있음을 알게 된다. 경찰에게 미처 작별인사를 고할 수 있는 어떠한 방도도 없었다? 그러나 테리와 메넨데즈가 스타의 도움으로 할 수 있었던 정확히 무엇인가가 있었으며 그리고 그들은 그렇게 할 수 있었다. 그 이유는 부분적으로, 절대적이며 의문을 가질 것도 없으며 결코 깨뜨릴 수 없는 그들의 우정 때문이었던 것이다.

즉 이 소설의 결말은 우정은 불가능한 것이라고 제시하고 있지 않다. 또한 말할 것도 없이, 탐정을 제외하면, 제임슨Jameson이 말한 것처럼, 다양한 고독들이 어우러지지 못한다고 제시하고 있지도 않다. 그보다, 이 소설의 결말은 자신의 고립된 상태로부터 떨쳐 나오지 못한 말로우의 무능함, 다시 말해 이 삼인조에 합류하지 못한 그의 무능함을 드러내고 있다. 이 무리는 자신들의 행동을 통해, 말로우가 그렇게 명확히 가치를 둔 일을 정확히 보여주었던 것이다. 그리고 '패스' 관점의 독해는 우리가 한편으로는 말로우와 그리고 다른 한편으로는 그의 추종자들 사이에서 길게 이어졌던 싸움에 관한 표현들을 다시 생각해 보도록 한다. 그것은 불량배들에 대한 말로우의 혐오가 아니라 그들의 견고한 우정을 향한 그의 부러움으로서 해석되는 것이다. 결말은 챈들러의 초기 작품에 친숙한 독자들에게 아주 더 통렬하게 다가올 것이다. 특히 그의 『빅 슬립*The Big Sleep*』에서 말로우의 하드보일적 접근법은 세계에 관한 그의 비전이 신뢰할 수 있으며 심지어는 특혜를 부여받고 있음을 시사하고 있다. 즉『긴 이별』에서는, 그가 자신을 둘러싼 세계를 해석하는 능력을 상실하였음을 드러내는 자신의 퍼소나를 아주 과장하였다는 것을 감지할 수 있는 것이다.

지금 나는 이 소설에 관한 내 해석이 내가 제시한 어휘상의 매개 없이는 유용하지 않을 것이라고 믿을 정도로 그렇게 순진하지는 않다. 혹자가 말하는 대로(나로서는 결코 납득할 수 없는 이유들을 들고 있는), 고양이의 가죽을 벗기는 하나의 방식 그 이상의 것들이 있을 수 있으며 그것은 아마도 호랑이의 경우에도 마찬가지일 것이다. 확장된 어휘론은 그것을 조명하도록 해주며 더 이해하기 쉽도록 만들어준다. 나는 이 이론적 관점을 적용할 때 발생하는 무엇들을 이해하고자 하는 다소 잠정적인 결정을 지었으나, 실제 이 작업을 실행하고 나서 이 관점에서의 『긴 이별』의 결말을 확실하게 이해할 수가 있었다. 이 사실은, 우리의 분석 범주들에 '패스'를 보태는 일에 충분한 정당성을 부여하는 것으로 여겨진다.

12

공간의 시학 그리고 아룬다티 로이의 『작은 것들의 신 The God of Small Thing』

수잔 스탠포드 프리드먼 Susan Stanford Friedman

공간은 서술의 '바깥'이 아닌 내부적인 힘이다, 그것은 '안'으로부터 힘을 만들어낸다. (프랑코 모레티 Franco Moretti 1998 : 70)

모든 이야기는 여행의 이야기 ─ 공간적 실천 ─ 이다. (미셸 드 세르토 Michel de Certeau 1984 : 115)

1967년에 미셸 푸코 Michel Foucault는 "19세기의 위대한 강박관념은 우리가 알다시피 역사였다. (…중략…) 현재의 시대는 아마 무엇보다도 공간의 시대가 될 것이다"(Foucault 1986 : 22)라고 예지적으로 진술하였다. 또한 지리학자 에드워드 소자 Edward W. Soja는 푸코의 「다른 공간들에서 Of Other Spaces」를 인용하면서, 비판적인 눈─ 혹은 비판적인 '나'

— 은, 시간의 **지속성**durée과 그 초점을 함께하면서 공간성에도 그에 걸맞은 예리한 이해수준을 허용하는 헤게모니적 전환이 이루어져야 했다. 그럼에도 1989년을 지나가는 당시 시점에도 그렇지 못한 현실을 비판하고 있다. 비판적 헤게모니는 시간적 지배서술에 여전히 봉인되어 있으며 뿐만 아니라 그것은 역사적 상상력의 틀 속에만 있어 아직까지 지리학적 상상력을 고려하는 것에는 미치지 못하고 있다(Soja 1989 : 11). 그러나 소자가 『공간과 비판사회이론*Postmodern Geographies*』에서 공간성을 보상적으로 강조하고 시간적 사유 양식의 헤게모니에 대한 반작용을 요청한 이후부터 문화이론에서는 상당히 큰 변화가 있어왔다. 즉 그것은 1990년대 분과학문들을 가로질러 번영하고 있는 공간적 담론이라는 확실한 흐름으로 나타난 것이다. 그 변화는 또한 (내가 생각하기로는) 20세기 후반에 강화된 세계화 형식의 영향에 기인한 것이다.

그럼에도, 서사이론은, 일부 예외도 눈에 띄기는 하지만, 대체로 서술의 공간에 비해 서술의 시간에 계속해서 **특전**을 부여해오고 있다. 바흐찐M. M. Bakhtin은 1920년대와 1930년대에 '**크로노스**chronos'에 의한 서사의 구성물로서 '**토포스**topos'에 관한 주장을 펼쳤다. 그럼에도 폴 리쾨르Paul Ricoeur와 제라르 주네뜨Gérard Genette로부터 피터 브룩스Peter Brooks에 이르는, 저명한 서사이론가들은 한결같이, 인간 인지의 양식으로서 서사담론 및 서술에 관한 그들의 분석에서 공간에 관해서는 침묵하거나 공간을 지워버려왔다. 즉 서사시학에서 공간은 종종, 시간성의 흐름을 방해하는 '묘사'로서 제시되거나 혹은 플롯을 위하여 기능하는 정적인 "배경"으로 제시되었으며 혹은 시간 속에 펼쳐지는 서사사건들의 "장면"으로서만 제시되었다. 심지어 이론가들은 토마스 하디

Thomas Hardy의 웨섹스Wessex 혹은 윌리엄 포크너William Faulkner의 요크
나파토파 군Yoknapatawpha County과 같은 특별한 배경이 의미작용을 일
으킨다는 사실을 인식하게 되었을 때조차도, 서사에 있어서 공간과 시
간의 관계에 있어서 만연해 있는 흐름을 중단시키지 못하였다. 따라서
나는 이 같은 흐름을 개선하는 일에 도전하고자 한다. 먼저, 규범적 이
론의 주요 계통적 맥락을 검토하고서 그리고 그다음에 몇 가지 대안적
견해들에 관해 탐구할 것이다. 최종적으로는, 아룬다티 로이의 수상작
이자 논쟁적 소설, 『작은 것들의 신』(1997)을 개괄적으로 독해하면서
서술시학의 공간을 강조하는 수정주의적 관점을 시험해 보고자 한다.

공간, 시간, 그리고 서사시학

말하기의 형식으로서 서술은 시간 속에 존재한다. 즉 서술은 이야기
하는 시간이 소요되며 그리고 시간 속에서 연속된 사건들에 관하여 이
야기하고 있다. 따라서 시간성이 서사시학의 논의들을 지배해온 것은
아마도 충분히 납득될 만한 일이다. 예를 들면, 서사 시간성에 관한 탁
월한 이론가, 리쾨르는 다음과 같이 썼다. "내가 첫 번째로 구상하는
가설은 서사성과 시간성이 긴밀하게 관련된다는 것이다. (…중략…)
실지로, 시간성은 서사성의 언어에 도달하는 존재의 구조에 이르도록
하며 그리고 서사성은 궁극적인 참조로서 시간성을 지니고 있는 언어
구조에 이르도록 한다"(Ricoeur 1981 : 165). 또한 『플롯의 이해Reading for
the Plot』에서 구조주의 서사론에 대한 브룩스의 도전은 서사의 시간성

에 우선권을 부여하는 형식을 취하고 있다. "우리는 다만 시간적 연속과 진행을 통해서만 플롯의 전제조건들을 개발하는 (…중략…) 논리로서 플롯을 고려할 것이다. (…중략…) 그리고 플롯은 우리가 인간의 시간성과 씨름하고 애쓰는 그러한 의미들을 질서화하는 힘의 원리이다"(Brooks 1984 : xi). 포터 애보트H. Porter Abbott는『캠브리지 서사 입문 *The Cambridge Introduction to Narrative*』에서 서사의 주요자질로서 시간에 초점을 두고 있다. "**서사**Narrative"란, 그는 강조하여 쓰길, "**우리 인류가 시간에 관한 이해를 조직화하는 주요한 방식이다**"(Abbott 2002 : 3). "서사"는, 그는 격언처럼 요약하길, "우리에게, 시간의 형태로 불릴 수 있는 무엇을 주고 있다"(Abbott 2002 : 11). "**하나의 사건 혹은 일련의 사건들의 표현**"으로서 서사는 '묘사'와는 구별된다(Abbott 2002 : 12).

주네뜨Genette의 권위 있는『서사담론*Narrative Discourse*』은 분석을 위한 서사담론의 세 가지 주요 구성요소를 확인하고 있다. 그것은 시제("서술과 스토리의 시간적 관계들"), 무드("서술'표현'의 유동적 방식들(형식과 정도)), 그리고 목소리("서술상황……, 서술자, 그리고 서술자의 실제청중이나 혹은 암시된 청중", Genette 1980 : 30 · 31)이다. 다섯 개의 장 중에서 세 개의 장은 서사의 시간적 차원에 바쳐지며 그리고 공간은 서사담론에 관한 그의 진술에 전혀 끼어있지 않다. 그는 "서사가 공간 속에서 그리고 공간으로서 존재하는" 방식을 다만 지나치면서 언급하고 있다. 즉 그는 공간을 빗대어, "길 혹은 평원을 '**가로지르거나**' '**횡단하는 데**'에 필요한 "'소요되는' 시간", 그것에 부수적으로 요구되는 책의 지면들로서 의미하고 있다(Genette 1980 : 35). 그는 서사상황, 서사 구조물 — 서사의 진술이 만들어지는 데서 발생하는 전체적인 일련의 조건들"(인간의, 시간적, 공간적) —

에 관심을 지니고는 있었다. 그럼에도 '목소리'에 관한 그의 장 — 다시 말해 서사상황 — 은 '상황'의 공간적 차원에 관해 전개하지는 않았다 (Genette 1980 : 31).

서사시학에서 공간보다 시간에 특전을 주는 만연한 상황은 또한, 1997년, 서술 리스트서브Listserv 전송 시스템에서의 매혹적인 교신들에서도 분명히 드러나고 있다. 그것은 서사 연구에서 '묘사'와 '서사'라는 정전적 이원론에 관한『네러티브Narrative』에 게재된 루스 로넨Ruth Ronen의 논문에 대한 반응으로서 나타났다. 예를 들어 모니카 플루더닉Monika Fludernik은 "인물(행위자)은 배경(묘사)을 요구하는 한편, 대부분의 서사(플롯)는 행위(연대기)의 관점에서 구성된다"고 진술한다(December 1, 1997). 이러한 꼬리표는 저명한 서술론자, 제럴드 프린스Gerald Prince의 진술에서 더욱 명백해진다. 즉 "묘사 그 자체는 물론 서사일 수 있다. 그러나 그것은 매우 낮은 서사성을 지니는데, 묘사는 시간적인 것보다는 공간적인 것을 강조하며 연대기적인 사건들의 존재보다는 지형적인 것을 강조하기 때문이다"(December 1, 1997). 이것에 답하여, 마리-로르 리안Marie-Laure Ryan은, 많은 저자들에게서 "묘사는 서사로부터 논리적으로 자유롭다"고 주장한다. 그리고 리안은 "묘사는 (…중략…) 플롯을 이해하는 데에 심각한 손실을 주지 않고서 독자에 의해 생략될 수 있으며, 이것은 묘사가 풍부한 빅토리아시대 소설들을 독해할 때 특별히 나타나는 만연한 관습이다"(December 4, 1997)라고 주장한다. 이와 같은 계통적 맥락 속에서, 서사 크로노토프chronotope에 관한 바흐찐의 개념은 서사 크로노타입chronotype으로 미묘하게 전환되고 있으며 또한 스토리의 시간-공간의 축에서 형상-토대의 이분법이 형성되었던 것이다. 즉 시간 속에서 인물들에게 일어나는 무엇은 우리가 주의를 기울이는 '형상'이며, 그리고 플롯이 발생하는 공간 속의 어딘가는 우리가 마음 내키는 대로 간과할 수 있던 '토대'였다. 이러한 관점에서, 서사는 공간적 무대라는 정적인 배경에 대항하여 발생하는 시간적 연속과 인과성에 관한 기능인 것이다.

나는 바흐찐의 논문, 「대화적 상상력The Dialogic Imagination」의 "소설의 시간과 크로노토프의 형식"에서 '크로노토프'라는 그의 반향적 개념으로 되돌아가는 일이 가치가 있다고 본다. 그는 아인슈타인의 상대성 이론에 빚진 부분을 인식하고 있으며 다음과 같이 쓰고 있다.

> 우리는 문학에서 예술적으로 표현된 시간적, 공간적 관계의 본질적 연관성을 '크로노토프(글자 그대로, "시간-공간")라고 명명할 것이다. (…중략…) 우리에게 중요한 무엇은 이것이 공간과 시간은 분리될 수 없다는 것을 표현한다는 사실이다 (…중략…) 시간은 말하자면 두터워지고 살이 붙어서는 예술적으로 보여지도록 된다. 이와 마찬가지로 공간은 시간과 플롯과 역사의 움직임 속에 있으며 그것에 반응하게 된다. 이러한 축들의 교차와 지표들의 유입은 예술적으로 형성된 크로노토프를 특징짓고 있다. (Bakhtin 1981 : 84)

바흐찐이 이해한, 서사의 공간과 시간에서의 상호구성적 특성 및 상호작용적 특성은 서술시학에서 대체로 배제되어 왔다. 소자를 따라서, 나는 서사 생산의 능동적 주체로서 공간의 기능에 지속적 관심을 지녔던 바흐찐의 작업을 다시 살펴보려면 공간을 보상적으로 강조할 필요가 있다고 생각한다. 즉 우리는 '토포크로닉topochronic' 서사시학, 즉 서사담론에서 공간과 시간의 상호작용적 분석을 복구하는 일환으로서 '**토포스**topos'를 전경화하는 일이 필요하다.

발터 벤야민의 논문, 「이야기화자The Storyteller」는 서사에 관한 함축적인 **토포크로닉**topochronic 진술을 제공하고 있다. 그것은 제임스 클리포드James Clifford의 「문화를 여행하면서Traveling Cultures」에서의 부득이한 공간적 동음이의어를 예기하고 있다. 클리포드는 이 글에서 상반되지만 상호관련된 문화의 공간화된 차원들로서 "뿌리roots"와 "길routes"을 확인하고 있다(Clifford 1997 : 88). 벤야민은 현대서사의 뿌리로서 스토리텔링의 원형적 형식을 추적하면서, 초기의 서사를, 이야기화자의 공간과의 관계에 기초를 둔 규정적 특성을 지닌 것으로서 두 가지 "원형적 유형"으로 분류하고 있다. 첫 번째 유형은 선원에 의해 이야기되는 스토리로서 이 남성은 "아주 멀리서 왔으며" 그리고 "이야기할 만한 꺼리들을 지니고 있다." 두 번째 유형은 땅을 가는 농부에 의해 이야기되는데 이 "남성은 집에서 지내왔으며 (…중략…) 그리고 고장 이야기들과 전통들을 알고 있다"(Benjamin 1969 : 84). 벤야민은 계속해서 "충만한 역사적인 폭을 지니는 스토리텔링의 영역"은, "이러한 두 가지 원형적 유형들이 아주 친밀하게 상호침투하지 않는다면 상상할 수 없다"고 진술한다(Benjamin 1969 : 85). 집과 그 외 장소들 — 두 가지 모두는 공간적 장소 — 은, 벤야민에게는 스토리를 공동으로 구성하는 요소들이며 또한 스토리에 우연적인 것이 아니다. 그것은 서사의 전통이 시간을 거쳐서 또한 수많은 사회들을 가로질러서 진화되어온 이치와도 같은 것이다.

미셸 드 세르토는, 「공간 이야기Spatial Stories」에서, 서사를 "일상생활의 실천"으로서 이론화하는데, 그것은 일상생활을 위해서 빌딩의 블록들은 시간 속에서 다양한 종류의 문화적 실천들, 운동들을 가능하도록 하는 공간이 되기 때문이다. 여기서 이 글의 머리말 인용문을 반복하게 된다. 즉 "모든 이야기는 여행의 이야기 — 공간적 실천 — 이다"(Certeau 1984 : 115). 즉 세르토는, "서사 구조들은 공간적 구문론의 지위를 가진다." 버스와 기차처럼 "매일 그것들은 장소를 횡단하며 조직화한다. 그리고 장소를 선택하고 그 장소들을 모두 함께 연결시킨다. 또한 그것들은 문장을 만들어내고 또한 장소들로부터 여정을 짠다. 이와 같이 해서 공간적 궤도를 만들어내는 것이다"라고 주장한다(Certeau 1984 : 115). 혹은 『유럽 소설의 지도Atlas of the European Novel』의 프랑코 모레티Franco Moretti에게, 서사의 공간적 궤도들은 단지 연결관계를 세울 뿐만 아니라 서사를 능동적으로 **'가능하도록'** 하는 것이다. 그에게, 공간은 서사성에 우연직인 것이 아니며 서사성을 발생시키도록 하는 것이다. 또한 그는, "지리학"이란 "비활성적인 용기가 아니며 문화적 역사가 '발생하는' 상자도 아니다. 그것은 문학분야를 제공하고 그것의 깊이를 형성하는 능동적인 힘이다"라고 주장한다(Moretti 1998 : 3). 소설들에서 배치된 공간들을 지형화하는 것은, 그는 설명하길, 문학연구에 숨어있었던 것을 확인하도록 돕는 것이며 공간이 어떻게 "스토리, 하나의 플롯을 이끌어내는가"를 확인하도록 돕는 것이다(Moretti 1998 : 7).

서사를 위한 발생적 힘으로서 시간과 전적인 동반자관계로 복구된 공간은, 인간의 사고와 경험을 공동으로 구성하는 요소들을 매개하면서 공간과 시간의 대화적 상호작용에 초점을 두는 독해전략을 고려하도록 한다. 이러한 의미에서 공간은 수동적이지 않으며 정적이지도 않고 또한 비어있지도 않다. 즉 공간은, 서사이론에서만큼은, 시간 속에서 펼쳐지는 사건들에 관한 단순한 배경은 아닌 것이다. 대신에 공간은 역사와 변화하는 시간 속에서 만들어진 사회적으로 구조화된 영역이며 최근에 와서 공간의 지리학적 이론들에 관한 조율이 이루어지고 있다. 그럼으로써 공간적 궤도로서의 서사의 개념은 공간이 능동적, 유동적, "충만한" 것이 되도록 위치짓고 있다. 이것은 로렌스 그로스버그Lawrence Grossberg가 "공간적 물질주의"를 규정하는 연구에서 요청하는 일부에 속한다. 즉 "되어가는 환경으로서의 공간"은 "역사에 관해서가 아니라 지향, 방향, 입구, 출구에 관한 질문으로서 현실을 이해하도록 한다. 즉 되어가는 것들에 관한 지리학의 문제이다……. 그것은 단지 시간에 특전을 주는 것을 거부하며 뿐만 아니라 공간과 시간을 분리하는 것 또한 거부한다. 그것은 공간의 시간화 혹은 시간의 공간화의 문제인 것이다"(Grossberg 1996 : 179 · 180). 그로스버그에게 공간과 시간의 분리는 그 자체로 인간의 사고에서의 환상적 구조이며 그것은 시간적인 것에 특전을 부여하는 것으로부터 결과한 것이 된다. 이 주장만으로는 아마도 논쟁의 여지는 있지만 그는 서사시학에서 공간을 재고하는 일이, 공간과 시간이 스토리의 구성요소로서 상호작용하는 방법에 관하여, 혹은 "공간의 시간화"와 "시간의 공간화"로서 일컬어지는 무엇에 관하여 새로운 이해를 이끌 수 있다고 주장하고 있다. 또한 그는 서사의 '**토포크로닌**topochrone'에서 장소와 행동의 대화적 상호작용에 관한 이해를 촉구하고 있다.

이야기된 스토리 내의 공간 — 인물들이 움직이면서 통과하며 사건들이 발생하는 공간 — 은 종종, 만남, 경계 횡단, 문화적 모방이 이루어지는 곳이다. 세르토에게, 서사는 "변경"(다시 말해 경계)을 만드는데 변경이나 경계 모두는 차이를 나타내며 그 차이들을 가로질러 관계가 만들어지는 것이다. 이어서 그는 다음과 같이 주장한다. "서사행위"란 "국외 공간을 지닌 변경과 관계들의 관련 영역을 지속적으로 개발하는 것이다. (…중략…) (서사)는 경계를 표시하는 데에 지속적으로 관련된다. (…중략…) 한편으로, 스토리는 끊임없이 변경들을 표시하고 있으며 또한 변경들을 다양한 방식으로 존재하도록 만든다"(Certeau 1984 : 125 · 126). 다른 한편으로, 스토리는 지속적으로 "다리"를 만든다. 그것은 "함께 만들어지며 고립에 반대한다"(Certeau 1984 : 128). 서사는 공간 속의 상호작용의 모순들 혹은 "차이들을 만들어내는 복잡한 네트워크"와 "공간들의 통합적 체계"(Certeau 1984 : 126)로부터 형성된다. 세르토는 이러한 공간적인 실천을 두 몸체의 접촉에 비유한다. 즉 "이처럼, 육욕적이거나 적대적인 고투가 몸체에 새겨지는 유일한 '접촉'(교섭)의 장소에서 몸은 뚜렷이 드러나게 된다. 이것은 변경이 지닌 패러독스이다. 즉 접촉에 의해 창조된, 두 몸 사이의 차별적 지점은 또한 몸들의 공통된 지점이다. 연결과 단절은 그 몸들에서 분리할 수 없는 것이다"(Certeau 1984 : 126 · 127).

경계들에 관한 모레티의 주장은 꽤 조심스럽지만 그럼에도 시사적이다. 그는 적어도 1800~1900년대의 유럽 소설에서 소설의 지역들은 현대의 민족국가와 협력하여 형성되고 있는 국가적 상상과 "상상된 공동체"로써 얽혀 있음을 맨 처음 이론화하고 있다. 그는, "소설"은 "민족국가의 상징적 형식으로서 기능한다. (…중략…) 그리고 그것은 국가의 내적 분열을 숨기지 않을 뿐만 아니라 그 분열을 **용케도 어떤 이야기로 바꾸어 놓는**(Moretti 1998 : 20) 하나의 형식(성가 혹은 기념물과는 다른)이다"라고 주장한다. 역사에 관한 상상된 공간으로서, 국가는 어떤 의미에서 "가능할 수 있는 **모든 스토리들의 총합**"인 것이다(Moretti 1998 : 20). 경계들은 — 외적인 것과 내적인 것 모두 — 이러한 이야기들의 형성에 특히 중요한 역할을 하며, 그의 주장으로는, 특별히 역사소설에서 그러하다. "**경계의 현상학**"(Moretti 1998 : 35)으로서 역사소설은 반대 측이나 적들과 충돌하는 "외적인 변경들"과 그리고 반역과 모반의 장소로서의 "내적인 경계들"에 관한 스토리들을 말함으로써 공간과 시간의 합류에 관해서 서술하고 있다(Moretti 1998 : 35 · 36).

비록 내가 "모든 서사"의 요청들을 의심스럽게 여기도록 배워왔음에도 불구하고, 나는 모든 스토리들이 경계들과 경계횡단들, 다시 말해 상호문화적 접경지역들의 어떤 형식을 요구한다는 도발적인 가설을 세우고자 한다. 그리고 나는 그러한 형식 속의 "문화"가 모든 개인들이 속해 있는 다양한 공동체의 정체성들을 통합하는 매우 광범위한 의미를 지닌다고 이해하고 있다(Friedman 1998 : 134~140). 공간과 시간을 통한 이동을 흥미롭고 긴장감 넘치며 논쟁적이면서도 조화롭게 만드는 것이 바로 경계들이 아니겠는가? 경계들은 순수성, 특징, 차이를 주장하지만 그러나 혼혈, 혼합, 언어혼성을 만들어낸다. 모든 종류의 경계들은 영속적으로 횡단되고 있다. 그러나 횡단의 경험은 무엇보다도 경계들의 존재에 의존한다. 경계들은 순수와 비순수, 같음과 다름, 안과 바깥이라는 이분법 — 내가 어디선가 상호문화적인 **포트/다**^{fort /} da라고 일컬었던 뒤로 갔다 앞으로 갔다 하는 이주의 움직임 즉 공간적으로 법제화되지 못하는 혼란 속에 놓인 — 의 양극화를 에워싸면서 상징적, 물질적으로 기능하고 있다(Friedman 1998 : 151~178). 정체성은 개인적이든 공동체적이든 간에 경계가 없이는 생각하기 어렵다. 또한 몸은 경계의 장소로서 안과 바깥, 자아와 타자 사이의 구별을 나타내며 그것은 사회질서에 근거한 살과 피인 것이다. 몸이 토대한 사회질서는 젠더, 종족, 민족성, 계층, 카스트, 종교, 섹슈엘리티 기타 등등에서 경계를 이루는 체계에 의존한 계급제도를 나타내고 있다. 이러한 모든 양식들과 기능들 속에서, 경계들은 시간과 접목하여 서사를 발생시키고 만들어내는 사회적 분화의 장소가 된다.

『작은 것들의 신』에서 공간의 시학

공간 특히 경계 공간은, 『작은 것들의 신』에서 콜로니얼한 시간, 포스트콜로니얼한 시간, 그리고 포스트모던한 시간이라는 거듭 쓴 양피지와 같은 연속으로 전개되면서, 카스트와 젠더 차별의 스토리들을 발생시키며 형태화한다. 궁극적으로 공간'과' 시간의 시학을 교직하면서 소설의 서사담론은 시간보다 공간에 특전을 부여하고 있다. 그리고 그것은 시간의 '토대' 위에 있는 '형상'으로서 장소를 비유하며 이에 따라 소자와 그로스버그와 같은 문화 이론가들이 요청한, 보상적으로 공간을 강조한 수많은 서술들 그 이상의 것을 보여주고 있다. 아룬다티 로이는 건축가이며 시나리오작가이자 정치 활동가로서, 그녀는 이 한 권의 세계적인 베스트셀러 소설로서 부커Booker 상을 받았다. 샐먼 루시디

Salmon Rushdie의 『한밤중의 아이들*Midnight's Children*』처럼, 로이의 소설은 새롭게 형성된 인도의 국민국가와 자유의 서약을 달성하기 위해 요청된 침묵에 직면해 있는 정치적 알레고리를 보여준다. 그러나 루시디 이상으로, 로이는 포스트콜로니얼한 딜레마를 설명하는 불가분의 요소로서, 국민국가 **'내부의'** 경계, 특히 젠더와 카스트의 권력관계에 각별한 관심을 기울였다. 수많은 비서구 페미니즘 작가들과 활동가들처럼, 로이는 젠더, 종족 / 카스트 / 계층, 그리고 국가적 모순들과의 관련 속에서 자신의 글쓰기를 위치짓고 있다. 한편, 그녀는 포스트콜로니얼한 해방이라는 국가적 명분의 배반자로서 공격받았다. 그녀는 미래의 자유는 가정에서의 사회적 불평등에 관한 고통스런 질문들에 의존할 것이라고 주장한다. 그것은 국가적이며 초국가적인 역사들을 매개하며 이것들에 의해 매개되는 것이 바로 가정의 문제이기 때문이다.

아대륙 남서쪽 끝의 케랄라Kerala 주에 있는 자신의 고향에 이 소설의 배경을 정하면서, 로이는 인도 지역이 아주 변칙적인 곳이라고 특징짓고 있다. 그리고 처음에는 케랄라에 관하여 이후에는 좀 더 보편적인 인도에 관하여 복합적이면서 이중적인 참조를 할 수 있도록 소설의 정치적 알레고리를 제공하고 있다. 즉 케랄라는 선출된 공산주의 관료들이 독립 이후의 시기 대부분을 지배한 유일한 주였다. 케랄라는 식자율, 사회 복지 프로그램 조직망, 맹렬한 노동운동, 그리고 인도에서 가장 높은 여성의 지위를 자랑하는 지역이었다. 한편, 이곳은 침체하고 있는 경제에 주의를 기울이지 않았으며 "불가촉천민"으로서 알려진 카스트계급에 속하지 못한 사람들에도 주의를 기울이지 않았다. 그들은 토지개혁의 일환으로 달리트Dalits에서 시행한 인도 최악의 기록을 지니고 있었다. 또한 케랄라는 비교적 많은 기독교 인구로서 뚜렷이 특징지어진다. 기독교 인구는 약 20퍼센트로서 그들 중에 일부는 19세기 영국 선교사들에 의해 개종된 후손들이다. 그러나 그들 중 대다수는 기독교시대의 첫 세기에 성 토마스St Thomas 사도에 의해 개종된 일백 명의 브라만 조상으로 거슬러가는 상위 카스트의 시리아계 기독교인들이다. 인디언들이 동양의 정교 기독교와 연맹하였을 때, 그들은 전통적으로 케랄라의 사회, 경제적 엘리트층을 형성하였으며 이와 같이 해서 힌두교가 지배적인 인도의 나머지 지역과는 다른 그 지역만의 차별성을 보여주게 되었다. 이미 이질화된 인도의 배경으로 보면 특징적일 것이 없는 케랄라의 변칙적 지위는 대체로 인도의 정치적 알레고리를 위해서는 그다지 잘 들어맞지 않는 배경이라고 할 수 있다. 그럼에도, 이 소설이 공간적 시학과 밀접한 관련을 보여주는 것은 로이가 시간을 통하여 지역적, 국가적, 초국가적 풍경의 정치학을 이야기하면서 이러한 지역성을 활용하는 것에 있다.

이 소설은 시리아계 기독교의 엘리트 일원인 이페Ipe 가족 삼대의 일대기에서 간단한 두 개의 시간대 사이를 전후로 움직인다. 그것은, 1969년 12월의 파국을 향하는 13일간과 그리고 가장 젊은 세대인 쌍둥이 라헬Rahel과 에스타Estha가 23년 만에 처음으로 재회하는 1992년 6월의 어느 날이다. 트라우마의 서술과 그것의 재앙스러운 결과는 시간적 연속의 바깥에서 전개되는데, 그것은 억압된 것이 귀환하면서 나타나는 스토리의 파편들 속에서이다. 공간적으로 지향된 기억들은 의식과 무의식, 기억된 것과 잊혀진 것, 금지된 것과 욕망된 것 사이에서 침투하는 경계들을 특징짓고 있다.

이처럼 과거의 일들에 관한 억압된 기억의 핵심에는, 물질주의적, 사회적, 정신분석적, 성적, 그리고 정신적인 변경들을 일탈하는, 일련의 디스토피아적인 경계와 유토피아적인 경계의 횡단들이 놓여 있다. 이 소설은 아브힐라쉬 토키즈 극장Abhilash Talkies 영화관에서 환각제를 마시는 남자가 일곱 살 난 에스타Estha에게 그의 끈적이는 페니스를 문지르도록 위협하면서 시작한다. 그러고 나서, 영국에서 이곳으로 왔으며 자신이 백인 영국인임을 보물처럼 여기는 쌍둥이의 사촌, 소피 몰Sophie Mol은 이후, 미나찰Meenachel 강의 위험한 물 속에서 익사하게 된다. 이혼한 쌍둥이의 어머니, 아무Ammu는 매일 밤, 강을 가로질러서 벨루타 Velutha와 정사를 가진다. 벨루타는 카리스마가 있으면서 온순한 불가촉천민으로서 그는 새로운 국가가 불가촉천민제를 폐지했을 무렵 그 지역을 떠났으나 교육을 받고 이페 파라다이스 절임·가공 공장Ipe's Para- dise Pickle & Preserves의 기술자이자 감독이 되어 돌아왔다. 또한 그는 쌍둥이의 대리 아버지 구실을 하였다. 벨루타의 아버지는 아무의 어머니와 베이비 코차마Baby Kochamma 이모에게 자신의 아들을 고해바쳤으며, 베이비 코차마는 벨루타가 강간자이자 아동유괴범이라고 경찰에게 고발한다. 그 지방의 공산주의 지도당원, 필라이는 도움을 청하는 벨루타의 부탁을 거절한다. 쌍둥이들은 경찰이 벨루타를 거의 죽을 정도로 때리는 것을 숨어서 지켜본다. 베이비 코차마는 조카인 아무를 자신의 방에다 가두고는, 에스타에게 어머니를 구할 수 있도록 경찰에게 자신의 거짓기소를 지지하라고 시킨다. 벨루타는 에스타의 배신의 말을 들을 때까지는 살아 있었지만 아무가 경찰에게 그녀의 사랑을 증언할 때까지는 미처 살아있지 못했다. 아무의 오빠, 차코Chacko는 이페의 집으로부터 그녀를 쫓아내었으며 그녀는 이후에 자신을 추스리지 못하였고 가족과도 재결합하지 못한 채 죽게 된다. 그리고 에스타는 캘커타 Calcutta에 있는 방탕한 아버지에게로 돌아가며 라헬은 기숙학교에 보내어져서 1992년까지 자신의 쌍둥이를 볼 수 없었다.

1969년의 사건들은 아이들이 시간 안에서 감정적으로 움츠려 있도록 남겨진 비운의 13일 간이다. 에스타는 순종적이고 굽신거리게 되었으며 좀처럼 말을 하지 않았으며, 시끄럽고 무법하며 반역적인 라헬과 대조적으로 참회 속에서 일종의 과장된 여성성을 보여주었다. 라헬은 세계를 방랑하다가 아버지가 오스트레일리아로 이민 오게 되면서 자신의 쌍둥이가 케랄라로 "재귀환하는" 때에 마침내 집으로 돌아왔다. 1992년의 기억의 그날은 쌍둥이의 근친상간적 포옹 속에서 끝맺으며 그것은 금지된 접촉의 불안 속에서 형상화된 영혼들의 연결이었다.

이 스토리는 복잡하고 멜로드라마적이며 센세이션적이다. 이것은 봄베이에서 인도가 크게 이익을 본 영화산업인 "볼리우드Bollywood"의 관습을 빌려오고 있다. 그러나 『작은 것들의 신』의 사건들은 내가 제공한 일종의 연대기적 연속으로서 서술되지 않고 있다. 이 소설은 '**파불라**'와 '**슈제**'(Propp 1968), '스토리'와 '서사'(Genette 1980), 혹은 '스토리'와 '담론'(Chatman 1978)을 서사론적으로 구별짓는 고유의 형식을 보여준다. 한편으로, 이 소설은 공간적 실천으로서의 서사를 강조하지 않고 사례화한 내 요약에서도 보듯이 시간성의 전경화를 거부하고 있다. 즉 공간을 담고 있는 역사가 아니라, 소설 안의 다양한 공간들이 역사를 담고 있다. 이 소설은 선조적인 시간 속에서 잇달아 일어나는 것이 아니라 공간들의 안과 밖을 연상적으로 이동하며, 각각의 장소는 사건들의 다양한 파편들을 자극하면서 모티브, 환유, 혹은 이미지로써 종종 서정적으로 주조되고 있다. 이들 공간 각각은 탐욕스럽고 잔학한 연관과 분리의 다중적 경계들을 포함하며 그 경계들은 운동역학적 플롯 구성의 움직임 속에서 지속적으로 세워지고 위반되고 있다.

건축가로서 로이의 직업을 당연히 반영하는 각각의 공간은 역사적으로 중복결정이 부과된 장소인 건물 안에서 비유적으로 나타난다. 이 건물들은 무대 혹은 배경이상의 것이며 역사의 힘을 구체화하는 사회적 장소들에 형체를 부여한다. 그것들은 겹쳐 쓴 양피지처럼 시간에 걸쳐 변화해온 사회적 질서를 새겨 넣는 공간들이다. 역사를 담아내면서, 그것들은 통과하고 이동하는 사람들의 정체성을 동적으로 설정해준다. 플롯을 위한 단순한 배경이란 없으며 배경은 서사성에 형체를 부여한다. 즉 공간은 일이 발생하게끔 한다. 그것은 다양한 문화들 — 국가, 젠더, 카스트, 계층, 종교, 섹슈엘리티에 관한 공동체의 차이들 — 이 지닌 예리한 모서리들이 나란히 놓인 경계들을 담고 있다. 그것은 차이들이 붕괴되고 혼합되는 곳이자 경계들이 횡단되는 접촉지역을 비유적으로 나타낸다.

푸코는 서사성의 이러한 공간들을 "변위적heterotopic"이라고 명명하였다. 「다른 공간들에서Of Other Spaces」에서 자신이 제시한 신조어, 변위에 관해서, 그는 사회질서의 구조들로서 다른 공간들과 "시간의 얇은 조각들"의 상호관련성에 초점을 가져오는 "실제의 장소들"이라고 규정짓고 있다(Foucault 1986 : 24~27). 공동묘지, 감옥, 극장, 매춘굴, 박물관, 도서관, 박람회장, 이것들은 변위적 장소들에 관한 그가 든 일부 사례로서 이 장소들은 위기, 일탈, 양립불가능, 병행, 보상, 혹은 지속과 관련한 확장적 문화구조들과 관련되어 있다. 내가 그의 용어로부터 가져온 무엇은 특정한 실제 공간들이 추론적으로 다른 공간들과 제도적 사회질서의 공간적 궤도들을 포함한다는 개념이다. 나는 그의 개념에다 공간적인 것에 정신을 집중한다는 정신분석적 개념을 덧붙이고자 하는데 이 개념은 다른 지리학적, 지리정치학적 형성물들을 주어진 장소로 끌어오는 강력한 마력을 지니고 있다. 『작은 것들의 신』에서 다양한 건물들은 정체성을 형성하는 사회적, 문화적, 정치적 체계들에 초점을 가져오는 변위적 장소들로서 환유적으로 기능하고 있다. 즉 그 건물들은 경계 일탈의 움직임을 설정하고 있으며 그 결과 스토리를 발생시킨다. 그리고 그것들은 공포 때문에 연속적으로 이야기될 수 없으며 다만 특별한 장소들에 결합된 파편들 속에서만 이해될 수 있는 사건들을 전개시키고 있다.

예를 들면, 아브힐라쉬 토키즈 영화극장은 콜로니얼리즘, 포스트콜로니얼리즘, 그리고 확장되고 있는 미국의 문화·경제적 헤게모니에 관한 역사를 담고 있는 다만 그와 같은 변위성heterotopia을 보여준다. "토키즈 극장"의 출현 이후, 지방도시, 코친Cochin에 세워진 호화로운 영화건물의 영락은 라즈Raj가 사망하기 직전의 시간을 떠올리도록 한다. 1969년에, 이페 가족은 아예메넴Ayemenem에서 코친으로 여행하였으며, 〈사운드 오브 뮤직The Sound of Music〉 즉 나치의 손아귀에서 도망친 폰 트랩Von Trapp 일가족의 할리우드 영화를 보게 된다. 이 영화에서의 "깔끔한 백인 아이들"은, 자신들의 혼혈-영국인 사촌과의 첫 만남을 안달나게 고대하는데, 이 장면에서 에스타와 라헬은 스스로를 향한, 회복될 수 없이 불결하고 불쾌한 감정을 느끼게 된다. 이 장면은 전쟁 후 미국의 지배력 증대로 영국령 인도제국으로 연합됨으로써 복잡해진 포스트콜로니얼한 불안의 순간을 보여주고 있다(Roy 1997 : 101). 그러나 아브힐라쉬 토키즈 극장에서 일어난 (포스트)콜로니얼한 플롯은 "개인적인 문제"로 바뀌는데, 그것은 토키즈 공간에서 환각제를 마신 남자가 에스타의 신체 경계를 침해할 때이다. 그것은, 적어도 부분적으로는 에스타와 함께 온 특혜받은 소년과 자신을 경계짓는 계급, 카스트에 대한 분노로부터 유발된 것이다. 이 장면에서 바흐찐의 적절한 주장을 빌려오자면(1981 : 84), "시간은, 말하자면, 과거의 많은 이야기들을 담고 있는 동시에 미래의 이야기들을 발생시키는 장식적인 건물에서, 구체적으로는 재앙으로 귀결되는 사건 사슬들에서의 첫 번째 일탈에서 두꺼워지고 살이 붙으며 미적으로 보여지게 된다."

많은 다른 건물들이 『작은 것들의 신』에서 스토리를 발생시키며 변위적으로 기능하고 있다. 아예메넴 하우스는 조상대대로 내려온 이페 가족의 집으로서 그곳은 친영 성향과 반영 성향이 혼합되었으며 세대를 걸쳐 내려오며 쇠퇴하다가 1992년에 끝을 맺게 된다. 그들이 사는 근처의 파라다이스 절임·가공 공장은 맘마치Mammachi의 지역 사업에의 안목과 서구적 실천이 합성 혼혈된 또 하나의 장소이다. 그 공장은 차코가 도입한 것이지만 결국에는 그가 공장을 망하게 하였다. 공장의 공간적 궤도는 벨루타를 공장장으로서 출세시켰으며 이것은 하층카스트 노동자나 불가촉천민으로서는 한때 상상할 수조차 없었던 그러한 상반된 권위의 자리에 오른 것이다. 접촉 지대로서 공장은 단지 동쪽과 서쪽, 그리고 천민이 아닌 자와 불가촉천민을 함께 불러올 뿐만 아니라 지배인과 공산주의 지도자들까지 불러오고 있다. 이를 테면,

공산당원 필라이는 낮은 계급의 카스트 노동자들의 투표와 공장 소유주의 돈 두 가지 모두를 원하였다. 한편, 그는 공장의 광고 전단지를 인쇄하기 위해 차코와 연락을 유지할 필요가 있었다. 변위 공간으로서 공장의 뿌리깊은 부패는 당원 필라이가 벨루타를 배신하게 되는 결정적인 구성요소이다.

벨루타의 가족이 사는 집은 아예메넴 하우스의 땅에 오래 전에 세워진 불법 임시가옥이다. 이 집은 여전히 또 하나의 변위공간이며 벨루타가 아무와 사귀면서 일탈하게 되고 벨루타의 아버지가 자신의 아들을 배신하게 되는 관계를 드러내는 데에 일조하도록 조명된다. 코티얌Kottyam 경찰서는 그 주의 권력관계를 구체화하며 카스트와 젠더의 경계를 지키고 있다. 그리고 그곳은 "상위 계층"의 경찰이 죽어가는 벨루타와 절박했던 아무의 몸에 폭력을 가하도록 하는 권력을 부여받고 있다. 아무는 자신의 정사를 공개적으로 승인하면서 벨루타를 구하러 왔지만 그것은 이미 때늦은 일이었다. 또한 그녀는 검사관 토마스 매튜Thomas Mathew의 음란한 응시와 자신의 가슴을 건드리는 경찰봉을 참아야만 하였다. 1992년에 공산당원 필라이의 신흥 부자의 자택은 새로운 인도에서 그가 출세한 역사를 담고 있다. 그의 성공은 불가촉천민에 대항하는 하층 카스트 노동자와의 연맹을 발판으로 하여 이루어낸 것이었다. 절 건물의 전방에서는, 카타칼리Kathakali 무용수들이 "수영장 공연을 약식으로" 한 이후에 '마하바라다Mahabharata' 전체 섹션을 공연하고 있다. 그들의 공연은 1992년도에, 헤리티지Heritage 호텔 측에서 관광객의 유치를 목적으로 일괄제작된 것이다. 그리고 기타 등등.

이 소설의 건물들은 서사의 지역 연대기를 나타내는 결정적 차원을 보여준다. 왜냐하면 이 건물들은 이것들을 만든 사회 구조들, 시간에 걸친 건물들의 변화의 역사, 그리고 타고난 토대에서 분리될 수 없는 그곳 사람들의 정체성을 초점으로 가져오기 때문이다. 나아가, 이 건물들은 로이의 복합적 정치학을 초점으로 가져온다. 그것은 한편으로는, 콜로니얼리즘, 포스트콜로니얼리즘, 다민족주의라는 지리정치학적 구조들의 베일을 벗기고 있으며, 다른 한편으로는 인도의 내부 문제들에 비판적 탐조등을 돌리고 있다. 예를 들면, 절은 '진정한' **마하바라다**'를 위한 연극적 볼거리의 장소이지만 아브힐라쉬 토키즈 영화궁전과 헤리티지 호텔의 무대, 둘 다의 공간적 궤도들에 반대하고 있다. 또 한편, 절은 힌두교 사회의 서열화를 가능하도록 만들고 있다. 즉 카스트에 오르지 못한 일원들으로서 카타칼리 무용수들은 절 내부로는 허락되지 않으며 그리고 그들이 연기하는 서사극은 내부적인 가족 원한으로 붕괴되고 있는 인도를 표현하고 있다. 이 소설의 건물들의 다중적 경계들에 관한 뚜렷한 스토리들을 담아내고 있는 미나찰 강은, 위험을 반영하며 변화와 일탈을 향해 흘러가도록 유혹이라도 하는 듯이 건물들 사이로 꾸불꾸불 흐르고 있다. 모든 이의 운명의 날, 삶을 영원히 바꾸는 날에 이르도록 하는 그 나날들을 횡단하게 되고 또 그렇게 횡단하도록 만드는 것이 바로 이 강이다.

모든 다른 변위적 건물들 이상으로, 아카라 하우스는, 모레티를 다시 인용하자면, "어떤 스토리, 플롯을 초래하는" "능동적 힘"으로서 역할하는 장소이다(Moretti 1998 : 7). "역사의 집History House"으로서 쌍둥이들과 서술자에 의해 반복적으로 수사화되는 아카라Akkara는 강의 굴곡을 둘러싼 고무 플랜테이션의 중심부이자 아예메넴 하우스Ayemenem House로부터 강 아래쪽에 위치해 있다. 인도의 식민지 과거를 환기시키는 아카라는 카리 사이푸Kari Saipu 즉 "블랙 사입Black Sahib, 다시 말해, '원주민이된' 영국인들에게 소속되어 있는 곳이다. 누가 말라얄람어Malayalam를 말하며 문두스mundus를 입었는가? 아예메넴 특유의 쿠르츠Kurtz. 아예메넴은 쿠르츠의 사적인 암흑의 핵심Heart of Darkness인 것인가. 그는 10년 전에 총으로 자신의 머리를 쏘아 관통시켰는데, 그것은 자신의 어린 연인의 부모들이 그로부터 소년을 데려가 버렸기 때문이었다"(Roy 1997 : 51). 아카라는 로이가 콘래드의 『암흑의 핵심』을 토착적인 방식으로 적용시킨 장소라고 할 수 있다. 즉, 콘래드의 소설 역시 반-식민지적 지향을 지녔음에도 콜로니얼리즘을 반영하는 한편 이 이데올로기를 공격하였으며 뿐만 아니라 국내정치를 손가락질하는 비판의 기획을 빌려오고 있다. '역사의 집'은 벤야민이 서사시학의 기초로서 간주하는 무엇을위한 하나의 환유이다. 그것은 "이 두 가지 원형적 유형들 — 집과 여행이 서로 얽혀있는 스토리들로서 — 이 매우 친밀하게 서로 침투하도록하고 있다"(Benjamin 1969 : 85). 집의 구조는 역사의 구조를 발굴하며 그로스버그가 "공간의 시간화와 시간의 공간화"라고 일컬은 것을 공간적인 형상으로 구체화하고 있다(1996 : 179 · 180).

시간에 걸친 역사적 변화는 '역사의 집'의 정면에서 특징적으로 나타난다. 1969년의 포스트콜로니얼한 인도에서 아카라는 비어있다. 즉영국인의 '암흑의 핵심'이 인도 고유의 암흑의 핵심으로 된 것이다. 차코는 옥스포드에서 교육받고 곧이어 백인 여성과 결혼해서는 케랄라로 돌아왔다. 그리고 그는 누이, 아무와는 달리, 공장을 운영하도록 어머니에 의해 초대받았으며 낮은 계층의 카스트 여성과 성적 관계를 가졌다. 이처럼 인도는 이전의 통치자들에 대한 애착을 보여주는 동시에 그들에 대한 증오를 보여주는 포스트콜로니얼한 불안에 처하도록 운명지어진 것이다. 차코는 쌍둥이들에게 다음과 같이 이야기한다. "역사는 한밤의 낡은 집과도 같다. 모든 램프는 켜져 있다. 그리고 안쪽에는 속삭이고 있는 선조들이 있다"(Roy 1997 : 51). 그는 쌍둥이들에게 영국의 식민지 통치에 관한 공간적인 알레고리를 설명하며 또한 친영국 성향으로부터 초래된 결과들을 설명하고 있다. 그가 설명한 인도의 문제들은 이것들이다.

> 우리는 안으로 갈 수 없다. (…중략…) 왜냐하면 우리는 갇혀왔기 때문이다. 그리고 우리가 창문을 통하여 안을 들여다 볼 때, 우리가 볼 수 있는 것이란 모든 것이 어둠이다. 우리가 귀 기울이려고 노력할 때 우리가 듣게 되는 모든 것이란 중얼거림이다. 우리는 그 중얼거림을 이해할 수 없다. 그것은 우리의 정신이 전쟁으로 침해받았기 때문이다, 이겼지만 동시에 우리가 졌던 전쟁. 바로 그 최악의 종류인 전쟁. 꿈을 포획하고는 그 꿈을 다시 꾸도록 만드는 전쟁. 우리를 정복한 자들을 숭배하도록 만들면서 우리자신들을 경멸하도록 하는 전쟁. (Roy 1997 : 52)

아이들 그리고 나아가 독자들이 배우게 되는 것은 콜로니얼리즘이 인도의 "어둠" 모두를 설명할 수는 없다는 것이다. 왜냐하면 차코의 주장에도 불구하고, 아이들은 어떤 의미에서 "생생한 퍼포먼스의 역사"가 그들 앞에 전개되는 것을 꽤 충분히 볼 수 있는 적어도 '역사의 집'의 베란다까지는 들어갈 수 있기 때문이다(Roy 1997 : 293). 여기서, 그들은

"'심장의 암흑'이 '암흑의 심장'으로 조심스레 가는 것을 보게 된다(Roy 1997 : 290). 이곳에서, 벨루타와 아무는 계급제도에 대항하여 '사랑의 법'을 깨뜨렸으며 벨루타는 이페 가족과 공산당원 필라이가 자신을 고발한 이후에 패배하게 되었다. 또한 이곳에서, 아이들은 지켜보게 된다. "카스트 상류층 경찰 수색대가 광기가 아닌 경제논리로, 무질서가 아닌 효율성으로, 신경증이 아닌 책임감으로 활동하는 것을. 그들은 그의 머리칼을 뜯지도 않았으며 그를 살아 있는 채로 태워버리지도 않았다. 그들은 그의 성기를 잘라버리지도 않았으며 그의 입에다 그것들을 쑤셔넣지도 않았다. 그들은 그를 강간하지 않았다. 혹은 그를 참수하지도 않았다. 무엇보다도, 그들은 전염병과 전쟁을 치르지도 않았다. 다만, 그들은 공동체를 대상으로 하여 발병에 대비한 예방접종을 하고 있었다"(Roy 1997 : 293). 한편, 불가촉천민, 벨루타는 자신의 접촉으로써 상위카스트 여성을 더럽혔다. 그리고 "모호한 외곽the Blurry End을 순찰 중이었던" 경찰은 벨루다의 욕망을 봉쇄해야만 했는데, 그것은 조직적으로 그를 두들겨 패서 삶과 죽음의 경계에 이르도록 하였다. 이것은 사실상 아무를 추방하고 그녀를 천천히 죽도록 선고한 것이자 "불안정한 가장자리"에 놓인 여성의 현대판 희생을 보여주고 있다(Roy 1997 : 5 · 44). '역사의 집'은, 세르토의 관점에서는, "사랑의 노력이나 적의의 투쟁들로 인한 '접촉들'이 벽들과 그것들을 통과하고 이동하는 몸체들에 새겨진 하나의 "변경"이다(Certeau 1984 : 126). 로이에게 있어서, 몸은 사회 질서의 공간적 의미들이 씌어지는 최초의 장소이다. 즉 몸은 주요한 경계이자 열정적 연결과 폭력적 분리가 일어나는 첫 번째 장소이다.

1992년에 라헬이 카스트 법으로 인해 자신의 삶을 영원히 망쳐버리게 했던 '역사의 집'으로 귀환하였을 때 그녀는 헤리티지 호텔을 발견한다. 그곳은 다양한 국가에서 온 몇백만의 사람들이 과거의 놀이터에 유입하여 새로 태어나게 된 장소이다. 즉 "부유한 여행객들이 들어가 노는 '장난감 역사들'인 것이다"(Roy 1997 : 120). "거기에 그러한 것이 있었다", 어른인 라헬은 깨닫는다, "역사와 문학은 상업으로 인해 기록된다. 즉 쿠르츠Kurtz와 칼 마르크스Karl Marx가 배에서 내리는 부자 손님들을 맞기 위해 합장하는 것이다"(Roy 1997 : 120). "반대 편에 있는" '아예메넴 하우스'는 쇠퇴하는 반면 '역사의 집'은 포스트모던한 공간으로 만들어지고 있었다. 그리고 그곳은, 우스꽝스러운 정면에, 콜로니얼한 경계, 포스트콜로니얼한 경계, 카스트의 경계, 그리고 성적 경계가 세워지고 와해되었던 특징을 보여주는, 욕망과 외상이 침전된 층들을 숨기고 있었다. 재현적인 놀이와 초국가적 합병의 세대, 곧 포스트모더니티는, 콘래드Conrad의 『암흑의 핵심Heart of Darkness』, 포스터Forster의 『인도로 가는 길A Passage to India』, 그리고 할리우드의 〈사운드 오브 뮤직〉에 이르는 암시적인 작품들 속에서 환유적으로 참여된 (포스트)콜로니얼한 모더니티 세대를 대신하고 있다.

콜로니얼한 지배, 포스트콜로니얼한 불안, 초국가적 여행사업은 로이의 경계 서술이 만든 '역사의 집'에 핵심적인 것이지만 한편으로 이것들은 『암흑의 핵심』의 단지 일부만을 구성하는 것이다. 또한 차코 같은 사람에게 그리고 동시대 인도와 그것의 디아스포라 속에서 그가 재현하는 인도인들에게, 외부세력들에 의해 국가를 '지배하고' 발휘한 권력은 무슬림과 영국인의 출현 이전에 존재했던 젠더와 카스트의 불평등 역사를 억누르는 데에 아주 너무나 쉬운 명목이 되었다. 그리고 그러한 권력은 이질적인 아대륙의 복합적 접촉 지대 안에서 지속적으로 진화하여, 콜로니얼한, 포스트콜로니얼한 또한 초국가적이면서 역사적인 공식들과 상호작용하고 있다. 정치적 알레고리로서, 이 소설은 "심장의 암흑"의 원천, 다시 말해 서구 제국주의와 20세기 후반 초국가주의의 유산뿐만 아니라 또한 인도의 "심장"에 세워진 어두운 경계 — 국가 '내의' 젠더와 카스트 사이의 관계들을 통제하는 사랑과 접촉의 법칙들 — 로서 주목되어야 한다고 묻고 있다. 모레티의 관점에서, 『작은 것들의 신』은 "국가 상황의 상징적 형식으로서 기능하며 (…중략…) 어떤 형식은 (…중략…) 국가의 내적 분열들을 숨길 뿐만 아니라 **'그것들을 하나의 스토리로 바꾸어내도록 한다'**(Moretti 1998 : 20).

로이는 건물들을 통하여 자신의 이야기를 말하고 있다. 또한 그녀는 시간 속에서 형성되어온 지리정치학적 구조들과 가정의 구조들을 변위적으로 그것들의 벽 내부에 그려넣는 공간적 존재들 속에서 자신의 이야기를 말하고 있다. 소설의 공간에 관한 바흐찐의 말을 빌자면, 건물들은 "시간과 플롯과 역사의 움직임을 담고 있으며 그것들에 반응하고 있는 것들이 된다"(Bakhtin 1981 : 84). 로이의 서술에서, 공간과 시간은 아인슈타인의 상대성 안에서 존재한다. 그리고 공간이나 시간, 각각은 상호관계 속에서, "공간의 시간화"와 "시간의 공간화"라는 그로스버그의 요청을 단지 구성해낸 추론적 형식들로서 이해될 수 있다. 동시에, 로이의 서사의 추론적 형식은 공간성을 전경화하고 있다. 건물들에 대한 서사의 구조적 의존은 서사를 앞으로 나아가도록 하며 그것은 서사담론의 구성물로서 시간보다는 공간을 보상적으로 강조하도록 한다. 또한 로이는 많은 경계들의 이야기, 『작은 것들의 신』의 스토리를, 시간을 지우는 것이 아니라 그보다 역사의 용기와 이야기의 발생기로서 공간을 구성하도록 하는 공간적 실천으로서 서사화하고 있다. 그는 세르토가 이론화한 무엇을 서사화하면서 쓰고 있다, "한편으로, 스토리는 지치지 않고서 변경들을 표시하고 있다. 스토리는 변경들을 다중적인 것으로 만든다"(Certeau 1984 : 126). 그와 같은 경계들, 변경들은 시간이 그것의 플롯을 펼쳐내는 단순한 묘사의 장으로서의 서사의 배경은 결코 아니다. 그보다, 그것들은 서사를 발생시키는 에너지이자 시간을 담아내는 공간이다.

13

보는 이의 '나'

애매모호한 결합과 구조주의 서술론의 한계

수잔 랜서Susan S. Lanser

2001년 11월 5일에 앤 비티Ann Beattie에 의해 발표된 『뉴요커New Yorke r』는 다음과 같이 시작한다. "진짜 이야기―나의 아버지는 크리스마스 날에 호스피스에서 돌아가셨다"(Beattie 2001 : 84). 이 이야기를 하는 '나' 는 앤이라고 이름 붙여진, 소설의 저자이다. 이 서술자는 그러면 앤 비티인가, 아니면 다른 어떤 앤인가? 그리고 나는 관습적 방식을 활용한 단편소설을 읽고 있는가? 아니면 한 편의 자서전을 읽고 있는가? 앤이 우리에게 자신이 미신에 사로잡혀 있다고 말할 때, 비티는 자신의 약점을 고백하고 있는 것일까? 앤이 우리에게 쓰는 행위에 대한 그녀의 시각을 보여줄 때, 이것은 또한 비티 자신의 시각인 것일까? 비티 자신의 아버지는 크리스마스 날에 돌아가셨는가, 아니면 정말 돌아가시기는 한 것일까?

문학에서의 수용의 역사가 극적으로 명백히 보여주었듯이, 텍스트 '그 자체'로부터는 이 문제들을 해결할 수 있는 방법은 결코 없다. 자서전과 동종화자 소설은 같은 범주의 언어적 실천을 활용하기 때문에, 대부분의 '나—서술'의 존재론적 위상은 그 텍스트의 어떤 부분, 심지어는 그 전체를 끌어댄다 해도 증명될 수는 없다. 전지적 초점화의 기법은 관례적으로, 이종화자의 삼인칭 서술이 허구적인 것이라는 신호를 보내는 것이다. 그러나 동종화자 텍스트들은 그것들의 위상에 관하여 허구 혹은 사실이라는, 그와 같은 형식적 지표를 제공하지 않는다. 실제로, 작가들과 출판업자들은 수 세기에 걸쳐 이러한 존재론적 애매모호함을 활용해왔으며 소설로 하여금 역사 행세를 하게 하고, 자서전들을 허구적인 것이라는 주장 아래 감추어 왔다. 즉 소설 양식의 '발흥'은 바로 그와 같은 실천들에 빚지고 있다. 현대문학도 결코 예외가 될 수 없다. 막신 홍 킹스톤Maxine Hong Kingston은, 예를 들어 그녀가 명성을 얻게 된 『여성 전사—유령들 사이에서 보낸 소녀시절의 회상록The Woman Warrior : Memoirs of a Girlhood Among Ghosts』을 소설로서 썼으나 편집자가 그것을 시장에 자서전으로 내놓게 하였다고 말하였다. 이 책이 지속적으로, 킹스톤의 유년시절에 관한 진실한 이야기로 읽혔다는 것은, 소설과 자서전 사이에서의 구별이 본질적이라기보다는 관습적인 것임을 드러낼 뿐만 아니라 『여성 전사』에 있어 역사적인 것과 허구적인 것 모두를 의심스럽게 하는 것이다.

　　통상적으로, '나—서술I-narrative'에 있어 일반적인 신원 확인은, 고유한 이름이라는, 단 하나의 약한 시니피에, 즉 "이야기가 출판될 때의 저자의 이름과 서술자의 이름 사이의 동일성 또는 비동일성"에 의존한다

(Cohn 1999 : 31~32). 그러나 내가 저자인 앤 비티와 서술자이자 인물인 앤을 구별 짓고자 한다면, 그것에 관한 다른 누군가의 말에 아주 의존하게 될 것이다. 그 논의는 대개는, 어떤 서점에서의 '소설' 또는 '비소설' 서가, 어떤 범주적 공간 안에서의 하나의 이야기의 위치에 관한, 꽤나 근거가 불충분하고 우연적인 형식, 책표지의 광고문, 문학 카탈로그의 정보, 잡지내용의 목차와 같은 것에 관여된 것이다. 나 자신도 『뉴요커』의 첫 페이지에 '소설'이란 말이 쓰여 있지 않았다면 비티의 이야기를 회상록으로 간주하였을 것이다.

이 문제가 해결되어야 한다. 이때 '소설'이라는 공표는 '앤 비티'라는 저자의 생애 및 그에 관한 여론과, '앤'라는 인물 및 그에 관한 여론 사이의 균열을 열어젖힌다. 왜냐하면 서술에 관해 공부하는 모든 규범적인 학생들이 배워 왔듯이, 소설의 독해를 위한 가장 중요한 규칙은 이야기하고 있는 '나'가 저자는 아니며, 또 그렇기 때문에 이야기하고 있는 '나'에 의해 만들어진 주장들이 그 저자의 주장으로 오인되어서는 안 된다는 것이기 때문이다. 구조적으로 말한다면, 소설 속에서 이야기하고 있는 '나'는 그야말로 전적으로 어떤 허구적인 '나', 즉, 실제로, 볼프강 카이저Wolfgang Kayser에서 도릿 콘Dorrit Cohn에 이르는 서술이론가들이 논의해 왔듯이, 소설을 소설로 만들어 주는 '나'다. 소설은 발화행위의 가장적 성질에 의해 명확히 정의된다. 그리하여 제라르 주네뜨 Gérard Genette는 『잃어버린 시간을 찾아서A la recherche du temps perdu』 같은 소설에서처럼 이름이나 이력이 아주 유사할 때조차 "서술 내용이 그 아무리 저자의 전기, 즉 그 삶 및 견해들에 관계될 수 있다 해도, 마르셀 프루스트Marcel Proust가 결코 무대에 나서지 않았다는 이유만으로도 충분히, 그 어떤 발화행위도 마르셀 프루스트의 것은 아닌 것"이라고 주장한다. 그러므로 주네뜨는 "우리가 허구적인 인물들의 담론을 고려하지 않는 것처럼 허구적인 일인칭 서술의 담론을 고려하지 않을 수 있는 권리가 있다"(Genette 1993 : 34)라고 결론짓는다. 이 엄격한 구속 밑에서는 앤은 앤 비티가 아니며 그것으로 끝이다.

아니, 정말 그런 것 같다. 그러나 나는 언어적인 구별의 불가능성이 텍스트의 일인칭 서술자와 그 저자 사이에 가로놓인 구조적인 간극을 가로지르는 매혹적인 다리를 놓아 준다고 주장할 것이다. 저자들의 항변과 서술이론가들의 존재론과는 달리, 우리에게 비록 소설을 단지 소설로 취급할 '권리가 있다' 해도, 일인칭 서술은 심지어 일인칭 인물이 저자가 아니거나 저자의 이름을 공유하지 않을 때조차, 소설 속의 '나'가 저자인 '나'와 상당한 관계를 가질 수도 있는 가능성을 가지고 우리를 조롱한다. 도릿 콘이, 최근 들어 아주 못마땅하게 여겨질지라도, 일인칭 화자와 저자 사이의 경계선을 흐릿하게 만들려는 독자들의 성향은 사실로 인식되어야 한다고 인정할 때, 그녀는 같은 것을 말하고 있다. 그러나 콘에게는 본질적인 틈새가 남아 있다. 이론상으로 몇몇 "불명확한" 소설은 "우리로 하여금 참조적인 독해와 허구적인 독해 사이에서 머뭇거리거나 또는 오락가락하게 한다"(Cohn 1999 : 34). 결국 애매모호한 일인칭 서술은 우리에게 그것을 참조적으로, **그렇지 않으면** 허구적으로 읽을 것을, 또 동시에 양자 모두로 읽지 않을 것을 요구한다.

나는 일종의 반대 입장, 즉 독자들은 **통상적으로** '머뭇거리고' '오락가락하며', 심지어는 구조와 구속 모두의 논리에 맞서 말하고 있는 목소리를 이중화한다는 입장을 취할 것이다. 그렇기 때문에 나는 근거 없

는 가로지르기가 **일어날 것인가 그렇지 않을 것인가**가 아니라, **어떤 환경 아
래서** 그러한 가로지르기가 일어날 만한가를 물을 것이다. 동종화자 텍
스트들은 소설이나 역사로서의 그것들 고유의 위상을 효과적으로 논
증할 수 없기 때문에, 구조주의 서술론의 내부로부터 이 물음을 탐구
하는 것은, 내가 생각하기에, 독자들이 일인칭 텍스트를 실제적으로
이해하는 방식들을 설명하는데 실패해 온, 바로 그 분리 법칙 안에 우
리를 가두어 버리도록 한다. 그보다 나는 텍스트들에 활용할 수 있는
'나와 나의 관계'라는 더 큰 영역의 지형도를 그림으로써, 그리고 그 더
넓은 영역 위에서 소설은 일반적으로, 동종화자 소설은 특수하게, 위
치 지움으로써 화용론적으로 나아가기를 원한다. 그러한 기획은, 그
안에서 보는 '나'가 항상 허구적으로 말하는 자로서의, 단일한 '나'인 것
만은 아니고, 그만큼이나 저자로서의 '나'이기도 한, 어떤 복합적이고
도 초월적인 방식들을 드러내 보인다. 여기서 보는 이로서의 '나'란 그
용어의 모든 의미에서 독자들의 지성이라고 일컬을 만한 것들을 따라
가며 독자들이 구축하는 '나'다. 이 애매모호한 '나와 나의 관계'를 이해
하는 것은 일반적으로는 문학의, 그리고 특수하게는 허구적 서사의 기
획에 새로운 통찰을 제공할 것이다.

결합과 분리

나의 지형도는 모든 담론을 세 부분으로 분할하는데, 그 각 부분은
우리가 통상적으로 나누는 일군의 장르들에 의해 존재하며, 또한 각각

은 텍스트가 언명하는 '나'를 이해하기 위한 또 다른 일련의 관습들을 반영하고 있다. 첫 번째는 메리 카Mary Karr의 『거짓말쟁이 클럽The Liars' Club』, 푸코Foucault의 『감시와 처벌Discipline and Punish』, 『뉴욕 타임즈New York Times』에 실린 편집자에게 보내는 편지, 프랑스 혁명에 관한 어떤 역사 서술, 그리고 당신이 지금 읽고 있는 논문 같은 다양한 저작들을 포괄한다. 이 모든 텍스트들은 관습적으로 그 저작의 저자일 것으로 상정되는 '나'를 환기시킨다. 푸코는 『감시와 처벌』을 자기 말로 기능하도록 하기 위해서 일인칭 대명사를 쓸 필요가 없다. 고통스러우면서도 아주 강렬한 『거짓말쟁이 클럽』에 주어진 찬사는 '나'가 메리 카 자신이 살아온 생애에 아주 가까운 것을 이야기하고 있다는 믿음에 뿌리를 둔 것이다. 어머니의 '용기'와 정신적 '원조'에 대한 카의 감사, 책의 세 부분을 나누어 쓰고 있는 사진들, 이 책의 제목을 만들어내는 진실과 거짓의 주제화, 이 모든 것은 진실이 아니라고 밝혀진다면 분개하게 될 것들에 대해 인증을 해 준다. 만약 내 동료가 『뉴욕 타임즈』에 대통령의 정책에 반대하는 편지를 쓴다 하면, 그녀가 내게, 그 편지가 자신의 견해를 정말로 반영하고 있지는 않다고 말할 경우, 나는 깜짝 놀라면서 아마도 분개할 것이다. 프랑스 혁명에 관한 역사 서술들은 사건들의 선택, 서술 및 해석에서 각기 다르겠지만, 나는 그것들을, 각각의 저자들이 자신들이 아는 한 사실적인 설명을 시도한 것이며, 거짓말이 아닌 실수에 의해서나 훼손시켰을 것이라는 가정을 가지고 읽을 것이다. 그와 똑같은 일반적 규약에 따라 당신은 이 글의 저자라고 이름 붙여진 사람이 정말로 그것을 쓴 사람이며, 적어도 쓰고 있는 동안만큼은 내가 이 대목에서 주장하고 있는 것을 믿고 있다고 상정할 권리가 있다.

나는 그래서 이 장르의 저작들을 **결합된 것** 또는 **의존된 것**이라고 부른다. 즉 그것들은 그것들의 중요성, 즉 그것들의 가치와 또한 주장컨대 그것들의 의미를, 그 텍스트의 추정상의 저자와 그 텍스트의 주인공인 '나' 사이의 등가성에 의존케 한다. 독자들은 이 '나'를 해체할 수 있으며, '나'가 저자가 '의도하지' 않은 의미들을 말하고 있다고 주장할 수도 있고 '나'의 주장들에 이의를 제기할 수도 있으며, 그 다양한 은닉들에 비난을 가할 수도 있다. 그것은 그 모든 '나'는 독자들이 독해 과정에서 구축하는 '나'를 의미한다는 점에서, 궁극적으로 그것을 관찰하는 이의 '나'이기 때문이다. 독자들은 물론 어떤 텍스트의 책임을 그 어떤 저자에게 물을 수도 있고, 그 텍스트의 어떤 특정한 판본의 타당성에 이의를 제기할 수도 있으며, 어떤 가명의 배후에 놓인 진실을 찾아낼 수도 있다. 만약 그 텍스트 자체가 그 저자 자신의 이야기로서 제시된다면, 나는 심지어 그 생애에 관한 서술방식이 뻗어나가거나, 그에 따라 자서전적인 **규약**을 복잡하게 만드는 방식들에 관해, 필립 르천 Philippe Lejeune(1980)의 저자 = 서술자 = 인물이라는 정식을 활용하여 고려할 것이다. 그러나 실제로는 나는 심지어 가장 포스트모던한 독자조차도 어떤 역사나 철학이나 학문상의 저작이나 편집자에게 보내는 편지나 자서전을, 마치 그 텍스트 **내부의** 저자가 또한 그 텍스트**의** 저자는 아닌 것처럼 다루지는 않을 것이라고 주장한다. 그것이 우리가 결합 텍스트들에 대해서, '창조적인 논픽션'이라는 하나의 예외만을 제외하고는 '**암시된** 저자'라는 용어를 거의 사용하지 않는 이유일 것이다. 즉 예를 들어, 나는 어느 누구도 단순히 푸코에 대해 언급하는 대신에, 『감시와 처벌』의 '암시된 저자'에 대해 언급하는 것을 들어보지 못했다. 푸코의 '암시된 저자'에 관해 말하는 것은 쓰인 말들에 대한 쓴 사람의 복잡한 관계를 이해하는 방법으로서는 꽤 유용할 수 있을 것이다. 그러나 독자들은 결합 텍스트에서는 일반적으로 저자와 암시된 저자 사이의 이 구별을 행하지 않는다.

저자의 '나'와 텍스트의 '나'가 이 기대되는 방식에 일치하지 않으면 그 영향은 분노를 불러일으킬 수 있다. 1983년에 '대니 산티아고Danny Satiago'에 의하여 『시내 전역에서 유명한Famous All Over Town』이라고 이름 붙여진 저작이, 로스앤젤레스의 **바리오**barrio에서의 멕시코계 미국인으로서의 청소년기 생애를 처음으로 '진정성 있게' 기술한 것으로 환영을 받았다. 이 책은 나중에 대니얼 제임스Daniel James라고 하는, 나이 지긋한 백인 사회 복지사이자 예일대 졸업생인 사람이 쓴 가명 소설임이 밝혀졌다. 그 저자의 성취는 그 자신과는 거리가 먼 주체들의 입장에 정통한 저자의 장악력을 강조해 준다. 그러나 독자들의 격분은 가명 저자와 텍스트의 '나' 사이의 연결에 의지하는 결합의 규약에 대한 집중을 강조하고 있다. 훨씬 더 악명 높은 사례는 '체로키Cherokee 소년 시절의 회상록'이라고 떠벌려진 『어린 나무의 가르침The Education of Little Tree』(Carter 1976)이며, 이것은 후에 이전의 KKK단 지도자이자 백인 지상주의자가 쓴 소설로 확인되었다. 모든 저자들은 "문화적인 분장자들"(Gates 1991 : 26)이라는 헨리 루이스 게이츠Henry Louis Gates의 주장은 이 텍스트의 '새로운' 원저자를 고려한 항의 **혹은** 재평가의 흐름을 막아내지 못했다. 더 복잡한 맥락에서 '앨런 소칼Alan Sokal의 **소셜 텍스트지**Social Text 사건'으로 알려진 1996년의 출판 사건은 격노한 학계에 유사하게 작용했다. 즉 물리학자 소칼이 '양자 중력의 해석학'에 관한 가짜 논문을 제출해서 **소셜 텍스트지**

가 그것을 출판했을 때 몇몇 학자들은 포스트모던한 이론을 드러내 보인 것이라고들 대단히 즐거워했지만, 다른 이들은 학문은 텍스트의 목소리가 저자–과학자의 패러디를 차단하는 신뢰의 관습에 의해 작용되어야만 한다고 주장하였다.

　나의 두 번째 그룹의 텍스트들은 그러한 가정을 전혀 수반하지 않는다. 첫 번째 그룹보다 장르적으로 훨씬 더 다양한 이 그룹은 〈성조기 The Star Spangled Banner〉, 정지 신호, 사도신경, **바가바드 기타**Bhagavad Gita, 대통령에 관한 농담, 그리고 AT&T 광고를 포괄한다. 이 모든 텍스트들은 관습적으로 그것들의 저자들의 정체성으로부터, 물론 문화적인 정체성으로부터는 아니겠지만, 분리된 것으로, 그리고 대개 무관한 것으로 읽힌다. 나는 미국에서 '손을 뻗어 연락하세요'라는 문구를 만든 그 광고회사의 작자들은 고사하고, 과연 몇 사람이나 그 회사의 이름이라도 댈 수 있을지 의심스럽다. 그리고 '성조기'의 의미는 그것과 프랜시스 스콧 키Francis Scott Key의 관련성에는 의존하지 않는다. **비가비드 기타**는 그 원작자가 알려지지 않았음에도 읽히면서 숭배를 받는다. 그리고 사도신경을 암송하는 대부분의 신도들은 그들의 신앙 선언을 누가 만들었는지 알지도 못하며 거기에 마음을 쓰지도 않는다. 그러한 사례들에서 '나'가 문제가 될 때, 그것은 저자의 '나'가 아니라 주시자 또는 수행자로서의 '나', 즉, 성가를 부르거나 사도신경을 암송하거나 조크를 하는 '나'다. 내가 '분리된' 텍스트라고 부르고 있는 것은 단순히 어떤 텍스트의 목소리와 그것의 원저자 사이의 어떤 연결 관계로부터 그것들의 의미를 간단히 끌어내지 않는다. 종종 이 텍스트들은 어떤 특정한 문화의 표본들이거나 기표들이다. 그러나 그것들의 의미는 그 텍스트 안에서 이야기하는 부분을 가지고 있는, 독자 이외의 어떤 사람에 긴박되지 않는다.

비록 나는 텍스트들을 결합된 것과 분리된 것으로 이야기해 왔지만 그 구별은 형식의 문제일 뿐만 아니라 맥락의 문제이기도 하다. 쾨테 함부르거Käte Hamburger는 우리에게 일반적인 구별들이 그 자체로 화용론적인 것임을 일깨운다. 그리하여 노발리스Navalis의 「송가Sacred Songs」는 "우리가 시선집 속에서 이 작품을 만날 때는" 서정시로 읽을 수 있지만, 그러나 "프로테스탄트 성가집에서 그것을 만날 때는" 집회 신도인 '나'와 관련된 찬송가로 읽을 것이다(Hamburger 1973 : 242). 여러 문화들이 결합적 글쓰기와 분리된 글쓰기 속에서 다양한 방식으로 읽힌다. 예를 들어, 핀란드 사람들은, 사람들이 〈성조기〉에서 키의 '나'를 듣지는 않는 방식으로, 그 자신이 하나의 문화적 아이콘인 시벨리우스의 '나'를 들을 것이다. 반대로 어떤 민주당 후보가 공화당 대통령에 관한 농담의 저자로 알려진다면, 그 농담은 그 저자가 의심할 나위 없이 대가를 지불해야 할 결합 텍스트가 될 것이다. 분리된 '나'는 더욱이 정말 '아무도 아님'을 나타내는 단지 편리한 허구일 수도 있다. 즉 내가 선술집의 노래 모임에 끼어들어 "허니, 난 당신을 사랑해"라고 큰 소리로 노래를 불렀다면, 나의 '나'는 나 자신 **그리고** 어떤 저자 모두로부터 꽤나 분리되어 있는 것이다. 로버트 그리핀Robert Griffin(1999)은 익명적인 글쓰기가 우리의 일상적인 삶에 만연해 있다고 말해왔다. 즉 내가 '분리된' 장르라고 부르는 것은, 그것들을 쓰는 '나'가 텍스트가 아로새기는 어떤 특정한 언술적인 실체에도 연관되지 않기 때문에, 기술적으로는 아닐지라도 **기능적으로는** 익명적이다.

텍스트의 추정되는 저자에 대한 그 화자의 결합 또는 분리에 따른 텍스트들의 이 지형도는 관습적이고 일반적인 범주들을 가로지르는 화용론적인 축을 제공한다. 「삶을 위한 장치로서의 문학Literature as Equipment for Living」에서 케네스 버크Kenneth Burke는 우리에게, 그러나, 그 텍스트의 범주들은 "사회적 사건들에 관한 **다른** (···중략···) 분류들만큼이나 더도 덜도 아니게 **직관적**임을, 사과는 과일로서는 바나나와 함께 그룹지어질 수 있고, 둥근 것으로서는 테니스공과 함께 그룹지어질 수도 있음을" 환기시킨다. 그러나 버크는 계속해서, 만약 가능한 학문적 분류의 범위가 무한하다면, 가장 핵심적인 분류들은 "예술 작품들과 예술 바깥의 사회적 상황들 모두에 대해서 적용되는" 것이라고 한다(Burke 1941 : 302~303). 저자와의 결합이 어떤 텍스트의 '사회적 상황'에 관한 중요한 측면이라고 인식하는 것은 우리로 하여금 어떤 더 크고 넓은 지형도 위에 놓여 있는, 장소 또는 장소들의 집합으로서의 문학, 특히 동종화자 소설로 돌아갈 것을 요구한다.

문학의 애매모호함

결합과 분리 사이의 어딘가에 **평가적**이라기보다는 **구성적** 의미에서 우리가 "문학"이라고 부르는 상상적 장르들이 놓여 있는데, 강의실에서 그러한 장르들을 에워싸고 있는 의미는 "기본적으로 해당 장르들의 대상을 상상적 특성을 통해 볼 것을 요구하는"(Genette 1993 : 21) 시, 소설, 드라마 같은 것으로, 느슨하게 개념화된다. 나는 이 장르들을 문자 그대로 **애매모호한** 장르라고 부르는데, 이는 그것들이 그렇게 나타날 뿐만 아니라, 제안하건대, **그것들의 의미**가 저자의 '나'와 어떤 텍스트의 목소리 사이의, 복잡하고 애매모호한 관계들에 의존해 있기 때문이다. 달리 말해, 문학 담론을 특징짓는 '나'는 항상 저자의 '나'로부터 잠재적으로 단절되어 있으면서 또한 잠재적으로 그것에 긴박되어 있다. 나는 평가적이라기보다는 구성적인 의미에서의 "문학"의 조건이 정확하게 이 애매모호함 속에 존재한다는 것을, 그리고 이 애매모호함은 말하자면 문학 장르들의 역사적 기원들에 관계된 목소리들을 흐릿하게 일깨운다는 것을, 그리고 우리의 학문적 논쟁들의 기저를 이루는 어떤 해석상의 딜레마들을 수반하는, 문학의 많은 자유와 책임이 이 애매모호함에서 비롯된다는 것까지도 제안하려 한다.

그러나 문학의 애매모호함에 관해 이야기할 때 내가 암시된 저자나 전기의 원저자에 관심이 있는 것은 아니라는 점을 강조하고 싶다. 주지하는 바와 같이, 웨인 부스Wayne Booth가 "암시된 저자"(Booth 1961)로서 명명한 텍스트의 '배후에 있는' 저자적 존재의 의미는, 결합 텍스트든 분리 텍스트든 **어떤** 텍스트에 대해서도 구축될 수 있을 것이다. 비록 내가, 결합 텍스트에 있어서는, '그' 저자가 **이미** 텍스트에서 말하고 있는 '나'와 관계하고 있기 때문에, "암시된 저자"라는 용어의 **필요성**이 감소될 것이라고 시사하기는 했지만 말이다. 또한 나는 여기서, 그 텍스트를 쓴 역사적인 인물과의 관계 속에서 텍스트를 독해하는 흔해 빠진 관행, 즉 '저자의 죽음'에 관한 포스트모던한 선언에도 불구하고, 학회, 저널과 학술대회의 패널들을 힐끗 들여다보기만 해도 명백해지듯이 아직도 문학 연구를 지배하는 관행을 의미하는 것은 아니다. 암시된 저자의 개념과 텍스트들을 역사적인 작가의 연장 또는 체현으로 보는 독해 모두는, 어떤 텍스트 **전체**를 그 작가에 결합시키는 일을 수반한다. 그러한 비평적 방법들은 독자들이 또한 그 텍스트의 특정한 '나'들에 작가들을 결합시키게 될 가능성을 강화시킬 수 있는 반면에, 저자적 독해의 관습들은 어떤 **텍스트의** 화자를 저자의 '나'에 맞추어 가지런히 하는 것에 의존하지 않는다.

대조적으로, 여기서 나의 관심은 특히 문학 텍스트들에 기입된 '특정한' 목소리들이 즉각적으로 또는 동요하면서라도 저자의 '나'에 결합되고 **또** 그것으로부터 분리되는 양자 모두의 방식들에 있다. 내가 문학의 애매모호함에 관해 말할 때, 그때 나는 독자들이, 심지어 어떤 말하고 있는 '나'가 허구적이며 또한 그렇게 순수하게 고려되어야 '한다'는 것을 '알고 있을' 때조차도, 텍스트 **내부**에 있는 목소리를 실제적인 저자의 목소리에 관련짓게 되는지 아닌지에 관하여 화용론적으로 말하고 있는 것이다. 즉 상상적인 문학은 순수하게 상상적이어야 한다는 요구, 소설과 같은 문학적 발화행위들에 관한 존재론적 지위, 그리고 소설과 '현실' 사이의 경계들을 강요하는 서술이론가들의 노력에 맞서서, 그 어떤 환경 아래서도 독자들은, 그럼에도 불구하고, 어떤 문학 텍스트의 내부에서 말하고 있는 목소리를 그 텍스트의 추정상의 저자에 결합시킬 수 있는 것인가? 텍스트의 어떤 신호들이 우리로 하여금 그렇게 하지 말라는 우리의 지식에 맞서 공식적으로는 허구적인 목소리를 그 저자의 목소리로 간주하도록 이끌 수 있는 것인가?

결합의 용어들

독자들이 어떤 저자의 '나'와 텍스트 안에 있는 '나' 사이에서 일정한 결합을 만들어낼 가능성은, 일반적으로, 서정시, 이야기, 그리고 극 양식이라는 폭넓은 구별에 이르도록 놀라울 정도의 지형도를 그리는 방식에 상당히 의존해 있는 것처럼 보인다. 물론 엄격히 말해서 이 세 장르 모두는 상상적인 내용이라는, 그리하여 추정상의 허구성이라는 전제 위에 구축된다. 그러나 나는 이러한 허구성이, 이 세 장르 모두에 있어, 텍스트들 내부의 화자의 주장들 및 아이덴티티들에 동일하게 관련되지는 않는다고 주장할 것이다. 애매모호한 세 장르들이 동일하게 애매모호하지 않을 뿐 아니라 어떤 주어진 문학작품 안에서 결합과 분리 모두가 발생할 수 있다. 무엇이 결합의 용어들을 분석해낼 아주 더 포괄적인 기획임에 틀림없는가를 묻는 출발점으로서, 나는 독자들이 내가 **단일성, 익명성, 정체성, 신뢰성** 및 **비서사성**이라고 부르는 다섯 개의 규준에 따라 저자의 '나'와 텍스트의 '나' 사이의 결합을 만들어낼 것이라고 생각하고 싶다. 이 규준들이 합쳐져서, 통상적인 경우에, 왜, 서정시가 가장 결합적이고, 드라마는 가장 분리적이며 이야기는 애매모호한 장르들 중에서도 가장 애매모호한가를 설명해 준다.

단일성이라는 말로, 나는 그 텍스트의 가장 높은 발화 수준에 있는, 많은 목소리를 대신하는 하나의 목소리의 존재를 뜻하고자 한다. 독자들은 결합시켜야 하는 '나'가 하나일 때 저자에게 '나'를 아주 더 잘 결합시키는 경향이 있다는 것, 그리고 동일한 발화수준에 어떤 제2의 목소리를 도입하는 것은 이러한 경향을 교란시킨다는 것이 나의 가설이다. 서정시는 거의 항상 목소리의 단일성에 의해 특징화된다. 반면에 모놀로그 드라마나 퍼포먼스 예술을 제외하면, 드라마는 반대로 동일한 발화 수준에 존재하는 복합적인 목소리들에 의해 특징화된다. 허구적 서사는 물론 아주 다양한 발화 양식들을 제공해 준다. "삼인칭"의 이종화자 소설은 가장 높은 발화 수준에 단일한 화자를 배치하는 경향이 있다. 그러나 디킨스Dikens의 『황량한 집Bleak House』은 전지적 서술자와 일인칭 서술자인 에스더 서머슨Esther Summerson을 같은 발화 수준에 놓고 있는데, 이는 많은 복합적인 경우들 가운데 적절한 단 하나의 예다. 그리고 동종화자 소설은, 완전히 초점화된 삼인칭 소설이 단일 인물의 의식에 한정되거나 인물들의 의식 사이를 옮겨 다니는 것과 마찬가지로, 몇 개의 일인칭의 목소리를 사용할 수 있다. 그리하여 허구적 서사는 대다수 서정시의 단일한 '나'와 대다수 극작품의 복합적인 '나' **사이에서** 어떤 가능성들의 스펙트럼을 점유하고 있다.

익명성과 **정체성**은 기술적으로 구별하면 어느 정도 상호 관련되어 있다. 익명성이라는 말로써 나는, 놀라울 정도로 많은 동종화자 소설들과 거의 모든 서정시의 경우에 그러하듯이, 텍스트의 화자를 위한 적절한 이름이 부재한 것을 뜻하고자 한다. 나는, 아마도 비티의 이야기에서처럼 '나'가 저자의 이름을 공유할 때를 제외하고는, 이름이 붙여진 '나'보다 이름이 붙여지지 않은 '나'를 그 저자에 결합시키는 것이 더 쉽다는 가설을 세운다. 내가 여기서 사용하고 있듯이 **정체성**이라는 용어는 서술자와 저자 사이에서 인지되는 모든 사회적 유사성들, 즉 이름, 젠더, 종족, 연령, 전기적 배경, 신념과 가치나, 작가로서의 직업의 유사성을 포괄한다. 그리고 나는 그 추정된 저자의 목소리에 정체성에 있어 긴밀히 결연된 텍스트의 목소리는 독자들의 결합을 장려해 줄 것이라고 제안한다. 좀 더 나아가 나는 소설의 서술자에 이름이 붙여지지 않았을 때, 그것은 정체성에 있어 독자들로 하여금 익명적인 텍스트의 목소리에 저자의 정체성을 부과하는 것을 단념하게 하는, 아주 뚜렷한 **차이들**을 취하게 될 것임을 제안하고자 한다. 왜냐하면 역사적으로 말해서, 그리고 아마도 특히 여성 작가들의 경우에, 심지어 텍스트의 '나'가 저자와 이름과 다를 때조차, 저자의 알려진 정체성과 이야기하고 있는 인물의 정체성이 한 곳으로 모이면서 결합을 촉진해왔기 때문이다. 즉, 19세기의 비평가들이 『제인 에어*Jane Eyre*』를 샬롯 브론테Charlotte Bronte의 자서전으로 읽은 것처럼 20세기의 비평가들은 『벨자*The Bell Jar*』를 실비아 플래스Sylvia Plath의 자서전으로 읽어 왔다.

정체성은 네 번째 규준인 **신뢰성**의 한 지표인데, 나는 이 신뢰성을 가지고 서술자의 가치와 인식이, 저자의 그것, 즉 독자가 믿기에 그 저자가 가지고 있는 가치와 인식과 일치하는지에 관한 독자의 복합적인 결정을 의미하고자 한다. 나는 독자가 자신이 이미 신뢰할 수 없다고 여기게 된 서술자에게 저자를 결합시키려 하지는 않을 것이라고 주장하고자 한다. 이러한 신뢰성의 판단은 독자가 저자의 가치에 동의할 것을 요구하지 않는다. 그러나 그것은 독자가, 저자가 서술자의 가치를 공유하고 있다고 생각하는 것을 의미한다. 예를 들어 만약 내가, 프라이데이에 대해서 문화적·종교적으로 우월하다는 로빈슨 크루소Robinson Crusoe의 가정을 디포가 공유하고 있을 가정이라고 생각한다면, 심지어 나 자신은, 내가 생각하기에, 디포가 크루소를 통해 지지하고 있는 관점을 싫어한다고 해도 나는 크루소를 신뢰할 수 있는 '나'로 취할 것이다. 그리고 나는 디포의 '나'를 크루소의 '나'에 결합시키는 것을 주저하지 않을 것이다. 다른 한편으로, 내가 만약 디포가 선교적 식민주의에 비판적이라고 생각할 이유를 가지고 있다면, 나는 크루소의 신뢰성을 의문시할 수 있으며, 저자와 서술자-인물 사이에 놓인 어떤 분리된 아이러닉한 관계를 고려할 것이다. 신뢰성이 그 자체로는 결합을 결정짓지 않는 한편, 다른 말로 하자면 비신뢰성은 결합이 일어나지 않게 하는 경향이 있다.

아래에서는 **비서사성** 또는 **무시간성**을 더 전적으로 탐구할 것이다. 여기서 아주 단순하게 이 규준을 인물의 행동, 말, 또는 행위나, 이것들이 시간 안에서 펼쳐지는 바로서의 사건을 이야기하지 않는 발화행위를 식별하는 것으로 뜻하고자 한다. 나는, 이야기하는 '나'가 사건들을 보도하거나 시행하지 **않을 때**, 독자들이 서술자들과 그 저자들 사이의 결합을 더 잘 만들어내는 경향이 있다고 믿는다. 다른 말로 하자면, 나는 앤 비티 자신의 아버지가 크리스마스 날에 돌아가셨다고 믿는다기보다는, 그녀가 동종화자적 서술자, 앤의 글쓰기에 대한 시각을 공유한다고 좀 더 믿는 경향이 있다. 실로 나는 애매모호한 장르들이 서사성의 경계선을 따라가면서 지금 결합되는 인물과 또 지금 분리되는 인물로 역할하도록 만드는 경향이 있다고 제안하고자 한다. 즉 문학 텍스트가 분리 텍스트로 될 가능성은, **시간이 개입된** 발화행위들에 관한, 전적인 것은 아닐지라도 일부나 많은 부분에서 나타나는 조작된 듯한 특성들로부터 기인한다. 한편 동일한 문학 텍스트가 결합 텍스트로 될 가능성은, 적어도 몇몇 **무시간적**이거나 **비서사적**인 행위들이 **소설적 담론 내부에서 나타날 때조차도** 잠재적으로 조작되지 않은 특성들로부터 기인하는 것이다. 실지로 제임스 펠란James Phelan은 내가 결합적인 담론이라고 부르는 것, 그리고 그가 '가면적 서술'이라고 부르는 것이 특별히 설득력 있는 수사학적 장치일 수 있다고 주장해 왔다. 왜냐하면 "발화의 기초로서 인물 서술자의 경험에 의지함으로써" 저자는 "직접적인 의사소통을 그럴 듯하게 만들 수 있을 뿐 아니라 그것을 더욱 강력하게도 만들 수 있기 때문이다"(Phelan 2005 : 201).

이 다섯 개의 규준들이 특별한 문학 장르들의 아주 상이한 경향들을 설명하는데 도움이 되도록 결합된다. 관습적인 단일성, 통상적인 익명성, 거의 자명하다고 할 신뢰성, 저자의 정체성의 측면들을 환기하는 가능성, 그리고 상대적으로 서사성이 결여된 서정시는 저자의 결합을 위한 준비가 되어 있다. 드라마는 반대로 분리가 준비되어 있다. 즉 공연 중에는 '사라지'는 무대의 지시자를 제외하면, 연극에서의 가장 높은 발화 수준은 통상적으로는 시간적 제약을 받는 행위의 높은 수준에 참여하는, 이름 붙여진 다수의 인물들을 대동하게 된다. 그러므로 **정체성**이라는 규준이 응용되지 않으면, 어떤 목소리도 일반적으로는 저자의 '나'에 연결되도록 호출될 수 없다. 예를 들어, 내게는 서간체 소설이 그와 같은 발화수준에 놓여 있는 다양한 인물들 덕분에 저자의 목소리로부터 모든 목소리를 분리시키는 드라마와 유사하게 되는 것처럼 보인다. 확실히 나는 『위험한 관계les Liaisons dangereuses』 안의 어떤 목소리도 라클로Laclos의 '나'에 결합시키는 독자를 본 적이 없다. 반대로, 어떤 단일하면서도 이름이 붙여지지 않은 공적인 목소리에 의한 '삼인칭'의 이종화자 서술은 서정양식에는 관례적인 결합과 유사한, 틀림없이 그보다는 취약하겠지만, 그런 결합이 일어나도록 한다. 그리하여, 이종화자 서술자들이 아무리 기술적으로 허구적일지라도, 몇몇 서술이론가들은 독자들이 『노상거 수도원Northanger Abbey』의 서술자와 오스틴Austen, 『고리오 영감Le Père Goriot』의 서술자와 발자크Balzac, 또는 『솔로몬의 노래Song of Solomon』의 서술자와 모리슨Morrison을 구별해야 할 동기를 거의 가지고 있지 않다는 것을 인정해 왔다. 항상 기술적으로는 분리되어 있으면서도 그러나 때때로 쉽사리 결합될 수 있는 동종화자 소설은 애매모호한 장르 가운데서도 가장 애매모호한 것으로 나타난다.

결합과 서사성

내가 생각하기에 동종화자 소설을 독해함에 있어 가능한 위반의 유형들을 이해하려면 관련된 적절한 사례로서 서정시로부터 출발하는 것이 유용하다. 왜냐하면 쾨테 함부르거Käte Hamburger가 수십 년 전에 『문학의 논리The Logic of Literature』에 써놓았듯이 "서정적인 나와 시인의 경험적인 나의 동일성이나 비동일성의 문제는 서정적 진술에 관한 구조주의적 분석에 의해서는 아직 해답을 얻지 못해 왔"으며 "많은 논쟁거리로" 남아 있기 때문이다(Hamburger 1973 : 272). 존 키츠John Keat의 「빛나는 별Bright Star」을 예로 들어 보자. 내가 이 소네트를 파니 브라우니Fanny Brawne를 그리워하는 저자의 표현으로 읽든 그렇지 않든, 내가 그 시를 전적으로 결합된 자서전을 창조하는 이야기 요소들로 에워싸게 하는 경우, 나는 그 시에서 이름이 붙여지지 않은 퍼소나와 존 키츠의 '나' 사이에 어떤 등가적인 관점을 만들어내기 쉽다. 이것은, 내가 제안해 왔고, 또 브라이언 맥헤일Brian McHale이 명백하게 진술했듯이, "시의 '나'와 그 시인의 자아 사이의 동일성이라는, 자서전적 신뢰성의 가정은 서정시를 위한 '기본 설정'과 같은 것"(Mchale 2003 : 235)이기 때문이다. 내가 「빛나는 별」의 '나'를, 신뢰할 수 없는 화자로 가정하고, 그리하여 이 소네트의 아이러닉한 표현을 가정하여, 키츠의 '나'로부터 완전히 분리된 것으로 읽는다면, 나는 그 소네트의 의미를 변화시킬 뿐만 아니라 서정적 독해의 관습을 위반하면서 「빛나는 별」을 하나의 분리된 극적 모놀로그로 바꾸어 놓게 하는 셈이다.

내가 서정시의 관습적 독해로서 제안하고 있는 것은 시의 이야기 요소들과는 상대적으로 무관한 것이다. 즉 이 시의 경우로 보면, "필로드 pillowed"가 상기시키는 임신에의 소망이나 "페어 러브fair love"의 정체성 혹은 실재성과는 무관하다는 것이다. 더 강렬한 사례로써 이러한 요점을 이야기해보자. 샤론 올즈Sharon Olds의 짧은 시 「아들Son」은, "여성 전용 바에서 집으로 와 / 나는 아들의 방으로 들어간다"라는 하나의 사건으로 시작된다. 이 시는 계속해서 잠들어 있는 아이를 묘사해 간다. 그리고 그것은 다른 페미니스트 여성에게 "우리가 들어설 새로운 세상에, 우리 같이 / 이 사내를 데려가자"(Olds 1984 : 68)라고 암시적으로 건네는 권유로 끝난다. 그 마지막 행이 의미를 지니려면 그것은 편집자에게 보내는 편지와 같은 의미에서 이 저자의 입장이 간주되어야 한다. 즉 이 시의 시점은 어떤 한 사람이 확실할 것이며, 이 시가 환기시키는 그 사람은 어떤 허구적 화자가 아니라 '샤론 올즈'임에 틀림없다는 것이다. 그러나, 동시에, 나는 이 시가 내게, 샤론 올즈가 어느 특정한 날 저녁에 여성 전용 바에서 집으로 돌아와, 잠들어 있는 아들을 바라보았다는 것을 **서사적** 진실로 받아들일 것을 요구한다고는 생각하지 않는다. 올즈가 실제로 이 순간을 경험했든 단지 상상하기만 했든, 그것은 내가 이 시의 사유와 감정을 샤론 올즈에 결합시키도록 만들지는 않는다. 다시 말해 나는 순수하게 허구적인 **서술자**에게 결합시키기에 용이한 **허구**로서 그 서사적 요소들을 인식하겠지만, 반면에, 마지막의 말들에 관한 관점은 여전히 **저자**인 올즈에게 결합시킬 것이다.

우리는 이러한 독자의 습관을, 피터 라비노비츠Peter Rabinowitz의 '인지 규칙' 개념을 상기함으로써 설명할 수 있다. 라비노비츠는 우리에게, 어떤 텍스트에 있는 **모든 것**의 의미를 기억하면서 그것에 주의를 기울일 수 없는 독자들이 그들의 독해에 있어 중요한 것과 그렇지 못한 것을 구별하기 위해 "중요성의 서열"을 창조해야만 한다는 것을 상기시킨다(Rabinowitz [1987]1998 : 44). 그러한 인지 규칙들은 "우리에게 우리의 주의가 집중되는 곳을 말해주며" 우리가 집중하는 그러한 요소들은 "해석을 만들어내는 기본 구조로 기능한다"(Rabinowitz 1998 : 53). 제목, 처음과 마지막 문장, 주요 서술자, 중심 인물들과 같은 텍스트상의 특정한 요소들은 관례적으로 다른 요소들보다 더 큰 주목을 받는다. 그러나 라비노비츠는 또한 장르마다 인지 격자가 다양하다는 것을 인식한다. 나는, 서정시의 독자들은 서사성이 결여된 생각, 감정, 시각에 특전을 꽤 부여하기 때문에 그것들(제목 등의 텍스트 요소들)이 시인의 생각을 이해하는데 핵심적이지 않을 때는 '인지 수준 아래로' 미끄러져 버릴 수 있다고 제안하고자 한다. 또는 달리 말해서, 나는 **서정적인 '나'**를, 말하자면, 허구적인 **서술의 '나'**를 만들어내는 저자에게, **비록 기술적으로 이 '나'가 어떤 단일한 존재라 할지라도** 그에게 결합시킬 수 있다. 나는 시의 서사적인 장치들은 비서사적인 목적으로 역할하면서 존재한다고 인식하기 때문에 그렇게 할 수 있는 것이다. 조금 다른 이유에서이지만 비슷한 논리를 통하여, 『목사생활의 정경Scenes of Clerical Life』에서 조지 엘리엇Georges Eliots의 서술자가 만들어내는 목격담을, 예를 들어 "옛날에 있었던 세퍼톤 교회Shepperton Church"의 일원이었던 것을 하나의 허구로서 분리시킬 수 있다(Eliot [1858]1973 : 42). 또 반면에 나는 이 동일한 서술자가 세상에 관해 만들어 내는 철학적 일반화를 꽤 공고하게 저자에 결합시킬 수 있다.

서정시의 경우에, 그때 독자들은 기술적 근거들을 넘어서서 결합과 분리를 행할 것이며, 구조주의 서술론이 귀하게 여기는, '누가 말하고 있는가'에 관한 기술적인 단일성을 **무시할 것이다**. 나는 동종화자적인 소설, 그리고 아마도 전적으로 초점화된 인물의 소설들에 관해서는 반대로 좀 더 애매모호해지는 독자의 행위를 제시할 것이다. 이 소설들 중 어떤 것에서도, 기술적으로는, 저자의 것이며 따라서 결합될 것으로 '추정되는' 어떤 '목소리'를 확인할 수는 없다. 허구적 서사가 좀 더 난해한 사례를 제시한다는 것을 인식하는 것은 중요하다. 브라이언 맥헤일은 타당하게도 서정시의 '기본 설정'이 '자서전적 신뢰성'이라면 허구적 서술자-인물들과 그 저자 사이의 관계를 위한 '기본 설정'은 바로 그 반대의 것, 즉 '신뢰성'이 아닌 '분장'임에 주목한다(Mchale 2003 : 235). 나는 거의 모든 서술이론가들도 주장하기도 한 이 자명한 이치에 확신을 갖는다. 즉 분장, 그리하여 내가 저자의 '나'와 텍스트의 '나' 사이의 분리라고 부르는 것은 실지로 허구적 서사의 **기본** 조건이다. 그러나 나는 또한 이러한 기본 설정이 자주 어겨진다고 주장할 것이며, 서정시에서의 저자와 목소리를 연결짓는 똑같은 규준을 통해서는 더욱 자주 위반된다는 것을 주장할 것이다. 물론 허구적 서사의 경우에 그 이야기는 올즈의 시에 관해서 그럴 수 있었던 것처럼 인지 수준 아래로 아예 떨어질 수는 없다. 그러나 독자들은 허구적인 목소리의 기술적인 경계들을 무시할 수 있으며, 서술자의 말들이 때로는 말하고 있는 인물**뿐만 아니라** 그 저자에게 속하도록, 그리고 때로는 속하지 않도록 사실상 '나'를 **이중화**할 수 있다. 아주 일반적으로는, 내가 말해왔듯이, 이 이중화는 텍스트의 서사적 요소와 비서사적 요소 사이의 균열을 통해서 일어난다. 그리하여 서사적 요소들은 허구적인 서술자-인물 쪽으로 전적으로 귀속되며, 반면에 비서사적 요소들은 서술자-인물**뿐만 아니라** 저자 쪽으로 묶여질 수 있다. 그러나 만약 독자들이 어떤 소설이 자서전적이라고 믿는다면, 그들은 시간적 제약을 받는 것과 시간과 무관한 것을 분리시키지 않고서 텍스트의 대부분 또는 전부에 걸쳐 이 이중화를 실행할 것이다. 즉, 만약 내가 꼭 크리스마스 날에는 아닐지라도 앤 비티의 인물인 앤이 말하고 있는 것과 비슷한 상황에서 앤 비티 자신의 아버지가 돌아가셨다고 믿을 만한 이유를 가지고 있다면, 그때 나는 그 텍스트의 많은 요소들을 잠재적인 자서전으로 읽을 것이다. 도릿 콘이 경계들을 주장하는 자신의 권고에도 불구하고 인정하듯이, "어떤 주어진 일인칭 소설에서 저자와 화자를 분리시키는 거리는 주어져 있거나 고정된 양적인 것이 아니라 독자들에게 굉장한 '해석적 자유'를 주는 가변적인 것"이기 때문이다(Cohn 1999 : 34). 내가 제안하건대, 필시 시나리오는 독자들이 서술된 사건들의 많은 부분 또는 전부를 저자로부터 분리시키는 것이겠지만, 그러나 그들은 내가 설명한 다른 서술 기준들에 따라 비서사적인 요소들에 대해서도 무게를 주어 생각할 것이다.

위반 — 『인간의 오점 *The Human Stain*』

필립 로스Philip Roth의 소설 『인간의 오점』을 사례로 들어 보자. 이 소설은 콜먼 실크Coleman Silk의 이야기를 하기 위해 작가인 나산 주커맨Nathan Zuckerman의 일인칭의 목소리를 사용한다. 콜먼 실크는 유대인으로 통했지만 흑인이었고, 그의 탁월한 학문적 경력은 인종주의라는 오도된 비난에 의해 황폐화된다. 내가 『인간의 오점』을 읽을 때, 나는 나산 주커맨이 필립 로스가 아님을 알고 있다. 나는 주커맨이 전립선암에 걸렸기 때문에 로스가 그 병을 가지고 있다고 추정하지 않는다. 비록 나르먼 포도레츠Narman Podhoretz는 이 소설의 리뷰에서 주커맨의 삶의 사실들이 저자의 것과 다를 수 있음에도 불구하고 주커맨으로부터 로스를 "구별 짓는 것이 (…중략…) 점점 더 어렵게"(Podhoretz 2000 : 36) 되었다는 것에 주목하게 되었다고 이 같은 물음을 던지고 있기는 하지만 말이다. 그러나 화자인 주커맨이 남자들의 우정을 위해 몇 행으로 이루어진 찬가를 쓸 때, 나는 그 찬가를 필립 로스에 결합시킨다. 그다음 순간, 동일한 화자가 "이것은 그에게는 아마도 일상적인 것은 아니라고, 나는 생각하고 있었다"(Roth 2001 : 27)라는 말로 서술 시간에 다시 들어올 때, 나는 나산 주커맨을 필립 로스에 맞춰 조정하기를 그만둔다. 혹은 그보다, 필립 로스는 어떤 '나'**로서** 주목하는 것으로부터는 다시 한번 멀어진다. 나는 어떤 단락 부분에서 **동일한 '나' 서술자**의 비서사적 담론의 서술을 나누어서, '나' 서술자 가운데 그 하나는 필립 로스에 결합시키고 다른 하나는 그로부터 분리시켰다. 그 소설에서 나중에 나는 내 자신이 필립 로스를 포냐 팔리Faunia Farley라는 여성인물에 결부짓고 있음을 깨닫게 되는데, 이는 이 소설이 우리에게 자유간접화법을 통하여 초점화된 포냐의 사색을 통해서 그 제목인 '인간의 오점'의 의미를 제공하기 때문이다. 달리 표현하면, 그 순간에 나는, 심지어 나의 한 쪽은 이 여성인물과 여성 혐오증 전력이 있는 저자 사이의 연계에 저항하고 있음에도 불구하고, 이른바 포냐의 이야기를 '쓰고 있는' 나산 주커맨과 포냐 **그리고** 필립 로스를 다 같이 결합시키고 있다. 내가 디포의 『록사나*The Fortunate Mistress, or Roxana*』를 읽을 때, 어떤 유사한 과정이 나로 하여금, 여성의 불행의 원천으로서의 결혼에 대한 포괄적 비판, 록사나 자신은 정확하게 유의하지 못했을 비평을, 아마도 록사나**보다도** 디포와 더 결힙하도록 이끌고 있다. 그러나 나는 서정시의 독자들이 시간 제약적인 담론과 시간을 초월한 담론 사이에서 만들어내는 분류가 항상 명확하게 나뉘는 것은 아님을 주장하고 있다. 특히 소설에서 활용되는, 바흐찐이 언어의 '대화주의'라는 말로 묘사한 것은, 틀림없이, 같은 문장, 심지어는 같은 단어에서도 시간 초월적인 담론과 시간 제약적인 담론을 뒤섞을 수 있을 뿐만 아니라 결합된 목소리와 분리된 목소리를 뒤섞을 수 있을 것이다.

'나'에 대한 '나'를 본다는 것

나는 텍스트의 목소리에 관한 우리의 독해가 담론의 규칙을 단순하게 따르지만은 않음을 주장해 왔다. 즉 우리의 독해는 공식적이거나 구조적일 뿐만 아니라 화용론적이며 문맥적인 어떤 다른 논리를 따라가도록 되어 있으며, 허구와 현실 사이의 경계를 '흐려지도록 만든다.' 내가 생각하기에, 동종화자적인 서술자가 이야기의 요구사항들, 세목들 속에서 머물러 헤매면 그럴수록, 서술자의 목소리는 저자의 것으로 **좀 더** 결합되기 쉽다. 심지어 나는 마리-로르 리안Marrie-Laure Ryan이 이야기의 '증언적' 기능이라고 부른 것을 수행할 때, **비**신뢰성의 인식만이 독자들이 그 저자를 동종화자소설의 서술자의 목소리에 결합시키는 것을 적극적으로 막는다는 가설을 세우고자 한다. 이것이 아마도 서정시나 드라마의 이론가들은 그러지 않는데도, 비신뢰성이 서술이론가들의 머리에서 떠나지 않는 하나의 이유일 것이며, 또 통상적으로 이종화자적인 목소리보다는 동종화자적인 목소리가 신뢰성에서 우리를 우려하도록 만드는 이유일 것이다.

이와 같이 만연한 결합경향은 또한, 자기발화적인 '나'를 신원을 확인할 수 있는 저자의 '나'에 결합시킬 수 없다는 것이, 독자들을 왜 그렇게 표류하도록 하는지를 설명하도록 도울 것이다. 나는 한 지면 (Lanser 2003)에서 1774년의 익명의 저작인 『리슐리외 아가씨의 여행과 모험The Travels and Adventure of Mademoiselle de Richelieu』에 관하여 논의하였는데, 이 작품에 대해서 두 사람의 노련한 학자, 캐롤린 우드워드Carolyn Woodward와 수잔 램Susan Lamb은 아주 상반된 독해를 내놓았다. 우드워드는 이 작품을 전복적인 레즈비언이자 페미니스트의 소설로 보며, 램은 이것을 반페미니즘적인 풍자로 간주하였다. 두 사람 모두는 자기발화적인 화자에 관해서뿐만 아니라 저자의 정치학과 실제 저자의 성에 관한 주장들 속에서 이 작품에 관한 독해의 닻을 내렸다. 즉 우드워드가 상상한 저자는 페미니스트 여성이고 램이 상상한 저자는 여성을 혐오하는 남성이다. 두 학자들 모두 서술자의 이데올로기적인 견해를 그들이 상상하는 저자에 결합시킨다. 그럼에도 두 사람 모두는 자기발화적인 서술자에 의해 이야기된 **사건들**을 순수하게 지어낸 것으로 다룬다.

소설의 애매모호한 기획에 관해서 말하자면, 관찰자는 퀴어적이면서도 전복적인 시각을 가지고서, 번갈아가며 결합시키고 분리시키며, 그리고 소설의 모든 목소리들이 허구이며 그것들의 '나'가 단하나의 말하는 존재를 기술적으로 반영할 수 있다는 '사실'에도 **불구하고도** 그렇게 한다. 내가 처음에 다룬 앤 비티의 이야기는 그러한 행위에 대한 메타픽션적인 근거들을 제공한다. 화자의 홀몸이 된 어머니에게 초점을 맞춘 플롯, 남편이 죽은 후에 그녀의 다른 남자의 관계는 아버지의 죽음을 여전히 슬퍼하고 있는 서술자인 딸에게는 미친 짓이나 다름없는 것으로 비추어진다. 이 이야기의 제목인 '찾아서 바꾸어라'는 어머니의 대체 행위에 대한 딸의 괴로움을 제시하고 있다. 그러나 서술자는 또한 「찾아서 바꾸어라」를 소설 구성을 위한, 그리하여 분명 그것을 독해하기 위한 레시피로서 제안하고 있다. 어느 낯선 사람과의 대화에서 앤은 작가가 자서전을 소설로 바꾸는 메커니즘을 설명한다. "당신은 방금 하나의 이름을 다른 이름으로 대체하도록 컴퓨터를 프로그램하였다. 그래서 마지막 버전에서는 '엄마'라는 단어가 나올 때마다 '베고니아Begonia 아줌마'나 다른 어떤 것으로 대체된다"(Beattie 2001 : 88). 이 이야기 이후에, 속도위반 딱지를 면하려고 경찰관에게 어머니가 죽어가고 있다고 말할 때 그 인물은 몸소 그와 같은 대체를 실행한다. 그녀의 추론은 또한 분명 소설을 위한 프로그램이기도 할 것이다. "결국 그것은 끔찍한 상황이었다. 그것을 표현할 수 있는 가장 손쉬운 방법은 나의 어머니가 죽어가고 있다고 말하는 것이었다. '그녀의 마음을 잃어버린 것'을 '죽어가는 것'으로 대체하라"(Beattie 2001 : 89). 그러나 이 하나의 대체 행위는 앤이 독자에게 주장하는 것이 그러하지만 '진실'이라고 말하기 위한, 그녀의 이야기의 다른 치환들을 이끌어 낸다. 그러니까 내가 그녀의 첫 문장인, "진짜 이야기, 내 아버지는 크리스마스 날에 호스피스에서 돌아가셨다"를 다시 읽을 때, 나는 "진짜 이야기"라는 주장을, 소설의 기획에 관한 확실히 구변 좋은 앤의 언급을 따라 모순된 느낌 없이 받아들일 수 있다. 반면에, 적어도 다르게 믿을 이유를 가질 때까지는 "나의 아버지가 호스피스에서 돌아가셨다"는 것과 이 주장에 뒤따르는 모든 것은 허구적인 "앤"에게 돌릴 것이다.

　포스터E. M. Foster의 어구를 오용하는지도 모르겠지만 나는 소설의 좌우명이 "오로지 결합"이라는 것이 되어야 한다고는 제안하지는 않는다. 그러나 나는 어떻게, 언제, 그리고 왜, 결합이, 그것에 맞서는 형식적인 원칙들에도 불구하고 일어날 수 있는가를 더 깊이 탐구할 가치가 있다고 생각한다. 그리고 나는 독자들이 문학적 발화행위들에 충만한 의미를 부여하기 위한 방식으로서 구조의 규칙을 깨뜨리게 되는 방식들을 참작하도록 우리의 서술이론들을 조정하는 것이 가치가 있다고 생각한다. 「저자란 무엇인가」에서 푸코는 '누가 말하는가'가 더 이상 중요하지 않으며, 담론들이 저자에 대한 어떠한 요구도 없이 (⋯중략⋯) 만연한 익명성 속에서 펼쳐지고 유통되는 때를 상상한다(Foucault 1977 : 138). 이처럼 전적으로 분리된 장르들의 세계는, 익명적인 웹 사이트들과 회신주소가 없는, 바이러스가 든 이메일들의 시대에는 푸코가 그려보았던 것보다 더욱 디스토피아적인 것처럼 보인다. 그러나 완전한 결합은 인터넷 '쿠키들'과 공항에서의 지문검식의 시대에 확실히 똑같이 혼란스러운 것이다. 완전한 결합이란 그 결합되고 분리되는 관점들 및 '찾아서 대체할' 상상적 공간을 가지고 있는 문학의 애매모호함 속에서 마음껏 향유하는, 그리고 그러한 과정 속에서 다수의 타자들, 실제적이면서도 꾸며내어진 '나'를, 어떠한 '나'에 대하여 들여다보는 바로 그 순간일 것이다.

14

네오내러티브

또는, 사실주의 소설과 최근 영화에서 '서술할 수 없는 것'을
어떻게 표현할 것인가

로빈 워홀Robin R. Warhol

1988년 '서술이론과 비평'을 주제로 한 1988년의 『스타일Style』의 첫
번째 특별 쟁점에서, 제럴드 프린스Gerald Prince는 「가상서술된 것the dis-
narrated」이라는 의욕적이고도 야심찬 짧은 글을 게재하였다. 『스타일』의
같은 호에서, 수잔 랜서Susan Lanser와 닐리 디엔고트Nilli Diengott는 정치
학과 서술이론을 페미니즘 서술론과 결합하는 가능성에 관하여 악명
높은 논쟁을 했다. 그 특별 쟁점은 1988년 당시 서술 연구 분야의 현황
을 보여주면서도, 문제가 된 『스타일』의 그 호가 20세기 초반에 기여
한 성과를 보여주었다. 나는 여전히 프린스가 이 쟁점에서 기여한 것
에 흥미를 가지며 그 자리에서 그가 고안한 '가상서술된 것'이라는 용
어의 향방에도 흥미를 지닌다. '가상서술된 것'은 "과거 발생하지 않았
거나 현재 발생하지 않은 무엇을 고려하는 서술 단락"을 의미한다

(Prince 1988 : 1). 프린스는 한편으로 자신을 페미니즘 서술론자인 우리와 연관시키며 다른 한편으로는 로스 챔버스Ross Chambers나 마리-로르 리안Marie-Laure Ryan과 연관 지으면서 자신의 논문을 결론짓는다. 프린스의 관점에서 로스 챔버스나 마리-로르 리안은 서술 상황을 항상 고려할 것을 주장하고 있으며 그들이 서술론자들의 작업을 '화용론Pragmatics' 아래서 함께 추진할 수 있도록 하였다고 주장하고 있다. 프린스는 화용론을 강조하면서, 화용론이 "1960년대와 1970년대의 고전적 서술론이라 불릴 것과 현대 서술론으로 지정되어질 것 사이의 굉장히 놀랄 만한 차이"를 불러온다고 주장한다. 그는 서술론이 화용론 쪽으로 전환한다고 주장하는데 그 원인으로서 소통 맥락의 중요성을 반복적으로 환기시키는 사회언어학적 요소들, 수신자 및 수신자의 해석전략에 관한 문학비평가, 이론가의 지대한 관심, 해석전략에 대한 그들의 지대한 관심, 그리고 인지 지향적 연구의 수적 증가를 들고 있다. 그는 이러한 원인들에 덧붙여서 서술이 단지 대상이나 생산물일 뿐만 아니라 행위 또는 과정으로서 두 그룹 사이의 상황에 긴박된 교류이며, 적어도 두 그룹 중 한편의 욕망에 기인한 교환임에 틀림없다는 갱생된 인식을 들고 있다 (Prince 1988 : 7).

나는 우리가 여전히 프린스의 '현대 서술론'을 실천하고 있으며 그가 상기시킨 관심이 근본적으로 텍스트에 관한 화용론적 접근법 쪽으로 진전시켜온 일을 변함없이 고무하고 있다고 믿는다. 이러한 취지를 살려, 나는 프린스가 만든 후에 곧 사용하지 않게 된 용어인 '가상서술된 것the disnarrated'의 화제로 돌아가고 있다. 나는 "'가상서술된 것'의 특성과 내용 (…중략…) 그것의 기능층위 (…중략…) 그것의 상대적 출현빈도, 그리고 차지하는 그것의 상대적 분량이, 서술방식과 학파와 운동 그리고 심지어 전 시기를 특징짓는 유용한 도구가 될 수 있다"(Prince 1988 : 6)는 프린스의 주장에 동의한다. 비록 프린스가 언급하지는 않았지만 문학 장르는 또한 가상서술을 사용하는 정도와 서술자들이 명백히 생략하는 제재의 특성에 의해서도 특징지어질 수 있다. 나는 이 자리에서 관련 용어들을 정의할 목적으로 문학 서술로부터 가져온 사례들에 주목할 것이다. 그리고 나서, 프린스가 고찰하지 못했던 서술형식인 허구적 서술영화fictional films에 관해서 '가상서술된 것'과 연관된 수사인 '서술되지 않은 것the unnarrated'과 '서술할 수 없는 것the unnarratable', 뿐만 아니라 영화형식 속에서 '가상서술된 것'의 역할 쪽으로 시야를 넓혀 고찰할 것이다. 만약 '가상서술된 것'이 발생하지 않았던 것을 말하는 서술단락들을 기술하는 것이라면, 내가 '서술되지 않은 것the unnarrated'이라고 부르는 것은 일어났다고 추정되는 것을 명백히는 말하지 않는 단락들을 가리킨다. 프린스의 작업은 '가상서술된 것'을 하나의 대상 그 자체로서 기술한 것이지만, 나는 '가상서술disnarration'과 '서술하지 않음unnarration'을 서술 행위로서 보는 데에 관심이 있으며 이것은 화용론에 초점을 둔 서술론의 미래에 대한 프린스의 관점을 쫓아서 함께 하는 작업이다.

나는 관련 수사인 '서술되지 않은 것'뿐만 아니라 '가상서술된 것' 그리고 이 두 가지가 속하는 더 큰 범주인 '서술할 수 없는 것the unnarratable'에 관하여, 이것들이 장르의 특징적 표지로서 역할하는 방식들을 검토할 것이다. 서술 장르들은 이것들이 전형적으로 포함하는 것만큼이나 서술 장르들이 포함하지 않는 것 또는 포함할 수 없는 것에 의해서도 알려진다. 즉 소설이나 영화는 그것이 말하는 것만큼이나 그것이 말하지 않는 것으로 인해 특정한 장르에 속한다. 서술가능성narratability의 한 계들은 장르뿐만 아니라 국가와 시대와 청중에 따라서 다양하다. 그러 나 또한 장르들이 진화하면서 서술가능성의 한계는 확장되고 변화한 다. 실지로, 나는 '서술할 수 없는 것'의 범주의 변화가 일반적 변화 그 자체에 관한 의미 있는 지표들이며, 그리고 이 지표들 모두가 정치학과 윤리학과 가치관과 같은 문제들에 대한 청중의 향상되는 의식을 반영하 고 구성한다고 주장하고자 한다. '서술되지 않은 것the unnarrated'과 마찬가 지로 '가상서술된 것'은 서술자가 '서술할 수 있는 것the narratable'의 경계를 명백히 하는 사례이다. 때때로 '가상서술'과 '서술하지 않음unnarration'은 또한 '서술할 수 있는 것'의 경계를 바깥쪽으로 이동시키고 장르 그 자체 를 변화시키는 전략이 되었다. '가상서술'과 '서술하지 않음'이 장르변화 를 야기할 때, 그것들은 내가 '네오내러티브neonarrative'라고 일컫는 것 혹은 새로운 서술 장르들을 만드는 서술론적 전략에 참여하고 있다.

고전적 사실주의 소설에서 '서술할 수 없는 것'의 다양성

먼저, 프린스의 『서술론Narratology — 서술의 형식과 기능』과 『서술론 사전Dictionary of Narratology』은 모두 내가 토대로 삼을 수 있는 개념을 제 공함에도 불구하고, 나는 프린스가 만들어낼 수 없었던 몇 가지 용어상 의 구별을 짓기를 원한다. 프린스는 '서술할 수 없는 것'을 정의내리지 않았고, 대신에 '서술할 필요가 없는 것the nonnarratable'으로서 '서술할 수 없는 것'을 와해시키면서 자신의 용어인 '가상서술'을 정의하고 있다. 그리고 프린스는 자신이 만든 명사형식을 '서술하지 않는다는 것to unnarrate' 혹은 '가상서술한다는 것to disnarrate'과 같은 동사형식으로 만들지도 않았다. 나는 긍정적 용어인 '서술할 수 있는narratable'이라는 프린스의 개념으로 시작하여, 소설과 영화의 허구적 서술fictional narrative에서 '존재하지 않았던' 것을 이야기하기 위한 어휘를 만들어낼 것이다.

프린스의 『서술론 사전』은, 피터 브룩스Peter Brooks와 밀러D. A. Miller의 1980년대 초반 작업에 주목하면서, '서술할 수 있는 것the narratable'을 "이야기될 만한 가치가 있는 것" 즉 "서술하기 용이한 것 혹은 서술을 요구하는 것"(Prince 1987 : 56)이라고 규정한다. 만약 프린스가 이 사전에서 규정하지 않은 '서술할 수 없는 것unnarratable'이 '서술할 수 있는 것'이란 용어의 반의어가 될 수 있다면, '서술할 수 없는 것'은 '이야기될 만한 가치가 없는 것' 즉 '서술하기 용이하지 않은 것' 그리고 '서술을 요구하지 않는 것' 혹은 아마도 서술이 요구되지 않는 그러한 환경을 의미할 것이다. 프린스는 '서술할 수 없는 것'을 "'주어진 서술에 따라서' 서술될 수 없거나 혹은 서술할 가치가 없는 것"이라고 규정한다. "그 이유는, '서술할 수 없는 것'이 사회적 · 저자적 · 일반적 · 형식적 법칙을 거스르기 때문이거나 혹은 '서술할 수 없는 것'이 특정 서술자의 힘이나 어떤 서술자의 힘을 부정하기 때문이거나 혹은 이것이 충분히 이례적이지 않거나 문제적이지 않은, 말하자면 서술할 수 있는 경계의 문턱 아래에 해당되기 때문이다"(Prince 1988 : 1). 나는 '서술될 수 없는 것'과 '서술할 가치가 없는 것' 사이에는 중요한 화용론적 차이가 있다고 생각하기 때문에 이 둘의 구별을 강조할 수 있도록 '서술할 수 없는 것'에 관한 정의들을 재조직할 것이다. 나는 이 연구의 목적을 위해 사실주의적 고전소설로부터 네 가지 범주로 된 '서술할 수 없는 것'에 관한 예증적 사례들을 분류한 것이다. 이 분류가 '서술할 수 없는 것'의 가능한 모든 형식들에 대한 소모적 리스트가 되지는 않을 것이다. 나는 많은 가능성의 범주들 중에서 네 가지 실제적인 범주를 제공할 것이다. 그 네 가지 범주는 주어진 서술에 따라서, ① '이야기될 필요가 없는 것'(서술할 수 있는 수준 아래에 있는 것the subnarratable), ② '이야기될 수 없는 것'(서술할 수 있는 수준 위에 있는 것the supranarratable), ③ '이야기되어서는 안 되는 것'(서술할 수 있는 것에 적대적인 것the antinarratable), 그리고 ④ '이야기되지 않으려 하는 것'(서술할 수 있는 것을 벗어난 것the paranarratable)이다. 프린스의 '서술할 수 없는 어떤 것Which is unnarratable'은 서술에서 때때로 단순히 암시적으로만 남겨져 있는 반면에(Prince 1982 : 135), 내가 정의한 '서술할 수 없는 것the unnarratable'은 텍스트상의 침묵 혹은 메이어 스턴버그Meir Sternberg가 '빈 칸' 혹은 '갭'이라고 불렀던 것을 항상 가리키지는 않는다. 내가 인용할 사례들에서 이러한 사실은 명백하게 나타날 것이다. 나는 내 개념들 가운데서, '서술할 수 없는 것'을 표현하기 위한 두 가지 서술 전략, '가상서술disnarration'과 '서술하지 않음unnarration'에 초점을 맞추어 논의할 것이다. 여기서 '가상서술'은 일어난 것을 대신해서 일어나지 않은 것을 말하는 것 그리고 '서술하지 않음unnarration' 즉 일어난 것이 말로 다시 이야기될 수 없음을 주장하는 것이거나 혹은 서술하는 것이 불가능하기 때문에 일어난 것이 서술되지 않을 것임을 명백히 가리키는 것을 뜻한다.

'서술할 수 있는 수준 아래에 있는 것the subnarratable'

─'일상적인 것'이어서 이야기될 필요가 없는 것

첫 번째 개념인 '이야기될 만한 가치가 없는 것'은 프린스가 "서술할 필요가 없는 것the nonnarratable" 혹은 "일상적인 것the normal"이라고 부르는 것에 상응하는 것이다(Prince 1987 : 52). 즉 서술 가능성narratability의 경계 턱 아래에 해당되는 사건들이 있는데 그 이유는 이 사건들이 표현을 정당화하기에는 너무 사소하거나 평범해서 '말할 필요가 없기' 때문이다. 프린스가 진술한 대로라면, "내가 어제 한 일을 친구에게 말한다고 할 때 신발 끈을 맨 일은 언급하지 않을 것이다"(Prince 1987 : 1). 그럼에도 장르에 따라서 말할 가치가 있는 무엇에 관한 경계는, 광범위한 일상의 영역들을 포함할 것이다. 나는 리처드 레스터Richard Lester 감독의 비틀즈Beatles 영화 〈헬프!Help!〉(1965)의 한 장면을 떠올리는데 이영화에서 빅터 스피네티Victor Spinetti가 눈을 두리번거리며 얼굴을 찡그리는 동안에, 레오 맥켄Leo McKern은 스피네티에게 워키토키로 말한다. "나는 왼발을 움직이고 있다. 내 오른발을 움직이고 있다." 빅토리아 시대 사실주의 소설에서, 맥켄이란 인물의 마음속에서와 같은 이러한 종류의 서술 가능성의 경계 턱이란 참으로 낮다. 그리고 앤서니 트롤럽Anthony Trollope의 소설들은 외견상으로 최소의 의미 수준에 있는 '일상적인 것'을 상세히 하는 서술로 가득 차 있다. 예를 들면,

룹턴Lufton 부인은 일어나서 분주하게 돌아다녔다. 그녀는 불을 쑤셔서 돋우었고 양초들을 옮겼다. 그리고 그랜틀리Grantly 박사에게 몇 마디 말을

건넸으며 아들에게 무엇인가를 속삭였다. 그리고 루시Lucy의 뺨을 가볍게 만졌으며 파니Fanny와 이야기하였다. 파니는 음악가이며 그들은 작은 음악회를 갖게 될 것이다. 그리고 룹턴 부인은 그리젤다Griselda의 어깨를 두 손으로 두드렸으며 그녀의 드레스가 완벽하게 어울린다고 말해 주었다. (Trollope [1861]1987 : 158)

트롤럽의 서술자는 룹턴 부인이 빙 돌아가면서 자신의 파티에 참석한 모든 사람들을 편안하게 해주려고 노력하고 있음을 말해준다. 그러나 이 단락에서도, 분주하게 움직이는 룹턴 부인의 발동작, 눈의 깜박임 혹은 맥박의 움직임과 같이 세부적인 일은 '말할 필요가 없는 것이다.' 이러한 세부적인 일들은 트롤럽이 파티 장면의 움직임을 스케치하면서 포함시키지 않은 무척이나 많은 다른 것들을 따라 이루어지는 것이며 이 같은 세부가 서술되지 않은 것은 너무나 당연한 것으로 여겨지는 것들이기 때문이다. 그리고 이 텍스트에서는 존재하지 않는 모든 것, 즉 그날 아침 룹턴 부인의 침대에서부터 그날 저녁파티까지 그녀의 연속된 동작들 또한 너무나 당연한 것으로 여겨지는 것들이다. 이것들은 말 그대로 하찮은 것이어서 언급할 필요가 없는 것이다. 나는 이 범주를 위해서 프린스의 '서술할 필요가 없는 것nonnarratable'을 나의 새 용어인 '서술할 수 있는 수준 아래에 있는 것the subnarratable'으로 대체하고자 한다. 나의 새 용어는 더 큰 용어로서 '서술할 수 없는 것the unnarratable'과 프린스의 '서술할 필요가 없는 것'의 범주를 좀 더 명확히 구별 짓기 위한 것이다. 프린스의 개념으로는 '서술할 수 없는 것'과 '서술할 수 있는 수준 아래에 있는 것'을 구별 지을 수가 없었다. 사실주의 소설에서 '서술할 수 있는 수준 아래에 있는 것'은 '가상서술'이나 '서술하지 않음' 둘 중 어느 것의 특징도 지니고 있지 않다. '서술할 수 있는 수준 아래에 있는 것'은 프린스의 '서술할 필요가 없는 것nonnarratable'과 마찬가지로 그것의 부재가 그 존재의 전형적인 특징을 나타내고 있다.

'서술할 수 있는 수준 위에 있는 것the supranarratable'
—'형언할 수 없기' 때문에 이야기될 수 없는 것

'서술할 수 없는 것'의 두 번째 유형은 '서술하기 용이하지 않은 것'으로서 이것은 서술을 부정하는 사건들을 구성한다. 그리고 이 유형은 가상의 사건들을 전적으로 표현하기에는 언어 혹은 시각적 이미지가 부적절하다는 것을 잘 드러내고 있다. '서술할 수 있는 수준 위에 있는 것'은 고전적 사실주의 텍스트에서 내가 '서술하지 않음'이라고 일컫는 빈번한 사례가 되는 범주이다. 이 사례는, 『트리스트럼 샌디Tristram Shandy』가 '가여운 요릭Yorick'의 죽음에 대한 슬픔의 역설적 표현으로서 전부 검정으로 된 페이지로 호소한 것(Sterne [1759~67]1967 : 232)을 비롯하여 고도로 격앙된 감정의 구체적 장면을 "이야기할 어떤 말도 내가 가졌다고 생각하지 않는다"는 서술자의 주장(Alcott [1868]1983 : 187)에 이르는 감상주의적 전통을 이어가고 있다. 루이자 메이 올컷Louisa May Alcott의 감상주의적 서술자는 으레 이러한 순간들을 서술하지 않으며 다음과 같은 진술들을 보여준다. "베스Beth가 받은 충격은 묘사하는 것보다 상상하는 것이 훨씬 나을 수 있다"(p.359), 혹은 "그녀는 곧장 아버지의 품으로 달려갔다. 그 후 무슨 일이 일어났는지는 궁금해 할 것도 없으리라. 가슴이 벅차올랐으며 쓰디쓴 과거를 씻어버리고 그리고 다만 지금의 달콤함만이 있을 뿐"(p.206). 이 서술은 형언할 수 없는 것, 즉 단순히 다시 이야기될 수는 없는 사건으로서 '서술할 수 없는 것'이다. 즉 '서술할 수 있는 수준 위에 있는 것'은 '서술할 수 없는 것'의 네 가지 유형 중의 하나이며 내가 '서술하지 않음'이라고 부르는 명백한 부정 형식으로 된 텍스트상의 표지를 매우 일관성 있게 전달하고 있다.

'서술할 수 있는 것에 적대적인 것the antinarratable'
—사회적 관습 때문에 이야기되어서는 안 되는 것

'서술할 수 있는 것에 적대적인 것'은 사회적 법칙이나 금기를 위반하면서도 그 이유에 관해서는 이야기되지 않은 채로 있는 것이다. 이것은 '서술을 요구하지 않는 것'으로서 '서술할 수 없는 것'이며 '요구되지 않는 무엇'에 대한 반응을 촉구하는 구체적 의미를 지닌다. 즉 나는 이것이 일부 사람들이 무례하거나 불온한 말을 하는 다른 사람들을 비난할 때 사용하는 문구라고 생각하고 있다. 빅토리아 시대 사실주의 소설에서, 예를 들어, 섹스는 항상 '서술할 수 있는 것에 적대적인 것'이었으며, 플롯에서는 섹스가 끝난 후에 그 결과로서만, 이를테면 갓 태어난 아기, 환각에서 깨어난 연인들 혹은 땅에 떨어진 평판에 의해서만 알 수 있다. 내가 어딘가에 썼듯이, 빅토리아 시대의 서술은 완곡어법과 암시와 비유를 사용하며 그리고 인물들 간의 성적 관계를 암시하는 특히 환유를 사용한다. 그러나 이것은 결코 서술이 아니며 감상주의적 정서를 표현하기 위해서 초기 모더니즘 유형의 소설들이 사용한 '서술하지 않음'도 아니다. 빅토리아 시대 소설에서는 대부분의 신체 기능들에 꼭 같은 것이 적용되며 이것은 성교뿐만이 아니라 배설도 해당된다. 그리하여 제임스 조이스James Joyce가 『율리시즈Ulysses』에서 레오폴드 블룸Leopold Bloom을 변기 위에 둘 때 조이스는 '서술할 수 있는 것에 적대적인 것'의 경계를 변화시킴으로써 아마도 빅토리아 시대에서의 '서술 불가능성'의 한계를 가장 급진적으로 깨뜨리고 있다.

　가능한 많은 작품들 가운데서도 뚜렷한 사례가 되는, 윌리엄 포크너 William Faulkner의 『압살롬, 압살롬!Absalom, Absalom!』 혹은 토니 모리슨Toni Morrison의 『빌러브드Beloved』와 같은 20세기 소설들은, 또 다른 종류의 금기 즉 외상으로부터 결과한 침묵이라는 '서술 불가능성'에 도전하고 있다. 이 소설들은 이야기되어서는 안 되는 것으로 추정되는 무엇을 말하고자 하는 고투에 관한 것이라고 말할 수 있다. 그리고 이야기되어서는 안 되는 것으로 추정되는 무엇이란 역사로부터 그리고 또한 인물들 자신의 의식으로부터 억압받아온 것이다. 즉 『빌러브드』에서, "이 것은 전해오는 이야기가 아니다"라는 서술자의 주장, 즉 많이 언급되어온 이 진술의 애매모호함은, 쉴로미스 리몬-케넌Shlomith Rimmon-Kenan 이 말하는 대로, "수용과 거부, 즉 기억하라는 명령과 잊으라 하는 권고"(Rimmon-Kenan 1996 : 123) 그 둘을 결합시키면서, '서술할 수 있는 것에 적대적인' 금기의 서술에 착수하는 어려움을 가리키고 있다. 압델라티프 카야티Abdellatif Khayati는 『빌러브드』가, "형언할 수 없는 사실을 설명할 수 없는 언어"(Khayati 1999 : 315)로써 운용하고 있음을 매우 설득력 있게 썼으며, 그러한 서술은 이야기'될 수 없'거나 혹은 '서술할 수 있는 수준 위에 있음'을 의미하고 있다. 반면에 나는 세스Sethe와 빌러브드의 스토리는 또한, 결국에는 서술의 과정에서 이야기되고 있다는 것을 주장하고자 한다. 즉 이야기'되어서는 안 되'기 때문에 억압되어 왔거나 혹은 억압한 무엇은 소설의 결말 앞에서 표현되는데, 그 이유는 치유가 이루어지도록 이야기'되어야만 하'며 그리고 그 일이라면 소설은 쓰여서 이야기'되어야 하'기 때문이다. 카야티는, "인물들이 '말할 수 없는' 것에 대한 모리슨의 파악, 다시 말해 과거의 타락이 인물들의 명예를 추락시키고 그들에게 굴욕과 수치를 불러일으킬 것이라는 공포는, 그들이 구태여 망각을 의지적 행위로서 끌고 가고자 하는 방식에서 명확하다"(Khayati 1999 : 319)고 타당하게 주장한다. 많은 논평가들 중에서 카야티는, 모리슨의 소설에서 서술할 수 없는 외상으로서 시작했던 무엇이 궁극적으로는 서술할 수 있는 것이 된다는 것과 이것이 서술의 과정에서 인물들 그리고 텍스트 자체의 완결성을 향하여 움직이고 있다는 것을 보여주고 있다.

빅토리아 시대 사실주의 소설에서의 외상은 또한 '서술할 수 있는 것에 적대적인 것'으로서 간주될 수 있으며 그리고 그 외상은 이야기되어야 하는 무엇의 경계를 넘어서는 것에 속한다. 그러나 이러한 종류의 서술 가능성의 경계들은 20세기 텍스트에서보다는 빅토리아 시대의 텍스트에서 좀 더 엄격하다. 빅토리아 시대의 소설 예를 들면 윌키 콜린스Wilkie Collins의 화제작 소설에서도 인물들의 많은 외상적 경험들은, 발화의 바깥에서 일어나며 그리고 이것들이 이야기된다고 하더라도 간접적으로 서술된다. 빅토리아 시대 소설에서 외상을 직접적으로 서술하거나 초점화한 것은 드물며, 이 외상적 경험들이 사실주의 텍스트에서 주로 침묵이나 공백에 의해 표현되는 '서술할 수 있는 것

에 적대적인' 경험의 종류가 되도록 한다. 찰스 디킨스Charles Dickens의
『데이빗 카퍼필드David Copperfield』는 멀드스톤Murdstone과 그린비Grinby
의 창고에서 일했던 유년시절의 외상을 서술하지 않는다. 즉 "어떤 말
로도 내가 이러한 동료애에 빠지게 되면서 겪는 내 영혼의 비밀스런
고뇌를 표현할 수는 없다 (…중략…) 그리고 학식을 갖춘 내로라하는
성인이 되고자 했던 희망이, 내 가슴 속에서 꺾이는 것을 느꼈다. 완전
히 희망이 없게 되었다고 느꼈던 깊숙한 기억들은 지금 (…중략…) 써
질 수가 없다"(Dickens [1849~50]1981 : 210). 샬롯 브론테Charlotte Brontë의
『빌레뜨Villette』는, 회피적 서술자인 루시 스노우Lucy Snowe가 자신의 십
대 시절을 진술하는 유명한 단락에서, '가상'서술된 외상에 관한 흥미
로운 사례를 보여주고 있다.

나는 여섯 달 동안을 비웠던 집으로 돌아왔다. 나는 물론 내 피붙이의 품
으로 돌아와서 기뻤을 것이다. 아! 기분 좋은 상상은 어떤 해로움도 주지
않으며 따라서 부인되지 않은 채로 두는 것도 상관없을 것이다. 그러기는
커녕, 실지로 나는, 유리처럼 잔잔한 항구에서 평온한 날씨를 항해하며 졸
고 있는 범선처럼, 이후 팔 년간의 나를 독자가 그려보도록 허용할 것이다.
작은 부두에 길게 누운 항해사는 얼굴은 하늘을 향하고 눈은 감긴 채 매몰
될 것이다, 당신의 오랜 기도 속에서……. 그리고 나서 변함없는 햇살로 따
뜻해지고, 잔잔하고 부드러운 바람으로 침식된 부드러운 갑판 위에 길게
누운, 게으르고 만족스러우며 부풀어서 행복해하는 나를 그려 보라. 그럼
에도 그 경우에 결국 난파되었음이 틀림없는 거기 혹은 갑판 위에 내가 어
떻든 쓰러져 있다는 것은 감추어질 수가 없다. 나는 또한 추위와 위험과 사

투의 그 기나긴 시간을 생생하게 기억한다. 악몽을 꾸는 이 시간까지, 내 목구멍에는 짠 물결의 넘나듦이 반복되며 내 폐에는 얼음같이 찬 물결의 압력이 반복된다. 나는 심지어 폭풍, 그것도 한 시간도 아니고 하루도 아닌 폭풍이 있었음을 알고 있다 (…중략…) 요컨대 배는 길을 잃었으며 승무원들은 죽었다. (Brontë [1853]1979 : 94)

나는 이 단락을 '가상서술'이라 부르는데 그 이유는 루시가 두 가지의 다른 측면에서 발생하지 '않았던' 무엇을 말하기 때문이다. 우선, 루시는 자신이 집으로 돌아와 행복해한다는 "기분 좋은 상상"을 부인하지 않음을 주장하면서도, 이 상상이 "어떤 해로움도 주지 않"는 착각이라는 사실을 강하게 암시하고 있다. 그녀는, 바꾸어 말해서, 일어나지 않았던 것들을 부인하지는 않을 것이라고 말한다. 그러고 나서 이 단락은 좀 더 정교한 '가상서술'로 이동하는데, 루시는 그 서술을 폭풍우의 비유로써 마무리하고 있다. 그렇지 않다고도 암시하지만 루시가 줄곧 평온하게 표류해오고 있었다고 한다면 그녀는 배 밖으로 추락했었음이 틀림없는 것이다. 즉 파선의 묘사는 루시에게 '정말로' 발생했던 것으로 추정되는 무엇에 관한 단지 유추일 뿐이다. 말할 수 없는 외상에 관한 악몽으로부터 끌어온 것으로 판명되는 루시의 비유는, 동시에, 발생하지 않았던 파선의 이야기를 하고 있는 서술이며, 파선의 이야기는 발생했던 것의 서술에 대신하여 그녀가 제공하고 있는 것이다. 이것이 '가상서술'이며 '서술할 수 있는 것에 적대적인 것' 혹은 이야기되어져서는 안 되는 무엇을 서술하는 빅토리아 시대 소설의 해결방식이다.

'서술할 수 있는 것을 벗어난 것the paranarratable'

—형식적 관습 때문에 이야기되지 않았던 것

'서술할 수 없는 것'의 마지막 범주는 '서술할 수 있는 수준 아래에 있는 것'이나 '서술할 수 있는 수준 위에 있는 것' 혹은 '서술할 수 있는 것에 적대적인 것'으로서 인지되지 못하면서 문학 장르의 법칙을 이탈하는 것을 구성한다. 예를 들면 여성 중심적인 19세기 소설에서, 낸시 밀러Nancy K. Miller(1980)가 매우 인상적으로 지적하였던 것처럼, 여주인공은 결국 오로지 결혼하거나 혹은 죽거나 할 수 있다. 내가 믿기로는, 일반적 문학관습의 법칙은 사회관습의 법칙보다 좀 더 불변한 것이다. 그리고 이 법칙은 문학의 역사를 통틀어서 심지어는 금기가 이끌었던 것보다 '서술 불가능성'의 더 많은 사례들을 이끌어 왔다. 내가 학생들에게, 빅토리아 시대의 여주인공들에게 있어서보다 실제 빅토리아 시대 여성들의 일대기에는 좀 더 많은 가능성들이 있었음을 이야기할 때면 학생들은 언제나 당황스러워 보인다. 그 이유는 그들의 직관에 어긋나는 것이어서 그러한데, 소설은 겉보기에는 단지 상상에 의해서 한정되는 것인 반면에, 학생들이 말하는 '실제 삶'은 대학원생들이 즐겨 일컫는 '사회'의 규율들을 따를 수밖에 없다. 나는 제인 오스틴Jane Austen과 브론테 자매들과 조지 엘리엇George Eliot처럼, 아주 많은 젊은 여성들이 결혼하지도 않았으며 그리고 또한 죽지도 않았음을 학생들에게 설명한다. 이 작가들의 삶은 그들의 여주인공의 삶과는 매우 다른 삶의 궤도를 따랐다. 그리고 나는 아주 많은 젊은 여성들이, 다른 방식들을 찾아, 유년기를 지나 중, 노년에 이르렀음을 학생들에게 설명한다. 그럼에도 19세기 초중반의 여주인공이 결혼이나 죽음과는 다른 결말을 찾는다는 것은 생각할 수 없는 것이었다. 그 여주인공들 중에서 얼마나 많은 여성들이 소설을 출간하였는가 혹은 미혼인 자매와 유쾌하게 집안일을 하거나 전문직을 추구하였는가? 페미니즘 논평가들이 종종 진술하였듯이, 소설의 형식에 미치는 지배 이데올로기의 영향은 너무나 강력한 것이다. 그와 같은 이야기들은 그 시대에는 '서술할 수 있는 것을 벗어난 것'이었다. 비록 그와 같은 이야기들이 확실히 '삶 속에서' 일어날 수 있었던 것임에도 불구하고 그 이야기들은 당대 '문학작품 속에서는' 이야기되어서는 안 되는 것들이었다.

빅토리아 시대 소설가가 여주인공의 결혼 플롯에 대한 대체 결과를 선택한다는 것은, 그 당시에는 '서술할 수 있는 것을 벗어난 것'을 서술하는 시도가 되었을 것이다. 다시 한번, 『빌레뜨』는 샬롯 브론테가 어떻게 '서술할 수 없는 것'을 만들었는지에 관한 사례를 보여주는데, 이번에는 '가상으로 서술하는 것'뿐만 아니라 '서술하지 않는 것'에 의해서이다. 루시는 자신이 남아메리카로부터 배편으로 귀환한 폴M. Paul을 어떻게 기다렸는가를 묘사하면서, 폴이 항해하고 있던 그 순간으로 서술을 가져간다. 그녀는 비유인지? 사실인지? 혹은 둘 중 하나이거나 혹은 아마도 둘 다일 수 있기도 한 폭풍우에 관한 또 다른 묘사를 싣고 있다. 그럼에도 루시는 남자주인공을 명백하게 죽이는 것을 피하고 있는데, 왜냐하면 그의 죽음은 그녀가 쓰고 있는 장르의 법칙들에 따르자면 '서술할 수 있는 것을 벗어난 것'이었기 때문이다.

여기서 잠시 멈추자. 곧 침묵이다. 충분히 이야기되었다. 어떤 고요한 마음도 친절한 마음도 곤혹스럽게 하지 말라. 해맑은 상상들을 희망으로 남겨두라. 극심한 두려움으로부터 벗어나 다시 새롭게 탄생한 유쾌한 기쁨, 위험으로부터 구조된 환희, 재앙으로부터의 경이로운 모면, 귀환의 향유, 이 모든 것이 그들의 것이 되도록 내버려 두라. 그들이 하나가 되어 행복이 이어지는 삶을 그리도록 두자. (Brontë [1853]1979 : 596)

이것이 폴과 결혼할 운명이었던 루시의 마지막 말이다. 그리고 만약 샬롯 브론테가 패트릭 브론테Patrick Brontë를 기쁘게 하려고 이런 방식으로 결론을 썼다면, 즉 루시의 비관습적 결말에 대한 패트릭 브론테의 당황스러움이 어떤 희망의 여지를 남겨 두도록 딸들을 설득하였다고 한다면, 대다수의 논평가들은 이 서술은 폴이 실지로 죽은 것으로 추정된다는 것을 의심할 여지없이 제공한다는 것에 동의할 것이다. 앞서 '서술할 수 있는 것에 적대적인 것'의 사례에서 보듯이, 루시는 결말을 가상으로 서술하고 있으며, "위험으로부터 구조된 환희, 재앙으로부터의 경이로운 모면, 귀환의 향유"와 같이 일어나지 않았던 것을 말하고 있다. 그럼에도 이때, "충분히 이야기되었다"라는 '가상서술'은 '서술하지 않음'에 의해 소개되고 있다. '서술하지 않음'은 이야기되어서는 안 되는 무엇을 진술하며, 이 경우에는 그것이 사소하거나 형언할 수 없거나 혹은 금기이기 때문이 아니다. 그보다, 이 경우의 '서술하지 않음'은 빅토리아 시대의 소설에서는 '서술할 수 있는 것에 적대적인 것'이기 때문이었다. 즉 그것은 이야기될 수 없었으며 그리고 오로지 그렇게 되어야만 했던 것이다.

영화의 '네오내러티브Neonarrative'

'서술할 수 없는 것'의 경계를 확장시키기

나는 지금 '서술할 수 없는 것'에 관한 어휘들이 일반형식에 있어서의 변화를 기술하는 데에 얼마나 유용할 것인가에 관한 사례로서, 21세기의 전환기에 미국에 보급된 대중영화들에 관심을 돌리고자 한다. 영화는 말 그대로 영화형식에서의 변화와 발달을 생생하게 보여주고 있다. 그리고 때때로 '서술할 수 있는 것'의 경계들을 확장시키는 특징영화의 실험들은 우리가 이전에 거기서 깨닫지 못했던 '서술 불가능성'을 인식하게끔 만든다. 이어지는 항들은 영화가 '서술할 수 없는 것'의 세 가지 범주를 다루는 사례들이며 이 사례들은 장르가 지닌 한계들에 관심을 끌도록 하며 많은 경우에 실제적으로 이러한 장르 한계들을 넘어서서 영화서술의 가능성을 확장시키도록 한다.

'서술할 수 있는 수준 아래에 있는 것the subnarratable'

서술 가능성의 경계는 소설장르에 있어서와 마찬가지로 영화장르들 사이에서도 매우 다양하다. 앤디 워홀Andy Warhol의 첫 영화인 〈잠Sleep〉(1963)이나 짐 자무쉬Jim Jarmusch의 〈천국보다 낯선Stranger than Paradise〉(1984)과 같이 특정한 실험영화들은 어떤 것이 '서술할 수 있는 것'의 영역 바깥에 있어야만 한다는 관념에 도전하고 있다. 이러한 영화들에서는 플롯층위에서의 어떤 것도 발생하지 않으며 그래서 모든 제스처, 매순간 쉬는 숨 혹은 눈꺼풀의 깜빡임이 서술재현에 있어서 가치 있는 사건이 된다. '서술할 수 있는 수준 아래에 있는 것'의 기준에 대한 이와 같은 도전은 때때로, 구체적으로는 심미적 목적을 위한 대중영화 쪽으로도 활로를 발견해왔다. 예를 들면, 샘 멘데스Sam Mendes 의 〈아메리칸 뷰티American Beauty〉(1999)의 한 장면에서, 카메라는 세찬 바람에 의해 벽돌 벽을 향해 날아오르는 비닐봉지를 60초 길이로 연결하고 있으며 이 영화의 젊은 제작자는 이 장면이 "내가 찍은 가장 아름다운 것"이라고 기술하였다. 그리고 '서술할 수 있는 수준 아래에 있는 것'의 기준에 대한 이와 같은 도전은, 최근에 때때로 좀 더 명백한 윤리적·정치적 목적을 위한 대중영화 쪽으로도 활로를 발견해왔다. 한 가지 훌륭한 사례로, 데이빗 오 러셀David O. Russell이 1999년에 감독한 반걸프전 영화, 〈쓰리킹즈Three Kings〉를 들 수 있다. 한 인물이, 다른 인물에게, 누군가에게 총을 쏘았을 때 일어나는 무엇에 관하여 진지하게 생각할 것을 요청하면서, 이 영화는 치명적인 총상을 입고 있는 병사를 보여주고 있다. 그러나 영화 장면은 몸이 떨어져서 땅에 부딪치는 것과 같은 관습적인 외부 시각에 초점을 맞추는 대신에, 침투하고 있는 쇠붙이에 의해 찢겨지고 있는 살과 기관의 컴퓨터 합성 내부 이미지로 도약하며 이 이미지를 사운드 효과로 완성시키고 있다. 그때까지, 총알에 의한 내부 손상은 할리우드 영화에서 '서술할 가치가 없는' 일련의 세부 즉 말할 필요가 없는 어떤 것이었다. 러셀의 기술technique 은 '일상적인 것'을 강렬하게 해부하면서, 현대영화에 있어서 '서술할 수 있는 것'의 영역을 확장시키고 또한 이야기될 필요가 없는 것을 의문시하도록 만들고 있다. 부상당한 몸을 이미지로 만드는 이러한 기술은, 네트워크 TV의 CSI에서 채택되었으며, 그것은 점차로 익숙해져 마침내 〈쓰리킹즈〉가 보유한 의식적 고양의 가치를 잃어버리게 되었다. 그 기술이 〈쓰리킹즈〉에서 나타났을 때에 그것은 '네오내러티브'이다. 그리고 그 기술이 네트워크 TV 시리즈에서 익숙한 특징이 되었을 즈음에는 새롭게 변화된 장르관습들 중의 하나가 된다.

'서술할 수 있는 것에 적대적인 것the antinarratable'

이전에는 표현 범주의 바깥이라고 간주되었던 주제들을 현대영화가 표현함으로써 사회적 관습이나 금기를 깨뜨려온 방식의 사례들은 너무 많아서 일일이 거론하기는 힘들다. 그래서 적절한 사례가 목적이라면 폴 토마스 앤더슨Paul Thomas Anderson 감독의 1997년작 〈부기나이트Boogie Nights〉를 내가 생각해낼 수 있는 가장 생생한 것으로서 인용하고자 한다. 이 영화는 길고도 복잡한 이야기가 포르노 스타 주인공의 평판이 난 페니스의 크기에 줄곧 의존한 다음에 기관 그 자체를 비추는 장면으로써 결론을 맺는다. 이것은 이 액션 영화뿐만 아니라 이 장르에 속한 대다수 할리우드 영화들을 촉진시킨 글자 그대로 남근기관을 만들어내고 있는 드문 사례이다. 이전의 다른 액션 영화들처럼, 이 영화의 꽤 많은 부분은 '그게 얼마나 큰 지'를 영화가 청중에게 보여줄 수는 없다는 사실에 관한 것이었기 때문에 결말에서의 시각적 노출은 충격을 가져다주고 있다. 〈부기 나이트〉에서 그 순간은 할리우드 영화에 있어서는 '네오내러티브'로 기능하지만 그러나 이것은 예를 들어 포르노 영화에서는 놀랄 만한 것이 아닐 것이며 마찬가지로 로버트

매이플소프Robert Mapplethorpe가 찍은 사진들에서도 그러한 일일 것이다. '네오내러티브'는 하나의 장르, 이 경우에는 주류 액션 영화에서 '서술할 수 있는 것에 적대적인 것'의 경계들을 확장시키고 있다. 그리고 '네오내러티브'는 또 다른 장르, 여기서는 포르노 예술이나 게이 예술, 혹은 이 장르들의 초기 형식으로부터 좀 더 급진적인 반관습성을 표현하는 적합한 이미지 혹은 이야기의 요소를 빌려올 수 있다. 일단 남근상이 〈부기 나이트〉에서 그 모습을 드러내었기 때문에, 이것은 할리우드 영화에서 관습의 어휘에 들어가게 된다. 예를 들면, 남근상은 이 년 후에 올리버 스톤Oliver Stone의 1999년작 풋볼영화 〈애니 기븐 선데이On Any Given Sunday〉의 락커룸 장면에서 다시 나타난다.

'서술할 수 있는 것을 벗어난 것the paranarratable'

사회적으로 놀랄 만한 것은 아니겠지만 지금까지 영화의 이미지로서는 상상할 수는 없었던 사건들을 시각적으로 서술함으로써 형식적 관습에 도전하는 영화들은 이 절의 목적에 부합되면서 '서술할 수 있는 것을 벗어난 것'에 관한 좀 더 흥미로운 장면을 보여준다. 나는 이전까지는 주류영화에서 '서술할 수 있는 것을 벗어난 것'이 되어 왔던 장면을 서술하는 형식주의적 실천으로서, 스파이크 리Spike Lee의 첫 번째 장편영화, 〈그녀는 그것을 좋아해She's Gotta Have it〉(1986)를 독해할 것이다. 리의 영화는 한 흑인여성이 흑인남성의 두피에 오일을 발라주는 것을 상세하게 보여주며 아프리카계 미국인 커플이 1950년대 테크니컬러 로맨틱 영화 스타일로 프레드 아스테어Fred Astaire와 진저 로저스

Ginger Rogers 풍의 춤을 추고 있는 장면을 보여주고 있다. 그리고 이 영화는 주류 영화가 이전에 찍지 못했던 많은 다른 이미지들 가운데 흑인남성이 흑인여성을 강간하는 장면도 보여주고 있다. 이러한 이미지들을 리의 영화에 도입한 것이 '네오내러티브'이다. 혹은 리Lee 영화학교 프로젝트가 주류 장편영화로서 개봉될 때 이것은 '네오내러티브'가 되며 동시에 일반적인 할리우드 영화에서 '서술할 수 있는 것'의 영역으로 이러한 이미지들을 도입한 것이 된다.

줄거리와 결말을 지배하고 있는 관습은 주류영화의 서술할 수 있는 것에 관한 또 다른 경계를 형성한다. 이러한 의미에서 '서술할 수 있는 것'은 구체적 시간과 장소에서 생산된 주어진 장르의 플롯 내부에서 발생 가능한 것으로 상상될 수 있는 것이다. 그리고 '서술할 수 있는 것the narratable'의 반대로서 '서술할 수 있는 것을 벗어난 것the paranarratable'은 '생각할 수 없는 것'으로서 규정될 수 있다. 예를 들면 할리우드 고전로맨틱 코미디에서는 여주인공이 결말에 죽는 일이 가능하지 않은데 그것은 로맨틱한 남성이 그녀를 벗어나도록 이끌기 때문이다. 그리고 그녀가 마침내 다른 도시에서 더 나은 직업을 찾아 그를 남겨두고 떠나려고 결심하는 일 또한 가능하지 않다. 이와 같은 결과들은 '서술할 수 있는 것을 벗어난 것'이다. 즉 이것들은 이야기'되지 않았'는데 그 이유는 장르를 지배하고 있는 관습들이 지나치게 강한 나머지 장르 전체를 붕괴시키지 않고서는 이것들이 이야기되는 것이 허용되지 않기 때문이다. 이러한 장르에서 몇몇 현대 할리우드 코미디는 '서술할 수 있는 문학적 관습을 넘어선' 결말의 경계들을 침범해왔다. 그 예로서, 호간P. J. Hogan의 1997년작, 〈내 남자친구의 결혼식My Best Friend's Wedding〉 과 니콜라스 하이트너Nicholas Hytner의 1998년작, 〈내가 사랑한 사람The Object of My Affection〉을 들 수 있다. 이 영화는 게이 남성인물들이 혼성관계로 들어오도록 하고 있으며 여주인공의 스토리를 결혼에 대한 대안으로써 풀어나가고 있다. 네오내러티브가 '서술할 수 있는 것을 벗어난' 플롯의 결말을 이러한 방식으로 서술할 수 있는 것이 되도록 할 때 로맨틱 코미디장르의 뚜렷한 특징들은 바뀌게 될 것이다.

영화 속 '가상서술Disnarration' 과 '서술하지 않음Unnarration'

'가상서술'이 단순히, 일어나지 '않았던' 무엇인가에 대한 말하기라면, 많은 익숙한 영화 관습들은 판타지 혹은 꿈 장면 그리고 주관적 시각을 포함하는 것으로서 '가상서술'의 자격을 부여할 것이다. 그럼에도 아마 틀림없이 영화 속 판타지 장면은 일상적 서술의 하나이다. 즉 영화는 인물이 이런 환상 혹은 이런 꿈을 지니고 있다고 말하고 있다. 그리고 영화는 예를 들면 인물이 갑작스럽게 깜짝 놀라 깨어나는 것으로써 그 장면이 발화 속에서 신뢰할 만한 행위의 연속인 것으로는 취해지지 않음을 나타내고 있다. 또한 주인공의 관점에 의한 사건들의 초점화는 '진짜' 일어나고 있는 것에 관한 결론들을 암시하는 것으로 이끌지만 영화의 결말로 인해 이 결론들이 거짓인 것으로 수정되는 일이 빈번하게 나타난다. 그 사례로서, 리처드 러쉬Richard Rush 감독의 1980년작이자 피터 오툴Peter O'Toole 주연의 〈스턴트맨the Stunt Man〉 혹은 진 해크만Gene Hackman 주연, 프란시스 포드 코폴라Francis Ford Coppola 감독의 〈컨

버세이션The Conversation〉(1974), 브라이언 싱어Bryan Singer 감독의 1995
년작 〈유즈얼 서스펙트The Usual Suspects〉 등을 들 수 있다. 이들 영화 모
두는 처음부터 관객이 충격적으로 알아가도록 하는데, 그것은 어떤 일
이 일어났는지 예측할 수 없는 영화 속 세계의 초점 인물들 중 한 사람을
따라서이다. '영화상의 서술the filmic narrative'이 동일한 스토리를 줄곧 제
시하였음에도 불구하고 이들 영화는 가상서술을 사용하지는 않고 있
다. 이 차이는 발생했던 무엇의 제시에서가 아니라 발생했던 무엇의 해
석에서 온다.

 '진짜 발생한 것'인 한 가지 버전 혹은 다른 어떤 버전을 나타내지 않
고 영화의 결말까지 동일한 스토리의 대체 버전들을 이야기하고 있는
최근의 몇몇 영화에서 사용된 기술들에 관해서 나는 내가 만든 '가상서
술'이라는 어휘로서 수용하고자 한다. 이러한 사례로는 미국에서 1999
년에 상영된 톰 티크베어Tom Tykwer 감독의 1998년작 독일영화 〈롤라
런Run Lola Run〉을 들 수 있다. 이 영화에서는 영화표제에 등장하는 인물
이 어떤 회합약속에 늦게 되는 일이 발생한다. 그런데 이 일은 그 인물
이 이어지는 일련의 폭력적 결과들을 맞닥뜨리도록 하는 재앙으로 작용
하며 그가 비극적 결말을 향하도록 만들고 있다. 지속되는 플레이어에
의해 계속 리셋되는 비디오 게임에서처럼 행위는 되감겨서는 한 번 이
상 플레이된다. 그리고 마지막 서술버전이 결론으로 치달으면서 주인
공은 자신에게 아주 가까이 다가오고 있는 재앙을 간신히 모면한다. 사
건들의 연관관계에 토대한 유사한 구조가 피셔 스티븐스Fisher Stevens 감
독의 〈단 한 번의 키스Just A Kiss〉(2002)의 이야기를 차지하고 있다. 이
영화에서 한 번의 불신 행위는, 시간의 역전이 불신의 키스를 지우기

전에, 수많은 자살과 사건, 또한 야만과 살인으로 이끌지만 결국에는 전혀 폭력적이지 않은 행복한 결말을 보여주고 있다. 나는 〈롤라 런〉과 〈단 한 번의 키스〉 두 영화 모두 그것의 끝에 오게 될 행복한 결말에 우선권을 주기 때문에 폭력적 버전들이 '가상서술'된다고 주장하고자 한다. 유사한 구조를 보여주는 영화들, 피터 호윗Peter Howitt 감독의 1998년작 〈슬라이딩 도어즈Sliding Doors〉, 스파이크 존즈Spike Jonze 감독의 2003년작 〈어댑테이션Adaptation〉 역시 '가상서술'이라는 내 개념의 한계를 시험하고 있으며 이 영화들은 영화에서 보여주는 다양한 버전들 중에 어느 하나를 선택할 수 있는 특권을 지닌 서술을 제공하지 않고 있다. 이 영화들의 포스트모던 기술은 대체 세계들을 좀 더 근접하여 모방하고 있는데 이 기술들은 공상과학영화나 그러한 소설에서 전형적으로 나오는 평행우주 서술과 유사한 특성을 보여준다. 공상과학영화·소설에서 '정말로' 발생하였다고 추정되는 무엇에 관한 질문은 텍스트에 의해 설정된 시각들 그 안에서조차도 결국 풀리지 않는 것이 된다.

'서술할 수 없는 것'의 영화적 문법에서 내가 가장 매료되면서도 동시에 아주 발견하기 어렵다고 여기는 범주는, 발생한 것이 서술을 통해서는 재현될 수 없다는 서술자의 주장으로서의 '서술하지 않음'이다. 내가 영화에서 이러한 '서술하지 않음'을 발견한 유일하고도 명확한 사례로는 할리우드 초기의 고전, 레오 맥캐리Leo McCary 감독의 1957년 로맨스작 〈러브 어페어An Affair to Remember〉를 들 수 있다. 그 영화에서, 남주인공과 여주인공은 스크린 밖에서 키스를 나누는데 그러는 동안 카메라는 그들의 몸 위쪽 가슴 부위까지만 영화의 한 장면으로 찍고 있다. 그들의 키스 그 자체는 보는 이의 상상에 남겨지는 것이다. 과감하고도 낯선 프레임으로 키스 장면을 찍고 있는 것은 그와 같은 체험이 서술로서는 포착될 수 없다는 주장이기도 한 것이다. 이것은 '서술할 수 있는 수준 위에 있는 것' 곧 이야기될 수가 없는 것 혹은 형언할 수 없는 것으로서 '서술할 수 없는 것'의 사례를 보여준다. 여기에서 영화 프레임 바깥의 키스는 '서술되지 않고 있는데 그 이유는 그 장면이 고상함이나 결벽증 혹은 할리우드의 검열코드로 인해서가 아니라 그 순간의 감정이 재현을 능가한다는 것을 가리키는 서술 수단이기 때문이다. 이와 유사한 사례로는 알프레드 히치콕Alfred Hitchcock 감독의 〈프렌지Frenzy〉(1972)를 들 수 있다. 이 영화에서는 카메라가 건물계단을 따라가서 야만적으로 살해된 한 여성이 쓰러져 있는 아파트의 문 바깥에서 멈추고 있는 장면을 보여준다. 그리고 존 포드John Ford 감독의 1956년작 〈수색자Searchers〉도 유사한 장면을 보여준다. 즉 존 웨인John Wayne이 인디언의 이주민가족 습격으로 인해 처참해진 현장을 창문을 통해 바라볼 때 카메라는 존 웨인의 시선을 추적하지 않고 그의 등에 초점을 맞추고 있다. 두 가지 모두의 사례에서, '서술하지 않음'은 장면 그 자체가 너무 공포스러운 것이며 '서술할 수 있는 수준 위에 있는' 것임을 주장하고 있다. 즉 그 장면들은 이야기되지 않는 것, 오로지 그것에 의해서 이야기하고 있는 것이다. 현대 영화에서 '서술할 수 있는 수준 위에 있는 것'은 대체로 공포영화에 속해 있는 것처럼 보인다. 다니엘 미릭Daniel Myrick, 에두아르도 산체스 Eduardo Sánchez 감독의 1999년작 〈블레어 위치 프로젝트The Blair Witch Project〉와 같은 공포영화에서 공포감을 주는 대상은 볼 수 없는데 이것은 굉장히 생생한 특수효과보다도 이러한 방식이 한층 더 공포감을 줄 수 있다는 사실을 보여준다. 〈블레어 위치 프로젝트〉는 수동조작 카메라와 허구적인 다큐상황을 활용하여 청중이 지닌 일반적 기대들을 다른 방향으로 이끌고 있으며 공포의 원천을 서술하지 않는 것으로써 공포영화의 장르를 확장시키고 있다.

빅토리아 시대 소설 및 현대영화의 이와 같은 사례들에서 알 수 있듯이, 나는 '서술할 수 없는 것'의 다양한 양상들을 논의하는 어휘들이 통시대적인 장르가 보여주는 구체적인 변화들을 확인하는 것에 도움이 될 수 있으며 또한 그럴 수 있을 것이라고 생각한다. '가상서술'과 '서술하지 않음'에 관한 단락들은, 어떤 시기의 특정한 장르에서 '서술할 수 있는 수준 위에 있는 것', '서술할 수 있는 것에 적대적인 것', 그리고 '서술할 수 있는 것을 벗어난 것'을 가리키고 있는 표지가 된다. 그리고 그것들은 이야기될 수 없고 이야기되어서는 안 되며 혹은 이야기되지 않으려 하는 것을 특징짓고 있으며 그럼에도 불구하고 여전히 '서술 불가능성'을 주장하고 있다. 이처럼 내 글의 목적은 서술이 말하지 않는 것에 관하여 이야기하기 위한 한 가지 방식을 제공하는 것에 있다.

15

서술의 특질과 힘으로서의 자의식

보편적 구도에서의 말하는 이 대 정보제공자

메이어 스턴버그Meir Sternberg

자아, 행동, 그리고 전달―단일화되는 서술분야

인간을 대리하는 주체들의 서술―일반 주류를 이루는―에서, 사적 담론은 서사성 그 자체의 조건이다. 엄격히 본다면, 인물들은 서로에게 말을 해야 할 필요는 없다. 그러나 그들은 행동하면서 생각은 해야 한다. 전형적으로, 인물들은 두 가지 모두를 하면서 사회적 / 비밀스러운 축에 있는 목소리(활동장소, 우선사항들, 행위에 따라서)를 바꾸고 있다. 나아가, 다수의 서술 텍스트들은 인물들의 공적 삶과 사적 삶을 결합하며 그것은 행동이 아닌 말뿐이더라도 그렇게 할 것이다. 행동논리는 심리논리를 개입시키며 그 역 또한 마찬가지이기 때문이다. 이에 따라 심지어는 매체를 가로질러, 어떤 목적론적 대리주체의 모델 내에서도 명확히 그러할 것이다. 그것은 대략적으로 아리스토텔레스의 결말-지향으로부터 인지주의의 문제 해결방식에 이른다. 그러고 나서 대리자는 주체로서 이중화되며 체화된 마음들은 모사적 장면을 구성하게 된다. 그리고 자기-발화는, 세상과의 명시적 접촉들, 특히 대화를 선명히 드러내고 / 내거나 그것들을 대위법적으로 보여준다. 행위자의 견지에 의해 인과적 속박 속에서 행하게 되는 역할에 관하여 다만 생각해보라. 그것은 희망, 공포, 목표, 동기, 계획, 지식, 그리고 이데올로기에 의해 나타날 것이며 이것들은 행위의 원인이나 혹은 행위의 결과로서 나타나는 것이다. 독자의 입장에서, 감추어진 관점들과 힘들이 서술의 표층에 나타나서 불투명해지거나 혹은 때맞춰 출현하는 이 같은 상연의 역학이 우리가 그것을 처리하는 과정들 속에서 어떠한 영향을 미치는지를 생각해 보라. 예를 들면, 확신과 공백을 메우는 가설 사이에서, 아이러니와 무지 사이에서, 긴장이나 호기심과 놀라움 사이에서, 그리고 닫힌 결말과 열린 결말 사이에서.

내밀한 삶의 표현들은 그것 자체만으로 다양하며, 내밀한 삶 혹은 그 삶의 표현들이 사회활동무대와 변화하는 세계와 그리고 전체 서술 텍스트와 맺는 관계들도 다양하다. 사건들이 점차적으로 노출됨에 따라, 그 표현들은, 사적인 사유 및 발화와 글쓰기 사이에서 혹은 작용하는 심리모델을 포함한 사고 그 자체의 유형들 사이에서 구성된 그 대상 속에서 폭넓고도 다양하게 나타난다. 이와 같이 해서, 구성된 형식으로는, 외부 세계 혹은 예술적 구도 속에서의, 직접적 형식, 간접적 형식, 자유간접적 형식, 접어 끼워진 형식, 혹은 잠재된 형식 등이 있다 (이후에 일부 좀 더 섬세한 구별이 출현할 것이다). 그 관계들은, 다시, 공적 영

역과 사적 영역 간의 왕래나 조화 혹은 질서 속에서 다양하게 나타난
다. 그러는 외중에 『오디세이*Odyssey*』 대 『율리시즈*Ulysses*』에서 보듯이
종속관계가 역전되기도 한다. 그럼에도 통틀어 보면, 행위는 사유와
짝을 이루며 — 합쳐지기도 하며 — 플롯구성은 관점과 짝을 이루고
있는데, 그것들의 결합은 자아에 닻을 내리고 있기 때문이다.

그와 같은 근본 토대 위에서 또한 그와 같은 다양함의 영역을 가로지
르기 때문에, '대화적' 장르들의 전범으로 알려진 서사는, '독백적' 장르
혹우 더 적합하게 내가 일컫기로는, '**자기를 의식하지 않는**unself-con-
scious-ness' 담론을 전형적으로 포함하고 있다. 내가 말하는 자의식은, 담
론자가 청중에게 이야기하는 것을 의식하면서 어떤 메시지를 전달하고
있는 것이다. 기본적 의미에서 볼 때, 이 용어는 더 느슨하거나 가치가
고정된 일부 보편적 어법 속에서 이 용어와 관련한 확장된 특성들과는
무관한 것이다. 예를 들면, 정교함, 엄격한 조정, 문학성, 허구성, 반영
성은 자의식을 반드시 동반할 필요는 없을 것이다. 그리고 또한 이것들
은 개념적으로, 자기를 의식하지 않는 것을 배제하지도 않을 것이다. 대
신에, 이러한 특질에 의해서, 서술의 담론자들은 말하는 이와 정보제공
자 사이에서 양극이 되거나 혹은 이 둘 사이를 왔다갔다 하게 된다. 또
한 말하는 이와 정보제공자는 그들의 세계에 관하여 또 다른 인물과 의
사를 소통하기도 한다. 즉 그들은 내밀한 삶을 영위하는 인물들을 거슬
러서 더 높은 층위의 또 다른 이와의 의사소통의 과정에서 자신들도 모
르는 사이에 매개역할을 하는 것이다.

한편으로, 우리는 『톰 존스*Tom Jones*』에서 필딩Fielding의 퍼소나, 『고백
록*Confessions*』에서 루소Rousseau의 퍼소나, 『로리타』에서 험버트Humbert

의 퍼소나, 혹은 이 문제에서라면, 이 작품들의 세계 내 특정 대화자 그리고 그 외 어딘가의 극적 독백가를 볼 수 있다. 다른 한편으로, 실제 삶 속의 사무엘 피프스Samuel Pepys 혹은 소설 속의 브리짓 존스Bridget Jones 와 같이, 내밀한 일기저자가 있으며 일반적으로 흔하지는 않지만 목소리로써 파악되는 독백가가 있으며 또한 문장 단위에서 작품 전체의 분량을 차지하기도 하는 내향적인 독백가가 존재한다. 쟁점이 전달지향적인 것에 맞추어지는 영역에서는, 타자지향적 담론이 자의식의 자아담론이거나 혹은 자기를 의식하지 않는 자아담론이라는 사실과 결합하는 역설이란 존재하지 않는다. 그럼에도 그렇게 결합되거나 혹은 그렇게 되지 않기도 하는 명백한 자아의 역설로 인해 여러분이 곤혹스러움을 느낀다면, 그렇다면, 인지하는 자 대 인지하지 못하는 자, 혹은 발화 중심주의자 대 자아중심주의자라는 대체된 용어들로서 생각해보라 (Sternberg 1983b).

이 구별의 양극적 특성을 고려하면, 나는 우리 모두가 이것이 굉장한 차이를 만든다는 것을 이해할 것으로 믿고 있다. 우리가 각각의 제시양식들로써 완전하다고 여기게 된 것 혹은 우리 스스로가 그렇다고 여기는 무엇과 그리고 우리가 말하는 무엇 사이에 놓인 틈에 관해 우리가 알고 있는 지식을 들여다보자. 그렇게 해본다면, 일상적 스토리텔링에서의 우리의 닮은꼴이든, 혹은 인간시야의 한계 덕택으로, 내밀한 삶을 비밀로 지킬 수 있는 우리의 특혜를 얻지 못하는 허구적 창조물들이든 간에, 우리가 서사론자로서 이와 같은 암묵적인 차이에 관해 조치를 취하거나 숙고한 일이 거의 없다는 사실이 이상하게 여겨질 것이다.

나는 오랫동안 이와 같은 특질이 부여받아야 하는 가치를 부각하도록 애써왔다. 그러나 지금까지는 아주 한정적인 성공일 뿐이었다. 때마침 출간된 말하기 / 읽기에 관한 나의 첫 번째 책에서, 나는 시점에 관한 두 가지 전능한 축, 즉 담론자의 잠재력(혹은 능력)과 수행 사이의 상호작용의 핵심요소로서 자의식을 도입하였다. 뿐만 아니라 나는 시점 체계 그 자체와 시간 구조, 혹은 심지어 전체 서술 텍스트 사이에서 지속적으로 커지는 일반 관계의 핵심요소로서 자의식을 도입하였다. 자아는 플롯의 역할과 짝을 이루며 그에 따라, 바로 이 분야의 분석이 관건이 되기 때문이다.

요약하자면, 모든 담론의 선택들은 궁극적으로, 저자의 무언의 소통 구도의 관점에서 동기화된다(결정되고 정당화되고 패턴화되며 설명된다). 그리고 저자의 목적과 독자의 목적 사이에서 끼워져 있거나 매개하는 전달의 (대상일 뿐만 아니라) 사슬을 통하여, 저자는 담론의 선택들에 차례로 동기를 부여한다. 그리고 그 사슬의 연결 각각에 의한 전달작업은, 저자적 청중 이외에 일반 청중이 있다면 그들을 향한 전달을 자각하도록 하는 이성논리와 형태와 영향에 중요하게 의존하고 있다.

독자 쪽에서 보면, 모든 것은 거꾸로이다. 우리는 전달되는 데이터에 직면해서, 작용하는 형태를 추정하도록 하는 몇몇 전달의 노선들을 따라서 점진적으로 추론한다(그리고 필요하다면 수정한다). 그리고 이것은, 아마도, 궁극적인 무언의 자의식적 소통자 곧 우리의 상대편에 의해 고안된 것이다. 이와 같은 목적으로 인해서, 다양한 기능적 연결들 사이에서(예를 들면, 쓰는 / 말하는 / 사유하는, 정통한 / 계발되지 않은, 바른 / 그릇된 지향의) 역할하는 정보제공자들과 화자들을 횡단하며 대안들을 생각하는 틈새를 오가는 노선이 고안된 것이다. 즉 우리자신이 동기부여자가 되어서 직접인용, 간접인용, 자유간접인용과 같이 삽입된 아주 작은 것에 이르는 형식들을 서술전달에 활용하는 것이다. 마찬가지로, 텍스트가 맥락 속에서 잠정적으로 요구하는 의도된 의미로서 만들어진 것이 무엇이든지 간에 그것에 의해서 우리는 서술전달자들의 특질을 부여한다. 이처럼, 독해는, 섬세하든지 단순하든지 간에, 가장 타당성 있을 법한 저자의 규칙들과 목표들 아래서 상호 매개한 최상의 맞춤을 만들어내는 방향으로, 주어진 대상에 동기를 부여하는 일련의 시도와 실수의 과정을 구성하고 있다.

따라서, (재)구성된 목적 / 수단으로서 혹은 실지로 목적 / 매개의 조직으로서 이해하는 관점에서 볼 때, 쟁점이 되는 특질은, 궁극적인 전달의 원천의 불변성으로부터 매개의 사슬에 따라서 가변성을 지니며 심지어는 역전성을 지니게 되기도 한다. 허구적 서사에서, 이러한 옵션들은 대부분, 양 극단의 중간에서 풍부해지며 상당수는 양 극단을 횡단하거나 심지어는 속박되도록 초대받기도 한다. 한 극단에서, 서술자는 저자 고유의 이미지로서 창조되며 관련된 모든 힘들을 부여받는다. 즉 그는 전능함, 예술성, 그리고 신뢰성을 지니며 소통목적을 이해할 뿐만 아니라 청중과 동일한 마음을 갖고 있다. 한편, 전능함과는 정반대의 한 극에 놓인 전달자로서의 창조물은 저자가 갖는 이 같은 특혜들 그 어떤 것도 부여받지 못한다. 또한 서술자의 특성을 만들어내는(혹은 그 자리에 부재하면서 서술자의 특성을 파괴하는) 전달에 관한 의식도 전혀 갖고 있지 않다. 그와 같은 의식이 없을 때, 함축적 독자는 말할 것도 없이, 어떠한 외부인들을, 흥미와 감동과 인도와 설득으로 이끄는 힘도 증발하게 된다. 그러고 나서 정보제공자는, 아주 낮은 잠재력을 지닌 존재로 축소되어서는, 삶과 예술 속에서 소통하고 있는 인간들 저 아래쪽에서, 정보제공자와 화자의 창작자뿐만 아니라 초인간적 화자를 거울상으로서 보여주게 된다.

이와 같은 능력의 편차는, 대리된 힘들로부터 그리고 장면 배후의 대리하고 있는 저자로부터 눈에 띄는 거리를 보여주는 각각의 행위들과 관련을 지닐 것이다. 텍스트에서는 이러한 극과의 관련성을 피할 수가 없다. 그럼에도, 사건배열을 취급하는 일이 모든 일들 중에 가장 근본적인 것이 되는데 그것은 일반적인 것이기 때문이다. 즉 서술된 시간과 서술하는 시간의 상호작용은 뚜렷하게 서사를 구성하고 있으며, 그에 따라 대립적인 작용원리를 해명하도록 하는 매우 강력한 요청을 지닌다.

그러고 나서, 저자적 관점뿐만 아니라 실제저자의 관점에서도 가능할 수 있는, 마주하게 되는 서술전달들을 어떤 식으로 관련짓는 일이 가능할 수 있는가. 그리고 저자적 입장과 실제저자의 입장이 (불)일치한다면 자의식(혹은 자기를 의식하는 않는 것)의 역할은 무엇인가? 시간전략으로 보자면, 이를 테면 저자와 유사한 서술자는 전능함을 갖춘 덕분에 일이 일어났을 때에 제 때에 모든 것을 우리에게 말할 수 있다. 그리고 서술자는 자의식적으로 유지되는 독해가 가능하도록 충만한 전개를 보여주며 최상의 지식을 제공한다. 전능함은 실지로 전략적으로, 전능한 소통과 일치하며 그러한 소통을 만들어낸다. 트롤럽Trollope의 서술 전반에서의 질서정연한 연속적 사건 구성은 정확히 이와 같은 이유에 기인한 것이다. 그러나 정반대 기획의 경우에, 준–저자는 억압적으로 바뀌게 된다. 즉 시간적 수행은, 필딩이나 디킨즈Dickens의 작품 속에서처럼, 동일한 서사론적 힘들에 충실하지 않고 이 힘들에 거스르도록 전개된다. 서술자는 명백함이 아닌 애매함에 열중하며 — 세계에 관한 앎이나 판단에 있어서 자연스럽게 보이는 전개가 아니라 인위적인 노출에 의한 — 사건-노선을 왜곡하는 데에 고도의 특권들을 활용하며 놀라움과 호기심의 역학으로 향한다.

전능한 서술자와는 아주 대조적으로, 책상 앞에서 조용히 있는 일기 저자와 사색 중인 독백가는 본질적으로 자기를 의식하지 '않으며' 또한 통상적으로, 무지하거나 인간적 오류에 빠지기 쉽다. 따라서, 여기에 전면적인 무능함이 있으며 이것은 손쉽게 필딩과 유사한 시간수행으로 나타낼 수 있다. 그리고 이것은 우리가 다만 세계 내부에서 더구나 은밀한 영역 내부에서부터 그같이 동일한 일반적 목적에 이르는 복합적 간극을 지닌 사건 순서에 직면하도록 한다. 그것은 전적으로 호기심 혹은 놀라움에 의한 불안정한 독해가 될 것이다. 몰리 블룸Molly Bloom과 브리짓 존스는, 그들 자신을 제외한 어느 누구도 고려하지 않으며 '**사건의 중심**in medias res'에 뛰어든다. 그리고는 심화되는 불연속들을 향해 나아가며 인식론적 한계와 짝을 이루는 심리적 허용과정에 적합하도록 된다. 중간으로, 뒤로, 앞으로, 옆으로. 비약들은 순간순간 그들의 정신적 상태를 반영하며, 그것들은 한편으로 우리가 연관된 사건들 혹은 뒤늦은 발견들에 취약하다고 해도, 불안정한 진행적 종결을 향해 갈 수 있는 새로운 요청을 하고 있다.

초인간적인 자질과 전적으로 인간적인 자질, 즉 공적 견해와 사적 견해, 순전하게 세계를 반영하는 담론과 이미 세계가 반영되어 있는 담론, 아이러니적 화자와 자기-노출적 정보제공자, 이 모든 것들은, 놀랄 만하면서도 합리적인 우연에 의하여, 우회적·회피적인 애매한 서술들을 전달하면서 한 자리에서 만나게 된다. 그래서 그것들은 표면적인 것 혹은 현재의 견해와는 상반되게 만나게 되곤 하지만 그렇다고 그것이 필연적인 것은 아니다. 사유하거나 독백하는 혹은 일기를 쓰는 정보 제공자는 다른 방식으로 외부에 묶인 말하기를 할 수 있다. 그런데 그가 그렇게 할 때조차도, 어떻게 자기발화라는 자유로운 자아중심성 내에서 그것을 하는 것처럼 보여지는가? 트롤럽과 같은 명료한 의지가 주어진 저자라면, 발화중심적이며 별 생각이 없는 전달자가 처음부터 시작하는 방식을 늘 발견하였을 것이며 또한 다소 복합적인 제시부로부터 결말을 향하여 세계의 시간과 보조를 맞추어 진행하는 방식 또한 발견해 왔을 것이다. 즉 전체 독해의 경험을 변형시키는 데에 있어서는, 서술의 보편적 효과들 가운데서, 미래에 묶인 긴장의 역학이 과거를 회고하는 호기심이나 놀라움의 역학보다 비중이 큰 법이다. 바로 그, 일기의 시간-기획은, 순서들 **'사이의'** 이러한 선조적 진행을 약호화하며 그리고 그러한 진행이 각각의 순서 **'내부에서'** 가능하도록 한다. 이에 따라, 피프스는 "작년 말의" 관련 사태(그 자신의, 그의 가족의, 나라의)에 관하여, 특정한 첫 날, 1 / 1 / 1660을 기록에 남기면서 크롬웰 Cromwell이 떠나버렸으며 아침부터 잠들 때까지 어떤 확실한 것도 없었다고 기술하고 있다. 또한, 누군가의 삶에 관한 리뷰는, 삶의 흐름을 투명하게 이해하려는 목적을 지니며 혼잡에 휘말린 인물이 독백적 사유 속에서 연대기에 집착하는 이유를 설명해준다. "일이 있었던 대로. 그 순서대로." 그래서 도스토예프스키의 「온순한 여인A Gentle Creature」

의 홀아비가 처음부터 자신의 재앙스런 결혼을 선택적으로 회상하는 것이 납득될 수 있는 것이다.

심연을 가로지르는 어떠한 관점상의 극단도 시간적인 어떤 전략과는 자유로운 상관관계를 맺고 있다. 그리고 어떠한 중개 형식이든지간에 그것은 서술의 관심사들의 어떤 기본집합이, 일반적인 수단과 목적으로서 역할하도록 만들 수가 있다. 따라서 저자로서는, 독자에 관해서라면, 상당히 높은 힘을 부여받은 전달들과 또한 그러한 힘을 부여받지 못한 전달들은, 수행에 개방적인 시간효과의 영역에서가 아니라 전달들의 동기화의 논리 ─ 심미적이며 재현적인, 그리고 각각 기능적이며 허구적인 ─ 에서 대비를 보여주게 되는 것이다.

이러한 대비의 중심부에는, 어느 쪽의 논리에도 적용가능한 자의식이 동기를 부여하는 주요 요소로서 작용하고 있다. 자의식을 부여받은 전능한 말하기는, 직선적이든 혹은 우회적이든 간에, 순수하게 효율적이며 심미적인 관점에서 동기화된다. 즉 "커뮤니케이션은, 허구적 현실의 층위에서는, 어떤 실재가 없으며 따라서 어떤 역할이나 이유도 없다 (…중략…) 그럼에도 서술자와 독자 사이의 수사학적 관계의 구조 내에서 전적으로 발생하며"(Sternberg 1978 : 247) 그리고 그것은, 저자의 명성과 저자의 목표 사이의 관계에서도 마찬가지이다. 직접적이지 않을 때조차도 ─ 외부의 메타 서술에서 ─ 서술자와 독자 서로간의 일은 다만 공통된 대상이 빠져 지나가도록 하는 것을 필요로 한다. 즉 한 편은 그 대상을 만들며 다른 한 편은 어떤 목적을 위해 만들어진(만들어지지 못한) 일차 질서의 현실로서 독해하는 것이다. 그것은 코미디로서 플롯화된 톰 존스의 세계와 유사하다. 실제 같은 어떤 주관적 매개 뿐만 아니라 그와 같은 동기화가 부재한 담론은 이러한 접촉을 중단시키기 위해 우리에게 직접적으로 말을 건넨다. 종종 실지로 시간을 거스르지만 그것은 저자가 의도한 서사론적 목적론의 노선 내에 있다. 사건들의 질서는, 말하자면, 선명하게든 '혹은' 애매하게든, 전반부에서 전개되든 '혹은' 노출만 되든 간에, 전적으로 우선적인 예술의 가치질서에 따라서 진행된다.

전달의 재현 논리하에 있지만 그럼에도 그것에 상응한 (무)질서들은 저자의 명성과 함께하는 특권들로부터는 상당히 나아간 내용상의 단계를 가리키고 있다. 그것들은 더 이상 직접적으로 우리에게 도달하지도 않고 영향을 미치지 않으며 계몽시키지도 성가시게도 하지 않으며 고도의 소통적 권위에 의하여 객관화된다. 그러나 그 (무)질서들은, 구조-공유자로서 우리의 것이 아닌 다른 어떤 세계와 담론 세계 속에서 어떤 독립된 존재를 이끌고 있는 것처럼 보이는 인물들의 매개를 통한 것이다. 인물들의 바로 그, 말하기, 설명하기, 생각하기, 그리고 쓰기는, 그러한 독립된 존재에 속한 것이며, 그것들은 항상 그 존재가 잘못 파악하도록 할 수 있으며 그리고 활동들로서 그 존재를 변화시킬 수도 있다. 즉 그것들은, 미메시스의 우산 아래서, 물리적 대리 혹은 사건상태, 삶 그 자체를 지닌 형상적 실제-이미지와 결합하여 전달하고 있다. 그리고 나서, 독해 과정의 역학은, 질서정연하거나 혹은 무질서하거나 간에, 작용 중인 세계의 역학, 뿐만 아니라 상연된 담론의 역학 속에서 추진된다.

모든 상연된 담론처럼, 인물들의 담론 행위는, 공적이든 사적이든, 서술자의 것이든 자아지향적인 것이든 간에, 체현하고 위장하며 또한 저자의 구도에 거리를 두는 일부 실제 같은 패턴으로 조정됨으로써 저자의 기교적 구도를 '**매개하고 있다.**' 즉 작용하고 있는 시학을 인식하면서 동시에 그것을 지우고 있다. 여기에, 규정하기 힘든 이 개념에 관한 지연된 이론화와 분류화에 관한 열쇠가 놓여 있다. 매개는, 내가 제안하기로, 모방적 동기화, 말하자면 어떤 목적을 향한 재현이자 그것 자체를 훌쩍 넘어서며 세계와 유사한 표면 저 아래에 있는 것이다. 이를테면, 러시아의 '전쟁과 평화'는 톨스토이Tolstoy의 이데올로기를 매개하며 '이상한 나라'는 캐롤Carroll의 무의미를 매개한다. 그리고 걸리버 Gulliver의 서술은 그의 여행을 매개하며 스위프트Swift의 서술은 그의 풍자를 매개한다. 또한 자아의 의지의 산물이든 회한의 산물이든 간에 엠마 우드하우스Emma Woodhouse의 공유되기 어려운 사색과 그리고 오스틴Austin의 조심스러운 수사학이 있다.

그래서 매개적인 소설은 항상 운반차와 덮개, 탈 것과 베일 양자로서 매개를 성립시킬 수 있는 기능을 가리키고 있다. 걸리버나 엠마의 문체처럼, 인물들이 물리적으로 대리하여 담론에 참여할 때에야, 그에 따라 매개는 통과하고 있는 세계로부터 그 세계에 관한 다소 세속적인 관점으로 확장된다. 즉 전달의 사슬이 길어지면서 전달된 사건-사슬은 인간적인 방식으로 동요하며 공통된 대상은 어둠 속에 묻히게 된다. 이것은 균형잡힌 거리로써 그것들 모두를 지배하는 저자의 의도에 따르는 것이다. 그러고 나서, 시학에 겹쳐 놓인 미메시스는 일차적 질서가 아닌 이차적 질서가 된다. 미메시스는 적합한 (허구적) 실재가 아니라 (형상적, 목소리를 지닌, 조용한, 씌어진) 재현이며, 그런 까닭으로 이야기의 객관적 현실로서 간주하는 무엇에 관한 주관적 이미지를 반영한다.

따라서 나아가, 나는 이와 같은 모든 재현적 매개가 인용을 수반한다고 주장하고자 한다. 즉 담론 내의 담론, 세계에 관한 또 다른 이의 담론에 관한 담론은 그 원천 면에서, 간접적인 방식으로 인용을 전달하는 에워싸인 액자구성과는 독립적인 관점에서 만들어진다. 그리고 그 담론은 리모트 컨트롤에 의해 인용이 새로운 효과가 나타나도록 기획된다. 주어진 삽입은 인용하고 있는 틀의 목적론 안에서 기술상의 동기부여(예를 들면, 왜 작품의 분량으로 되었는지, 혹은 작품의 일부조각으로 되었는지, 왜 축어적으로 보이는지, 혹은 편집되었는지 혹은 왜 간접적으로 반복되는지, 왜 좀 더 신뢰할 수 있는지 그렇지 못한지)를 보여준다. 그 틀의 모방적 동기부여(어떠한 기교로서 계획된 것이든 간에)는 인용자의 삽입 담론의 주관성(이를 테면 맹목성)에 빚지고 있다. 어디에도 찾을 수 없는 이같이 주관적, 투시주의적 모방 방식은, 그것은 자신들의 동료인물들을 언급조차 하지 않는, 자기를 의식하지 않는 인용된 담론자들에게서 꽤 짙게 나타난다. 그러한 담론자들은 자아가 이끄는 노선을 따라서 생각하고 말하며 쓴다. 또한 그들은 외부인물들에게는 주의를 기울이지 않는데 제공된 틀에 의해 사생활에 침입하는 독자인 우리는 말할 것도 없다.

　　그 특성으로 볼 때, 모든 인용된 인물들은 딴 목적이 있는 다른 편들 사이에서 자신들이 액자화된다는 것에 무지한 채로 있다. 그럼에도, 예리한 자의식을 지닌 서술자라면, 삽입으로 인해서, 정보제공자들이, 서술자의 주변이나 서술자에 관한 높은 층위의 담론과 상관하도록 바뀌고 있다는 것을 발견할 것이다. 그리고 나서, 정보제공자의 그 같은 특성은 자기중심적인 인용된 목소리들을 '선험적으로' 특징짓도록 만든다. 따라서, 이러한 정보제공자들은, 대등하게 인용된 것이든지 혹은 퍼소나에 의한 말하기든지 간에, 출현할 전달자들에게 지나치게 괴상하고 수수께끼 같은 깨어진 시간노선을 배치할 수도 있다. 블룸의 연상의 흐름을, 왓슨Watson이나 필딩의 서프라이즈 플롯에 의해 서술되는 미스테리의 능숙한 조작과 대비해보라. 자아중심적 전달자가 연대기적 구성으로 향하는 경향이 있을 때에 독자와의 친밀성을 반드시 더 보여주는 것은 아닌 것이다. 연대기적 구성은 어디에서나 너무 단순하고 둔하고 기교 없다고 악명 높게 간주되고 있다. 그러나 여기서 그러한 사실은 다만 표면적인 것일 뿐이며 오히려 주관적인 흥미를 취할 수 있도록 하는 것이다. 즉 하나의 삶이란 자기를 의식하지 않고 기록된 연속물, 혹은 그렇게 추적될 수 있는 것이다. 어떤 방식으로든, 순수하게 주어진 정보제공자의 특성을 고려한다면, 장르의 이중적 발생 / 독해의 역학을 향해 만들어진 지배적 효과는 전능한 서술자의 동기화 논리의 극에 의해 발생한다. 적절한 이론적 설명들 가운데서, 모방적 설명은 현재 항상, 심미적인 것 혹은 그렇지 않다면 의사-전달적인 것 위에 놓여있다. 그리고 모방 그 자체 내에서, 투시주의적인 것은 주어진 표면(예를 들면 사건들의 장면)을 설명하는 객관적인 존재론적 노선을 대체하고 있다.

더구나, 서사성을 규정하는 시간의 상호작용처럼, 서술텍스트 각각의 측면 혹은 모든 측면들도 마찬가지로 상호작용한다. 극을 향하는 규칙은 인과적, 유추적, 주제적, 이데올로기적, 상호텍스트적 의미를 형성하는 (무)매개성으로부터 주어진 언어로까지 내려가 확장된다. 즉 말하자면, 잘 만들어진 담론과 비문법저이며 심지어 모순된 담론 사이에서의 선택 문제는, 각각의 전달자에게 호소함으로써 어떠한 동기를 부여받는가 하는 것에 있다. 디킨즈Dickens의 대변인이 순전히 표현상의 효과를 위해 그의 문장들을 잘라내는 방식과 피프스나 몰리 블룸이 정말인 듯이 사적으로 잘라내는 방식을 비교해 보라.

다시, 시간성을 훌쩍 넘어있는 저자의 구도와 효과를 위한 동기는, 서술된 현실과 그것에 관한 몇몇 인용된 관점 사이에서 취하는 방식을 **변화하도록** 할 것이며 심지어는 사건배열의 논리마저 변화하도록 할 **것이다**. 최근 회고해 볼 때, 캐롤의 무의미에 겹쳐 있는 모방 원리는 미 **메시스는** 명백한 일차-질서의 이상한 나라로부터 앨리스Alice의 이상 **한** 나라의 꿈속으로 내려가고 있다. 그리고 이것은 전면적인, 스토리-전체를 매개하는 전달에 있어서도 또한 지엽적인 액자 / 삽입의 전환들에 있어서도 마찬가지이다. 필딩의 대리인은 임의적인 어떤 기교적 선택을 뜻대로 모방하여 서술자로부터 인용자에게까지 역할과 목소리를 변화시키고 있다. 그럼으로써 행해지는 말과 사유, 삽입 이야기와 내부의 관점 쪽을 향해 간다. 즉 무엇이 나타나든지 혹은 어떠한 효과에 숨겨져 있든지 간에, 그것은 말하자면 그때 당시 인용자의 책임인 것이다(이를테면 독백하고 있는 톰의 인용자처럼). 실지로, 목적론적 행위가 재현된다면, 그 행위의 전달자는 행위자의 사적 견해들과 시나리오에 관한 몇 가지 재현들을 연결'해야 하고' 또한 그것들을 묶어'내야 **한 다.**' 즉 플롯 내부의 공모자들은 릴레이 선처럼 사건의 노선을 두는 그러한 정도까지 정보제공자로서의 기능을 필연적으로 겸하고 있다. 즉 작품에서 전면적인 정보제공자들에게는, 다시 트랙을 바꾸는 일이 더 쉬운 일인 것이다. 상당히 실제와 같은 중압감에 시달리는 독백가 혹은 일기저자는(예를 들면 도스토예프스키의 『지하 인간Underground man』에서처립), 연대기 속으로 들어 갈 수도, 연대기 밖으로 나올 수도 있다. 즉 그는 잘 만들어진 형식, 영혼의 모색, 그리고 타자를 향한 공명, 혹은 심지어 상상된 청중을 향한 발화를 보여주고 있다.

투시주의적 동기, 자의식(혹은 자기를 의식하지 않는 것), 그리고 그 외 모든 것들의 지배적 논리에서 혹은 그 논리의 내부에서 언제나 사용할 수 있는 전환들이 지나치게 강하게 강조되어서는 안 된다. 또한 역으로, 확장되고 잘 규정된 투시주의적 설정에 두 가지 논리적 근거를 종종 작품 전체에 짜 넣는 일도 체계적일 수가 없다. 그리고 저자는 노선을 줄곧 따르고 있는 주요 전달자와는 결코 합류하지 않으며 또한 그 전달자에 난입하지도 않는다. 그보다, 즉 저자는 그 전달자로부터 어떤 전능함이나 그와 유사한 것 '혹은' 자의식 등을 빼앗음으로써 서사 예술을 허구화하고 있다.

하나의 사례로 보면, 극화된 서술자, 자서전작가, 목격자가 발생한다. 우리는 활동 중인 한 사람의 재현자와 만나게 되며, 그는 자연스럽게 제한적이지만 잘하든 못하든 재현된 세계 내부에서 장면을 구성, 전달하고 있다. 또한 그는 저자만이 지닌 예술적 구조틀로부터는 다소 거리를 두고 있으며 그에 따라 자율적으로 조종할 수 있으며 심지어는 작용하는 저자의 구조틀에 노출될 수도 있다. 따라서 서사는 리모트컨트롤에 의하여, 저자의 권능과 무능함 사이에서 작용하고 왕복하며 동요하고 분리되고 진화하여 마침내는 최상의 맞춤과 같은 그러한 것으로서 우리가 독해하게 되는 그 무엇이 된다. 유사-독백가의 자기누설은 그 자체로 계속되는데 — 왓슨, 홀든Holden, 험버트의 사례처럼 — 그것은 담론을 명백하게 독점할 뿐만 아니라 항상 낮은 수준의 자의식에 에워싸여 사로잡혀 있다. 그와 같은 삽입은, 소설로 될 때, 공개적 서술이든 말로 되거나 쓰여진 서술이든 간에, 그 서술들로 된 거대한 직접인용을 형성하게 된다. 그리고 직접인용된 서술들은 경험하고 있는 서술자의 자아로 시작하여, 차례로, 모든 유형들, 문체들, 층위들, 목소리들로 이루어진 인용문을 자유롭게 에워싸고 있다. 그러나 표제면을 제외한다면, 처음부터 끝까지 나타나서 설명하고 그리고 이어지는 직접인용은 여전히 어떤 지시자 하에서의 인용이다.

다른 사례를 보면, 제임스식 패러다임이 나타난다. 즉 자의식적 전능한 서술자는, 자기를 의식하지 '않는' 인간적인 '반영자' 혹은 '의식의 용기'에 의해 한정된 자아이다. 그 반영자는 형상적이며 오류가 있으며 사고하며 관찰하며 그리고 그와 같은 방식으로 인용틀을 만드는 전달자가 원하는 대로, 복합적인(담론적이며 이와 함께 인식적인) 실제같이 무지한 우리를 위해 세계를 매개하고 있다. 그러한 용기로서의 반영자 혹은 그가 (직접적으로) 말하고 있는 동료인물과 유사한, 초인간적 매개자에 의해, 인용된(전형적으로 직접적이지 않게, 선호되는 자유 간접적인 방식으로) 인물 매개자는 번갈아서 즉흥적으로 인용할 수 있으며 더 나아가 예술가의 구도를 지워버릴 수도 있다. 다만, 자아중심성을 위해 지켜온 더 커진 위도와 자연스러움은 지니면서. 유사-독백가, 제임스의 램버트 스트레처Lambert Strether는 모든 맥락에서 숙고하고 있다. 즉 홀든은 자서전의 예법에 저항하는 이야기 속에서의 자의식은 적어도 아닌 어떤 것을 말하고 있다.

양극을 넘나드는 이러한 전달의 형식들은 '통일성 속의 다양함'을 구성하고 있다. 그리고 이 전달 형식들은, 현재의 시각 즉 현대적 글쓰기와 이론에서 그것들의 (상위의) 특권적 지위를 지닌 무엇으로 도약되어야 한다. 대신에, 우리가 더 높은 우세한 지점으로 옮겨가기 위해서는, 이러한 특질들과 그 향방에 관하여 훈련된 좀 더 경쟁력 있는 연구 프로그램이 필요하다.

일부의 장애들 그리고 심화효과들 — 비교할 만한 손익계산서

방금 요약한 원형이론은 일부 서사론자들에 의해 착수된 이래로 주목할 만한 결과를 가져왔다. 예를 들면, 데이빗 보드웰David Bordwell(1985 : 57ff)과 크리스틴 톰슨Kristin Thompson(1988)은 서술자의 존재 자체가 의문시되는 영역인 영화서사에 이 같은 자의식의 관념을 대담하게 확장시켜왔다. 또한, 텍스트해석의 척도로서 (비)신뢰성을 재규정한 타마 야코비Tamar Yacobi(1981 2000 2001)는 누설되는 정보의 극과 목표지향적 커뮤니케이션의 극에서 신뢰할 수 없는 서술자와 저자가 관련될 수 있도록 위치지어 왔다. 그럼에도, 추론된 것으로서 서술자의 (비)신뢰성을 논의하는 그녀의 추종자들은, 징후적인 방식으로, 종종 그와 같은 원리를 무시하고 저자적 참조-지점 그 자체를 지워버리는 한계에 이르고 있다(그러나 Cohn 2000 : 73 · 89 · 148을 보라). 대신에, 저자 지향적인 부스Booth(1961 : 특히 149~154)는, 매개자들을 줄이면서, 과거부터 계속해서 유사한 방식으로 단순한 기술적 '인칭'으로서 서술자 / 정보제공자의 경계를 지우고 있다. 즉, 전달에 관한 우리의 구별법과 유사한 것은 찾아볼 수가 없다. 그럼에도 우리의 구별법은 일반적인 망각 속에 두거나 지우는 일, 그것보다는 낮게, 즉 많은 구멍들과 가능성들을 수정하기보다는 그것들을 남겨두는 편을 택하고 있다.

그래서 향후 임무는 이중적이다. 광범위한 전방에는, 극복되어야 할 오해, 심지어는 상당한 저항들이 가로막혀 있으며, 또한 여전히 탐구해야 할 많은 작업들이 남아 있다. 두 가지는 서로를 견인하면서 이 화제에 관해 수행되어야 할 섬세한 초안을 그리고 있다. 진보적으로 주장되는 조건과 시험은, 향후 임무에 대한 장애물을 걷어내면서 또한 쟁점이 되는 현상에서 자연, 중심성, 영역 혹은 하위범주들을 새롭게 조명하고 있다. 그리하여 분석의 층위들은 저 아래 쪽에서 서로 교차하게 될 것이다. 그러나 나는 지금, 프로그램적 규모에 관한 주제를 제외하고, 요청되어야 할 '메타이론'과 '일반이론' 전반을 취급할 수 있는 지면을 얻지 못했다. 따라서, 나는 전자의 윤곽을 비판적으로 드러내면서 한편으로는 건설적으로, 후자가 어떻게 논쟁의 출발을 전개할 것인가에 관한 과정을 제안하고자 한다.

어떠한 경향이 이러한 핵심적 특질에 저항하는 음모를 꾀하였던가? 먼저, 일반 전체에 관한 구획화를 들 수 있다. 내가 출발한 지점인 서술경제의 기본을 상기해보라. 즉 그것의 명백한 변화, 뿐만 아니라 주관적 삶의 행동적 가치와 그리고 그 반대의 경우를 상기해 보라. 포스터 E. M. Foster의 소박한 '플롯'의 사례를 들어보자. 즉 "왕이 죽었다 그리고 나서 왕비가 슬픔으로 죽었다"(Foster 1962 : 93). 이것은 심리적인 것과 공개적인 것을 어떻게 구별짓고 있는가? 혹은 구속물과 마음의 형상을 어떻게 구별짓고 있는가? 한 사람의 죽음이 남아 있는 사람에게 미치는 흔하지 않은 영향은 단순히 또 하나의 죽음을 발생시켰으며 뿐만 아니라 과부의 죽음은 행위의 일관성을 보여주고 있다. 즉 이것은 최소화된 사유-인용으로써 고통받는 사람을 개별적으로 나타내고 있다("슬픔으로 인해"와 "발진티푸스로 인해"를 대비해 보라).

우리를 향한 저자의 구도에 의한 것으로 추정되는 모든 모방적 투시주의적 외관과 함께, 크든 혹은 작든 또 하나의 행위주체, 또 하나의 힘 그리고 가능한 변화의 대상이, 재현된 영역으로 들어오고 있는 것을 또한 주시하라. 인용자는 하나의 삶을 영위하며 극화된 주체(입, 손, 눈, 귀, 마음)는 제반 층위에서 모든 목적들을 향해 각색할 수 있다. 그래서 행위자의 아주 가벼운 움직임이나 아주 얕은 동기도 필연적으로 세계에 관한 어떤 관점을 반영하게 되는 것이다. 그리고 관찰자의 아주 적나라한 관점은 세계 속의 일부 움직임을 굴절하고 촉진하거나 혹은 그러한 관점만으로도 일이 발생되도록 한다. 이 둘은 짝이 되는 관계를 넘어서서 어느 하나는 다른 하나에 속한 것으로서 작용하고 있다. 그럼에도, 전자는 **'만약'** 기재된다면, 전통적으로, '행동'의 영역 혹은 행동하는 인물의 영역에 속할 것이며 후자는 '서사'의 영역 혹은 '초점화'의 영역에 속할 것이다.

이와 같은 구획화의 쟁점들은, 플롯과 시점, 행위와 담론, 재현과 전달, 그리고 심지어는 **'파불라'**와 **'슈제'**라는 이론적 과제 속에서 오래도록 분열되어온 것들이다. 이것들은 서사를 규정짓는 무엇으로 내려가며 그리하여 서사의 연구가 중심이 되어야만 하는 영역에까지 닿는다. 역사를 따르는 개별 진영으로는, 아리스토텔레스와 플라톤, E. M. 포스터, 혹은 블라디미르 프로프Vladimir Propp, 그리고 퍼시 러벅Percy Lubbock의 주장을 생각해 보라. 또한 로날드 크레인Ronald Crane과 웨인 부스Wayne Booth, 클로드 브레몽Claude Bremond과 제라르 주네뜨Gérard Genette의 주장, 그리고 인지주의자들과 화용론자들의 스토리분서을 생각해 보라. 최근의 서사론들은 전체론holism을 향한 입장이 증가되는 데에도 불구하고, 여전히 서사가 함께 참여하는 무엇을 따로 잘라 놓고 있다. 최근에, 앞서 이야기한 미세 플롯은, 플롯 내부에서 왕가 두 사람의 죽음을 서로 연결지으면서, 양측의 추종자들이 바라는 바대로 발견되어왔다. 리안Ryan(1991)은 미세플롯을 곁줄거리로 간주하는데, 그것은 충동이 없고, 계획이 없고 충돌이 없기 때문이다. 그리고 플루더닉Fludernik(1996)은 모더니즘적 준거들에 의하여 "실험성"(예를 들면 곁인용, 과도한 객관성)의 간단한 범주로 간주한다. 서사성 그 자체는 어느 한 편의 근거에 의거한 사례에만 허용되는 것이 아니다. 게다가, 일각에서 주장한 집중된 부정들도 작게 되풀이되는 틈들에 다만 급진적 입장을 취한 것에 불과하다.

이 같은 손실들과 도전들은 대체로 이 연결점에서 한 곳에 모이는데, 이것은 말하자면, 어떤 식으로든 행위적 힘과 전달적 특질의 상호작용인 것이다. 자기를 의식하지 않는 담론은, 그것이 다루어진 곳이 있다면, 진영들 사이에서 부분들로 구획화되어 있다. 분류될 수 없거나 정교하지 못한 형식들 혹은 이름을 얻지 못한 형식들(예를 들면, '슬픔'으로 죽어가는 포스터의 여왕에 잠재되어 있는 삽입된 내부관점)은 플롯의 구성에 동화된다. 즉 좀 더 결정적이거나 표현적인 혹은 제대로 소설을 보는 것(예를 들면, 내적 독백, 자유간접적 사고, 그럼에도 인과적인)은 투시주의적 관점, 즉 마음의 특별한 재현에 달린 것이다. 이것들과 같은 '사적인 발생'의 형식들은, 항상 그것들이 하나 안에 둘로서 재-표상되는 그러한 것 혹은 하나의 전체로서 다루어질 것을 요청하고 있다. 한편, 그 문제에서라면 자의식에 관해서는 반대가 될 것이다. 서술에서뿐만 아니라 발화 재현에 관한 이론의 막강한 출자에도 불구하고, 세계 속의 화자들과 세계에 관한 시점들 사이의 지엽적 소통의 상호작용으로부터, 저자의 구조틀 내의 플롯의 가치와 간접 수사학에 이르기까지, 종류들과 이동들 그리고 상연된 대화의 작용에 관해 우리가 무엇을 알고 있는가? 서술의 판에 박힌 주요소들, 그것은 학문의 도구들 사이에서 무너져내리는 것처럼 보인다.

그럼에도, 특히 구조주의 서사론에서 발생한 투시주의-지향의 진영 내부에서조차, 이러한 구멍 뚫린 구획화는 두 번째 장애물과 함께 가도록 되어 있다. 나는 언어학적 모델의 영향을 언급하고자 한다. 여기서 이 모델의 영향력은 단순한 전달이 아니라 대면적 커뮤니케이션에 특전을 부여하면서, 잘 알려진 다른 규제효과들을 혼합하고 있다. 이와 같은 대화가 오가는 것은 발화자와 수신자 사이에서 역할을 바꾸어가는 상대편을 지니고 있다. 또한 이것은 '선험적으로', 수신인이 없을 뿐만 아니라 소리나 말이 없는 경우에 자기를 의식하지 않는 담론과는 상반된 하나의 극을 마치 당연한 것처럼 표시하고 있다.

소쉬르 이래로, 살면서 얻은 우리의 경험들 혹은 실제와도 같았던 그러한 경험들 속에서 소통적이지 못했던 절반의 경험들은 망각되어 버렸으며, 이러한 경향은, 구조주의 서사론 및 그 외 이론들에 영향력을 미치는 다양한 분야들 — 언어학과 기호학뿐만 아니라 화용론, 담론분석, 언어철학 — 에서의 규칙처럼 되어버렸다. 영향력 측면에서 볼 때 유례가 없는 것으로는, 방브니스트Benveniste의 악명 높은 반대항

즉 뚜렷한 주관성의 '담론'과 그것에 대한 화자가 없는 "(역사)이야기"를 들 수 있을 것이다. 그럼에도 우리는 이것이 적절히 이해될 수 있는 교훈과 계보를 찾기 위해서 근원을 거슬러서 추적해 보아야 한다.

언어의 주관성과 / 으로서 인칭 지시관계에 관한 방브니스트의 중요한 업적을 일괄해보자. 우선, "화자에 의한 발화 속에서 현실화된 어떠한 언어에 의한 (…중략…) '담론의 사례instance of discourse'"(1971 : 217)에서 그가 쓰는 주요 조어들이 인칭을 넘나드는 극도의 편견을 보여주고 있는 것에 주목해 보라. 그럼에도 좀 더 일관되게, "담론은 행동으로 취해지는 언어이며 또한 필연적으로 담론의 상대자들 사이에 있는 것이다." 즉 태초의 시간에서부터, 우리는 "어떤 사람에게 말하고 있는 다른 어떤 사람"을 발견하며 그리하여 "언어는 바로 사람이라는 개념을 얻게 된다"(pp.223·224).

인칭(개성), 주관성, 심지어는 담론구성의 꼭대기에 있는 인간 그 자체를 구성하도록, 언어사용의 발화적 동반관계를 이처럼 강요하는 것은 모든 일체의 것들을 인위적인 방식으로 규제하는 것이다. 이상하게도, "주관성"이 최소한도의 주관적 면모를 보이는(최소한으로 사적인, 그에 따라 최소한의 자유로운 자기중심성을 갖거나 그러한 정도로 사적이며 경계를 늦춘) 사람들을 뜻하는 쪽으로 내려온 것이다. 그리고 나서, 표면 아래로 내려간 주관성은, 우리 스스로를 상당 부분 타자지향성에 몰두하도록 한다. 또한 소통지향적으로 되기 때문에, 그에 따라 우리의 숨겨진 자아들에 관해서는 좀처럼 표현하지도 않고 드러내지도 않게끔 된다. 한편 그와 같은 주관성은 정보제공자로서 자기-노출되는 일이 없도록 미리 철저히 준비하도록 만든다. 이것에 관한 이론은 우리의 담론활동에서 자의식이 '침해되는' 단지 일부만을 수용하며 혹은 그보다 그것은 자의식이라는 빙하의 끄트머리에 관한 사회적 조언들일 뿐인 것이다. 왜냐하면, 우리들 중에 아무리 수다스러운 사람이라 하더라도, 그들은 말하기보다는 더 생각할 것이며(그리고 종종, 당연히 다르게 생각할 것이며) 적어도 말로써 모든 생각을 드러내지는 않기 때문이다.

그렇다면 전적인 침묵 속에 있는 자기에 관한 성찰은 어디에 있는가? 언어학자들은, 현실에서 외부인의 접근을 피하여 다만 자기자신만의 내성 속에 있는 경험주의적인 것들을 망각해버렸다. 그들은 또한 한술 더 떠서, 자기를 의식하지 않는 접근가능한 두 가지 영역, 즉 실제 살았던 삶을 추적한 것과 실제와 같이 목격한 것을 기록한 것을 의례적인 방식으로 망각해버렸다. 사적 담론은 우연히 엿들으며 그리고 말하자면, 제각각 독해하는 원리를 부여받는다. 그럼에도 모두 다 이야기되고 씌어지는 사적 담론이란 존재할 수 없으며 그것은 다만 하나의 상황인 것이다. 가령, 당신이 열쇠구멍으로 엿듣지 않는다면 당신은 피프스의 어깨 너머를 보고 있는 것이다. 나머지 다른 상황이 있다면 그것은 우리자신이 허용한 이차─질서의 경험, 즉 제반 인용된 형식들 속에서의, 모든 사적인 양식들의 일상적, 문학적 재현들인 것이다. "담론이 대화상대자들 사이에서 (…중략…) 행동으로 옮겨지는 언어"라고 한 방브니스트의 말은, 특정한 견지로부터 세계에 관한 조각을 만들거나 혹은 그것을 이어가는 언어의 조각으로서의 (언어로 소통된) 담론이라는 삼중으로 된 포괄적인 내 개념들과는 대조를 보여준다.

또한 그와 같은 좁은 시야는, 차례로, 연극의 형식들에 관한 잘못된 개념으로 곧장 이끌어가고 있다. 특히 그 형식들이 약호화하는 사적인 지시와 상황의 역할 면에서 그러하다. 잘못된 고르디오스Gordian의 매듭은 담론의 사례를 함께 만들도록 예정된 파트너들 사이에 매여 있다. 그것은 역할-전복의 매듭이다. 다시 말해, "'당신'에 의해 '내'가 규정하는 누군가는 그 자신을 '나'로서 생각한다. 그리고 '나'는 (그때) '당신'이 된다"(Benveniste 1971 : 199). 즉 변함없는 쌍방향의 커뮤니케이션은 독자적으로 그와 같은 자리바꿈을 한다. 그리고 그것은 대체로 커뮤니케이션 내부에서는 가변적인 것으로 되며 — 소설가의 청중은 응답할 수가 없다 — 그리고 커뮤니케이션의 바깥에서는 전적인 무효의 것이 된다. 자아의 영역에서는, 실제이든지 재현된 것이든지, 혹은 우리 자신의 것이든지 스토리 내의 정보제공자의 것이든지 간에, 어떠한 "당신"도 마주쳐서도 규정되어서도 안 된다. 하물며 그것이 "나"로 바뀌어지는 것은 말할 것도 없는 것이다. 심지어는, 이 "당신"은 선택적이고 내재적이며 자아의 영역을 만들어내고 자아의 목소리를 내며 '혹은' 자아의 침묵을 보여준다. 이와 같은 식으로 재수정된 담론은 양극성과 유연성을 아우르면서 포괄성을 얻게 된다. 곧 이 체계는 어떤 합성물을 얻게 되지만 이와 비례한 상반된 손실들도 가져오는 것이다.

대상지시적인 용어들에 관하여 주장해온 상호 함축성과 유사한 방식으로, 방브니스트 일원들의 "개성의 상관관계"를 대비해보면 그것은 "그"를 배제하였으며 존재하지도 않고 또한 사람도 아닌 것이다. 자, "개성의 상관관계"가 "'나'는 이야기하는 누군가를 가리킨다"는 허용할 수 있을 만한 전제로부터, "'너'는 필연적으로 '나'에 의해 명시된다"(Benveniste 1971 : 197)를 이끌어낼 수는 **없다.** 그 결과, "그 용어들 중에 어느 것도 다른 나머지의 것 없이는 인지할 수 없게 된다"(p.225). 왜냐하면, 자기를 의식하지 않는 담론은 심지어 자아로서 만들어지기까지 하는 "너"과 함께 지속되는 것이기 때문이다. 즉 일반적 방식으로, 자아로서 자아에 초점을 둘 것인가 혹은 주장되는 대로, 지시적 범주 바깥의 "그"와 함께 대신하여 상관관계를 지닐 것인가. 이러한 불투명한 삼인칭을 취하고서 블레이지즈 보이랜Blazes Boylan은 부정한 아내의 남편, 블룸Bloom의 마음에 출몰하고 있다. 이 원리는 사고가 그것 자체와 담론을 지속하는 영혼이라는, 고대 이후 문학에서 종종 행해지는 믿음 속에서 지탱되는 것이다. 즉 자아담론은 성경의 내면적 발화에서 항상 그런 것처럼, 어떤 정신적 존재를 향해 말하지 않은 채로 당연히 남아있을 것이다. 따라서, 하나의 전체로서 담론을 수용하는 논리에 의한다면, 자의식적으로든 그렇지 않든, 필연적으로 "나"를 명시하는 사람은 바로 너(자아의 외부 '혹은' 자아의 내부)이며 그 역은 성립되지 않는다. "개성의 상관관계"는 적어도 방브니스트의 이론적 설명과 패러다임을 지탱하는 두 가지 방식 모두의 작용을 필요로 하지는 않는다. 한 가지 방식으로 된 연관이 차례로 보편적인 진짜의 의존관계를 가져오는 것이다. 짝으로 된 특별한 이차적 용어는, "나"가 발화 즉 내포된 사적 대화 속에서 상대편 목소리를 향한 자기발화를 선택하거나 혹은 그것에 거스르거나 하는 것에 의존한다. 그리고 이 용어는 우리의 정신적 재현들 속에 있는 "너"가 불필요하다는 것을 정확히 확신시키며 설명해주고 있다.

그와 같은 묶음 가운데 불합리한 것으로 지나칠 일이 아닌 것은 상황의 역할을 강조하며 피상적이며 특히 대명사적인 반영체, 그것이다. 언어학자는 그 직분상 표층에 집착하고 있으며 ― 마치 그것이 유토피아의 규제를 받는 단일발화의 바깥에서는 얼어버리기라도 하는 것처럼 — 보편적, 다방면의 담론역할의 화자 / 수신인과 함께, 가변적이며 다중형식적이며 심지어는 불필요한 대명사, 나 / 너를 종종 융합하고 있다. 역할과 반영체, 혹은 색인된 것과 색인적인 것을 융합하는 것은 두 가지 담론-상황 간의 초기의 불균형을 더욱 악화시킨다. 심지어는, 바로 이러한 오류의 관점에서, 두 가지 담론상황에서의 인칭-지시어로 된 지시자들을 공유한 주제들은 상상의 나 / 너의 '상관관계'에 의해 이끌려왔다. 그리고 그것들은 그렇게 보이기도 하지만 또한 그만큼 실체적이지 못한 한 사람의 공유자에게 이론적으로 주어진 독백을 만들어내도록 한다. 그것이 역할극을 위한 공동대명사적인 것이라면 사적인 표현은 왜 간과하는 것인가? 그리고 오류가 극복되기 위해서, 역할들(주장된 대로라면 요청되는 수보다 많은)의 자의식(혹은 자기를 의식하지 않는 것)에 의해 만들어진 차이는 표면에서 공유된 대명사적 어구에 상반하여 문제를 경감시키도록 작용하게 된다.

지금, 사회적 언어 그 자체 내에서, 동일한 형식주의적 반영체 / 역할의 융합은 또한, 방브니스트의 불가능한 "(역사)이야기" — 순수하게 객관적이며 화자가 없으며 비소통적인 — 를 만들어내어서 이른바 '담론'에서의 이분법을 무효화하도록 만들게 된다. 그렇지 않다면, 그가 주장한 필수적 상관관계의 나 / 너(여기서는 서술자 / 서술자적 청중을 가리킨다)는 서술의 언어 — "담론화된 사건"에 존재하며 "역사화된" 사건에는 부재한 — 내부 혹은 외부에 갑작스럽게 의존하는 것이 된다. 그럼에도, 모순된 특수장르의 이분법은 그 이론의 전반적 묶음을 다루는 것에서 바로 분열을 일으키게 되며 그리고 차례로 지금에 와서는 대중적 현실 위에서 그렇게 무너지게 되었다. 간단히, 어떤 가시적인 "개성의 상관관계"가 부재한 역사적 진술을 상상해 보라. "서술하는 화자에게 어떠한 개입도 하지 않고"(Benveniste 1971 : 206) 어떻게 사건들이 풀려가게끔 이어가겠는가. "결과적으로 더이상 서술자가 아닌 것조차 될 것인가(p.208)." 사건들이 어떻게 이성적으로 "그것 자체를 서술하겠으며" 또한 저자적 청중이 아닌 누군가를 향하겠는가?

역설적으로, 이러한 수사학적 질문들은 우리의 비밀스러운 삶에 관한 양극적 변화의 논리적 근거를 지니고 있어야만 단지 진짜의 것이 된다. (이를 테면 지각된) 사건들은 단독으로, 알지 못하는 것과 알려지지 않은 것 양자의 이미지(무분별한 상태에서 보거나 혹은 정확하고 공평하게 관찰한)를 발견할 수 있다. 즉 자기를 의식하지 않는 것의 한계는 이미지로는 가끔씩 나타내어질 수도 있지만 그럼에도 결코 도달할 수 없는 것이다. 그것은 담론의 인지자들 사이에서 조언적으로 인용된 하나의 삽입으로서, 세계-반영적이지만 무분별한 정신에 의한 스토리의 재현을 경유한 것이다.

그렇다 하더라도, 근본원리는 인칭 지시어에 의해서가 아니라 사건-이미지 속에서 자아와 타자를 의식함으로써 극성을 지닌다. 아주 비개성적으로 보이는 역사는, 나의 것도 아니며 당신의 것도 아니며, 창세기로부터 왕들Kings에 이르는 성경처럼, 공적인 것이지만 그렇더라도 여전히 화자와 수신인 양자를 필요로 한다. 그리고 그러한 역사는 실지로, 어떤 경우에 그들의 역할을 대명사로 나타낼 것이다. 대명사들을 표면적으로 드러내는 것이 개인상호간의 접촉을 만들어내지 않는 것과 마찬가지로, 대명사들을 숨기는 것이 결코 접촉을 없애는 것

도 아니다. 그보다, 명백한 / 잠재적 변수들은 자의식과 전달의 횡단-
유형학을 풍부하게 하며 혹은 (서술)담론 '내부의' '역사'에 관한 서술 그
자체를 풍부하게 만든다.

방브니스트에 대한 반향들, 닮은꼴들, 추종들은 서사론에서 상당한
정도로 나타나고 있다. 심지어는 좀 더 비판적인 주장들이 있어왔음에
도(예를 들면, Culler 1975 : 197~200) 대체적으로, 불균형한 담론을 목표로
하여 그것을 교정하지 못한 것은 놀라운 일이 아니다. 대신에, 이 영역
은 비교할 만한 극단적 대안들 사이에서(종종 — 이후에는 — 이론과 실천
사이에서) 찢겨져 있다. 때를 맞추어, 대중적 스토리텔링이 신규 학문으
로서의 찬조를 얻으며, 유사 제임스적 전달의 직접성을 향해 역류하는
것을 목격할 수 있다. 방브니스트는 다시, 표층 지시어를 구체화하였
으며 혹은 그것을 강화하였다. 이것은 '역사'처럼 서술자가 없는 언어
학적 서술들의 — 게다가 씌어진 소설 내부의 — 논리적 괴물을 향한
모더니즘적 믿음을 보여주고 있다. 이러한 갱생은 물론 반대가 없었던
것은 아니다. 특히, 이러한 서술들에서 추정된 수신인-부재(Banfield
1982)가 잇달아 이어졌을 때 그러하였다. 그럼에도 그러고 나서는, 바
로 이 반대자들 사이에서, 공적 담론에 '따른' 장르가 대안으로서 이론
화되었다. 그런데, 이것은, 잘못된 이론화라기보다는, 명백하게 비논
리적이며 범주와 힘이 결핍된 하위이론임을 보여준다. 서술의 잡다한
커뮤니케이션 모델들은, 나의 모델과 다른데, 그것은 불변적인 전적인
대칭성을 보여주기 때문이다. 즉 실제저자는 실제독자에 상응하며 암
시된 저자는 암시된 독자에 상응하며 서술자는 서술자적 청중에 상응
하며 일기저자는 — 언급해 본다면 — 대화자에 상응한다. 그래서, 그

러한 커뮤니케이션 모델들은, 방브니스트의 가공의 비소통적 형식(선구자와 후속자들을 지닌 '역사')을 진짜 비밀스러운 삶의 글로서 대체하기보다는, 그것에 반대하며, 외부의 주체들 사이에서 방브니스트의 발화적 동반관계를 다만 재부과하고 실제로는 그 관계를 복합적인 것으로 만들었다. 그러한 사슬을 전적으로 따르는 전달자 / 수신자의 대칭은, 공식적으로, 비대칭적 담론, 에고중심적 담론, 수신인 부재의 담론, 자기를 의식하지 않는 담론 — 심지어 서사론에서 얻어진 담론도 아닌 — 즉 서술에서 조직된 다양한 담론들을 고려할 수 없으며 설명할 수가 없다.

그것은 행동사슬로부터 동기를 생략하는 것과 유사한 것이다. 어떻게, 어디서, 왜, 생뚱맞은 정보제공자들이 들어와서는 때때로 공식적인 전달자들의 노선을 명백히 대체하는 것인가? 혹은, 어떻게 속칭 초점화들(특히 내적 초점화일 때 혹은 내적 초점화를 넘나들 때)이 서술의 흐름 속에 입장하는가? 일단 질문이 제기되면, 대답은 전체 서술 모델 그 자체를 강화하여 재개념화하는 것이 된다. 그것들은, 설명하자면, 모든 상호매개적 전달자들이 하고 또한 해야만 하는 방식 곧 유일하게 가능한 방식에 속하게 된다. 그 방식은 앞서 나온 상위액자에 의한 인용을 경유하는 것이며, 그 인용에 유용한 만들어진 모든 선택들과 몽타주들과 종속물들을 지니고 있다. 그리고 그 방식은 관련된 삽입이 정보제공자를 인용하는 것을 제외한다면 본래적으로 단일한 인물 측에 관한 사적인 담론 사건을 재현하고 있다.

수용하는 측에서 보면, 유사한 방식으로, 독자, 청중, 그리고 서술자적 청중의 규범적 유형학들은, 양쪽에서 비교할 수 있는 부재와 같은 극단(예를 들면 수신인 없음)을 표시하는 일을 생략하고 있다. 앞서 주목한 방브니스트의 논의에서 보았듯이, 비교를 확장하고 구체화하기 위해서는, 하나의 포괄적인 유형학이 자기를 의식하지 않는 내부의 움직임들에까지 적합한 자아담론으로 구체화되어야 할 것이다. 즉 '수신인 없음'으로부터 '외부 수신인 없음'으로, 또한 사적 대화로, 표면화로, 심지어는 자아가 늘 만들어내는 '너' 형식이 번갈아 나타나는 것에까지.

게다가, 이와 같은 재개념화는 그 자체로, 중개자를 수용할 수 있다. 그리고 중개자는 종종, 절대적으로 혹은 상대적으로 특혜 받은(특혜 받지 못한) 주체들과 상당한 대조를 이루면서, 전달자와 수신자 양쪽에게 적용되는 다양한 서술인식들을 혼합하고 있다. 그렇지 않다면, 담론의 어느 한 편에서, 양극 사이를 오가며 요약한 우리의 단계적인 관점은(따라서 대비적인) 또한, 주목을 피하려고 하거나 혹은 적어도 이 특질에 관한 체계적 언급은 회피하려고 했을 것이다. 나보코프Nabokov는 경험하고 있는 자의식적 험버트에 반대할 뿐만 아니라, 말하고 있는 험버트를 확장해서 다루고 있다. 반면 그의 독자는 소설의 세계 내에 어떤 극화된 수신인보다 소설적 아이러니에 대항하는 보호장치를 더욱 만끽하고 있다.

다시, 이러한 특질을 조명하면서 재고되는 요청들은 범주, 차별화, 그리고 설명적 힘, 그 밖의 것들 속에서 새로운 수확물을 얻으며 인용된 사적인 바로 그 **무엇**으로 확장되고 있다. 보도된 담론의 이론들은 오랫동안, 말하기에 관하여, 보도의 대상, 즉 사실상 주관적 대상으로서의 사유와는 반대되는 것으로 간주해왔다. 그러나 보도하고 있는 주체의 자의식과 맞물려 있는 보도되는 주체의 자의식에는 적절한 관심을 두지 않아왔다. 삶으로부터 서술에까지, 삽입으로부터 구조틀에까지, 언어적 발화와 정신적 사고의 분리는, 아마도 겉으로는, 사회적 재현과 비밀스러운 재현의 분리를 수반하지는 않지만 그럼에도 그러한 분리와 유연한 상관관계를 맺고 있다. 횡단들과 혼합물이 결과물로 번갈아 나타나는데, 그것은 두 개의 명백한 짝이 사건배열의 사슬로서 모두 연결되는 것과 흡사하다.

이와 같이, 제인 오스틴Jane Austen의 소설 속의 많은 대화들 속에서 인용된 대화를 제시하는 엘리자베스 베넷Elizabeth Bennet은 실지로, 조이스의 의사소통방식과 견줄 만큼 조용히 사고하는 몰리 블룸을 하나의 극으로 만들고 있다. 평범한 네 겹의 자동적 구분을 취하지 않고, 그럼에도, 동일한 목소리로 '자기'발화하는 엘리자베스는(예를 들면, 다시 Darcy의 편지에 대한 찬탄적 반응에서) 오스틴 같은 대화주의자와 그리고 조이스의 소설에서 우리에게 보도하는 조용한 독백주의자, 몰리를 대신하는 일군의 사람들로서 그녀자신을 하나의 극으로 만들고 있다. 전달된 표현의 차이들은 — 세계를 만드는 것으로부터 자구선택의 질서를 만드는 것에까지 — 적합하게 다시 결합된다. 다시 말해 사적인 일은 항상 그렇듯이, 담론의 자아중심성에 동기를 부여하게 되는 것이다. 게다가, 바로 그 보도자는 자기를 의식하지 않도록 내면을 드러내는 방식도 바꿀 수 있다. 즉 우리는 이 주인공들이 사적인 발화나 사유 속에서 전후를 살피면서 실제적인 발화나 사유 — 혹은 이 문제에서라면 글쓰기 — 로 나아가는 것을 목격한다. 또한 자신들을 고안한 자와 높은 층위의 보도자에게는 용납되지 않는 자유를 지닌 그들은, 자신들의 공적 자아를 결코 염두에 두지 않는다. 전통적인 외부 / 내부의 노선을 따라서 의미화하는 것과 달리, 담론의 특질은 이러한 노선을 복합적으로 횡단히여 장르의 원천들과 기록을 다양하게 변화시킨다.

그리고 또 하나, 좀 더 원리에 기초를 둔, 그 노선에서의 틈새가 있다. 발화와 사고 사이의 횡단으로서 — 후자의 사적인 것 내에서 전자의 공적 언술에 작용하는 — 일차적인 혹은 보도된, 청취행위의 독특한 특성을 감상해야 할 때가 된 것이다. 두 차례는 오가는 모든 대화 사이에 보도된 우연한 만남에는 하나의 독백 주머니가 숨어있다. 일반적으로 간헐적이며, 어디에서나 "X는 그것을 듣는다" 형식으로 표면화되지만 그러나 항상 중요한 주관적 결합관계를 보여준다. 그 주머니 안에서, 청자는, 앞선 언술들을 (잘못)인식하고 (잘못)해석하는데, 그것은 가능한 때때로는 조언적인, 어떤 목소리를 취하여 반응하고 있다. 그런데 청자의 반응은 물론, 이야기된 것은 말할 것도 없고 귀로 들었던 무엇으로부터 확산된 것이다. 플롯화된 내부 관점으로서, 인물 상호간의 발화-사건 내부에서의 청취는 이처럼 두 가지 물리적 사건들 사이의 동기와 일치한다.

동일한 많은 부분이 교신하여 교환된 두 사람의 편지글 모두에 유효하다. 그리고 더 넓은 범위로는, 반응적이든지 혹은 형식적으로 과묵하든지 간에 모든 극화된 서술자적 청중에게도 유효하다. 그러고 나서, 계속해서, 내가 일컫기로, "수신인의 시각으로부터의 세계"(Sternberg 1986)는, 수신인이 부재한 담론에 의하여 개방된, 자기를 의식하지 않는 영역을, 바로 그 자의식 영역의 핵심부에까지 확장되도록 만든다. 일반적인 목표지향적 행위와 꼭 마찬가지로, 극화된 커뮤니케이션은 그것 자체로서 사유를 개입하고 환기하며 그리고 사유를 상연한다. 또한 삽입된 발화는 그 발화를 한 정보제공자를 복합적으로 만든다. 이것은, 통합화한 이론이 서술분야를 포괄하며 실지로 그것을 풍부하게 만드는 힘을 측정한다는 것을 드러내는 또 하나의 증거이다. 한편, 통합화와 차별화 양자는 대체로 우리의 특질과 함께하는 힘에 호소함으로써 체계적인 작용의 관점을 보여주는 부분들이다.

그와 같이 가변적인 접근법에서의 많은 장애물들 그 사이에, 내 책 (Sternberg 1978)과 그리고 동시대 두 권의 책이 또 하나의 정렬로써 관류하고 있다. 이것은 명백히, 자의식과 유사한 구별에 의한 어떤 변화를 추구한 것으로 알려져 있다. 프란츠 슈탄젤Franz Stanzel은 『소설의 이론 *A Theory of Narratve*』([1979] 1984)에서, 서술상황의 첫 번째 구성요소로서 '모드'를 설정하며 '반영자'(스트레처 몰리Strether Molly)에 '서술자'를 맞세우고 있다(『돈키호테*Don Quixote*』에서 시데 하메테Cid Hamete, 『파우스트 박사*Doctor Faustus*』에서 차이트블룸Zeitblom). 제임스식 어휘론은 그것의 이론화를 충분히 예고하고 있었다. 좀 더 특별하게는, 도릿 콘Dorrit Cohn은 『투명한 마음*Transparent Minds*』(1978)에서 외부의 사건과 진술에는 상반되는, 서술에서 형성되는 '의식'을 추적하고 있다. 어떠한 작업이든 그것은 또한, 서술자가 되는 존재들의 입으로써 정신을 범주화하는 부스를 설득력있게 비판하고 있다. 그럼에도, 그러한 존재들 사이의 약속된 구별은 아주 잘못 다루어져서는, 다양한 측면들에서 쟁점을 비롯한 연관된 폭넓은 영역들을 혼란스럽게 하고 있다. 가령, 일부의 것은 독특하며 일부의 것은 이미 더 친숙하며, 일부의 것은 새롭게 전형적이며 그리고 일부의 것은 독일 학문분야(이를 테면 주네뜨적 무드 / 목소리, 초점화하기

/ 서술하기)를 능가하고 있다. 이러한 혼란들을 정리, 구분짓기 위해서, 광범위한 전방에서는 부정의 방식으로 그러한 차이들을 고쳐적으며 재시험하고 있다. 특히, 자의식(혹은 자기를 의식하지 않는 것)은 정리 · 포괄의 작업에 저항하며 '**나아가**ᵃ fortiori' 다른 서술 속성들과의 상호교환에도 저항하며 '또한' 서술의 고유한 이분법에도 저항하는 것으로서 드러날 것이다. 또한 자의식은 '나아가' 서술에 관한 그 같은 시도들이 서술의 유형에 부가적 의미를 추가하거나 혹은 심지어는 서사성과 관련도 없는 매개의 안쪽이나 바깥쪽으로, 일부 유형들을 강요하는 영역에도 저항하는 존재로 드러날 것이다.

점점 더 두터워지고 있는 구별의 질서는 반대의 분석들을 인용하여 하나하나씩 핵심을 짚어가는 가운데 더욱 공고해진다. 분석자들 대다수는 일반적인 서사론의 분파에 관해서라면 행위에 비해 전달을 선호하고 있다. 슈탄젤조차도 (규정되지 않는) "제시의 매개" 그 자체만으로써 서술을 규정짓고 있다(1984 : 4ff). 그에 따라, 선호되는 반쪽의 영역 내에서만, 여러분은 적어도, '화자'와 '반영자' 모드의 예리한 양극화가 제임스식 어법에 맞추어지는 것을 기대할 수 있을 것이다.

'화자-인물'이 서술하고 기록하고 알리고 편지를 쓰고 기록물을 포괄하며 신뢰할 수 있는 정보제공자들을 인용하고 자신이 한 서술을 언급하고 독자들에게 말을 건네며 또한 서술되어온 것들에 관하여 논평한다. (…중략…) 대조적으로, 반영자-인물은 숙고하는데 다시 말해 그는 자신의 의식 속에서 바깥세계의 사건들을 거울처럼 비추며 지각하고 느끼고 기재한다. 그러나 그는 항상 조용하게 있는데 그것은 그가 결코 "말하고 있지" 않기 때문이다. 다시 말해, 그는 그들과 소통을 시도하고 있는 자신의 지각과 사고와 감정을 말로 나타내지 않고 있다. (Stanzel 1984 : 144)

제임스는 인정하지 않을 것이다. 기준이 되는 것은 고사하고 — 필연적 '혹은' 충분한 — 제안된 두 묶음의 특징은 대부분 주장되는 이분법에 의해 공유될 수 있는 것이다. 이에 따라, 순환적이거나 동의어적인 "서술한다, 기록한다, 알린다" 그리고 애매한, "독자들에게 말을 건넨다"(명백하게?)를 제외하면, 여기서 '화자'와 관련된 활동들(편지쓰기, 기록하기, 인용하기, 자기언급, 그리고 자기논평)은, 하나의 묶음으로서는 말할 것도 없이, 어느 하나도 빠짐없이 사실상 필수적인 것이다. 또한 함순 Hamsun의 『굶주림Hunger』이나 조이스의 『젊은 예술가의 초상Portrait』과 같은 다른 작품들은 언급되지 않고 있다. 그리고 담론활동들 이외에, 피프스의 문체로 씌어진 다른 모든 작품들에 관한 고찰도 이루어지지 않고 있다.

반대로, 스트레처와 같은 반영자는 실지로, "비추며 (⋯중략⋯) 지각하고 느끼며 기재한다." 그러나 이와 동일한 것이 필연적으로, 그의 목소리를 듣는 상대역 혹은 저널을 쓰는 그의 상대역에도 적용될 것인가? 혹은 (대낮의) 몽상가에게도 그렇게 적용될 것인가? 조명, 지각, 감정, 기재 그 자체 그리고 사적 세계-구성 너머의 어떠한 것은, 대체로 반영자 모드에서는 전적으로 불필요한 것이다(“정보제공자”는 마땅히 이도 저도 아니게 된다). 그리고 인물 즉 독백가나 일기저자가 모든 이러한 활동들에 열중한 영역에서조차, 동일한 정신적 레퍼토리가 적합한 서술자에게(그 밖의 영역에서는 횡단-모드의 초점자에게) 확장되지 않았던가?

따라서, 또한, "항상 조용하게"에 관한 범주상의 오류는, 반영자의 담론이 말하지 않고 쓰지 않는 변화 그것만을 다시 준비하는 그와 같은 담론이라고 부과하는 것이다. 그러나 "말로 표현하지 않는다"는 이와 같은 반영자적인 변화의 법칙 — 스트레처Strether, 몰리Molly, 포크너Faulkner의 벤지Benjy — 이라고 하기조차도 어렵다. 반영자적 변화는 자명하게, 언어와 이미지 사이에 놓인 것으로서 무언의 자기-표현의 축에 걸쳐진 영역에 이르는 것이다.

　　그래서, 한 가지 관련된 구별(존재하거나 부재하는 "소통의 시도")은 모드의 측면들에서 혹은 그것들 사이에서 혼란을 일으키며 길을 잃게 된다. 즉 분류학적 모순들이 많다는 것은 당연한 일이다. 베케트Beckett의 말론Malone은 "내적 독백"으로부터 "일인칭 화자"로 그리고 다시 '반영자'로 이동하며(Stanzel 1984 : 61 · 94 · 145), 그리고 나서 그 역할들 사이에서 "희석화된다"(pp. 150 · 226). 또한 함께 취급되는 "서간체와 일기소설들"도 동일한 상황을 거치게 되며 이 중 일기소설은 자기발화 속의 '화자'에 의해 매개되고 있다(pp. 202 · 211 · 225 · 226). 반대로, 개념상으로 발화중심적인 것과 행위적인 것 둘 다를 지니고 있는데도 "극적 독백은 서술은 아닌 것이다"(pp. 225 · 226). 서사성이 부재한 결정은 심지어는 모든 직접인용에서 일반적인 것인데, 그것은 대체로 "일인칭 서술"이 그 자체로서 이러한 형식을 명백화하지 않는 것과 유사한 것이다. 부정적 표지를 알려주는 동요, 모순된 괄호, 장르로부터 임의의 이탈 등은, 내부성 — 바로 그 반영자 용어에 의해 부추겨진 — 을 과도하게 강조하면서 경계들을 없애버리는 동시에 우리의 자의식(혹은 자기를 의식하지 않는 것)의 모델범주를 조명하도록 한다.

특질 별 군집화를 향한 그러한 욕망은 다시, 욕망 그 자체를 차치하고라도, 더 심각한 문제들을 잇따르게 한다. 서사론의 최고묶음의 달인, 슈탄젤은 — 그의 "유형학의 범주"의 전반이 증언하듯이 — 심화된 이분법들의 분류로서 두 가지 모드의 융합을 전개하고 있다. 그것은 주로 제시적이면서 그리고 사실상, 독립적이고 양극을 횡단하며 역전될 수 있는 모든 특성을 갖추고 있다. 즉 서술자 대 반영자는 함께하는 것으로 주장된다.

① 말하기 대 보여주기

② 참여된 논평 대 부재한 논평

③ 명백한, 일반적, 일명 완전한 진술 대 암시적, 특수한, 뚜렷하게 불완전한 진술

④ 커뮤니케이션의 비결정성 대 인간적 상황의 비결정성

⑤ 우선한 예비행위가 있는 것 대 아무것도 없는 것

⑥ 확인할 수 있는 '나'로서 시작하는 것 대 참조할 수 없는 '그'로서 시작하는 것

⑦ 이름으로써 주인공을 언급하는 것 대 불분명한 대명사로써 주인공을 언급하는 것

⑧ 안정된 결말 대 열린 결말

⑨ 규정가능한 비신뢰성 (인물일 경우) 대 규정할 수 없는 비신뢰성

⑩ 과거 시제인 것 대 과거 의미인 것, 그리고 기타

(Stanzel 1984 : 146~170)

자기를 의식하지 않는 내면에 관한 일관된 혹은 지속된 편견을, 혹은 신뢰성에 관한 기괴한 개념을 염두에 두지 말라. 즉 쟁점 중인 양식적인 것과 함께 꾸러미를 이루는 이와 같은 열 개 남짓의 대립항들은 다시, 원인과 사실 두 가지 모두에서 아주 잘못된 사례로 증명된다. 그래서 실지로, 내 주장은 이미, 그러한 결과를 예측하였으며 심지어는, 선명함과 애매함을 오가는 시간구조와 효과적으로 관련된 상당부분에 관해 예증해왔다. 필딩의 압제자 '혹은' 트롤럽의 전방위 전달자와 같이 전능한 권한을 지닌 서술자들이 어떻게 하는지 생각해보라. 즉 그들이 시간 경험의 기본적인 관점에서 연대기를 없애거나 '혹은' 연대기로 만드는 특혜받지 못한 정보제공자들 사이에서 자신들에게 영향을 미치는 대등한 상대자들을 어떻게 만나게 되는지를 다만 생각해보라. 심미적 / 재현적 동기화와는 거리가 먼 양극들은, 결정적으로 자의식에 의존하며, 전달자 각각은, 저자적 전략에 적합한 수단을 통하여 욕망된 그러한 전략을 공동으로 계속해서 도구화한다. 그중에 슈탄젤이 분류한 대립항들이 놓여 있다.

아주 나쁜 것은, 슈탄젤의 이러한 잘못된 부수물들이 과도하게 적재되면서 적절한 특질의 초점을 흐리며 모서리를 깎아내는 손실을 초래할 뿐만 아니라, 심지어는 그러한 특질을 대체하여 두 가지 모두의 방식에서 메타변형적인 결과를 만들어내고 있다는 점이다. 가령, 어떠한 극의 담론자든지 자의식 그 자체와 상관없이 다른 한 극의 담론자로 변형되는 것이다. 그리고 이것은 명백한 것을 훌쩍 넘어서 징후적이라고 할 수 있으며, 말론Malone 혹은 일기저자, 극적 독백가, 직접 인용자에게 해당되는 특질들을 간과하고 있다. 믿기 어려우리만큼, 이 이론은 "반영자로 되는 것"의 논리적(유형론적, 한층 더, 목적론적인) 괴물을 과시하고 있으며, "반영자로 되는 것"에 의해 "화자는 잠정적으로 반영자-인물의 특정한 인격적 자질들을 취하고 있다"(Stanzel 1984 : 173).

저자적 서술자조차도 실제적으로 다만 간헐적으로 늘 선택되는 무엇에 의해 "반영자로" 될 것인데, 그럼에도 이것은 기껏해야, 전달적 책략이나 태도 혹은 거리 면에서의 보도상의 전환이다. 만약 앞에서 인용한 불필요한 열 개의 대립항으로 되돌아가 본다면, 반영자가 되는 그러한 것들은, 왼쪽 편에서 오른쪽 편에 이르면서 담론의 전환 — 분류학자들에 의해서 깨끗이 잊혀졌던, 부상하고 있는 자의식 속의 모든 것들 —에 개입하게 된다(Stanzel 1984 : 156~200 곳곳). 그렇게나 많이 반영자로 된 것들은 자유 연상으로 내려가며 매우 높은 층위의 전달자를 앞지르게 된다. 그런데 이것은 "구성" 중인 "저자의 내적 독백"으로서 취해진 『율리시즈』 작품 이외에는 어디에서도 찾을 수 없다(pp.178~180).

저자와는 별개로서, 전능한 '서술자'로부터 인간적 오류가 있는 '**서술자**'에 이르기까지 짚어가면서 개념화된 그와 같은 "변형"이 있다. 그리고 그것은, 반영자의 존재와 맞대고 있는, 그러한 공유된 서술자 존재의 뚜렷한 특질이 드러내는 단일한 모순에 그쳤다면, 적어도 전적인 불합리함만은 피할 수 있었을 것이다. 그래서 나보코프의 『프닌Pnin』의 후반부에서, 비개성적 화자는 주인공의 전적인 적대자로서 나타지만, 반면에 반영자로서 역할하지 못하고 자의식을 지닌 채 남아있는 것이다. 다시, "변형"은, "잠정적으로 되어가는" 어떤 것이 아니라, 서술자가 일부 반영자를 전방에 두고 액자화하는 것으로서 기술되었으며 그것은 여기저기의 사례에도 적합할 것이다. 그럼에도 그것은 목록화되는 담론의 틈새들을 겨냥하기는커녕, 일반적 설명원칙은 고사하고 새로운 논의도 찾아볼 수 없는 그러한 것이다. 전달적 동기화 옵션들은, 말하자면, 보류 혹은 약호-전환이라는 적나라한 서사론적 게임들로부터 문체, 판단, 지식, 주시, 사고, 청취에 관한 삽입된 반영자적인 특수성들로까지 계속해서 확장되는 것이다. 그래서 필딩의 서술자는 일부러 인간적 무지를 가장하며 그리고 제임스의 서술자는 조직적으로, 자신을 한정하여 그 용기의 인간적 외관 — 특성상 한정적이고 비밀스러운 — 을 만들어내도록 한다. 그런데 그것이 얼마나 억압적인 전능함이거나 혹은 청중지향적인, 위장된 전능함이거나 간에, 화자가 절대적 권력 속에서 어떻게 변형된 것은 아닌 것이다. 그리고 그와 같은 변형은 예기되지 못한 전체적인 동기부여의 전환에도 개입하지 않는다. 즉 이야기되는 이상한 나라로부터 꿈 속의 이상한 나라에 이르기까지, 화자는 온전한 틀을 따라서 움직이며 그리고 이야기는 그것 자체로서, 말하자면, 엘리스를 통해서 꿈을 꾸는 반영자가 될 것이다.

대신에, 사실상, 슈탄젤의 전달자는 갑작스럽게 양극들을 변화시키며 양극들은 그 자신만의 규약들에 관한 건널 수 없는 질적인 장벽을 횡단하여 존재의 영역을 지니며 완전해진다. 상상적 상관관계를 선호하는 와중에서 자의식은 잊혀지며, 저자와 아주 유사한 화자들의(그리고,『율리시즈』에서는, 또한 저자들을 아주 잘 알고 있는) 기술적으로 동기화된 장치들은 주관적 외관하에서 의지대로 작용하고 있다. 동기화된 장치들은 창조물과 매우 유사하며 힘을 부여받지 못하고 자아중심적인 반영자들에 의하여 그들의 관점에서 누설된 착오와 자유를 향해 우회적으로 방향을 바꾸고 있다. 담론의 표면은 담론의 현실로 오해되며 부자연스러움은 자기-노출로서 또한 수행은 (무)능력으로서 오해된다.

"일인칭 서술"과 유사한 방식으로, 대명사, 나 / 그의 자기-언급의 변화(방브니스트의 방식이 결코 발화 역할에 영향을 미치지 않음에도 불구하고) 혹은 경험하고 있는 자아로부터의 거리의 변화는 그것을 반영자로 만들어낼 것이다(Stanzel 1984 : 104 · 208 · 209). 반대로, 내적 독백은 "서술"로 바뀌며 —"당연히" 아직 어떤 청자에게 언급되지 않았는데도 불구하고— 그 서술에서 반영자는 현재에서 과거로 시제를 변화시킨다(pp. 207 · 208 · 227). 독백자 혹은 혼잣말하는 사람을 떠올린다면, 아주 직접적이지 않은 인용된 사람들과 일기저자들은 대체로, 이와 같이, 규범적인 회고적 서술자를 지니면서 시제의 힘에 의하여 상호관련적으로 될 것이다.

어떤 방식으로든, 양극의 모드들은, 자의식이 존재하거나 부재하는 차이를 만드는 것에 대항하여, 준거를 가질 수 없는 그것들의 특질 —이것을 특질로서 굳이 말한다면— 의 힘에 의존하는 각각의 모드를 향해 변형된다. 그것은 여성이 먹고 놀고 월경하며 추론하는 것처럼 먹고 놀기 좋아하며 혹은 추론하는 남성이 여성화된다고 말하는 것과도 흡사한 것이다.

그래서 모드에 관한 부스의 무관심에 관한 공격이 복수라도 하듯이 부메랑처럼 돌아오게 된 것이다. 그럼에도, 서술자 / 반영자의 잘못된 상관관계들 그리고 반영자화하는 것에서의 비논리성은, 콘Cohn(1981 : 170~174) 혹은 플루더닉Fludernik(1996)의 더 나은 손에서조차도 순환하고 있다. 프로테우스 원리Proteus Principle에 부주의한 채로 출현하고 있는 분류학적 경향들을 고려한다면, 묶음으로 다루는 것을 향한 유혹은 좀처럼 사라지지 않으며 자의식에 관한 망각 또한 용이하게 된다. 프로테우스의 원리는 특질들과 힘들과의 생생한 상호작용이며 재현적 형식과 소통적 기능과의 그와 같은 상호작용이다. 이 상호작용은 담론을 만들어내고 서로 넘나들면서 담론을 이해하며 다양성들을 포괄한다. 만약 화자와 반영자가 서술의 결말에 관한 대안적 투시주의의 수단들로서 — 무엇보다도 일반적 (무)질서의 매개자, 따라서 동기부여자 — 서로 바꾸어질 수 있다면, 그들은 어떤 인접한 피상적인 힘에 의하여 서로의 반대편에 설 수도 없으며 또한 서로 바뀌어질 수도 없다.

실지로, 콘(1978)은, 여기서 논의한 슈탄젤의 유형론적 오류들을 인정할 뿐만 아니라, 자신의 반영자-중심의 연구에서 그것들을 세부적으로 설명하고 있다. 그가 만일 그렇게 하지 않았다면 슈탄젤의 논의는 유형론에 관한 최상의 종류로 남아 있었을 것이다. 이상화된 사적인 모드를 전적으로 옹호하면서, 서술 형식들을 과도하게 구별짓는 그 책의 파트 II를 통하여, 다양한 범주로써 운용되는 편향된 묶음 지향적 충동에 관해 가만히 주시해 보라. 일반적 옵션들은 구체화되면서 경직되며 그리고 모여서는 일정불변의 것으로 된다. 아마도 그럴 것이라는 것들로부터 유사하지만 차별적인 해야 한다의 것들로 전환되고 있다. 그리고 이러한 것들은 이미 상당한 영역에서 맞닥뜨렸던 특성이다.

이와 같이, 독백가 대 일인칭 서술자의 구별은, 특히 현재시제 대. 과거시제 그리고 연대기적이지 않은 것 대 연대기적인 것과 같이 소통관계를 넘어선 변화가능한 것들로써 다시 멍에를 지게 된다. 독백극의 어떤 특성에 의존한 그 같은 과도한 연결은 이번에는, 씌어진 일기와 이야기된 사유에 맞서는 것으로서, 말로 표현하지 않는 자아-담론에 관한 콘의 (유사한 방식으로 규범적이며, 여기서는 유명무실한) 편견들을 명백하게 합리화하고 있다. 그 편견들이 주장하는 과거-언급뿐만 아니라, 그러한 하급의 것들은 좋든 싫든 확장적으로, 유사-서술의 표지들을 모으거나 혹은 표지들의 '적절한' 독백적 대립항들 — 임의성, 감동성, 생략, 대명사의 불투명함 — 을 잃어버리고 있다. 모든 것은 다시, 전적인 자기-중심성에 의한 부득이하게 공유된 표현의 자유에 맞서게 된다. 마침내, 콘은, 바로 자신의 전문분야인 말로 표현하지 않는 자아-담론 내에서 심지어 슈탄젤을 능가하고 있다. 그녀는 다른 방식이었다면 유용할 수 있는 유형들을 고안하였다. 이를테면 질서정연하게 과거 회고적인 "자서전적 독백"(도스토예프스키의 「온순한 여인」) 그리고 무질서하고 자유연상적이지만 계속해서 과거지향적인 "기억의 독백"(『소리와 분노*The Sound and the Fury*』)과 같은 유형이 그것이다. 이것들은 적어도 "진실한 내적 독백"의 유사-변주체가 아닌 그러한 독백'으로부터 출현한' 변형체이다. 후자의 독백 형식에 가치를 매기고 그것을 순수한 것으로써 구체화하려 한다면, "진실한 내적 독백" 내에서 목록화된 본질주의적 수사학에 주목해 보라. 그 독백형식은 자기를 의식하지 않는 것에 근접한 등가물들을 제외시키면서 내적 발화를 부가하고 작품-길이의 "자율성"과 시간성을 부가하고 있다.

그리고 나서, 독백주의는 점차적으로, 특혜가 부여된 특정상황에서 가능한 일로 축소된다. 그리하여, 그 같은 경로의 결말에 의하여 각각의 분류를 넘나들지 못하도록 되며, 독백적인 것 — 비밀스러운 삶 혹은 심지어 목소리를 낮춘 종류 혹은 직접적으로 인용된 하위종류, 그에 따라 확장된 하위종류의 하위들 등을 포관하는 것을 대신하는 — 의 전형은 바라는 대로라면 드물게 몰리 블룸의 작품에서 발견된다.

어떠한 해석적 수완도 어느 한 편의 명령에 의한 균열과 융합(혼란)이 만든 이와 같은 그물망을 구제할 수는 없다. 즉 자의식(혹은 자기를 의식하지 않는 것)을 경유하여 요약된 재지향에 미치지 못하고 있는 어떠한 것이, 그와 같은 사적 영역과 그리고 그 영역 내부의 투명한 정신을 제대로 평가할 수는 없는 것이다.

그렇게 할 수 없는 것은, 콘의 매크로-독백이, 그것의 일반적 화자의 자질(모더니즘의 '극화된' 이야기 혹은 방브니스트의 '역사' 혹은 아래 인용한 구조주의의 '재생산'을 떠올릴 수 있다)을 상실하기 때문인데, 그것은 정보제공자의 특수한 단일성을 따르고 있다. 탐탁찮게 여긴 유형들조차도, 일단 텍스트-길이로 늘어나면, 여기서는 똑같이 "자율적인 것" — **무**매개적, 단일-목소리의, 직접 인용되지만 **독자적**sui generis "반서술"의 지점에 이르는 서술자의 부재 — 으로서 간주된다. 이것은 새롭게 슈탄젤과 만나도록 한다. 그는 반향, 장면, 텍스트, 내부, 그리고 극적 독백을 통과하는, 발화와 사고에 관한 모든 직접인용들을 위한 서술 내부의 서술이라는 사라진 매개를 일반화하였다(이와 같은 형식의 직접성을, "순수한 미메시스" 혹은 "직접적 담론"으로 탈서사화하고, 다시, 축자적이며 해석학적으로 그 원본을 재생산해내는 주네뜨의 견해와 비교해 보라. 그 밖의 지면에서도, 서술자-부재의 순수성은 자유 간접성과 "삼인칭으로 된" 제임스식 모델을 오랫동안 포괄해 왔다). 일관성 없이 그것도 선택적인 논의를 보여주는, 콘과 그의 추종자들은, 사라지고 있는 서술행위를, 인용된 "자율적인" 자아-담론으로서 보존하려고 할 것이다. 다른 것이 섞이지 않은 순전한 정도가 전달적인 따라서 일반적인 모든 차이의 종류들을 만들어내기라도 하는 것처럼.

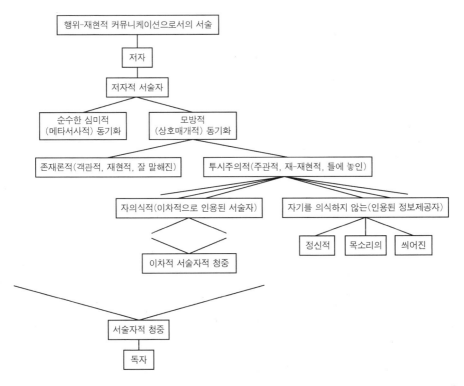

행위-재현적 커뮤니케이션으로서의 서술
└ 저자
  └ 저자적 서술자
    ├ 순수한 심미적 (메타서사적) 동기화
    └ 모방적 (상호매개적) 동기화
      ├ 존재론적(객관적, 재현적, 잘 말해진)
      └ 투시주의적(주관적, 재-재현적, 틀에 놓인)
        ├ 자의식적(이차적으로 인용된 서술자)
        │ └ 이차적 서술자적 청중
        └ 자기를 의식하지 않는(인용된 정보제공자)
           ├ 정신적
           ├ 목소리의
           └ 씌어진
    → 서술자적 청중
      └ 독자

〈도표〉 행위-재현적 커뮤니케이션으로서의 서술

그래서 용어들의 모순은 다만 그 각을 보여주며 반대의 증거들을 드러내게 된다. 논리적으로, 직접인용은 상관없는 인용자를 수반한다. 그리고 인용자는, 인용틀 속에 조용히 놓인 원본의 언술이나 사고가 재-텍스트화(문맥화)되고 재-관점화되며 종속화되기 위해 인정받아야 한다. 그렇지 않으면, 내가 직접발화의 오류로서 일컫는 무엇에 이르게 되는 것이다. 실지로, 인용자로 전환된 서술자를 통해서가 아니라면, 우리가, 그것도 "극적이며 영화적인" 소설들(Cohn 1978 : ⅵ·5)을 대면하는, 여기서 "특별히 보유된 서술"로 간주되는 독백가의 의식에 가까이 접근하는 일이 그 밖에 어떻게 가능하겠는가? 다시, 비밀스러운 변회를 재현하면서, 시작하거나 혹은 끝맺는 영역을 결정짓는 이는 그 밖의 누구이겠는가? 그리고 만약 여러분이 접속과 차단 둘 다를 저자에 속한 것으로 여긴다면 ─ 그것은, 추정되기로 이미 자율적 독백의 단일-목소리의 틈새에 놓여 있다 ─ 그것은, 수행하는 단독 서술자에게 규정적으로 부여한, 텍스트적(아마도 문맥적이라기보다는) 방해들을 틀로 짜넣는 삽입표지들 속에 여전히 남아있는 것이 될 것이다. 비언어적인 심리상태를 언어로 표현하는 것은 그 밖의 누구이겠는가? 장들, 단락들, 문장들, 구두점과 같이, 이해를 돕는 씌어진 보조형식들로써 내부의 발화 혹은 사고의 연속을 구분짓는 것은 누구이겠는가? 피프스의 자기-쓰기 혹은 『율리시즈』 전체의 내부에 놓여진 사실상 에피소드-길이의 몰리의 패러다임 그 자체를, 소개하고 판독하며 그리고 주석을 다는 것(삭제하는 것은 말할 것도 없이)은 누구이겠는가?

따라서, 여기서, 직접발화의 오류가 발생한다는 것은, 상당부분 자기를 의식하지 않는 정신이, 경이로운 기본설정에 의하여 정신 그 자체를 표현할 뿐만 아니라 인용하고 새겨넣고 편집하여 출판하는 것을 의미하는 것이다. 즉 자아중심적 반영자는 또한 외부인인 우리들을 향해 자아-화자로서 역할하고 있다. 더구나, 이러한 '자기'-모순에 의하여, 이론들(주네뜨를 포함한)은 그것들 자체 속에서 갈등하여 분열되며 그리고는 그 이론들이 공격했던 바로 그 목표물들에 합류하게 된다. 이러한 양상은 부스와 그 외 이론가들의 피관찰 내부서술자로부터 반필드Banfield와 그 외 이론가들의 서술자 부재의 주관성에까지 이른다.

경험들의 삽입은 전적으로 다시 재현하는 것과 유사하지만 결코 대체할 수 있는 것은 아니다. 그것은 의식하지 못하는 사이에, 모든 축 위에서 인용틀 속에 놓인 커뮤니케이션을 매개하고 있다. 모든 것을 취해본다면, 그 결과는 좋든 나쁘든 급진적인 것이 된다. 내 주장이 건설적, 비판적 추진력을 얻는 데에 잘 들어맞는다는 것은 구체적으로 앞에서 제시한 〈도표〉가 증명할 것이다(여러분은 이 일반적 분류가 실제적으로, 횡단들, 전환들, 구속들, 심화효과들, 인식되지 못한 가능성들을 점진적으로 가능하게 한다는 것을 깨닫게 될 것이다).

16

포Poe의 『타원형 초상화』에서 연속과 삽입과
에크프라시스Ekphrasis의 효과

엠마 카팔레노스Emma Kafalenos

에드가 알렌 포Edgar Allan Poe는 『창작의 철리哲理The Philosophy of Compo-
sition』에서 글을 쓰기 시작할 때 맨처음 고려하는 것은 이야기나 시가 독
자들에게 미치는 효과 혹은 인상이라고 말하고 있다. 계속해서, 그는 효
과를 선택한 다음에, 사건이나 어조에 의해 최상으로 가공될 수 있을 것
인지 어떤지를 고려한다……. "나아가 그는 효과를 만들어내는 데에 최
상의 도움이 될 사건이나 어조와 같은 그러한 조합을, 나(혹은 나의 내부)
와 관련해서 모색한다"(Poe 1977 : 550). 『창작의 철리』는 1846년에 출판
된 포의 에세이로서 그가 어떻게 「까마귀」를 썼는지에 관한 설명을 제
공하고 있다. 포는, 그 시에 관해서라면 자신이 "첫째도, 둘째도 생생한
효과를 줄 수 있는 소설"을 선택하였다고 말한다(1977 : 550). 포의 이야
기들은 또한 종종 「까마귀」와 같이 생생하고 기발한 효과를 보여주는

데 그의 이야기들은 그런 효과를 주도록 씌어졌던 것이다.

포의 이야기들과 시편들이 주는 강렬한 효과는 종종, 부분적으로는 초자연적인 요소들의 결과이다. 그러나 초자연적인 것을 포함하는 그의 이야기들에서조차, 초자연적인 것이 만들어내는 효과는 종종, 초자연적인 것과는 별도로 분석, 설명될 수 있는 서사전략들에 의하여 만들어질 수 있는 것이었다. 1842년에 출판된 포의 이야기, 『타원형 초상화』는 이야기 속의 시각적 재현으로서 풀이될 수 있는 '에크프라시스'로서 표현된 한 초상화로부터 이야기제목을 취하였다. 포가 '에크프라시스'를 사용한 것은 이야기된 무엇에 의해서뿐만 아니라 생략된 무엇에 의해 해석을 이끌어내는 언어의 힘에 주목하도록 만든다. 타원형 초상화 그리고 그것이 어떻게 만들어지게 되었는가 하는 계기를 기술한 기록물을 이야기 속에 삽입한 것은 정보가 드러나는 사건순서를 조절하고 그를 통해 인과관계의 해석을 만들어내는 서사의 힘을 보여주는 것이다.

『타원형 초상화』는 단지 여섯 단락으로 구성된 매우 짧은 글이다. 나는 분석 목적을 위해 편의상, 이 이야기를 비슷한 분량의 세 부분으로 구성된 것으로서 간주하여 살펴보고자 한다. 다시 말해 이야기가 처음 두 개의 단락, 이어지는 세 개의 단락, 그리고 마지막의 긴 단락으로 구성되어 있다고 가정하는 것이다. 이 세 개의 구성 가운데 첫 번째의 것에서 내부발화 서술자는 자신과 자신이 처한 상황을 소개하고 있다. 두 번째의 것에서 서술자는 타원형 초상화를 보게 되었던 자신의 경험을 자세히 이야기한다. 마지막의 것은 처음부터 끝까지 따옴표를 사용한 인용문으로서 이것은 초상화가 어떻게 만들어졌는지를 기술한 단락이며 서술자가 막 읽어 나가려는 것을 그와 동시에 기록한 것이다. 이처럼 독자들은 서술자가 한 것처럼 그렇게 꼭 같은 방식으로 인용된 단락을 읽게 되며 책을 집어들고서 특별한 단락에 주목하는 서술자의 상황과 경험을 이해하게 된다. 나는 이 인용된 단락을 살펴봄으로써 분석을 시작할 것이며 그리고 그 자체로 독립된 완전한 텍스트로서 이 단락을 대할 때 우리가 기록된 사건들 간의 인과관계를 어떻게 해석하게 되는가를 고려할 것이다. 나는 이 해석이, 포의 이야기에서 작품의 말미에 놓인 삽입된 조각으로서 동일한 텍스트를 마찬가지로 읽을 때 해석하게 되는 것과 어떻게 다른지 비교할 것이다. 두 가지 해석의 차이는 서사전략이 어느 정도로까지 사건의 원인과 결과에 관한 독자의 해석을 안내해줄 수 있는가를 보여주는 사례가 될 것이다.

나는 해석들을 논의하고 비교하기 위해 주로 츠베탕 토도로프Tzvetan Todorov(1969a; 1969b)와 블라디미르 프로프Vladimir Propp(1968)의 연구에서 필자가 개발한 어휘들에 주목할 것인데 이것은 인과관계에 관한 해석들을 명명하기 위한 것이다. 내가 규정한 일련의 열 가지 기능들은 하나의 평형으로부터 또 다른 하나의 평형으로 이끄는 인과적 사건장면들의 단계를 명명하고 있다. 독자들은 이 명칭들을 활용하여 이야기 혹은 이야기 일부의 인과 관계들에 관한 자신들의 해석을 표현할 수 있을 것이다.

나는 이 글에서 포의 이야기 말미의 인용된 단락을 그 자체로 읽을 때와 온전한 전체 이야기의 문맥 속에서 그것을 읽을 때 그 단락에 관한 해석이 각각 어떻게 달라지는지를 살펴볼 것이다. 또한 나는 이 논의에 필요한 어휘들을 제공해 줄 수 있는 다섯 가지 기능들을 적용할 것인데 이 기능들은 평형의 파괴로부터 새로운 평형 구축의 단계를 나타내고 있다.

다섯 가지 기능과 그 개념

평형

A	평형을 깨뜨리며 불안정하게 만드는 사건
C	기능-A 사건을 완화시키려 시도하는 C-행위자(기능 C를 수행하는 인물)의 결정
C′	기능-A 사건을 완화시키는 C-행위자의 최초 행위
H	기능-A 사건을 완화시키는 C-행위자의 주요 행위
I혹은 I부정적	기능-H 행위의 성공(혹은 실패)

평형

대다수 독자들은 포의 이야기 말미에 인용된 단락에 주의를 기울이고 그것이 단독으로 있는 것처럼 그 자체로서 읽으면서, 아마도 최초의 상황을 어떤 평형의 순간으로 해석할 것이다. 첫 번째 문장은 말하고 있다, "그녀는 드물게 볼 수 있는 아름다운 아가씨였으며 아주 사랑스럽고 충만한 기쁨을 주었다"(1977 : 105). 이 첫 번째 문장은 어디에도 견줄 수 없는 미와 쾌가 함께하는 상황이 전개되는 상황을 묘사하기 때문에, 서사의 세계에서 모든 것이 순조롭다 — 서사세계는 평형 상태에 있다 — 고 독자가 해석하도록 이끌고 있다. 읽어나갈 때 맨 처음 소개받은 인물이 소녀이기 때문에 우리는 그러한 우선효과에 의해 그녀와 그녀의 상황에 미칠 어떠한 영향과 관련하여 이어지게 될 무엇을 해석하도록 안내받는 것이다.

많은 독자들에게, 첫 번째 문장이 묘사하는 최상의 미와 쾌의 결합은 파괴적인 무엇인가가 곧 일어날 것을 암시하고 있다. 두 번째 문장은 사실상 그 평형을 깨뜨리는 파괴적인 일련의 사건들을 직접적으로 소개하고 있다. "그리고 불운은 그녀가 화가와 만나서 사랑하고 결혼한 그 시간에 있었다." 곧 "불운"이 구체화된다. 화가는 "그의 예술 안에서 이미 한 사람의 신부"를 지니고 있었던 것이다"(1977 : 105). 보도된 사건들 사이의 인과관계에 관한 나의 해석 — 그리고 나는 이것이 대다수 독자들의 해석이라고 여긴다 — 은 다음의 기능들로써 나타낼 수 있다.

분석 1 (인용된 단락, 첫 번째 세 문장)

EQ   처녀는 기쁨에 차 있다

A   그녀는 이미 그의 예술과 결혼한 화가와 결혼한다

우리가 그렇지 않았다면 절대적이었을 소녀의 행복을 깨뜨리는 것이 자신의 예술을 향한 화가의 헌신임을 이해한다면, 우리들 대부분은 화가가 자신의 예술이 중요한 만큼이나 그녀도 그에게 중요하다는 것을 아내에게 확신시킬 수 있는 방법 혹은 그것을 확신시킬 수 있는지의 여부를 궁금해하며 독해할 것이다. 또한 우리는 이어지는 스토리 속에서 그녀가 "자신에게서 연인을 대하는 침착함을 앗아간 도구들, 단지 팔레트와 붓 등일 뿐인 것들을 두려워하는 이유"를 이해하게 된다. "이 여인에게는 어린 신부를 초상화로 그리려는 욕망을 이야기하는 화가의 말을 듣는 것이 이처럼 끔찍한 일이었다"(1977 : 105). 소녀는

자신을 그리려는 화가의 욕망으로 인해 아주 불행하게 되었기 때문에 다수의 독자들은 아마도 화가의 요구를 두 번째 기능-A 파괴적 사건으로서 해석할 것이다.

분석 2 (인용된 단락, 첫 번째 네 문장)

EQ   처녀는 기쁨에 차 있다

A1   그녀는 이미 그의 예술과 결혼한 화가와 결혼한다

A2   화가는 소녀가 초상화를 위해 앉아 있도록 요구한다(소녀
          에게 그의 요구는 "듣기에도…… 끔찍한 일"이다)

게다가 소녀는 자신의 초상화를 위해 앉아 있는 몇 주가 지나면서 "날마다 좀 더 의기소침해지고 허약해"진다(1977 : 106). 이것이 세 번째 기능-A 사건이다. 그러고 나서 아직 완성되지 않은 초상화를 본 몇몇 사람들이 "굉장히 놀라서 낮은 목소리로 아주 닮았다고 이야기하였"지만 그럼에도 화가는 캔버스에 퍼진 색조가 "자신의 곁에서 넌더리가 난 그녀의 뺨으로부터 이끌려온 것임을 보**'려고 하**'지 않았다"(p.106, 강조는 원문), 이것이 최초의 평형을 깨뜨리는 네 번째 사건이다. 아마도 대다수 독자들은 어떻게 그리고 누구의 노력으로 이 파탄적 상황이 해결될 수 있을 것인가를 계속해서 생각할 것이다. 우리는 초상화를 그리는 일이 그가 그리고 있는 소녀에게 어떤 식으로 해를 입히는지 화가에게 알려줄 수 있는 사람이 없다는 사실에 의아해 할 것이다.

그럼에도 마침내 화가는 마지막 붓질을 하게 된다. 인용된 단락 포의 이야기 — 은 결론짓는다.

그리고 한 동안 화가는 자신이 그려온 작품 앞에 서 있었다. 그러나 다음 순간 그는 응시하면서 전율하였으며 매우 창백해져서는 넋이 나가서 큰 소리로 울먹이고 있었다. "이것은 실지로 살아있는 것이야!" 그는 갑자기 자신의 연인을 돌아보았다. '**그녀는 죽어 있었다!**' (1977 : 106, 강조는 원문)

나는 삽입된 이야기를 참조하지 않고서 인용된 단락을 하나의 전체로서 독해하고 그 자체로 완결적 존재로서 간주하면서 기능들에 따라서 보도된 사건들의 인과 관계를 해석하고 있다(그리고 다수의 독자들도 이와 같이 해석할 것으로 추정한다).

분석 3 (인용된 단락, 그 자체로 완결적인 것으로서 독해할 때)

EQ	처녀는 기쁨에 차 있다
A1	그녀는 이미 그의 예술과 결혼한 화가와 결혼한다
A2	화가는 그 소녀가 초상화를 위해 앉도록 요구한다(이 소녀에게 그의 요구는 "듣기에도…… 끔찍한 일"이다)
A3	소녀는 기력이 없어지고 약해진다
A4	화가는 소녀를 그림으로써 그녀를 죽이고 있음을 의식하지 못할 것이다
A5	그림이 완성되었을 때 소녀는 죽어 있다

인용된 단락에서 최초의 평형 이후에 행복했던 소녀의 이전의 삶을 깨뜨리는 사건들이 잇달아 일어난다. 이 파괴적 사건들은 상황을 동요시키는데 그것은 그림이 완성되는 바로 그 순간에 절정을 이룬다. 소녀

의 죽음은 끔찍한 마지막 사건이며 우리는 그림이 성공적으로 완성되었음을 알게 된 이후에야 그것을 알게 된다. 우리는 소녀의 죽음을, 일련의 파괴적 사건들 속에서 결말을 맺는 비극적 사건으로서 해석한다. 즉 인용된 단락은 완결적 사건 배열의 다만 일부를 추적하는 서사의 한 사례를 제공하고 있다. 이러한 경우에 어떤 평형으로부터 파괴적 상황으로의 이동은, 서술에서 비교적 보편적이지 않으며 그것도 대다수 독자들이 아마도 불만족스럽다고 생각할 수 있는 한 가지 패턴이다.

서술은 독자들이 사건들의 기능을 수많은 방식으로 해석하도록 이끌며 이 해석들 중에는 사건들을 포함한 비극마저도 인용된 단락이 보여주는 것에 비해 덜 파괴적인 것으로서 결론짓도록 하는 방식도 끼어 있다. 한 가지 방식은, 예를 들어, 독자들로 하여금 또 다른 새로운 인물의 시각이 아니라 주요 인물의 시각에서 정보를 제공함으로써, 그 인물의 해석으로써 사건들 각각의 기능을 해석하도록 조장하는 것이다. 인용된 단락에서 우리는 소녀가 응하는 방식 — 남편이 이미 자신의 예술과 결혼했다는 사실을 알게 되고 소녀의 초상화를 위해 앉아 있도록 권유받고 그려지게 된 일 — 에 관한 주어진 정보를 얻게 된다. 그 결과 독자들은 말하자면 일련의 기능-A 사건들로서 소녀에게 미치는 효과에 따라서 사건들의 기능을 해석하는 경향이 있다.

인용된 단락이 보도하는 동일한 사건들은 화가의 시각을 대신하여 이야기될 수 있었다. 사실상 한 인물이 무엇인가를 성취하고 그 인물이 염려하는 사람이 죽게 된다는 서술은 아주 보편적인 것이다. 또한 스토리는, 독자로 하여금, 죽어가는 인물(이 경우는 소녀)과 함께하지 않고 중요한 무엇을 성취하는 인물(이 경우에는 굉장히 놀라운 그림을 그리는 화가)과 일치하여 사건들의 기능해석을 이끌도록 이야기될 수도 있다. 한편, 우리는 인용된 단락이 보도하고 있는 사건들을 상상할 수 있는데, 인용된 단락은 사건들이 독자로 하여금 화가의 성취를 경탄하고 그리고는 물론 소녀가 죽게 되는 비극을 알아차리도록 한다. 또한 동시에 그가 화가로서는 성공하지만 남편으로서는 실격임을 보여주는 결말의 복합적 상황을 감상하도록 이야기되고 있다. 독자들은 이렇게 상상하도록 이끌어진 스토리의 결말을, 동시에 발생한 두 가지 최종 사건들 — 기능-A, 소녀의 죽음 그리고 기능-I, 그림의 성공적 완성 — 사이의 균형을 제공하는 것으로서 해석할 것이다.

분석 4 (인용된 단락이 보도하는 사건들을 상상하여 다시 말하기)

A	화가는 그의 신부를 그리기를 바란다
C	화가는 그녀가 앉아 있도록 권유하기로 결심한다(화가는 C-행위자 — 기능-C를 수행하는 인물)
C′	화가는 그녀가 앉아 있도록 요청한다
H	화가는 그녀의 초상화를 그린다
I	화가는 그림을 완성한다, 그러나
A	소녀는 죽어 있다

서술이 이야기의 결말상황을 독자가 해석하도록 이끄는 또 하나의 방식은 인물이나 서술자의 결론적 진술을 덧붙이는 것이다. 몇몇 사례들에서 이러한 진술들은 인물이나 혹은 서술자의, 발생한 무엇에 관한 해석을 드러내고 있다. 그리고 또 다른 사례들에서 그와 같은 진술들은

다만, 이야기 속의 세계의 삶이 지속되고 있다는 것만을 가리킬 것이다. 인용된 단락은 발생한 사건들이 동기를 부여하는 기능-A 상황이 불가능하다는 결론을 맺도록 하는 서사에 관한 사례를 제공한다. 즉 소녀가 죽은 후에 그녀를 도로 살아나게 해서 다시 행복하게 할 수 있는 길은 없다. 이러한 상황에서 인물이나 서술자가 독자로 하여금 이야기 속의 세계가 다시 평형 속에 있다고 인식하도록 이끄는 무엇인가에 관해 이야기하는 서사도 있을 것이다. 이를 테면 인용된 단락의 끝에 더 나아간 문장이 있다면 그것은 화가가 아내가 파멸되는 조건들에 맹목적이었음을 일생 동안 후회하였다고 이야기하는 것이 될 수도 있다. 또한 어떤 문장은 우리의 관심을, 마지막 기능-A 사건(소녀의 죽음)으로부터 그 결과로서 발생하는 안정성 — 새로운 평형 — 의 상태로 이끌 수도 있을 것이다. 만약 독자들이 인용된 단락 그 자체가 단독인 것처럼 독해하고는 그 단락의 결말이 불만족스럽다고 여기게 된다면, 그것은, 대체로 이 단락이 독자로 하여금 나쁜 상태를 조화롭게 만들 좋은 일이 전혀 일어나지 못하는 소녀의 시각에서 사건들의 기능을 해석하도록 이끌었기 때문이다. 또한 그녀가 죽은 이후의 이야기 속 세계의 상황에 관하여 이 단락이 어떠한 진술도 보류해버리기 때문이다.

그러나 여태까지 우리가 분리된 하나의 작품인 것처럼 분석하였던 인용된 단락은 포의 이야기의 마지막 부분에 해당되는 것이었다. 포의 이야기는 인용된 단락이 보여주었듯이 동일한 진술 — "그녀는 죽어 있었다" — 과 동일한 사건 — 소녀의 죽음 — 으로써 결말을 맺고 있다. 나는 이제 전체로서의 포의 이야기를 살펴보고자 한다. 이 작업은 독자로 하여금, 궁극적으로 완결된 스토리라는 더 큰 맥락 속에서 소녀의 죽음을 독해할 때 우리가 그 죽음의 인과적 효과를 어떻게 다르게 해석하고 받아들이는가에 관해 보여주려는 것이다. 완결된 스토리는, 독자의 주요 관심사가, 소녀의 짧았던 삶과 죽음으로부터 포의 서술자가 (아마도) 그녀의 초상화를 바라보는 맥락으로, 그리고 초상화가 서술자와 우리의 마음에 불러일으키는 의문들을 향해 옮겨가도록 한다.

포의 이야기는 우리가 적어도 개요에서 알게 되는 사건들의 결과로서의 평형상태 즉 성취된 평형상태로서 일컬어질 수 있는 것으로부터 시작한다. 시작 문장은 하나의 전체적 사건 구성을 추적할 수 있도록 하는 일련의 사건들을 기록하고 있다. 그것은 다음과 같이 시작된다.

내 시종은 치명적인 부상을 입은 상태에 놓인 나에게 한데서 밤을 보낼 것인지 하는 허락을 구하지 않고 거의 강제적으로 내가 이 성으로 들어가도록 하였다. 아펜니노 산맥에 있는 이 성은 실제로 래드클리프Radcliffe 부인의 환상 속에서보다도 더 오래도록 눈살을 찌푸리게 하는 우울함과 웅장함이 뒤섞인 그러한 건축물 가운데 하나였다. (Poe 1977 : 103)

우리가 연대기적 구성에 의해 이 문장이 드러내는 사건들을 조직해 본다면 아마도 다음과 같은 기능들에 따라서 인과관계를 해석하게 될 것이다.

분석 5 (최초의 평형상태가 어떻게 일어나는가)

A   서술자는, 그의 시종이 생각하기에, 아펜니노 산맥의 한데

	서 밤을 보내기에는 너무 치명적인 부상을 입었다
C	서술자의 시종은 서술자를 위한 피난처를 정할 것을 결심한다(하인은 C-행위자 — 기능 C를 수행하는 인물)
C′	시종은 성으로 들어간다
H	시종은 성 안쪽의 방으로 서술자를 안치시킨다
I	시종은 서술자를 위한 피난처를 찾는데 성공한다
EQ	서술자는 지금 실내에서 밤을 보내며 편안하게 있다

　전체 이야기가 시작하는 첫 번째 두 단락의 후반부에서, 좀 더 구체적 정보는 독자가 시작상황이 평형상태라고 해석한 것을 강화하고 있다. 즉 서술자는 시종이 자신을 데려다 준 "작은 외딴 탑"(1977 : 103)을 묘사하고 있다. 즉 그는 검정 벨벳 커튼이 드리워진 침대에 있다. 나뭇가지 모양의 촛대의 불빛은 그가 주변을 찬찬히 들여다볼 수 있을 정도로 충분히 밝았다. 그의 표현에 의하면, 벽은 "색실로 짠 주단이 걸려 있으며 다양하고 복합적인 문장을 단 트로피들이 장식되었으며 이례적으로 수없이 많은, 깊은 영감을 주는 현대적 그림들이 함께 걸려 있었다." 베개 맡에서 그가 발견한 한 권의 "작은 책"은 그림들에 관한 "기술과 비평이 씌어 있었다"(p.103). 서술자가 설명하기로, 그는 몇 시간 동안, 아주 한밤중이 될 때까지 그림들을 응시하고 책을 드문드문 읽었다. 이 이야기의 첫 번째 부분에서, 독자들에게는 단지 한 가지 정보만이 주어지는데, 그것은 맞이한 평형상태가 그렇게 보여지는 것보다는 안정적이지 못하다는 사실을 암시하고 있다. 서술자는 "최초의 정신착란"(서술자 자신의 표현)이 아마도 그림에 관한 자신의 "깊은 관심"

을 설명해준다고 언급하고 있다(p.103).

이 이야기의 이어지는 단락들에서(세 번째 단락, 네 번째 단락, 다섯 번째 단락) 서술자가 촛대를 움직임에 따라 우세해졌던 평형상태가 파괴되고 있다. 결과적으로, 조명이 변화하면서 그는 이전에 지각할 수 없었던 한 장의 그림을 볼 수 있었다. 그것은 이야기의 제목을 가리키고 있는 타원형 초상화였다. 이 그림에 관해서, 서술자는 처음 흘낏 본 다음, 이것이 단지 "이제 막 여인으로 성숙해가는 어린 소녀의 초상화"라고 말한다(1977 : 104). 그럼에도 그는 자신의 반응을 좀 더 세부적으로 기술한다. 이 그림을 흘낏 본 후에, 그는 말하길, 바로 즉각적으로 자신의 눈을 감았는데, 그러고는 자신이 왜 그렇게 할 수밖에 없었는지를 분석하기 시작하는 것이다. 그의 말로는, "그것은 생각할 시간을 얻으려는 본능적인 움직임이었다 — 나의 시각이 자신을 속이지 않았다는 것을 확신하기 위해 — 좀 더 깨어있는, 더 확실한 응시를 위해 나의 환상을 잠재우고 억제하기 위해서였다"(p.104). 서술자는 처음 자신의 반응을 "최초의 무아경"으로서 표현하였고 그리고 지금은 "(자신의) 감각들 전부가 훔쳐버려진 꿈꾸는 듯한 마비상태"라고 표현하고 있다(p.104). 이에 따라 독자들은, 초상화에 대한 서술자의 최초의 반응으로 보아서, 사실상 그가 무아경에 사로잡혀서 자신의 감각적 지각들을 신뢰할 수 없는 공포 속에 휩싸이게 된 것이라고 추측하게 된다. 다음의 기능들에 따라서 초상화에 대한 그의 반응을 해석해 보기로 한다.

분석 6 (초상화에 대한 서술자의 첫 번째 반응)

EQ   서술자는 성에서 편안하게 있다

A	서술자는 무아경이 된 상태를 두려워한다
C	서술자는 자신이 무아경인지의 여부를 확인해보기로 결심한다(서술자는 C-행위자)
C'	서술자는 "좀 더 깨어있는…… 응시를 위해 자신의 환상을 잠재우고 억제한다
H	서술자는 그 그림을 자세히 연구한다

여기까지 우리가 초상화에 관해 아는 전부는 그림이 서술자에게 강렬한 인상을 주었으며 주인공은 어떤 어린 소녀라는 것이다. 우리는 서술자가 우리에게 말하는 무엇을 넘어서는 어떤 부가적 정보를 가질 수 없다. 그것은 우리가 그 초상화를 볼 수 없으며 초상화는 '에크프라시스'를 통해 포의 이야기에 삽입되어 있기 때문이다. 타마 야코비Tamar Yacobi가 지적하였듯이, 하나의 예술작품(혹은 그 외 다른 기록물)이 또 다른 작품 속에 삽입될 때, 삽입된 예술작품이 우리의 세계 속에 있는 독자와 관객에 의해 어떻게 지각되는가를 이해하기 위해서는 두 개의 매체가 고려되어야만 한다. 한편으로, 타원형 초상화 그림의 경우에서처럼, 우리가 이야기 속 세계로 들어가서 거기서 예술작품을 경험할 수 있다고 가정했을 때 우리가 지각하게 되는 매체가 있다. 다른 한편으로, 삽입된 예술작품 속에 재현된 삽입된 작품을 재현한 매체 — 이 경우에는(에크프라시스의 경우 늘 그렇듯이) 언어적 표현 — 가 있다. 포의 이야기에 대한 독자들의 반응은 두 가지 매체의 상호작용과 관련하여 영향을 받게 된다. 그것은 시각적 재현 — 우리는, 그림에 관한 앞선 경험에 근거를 두고서 특정한 특징들을 인지할 수 있지만 나머지 다른 특징들을

그렇게 인지할 수는 없다 — 과 언어적 재현 — 이것은 기껏해야 가능한 다른 묘사들 중에 한 가지를 우리에게 전달할 수 있다 — 이다.

서술자는 그림을 다시 들여다 본 다음 지금 자신이 "정확히 보았던" 것을 판단하고 있다(1977 : 104). 그러나 독자들은 초상화를 볼 수 없기 때문에 우리는 서술자가 보인 맨 처음의 충격적 반응이 초상화에 관한 무엇의 이례적인 결과였는지 그런 것이 아니었는지를 측정할 수가 없다. 또한 우리는 그의 지각이 그가 지금 그렇다고 생각하는 것에 비해서 덜 미더운 것인지 어떤지를 측정할 수가 없다. 다른 말로 하자면, 우리가 독해하는 이 지점에서, 일부 독자들은 분석 7 이하(서술자는 자신의 의식을 충분히 조절할 수 있으며 그리고 지금은 자신이 처음 보인 반응을 이해하고 있다) 혹은 분석 8이하(초상화에 대해 서술자가 보인 충격적 반응은 자신의 무아경의 영향일 것이다)에 일치하여 상당히 알게 된 사건들 사이의 인과관계를 어떤 식으로 해석할 것인지 확신할 수 없을 것이다.

분석 7 (서술자가 제안하는 해석)

EQ	서술자는 성에서 편안하게 있다
A	서술자는 무아경이 된 상태를 두려워한다
C	서술자는 자신이 무아경인지의 여부를 확인해보기로 결심한다(서술자는 C-행위자)
C'	서술자는 "좀 더 깨어있는…… 응시를 위해 자신의 환상을 잠재우고 억제한다
H	서술자는 그 그림을 자세히 연구한다
I	서술자는 "정확히 보았다"고 결정한다

분석 8 (일부 독자들의 해석)

EQ   서술자는 성에서 편안하게 있다

A   서술자는 무아경이 될 것이다. 독자들은 그의 지각을 신뢰할 수 없다

　

일단, 서술자는 자신이 "정확히 보았다"고 판단한 다음, "자신이 왜 그렇게 놀랐으며 왜 또 그렇게 열렬히 감동받았는가를 분석하면서 몇몇 어휘들로써 그림을 애써 묘사하고 있었다(1977 : 105). 초상화는 타원형 액자에 고정되어 있으며 다만 머리와 어깨를 묘사하고 있으며 몸은 배경의 깊은 그늘 속으로 사라지고 있다. 액자가 없었다면 어둠 속으로 사라지고 있는 초상의 머리와 어깨는 당연히 유령으로 이해될 것이다. 여기서 포의 이야기는 초자연적인 것과의 유희에 빠진다. 서술자가 말하는 이 액자 때문에 그리고 몸의 다만 일부만 있기 때문에, 그는 자신의 "환상으로 인해 반쯤 혼이 나갔음"에도 불구하고 "그 머리를 살아있는 사람의 것이라고 착각"할 수 없다고 결정짓게 된다. 그는 또 한 시간가량, 그림을 계속해서 바라보다가 마침내 결론짓는다. "나는 절대적으로 '**살아있는 것같이**' 표현한 그림의 마술을 발견하였다, 그것은 처음에는 깜짝 놀라게 하였으며 나중에는 당혹스럽게 하였고 정복당하도록 하였으며 소름끼치도록 만들었다"(p.105, 강조는 원문).

"소름끼치도록"이라는 말은, 서술자가 기능-A 파괴적 사건으로서 그림을 간주하고 해석하고 있다고 인식하도록 이끌고 있다. 서술자는 묘사된 소녀의 형상이 "살아있는 것같이" 소름끼치도록 만들었다고 기술하기 때문에, 우리는 그가 그림을 "정확히" 보았다고 결정짓게 된

일은 이야기의 첫 번째 시작 부분에서 만들어진 평형상태를 다시는 만들어내지 못한다는 것으로 이해하게 된다. 그보다, 서술자는 그림을 보는 일이 왜 그렇게 당황스럽게 만드는 사건인지에 관하여 방금 적어도 그 스스로는 만족스럽게 설명하였다.

분석 9 (초상화에 반응한 자신의 경험에 관한 서술자의 해석)

EQ	서술자는 성에서 편안하게 있다
A1	서술자는 무아경이 된 상태를 두려워한다
C	서술자는 자신이 무아경인지의 여부를 확인해보기로 결심한다
C'	서술자는 "좀 더 깨어있는…… 응시를 위해 자신의 환상을 잠재우고 억제한다
H	서술자는 그 그림을 자세히 연구한다
I	서술자는 "정확히 보았다"고 결정한다. 묘사된 표현의 "살아있는 것 같음"은 소름끼치도록 한다(기능-A1 상황의 결정은 새로운 기능-A 상황을 창조)
I=A2	"살아있는 것 같은" 표현은 소름끼치도록 한다. 이때 평형은 다시 깨어진다

그림은 '에크프라시스'를 통해서만 이야기 속에서 재현되며 이것은 독자가 서술자의 지각과 그것을 묘사하는 서술자의 말이라는 이중의 렌즈를 통하지 않고서 시각화하는 것이 불가능하도록 한다. 그 때문에 일부 독자들은 시각적 재현이 소름끼칠 정도로 그렇게 살아있는 것 같

을 수 있는지 어떤지에 의문을 던질 수 있다. 이와 같은 회의적 독자들을 위해, 서술자가 소름끼칠 정도로 "살아있는 것 같다"는 표현을 찾은 것은 서술자가 무아경이 되었으며 그것도 자신의 지각 — 그리고 현재 그의 개념작용 또한 — 을 신뢰할 수 없다고 했던 처음의 우려들을 확인하면서 또한 심화시킨 것이다.

분석 10 (회의적인 독자의 해석)

EQ	서술자는 성에서 편안하게 있다
A	서술자는 무아경이 되었을 것이다. 독자들은 그의 지각들을 신뢰할 수 없을 것이다
A	소름이 끼칠 정도로 살아있는 것 같다는 시각적 재현은 불가능한 것이다. 독자들은 서술자의 개념작용을 신뢰할 수 없다

회의적인 독자들이 서술자의 지각과 개념작용의 정확성에 의문을 제기한다는 정확히 그 이유로 인해 그들은 묘사된 소녀의 형상이 살아있는 것 같아서 소름끼치게 만드는 이유를 이해하려 하는 서술자의 욕망을 공유하는 것이다. 뿐만 아니라 이러한 이유로 해서 이야기의 바로 이 지점에서, 서술자를 비롯하여 그의 해석에 동의하여 해석하는 독자들과 그것에 회의적인 독자들은 서술자가 자신의 그러한 경험의 원인들을 알아보려는 것에 관해서 유사한 동기를 부여받게 된다. 서술자가 초상화의 "실제와 같은" 표현에 소름끼친다고 한 것을 듣게 된 다음에 우리는 바로 읽게 되는데,

심원하고 경건한 두려움으로 나는 촛대를 이전의 자리에 도로 두었다.
깊숙한 내 동요의 원인은 이처럼 시각으로부터는 차단된 것이었으므로 나
는 그림들과 그것들의 역사를 설명한 책을 열심히 찾아보았다. 타원형 초
상화라는 이름이 붙여진 책에 주목하면서 나는 거기에 씌어진 모호하고
기묘한 구절들을 읽었다. (1977 : 105)

서술자와 회의적인 독자들이 다양한 쟁점들을 해결하려고 시도하
고 있음에도 불구하고 독자들은 서술자와 마찬가지로 동일한 결정을
내리게 된다. 그것은 서술자의 체험이 제기한 의문을 해소하기 위해
책을 읽어나가는 것이다.

분석 11 (포의 이야기, 첫 번째 두 단락)

A   (서술자에게) 초상화의 "살아있는 것같음"은 소름끼치는
일이다

A   (회의적인 독자들에게) 서술자가 겪은 최초의 무아경은 그
의 지각과 개념작용에 영향을 끼쳤을 것이다

C   책을 읽어나가면서 설명을 모색하려는 결정이 서술자와 독
자들에 의하여 이루어진다(서술자와 독자들은 C-행위자)

C′   서술자는 책을 집어든다. 그리고 독자들도 따라서 계속 읽는다

H   서술자와 독자들은 동시에 인용된 단락을 같은 목적으로
읽는다. 그것은 서술자가 왜 그렇게 소름끼치도록 초상화
가 살아있는 것같다고 하는지 하는 이유를 알아내고자 하
는 것이다

이와 같이 독자들은 서술자가 하는 것과 동시에 인용된 단락을 독해할 뿐만 아니라 그들은 서술자와 마찬가지로 동일한 기능-C 동기를 부여받게 된다. 그것은 그림에 대한 서술자의 반응을 설명하는 정보를 찾아보는 일이 된다. 그 결과 대다수 독자들은 독해해가면서, 내가 주목한 비와 같이, 화가에게보다는 그림에 더 관심을 기울이며 그리고 소녀에게보다는 화가에 더 관심을 기울이게 된다. 이것은 이야기 전체에서 분리된 인용된 단락을 단독으로 읽었을 때 우리가 소녀에게 가졌던 관심이 역전되는 것을 보여주는 것이다. 사실상 우리는 마지막 구절에 이르러서 화가가 자신의 그림을 향해 하는 말을 듣게 된다. "'이것은 실지로 '살아있는 것'이야!' 그는 갑자기 자신의 연인을 돌아보았다. **'그녀는 죽어 있었다!'**" 그때 우리는 우리들이 찾고자 했던 설명을 발견하게 된다. 심지어는 회의적인 독자들도 의문시되는 역사를 지닌 한 장의 그림이 평범한 그림이 아니라는 것을 알아차릴 것이다. 그리고 그들도 그림이 만들어진 여건들로 인해, 묘사된 소녀가 살아있는 것 같이 표현되었다는 서술자의 지각이 왜 그토록 확실한 것이었는지 그리고 "살아있는 것같다"는 소름끼치는 서술자의 개념작용 또한 왜 그토록 확실한 것이었는지를 알아차리게 될 것이다. 나는 전체 이야기를 완결적으로 읽은 다음에 대다수의 독자들이 이러한 기능들에 따라서 보도된 사건의 기능을 해석할 것이라고 주장하고 있다.

분석 12 (포의 전체 이야기)

EQ	서술자는 성에서 편안하게 있다
A1	서술자는 무아경이 된 상태를 두려워한다

C	서술자는 자신이 무아경인지의 여부를 확인해보기로 결심한다
C'	서술자는 "좀 더 깨어있는…… 응시를 위해 자신의 환상을 잠재우고 억제한다
H	서술자는 그 그림을 자세히 연구한다
I	서술자는 "정확히 보았다"고 결정한다. 묘사된 표현의 "살아있는 것 같음"은 소름끼치도록 한다
I=A2	"살아있는 것 같은" 표현은 소름끼치도록 한다
C	서술자와 독자들 모두는 책을 읽어나가면서 설명을 찾아보기로 결정한다(서술자와 독자는 C-행위자)
C'	서술자는 책을 집어든다. 그리고 독자도 따라서 계속해서 읽는다
H	서술자와 독자들은 동시에 인용된 단락을 같은 목적으로 읽는다. 그것은 서술자가 왜 그렇게 소름끼치도록 초상화가 살아있는 것 같다고 하는가에 관한 이유를 알아내는 것이다
I	그림이 만들어지게 된 여건들은 서술자의 경험을 설명하고 이해되도록 한다

인용된 단락은 포의 이야기를 결론짓는 부분이기 때문에 이 단락과 전체 이야기 둘 다는 그림의 완성과 이어지는 소녀의 죽음이라는 동일한 구절과 동일한 사건으로 결말을 맺고 있다. 자, 이제 분석 12와 분석 3을 대비해보자. 이 단락이 단독인 것처럼 읽을 때(분석 3) 우리는 주요 파괴적 사건 — 나의 어휘로는 기능-A 사건 — 으로서 그림이 완성된 순간에 놓인 소녀의 죽음을 해석하였다. 포의 전체 이야기의 맥락

에서 동일 단락을 독해할 때(분석 12) 우리는 서술자가 초상화가 살아있는 것같다고 여기는 이유를 설명하고자 하는 노력에 대한 성공적 결과 — 나의 어휘로는 기능-I 사건 — 로서 그림이 완성된 순간에 놓인 소녀의 죽음을 해석하였다. 기능분석은, 소녀의 죽음과 같은 경우에 사건들이 이야기되는 방식을 통해서 사건들의 원인과 결과에 관한 해석적 효과의 차이를 드러내도록 한다. 나는, 두 가지 맥락에서, 소녀의 죽음이 명백히 하는 매우 다른 이러한 해석들을 설명하도록 돕는 다섯 가지 서술전략에 주목하게 된다.

첫 번째, 그리고 아마도 가장 확실하게 탁월한 효과가 있다. 인용된 단락은 첫 번째 문장에서 소녀를 소개한다. 반면에 포의 전체 이야기의 첫 번째 문장에서는 서술자가 자신을 소개하고 있다.

두 번째, 정보가 제시되는 관점에 의해 두 사례 모두에 다시 특별한 효과가 강화되고 있다. 인용된 단락에서, 정보는 소녀에 근접한 렌즈를 통하여 우리에게 다가온다. 우리가 인용된 일부의 단락을 그 자체로서 읽을 때, 이 글의 시작부분에서 보았듯이, 소녀가 자신의 삶에 일어난 사건들에 어떻게 반응하는지에 관하여 우리에게 주어지는 정보는 우리가 사건들의 기능에 관한 해석을 소녀의 것으로 할애하도록 이끌고 있다. 우리의 해석은 기능 A에서 멈추는데 그 이유는 소녀의 관점에서 볼 때 그녀의 죽음 이후에는 해석할 것이 더이상 없기 때문이다. 대조적으로, 포의 전체 이야기의 첫 번째 두 개 단락에서는, 우리가 알게 되는 지각과 사유는 서술자의 것이다. 그 결과, 우리는 사건들의 기능에 관한 우리의 해석을 서술자의 해석에 할애하는 경향이 있다. 마치 서술자와 함께 동시에 우리도 그것을 읽고 있다는 것을 인식하면서 우리는 인용된 단락을 접하게 된다. 그리고 우리자신의 해석을, 우리가 추정한 서술자의 해석인 어떤 것에 일치하도록 한다. 우리는, 그의 관점에 서서, 충분히 추정할 정도로 서술자를 잘 알고 있다. 즉 소녀의 죽음과 그림의 완성이 나란히 나타난 것은, 서술자가 그림의 강렬한 인상의 원인으로서 "살아있는 것 같음"을 해명한 것(기능 I)이 옳았다는 확신을 제공하고 있다.

세 번째, 인물이 맨 처음 소개되는 것에 덧붙여, 우리는 사건들이 보도되는 장면순서를 고려할 필요가 있다. 인용된 단락에서 소녀의 삶에 관한 사건들은 연대기적으로 이야기되고 있다. 우리는 그녀를 소개받고 그러고 나서 그녀가 화가와 만나 사랑에 빠지고 결혼하게 되었으며 그리고 그가 그녀의 초상화를 그리게 되었다는 것을 듣게 된다. 포의 전체 이야기에서 첫 번째와 두 번째 섹션도 또한, 시작장면 이후에는, 상당부분 연대기적으로 이야기되고 있다. 서술자는 자신의 침대에 누워서 방을 둘러보며 책을 읽으며 그리고 타원형 초상화를 바라보게 된다. 그러나 포의 전체 이야기에서 서술자가 읽게 되는 인용된 단락은, 서술자가 그것을 읽는 그날 밤에 연속적으로 발생한 일이 아니며 연대기적으로 선행한 사건들의 정보를 제공하고 있을 뿐이다.

메이어 스턴버그Meir Sternberg가 보여주었듯이, 정보가 독자들에게 제공되는 순서는 독자들이 그 정보에 동의하도록 하는 주의의 형식에 영향을 끼치고 있다. 인용된 단락이 그 자체로 단독인 것으로 독해될 때 그것은 '긴장감'을 불러일으킨다. 우리는 그 단락에 관해, 앞으로 일어날 무엇을 알아내고자 하는 기대감을 지니고서 대하게 된다. 즉 사건들이 풀려나오면서 일어나게 될 일은 무엇일까. 이 기대감으로 인하여, 우리의 관심은 그 결과 — 이 경우에는 그림의 완성과 이어지는 소녀의 죽음 — 에 초점이 맞추어지게 되는 것이다. 다른 한편으로, 인용된 단락을 포의 전체 이야기의 일부분으로서 독해할 때, 그것은 '호기심'을 자극하는 역할을 하게 된다. 우리는 이야기 속 세계에서 현재의 상황을 설명하도록 도울 과거의 몇몇 사건들에 관해 알아내고자 하는 기대감으로써 인용된 단락을 읽게 된다. 이러한 기대를 고려할 때 우리의 관심은 과거의 사건들과 현재의 상황 사이의 관계 — 이 경우에는 한편으로는 그림의 완성과 이어지는 소녀의 죽음 그리고 다른 한편으로는 초상화에 대한 서술자의 소름끼치는 반응 사이의 관계 — 에 주요한 초점이 맞추어진다. 이야기에 관한 사건배열은 이야기 속 세계의 현재상황과 그리고 또 다른 시간대 곧 독자의 관심을 끌도록 하는 과거나 미래의 사건들 사이에 잠정적인 관계를 만든다.

네 번째 『메타역사*Metahistory*』에서, 헤이든 화이트Hayden White(1973)는 역사가가 서술할 만한, 역사 속 기록 조각을 선택한다는 인식을 보여주었다. 또한 화이트는 또 하나의 새로운 조각이 아닌, 처음에 나오는 하나의 조각을 선택하는 문제도 사건들을 보도하는 역사가의 해석에 영향을 미치고 있음을 인식하였다. 그는 한 가지 사례로서 왕의 죽음을 들고 있다. "왕의 죽음은 시작이거나 끝이며 혹은 다른 세 가지 이야기 속에서는 과정상의 단순한 사건일 수 있을 것이다"(1973 : 7). 다른 말로 하자면 역사 속의 사건이 하나의 시작으로서 해석되는가, 과정상의 사건으로 해석되는가, 혹은 결론적 사건으로서 해석되는가 하는 것은 이야기되는 일련의 사건들의 연대기적 상황에 의존하고 있다. 또한 그것은 역사가가 취해서 다루는 역사 속의 기록조각들에 의존하고 있다. 소설에서도, 역사 속 사건들에 관한 진술과 마찬가지로, 보도된 사건들 간의 인과관계의 해석은 보도되고 있는 일련의 사건들 속의 연대기적 사건들의 상황에 의해 영향을 받는다. 포의 이야기의 말미에 인용된 단락에서, 그것이 마치 단독으로 나온 것처럼 독해할 때 보도된 시간의 파편은 소녀가 행복했던 시절부터 그녀의 죽음에 이르는 시간까지로 이어진다. 그녀의 죽음은 연대기적으로 보면 보도된 일련의 사건들 속에서는 마지막의 사건이기 때문에, 우리는 더 일찍 발생한 사건들의 결과로서 그 죽음을 해석하며 심지어는 그녀의 죽음을, 그것에 이르도록 한 사건들이 왜 이야기되어야 하는지를 설명하고 있는 절정의 사건으로서 해석하게 된다.

그럼에도 포가 이야기하는 완결적인 전체 스토리에서 보면, 보도된 사건들은 장면상으로 불과 몇 시간 동안에 일어난 것이다. 시작단락들에서, 서술자는 침대에 누워 있으며 그림을 쳐다보고 그것에 관해 읽고 있다. 그는 어떤 초상화를 보았으며 그러고 나서 책에서 그 초상화와 관련한 부분을 읽고 있다. 이러한 잠깐의 시간에 소녀는 단지 초상화로서 또한 한 단락의 주인공으로서만 존재한다. 포의 초점은, 이 몇 시간으로 재현장면을 한정지음으로써, 그전에 서술자가 다쳤던 고통스런 상황으로부터, 뿐만 아니라 소녀의 짧은 생애와 요절로부터, 짧은 시간 동안에, 서술자의 평형을 깨뜨렸을 뿐인 사건으로서 소녀의 초상화를 경험하는 일로 옮겨가고 있다.

우리가 장면형식으로 보도된 사건들뿐만 아니라 서술자에 관해 드러내는 이야기의 전체를 구성하는 일련의 사건들을 고려해본다면, 보도된 시간상의 부분은 아펜니노 산맥 어딘가에서 서술자가 부상당한 상황으로부터 피난처를 찾아 성으로 안치되어 휴식을 취하고 기력을 되찾는 상황으로 이어지는 것이 된다. 짧은 시간 동안에 일어난 맥락을 고려해서 보면, 포는 전체적 장면의 재현을 다음과 같이, 즉 부상당하여 성으로 들어가게 되는 것으로 시작하여, 소녀는 다만 초상화이자 하나의 단락 속에 있으며, 그녀의 초상화에 대한 서술자의 충격적 반응조차도 그가 회복하는 시간 동안에 일어난 단지 사소한 정신착란일 뿐인 것으로서 취할 수 있는 것이다.

다섯 번째, 동시대 상호텍스트적 예술연구의 관점에서 볼 때, 포의 이야기에서 액자 속의, 머리와 어깨를 드러내는 유령은 삽입된 예술작품 그리고 초현실적인 것의 문학적 재현 둘 다로부터 시간적 쟁점, 존재론적 쟁점, 그리고 기원론적 쟁점에 나란히 주목하도록 만든다. 하나의 예술작품은 그것이 만들어졌던 초기의 시간으로의 통로로서 간주될 수 있으며 또한 하나의 초상화가 대상으로 그려진 사람의 살았던 시간으로의 연결로서 간주될 수 있다. 이와 같은 방식으로, 유령의 출현으로 인한 정신적 충격은 확실히 부분적으로는, 두 가지 시간대 즉 유령이 지각되는 현재와 그리고 유령이 살았던 것으로 추정되는 이전의 과거가 충돌한 결과물인 것이다.

그려진 사람과 희미한 유령 둘 다는, 한때 살았던 것으로 추정되는 과거의 시간대를, 현재 속으로 가져오며, 나아가, 초상화와 유령은 모두, 이미지의 존재론에 관한 모순된 해석들 사이의 긴장감을 도입하여 지각현상을 복합적으로 만들어내고 있다. 초상화가 예술작품으로서 간주될 때 우리는 횡단할 수 없는 존재론적 경계를 추정하게 된다. 우리는 그림 속으로 들어갈 수는 없지만 이를 테면 그려졌던 인물과 식사는 가능할는지 모른다. 초상화가 사진에 필적하는 것으로 간주된다면, 한때 살았던 사람의 재현물은 논리적으로 볼 때 존재론적 공백이 아니라 다만 시간적 공백을 나타내는 것이다. 그리고 이 시간적 공백은 그림을 바라보는 사람과 그려진 사람을 분리하도록 만든다. 그럼에도 우리의 경험은 고통받는 사람을 표현한 그림에 대해서는 우리가 다른 감정으로 반응하게 된다는 것을 알려주고 있다. 심지어 그 재현물은 역사적으로 존재했던 인물의 것이기도 한데 그런 연유로, 그것은 우리 바로 앞에서 고통받는 살아있는 인물, 혹은 심지어는 아마 틀림없이 고통받고 있는 인물의 사진을 보고 어떤 감정상의 반응을 일으키는 것보다 더 강렬한 것일 수 있다. 그러한 차이는 부분적으로는 아마도 시간적 공백의 결과일 것이다. 즉 그려진 인물이 한때 견뎌내야 했던 고통을 경감하기 위해 우리의 시간대에서 우리가 할 수 있는 일이란 아무것도 없는 것이다. 또한 그러한 차이는 부분적으로, 고통을 느낄 수 없는 유화라는 매체가 지시하는 존재론적 분리의 효과이기도 하다. 유사한 방식으로, 유령을 향한 지속적인 매혹은 부분적으로, 우리들 사이에서 한때 살았으며 다만 시간에 의해 우리와 분리된 누군가의 이미지로서 유령을 고려하는 것과 그리고 우리가 접근할 수 없는 초월적 세계의 영역으로부터의 어떤 방사물로서 유령을 고려하는 것 그 사이에서 일어나고 있는 긴장 효과라고 할 수 있다.

존재론적 쟁점이 도입하는 인식론적 긴장은 '에크프라시스'에 의해 만들어진다. 그것은 우리가 앞서 보았듯이 이야기 속 세계의 예술작품의 앞에 선 사람이 보고서 선택적으로 묘사한 무엇만을 독자가 알 수 있도록 허용하고 있다. 독자들이 다만 서술자의 말을 통해서 보게 되는 초상화와는 대조적으로, 인용된 단락은 우리가 읽는 이야기에서처럼 이야기 속의 세계에서도 동일한 매체 곧 언어로 되어 있다. 우리는 남편이 죽음에 이르도록 한 소녀에 관해서 서술자가 읽는 바로 그 동일한 내용을 읽고 있기 때문에, 이야기 속 세계에서 유사-정체물의 이례적인 관계가, 표현의 대상(전적으로 남편의 예술에 자신을 헌신한 소녀)과 표현물("살아있는 것같이" 그녀를 전달히는 초상화)과 그것의 지각(마치 살아있는 사람을 대하는 듯한 서술자의 반응) 사이에 존재한다는 정보를, 서술자가 우리에게 한 번 더 재현해보일 때 우리는 그것을 이전의 것보다 좀 더 기꺼이 수용하는 경향이 있다.

기능분석이 보여주는 것처럼, 인용된 단락과는 달리, 포의 전체 이야기는 독자가 소녀의 죽음이 미치는 효과를 아주 다르게 해석하도록 만든다. 우리의 해석들을 이끄는 전체 이야기의 서술전략은 장면적으로 재현된 아주 짧은 시간 조각의 선택과 그리고 정보가 주어지는 순서를 포함하고 있다. 이 두 가지 모두는 소녀에 관한 사건들을 삽입함으로써 가능해진다. 소녀의 이야기가 재현되는 두 개의 매체 또한 도움이 되고 있다. 초상화는 단지 '에크프라시스'를 통해서만 재현되기 때문에 독자들은 서술자가 믿기 어려운 지각과 개념작용의 정확성에 의문을 제기할 수 있다. 이 의문은 독자들에게는 우리가 인용된 단락을 읽고 그것을 풀어가도록 동기를 부여하는 기능-A 파괴에 해당된다. 그리고 나서 독자들은 인용된 단락의 글을 독해하면서 서술자에게 참여할 수 있기 때문에, 우리는 서술자의 경험을 우리자신의 것으로 대체할 수 있는 것이다. 또한 우리는 서술자가 아마도 했던 방식으로 ― 스스로의 지각이 정확한 것인가를 입증한 방식으로 ― 그 단락을 독해할 수 있었던 것이다.

17

『댈러웨이 부인』의 후예

2급 서술로서의『세월』

시모어 채트먼Semour Chatman

마이클 커닝엄Michael Cunningham의 『세월*The Hours*』은 1998년도에 혜성같이 나타나서 퓰리처상 및 펜 포크너상을 휩쓸었으며 비평가들 뿐만 아니라 대중들에게도 높은 평가를 받고 상당한 인기를 누렸다. 이소설이 2002년도에 스티븐 달드리Stephen Daldry 감독의 영화로 제작되었을 때 이 소설과『댈러웨이 부인*Mrs. Dalloway*』의 판매고는 가히 폭발적이었다. 이러한 열풍은 다시 한번, 고급문화와 대중문화의 경계가 허물어지는 장면을 연출하였다. 소설로서의 장점과는 별도로,『세월』이 대중적으로 수용된 것은 하나의 중요한 문화적 사건으로 간주되는 일임에 틀림없으며, 그 사실은 커닝엄 프로젝트에 관한 관심을 공식적 차원에서 정당화하도록 하였다.

『세월』은 어떠한 종류의 서술인 것인가? 어떻게 하면『댈러웨이 부인』과 이 소설의 관계를 가장 잘 기술할 수 있는가? 서사론이나 문체론 면에서? 혹은 주제론의 측면에서? 그리고 그런 식의 설명이 두 소설의 미적·주제적 성취에 관하여 우리에게 이야기해 줄 수 있는 것은 무엇인가? 이와 같은 질문들에 답하는 것은, 일부 비평가들이 포스트모던 시대를 특별히 특징짓는다고 믿는 텍스트의 종류 즉 파생텍스트나 모방 텍스트에 관한 최근의 인기를 조명하는 일이 될 것이다.

『세월』의 논평가들은 이 작품을 어떻게 분류할 것인가에 관하여 합의를 볼 수가 없었다. 어떤 사람들은 이것을 하나의 '속편'이라고 간주하였다. 또 어떤 사람들은 음악적 비유로써 일깨웠는데 그것은 이 소설을 "주제적 변주" 혹은 "확장된 반복악절"에 견준 것이다. 좀 더 사실적으로, 이것은 "다시 말하기" 혹은 "재작업하기"로서 일컬어지기도 하였다. 커닝엄은 그 스스로(서점 독서회의 질의응답에서) 자신의 소설이 "흉내"나 "첨가" 혹은 "페스티쉬"가 아니며 "다시쓰기"를 의도한 것이라고 말하였다. 그러나 일반 다른 사람들은 "본뜨기", "재연", "메아리", 혹은 "유사물"이라는 표현을 썼다. 확실히, 특정 원전과 아주 유사하다고 인정되는 작품을 "2급" 서술이라고 일컬은 제라르 주네뜨Gérard Genette의 특징적 명칭을 제외하고는 마땅한 비평상의 전문용어를 찾기는 어렵다. 우리는 커닝엄의 것과 같은 소설들을 적합하게 위치짓기 위해서 복잡, 다양한 2급 텍스트들에 관하여 이해할 필요가 있다. 다행하게도, 훌륭한 지침서로서 주네뜨의 『거듭 쓴 양피지Palimpsests』가 있는데 이 책은 문학적 전통을 관류한 폭넓고 다양한 연구를 보여준다. 주네뜨(1997)는 자신의 준거에 의한 주요한 다섯 가지 유형들을 확인하였는데, 그는 으레히 이것들을 고전적 형태소 결합형으로써 정교하게 구별

짓고 있다. ① "상호텍스트Intertexts" : 인용, 표절, 인유처럼 신-텍스트 내부에 속해있는 구-텍스트들. ② "주변텍스트Paratexts" : 제목, 서문, 소개글, 발문처럼 핵심 텍스트의 틀을 만드는 요소들. ③ "메타텍스트 Metatexts" : 문학비평을 비롯한 기타 외부 논평의 종류들. ④ "원텍스트 Architexts" : "전반적인 일련의…… 범주들, ─ 담론 유형, 어조 양식, 문학장르 ─ 이것들로부터 고유의 개별 텍스트가 출현한다." 그리고 ⑤ "하이퍼텍스트Hypertext" : "기존텍스트 A, '하이퍼텍스트'와 텍스트 B, '하이퍼텍스트'를 결합시키는 특정 관계의 산물. 이것은 주석의 측면 에서가 아니라 방식의 측면에서 접목된다." 불행하게도, 인터넷 유저 들이 알기로, "하이퍼텍스트"는 일명 "비-선조적인" 혹은 "링크된"이라 는 아주 다른 무엇인가를 의미하게 되었다. 그래서 나는 이러한 다양 한 텍스트들을 언급하는데 "원본적"이라는 말과 "모방적"이라는 말을 사용할 것이다.

물론, 모든 텍스트들이 아마도 하나 혹은 그 이상의 원본들을 모방 할 것이다. 그러나 이 논문의 주요 관심은 지배적으로 모방적인 작품 들에 관한 것이다. 맥스 비어봄Max Beerbohm의 패러디와도 유사하며 『율리시즈』처럼 주네뜨가 "진지한 변형"이라 일컫는 『세월』은, 설득 력 있고 명백한 근거들에 토대하여 다른 텍스트를 모방하고 있다. 즉 이 작품은 울프Woolf의 소설과의 관련성을 알려주고 있다. 구체적으 로, "버지니아 울프" 또 다르게는 "브라운 부인"으로 명명된 인물, "델 러웨이 부인"(아마도, 이후에도 쭉 알기 어려우면서도 평범한 인물, 울프는 아널 드 베넷Arnold Bennett은 그녀를 결코 파악할 수 없다고 말한다)은 울프 소설의 일 부 장들의 제목이기도 하다. 다른 한편으로 "세월"은 울프가 작업한 원고의 원래 제목이기도 하였다.

전통적 어법으로부터 예측불허한 변형들은 논의를 불명확하게 하며 흐리게 하는 경향이 있다. 그렇기 때문에 특히 영문학에서의 다양한 종류의 모방들은 무차별적으로 뭉뚱그려 취급되고 있다. 주네뜨의 분류법이 적어도 유용한 방식이라고 할 수 있으며 그에 따라 『세월』이 **'아닌'** 무엇들을 명료하게 해줄 수는 있을 것이다. 구체적으로, 주네뜨의 분류법은 풍자적 파생텍스트, 유희적 파생텍스트, 그리고 진지한 파생텍스트로서 구별짓고 있다. 나아가, 그의 분류법은 풍자를 세 가지 하위 유형으로 나누고 있는데, ① '엄격한 패러디' ② '풍자적 페스티쉬' 혹은 '만화', 그리고 ③ '희화화'가 그것이다. 엄격한 패러디는 매우 짤막하다. 이것은 가능한 그것의 원전에 가깝도록 유지하면서 언어유희를 통하여 원전을 조롱거리로 만든다. 토마스 그레이Thomas Gray의 대사는 "가난한 사람들의 짧고 심플한 플란넬"이 된다. 그리고 헤밍웨이Hemingway의 이야기들은 「킬리만자로의 수잠」, 「꽈배기 도넛」, 또는 「깔끔하게 잘 보이는 에이스」로서 재명명된다. 엄격한 패러디는 수사학적 비유를 제외한다면 짤막한 농담이며 그렇기 때문에 확장된 2급 텍스트들에 관해서 우리에게 이야기해줄 수 있는 것은 거의 없다.

풍자적 페스티쉬는 최소한의 변형을 넘어서는 것이다. 예를 들면, 고상한 문제는 「머리카락 도둑The Rape of the Lock」에서처럼 사소한 사건 혹은 심하게 부적절한 사건들에도 적용될 수 있다. 또한 반면에, "패러디는 텍스트를 훼손시키며 (…중략…) 페스티쉬는 (…중략…) 문체를 '빌려오기도 한다.' 이것이 동반될 수 있는 전부이다"(Genette 1997 : 78). 그 반대의 경우도 있다. 즉 저급의 문체가 "고상한" 사건들을 전달하는데 사용될 수도 있다. 이것은 "희화화" 또는 "벌레스크 희화화"(18세기에 비해 오늘날 드물게 나타나는 유형)이다. 현대 영문학의 사례로는 리건Regan에게 보내는 고네릴Goneril의 편지(『리어 왕King Lear』 I, iv)를 바꾸어 만든 작품을 들 수 있으며, 이것은 20세기 사회의 어떤 부인에 의한 것으로 다음과 같이 씌어졌다. 즉 "친애하는 리건 (…중략…) 우리는 근래에 아버지와 가장 힘든 시간을 보내왔습니다"(Maurice Baring 지음, Macdonald 재판, 1960 : 307~311).

페스티쉬는 풍자적일 필요는 없다. 이것은 다만 "유희적"이며 문체적인 모방이며, "어떤 공격적 의도나 조롱의 의도가 없는 일종의 순수한 재미나 유쾌한 실천을 목표로 하고 있다. (…중략…) 이것은 모방 텍스트의 '유희적' 양식이다"(Genette 1997. 27). 고전적 사례는 프루스트Proust의 『페스티쉬와 잡동사니Pastiches et Mélanges』에서 나타나고 있다. 풍자와 유희를 오가고 있는 대사는 미묘하지만 지각될 수 있는 것이다. 즉 풍자작가는 원전과 그 저자 혹은 다른 누군가를 조롱하는 것을 의도하고 있다. 그리고 풍자를 의도하지 않는 페스티쉬 작가는 단순한 조롱을 뜻할 뿐이지 정말로는 원전의 가치에 도전하지 않는다. 두 가지 종류 모두는 비판을 꼬리표로 달고 있지만 익살을 주는 페스티쉬는 또한 암묵적으로 원전에 존경을 표하고 있다. 즉 원전을 향한 존경을 넌지시 명백하게 보여주는 것이다. 예를 들면 「보답The Guerdon」과 「중경의 오점The Mote in the Middle Distance」에서 맥스 비어봄은 헨리 제임스Henry James가 인물의 마음상태를 과도한 방식으로 미묘하게 표현하였던 것을 조롱하고 있다. 그러나 그는 명확하게, 이 거장의 방식이나 내용을 결코 진지하게 비웃고 있지는 않다. 때때로, 프루스트의 사례에서처럼 페스티쉬의 동기는 단순히 문체론적 힘을 과시하고 있는 것처럼 여겨진다.

명확하게, 『세월』은 풍자도 아니며 희화화도 아니다. 즉 독자는 버지니아 울프나 그녀의 소설인 『댈러웨이 부인』 혹은 커닝엄이 재창조한 주요 인물들에서 어떠한 조롱도 발견할 수 없을 것이다(물론 『세월』은 『댈러웨이 부인』에서 풍자된 주변인물들을 다시 풍자하고는 있다. 발터 하디 Walter Hardy는 휴 휘트브레드Hugh Whitbread의 커닝엄 버전이며 올리버 세인트 이브스Oliver St. Ives는 브루턴 부인Lady Bruton, 그리고 메리 크럴Mary Krull은 킬만 양Miss Kilman의 커닝엄 버전이다). 그럼에도 『세월』은 『댈러웨이 부인』의 문체적 특성을 상당한 정도로 모방하며 그리하여 당연히 페스티쉬의 꼬리표를 붙일 수 있을 정도이다. 그러나 이 소설의 의도가 '단순한' 페스티쉬였다면 — 풍자적 혹은 유희적이든 간에 — 퓰리처 상까지는 탈 수 없었을 것이다.

그래서 우리는 문학비평이론에서 여태까지 명명되지 않은 하나의 범주, 즉 주네뜨가 명명하기로는 "진지한" 파생텍스트의 범주에 주의를 기울여 보아야 한다. 주네뜨는 진지한 모방과 진지한 변형을 구별짓고 있다. 진지한 모방이란 '포어저리forgerie'를 뜻하는데 프랑스에서는 소멸된 이 말을 주네뜨의 번역가들은 '포저리forgery'로 바꾸었다. 불행히도, 영문학에서 이 용어는, 제임스 맥퍼슨James Macpherson의 오시안 Ossian 시편들이나 토마스 채터튼Thomas Chatterton의 발라드와 같이, 저명한 저자 혹은 그와 같은 인물이 쓴 것을 새롭게 발굴하였다고 속여서 행세하는 불법적 텍스트를 의미하고 있다. 그러나 '**포어저리**forgerie'는 단순히 "정교하게 가공되거나 만들어진 것" 또한 의미하고 있다(영어 '포저리

forgery'에 실제적으로 상응하는 프랑스말은 '폴서피케이시옹falsification'이다). 이와 같은 다소 중립적인 의미를 지닌 작품의 사례로는, 이안 플레밍Ian Fleming의 사후에, 킹슬리 에이미스Kingsley Amis(필명은 'Robert Markham'), 존 가드너John Gardner, 그리고 레이먼드 벤슨Raymond Benson이 썼던 제임스 본드James Bond 소설들을 들 수 있다.

그러나 『세월』은 그러한 범주에도 들어맞지 않는다. 왜냐하면 이 작품은 클라리사 댈러웨이Clarissa Dalloway가 더 나아가 겪었을 법한 모험을 그린 것이 아니기 때문이다. 그렇기 때문에 '속편'이라는 용어도 부절절하다(1999년에 로빈 리핀콧Robin Lippincott이 출간한 『댈러웨이 부인』이 이와 같은 의미에서의 속편이다. 이 소설은 울프의 많은 인물들을 등장시키며 사건들 역시 1927년에 일어나고 있다. 부가적으로, 이것은 울프의 소설을 "다른 방식으로 초점화하고 있다." 즉 달리 말해 과거 주변인물에 불과한 리처드 댈러웨이Richard Dalloway의 시각에서 이야기를 말하고 있다(이것은 『로젠크랜츠와 길든스턴은 죽었다Rosencrantz and Guildenstern Are Dead』가 『햄릿』을 다른 방식으로 초점화한 것에 비견할 수 있다)). 그보다, 『세월』에 가장 적합한 범주는 "진지한 변형" 혹은 "전치"로서 이것은 『율리시즈Ulysses』, 『파우스트 박사Doctor Faustus』, 『상복이 어울리는 애도가 엘렉트라Mourning Becomes Electra』와 유사한 범주이다. 이 텍스트들은 원전에서의 인물들의 삶을 지속하지 않으며 그보다, 그들과 상당히 유사한 경험을 지닌 새 인물들을 위한 패턴으로서 그들의 삶을 활용하고 있다. 이 텍스트들은 원전의 '이야기'가 지닌 중요한 요소들을 지니고 있기는 하지만 그럼에도 그 이야기를 새로운 시공간적 세계 곧 새로운 '디에게시스diegesis'로 이동시키고 있다(Genette 1997 : 295). 주네뜨는 전치가 역사적이며 동시에 심미적인 측면에서 매우 중요한 하이퍼텍스트의 종류라고 지적한다. 그의 개념을 해석, 확장해보자면, 전치는 "진지한 모드의 모방이라고 말할 수 있으며 보통은 그 실제저자를 기재하고 있으며 그리고 종종 '연관된 방식'(이를테면, 어떠한 명명으로)을 표시하고 있다. 이러한 것들의 지배적 기능은 선행 문학텍스트의 성취를 밀어붙여 확장하면서 한편으로는 자신의 작품을 새로운 결과물로서 주장하는 것이다."

실지로 『세월』은 그와 같은 특별한 "확장"이며 주네뜨는 이것을 『댈러웨이 부인』의 '**보충물**'이라고 일컬을 것이다. 『세월』은 이것의 원전과 함께 서로 암시적이면서도 결합적인 차원에 이르러 하나의 새로운 전체를 만들어내고 있다. 『세월』에 매료된 일반 독자들은(2급 텍스트를 연구하는 학자들뿐만 아니라) 두 편의 소설이 서로 어떻게 작용하는지를 더 잘 알기 위해서 『댈러웨이 부인』을 (다시) 읽어볼 것이다. 그렇게 함으로써, 『댈러웨이 부인』은, 브라운Brown 부인에게 동기를 부여한 것이 무엇인지, 클라리사 본Clarissa Vaughan이 리처드Richard의 죽음에도 불구하고 왜 행복해질 수 있었는지, 그리고 게이들의 결혼이 이성간의 결혼처럼 어떻게 평범한 것이 될 수 있는지에 관해 설명해줄 수 있는 원천이 되는 것이다. 『세월』은 보충물의 카테고리에 넣는 것이 적합하다. 그 이유는 이 작품은 독자들이 『댈러웨이 부인』에 익숙한 것을 전제로 삼고 있기 때문이며, 그리고 원전의 구조와 문체가 성에 관한 대안적 에토스를 허용하는 독자들의 암묵적 동의를 전제로 삼고 있기 때문이다.

명백하게, 『세월』을 "보충적 전치"로서 규정짓는 것은 다만 하나의 범주의 영역을 밝힌 것이지 이 작품에 관한 설명이나 분석은 아니다.

이 작품은 버지니아 울프의 소설을 정확히 어떤 방식으로 접목하고 있는가? 그리고 심미적이면서 주제적인 결과물은 무엇인가? 이 작품이 독립된 하나의 고전작품으로서 구성될 수 있는가? 나는 커닝엄이 울프의 기술technique에 관한 중요한 한 가지 특성을 포착하지 못한 것이 커닝엄이 쓴 소설의 범주를 한정짓게 되었으며 또한 그러한 연유로『댈러웨이 부인』에서 중요한 보편적 호소력의 일부를 놓치고 있다고 생각한다.

먼저, 명백하게 나타나는 내용상의 유사성을 고려해 보도록 하자. 커닝엄이 "댈러웨이 부인"이라는 이름을 붙인 장들에서만 집중적으로 발견되는 것들이 있다. 일반적인 플롯 요약은 원전과 클라리사 본의 이야기 두 가지 모두에 부합된다. 즉 대도시에서의 특정한 날, 여주인공은 파티를 계획한다. 그녀가 친밀감을 느끼고 있는, 정신적인 문제가 있는 한 남자가 절망 속에서 자살하게 된다. 여주인공은 굉장한 충격을 받게 된다. 그러나 그녀는 안정감 있는 파트너의 지지를 얻게 되며 그 덕분으로 그 죽음이 자신의 삶을 지속해나가도록 하는 용기를 주었음을 발견한다(『댈러웨이 부인』: "그녀는 그 — 자살한 젊은이 — 와 매우 흡사하다고 느꼈다. 그녀는 그가 그렇게 했다는, 그리고 모두 떨쳐버렸다는 것에 희열을 느꼈다…… 그는 그녀에게 아름다움을 느끼도록, 또한 재미를 느끼도록 해주었다"(Woolf 1925 : 186). 『세월』: "클라리사 본은 생각하길, '결국 이것은 실지로 하나의 파티다. 아직 죽지 않은 사람들을 위한 파티다. 비교적 덜 손상된 이들을 위한, 그리고 미스테리한 이유들로 용케 살아남은 운을 거머쥔 이들을 위한'"(Cunningham 1998 : 226)).

좀 더 세부적인 플롯의 층위에서 보아도 거의 차이가 없다. 맨처음부터 각각의 클라리사는 유쾌하며 기분이 좋다고 느낀다("종달새 좀 봐! 확

날아내려와!"(Woolf 1925 : 5)) / "어떤 전율, 어떠한 충격……"(Cunningham 1998 : 10)). 각각의 작품은 결코 다시 등장하지 않는 이웃 산책자에 의해 공감적으로 관찰된다(스크로프 퍼비스Scrope Purvis / 윌리 배스Willie Bass). 각각은 시골집에서 보낸 사춘기에 애착을 지니며 그것을 추억한다(브루턴Bourton / 웰플릿Wellfleet). 그리고 남자친구가 자연의 미를 향한 그녀의 애정을, 놀려대며 냉소적으로 반응하였던 것을 회상한다(피터 왈시Peter Walsh : "나는 꽃양배추보다 사람이 좋아"(1925 : 3) / 리처드 브라운Richard Brown : "아름다움은 음탕한 여자야, 나는 돈이 더 좋아"(1998 : 11)). 그들 각각은 심부름을 하는 와중에, 허세가 있고 잘 알려져 있으며 문벌이 좋은 남자친구를 우연히 만나게 된다(휴 휘트브레드Hugh Whitbread / 발터 하디Walter Hardy). 그 남자들은 일을 잘하지만 본질적이지 않고 겉치레적인 측면이 있다. 그리고 그들은 최근에, 아픈 파트너(에블린Evelyn / 에반Evan)를 위해서 평상시에는 도심을 벗어난 시골에서 거주하고 있다(에블린 / 에반). 각각은 플로리스트인 늙은 여자친구의 가게를 방문한다(핌 양Miss Pym / 바바라Barbara). 또한 그들 모두는 "아주 중요한 인물"(수상? 여왕? / 메릴 스트립Meryl Streep? 바네사 레드그레이브Vanessa Redgrave? 수잔 서랜든Susan Sarandon?)과 연관이 있는 거리에서 쏟아지는 어떤 소음을 듣는다. "댈러웨이 부인"의 장들을 통틀어서, 클라리사 본은 클라리사 댈러웨이와 똑같은 생각을 하며 때때로는 똑같은 말을 한다("단지 하늘만이 우리가 왜 이것(이 도시)에 애정을 갖는지 알고 있어"(1925 : 4; 1998 : 226)). 그럼에도 이상하게 설명되지 않은 채로 있는 것은, 클라리사 본이, 리처드가 그녀를 그 같은 이름으로 부르는 것을 비롯하여, 클라리사 댈러웨이와 여러 측면의 관련을 지니는 데도 불구하고 그녀는 왜 이러한 유사함들을 망각하고 있어야만 하는 것인가이다.

우연히도 그들이 일치하는 것이라고 추정될 수가 있는가? 그렇지 않다면 이러한 기술적 허용을 실천하고 있는 커닝엄의 목적은 무엇이었는가?

다른 인물들 간의 유사함도 똑같은 특허를 지니고 있다. 즉 클라리사 본 또한 믿는 친구, 샐리 레스터가 있다. 피터 왈시처럼 리처드 브라운도 그의 내적 혼란을 감당하기 어려웠던 클라리사가 떠나고 홀로 남겨지게 된다. 그리고 셉티머스 스미스Septimus Smith처럼 그는 환청을 듣는 질병으로 고생하며 자살하게 된다. 리처드의 연인, 루이스Louis의 곤경 또한 피터 왈시의 것을 닮아 있다. 즉 그는 퇴짜를 맞고서 샌프란시스코로 떠나버렸다(왈시가 인디아로 가버렸듯이). 그리고 그는 아주 지쳐서 되돌아오는데 어떤 젊은이와 있었던 정사로 인해 괴로워하였다. 피터와 루이스 둘 다는 신경성 발작증세를 지니고 있다. 피터는 자신의 주머니칼을 가지고 놀며 루이스는 자신의 걸음수를 센다. 클라리사 패리Clarissa Parry처럼 클라리사 본은 십대의 연인보다는 덜 흥미롭지만 다소 안정감을 주는 파트너를 선택하였다. 미즈 본의 선택은 클라리사 댈러웨이와 샐리 시턴Sally Seton의 키스에서 명백하게 나타나는(다만 잠재되었던) 레즈비언적 욕망을 성취하는 것으로서 독해될 수 있다(두 사람의 클라리사 모두가 "어긋난 성"에 대한 열정적 키스를 자신들의 삶에서 가장 행복한 순간으로 기억한다). 샐리 레스터Sally Lester는, 리처드 댈러웨이Richard Dalloway처럼, 오찬에 참석하여 브루턴 부인에 상응하는 올리버 세인트 이브스와 함께 어리석은 계획들을 이야기한다. 그리고 기타 등등.

물론, 이러한 유사함들은 『세월』의 세 가지 이야기 중에서 다만 하나의 이야기와 관련된다. 다시 말해 브라운 부인의 이야기와 울프 부인의 이야기는 각각 새롭게 만들어진 것이다. 그래서 이 소설들은 실지로 아주 다른 구조와 주제를 지니게 된다. 『댈러웨이 부인』은 두 가지 주요 이야기의 줄거리에 의존하고 있다. 클라리사 댈러웨이Clarissa Dalloway는 자신의 성대한 파티를 준비한다. 그리고 셉티머스 스미스는 자살로 치닫게 된다. 울프는 다만 우연한 방식으로 이 주인공들을 합류시킨다. 댈러웨이 부인의 의식에서 중요한 순간들을 제외한다면 이 스토리들은 서로 일치하지 않는다. 클라리사는 셉티머스를 결코 만나지 못하며 그녀의 파티에서 그의 자살소식만을 듣게 된다.

반면에, 클라리사 본은 리처드 브라운의 자살을 직접 목격한다. 그리고 결말에 가서 『세월』은 세 가지 이야기 가닥들을 서로 꼬아넣고 있다. 그럼에도 이 플롯은 실지로 세 갈래로 나누어진 것은 아니다. "브라운 부인"의 장과 "댈러웨이 부인"의 장은 놀랍게(그리고 다소 울프스럽지 않게) 서로 꼬여서는 동일한 이야기에 속하게 된다. 그것은 클라리사의 젊은 연인이자 평생 친구인 리처드가 브라운 부인의 아들로 드러나면서부터이다. 게다가, 인물들은 클라리사 댈러웨이라는 인물의 두 가지 측면들을 반영한다. 로라 브라운Laura Brown은 그녀가 맹목적인 사랑을 주는 남편과 이해심 있는 아이와 함께하기보다 좋은 책들을 더 즐기는데 그녀는 피로와 병에 찌들린 "수녀처럼" 내향적인 클라리사 댈러웨이와 일치하고 있다. 반대로, 클라리사 본의 바쁜 뉴욕 생활은 교양 있는 안주인으로서 클라리사 댈러웨이의 행보와 일치한다. 우리는 로라가 캐나다에서의 고독한 생활로 인해 억압되었으나 피할 수 없던 레즈비언적 욕망으로 인해 좌절하는 것으로 믿게 된다. 이것은 클라리사 본과는 대조되는 것인데 그녀는 자신의 레즈비언저 성향을 확인하고 자유로움을 성취하였으며 그리고 만족스러운 가정생활을 즐기고 있다. 여기서 연대기가 관련이 된다. 즉 브라운 부인의 장들은 잿빛의 1950년대로서 여전히 옷장 속의 시간 곧 억압의 시간이며 반면에 1990년대는 점차로 여성들에게 좀 더 다양한 역할들이 주어지도록 허용되었으며 또한 동성애에의 혐오가 사그라지는 것을 목격하도록 하였다.

그러나 "울프 부인"의 장은 보충물로서의 커닝엄의 소설에 어떠한 역할을 하는가? 전기에서의 단편적 기록들은 울프의 추종자들에게는 인기가 있지 않다. 즉 그들은 버지니아가 레오나드에게 지배되지도 않았고 그녀가 하인들에게 인색하지도 않았으며 바네사의 아이들이 그녀를 조롱하지도 않았다는 등 기타의 것을 주장하고 있다. 물론, 이 소설은 전기가 아니다. "울프 부인"의 섹션은『댈러웨이 부인』의 실제적 근원을 다시 재현하는 것이 아니라 커닝엄의 주인공들과의 상황적 유사성을 이끌어내도록 고안된 것으로 보인다. 즉 로스엔젤레스 교외에서 로라 브라운의 상황과 유사한 리치몬드에서의 버지니아의 "정착", 그리고 클라리사 본이 향유한 대도시의 삶을 향한 버지니아의 적극적 열망. 실지로, 울프 부인, 브라운 부인, 그리고 미즈 본을 나란히 두는 것은 이야기상으로 실제 존재하도록 한다기보다는 그들이 서로 조언적인 관계에 속하도록 하는 것처럼 보인다. 세계가 눈물의 골짜기라는 것(에이즈는 세계 1차 대전의 충격과 맞먹는다)을 인정할 수밖에 없지만『세월』은 구원과 행복의 척도가 누군가의 성적 취향을 실현하는 것으로도 성취될 수 있음을 시사한다. 커닝엄의 "버지니아 울프"는 그녀의 레즈비언적 충동을 승화시키면서 한 편의 소설을 창조하며 그리고 이 소설은 관습적 결혼에는 잘 맞지 않지만 다른 성적 지향으로 옮아가는

데에도 주저하는 한 사람의 은둔적 여인을 위로하고 있다. 로라에게
있어서 그 결과는 독신이 된다. 클라리사 본은 명확하게 세 사람 중에
서 가장 행복한 인물이다. 즉 좀 더 관대한 시대에서 성장한 그녀는 다
른 여성과의 만족감을 찾으며 그리고 리처드가 공공연히 비방한 그의
어머니와도 함께 하면서 자신의 삶과 리처드의 시적 성취를 축하하고
있다.

　물론, 플롯들 사이의 명백한 연관이 되는 인물은 울프 부인이 아니라
외견상 울프의 자살 충동적 우울증을 "실천하도록" 투사된 허구적 인물,
버지니아 울프의 댈러웨이 부인이다. 울프의 그러한 우울증은 클라리
사가 아닌 셉티머스를 죽도록 하는 그녀의 결정 속에서 결정화되어 투
사되고 있다("클라리사보다 더 위대한 정신"(Cunningham 1998 : 154)). 이것들
이 『댈러웨이 부인』에 관한 "글쓰기"를 이야기하고 있다면, "울프 부인"
의 장들은 아마도 『세월』의 '슈제'나 담론과 관련될 것이다. 여기서, "실
제" 저자는 한 사람의 독자, 브라운 부인에게 영감을 주고 그녀의 삶을
바꾸는 이야기, 즉 클라리사 본을 위한 (신비스럽게도) 패턴으로 역할하
는 그러한 것을 다만 어떻게 이야기할 것인지 결정짓는 존재로서 그려
진다. 두 가지 줄거리는 버지니아 울프와 그녀의 진화하는 창조물, 클라
리사 댈러웨이의 삶에서 처음에 일어나는 일들을 전제로 삼고 있다. 물
론, 소설의 인물로서 실제 역사적 인물을 활용하는 것에서는 새로울 것
이 없다. 실지로 이러한 기술은 빈번하게 나타나고 있다. 조나단 디
Jonathan Dee(1999)라는 논평가는 최근 "러셀 뱅크스Russell Banks(존 브라운
John Brown에 관한)의 소설을 비롯하여, 팻 바커Pat Barker(윌프레드 오웬Wilfred
Owen과 지그프리드 사순Siegfried Sassoon에 관한), 제이 파리니Jay Parini(발터 벤야

민Walter Benjamin에 관한), **토마스 핀천**Thomas Pynchon(메이슨Mason과 딕슨Dixon에 관한), **수전 손택**Susan Sontag(로드 넬슨Lord Nelson에 관한), **존 업다이크**John Updike(제임스 부캐넌James Buchanan에 관한) 등과 같은 소설들이 쏟아져 나오는 현상"에 관해 논의한 바 있다.

문체의 층위 다시 말해 '경의를 표하는' 페스티쉬의 층위에서 『세월』(그리고 리핀콧의 『댈러웨이 부인』 역시)은 풍부한 댈러웨이니즘들을 제공하고 있다. 여기에 몇 가지 사례들이 있다.

- 특히 『댈러웨이 부인』에서 **'삶의 기쁨'**을 나타내는 감탄사들 : "종달새 좀 봐! 확 날아내려와! / 『세월』 : '어떤 전율, 어떠한 충격'(감탄사가 없이 가리키고 있다. 한편, 울프는 이 소설의 첫 10페이지에서 클라리사의 생각들을 나타내는 데에 적어도 25개의 감탄부호를 사용하고 있다. 커닝엄은 대부분 단순한 마침표로 대체하고 있다).

- 사유 흐름의 단절들 : 쉼표, 괄호, 혹은 대시로 표시된다. 이것은 각각의 클라리사가 기억을 되찾으려 할 때 단어를 떠올리면서 불확실함을 느낄 때이다(자문하는 버릇은 울프의 일기에서 뚜렷하게 나타난다. 예를 들면, "순수한 (자연의) 아름다움으로 인해 모든 내 신경은 곤두서고 달아올라서는 감전된 듯이(이건 무슨 뜻이지?) 서 있었다." 1924년 8월 19일, Woolf 1996 : 64). 즐겨하는 표현은 "저게 그거였어?"『댈러웨이 부인』 : "피터 왈시는 되뇌인다, '식물들 사이에서 꿈을 꾸듯이?' 저게 그거였어?"(1925 : 3). 『세월』 : 클라리사는 에이즈 희생자인 리처드처럼 에반에게 무엇을 사줄지 궁리한다, "꽃들은 아니야, 꽃들이 죽은 이들에게 미묘하게 맞지 않는다면 이것들은 아픈 사람들에게도 비참함

을 줄 거야. 그러나 무엇이?"(1998 : 21). (이 같은 괄호치기에 관해서
는, 존 뮬란John Mullan(2003)의 리뷰 "그러나 나는 다르게……" 참고).

- 각각의 클라리사가 이제 막 생각하였거나 지각하였던 무엇들에 관한
충만한 의미들을 기재하고 있는 반복, 이것은 일반 산문에서는 쓸모없
는 표현이 될 것이다 : 『댈러웨이 부인』 : "클라리사는 전화 메모장을
읽는다, '브루턴 부인이 댈러웨이 씨와 오늘 오찬을 하실 수 있는지 여
부를 알려주셨으면 합니다.' '마님, 댈러웨이 씨께서 바깥에서 점심을
하신다고 전하라 하십니다'", 그리고 나서 : "브루턴 부인의 오찬 파티
는 특별히 재미있다고들 했는데, 브루턴 부인은 그녀를 초청하지 않았
다"(Woolf 1925 : 29), 『세월』 : "클라리사는 되감기 버튼을 누른다. 만
약 샐리가 올리버 세인트 이브스Oliver St. Ives와 오찬에 관해 말하는 것
을 잊어버린다고 하면 그것은 아마도 그 초대가 단지 샐리만을 위해 마
련된 것이기 때문일 것이다. 스캔들 주인공 올리버 세인트 이브스는
클라리사에게 오찬을 청하지 않았다"(Cunningham 1998 : 93~94).

- "여기", "지금", "이것"과 같이 문장 중간에 빈번하게 나타나는 "근접" 지
시어들. 이것들은 서술자보다는 장면에 바로 등장하고 있는 인물들(서
술자라기보다는)의 직접성을 비추기 위한 것이다. 『댈러웨이 부인』 :
(브루턴의 분위기에 대하여) "얼마나 생기 있고, 얼마나 얌전한지, 물
론 이것보다 더 고요해"(1925 : 3). /『세월』 : "뉴욕은…… 늘 이것과 같
은 아침을 만들어내지" (1998 : 9) /『댈러웨이 부인』 : 피터는 생각하
길, "생명 그 자체, 그것의 매 순간, 그것의 모든 방울, 여기, 이 순간, 지
금, 해가 비치는, 리전트Regent 공원에, 충만해 있어"(1925 : 79) /『세
월』 : "만약 그녀가 공개적으로 그것을 표현한다면(지금, 그녀의 나이

에), 그녀의 이 사랑은 잘 속고 순진한 마음의 영역으로 그녀를 이끌 것이다"(1998 : 12).

그러나 『델러웨이 부인』의 문체에서 커닝엄이 놓치거나 간과한 듯이 보이는 중요한 뉘앙스들이 있다. 이것들의 부재는 우리가 커닝엄의 인물들의 정신세계에의 몰입도와 작품의 특성에 영향을 미치고 있다. 커닝엄의 것은 하나의 바깥 즉 서술자의 시각(혹은 "관점")에서부터 아주 빈번하게 묘사된다. 아마도, 커닝엄은 울프가 내면을 이끌어내는 그러한 방식이나 단계에 관해서 이해하지 못하였을 것이다. 그렇지 않다면 그는 다른 목적을 지니고 있었을 수도 있지만. 이유야 무엇이든 간에, 그는 어휘론적으로나 구문론적으로 아주 다른(그리고, 내가 믿기로, 기술적으로 봐서는 흥미가 덜 가는) 선택을 취하였다.

주요한 차이는 구문론적 초점과 관련되어 있다. 울프는 외부 서술자의 위치에서 클라리사를 보여주는 것을 애써 피하였다. 이 방식에서 울프는 아널드 베넷의 소설과 관련을 맺고 있다. 클라리사가 도시의 근교로 어떻게 가는지에 관해서는 구문론적으로 최소화되어 있으며 그것은 그녀의 명상 — 브루턴과 피터 왈시Peter Walsh의 빈정대는 답변에 관한 그녀의 기억, 빅벤 소리에 이어지는 침묵에 관한 그녀의 느낌, 런던의 북적거림에 관한 그녀의 애정 — 을 위한 단순한 테두리일 뿐이다. 울프가 클라리사를 외부 시점에서 보여줄 때 그녀는 이것을 종종 다른 새로운 인물, 즉 플롯과 무관함에도 불구하고 "합창단"처럼 기능할 수 있는 통행인이나 혹은 저명인사의 의식 속에 삽입하고 있다. "그녀는 거리에서 약간 경직되었다⋯⋯ 매력적인 여인, 스크로프 퍼비스는 그녀를 생각하였다"(Woolf 1925 : 4). 자신의 노트에서 울프는 자신에게 말한다, "어떤 장에도 없이", 그리고 나서 "가능할 수 있는 합창단." 스크로프 퍼비스는 이 같은 합창단이다. 울프는 그 시대의 아이스킬로스Aeschylus에 깊이 빠져들어서 서술자가 주인공들의 외양과 행동의 특성을 묘사하는 것보다는 관찰하고 있는 구경꾼들을 활용하기로 결심한 것이다. "결정적인 지점의 거리 곳곳에 코러스 파트 즉 무명의 인물을 연기하는 어떤 관찰자를 두는 것은 어떨까?"(1996 : 419). 1923년 9월 5일자 그녀의 일기기록에서 이와 똑같은 생각을 명백히 드러내고 있다. 즉 "인물들은 단순히 특정 시각만을 보여주는 존재여야 한다. 인물의 개성을 드러내는 일은 어떤 경우에든 피해야 한다……. 당신은 머리칼, 나이 등을 직접 살피게 된다. 하찮거나 무관한 어떤 것들이 그 책 속으로 들어가게 되는 것이다." 여기서의 "당신"은 명백하게 외부 서술자를 가리킨다. 희곡이 아닌 소설을 쓰고 있었기 때문에 그녀는 이러한 단역들이 곧이곧대로 이야기하도록 할 필요는 없었다. 즉 그녀는 단순하게 그들의 마음속으로 들어갈 수 있었다. 서술의 전지전능함을 의문시한 것은 헨리 제임스Henry James의 작업에서 이미 이루어진 것이었다. 그런데 울프는 어떠한 장면에서는, 서술자가 차지하는 독자적 입지를 최소화하는 일에 있어서 한 걸음 더 나아간다. 이어지는 글에서 이야기하겠지만 이 장치는 중요한 주제상의 함축들을 지니고 있다.

그럼에도 커닝엄의 문장들은 좀 더 규칙적으로, 시각화될 수 있는 술어의 주체로서 클라리사를 포함하며, 그에 따라 어떠한 광경의 해석자로서 서술자를 특별히 포함하게 된다. "클라리사는…… 밖으로 뛰어 나간다, 30분 내에 돌아온다고 약속하면서"(1998 : 9), "그녀는 한 동안 뛰어들기를 지체한다"(p.9), "클라리사가 현관에서 걸어내려올 때 운모가 박힌 적벽색 돌로 된 첫 번째 계단에 구두가 닿으며 모래찌꺼기가 찌찍거렸다"(p.10), "클라리사는 8번가를 가로지른다"(p.13). 울프의 기준에 의하면 이 문장들은 클라리사가 장소를 옮길 때마다 이동하는 서술자를 상정하도록 한다. 대신에 클라리사는 옮기는 장소들에 특별한 관심을 두지 않고 단순하게 자신의 상념들을 이어갈 수 있도록 한다. 울프는 자신의 원고에서 그와 같은 표현들을 지우고 있다. 원문의 사례, "그녀는 프랑스풍의 창문을 확 열었다……. 그리고 브루턴이 있는 테라스로 걸어 나왔다"를 들어보자. 그녀는 "그리고" 이후의 모두를 삭제하였다. 서술자가 클라리사의 산책을 추적하게 하는 일은(울프는 이렇게 말할 것이다) 우리가 그녀의 마음속에 몰두하는 일을 방해하는 것이다. 울프적인 기준에 따르자면, 커닝엄의 구문은 클라리사의 몰두된 정신을 희생하고서 주인공의 소일거리들을 과도하게 특징짓고 있는 것이 된다. 예를 들면, "댈러웨이 부인"의 섹션이 막 시작되는 부분에서, 본은 외적으로 관찰할 수 있는 장면을 일깨우는 능동적 술어들을 이어가는 주체이다. 즉 "클라리사는 분노를 가장하며…… 샐리가 욕실을 청소하도록 남겨두고 그리고 30분 안에 돌아온다고 약속하고는 뛰어나간다"(1998 : 9).

연관된 문체론적 세부를 들어보자. 울프는 완결형 술어에 비해 현재분사와 동명사의 '-ing' 동사 형식들을 선호한다. 이것들은 경험의 지속적 흐름과 마음의 안과 밖에서 동시에 일어나는 사건들, 이리저리 떠오르는 기억과 견해와 지각을 강조하고 있다(우리가 당연히 알게 되는 것처럼, 클라리사 댈러웨이는 삶과 죽음에 관한 관심을 지속적으로 지니고 있기 때문이다). 소설의 세 번째 단락은 전형적인 것으로서, 감탄사가 나온 다음, 이론상으로는 영원한 지속을 의미하는 분사들이 연이어 나오고 있다. "얼마나 생기 있고…… 공기는…… 신선한지, 그녀는 느끼고 있으며, 두려운 무엇인가가 일어날 법한 거기 열려진 창에 서 있었다, 꽃들을 바라보고 있었으며, 연기가 휘감고 있는 나무들을 바라보고 있었으며, 그리고 날아오르고 떨어지고 있는 띠까마귀떼를, 서서 바라보고 있었다……"(1925 : 3). 실제로, 울프는 자신의 일기에서 현재분사형을 선호하는 것에 대해 다소 불안해하고 있다. "내가 아무것도 아닌 것을 쓴다는 것은 불명예스러운 일이다, 혹은 내가 쓴다고 해도, 단지 현재분사만을 사용한다는 것은"(1924년 9월 7일). 그러나 예민함과 두려움의 상태에서도 '**살아내고자 하는**' 클라리사의 요청을 표현하는 데에 있어서 이 이상의 효과적인 방식을 찾기는 어려울 것이다. 현재분사형은 울프의 사색을 고조시키며 거리를 지나가는 진부한 움직임들을 최소화하고 있다. "'우리는 얼마나 어리석은지', 그녀는 생각하였다, 빅토리아 거리를 가로지르면서"(1925 : 4). 즉 자기 몰두에 전념하는 것이 초점으로 되어 있으며 어쩌다가 부가되는 '-하면서(-ing)' 형식은 클라리사의 물리적인 이동을 나타내는 다만 거기에 존재하는 것이다.

커닝엄도 물론 현재분사형을 다소 사용하지만 일반적으로, 『댈러웨이 부인』에서는 발견할 수 없는 과거 현재시제로 된 동사형식을 선호하고 있다. "현관문이 6월의 아침을 향해 열린다"(1998 : 9). "클라리사는 입구에서 잠시 멈춘다"(p.9), "클라리사는 8번가를 가로지른다"(p.13), 그리고 기타 등등. 과거의 현재시제형이 단순 과거형에 비해 더 큰 직접성을 제시하는지의 여부는 논란의 여지가 있다. 그러나 이것의 사용

은 명확하게 울프의 현재분사형에 비해 주인공의 삶에서 소용돌이치
는 역동적 내면을 환기시키는 것에는 미흡할 것이다.

일반적으로, 『세월』의 시간처리는 『댈러웨이 부인』과는 판이하다.
물론, 두 소설 모두가 시간적 통일성에 의존하고 있다. 『댈러웨이 부
인』의 전체 이야기는 클라리사가 파티를 여는 단 하루 만에 일어나고
있다. 한편, 『세월』의 전개는 주인공 각자 삶의 하루 동안에 지속되고
있다. 그러나 "세월" 속에서 그 하루의 움직임은 눈에 띄게 다양하게
펼쳐진다. 『댈러웨이 부인』에서, 이야기되고 있는 정확한 순간은 종종
진술되거나 암시되는데 그것은 의식상의 복합성을 위해 분리된 실제
삶의 연대기적 갑옷을 제공하고 있다. 연결은 시계에 의해 만들어지고
있으며 시계는 배경을 이루면서 장면이동의 순간에 의미심장하게 시
간을 알리고 있다. 이것은 도시에 퍼지는 빅벤의 소리뿐만 아니라 또
한 릭비Rigby와 론즈Lowndes의 가게 너머, 지역의 시계가 나타내는 것을
포함한다(1925 : 102). 시계는 인물들이 사색하는 흐름을 명백하게 구별
짓고 있다. 시계가 시간을 알릴 때 담론은 종종, 스크로프 퍼비스로부
터 클라리사에게로, 레지아Regia로부터 휴 휘트브레드에게로, 윌리엄
브레드쇼 경Sir William Bradshaw으로부터 피터 왈시에게로 확장되고 있
다. 시간은 한 사람의 의식으로부터 또 다른 사람의 의식을 향해 참신
하고도 예기치 않은 전환을 용이하도록 한다.

더 큰 목적이 이처럼 면밀한 연대기적 고정들을 강조하고 있다. 즉
울프는 런던의 삶과 그것을 넘어선 대영제국 전체의 삶을 고려하고 있
다. 그녀의 도시는 단지 배경 이상의 것이다. 한편, 『세월』은 대부분
그린위치 빌리지Greenwich Village와 관련되었으며 주제상의 주요 동기

로서 "시간"을 활용하고 있다. 남겨진 몇 시간의 삶을 어떻게 채울 것인지에 관해 리처드 브라운이 느끼는 절망은 미래에 관한 클라리사 본의 낙관주의와 대조를 이룬다. "황홀해지는 시간이자 어두워지는 시간이 될 것이다. 그러나 여전히 우리는 이 도시, 이 아침을 간직한다, 우리는 어떤 좀 더의 것 그 이상을 희망한다"(1998. 225).

울프가 소설에 혁신적으로 기여한 것은, 관련된 인물들뿐만 아니라 무관한 인물들 가운데서 어떠한 패스Path를 형성하도록, 간접적이거나 직접적인 방식으로 매우 유동적인 정신적 흐름을 표현하고 있는 부분이다. 근접해 있는 우연적 사건은 어떤 것을 촉발하기에 충분하다. 전형적 사례를 들어보자. 피터 왈시는 리전트 공원에서 스스로를 위로하다가 엘리즈 미셸Elise Michell이라는 어린 소녀(이름이 주어졌으나 단지 잠깐 등장한다)를 바라본다. 그녀는 "달리다가 한 부인의 다리 쪽으로 꼬꾸라졌다." 이 장면은 그를 큰 소리로 웃도록 하였다. 때맞추어 다음 단락은 전적으로 다른 인물, 루크레지아Lucrezia의 마음속으로 들어가는데, 그녀는 자신이 겪은 부당한 곤경에 사로잡혀 있었다. 바로 그 엘리즈가 달려가 "그녀 쪽으로 꼬꾸라져서 확 울음을 터뜨릴 때까지." "그것은 다소 편안함을 주었다. 그녀는 소녀를 일으켜 세우고 옷이 더럽혀지는 것에 아랑곳않고 소녀에게 키스했다"(Woolf 1925. 65).

공간상의 근접은 심지어는 텔레파시를 조장할 수도 있다.

제발 당신 나이프 좀 치워요! (클라리사는) 억누를 수 없는 노여움 속에서 스스로에게 외쳤다. 그것은 (피터의) 어리석은 간헐적 습관이었으며 피터의 약점이었다. 다른 누군가라도 알아차리는 그녀를 화나게 하는 일을,

피터가 희미하게라도 알아채지 못하는 것은 늘 그녀를 화나게 만들었다. 그것도 지금 그의 나이에, 얼마나 어리석은지!

　나는 그 모든 것을 알고 있다. 피터는 생각하였다, 나는 내가 무엇에 맞서고 있는지를 알고 있다, 손가락으로 나이프의 칼날을 쓸면서, 그는 생각하였다. (Woolf 1925 : 46)

『댈러웨이 부인』에서 근접해 있는 우연적 사건은 심미적인 의미뿐만 아니라 정치적으로도 중요한 의미를 지니고 있다. 이 기술은 (영국 사회의 공식적인 계층 경직성에도 불구하고) 도시거리의 민주주의를 강조하고 있다. 도시거리는 모든 사람, 아주 어린 아이거나 아주 취약한 주민들조차 그들이 지닌 이름의 존엄성을 향유하며 또한 장면의 일부를 차지하고 있다. 일찍이 데이빗 데이치스David Daiches가 인지했던, 이러한 심미적 효과(1942)는 울프의 예술작품을 인상주의적인 것으로 만들고 있다. 중요한 것은 사물들이 그 자체로서 어떻게 존재하느냐가 아니라 그것들이 인물들에게 어떻게 '보여지느냐' 하는 것이다. 이 소설은 이러한 인상들을 가상적으로 기입하면서 동시에 다양한 각도에서 기입하고 있다. 울프 자신의 진술을 사용해서 말하자면, 다양한 감각들을 통하여, 이 소설은 "후광을 두른" 정신적 기록들을 통하여 움직이며 그리고 플롯상의 중요도와는 상관없는 행위자들 사이를 침투하면서 어떠한 공간을 통과하고 있다. 서술자는 사건들이 "거기 바깥에서" 어떻게 보여지고 들리며 혹은 느껴지는지를 독자적으로 구체화하지 않는다. 그보다, 그녀는 한 인물의 앵글로부터 임의의 목격자가 누구이든지 간에 또 다른 누군가의 앵글 — 피터 레지아Peter Rezia, 에드가Edgar의

왓키스J. Watkiss, 사라 브렛츨리Sarah Bletchley, 메이지 존슨Maisie Johnson, 뎀프스터 씨Mrs Dempster — 로 옮겨간다. 정치학과 미학의 관련성은 데이치스의 진술에서 암시적으로 나타난다. 즉 인물들은 "주요 인물들에 관한 순간적 인상을 갖는 단일한 기능을 지닌 인물들에 의해 소개되며…… 그럼에도 이러한 갑작스런 조명의 빛은, 경험들, 편견들, 삶의 결을 지니며 작품의 배경의 어딘가에서 고유의 삶을 사는 독립적인 한 사람으로서, 그나 그녀를 드러내고 있기 때문에 이 인물들의 기능은 결코 단일하지만은 않다"(Daiches 1942 : 56). 여기서 "독립적인"이란 말은 반복할 가치가 있다. 이 기술은 민주적인 방식으로, 클라리사의 파티와 셉티머스의 죽음에 비해 활력이 넘치는 세계로서의 런던을 우리에게 환기시키며 좀 더 주의를 기울이도록 만든다. 계층 간의 구별과는 상관없이 함께 뒤섞인 거리의 군중들은 단순한 배경은 아닌 것이다. 그것은 단지 서로 부대끼면서 지나치는 그들의 육체뿐만 아니라 그들의 마음과 곤경들을 표현하고 있다. 꼭 같은 방식으로, 영국의 역사는 먼지로 덮인 대학의 문 안쪽에 더 이상 갇혀있지 않고 이같이 미시적으로 들여다본 도시생활의 시간을 향한 바깥으로 개방되고 있다.

울프는 다만 페이지의 공간적 공백에 의해 이 소설의 부를 분리하며 장 구분을 취하지 않고 있다. 그런데 이것은 인물들 사이의 정신적 유동성의 감각을 강화하도록 만든다. 다른 한편, 『세월』은 세 명의 주요 인물들 가운데 한 사람의 이름을 명확하게 제목으로 붙인 프롤로그를 포함한 22개의 장들로 나뉘어진다. 나아가, 이 소설은 장들의 수를 줄여나가면서 인물들의 의식의 갑작스러운 전환도 줄여나가고 있다. 이 책의 대부분은 주인공들의 의식 즉 리처드 브라운, 루이스 워터스Louis

Waters, 샐리 레스터와 같은 주요인물의 의식에 한정되어 있다. 윌리 배스의 경우를 제외한다면, 바깥 세계로부터 보여지는 어떠한 의식도 이어지고 있지 않다. 클라리사 본이 임의의 주변인물들과 발화 공간을 공유할 때에도 일반적으로 여과된 소통적인 전환이란 찾을 수 없다. 예를 들면, 두 소설에서 "미지의 유명한 얼굴"이 나타나는 장면을 비교해보자. 『댈러웨이 부인』에서, 명명된 개인들은 대영제국의 상징으로서 이같이 "굉장한 중요성을 지닌 얼굴"(1925 : 14)을 생생하게 경험한다. 그들은 "권위의 목소리, 종교의 정신"을 듣게 된다. 서술자는 이것이 마치 군중을 향해 다음과 같이 말하고 있는 듯하다고 예견하고 있다. 즉 이 얼굴, 이 "위대함"은 "시간의 유적을 살피는 호기심어린 고고학자들에게 알려지게 될 것이다, 그것은 런던이 풀이 무성한 길이 되고 그리고 오늘아침 수요일에 보도를 따라 서두르는 모든 이들이 먼지속에 섞인 몇 개의 결혼반지와 무수히 썩은 이빨들과 금충전물의 유골들로 되어버린 시간이다"(Woolf 1925 : 16). 물론, 울프가 쓴 에세이들, 일기, 그리고 편지에 관해서 알고 있는 이라면 어느 누구도 실제저자가 반어가 아닌 방식으로 서술자의 이러한 표현을 인정하고 있다고 믿기는 어렵다. 부-텍스트적 증거만이 유일하게 — 바로 저자의 이름 — 대영제국의 미래에 관한 어떤 장밋빛 예측을 의문에 부치고 있다. 그리고 이러한 우리의 회의주의를 확신이라도 시켜주는 듯이, 외경심을 지닌 군중의 관심은 비행기의 연기로써 공중에 그려지는 글자들을 향해 재빨리 이동하고 있다(1923년 6월 19일 울프의 일기기록, "나는 삶과 죽음에 제정신과 광기를 부여하기를 바란다, 나는 사회체제를 비판하기를 원하며 그 체제가 아주 제대로 강렬히 작동하기를 원한다", (Woolf 1996 : 56)).

그럼에도, 이것과 상응하는 『세월』의 장면은 우리를 다만 클라리사의 의식에 머무르도록 한다. 두 사람의 젊은 구경꾼들이 언급되지만 그러나 우리는 그들의 이름도 알 수 없으며 물론 그들이 이야기하지 않는 생각들도 알 수가 없다. 우리는 클라리사의 귀를 통해 단지 그들 사이의 대화를 듣게 된다. 카나리아빛 노랑으로 염색한 머리칼을 지닌 한 사람은 클라리사에 의해 임의로 "태양"으로 명명되고 있으며 그리고 또 다른 한 사람은 백금빛 머리칼을 지녔으므로 "달"이라고 명명된다. 우리가 알 수 있는 것은 단지 클라리사의 마음이며 그녀는 그 유명한 얼굴이 메릴 스트립이지 수잔 서랜든은 아니라는 태양의 말에 암묵적으로 동의하고 있다. 이것은 커닝엄이 '태양과 달'이라는 역사적 시각에서의 에피소드를 삽입하는 것에서도 적용된다. 즉 태양과 달은,

성장하여 중년이 되고 그리고 나서 시들거나 푸석해지며 늙게 될 것이다. 그들이 묻힌 공동묘지는 묻혀져서 결국 폐허로 될 것이며 야생으로 자란 잔디는 밤에는 개들에게 뜯어먹힐 것이다. 그리고 이 소녀들의 흔적 일체는 지하에서 잃어버린 몇 개의 은충전물로 될 것이다. 메릴 스트립이나 바네사 레드그레이브 혹은 수잔 서랜든일 듯도 한 트레일러 안의 여성은 그때에도 알려져 있을 것이다. 그녀는 다만 기록물과 책 속에서 존재할 것이며 녹음된 그녀의 목소리는 중요하고 존경받는 다른 대상들과 함께 보관될 것이다. (Cunningham 1998 : 50~51)

그러나 그의 소설은 울프가 보여주는 사회적, 정치적 반향의 폭을 결핍하고 있기 때문에 소설이 무엇을 풍자하고 있는지를 정확히 알기

는 어렵다. 이것은 명사를 숭배하는 것인가? 문서보관인을 숭배하는 것인가?『세월』은『댈러웨이 부인』에 비해 사회비판적 측면이 아주 결여된 것처럼 보이는 것이다. 혹시라도 저자는 이 문장을 역설을 의미하도록 쓴 것인가?

울프의 특정 "코러스들"은 클라리사 댈러웨이의 파티에 집중되고 있다(이 소설에서뿐만 아니라 이 시기에 쓰어진 다양한 단편 이야기들에서도). 클라리사는 자신의 손님들, 자신의 과거 그리고 자신의 집 창문 밖의 세계에 관해 곰곰이 생각한다. 그리고 자신을 가장 잘 아는 사람들 — 샐리 시턴, 남편인 리처드, 그리고 피터 왈시 — 또한 '그녀자신'에 관해 곰곰이 생각하고 있다. 그렇게 하지 않을 것 같은 인물은 피터인데 클라리사는 그에 관해서는 기술하지 않은 채로 두고 있다……, "그녀가 거기에 있으므로."『세월』을 맺는 이 말은 단지 표면적으로만 유사하며 그 말이 지닌 힘은 상당히 다르다. 커닝엄은 인물들의 사고를 재현하기 위해서 자유간접화법을 일관성 있게 사용하지만 그럼에도 그는 "코러스"로서의 인물들에 관한 울프의 개념에는 별다른 관심을 지니고 있지 않아 보인다. "여기서 더 이상 댈러웨이 부인이 아닌 클라리사라고 스스로를 생각하는 사람은 어떤 주변인물도 아닌 바로 클라리사이다. 지금 그녀를 그렇게 부를 사람은 전혀 없다. 여기서, 그녀는 자신보다 앞선 또 다른 시간 속에 있다"(1998 : 228). 내용상의 차이와는 아주 별개로, 이 소설은『댈러웨이 부인』의 시점에 관한 전반적 전략들 그리고 이것이 폭넓게 포괄하는 역사와 문화의 의미들과는 상당히 다른 차이를 보여준다.

이 논문의 목적은 커닝엄의 전반적 성공에 관해 판단하는 것에 있지 않다. 그러나 2급 텍스트의 세계 속에 이 작품을 위치짓는 일은 일부 비판적 논의들에 주목하지 않고서는 무미건조한 작업이 될 것이다. 그는 『댈러웨이 부인』의 많은 특징들을 성공적으로 치환하였는데, 즉 1923년의 런던에서 울프가 쓴 편지들에 담긴 정신을 실지로 상당부분 1998년의 그린위치 빌리지로 치환하였다. 이러한 특징적인 커닝엄의 기획은 의미 있고 중요한 문체론적 차이들을 보여준다. 커닝엄은 자신이 "보통 사람들의 서사 이야기를 쓰는" 울프의 능력에 의해 영감을 받았다고 이야기하고 있다. 이 말은 버지니아가 클라리사 대신에 셉티머스가 죽게 되는 것으로 결정짓는 "울프 부인" 섹션의 중요한 순간에 나타나는 것이다. 클라리사는 "일상적 즐거움을 누리는 자신의 삶에 애정을 갖고 일생을 보내게 된다(Cunningham 1998 : 211). 그러나 커닝엄은 명확하게, 리치몬드에서의 울프를 환기시키고 1950년대 로스엔젤레스 교외의 길잃은 주부를 환기시키며(어떤 측면에서는 이 책에서 가장 성취를 이룬 부분이다) 그리고 그린위치 빌리지의 출판편집자를 환기시키고 있다. 그럼에도 그는 『댈러웨이 부인』처럼 문화적으로 광범위한 큰 성공을 이루지는 못하였다. 커닝엄의 빌리지는 울프의 블룸즈버리 그룹Bloomsbury에 비견되고 있다. 그럼에도 『댈러웨이 부인』은 블룸즈버리 그룹에 한정되어 있지 않다. 다시 말해, 이 작품은 예술가들과 지식인들의 공화국과 관련되어 있지 않다. 또한 이 작품의 범주는 런던 인구 전체이며 실지로 쇠퇴하는 대영제국 전체에 이른다. 이 작품은, 우리가 살펴보았듯이, "코러스"와 같은 장치로써 세밀하게 에칭된 구도를 보여주고 있다. 암시적이지만 명백하게, 울프는 수상으로부터 거리의 "추레한 여성"에 이르기까지 1920년대 영국사회의 시뮬라크르들을 포착해내고 있다. 한편, 커닝엄은 미국문화의 작은 조각 즉『율리시즈』에 의해 지배되는 치환소설의 판테온을 만들어내는 것에는 반대하는, 그린위치 빌리지의 활기찬 엔터테인먼트 산업의 전문가 그룹 — 어떻든 정확히 기술하자면 — 에 한정되어 있다. 그러나 두 작품에서 어떠한 등가성이 작용하는 것도 사실이다. 리처드의 자살은 셉티머스의 자살과 비견된다. 그리고 클라리사 댈러웨이와 샐리 시턴의 키스 그리고 댈러웨이 부부의 가정 내의 평범한 만족감 사이에서 발생하는 긴장감은, 클라리사 본과 샐리 레스터 간의 관계 속에서 만족스러울 정도로 반영되고 있다. 또한 요약하자면, 커닝엄은 젠더 문제를 넘어서서 인간이 지닌 감정의 보편성을 언급하고 있다. 제임스 펠란James Phelan은 그의 인물들이 "존재의 불가사의함과 혼돈과 고통에 대한 답변들"(사적인 서신, 2003)이라고 적합하게 일컫고 있다. 그러한 정도까지, 『세월』은 작은 "평범한 삶들의 서사시"라고 이야기될 수 있다.

그러나 이 소설을 한정짓도록 하는 것은 미국사회의 다른 곳, 심지어는 뉴욕, 세계, 달리 말해 다른 사람들과 같은 게이 지식인들이 연결하는 어떤 세계에 대한 포용이 명백하게 결핍된 부분에 있다. 즉『세월』은 지나치게 봉인되어진 것처럼 여겨진다. 그녀의 상대역처럼, 클라리사 본도, 적어도 가끔씩 불안과 좌절의 감정을 느끼고 있는 것이다. 한편, 댈러웨이 부인의 곤경은 국가적으로 중요한 문제들로부터 중상류층 사람들을 포함하여 여성의 소외와 같은 중요한 사회적 요인들을 지니고 있다. 또한 사실상, 에이즈의 유행은 제1차 세계대전만큼이나 대재앙으로서 여겨져 왔다. 그럼에도 그것이 1920년대 영국에서 고질적인 일종의 정치적, 사회적 결과들로 귀결된 것은 아니었다.

『세월』은『댈러웨이 부인』을 대상으로 하여 "옷장 밖에서" 미국식의 다시 쓰기를 설득력 있게 제공하고 있다. 그리고 이 소설은 암시된 독자들에게 계몽적 태도로써 같은 성의 관계에 관하여 이야기하고 있다. 그와 같은 독자들에게는 ― 다행히도 점차로 늘어나 주류에 편입되는 ―『댈러웨이 부인』과의 소통은 아주 행복한 일이 될 것이다. 그러나 커닝엄은 원전이 지닌 정신적 범주에 필적하기 위해서, 그로서는 활용하지 못한 울프적인 일련의 기술들 그리고 더 광범위한 캔버스가 필요하였다.

참고문헌

1장 ——————————————————————— 서술이론의 역사 (I)

Aristotle, "Poetics", Adams(ed.), *Critical Theory Since Plato*, San Diego : Harcourt Brace Jovanovich, 1971.

Bakhtin, M. M., *Problems of Dostoevsky's Poetics*, C. Emerson(ed. and trans.), Minneapolis : University of Minneasota Press, [1929]1984.

Barthes, R., *Mythologies*, A. Lavers(trans.), New York : Hill and Wang, [1957]1972.

_____, "Introduction to the Structural Analysis of Narratives", S. Heath(trans.), *Image Music Text*, New York : Hill and Wang, [1966]1977.

Benjamin, W., *Illuminations*, H. Arendt(ed.), H. Zohn(trans.), New York : Schocken, 1969.

Bloch, E., *The Utopian Function of Art and Literature : Selected Essays*, J. Zipes(ed.), J. Zipes and F. Mecklenburg(trans.),. Cambridge, MA : MIT Press, 1988.

Booth, W. C., *The Rhetoric of Fiction*, Chicago : University of Chicago Press, 1961.

Bremond, C., "Le message narratif", *Communications 4*, 1964.

_____, *Logique du récit*, Paris : Seuil, 1973.

Brooks, C., "The Heresy of Paraphrase", H. Adams(ed.), *Critical Theory Since Plato* (revised edn.), Fort Worth : Harcourt Brace Jovanovich, [1947]1992.

Chatman, S., *Story and Discourse : Narrative Structure in Fiction and Film*, Ithaca, NY : Cornell University Press, 1978.

Crane, R. S., *The Languages of Criticism and the Structure of Poetry*, Toronto : University of Toronto Press, 1953.

Culler, J., *Structuralist Poetics : Structuralism, Linguistics, and the Study of Literature*, Ithaca, NY : Cornell University Press, 1975.

Darby, D., "Form and Context : An Essay in the History of Narratology", *Poetics Today 22-4*, 2001.

Doležel, L., "Two Narratolgies : Propp and Vodicka", K. Eimermacher, P. Grzybek, and G. Witte(eds.), *Issues in Slavic Literary and Cultural Theory*, Bochum : Universitätsverlag Dr. Norbert Brockmeyer, 1989.

_____, *Occidental Poetics : Tradition and Progress*, Lincoln : University of Nebraska Press, 1990.

_____, "Structuralism of the Prague School", R. Selden(ed.), *The Cambridge History of Literary Criticism, vol.8*, Cambridge, UK : Cambridge University Press, 1995.

Dosse, F., *History of Structuralism, vol.1*, D. Glassman(trans.), Minneapolis : The University of Minnesota Press, 1997.

Erlich, V., *Russian Formalism : History-Doctrine*(2nd edn.), The Hague : Mouton, 1965.

Foucault, M., "Nietzsche, Genealogy, History", D. F. Bouchard(trans.), S. Simon, P. Rabinow(ed.), *The Foucault Reader*, New York : Pantheon Books, [1971]1984.

Genette, G., *Narrative Discourse : An Essay in Method*, J. E. Lewin(trans.), Ithaca, NY : Cornell University Press, [1972]1980.

Greimas, A. J., *Strutural Semantics : An Attempt at a Method*, D. McDowell, R. Schleifer, and A. Velie(trans.), Lincoln : University of Nebraska Press, 1983.

Herman, D., "Sciences of the Text", *Postmodern Culture 11-3* (www.iath.virginia.edu /pmc/text-only/issue.501/11.3herman.txt), 2001.

_____, *Story Logic : Problems and Possibilities of Narrative*, Lincoln : University of Nebraska Press, 2002.

_____, "Toward a Transmedial Narratology", M.-L. Ryan(ed.), *Narrative Across Media : The Languages of Storytelling*, Lincoln : University of Nebraska Press, 2004.

Hill, R. K., "Genealogy", E. Craig(ed.), *The Routledge Encyclopedia of Philosophy, vol.4*, London : Routledge, 1998.

Jakobson, R., "Closing Statement : Linguistics andPoetics", T. A. Sebeok(ed.), *Style in Language*, Cambridge, MA : MIT Press, 1960.

Lawall, S., "Wellek, René", I. Makaryk(ed.), *Encyclopedia of Contemporary Literary Theory*, Toronto : University of Toronto Press, 1993.

Lévi-Strauss, C., "The Structural Study of Myth", C. Jacobson(trans.), B. G. Schoepf, H. Adams and L. Searle(eds.), *Critical Theory Since 1965*, Tallahassee : University Presses of Florida, [1955]1986.

Lubbock, P., *The Craft of Fiction*, London : Jonathan Cape, [1921]1957.

Lukács, G., *The Theory of the Novel*, A. Bostock(trans.), London : Merlin Press, [1920]1971.

_____, *The Historical Novel*, H. and S. Mitchell(trans.), Lincoln : University of Nebraska Press, [1938]1990.

Miller, J. E., Jr.(ed.), *Theory of Fiction : Henry James*, Lincoln : University of Nebraska Press, 1972.

Nehamas, A., *Nietzsche : Life as Literature*, Cambridge, MA : Harvard University Press, 1986.

Nietzsche, F., *On the Genealogy of Morals*, W. Kaufman(ed.), *Basic Writings of Nietzsche*, W. Kaufman(trans.), New York : The Modern Library, [1887]1968.

Pavel, T. G., *The Feud of Language : A History of Structuralist Thought*, L. Jordan and T. G. Pavel(trans.), Oxford : Blackwell, 1989.

Prince, G., *A Dictionary of Narratology*, Lincoln : University of Nebraska Press, 1987.

———, "Narratology", R. Selden(ed.), *The Cambridge History of Literary Criticism, vol. 8*, Cambridge, UK : Cambridge University Press, 1995.

Proppe, V., *Morphology of the Folktale*, L. Scott(trans.), revised by L. A. Wagner, Austin : University of Texas Press, [1928]1968.

Richter, D. H., "Chicago School, The", D. Herman, M. Jahn, and M.-L. Ryan(eds.), *The Routledge Encyclopedia of Narrative Theory*, London : Routledge, forthcoming.

Saussure, F. de, *Course in General Linguistics*, C. Bally and A. Sechehaye(ed.), in collaboration with A. Riedlinger, W. Baskin(trans.), New York : The Philosophical Library, [1916]1959.

Scholes, R. and R. Kellogg, *The Nature of Narrative*, Oxford : Oxford University Press, 1966.

Shklovsky, V., *Theory of Prose*, B. Sher(trans.), Elmwood, Park, IL : Dalkey Archive Press.

2장 ———————————————————— 서술이론의 역사 (II)

Armstrong, N. and Tennenhouse, L., "History, Postructuralism, and the Question of Narrative", *Narrative 1-1*, 1993.

Bal, M., "Close Reading Today : From Narratoloy to Cultural Analysis", W. Grünzweig and A. Solbach(eds.), *Grenzüberschreitungen : Narratologie im Kontext / Transcending Boundaries : Narratology in Context*, Tübingen : Narr, 1991.

Banfield, A., *Unspeakable Sentences : Narration and Representation in the Language of*

Fiction, Boston : Routledge & Kegan Paul, 1982.

Booth, W. C., *A Rhetoric of Irony*, Chicago : University of Chicago Press, 1974.

_____, *A Rhetoric of Fiction*(2nd edn.), Chicago and London : University of Chicago Press, [1961]1983.

_____, *The Company We Keep : An Ethics of Fiction*, Berkeley : University of California Press, 1988.

Bordwell, D., *Narration in the Fiction Film*, Madison : University of Wisconsin Press, 1985.

Bortolussi, M. and Dixon, P., *Psychonarratology : Foundation for the Empirical Study of Literary Response*, Cambridge, UK : Cambridge University Press, 2003.

Branigan, E., *Point of View in the Cinema : A Theory of Narration and Subjectivity in Classical Film*, Berlin : Mouton, 1984.

_____, *Narrative Comprehention and Film*, London : Routleedge, 1992.

Bremond, C., *Logique du récit*, Paris : Seuil, 1973.

Bronfen, E., *Over Her Dead Body : Death, Femininity and the Aesthetic*, Manchester, UK : Manchester University Press, 1992.

_____, *The Knotted Subject : Hysteria and its Discontents*, Princeton, NJ : Princeton University Press, 1998.

Brooks, P., *Reading for the Plot : Design and Intention in Narrative*, New York : Vintage, 1985.

_____, *Troubling Confessions : Speaking Guilt in Law and Literature*, Chicago : University of Chicago Press, 2000.

Carrard, P, *Poetics of the New History : French Historical Discourse from Braudel to Chartier*, Baltimore : Johns Hopkins University Press, 1992.

Chafe, W. L., *Discourse, Consciousness, and Time : The Flow and Displacement of Conscious Experience in Speaking and Writing*, Chicago : University of Chicago Press, 1994.

Chambers, R., "Story and Situation : Narrative Seduction and the Power of Fiction", *Theory and History of Literature 12*, Minneapolis : University of Minnesota Press, 1984.

_____, *Roon for Maneuver : Reading Oppositional Narrative*, Chicago : University of Chicago Press, 1991.

Chatman, S., *Story and Discourse : Narrative Structure in Fiction and Film*, Ithaca, NY : Cornell University Press, 1978.

_____, *Coming To Terms : The Rhetoric of Narrative in Fiction and Film*, Ithaca, NY :

Cornell University Press, 1990.

_____, *Reading Narrative Fiction*, New York : Macmillan, 1993.

Cobley, P., *Narrative : The New Critical Idiom*, London : Routledge, 2001.

Cohn, D., *Transparent Minds : Narrative Modes for Presenting Consciousness in Fiction*, Princeton, NJ : Princeton University Press, 1978.

_____, "The Encirclement of Narrative : On Franz Stanzel's *Theorie des Erzählens*", *Poetics Today 2-2*, 1981.

_____, *The Distinction of Fiction*, Baltimore : Johns Hopkins University Press, 1999.

Cordesse, G., "Narration et focalisation", *Poétique 19-76*, 1988.

Coste, D., "Narrative as Communication", *Theory and History of Literature 64*, Minneapolis : University of Minnesota Press, 1989.

Couturier, M., *La Figure de l'auteur*, Paris : Seuil, 1995.

Diengott, N., "Narratology andFeminism", *Style 22-1*, 1988.

Dijk, T. van, *Some Aspects of Text Grammars : A Study in Theoretical Linguistics and Poetics*, The Hague : Monton, 1972.

Dijk, T. van and Kintsch, W., *Strategies of Discourse Comprehension*, New York : Academic Press, 1983.

Dimock, W.-C., *Residues of Justice : Literature, Philosophy*, Berkeley, CA : University of California Press, 1996.

Doležel, L., *Heterocosmica : Fiction and Possible Worlds*, Baltimore, MD : Johns Hopkins University Press, 1998a.

_____, "Possible Worlds of Fiction and History", *New Literary 29*, 1998b.

Duchan, J. F. Bruder, G. A., and Hewitt, L. E.(eds.), *Deixis in Narrative : A Cognitive Science Perspective*, Hillsdale, NJ : Erlbaum, 1995.

Edmiston. W.F., *Hindsight and Insight : Focalization in Four Eighteenth-Century French Novels*, University Park, PA : Pennsylvania State University Press, 1991.

Eagleton, T.(ed.), *Marxist Literary Theory : A Reader*, Oxford : Blackwell, 1996.

Eakins, P. J., *How Our Lives Become Stories : Making Selves*, Ithaca, NY : Cornell University Press, 1999.

Ehlich, K.(ed.), *Erzählen im Alltag*, Frankfurt / Main : Suhrkamp, 1980.

Fairclough, N., *Critical Discourse Analysis : The Critical Study of Language*, London : Longman, 1995.

Felman, S., *Literature and Psychoanalysis*, Baltimore, MD : Johns Hopkins University Press, 1982.

_____, *Writing and Madness : Literature / Philosophy / Psychoanalysis*, Ithaca, NY : Cornell University Press, 1985.

Fleischman, S., *Tense and Narrativity : From Medieval Performance to Modern Fiction* (Texas Linguistics Series), Austin : University of Texas Press, 1990.

Fludernik, M., "The Historical Present Tense Yet Again : Tense Switching and Narrative Dynamics in Oral and Quasi-Oral Storytelling", *Text 11-3*, 1991.

_____, *The Fictions of Language and the Languages of Fiction : The Linguistic Representation of Speech and Consciousness*, London : Routldge, 1993.

_____(ed.), "Second-Person Narrative"(Special issue), *Style 28-3*, 1994.

_____, *Towards a "Natural" Narratology*, London / New York : Routldge, 1996.

_____, "The Genderization of Narrative", J. Pier(ed.), *GRAAT 21 : Recent Trends in Narratological Research : Papers from the Narratology Round Table*, ESSE 4, Debrecen, September 1997, Tours : Publications des Groupes de Recherches Anglo Américaines de l'Université François Rabelais de Tours, 1999.

_____, "Beyond Structuralism in Narratology : Recent Developments and New Horizons in Narrative Theory", *Anglistik 11-1*, 2000a.

_____, "The Hybridity of Discourses about Hybridity : Kipling's 'Naboth' as an Allegory of Postcolonial Discourse", T. Steffen(ed.), *Crossover : Cultural Hybridity in Ethnicity, Gender, Ethics*, Tübingen : Stauffenberg, 2000b.

_____, "Genres, Text Types, or Discourse Modes : Narrative Modalities and Generic Categorization", *Style 34-2*, 2000c.

_____, "The Diachronization of Narratology", *Narrative 11-3*, 2003a.

_____, "Review of A.", Nünning & V. Nünning(eds.), *Multiperspektivisches Erzählen : Zur Theoris und Geschichte der Perspektivenstruktur im englischen Roman des 18. bis 20. Jahrhunderts, GRM 53*, 2003b.

Foley, B., *Telling the Truth : The Theory and Practice of Documentary Fiction*, Ithaca, NY : Cornell University Press, 1986.

Friedemann, K., *Die Rolle des Erzählers in der Epik*, Darmstadt : Wissenschaftliche Buchgesellschaft, [1910]1965.

Friedeman, N., "Point of View in Fiction. The Development of a Critical Concept", *PMLA*

70, 1955.

Füger, W., "Das Nichtwissen des Erzählers in Fildings *Joseph Andrews* : Baustein zu einer Theorie negierten Wissens in der Fiktion", *Poetica 10*, 1978.

Genette, G., *Narrative Discourse : An Essay in Method*, Ithaca, NY : Cornell University Press, 1980.

_____, *Narrative Discourse Revisited*, Ithaca, NY : Cornell University Press, 1988.

_____, *Fiction et diction*, Paris : Seuil, 1991.

Gibson, A., *Towards a Postmodern Theory of Narrative*, Edinburgh : Edinburgh University Press, 1996.

_____, *Postmodernity, Ethics, and the Novel*, London : Routldge, 1999.

Hamburger, K., *The Logic of Literature*(2nd revised edn.), M. J. Rose(trans,), Bloomington, IN : Indiana University Press, [1957]1993.

Hamon, P., "Pour un statut sémiologique du personnage", *Littérature 6*, 1972.

Harweg, R., "Perfekt und Präteritum im gesprochenen Neuhochdeutsch. Zugleich ein Beitrag zur Theorie des nichtliterarischen Erzählens", *Orbis 24-1*, 1975.

Herman, D., *Universal Grammar and Narrative Form*, Durham, NC : Duke University Press, 1995.

_____, "Scripts, Sequences, and Stories : Elements of a Postclassical Narratology", *PMLA 112-5*, 1997.

_____(ed.), *Narratologies : New Perspectives on Narrative Analysis*(Theory and Interpretation of Narrative Series), Columbus : Ohio State University Press, 1999.

_____, *Story Logic : Problems and Possibilities of Narrative*, Lincoln, NE : University of Nebraska Press, 2002.

_____(ed.), *Narrative Theory and the Cognitive Science*, Stanford, CA : Publications of the Center for Study of Language and Information, 2003.

_____, Jahn, M. and Ryan, M.-L., *The Routledge Encyclopedia of Narrative Theory*, London and New York : Routledge, forthcoming.

Hoesterey, Ingeborg, "Introduction", A Fehn, I Hoesterey, and M. Tatar(eds.), *Neverending Stories : Towards a Critical Narratology*, Princeton, NJ : Princeton University Press, 1992.

Hollowell, J., *Fact & Fiction : The New Journalism and the Nonfiction Novel*, University of North Carolina Press, 1977.

Hrushovski, B., "Fictionality and Fields of Reference : Remarks on a Theoretical Framework", *Poetics Today 5-2*, 1984.

Hyde, A., *Bodies of Law*, Princeton, NJ : Princeton University Press, 1997.

Ireland, K., *The Sequential Dynamics of Narrative : Energies at the Margins of Fiction*, Madison, WI : Fairleigh Dickinson University Press / London : Associated University Press, 2001.

Iser, W., *The Implied Reader : Patterns of Communication in Prose Fiction from Bunyan to Beckett*, Baltimore, MD : Johns Hopkins University Press, [1972]1990.

Jahn, M., "Windows of Focalization : Deconstructing and Reconstructing a Narratological Concept", *Style 30-2*, 1996.

_____, "More Aspects of Focalization : Refinements and Applications", J. Pier(ed.), *GRATT 21 : Recent Trends in Narratological Research : Papers from the Narratology Round Table*, ESSE 4, Debrecen, September 1997, Tours : Publications des Groupes de Recherches Anglo-Américaines de l'Université François Rabelais de Tours, 1999.

_____, "Frames, Preferences, and the Reading of Third-Person Narratives : Towards a Cognitive Narratology", *Poetics Today 18-4*, 1997.

_____, "Narrative Voice and Agency in Drama : Aspects of a Narratology of Drama", *New Literary History 32-3*, 2001.

_____, "Narratology : A Guide to the Theory of Narrative"(www.uni-koeln.de/~ame02/pppn.htm), 2003.

Jahn, M. and Nünning, A., "Forum : A survey of Narratological Models", *Literatur in Wissenschaft und Unterricht 27-4*, 1994.

James, H., *The Novels and Tales of Henry James, Vol.1 ~26*, New York : Scribner, 1907~17.

_____, *The Art of the Novel*, R. P. Blackmur(introduction), New York : Scribner, [1934]1953.

Kayman, M. A., "Law-and-Literature : Questions of Jurisdiction", *REAL : The Yearbook of Research in English & American Literature 18*, 2002.

Kayser, W., "Wer erzählt den Roman?" *Neue Rundschau 68*, 1957.

Korte, B., *Body Language in Literature*, Toronto and Buffalo, NY : , University of Toronto Press, 1997.

Labov, W., *Language in the Inner City : Studies in the Black English Vernacular*, Philadelphia : University of Pennsylvania Press, 1972.

Lämmert, E., *Bauformen des Erzählens*, Stuttgart : Metzler, 1955.

Lanser, S. S., *The Narrative Act : Point of View in Prose Fiction*, Princeton, Princeton University Press, 1981.

_____, "Toward a Feminist Narratology", *Style 20-3*, 1986.

_____, "Shifting the Paradigm : Feminism and Narratology", *Style 22-1*, 1988.

_____, *Fictions of Authority : Women Writers and Narrative Voice*, Ithaca, NY : Cornell University Press, 1992.

_____, "Sexing Narratology : Propriety, Desire, and the Engendering of Narratology", *Narrative 3-1*, 1995.

_____, "Sexing Narratology : Toward a Gendered Poetics of Narrative Voice", W. Grünzweig and A. Solbach(eds.), *Grenzüberschreitungen : Narratologie im Kontext / Transcending Boundaries : Narratology in Context*, Tübingen : Narr, 1999.

Lotman, J. M., *The Structure of the Artistic Text*, Michigan Slavic Contributions, Ann Arbor : University of Michigan Slavic Department, 1977.

Lubbock, P., *The Craft of Fiction*, London : Jonathan Cape, 1921.

McHale, B., "Free Indirect Discourse : A Survey of Recent Accounts", *Poetics and Theory of Literature 3*, 1978.

_____, "Unspeakable Sentences, Unnatural Acts : Linguistics and Poetics Revisited Acts : Linguistic and Poetics Revisited", *Poetics Today 4-1*, 1983.

_____, *Constructing Postmodernism*, London : Routldge, 1992.

_____, *Postmodernist Fiction*, London : Routldge, [1987]1996.

_____, "Weak Narrativity : The Case of Avant-Garde Narrative Poetry", *Narrative 9-2*, 2001.

Margolin, U., "The What, the When, and the How of Being a Character in Literary Narrative", *Style 24-3*, 1990.

_____, "Characters in Literary in Literary Narrative : Representation and Signification", *Semiotica 106-3 · 4*, 1995.

_____, "Characters and Their Versions", C.-A. Mihailescu and W. Hamarneh(eds.), *Fiction Updated : Theories of Fictionality, Narratology, and Poetics*, Toronto : University of Toronto Press, 1996.

_____, "Of What is Past, is Passing, or to Come : Temporality, Aspectuality, Modality, and the Nature of Literary Narrative", D. Herman(ed.), *Narratologies : New Perspectives on Narrative Analysis*(Theory and Interpretation of Narrative Series), Columbus : Ohio State University Press, 1999a.

_____, "Story Modalised, or the Grammar of Virtuality", J. Pier(ed.), *GRAAT 21 : Recent Trends in Narratological Research : Papers from the Narratology Round Table*, ESSE 4, Debrecen, September 1997, Tours : Publications des Groupes de Recherches Anglo Américaines de l'Université François Rabelais de Tours, 1999b.

_____, "Telling in the Plural : From Grammar to Ideology", *Poetics Today 21-3*, 2000.

Martinez, M. and Scheffel, M., *Einführung in die Erzähltheorie*, Munich : C. H. Beck, 1999.

Metz, C., *Langage et cinéma*, Paris : Larousse, 1971.

Mezei, K.(ed.), *Ambiguous Discourse. Feminist Narratology and British Women Writers*, Chapel Hill, NC : University of North Carolina Press, 1996.

Müller, G., "Erzählzeit und erzählte Zeit", *Morphologische Poetik*, Darmstadt : Wissenschaftliche Buchgesellschaft, [1948]1968.

Nelles, W., "Getting Focalization into Focus", *Poetics Today 11-2*, 1990.

Niederhoff, B., "Fokalisation und Perspektive : Ein Plädoyer für friedliche Koexistenz", *Poetica 33*, 2001.

Nieragden, G., "Focalization and Narration : Theoratical and Terminological Refinements", *Poetics Today 23-4*, 2002.

Norrick, N., *Conversational Narrative. Storytelling in Everyday Talk*, Amsterdam : John Benjamins, 2000.

Nünning, A., *Grundzüge eines kommunikationstheoretischen Modells der erzählerischen Vermittlung : Die Funktionen der Erzälinstanz in den Romanen George Eliots*, Horizonte 2, Trier : Wissenschaftlicher Verlag, 1989.

_____, "'But Why *Will* You Say That I Am Mad?' : On the Theory, History, and Signals of Unreliable Narration in British Fiction", *Arbeiten aus Anglistik und Amerikanistik 22-1*, 1997.

_____, "Reconceptualizing the Theory and Generic Scope of Unreliable Narration", J, Pier(ed.), *GRAAT 21 : Recent Trends in Narratological Research : Papers from the Narratology Round Table*, ESSE 4, Debrecen, September 1997, Tours : Publications des Groupes de Recherches Anglo Américaines de l'Université François Rabelais de Tours, 1999a.

_____, "Unreliable, Compared to What? : Towards a Cognitive Theory of Unreliable Narration : Prolegomena and Hypotheses", W. Grünzweig and A. Solbach(eds.), *Grenzüberschreitungen : Narratologie im Kontext / Transcending Boundaries : Narratology in Context*, Tübingen : Narr, 1999b.

_____, "Towards a Cultural and Historical Narratology : A Survey of Diachronic Approaches, Concepts, and Research Projects", *Anglistentag 1999 Mainz : Proceedings*, Bernhard Reitz and Sigrid Rieuwerts(ed.), Trier : WVT, 2000.

_____, "Narratology or Narratologies? : Taking Stock of Recent Developments, Critique and Modest Proposals for Future Usages of the Term", T. Kindt and H.-H. Müller(eds.), *What is Narratology? Questions and Answers Regarding the Status of a Theory*, Berlin : de Gruyter, 2003.

Nünning, A. and Nünning, V.(eds.), *Multiperspektivisches Erzählen : Zur Theorie und Geschichte der Perspektivenstruktur im englischen Roman des 18. bis 20. Jahrhunderts*, Trier : WVT, 2000.

_____, "Erzähltheorie transgenerisch, intermedial, interdisziplinär", *WVT Handbücher zum literaturwissenschaftlichen Studium 5,* Trier : WVT, 2002.

_____, *Erzähltextanalyse und Gender Studies*, Stuttgatt : Metzler, 2004.

Ochs E. and Capps, L., *Living Narrative : Creating Lives in Everyday Storytelling*, Cambridge, MA : Harvard University Press, 2001.

Page, R., "Feminist Narratology? Literary and Linguistic Perspectives on Gender and Narrativity", *Language and Literature 12*, 2003.

Pavel, T. G., "Some Remarks on Narrative Grammars", *Poetics 8*, 1973.

_____, *Fictional Worlds*, Cambridge, MA : Harvard University Press, 1986.

Peer, W. van and Chatman, S.(eds.), *New Perspectives on Narrative Perspective*, Albany, NY : State University of New York Press, 2001.

Petöfi, J.(ed.), "Text vs Sentence : Basic Questions of Text Linguistics : First Part", *Papiere zur Textlinguistik, 20-1*, Hamburg : Buske, 1979.

Petöfi, J. and Rieser, H., *Studies in Text Grammar*, Dordrecht : Reidel, 1973.

Pfister, M., *The Theory and Analysis of Drama*, J. Halliday(trans.), Cambridge University Press, [1977]1991.

Phelan, J. (ed.), *Reading Narrative : Form, Ethics, Ideology*, Columbus : Ohio State University Press, 1989a.

_____, *Reading People, Reading Plots : Character, Progression, and the Interpretation of Narrative*, Chicago : University of Chicago Press, 1989b.

_____, *Narrative as Rhetoric : Technique, Audiences, Ethics, Ideology*, Columbus : Ohio State University Press, 1996.

_____, "Why Narrators Can Be Focalizers- And Why It Matters", W. van Peer and S. Chatman(eds.), *New Perspectives on Narrative Perspective*, Albany, NY : State University of New York Press, 2001.

Phelan, J. and Rabinowitz, P. J.(eds.), *Understanding Narrative*, Columbus : Ohio State University Press, 1994.

Pier, J. and Schaeffer, J.-M.(eds.), *Acts du colloque "La Métalepse, Aujourd'hui"*, Paris : Editions du CNRS, forthcoming.

Pratt, M. L., *Toward a Speech Act Theory of Literary Discourse*, Bloomfield, IN : Indiana University Press, 1977.

_____, *Imperial Eyes : Travel Writing and Transculturation*, London : Routldge, 1992.

Pince, G., *Narratology : The Form and Functioning of Narrative*, Berlin : Mouton, 1982.

_____, *A Dictionary of Narratology*, Lincoln and London : University of Nebraska Press, 1987.

_____, "On Narratology : Criteria, Corpus, Context", *Narrative 3-1*, 1995.

_____, " Narratology, Narratological Criticism, and Gender", C.-A. Mihailescu and W. Hamarneh(eds.), *Fiction Updated : Theories of Fictionality, Narratology, and Poetics*, Toronto : University of Toronto Press, 1996.

_____, "Revisiting Narrativity", W. Grünzweig and A. Solbach(eds.), *Grenzüberschreitungen : Narratologie im Kontext / Transcending Boundaries : Narratology in Context*, Tübingen : Narr, 1999.

_____, "A Point of View on Point of View or Refocusing Focalization", *New Perspectives on Narrative Perspective*, Albany, NY : State University of New York Press, 2001.

Quasthoff, U. M., *Erzählen in Gesprächen : Linguistische Untersuchungen zu Strukturen und Funktionen am Beispiel einer Kommunikationsform des Alltags*, Tübigen : Narr, 1980.

_____, "Mündliches Erzählen und sozialer Kontext : Narrative Interaktionsmuster in Institutionen", W. Grünzweig and A. Solbach(eds.), *Grenzüberschreitungen : Narratologie im Kontext / Transcending Boundaries : Narratology in Context*, Tübingen : Narr, 1999.

Rabinowitz, P. J. and Smith, M. W., *Authorizing Readers : Resistance and Respect in the Teaching of Literature*, New York : Teachers College Press, 1998.

Richardson, B., "'Time is Out of Joint' : Narrative Models and the Temporality of the Drama", *Poetics Today 8-2*, 1987.

_____, "Point of View in Drama : Diegetic Monologue, Unreliable Narrators, and the Author's Voice on Stage", *Comparative Drama 22-3*, 1988.

_____, "Recent Concepts of Narrative and the Narratives of Narrative Theory", *Style 34-2*, 2000.

_____, "Construing Conrad's The Secret Sharer : Suppressed Narratives, Subaltern Reception, and Act of Interpretation", *Studies in the Novel 33-3*, 2001a.

_____, "Voice and Narration in Postmodern Drama", *New Literary History 32-3*, 2001b.

Ricoeur, P., *Time and Narrative, Vol.I ~III*, K. McLaughlin and D. Rellauer(trans.), Chicago : University of Chicago Press, 1984~88.

Rimmon-Kenan, S., "Narrative as Paradigm in the Interface between Literature and Psychoanalysis", Lecture given at the IAUPE conference in Bamberg, July 2001.

_____, *Narrative Fiction : Contemporary Poetics*, London : Routledge, [1983] 2002.

Roe, E., *Narrative Policy Analysis : Theory and Practice*, Durham, NC : Duke University Press. Narrative1994.

Romano, C., "Is the Rise 'Narratology' the Same Old Story?" *The Chronicle of Higher Education* June 28, B12, 2002.

Roof, J., *Come as You Are : Sexuality and Narrative*, New York : Columbia University Press, 1996.

Ryan, M. -L., *Possible Worlds, Artificial Intelligence, and Narrative Theory*, Bloomington : Indiana University Press, 1991.

_____, "The Modes of Narrativity and Their Visual Metaphors", *Style 26-3*, 1992.

_____(ed.), *Cyberspace Textuality. Computer Technology and Literary Theory*, Indianapolis : Indiana University Press, 1999.

_____, *Narrative as Virtual Reality : Immersion and Interactivity in Literature and the*

Electtonic Media, Baltimore : Johns Hopkins University Press, 2001.

_____(ed.), *Narrative Across Media : The Languages of Storytelling*, Lincoln : University of Nebraska Press, 2004.

Schafer, R., *Retelling a Life : Narration and Dialogue in Psychoanalysis*, New York : Basic Books, 1992.

Schellinger, P.(ed.), *Encyclopedia of the Novel, vol.2*, Chicago : Fitzroy Dearborn, 1998.

Schneider, R., "Towards a Cognitive Theory of Literary Character : The Dynamics of MentalModel Construction", *Style 35-4*, 2001.

Sell, R., *Literature as Communication : The Foundations of Mediating Criticism*, Amsterdam and Philadelphia : John Benjamins, 2000.

Semino, E. and Culpepper, J.(eds.), *Cognitive Stylistics : Language*, Amsterdam and Philadelphia : John Benjamins, 2002.

Shen, D., "Breaking Conventional Barriers : Transgressions of Modes of Focalization", W. van Peer and S. Chatman(eds.), *New Perspectives on Narrative Perspective*, Albant : State University of New York Press, 2001.

Sinfield, A., *Faultliness : Cultural Materialism and the Politics of Dissident Reading*, Oxford : Claredon Press, 1992.

Spurt, D., *The Rhetoric of Empire : Colonial Discourse in Journalism, Travel Writing and Imperial Administration*, Durham, NC : Duke University Press, 1993.

Stanzel, F. K., *Narrative Situations in the Novel : Tom Jones, Moby Dick, The Ambassadors, Ulysses*, J. P. Pusack(trans.), Bloomington : Indiana University Press, [1955]1971.

_____, "Towards a 'Grammar of Fiction'", *Novel 11*, 1978.

_____, "Teller : Characters and Reflector Characters in Narrative Theory", *Poetics Today 2-2*, 1981.

_____, *A Theory of Narrative*, C. Goedsche(trans.), Cambridge, UK : Cambridge University Press, [1979]1984.

Stempel, W.-D., "Everyday Narrative as 'Prototype'", *Poetics 15*, 1986.

Sternberg, M., "Proteus in QuotationLand : Mimesis and the Forms of Reported Discourse", *Poetics Today 3-2*, 1982.

_____, "Mimesis and Motivation : The Two Faces of Fictional Coherence", J. Strelka(ed.), *Literary Criticism and Philosophy. Yearbook of Comparative Criticism 10*, University Park, PA : Pennsylvania State University Press, 1983.

_____, *The Poetics of Biblical Narrative : Ideological Literature and the Drama of Reading*, Bloomington : Indiana University Press, 1987.

_____, *Expositional Modes and Temporal Ordering in Fiction*, Bloomington : Indiana University Press, [1978]1993.

_____, "How Narrativity Makes a Difference", *Narrative 9*, 2001.

Stockwell, P., *Cognitive Poetics : An Introduction*, London : Routledge, 2002.

Sturgess, P. J. M., *Narrativity : Theory and Practice*, Oxford : Claredon Press, 1992.

Tannen, D.(ed.), *Analyzing Discourse : Text and Talk*, Georgetown University Round Table on Languages and Linguistics 1981, Washington, DC : Georgetown University Press, 1982.

_____, *Conversational Style : Analyzing Talk Among Friends*, Norwood, NJ : Ablex, 1984.

Thomas, B., *Cross-Examinations of Law and Literature : Coper, Hawthorne, Stowe and Melville*, Cambridge University Press, 1987.

_____(ed.), *Law and Literature*, Tübingen : Narr, 2001.

Vitoux, P., "Le jeu de la focalisation", *Poétique 51*, 1982.

Warhol, R., *Gendered Interventions : Narrative Discourse in the Victorian Novel*, New Brunswick, NJ : Rutgers University Press, 1989.

_____, *Having a Good Cry : Effeminate Feelings and Pop-culture Forms*, Columbus : Ohio State University Press, 2003.

Weinrich, H., "Tempus : Besprochene und erzählte Welt", *Sprache und Literatur 16*(4th edn. based on 2nd revised edition 1971), Stuttgart : Kohlhammer, [1964]1985.

Weisberg, R. H., *The Failure of Word : The Protagonist as Lawyer in Modern Fiction*, New Haven, CT : Yale University Press, 1984.

_____, *Poethics, and Other Strategies of Law and Literature*, New York : Columbia University Press, 1992.

White, H., *Metahistory : The Historical Imagination in Nineteenth-Century Europe*, Baltimore, MD : Johns Hopkins University Press, 1973.

_____, "The Value of Narrativity in the Representation of Reality", *Critical Inquiry 7*, 1980.

_____, *The Content of the Form : Narrative Discourse and Historical Representation*, Baltimore : Johns Hopkins University Press, 1987.

Wolf, W. , *Ästhetische Illusion und Illusionsdurchbrechung in der Erzählkunst. Theorie und Geschichte mit Schwerpunkt auf englischem illusionsstörenden Erzählen*, Tübingen : Niemeyer, 1993.

_____, "Aesthetic Illusion in Lyric Poetry?" *Poetica 30*, 1998.

_____, "The Musicalization of Fiction : A Study in the Theory and History of Inter-mediality", *IFAVL 35*, Amsterdam : Rodopi, 1999.

_____, "Das Problem der Narrativität in Literatur, bildender Kunst und Musik : Ein Beitrag zu einer intermedialen Erzähltheorie", A. Nünning and V. Nünning(eds.), *Erzähltheorie transgenerisch, intermedial, interdisziplinär*, Trier : WVT, 2002.

_____, "Narrative and Narrativity : A Narratological Reconceptualization and its Appli-cability to the Visual Arts", *Word & Image 19-3*, 2003.

_____, "Aesthetic Illusion as an Effect of Fiction", M. Fludernik and U. Margolin(eds.), *German Narratology, Special issue, Style 38*, 2004.

Yocobi, T. , "Fictional Reliability as a Communicative Problem", *Poetics Today 2-2*, 1981.

_____, "Narrative and Normative Pattern : On Interpreting Fiction", *Journal of Literary Studies 3*, 1987.

_____, "Internet Narrative : (Un)Reliability and Ekphrasis", *Poetics Today 22-4*, 2000.

3장 ——————————————————————— 망령들, 그리고 괴물들

Bakhtin, M. , *Problems in Dostoevsky's Poetics*, C. Emerson(ed. and trans.), Minneapolis : University of Minnesota Press, [1963]1984.

_____, *The Dialogic Imagination : Four Essays*, C. Emerson and M. Hoquist(ed. and trans.), Austin : University of Texas Press, [1975]1981.

Chatman, S. , "What Can We Learn from Contextualist Narratology?" *Poetics Today 11-2*, 1990.

Clark, K. and Holquist, M. , *Mikhail Bakhtin*, Cambridge, MA and London : Harvard University Press, 1984.

Culler, J. , *Structualist Poetics : Structuralism, Linguistics and the Study of Literature*, London : Routledge, [1975]2002.

Deman, P. , "Dialogue and Dialogism", *Poetics Today 4-1*, 1983.

Emerson, C., *The First Hundred Years of Mikhail Bakhtin*, Princeton, NJ : Princeton University Press, 1997.

Even-Zohar, I., "Polysystem Studies"(Special Issue), *Poetics Today 11-1*, 1990.

Fludernik, M., *The Fictions of Language and the Languages of Fiction : The Linguistic Representation of Speech and Consciousness*, London and New York : Routledge, 1993.

_____, "The Diachronization of Narratology", *Narrative 11-3*, 2003.

Galan, F. W., *Historic Structures : The Prague School Project, 1928 ~1946*, Austin : University of Texas Press, 1984.

Gates, H. L., *The Signifying Monkey : A Theory of Afircan-American Literary Criticism*, New York and Oxford : Oxford University Press, 1988.

_____, "Color Me Zora : Alice Walker's (Re)writing of the Speakerly Text", P. O'Donnell and R. C. Davis(eds.), *Intertextuality and Contemporary American Fiction*, Baltimore, MD : Johns Hopkins University Press, 1989.

Genette, G., Narrative Discourse, J. E. Lewin(trans.), Ithaca, NY : Cornell University Press, [1972]1980.

_____, "Vraiesmblance and Motivation", D. Gorman(trans.), *Narrative 9-3*, [1968] 2001.

Gibson, A., *Towards a Postmodern Theory of Narrative*, Edinburgh : Edinburgh University Press, 1996.

Hale, D. J., *Social Formalism : The Novel in Theory from Henry James to the Present*, Stanford CA : Stanford University Press, 1998.

Jakobson, R. and Tynjanov, J., "Problems in the Study of Language and Literature", L. Matejka and K. Pomorska(eds.), *Readings in Russian Poetics : Formalist and Structuralist Views*, Cambridge, MA : MIT Press, 1971 [1928].

Jameson, F., *The Prison-House of Language : A Critical Account of Structuralism and Russian Formalism*, Princeton, NJ : Princeton University Press, 1972.

Lovejoy, A.O., "The Historiography of Ideaas", *Essays in the History of Ideas*, Baltimore, MD : Johns Hopkins University Press, [1938]1948.

_____, "Introduction : The Study of the History of Ideas", *The Great Chain of Being : A Study of the History of an Idea*, Cambridge, MA : Harvard University Press, [1936]1957.

McHale, B., "Whatever Happened to Descriptive Poetics?" M. Bal and I. E. Boer(eds.), *The*

Point of Theory : Practices of Cultural Analysis, Amsterdam : Amsterdam University Press, 1994.

Morrison, M., "Why Modernist Studies and Science Studies Need Each Other", *Modernism / Modernity 9-4*, 2002.

Morson, G. S. and Emerson, C., *Mikhail Bakhtin : Creation of a Prosaics*, Stanford, CA : Stanford, CA : Stanford University Press, 1990.

Richardson, A. and Steen, F., "Literature and Cognitive Revolution : Introduction", *Poetics Today 23-1*, 2002.

Tomashevsky, B., "Thematics", L. T. Lemon and M. J. Reis(eds.), *Russian Formalist Criticism : Four Essays*, Lincoln : University of Nebraska Press, [1925]1965.

Shklovsky, V., *Theory of Prose*, B. Sher(trans.), Normal, IL : Dalkey Archive Press, [1929]1990.

Shukman, A., *Literature and Semiotic : A Study of the Writings of Yu. M. Lotman*, Amesterdam and New York : North-Holland Press, 1977.

Sternberg, M., "Mimesis and Motivation : The Two Faces of Fictional Coherence", J. P. Strelka(eds.), *Literary Criticism and Philosophy*, University Park, PA : Pennsylvania State University Press, 1983.

Stevenson, R., "Modernist Narrative", D. Herman, M. Jahn, and M.-L. Ryan(eds.), *The Routleedge Encyclopedia of Narrative Theory*, London and New York : Routledge, forthcoming.

Vološinov, V. N., *Marxism and the Philosophy of Language*, Ladislaw Matejka and I. R. Titunik(trans.), Cambridge, MA : Harvard University Press, [1929]1973.

4장 ──────────────────────────────── 암시된 저자의 부활

Beach, J. W., *The Twentieth Century Novel : Studies in Technique*, London : The Century Company, 1932.

Booth, W. C., *The Rhetoric of Fiction*(2nd edn., with added final chapter), Chicago : The University of Chicago Press, [1961]1983.

───────, "The Rhetoric of Fiction and the Poetics of Fiction and the Poetics of Fictions", *Novel 1*, Winter 1968.

───────, *The Company We Keep : An Ethics of Fiction*, Berkeley, CA : The University of California Press, 1988.

Crane, R. S., "Criticism as Inquiry; or, The Perils of the 'High Priori Road'", *The Idea of the Humanities, vol.II*, Chicago : The University of Chicago Press, [1957]1967.

Donoghue, Denis, "Lives of a Poet", *New York Review of Books 46-18*, 1999.

Eliot, T. S., "Tradition and Individual Talent", *Selected Essays : 1917-1932*, New York : Harcourt Brace, [1917]1932.

Ellmann, R., *Oscar Wilde*. New York : Alfred Knopf, 1988.

Fish, S., Cambridge, *Is There a Text in This Class? The Authority of Interpretive Communities*, Cambridge, MA : Harvard University Press, 1980.

Ford, F. M., *The Twentieth-Century Novel : Studies in Technique*, London : Duckworth, 1932.

Frost, R., *Mountain Interval*, New York : Henry Holt, [1916]1939.

Gordon, C. and Tate, A., *The House of Fiction*, New York : Scribner, 1950.

Lubbock, P., *The Craft of Fiction*, London : J. Cape, 1921.

Malcolm, J., *The Silent Woman : Sylvia Plath and Ted Hughes*, New York : Alfred Knopf, 1994.

Parini, J., *Robert Frost : A Life*, New York : Henry Holt, 1999.

Phelan, J., *Reading People, Reading Plots : Character, Progression, and the Interpretation of Narrative*, Chicago : The University of Chicago Press, 1989.

Phelan, J. and Rabinowitz, P. J.(eds.), *Understanding Narrative*, Columbus : Ohio State University Press, 1994.

Plath, S., *Sylvia plath : The Collected Poems*, T. Hughes(ed. with introduction), London : Faber and Faber, 1981.

Rabinowitz, P. J., *Before Reading : Narrative Conventions and the Politics of Interpretation*, Columbus : Ohio State University Press, [1987]1998.

Rosenblatt, L., *Literature as Exploration*, New York : The Modern Language Association, [1965]1995.

Thompson, L., *Robert Frost*, New York : Holt, Rinehart, and Winston, 1966.

Wimsatt, W. K., and Beardsley, M. C., "The Intentional Fallacy", W. K. Wimsatt, *The Verbal Icon : Studies in the Meaning of Poetry*, Lexington : University Press of Kentucky, 1954.

Yehoshua, A. B., *The Terrible Power of a Minor Guilt*, Ora Cummings(trans.), Syracuse, NY : Syracuse University Press, [1998]2000.

Bennett, J. R., "Inconscience : Henry James and the Unreliable Speaker of the Dramatic Monologue", *Forum 28*, 1987.

Booth, W. C., *The Rhetoric of Fiction*, Chicago : University of Chicago Press, 1961.

——————, *A Rhetoric of Irony*, Chicago : University of Chicago Press, 1974.

Bortolussi, M. and Dixon, P., *Psychonarratology : Foundation for the Empirical Study of Literary Response*, Cambridge, UK : Cambridge University Press, 2003.

Chatman, S., *Story and Discourse : Narrative Structure in Fiction and Film*, Ithaca, NY and London : Cornell University Press, 1978.

Culler, J, *Structuralist Poetics : Structuralism, Linguistics, and the Study of Literature*, London : Routledge & Kegan Paul, 1975.

Fludernik, M., *The Fictions of Language and the Languages of Fiction : The Linguistic Representation of Speech and Consciousness*, London : Routldge, 1993.

——————, "Defining (In)Sanity : The Narrator of The Yellow Wallpaper and the Question of Unreliability", W. Grünzweig and A. Solbach(eds.), *Grenzüberschreitungen : Narratologie im Kontext / Transcending Boundaries : Narratology in Context*, Tübingen : Narr, 1999.

Lanser, S. S., *The Narrative Act : Point of View in Prose Fiction*, Princeton, NJ : Princeton University Press, 1981.

McEwan, I., "Dead As They Come", *In Between the Sheets*, London : Pan Books, 1979 [1978].

Nünning, A., "'But Why *Will* You Say That I Am Mad?' : On the Theory, History, and Signals of Unreliable Narration in British Fiction", *Arbeiten aus Anglistik und Amerikanistik 22*, 1997a.

——————, "Deconstructing and Reconceptualizing the 'Implied Author' : The Resurrection of an Anthropomorphicized Passepartout or the Obituary of a Critical 'Phantom'", *Anglistik Mitteilungen des Verbandes Deutscher Anglisten 8-2*, 1997b.

——————(ed.), *Unreliable Narration : Studien zur Theorie und Praxis unglaubwürdigen Erzählens in der englischsprachigen Erzählliteratur(Unreliable Narration : Studies in the Theory and Practice of Unreliable Narration in English Narrative Fiction)*, Trier, Germany : Wissenschaftlicher Verlag Trier, 1998.

——————, "Unreliable, Compared to What? : Towards a Cognitive Theory of Unreliable

Narration : Prolegomena and Hypotheses", W. Grünzweig and A. Solbach(eds.),
*Grenzüberschreitungen : Narratologie im Kontext / Transcending Boundaries :
Narratology in Context*, Tübingen : Narr, 1999.

Nünning, V., "Unreliable Narration : and Historical Variability of Values and Norms : *The
Vicar of Wakefield* as Test — case for a Cultural — Historical Narratology", *Style
38*, [1998]2004.

Olson, G., "Reconsidering Unreliability : Fallible and Untrustworthy Narrators", *Narrative
11*, 2003.

Phelan, J.(ed.), *Narrative as Rhetoric : Technique, Audiences, Ethics, Ideology*, Columbus :
Ohio State University Press, 1996.

_____, *Living To Tell About It : A Rhetoric and Ethics of Character Narration*,
Ithaca, NY and London : Cornell University Press, 2005.

Phelan, J. and Martin, M. P., "'The Lessons of Weymouth' : Homodiegesis, Unreliability,
Ethics and *The Remains of the Day*", D. Herman(ed.), *Narratologies : New
Perspectives on Narrative Analysis*, Columbus : Ohio State University Press, 1999.

Pince, G., *A Dictionary of Narratology*, Lincoln : University of Nebraska Press, 1987.

Richardson, B., "Point of View in Drama : Diegetic Monologue, Unreliable Narrators, and
the Author's Voice on Stage", *Comparative Drama 22*, 1988.

Riggan, W., *Picaros, Madmen, Naifs, and Clowns : The Unreliable First-Person Narrator*,
Norman : University of Oklahoma Press, 1981.

Rimmon-Kenan, S., *Narrative Fiction : Contemporary Poetics*, London, New York : Methuen,
[1983]2002.

Wall, K., "The Remains of the Day and its Challenges to Theories of Unreliable Narration",
Journal of Narrative Technique 24, 1994.

Yacobi, T., "Fictional Reliablity as a Communicative Problem", *Poetics Today 2*, 1981.

_____, "Narrative and Normative Patterns : On Interpreting Fiction", *Journal of Literary
Studies 3-2*, 1987.

_____, "Package Deals in Fictional Narrative : The Case of the Narrator's (Un)reli-
ability", *Narrative 9*, 2001.

Zerweck, B., "Historicizing Unreliable Narration : Unreliability and Coultural Discourse in
Narrative Fiction", *Style 35*, 2001.

Bayley, J., *Tolstoy and the Novel*, London : Chatto & Windus, 1966.

Booth, W. C., *The Rhetoric of Fiction*, Chicago : The University of Chicago Press, 1961.

Chekhov, A., From *Selected Letters*, Henry Gifford(ed.), *Leo Tolstoy : A Critical Anthology*, S. Lederer(trans.), Harmondsworth, UK : Penguin, 1971.

Christian, R. F., *Tolstoy : A Critical Introduction*, Cambridge, UK : Cambridge University Press, 1969.

Coetzee. J. M., "Confession and Double Thoughts : Tolstoy, Rousseau, Dostoevsky", *Camparative Literature 37*, 1985.

Davie, D., "The Kreutzer Sonata", H. Gifford(ed.), *Leo Tolstoy : A Critical Anthology*, Harmondsworth, UK : Penguin, 1971.

Dworkin, A., *Intercourse*. New York : Free Press, 1987.

Ellis, K., "Ambiguity and Point of View in Some Novelistic Representations of Jealousy", *Modern Language Notes 86-6*, 1971.

Felman, S., "Forms of Judical Blindness or the Evidence of What Cannot Be Seen", *Critical Inquiry 23*, 1997.

Herman, D., "Stricken by Infection : Art and Adultery in *Anna Karenina* and Kreutzer Sonata", *Slavic Review 56-1*, 1997.

Isenberg, C., *Telling Silence : Russian Frame Narratives of Renunciation*, Evanston, II : Northwestern University Press, 1993.

Mandelker, A., *Framing Anna Karenina : Tolstoy, the Woman Question, and the Victorian Novel*, Columbus : Ohio State University Press, 1993.

Møller, P. U., *Postlude to the Kreutzer Sonata : Tolstoj and the Debate on Sexual Morality in Russian Literature in the 1980s*, J. Kendal(trans.), Leiden, Netherlands : Brill, 1988.

Rancour-Laferriere, D., *Tolstoy on the Couch : Misogyny, Masochism and the Absent Mother*, New York : New York University Press, 1988.

Simmons, E. J., *Leo Tolstoy : The Years of Maturity 1880 ~1910, Vol.II*, New York : Vintage Books, 1960.

Spence, G. W., "Tolstoy's Dualism", *Russian Review 20-3*, 1961.

_____, "Suicide and Sacrifice in Tolstoy's Ethics" *Russian Review 22-2*, 1963.

Sternberg, M., *Expositional Modes and Temporal Ordering in Fiction*, Baltimore, MD : Johns Hopkins University Press, 1978.

_____, "Mimesis and Motivation : The Two Faces of Fictional Coherence", J. Strelka(ed.), *Literary Criticism and Philosophy*, University Park : Pennsylvania State University Press, 1983.

_____, "Factives and Perspectives : Making Sense of Presupposition as Exemplary Inference", *Poetics Today 22*, 2001.

Tolstoy, L., "Sequel to the Kreutzer Sonata", A. Maude(trans.), *Master and Man The Kreutzer Sonata, Dramas*, New York : Charles Scribner' Sons, 1929.

_____, "Appendix to *The Kreutzer Sonata*", *Great Short Works of Leo Tolstoy*, L. and A. Maude(trans.), New York : Harper & Row, 1960.

_____, "The Kreutzer Sonata", M. Wettlin(trans.), *Six Short Masretpieces by Tolstoy*, New York : Dell, [1891]1963.

Velikovsky, I., "Tolstoy's Kreutzer Sonata and Unconscious Homosexuality", *Psychoanalytic Riview 24*, 1937.

Yacobi, T., "Fictional Reliablity as a Communicative Problem", *Poetics Today 2*, 1981.

_____, "Narrative and Normative Patterns : On Interpreting Fiction", *Journal of Literary Studies 3*, 1987.

_____, "Package-Deals in Fictional Narrative : The Case of the Narrator's (Un)reli-ability", *Narrative 9*, 2001.

7장 ──────────── 헨리 제임스와 '초점화' 또는 제임스가 '짚'을 사랑하는 이유

Abrams, M., *The Mirror and Lamp : Romantic Theory and the Critical Tradition*, New York : Oxford University Press, [1953]1971.

Austin, J. L., *How To Do Things With Words*, Oxford : Oxford University Press, 1962.

Genette, G., *Narrative Discourse : An Essay in Method*, Jane E. Lewin(trans.), Ithaca, NY : Cornell University Press, [1972]1980.

Herman, D., "Hypothetical Focalization", *Narrative 2-3*, 1994.

James, H., *The Novels and Tales, 26 vols*, reprint of the New York Edition, Fairfield, NJ : Augustus M. Kelley, 1971~9.

_____, *Letter, 4 vols*, Leon Edel(ed.), Cambridge, MA : Harvard University Press, 1974~84.

_____, *The Complete Notebooks*, Leon Edel and Lyall H. Powers(ed.), New York : Oxford University Press, 1987.

Nancy, J. -L., *The Inoperative Community*, P. Connor(ed.), P. Connor, L. Garbus, M. Holland, and S. Sawhney(trans.), Minnesota : University of Minnesota Press, 1991.

Royle, N., *The Uncanny*, Manchester, UK : Manchester University Press, 2003.

8장 ──────────── 서사론과 문체론은 서로를 위해 무엇을 할 수 있는가

Bortolussi, M. and Dixon, P., *Psychonarratology*, Cambridge, UK : Cambridge University Press, 2003.

Chatman, S., *Story and Discourse*, Ithaca, NY : Cornell University Press, 1978.

Culpeper, J., *Language and Characterization in Plays and Texts*, London : Longman, 2001.

Fludernik, M., *Towards a "Natural" Narratology*, London and New York : Routldge, 1996.

_____, "Chronology, Time, Tense and Experientiality inNarrative", *Language and Literature 12*, 1993.

Fowler, R., *Linguistics and the Novel*. London : Methuen, [1977]1983.

Hemingway, E., *In Our Time*, Collier Books Edition. New York : Macmillan, [1925]1986.

Herman, D., *Story Logic*, Lincoln and London : University of Nebraska Press, 2002.

Genette, G., *Narrative Discourse*, J. E. Lewin(trans.), Ithaca, NY : Cornell University Press, [1972]1980.

Leech, G. N. and Short, M. H., *Style in Fiction*, London : Longman, 1981.

Mills, S., *Feminist Stylistics*, London and New York : Routldge, 1995.

Phelan, J., *Worlds from Words*, Chicago : The University of Chicago Press, 1981.

_____, *Narrative as Rhetoric*, Columbus : Ohio State University Press, 1996.

Rimmon-Kenan, S., "How the Model Neglect the Medium : Linguistics, Language, and the Crisis of Narratology", *The Journal of Narrative Technique 19*, 1989.

_____, *Narrative Fiction*, 2nd edn, London and New York : Routldge, [1983] 2002.

Semio, E. and Culpeper(eds.), *Cognitive Stylistics*, Amsterdam and Philadelphia : John Benjamins, 2002.

Shen, D., "Narrative, Reality and Narrator as Construct : Reflection on Genette's Narration",

Narrative 9, 2001.

_____, "Defence and Challenge : Reflections on the Relation Between Story and Discourse", *Narrative 10*, 2001.

Simpson, P., *Language, Ideology, and Point of View*, London and New York : Routldge, 1993.

_____, *Language Through Literature*, London and New York : Routldge, 1996.

Stockwell, P., *Cognitive Poetics*, London and New York : Routldge, 2002.

Wales, K., *A dictionary of Stylistics*, 2nd edn, Harlow, UK : Pearson Education, [1990]2001.

9장 ──────────────────────────── 서술 허구성의 화용론

Abbot, H. P., *The Cambridge Introduction to Narrative*, Cambridge, UK : Cambridge University Press, 2002.

Genette, G., "The Pragmatic Status of Narrative Fiction", *Style 24*, 1990.

Grice, H. P., *Studies in the Way of Words*, Cambridge, MA : Harvard University Press, 1989.

Kafka, F., *The Trial*, I. Party(trans.), Harmondsworth, UK : Penguin, [1925]1994.

Kearns, M., *Rhetorical Narratology*, Lincoln : University of Nebraska Press, 1999.

_____, "Relevance, Rhetoric, Narrative", *Rhetoric Society Quarterly 31*, 2001.

Margolin, U., "Reference, Coreference, Referring, and the Dual Structure of Literary Narrative", *Poetics Today 12*, 1991.

Ohmann, R., "Speech Acts and the Definition of Literature", *Philosophy and Rhetoric 4*, 1971.

Pavel, T. G., *Fictional Worlds*, Cambridge, MA : Harvard University Press, 1986.

Pratt, M. L., *Toward a Speech Act Theory of Literary Discourse*, Bloomfield, IN : Indiana University Press, 1977.

Ryan, M. -L., *Possible Worlds, Artificial Intelligence, and Narrative Theory*, Bloomington : Indiana University Press, 1991.

Searle, J. R., "The Logical Status of Fictional Discourse", *New Literary History 6*, 1975.

Sperber, D. and Wilson, D., *Relevance : Communication and Cognition*, 2nd edn, Oxford : Blackwell, 1995.

Walsh, R., "Who is the Narrator?" *Poetics Today 18*, 1997.

_____, "The Novelist as Medium", *Neophilologus 84*, 2000.

Wilson, D. and Sperber, D., "Truthfulness and Relevance", *Mind 111*, 2002.

Adams, H., "Critical Construction of the Literary Text : The Example of *Ulysses*", *New Literary History 17*, 1986.

Brooks, P., *Reading for the Plot : Design and Intention on Narrative*, New York : Random, 1984.

Brown, M., "Plan vs Plot : Chapter Symmetries and the Mission of Form", *Stanford Literature Review 4*, 1987.

Ellmann, R., *James Joyce*, revised edn, Oxford : Oxford University Press, 1982.

Fiore, R. L., *Lazarillo de Tormes*, Boston : Twayne, 1984.

Fludernik, M., "'Ithaca' : An Essay in Non-Narrativity", G. Gaiser(ed.), *International Perspectives on James Joyce*, Troy, NY : Whitsun, 1986.

_____, *Towards a "Natural" Narratology*, London : Routldge, 1996.

Foster, E, M., *Aspects of the Novel*, London and New York : Harcourt, Brace and World, 1927.

Hayman, D., *Re-Forming the Narrative : Toward a Mechanics of Modernist Fiction*, Ithaca, NY : Cornell University Press, 1987.

Herman, D., "Sirens' after Schoenberg", *James Joyce Quarterly 31*, 1994.

James, H., *Henry James : Theory of Fiction*, James E. Miller(ed.), Lincoln : University of Nebraska Press, 1972.

Joyce, J., *Ulysses : The Corrected Text*, H. W. Garbler(ed.), New York : Random, [1922]1986.

Kafalenos, E., "The Power of Double Coding to Represent New Forms of Representation : *The Truman Show, Dorian Gray*, 'Blow Up', and Whistler's Caprice in Purple and Gold", *Poetics Today 24-1*, 2003.

Martin, T., "*Ulysses* as a Whole", R. Frehner and U. Zeller(eds.), *A Collideorsape of Joyce*, Dublin : Lilliput, 1998.

McHale, B., *Postmodernist Fiction*, London : Methuen, 1987.

O'Donnell, T. D., "Thematic Generation in Robbe-Grillet's *Projet pour une révolution à New York*", G. Stambolian(ed.), *Twentieth Century French Fiction : Essays for Germaine Brée*, New Brunswick, NJ : Rutgers University Press, 1975.

Orr, L., *Problems and Poetics of the Nonaristotelian Novel*, Lewisburg, PA : Bucknell University Press, 1991.

Peake, C. H., *James Joyce : The Citizen and the Artist*, Stanford, CA : Stanford University Press, 1977.

Peterson, R. G., "Critical Calculations : Measure and Symmetry in Literature", *PMLA 91*, 1976.

Phelan, J., *Reading People, Reading Plots : Character, Progression, and the Interpretation of Narrative*, Chicago : University of Chicago Press, 1989.

Rader, R., "Defoe, Richardson, Joyce, and the Concept of Form in the Novel", W. Matthews and R. Rader, *Autobiography, Biography, and the Novel*, Los Angeles : William Andrews Clark Memorial Library, UCLA, 1973.

Ricardou, J., "Naissance d'une fiction", J. Ricardou and F. van Rossum-Guyon(eds.), *Nouveau Roman : hier, aujourd'hui, vol.2 : Practiques*, Paris : 10 / 18, 1972.

Richardson, B., "Literary and its Discontents : Rethinking Narrative Form and Ideological Valence", *College English 62*, 2000.

Richardson, B.(ed.), *Narrative Dynamics : Essays on Time, Plot, Closure, and Frames*, Columbus : Ohio State University Press, 2002.

Ricoeur, P., "Narrative Time", W. J. T. Mitchell(ed.), *On Narrative*, Chicago : University of Chicago Press, 1981.

Robbe-Grillet, A., "Order and Disorder in Film and Fiction", *Critical Inquiry 4*, 1977.

Ryding, W. R., *Structure in Medieval Narrative*, The Hague : Mouton, 1971.

Sacks, S., *Fiction and the Shape of Belief*, Berkeley : University of California Press, 1964.

Sherzer, D., *Representation in Contemporary French Fiction*, Lincoln : University of Nebraska Press, 1986.

Shklovsky, V., "The Relationship between Devices of Plot Construction and General Devices of Style", *Theory of Prose*, B. Sher(trans.), 1990.

Todorov, T., *Introduction to Poetics*, R. Howard(trans.), Minneapolis : University of Minnesota Press, 1981.

Woolf, V., *Women and Writing*, New York : Harcourt Brace Jovanovich, 1980.

11장————————————————————— 그들은 호랑이들을 쏘았다

Brenner, G., *Performative Criticism : Experiments in Reader Response*, Albany : State University of New York Press, 2004.

Borges, J. L., *Collected Fictions*, A. Hurley(trans.), New York : Penguin Books, 1998.

Chandler, R., *Chandler Before Marlowe : Raymond Chandler's Early Prose and Poetry, 1908 ~1912*, M. J. Bruccoli(ed.), Columbia : University of South Carolina Press, 1973.

Chandler, R., *Selected Letters of Raymond Chandler*, F. MacDhane(ed.), New York : Columbia University Press, 1981.

_____, *The Long Goodbye*, New York : Vintage, [1953]1992.

Chatman, S., *Story and Discourse : Narrative Structure in Fiction and Film*, Ithaca, NY : Cornell University Press, 1978.

Chekhov, A. P., *Izbrannye Proizvedeniia : Tom tretii*, Moscow : Izdatel'stvo Khudozhestvennaia Literatura.

Frank, J., "Spatial Form in Modern Literature", *The Widening Gyre : Crisis and Mastery in Modern Literature*, New Brunswick, NJ : Rutgers University Press, [1945]1963.

Hartman, G., *The Fate of Reading and Other Essays*, Chicago : University of Chicago Press, 1975.

Herman, D., "Events and Events-Types", D. Herman, M. Jahn, and M. -L. Ryan(eds.), *The Routledge Encyclopedia of Narrative Theory*, London : Routledge, forthcoming.

Hiney, T., *Raymond Chandler : A Biography*, New York : Atlantic Monthly Press, 1997.

Jameson, F., "On Raymond Chandler", *Southern Review 6-3*, 1970.

Lid, R. W., "Philip Marlowe Speaking", *Kenyon Review 31*, 1969.

MacShane, F., *The Life of Raymond Chandler*, New York : E. P. Dutton & Co., 1976.

Marling, W., *Raymond Chandler*, Boston : Twayne Publishers, 1986.

McCann, S., *Gumshoe America : Hard-Boiled Crime Fiction and the Rise and Fall of New Deal Liberalism*, Durham. NC : Duke University Press, 2000.

Phelan, J., *Reading People, Reading Plots : Character, Progression, and the Interpretation of Narrative*, Chicago : The University of Chicago Press, 1989.

_____, *Narrative as Rhetoric : Technique, Audiences, Ethics, Ideology*, Columbus : Ohio State University Press, 1996.

Prince, G., *Dictionary of Narratology*, Lincoln : University of Nebraska Press, 1987.

Rabinowitz, P. J., *Before Reading : Narrative Conventions and the Politics of Interpretation*. Columbus : Ohio State University Press, [1987]1998.

Richter, D., "Background Action and Ideology : Grey Men and Dope Doctors in Raymond Chandler", *Narrative 2*, 1994.

Smith, J. M., "Chandler and the Business of Literature", J. K. Van Dover(ed.), *The Critical*

Response to Raymond Chandler, westport, CN : Greenwood Press(originally in *Texas Studies in Language and Literature 31-4*), [1989]1995.

Wells, H. G., *The Time Machine*, In *Seven Science Fiction novels of H. G. Wells*, New York : Dover, [1895]1934.

12장 ─────────────── 공간의 시학 그리고 아룬다티 로이의 『작은 것들의 신』

Abbott, H. P., *The Cambridig Introduction to Narrative*, Cambridge, UK : Cambridge University Press, 2002.

Ahmad, A., "Jameson's Rhetoric of otherness and the 'National Allegory'", *Social Text 17*, 1987 Autumn.

Bakhtin, M. M., *The Dialogic Imagination : Four Essays*, M. Holquist(ed.), C. Emerson and M. Hoquist(trans.), Austin : University of Texas Press, 1981.

Benjamine, W., "The Storyteller", *Illuminations, Essays and Reflections*, H. Arendt(ed.), H. Zohn(trans.), New York : Schocken Books, [1936]1969.

Brooks, P, *Reading for the Plot : Design and Intention in Narrative*, New York : Vintage, 1984.

Bourdieu, P., *The logic of Practice*, R. Nice(trans.), Stanford, CA : Stanford University Press, [1980]1990.

Certeau, M. de., "Spatial Stories", *The Practice of Everyday Life*, S. Rendell(trans.), Berkerley : University of California Press, [1974]1984.

Chambers R., *Story and Situation : Narrative Seduction and the Power of Fiction*, Mi-nneapolis : University of Minnesota Press, 1984.

Chambers, R., *Room for Maneuver : Reading Oppositional Narrative*, Chicago : University of Chicago Press, 1991.

Chatman, S., *Story and Discourse : Narrative Structure in Fiction and Film*, Ithaca, NY : Cornell University Press, 1978.

Clifford, J., "Traveling Cultures", *Routes : Travel and Translation in the Late Twentieth Century*, Cambridge, MA : Harvard University Press, [1992]1997.

Dhawan, R. K.(ed.), *Arundhati Roy : The Novelist Extraordinary*, New Delhi : Prestige Books, 1999.

Foucault, M., "Of Other Spaces", Jay Miskowiec(trans.), *Diacritics 16-1*, [1984]1986.

Frank, J., "Spatial Form in Modern Literature", *The Widening Gyre : Crisis and Mastery in Modern Literature*, New Brunswick, NJ : Rutgers University Press, [1945]1963.

Friedman, S. S., "Spatialization : A Strategy For Reading Narrative", *Narrative 1*, 1993 January.

_____, *Mappings : Feminism and the Cultural Geographies of Encounter*, Princeton, NJ : Princeton University Press, 1998.

_____, "Spatial Form : Some Further Reflections", *Critical Inquiry 5*, 1978.

_____, "Feminism, State Fictions, and Violence : Gender, Geopolitics, and Transnationalism", *Communal / Plural 9-1*, 2001.

Genette, G., *Narrative Discourse : An Essay in Method*, J. E. Lewin(trans.), Ithaca, NY : Cornell University Press, [1972]1980.

Grossberg, L., "The Space of Culture, the Power of Space", I. Chambers and L. Curti(eds.), *The Post-Colonial Question : Common Skies, Devided Horizons*, London : Routledge, 1996.

Jameson, F., "Third-World Literature in the Era of Multinational Capitalism", *Social Text 15*, 1986 Autumn.

Keith, M. and Pile, S., *Place and the Politics of Identity*, London : Routledge, 1993.

Kittay, J.(ed.), "Towards a Theory of Description", Special Issue, *Yale French Studies 61*, 1981.

Lefebvre, H., *The Social Production of Space*, D. Nicholson-Smith(trans.), Oxford : Basil Blackwell, [1974]1991.

Martin, W., *Recent Theories of Narrative*, Ithaca, NY : Cornell University Press, 1986.

Massey, D., *Space, Place, and Gender*, Minneapolis : University of Minneapolis Press, 1994.

Moretti, F., *Atlas of the European Novel, 1800 ~1900*, London : Verso, 1998.

Proppe, V., *The Morphology of the Folktale*, 2nd edn., L. Scott(trans.), Austin : University of Texas Press, 1968.

Ricoeur, P., "Narrative time", W. J. T. Mitchell(ed.), *On Narrative*, Chicago : University of Chicago Press, 1981.

_____, *Time and Narrative, 2 vols*, Chicago : University of Chicago Press, [1983]1985.

Ronen, Ruth, "Description, Narrative and Representation", *Narrative 5-3*, 1997.

Roy, Arundhati, *The God of Small Things*, New York : Random House, 1997.

Ryan, M. -L., Posting on Narrative Listserv, December 4, 1997.

Sack, R., *Homogeographicus : A Framework for Action, Awareness, and Moral Concern*, Baltimore, MD : Johns Hopkins University Press, 1997.

Scholes, R. and Kellogg, R., *The Nature of Narrative*, Oxford : Oxford University Press, 1966.

Smitten, J. R. and Daghistany, A.(eds.), *Spatial Form in Narrative*, Ithaca, NY : Cornell University Press, 1983.

Soja, E., *Postmodern Geographies : The Reassertion of Space in Critical Theory*, London : Verso, 1989.

Tuan, Y. -F. and Hoelscher, S., *Space and Place : The Perspective of Experience*, 2nd edn, Minneapolis : University of Minneapolis Press, 2001.

13장 ———————————————————— 보는 이의 '나'

Beattie, A., "Find and Replace", *The New Yorker*, November 5, 2001.

Booth, W., *The Rhetoric of Fiction*, Chicago : University of Chicago Press, 1961.

Burke, K., "Literature as Equipment for Living", *The Philosophy of Literary Form : Studies in Symbolic Action*, Baton Rouge : Louisiana State University Press, 1941.

Carter, F. A., *The Education of Little Tree*, New York : Delacorte Press, 1976.

Cohn, D., *The Distinction of Fiction*, Baltimore, MD : Johns Hopkins University Press, 1999.

Eliot, G., *Scenes of Clerical Life*, Harmondsworth, UK : Penguin, [1858]1973.

Foucault, M., "What Is an Author?" *Language, Counter-Memory, Practice : Selected Essays and Interviews*, D. F. Bouchard(ed.), D. F. Bouchard and S. Simon(trans.), Ithaca, NY : Cornell University Press, 1977.

Gates, H. L., Jr., "'Authenticity', or the Lesson of Little Tree", *New York Times Book Review*, Nov.24 · 26, 1991.

Genette, G., *Fiction and Diction*, C. Porter(trans.), Ithaca, NY : Cornell University Press, [1991]1993.

Griffin, R., "Anonymity and Authorship", *New Literary History 30*, 1999.

Hamburger, K., *The Logic of Literature*, M. J. Rose(trans.), Bloomington : Indiana University Press, 1973.

Lanser, S., "The Author's Queer Clothes : Anonymity, Sex(uality), and The Travels and Adventures of Mademoiselle de Richelieu", R. J. Griffin(ed.), *The Faces of Anonymity*

: *Anonymous and Pseudonymous Publication from the Sixteenth to the Twentieth Century*, New York and Basingstoke, UK : Palgrave Macmillan, 2003.

Lejeune, P., *Le pacte autobiographique*(The Autobiographical Compact), Paris : Seuil, 1980.

McHale, B., "'A Poet May Not Exist' : Mock-Hoaxes and the Construction of National Identity", R. J. Griffin(ed.), *The Faces of Anonymity : Anonymous and Pseudonymous Publication from the Sixteenth to the Twentieth Century*, New York and Basingstoke, UK : Palgrave Macmillan, 2003.

Olds, S., *The Dead and the Living*, New York : Knopf, 1984.

Phelan, J., *Living To Tell About It : A Rhetoric and Ethics of Character Narration*, Ithaca, NY : Cornell University Press, 2005.

Podhoretz, N., "Bellow at 85, Roth at 67", *Commentary*, July / August, 2000.

Rabinowitz, P. J., *Before Reading : Narrative Conventions and the Politics of Interpretation*, Columbus : Ohio State University Press, [1987]1998.

Roth, P., *The Human Stain*, London : Vintage, 2001.

Santiago, D., *Famous All Over Town*, New York : Simon & Schuster, 1983.

14장 ──────────────────────────── 네오내러티브

Alcott, L. M., *Little Woman*, Toronto and New York : Bantam, [1868]1983.

Brooks, P., *Reading for the Plot : Design and Intention on Narrative*, New York : Vintage Books, 1985.

Brontë, C., *Villette*, Harmondsworth, UK : Penguin, [1853]1979.

Dickens, C., *David Copperfield*, Harmondsworth, UK : Penguin, [1849~50]1981.

Khayati, A., "Representation, Race, and the 'Language' of The Ineffable in Toni Morrison's Narrative", *African American Review 33-2*, 1999.

Miller, D. A., *Narrative and Its Discontents : Problems of Closure in the Traditional Novel.* 랜 서*ton*, NJ : Princeton University Press, 1981.

Miller. N. K., *The Heroine's Text : Readings in the French and English Novel, 1722~1782*, New York : Columbia University Press, 1980.

Prince, G., *Narratology : The Form and Functioning of Narrative*, Berlin, New York, and Amsterdam : Mouton, 1982.

_____, *A Dictionary of Narratology*, Lincoln and London : University of Nebraska Press, 1987.

_____, "The Disnarrated", *Style 22-1*, 1988.

Richardson, B., "Disnarration in Fiction : Erasing the Story in Beckett and Others", *Narrative 9-2*, 2001.

Rimmon-Kenan, S., *A Glance Beyond Doubt*, Columbus, Ohio State University Press, 1996.

Sternberg, M., *The Poetics of Biblical Narrative : Ideological Literature and the Drama of Reading*, Bloomington : Indiana University Press, 1985.

Sterne, L., *Tristram Shandy*, Harmondsworth, UK : Penguin, [1759~67]1967.

Trollope, A., *Framley Parsonage*, Harmondsworth, UK : Penguin, [1861]1987.

Warhol, R. R., "Narrating the Unnarratable : Gender and Metonymy in the Victorian Novel", *Style 28-1*, 1994.

Whalen, T., "Run Lola Run", *Film Quarterly 53-3*, 2000.

15장 ———————————————— 서술의 특질과 힘으로서의 자의식

Banfield, A., *Unspeakable Sentences*, Boston : Routledge, 1982.

Benveniste, E., *Problems in General Linguistics*, Coral Gables : University of Miami Press, 1971.

Booth, W. C., *The Rhetoric of Fiction*, Chicago : University of Chicago Press, 1961.

Bordwell, D., *Narration in the Fiction Film*, Madison : University of Wisconsin Press, 1985.

Cohn, D., *Transparent Minds : Narrative Modes for Presenting Consciousness in Fiction*, Princeton, NJ : Princeton University Press, 1978.

_____, "The Encirclement of Narrative : On Franz Stanzel's *Theorie des Erzählens*", *Poetics Today 2-2*, 1981.

_____, *The Distinction of Fiction*, Baltimore : Johns Hopkins University Press, 2000.

Culler, J., *Structualist Poetics*, London : Routledge, [1975]2002.

Fludernik, M., *Towards a "Natural" Narratology*, London : Routldge, 1996.

Foster, E. M., *Aspects of the Novel*, Harmondsworth, UK : Penguin, 1962.

Ryan, M. -L., *Possible Worlds, Artificial Intelligence, and Narrative Theory*, Bloomington : Indiana University Press, 1991.

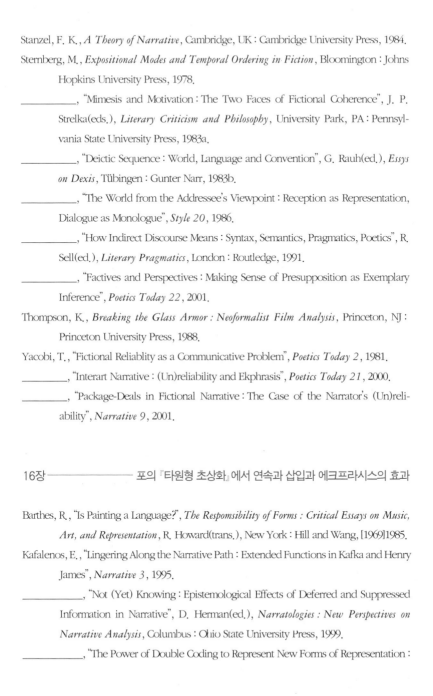

Stanzel, F. K., *A Theory of Narrative*, Cambridge, UK : Cambridge University Press, 1984.

Sternberg, M., *Expositional Modes and Temporal Ordering in Fiction*, Bloomington : Johns Hopkins University Press, 1978.

_____, "Mimesis and Motivation : The Two Faces of Fictional Coherence", J. P. Strelka(eds.), *Literary Criticism and Philosophy*, University Park, PA : Pennsylvania State University Press, 1983a.

_____, "Deictic Sequence : World, Language and Convention", G. Rauh(ed.), *Essys on Dexis*, Tübingen : Gunter Narr, 1983b.

_____, "The World from the Addressee's Viewpoint : Reception as Representation, Dialogue as Monologue", *Style 20*, 1986.

_____, "How Indirect Discourse Means : Syntax, Semantics, Pragmatics, Poetics", R. Sell(ed.), *Literary Pragmatics*, London : Routledge, 1991.

_____, "Factives and Perspectives : Making Sense of Presupposition as Exemplary Inference", *Poetics Today 22*, 2001.

Thompson, K., *Breaking the Glass Armor : Neoformalist Film Analysis*, Princeton, NJ : Princeton University Press, 1988.

Yacobi, T., "Fictional Reliablity as a Communicative Problem", *Poetics Today 2*, 1981.

_____, "Interart Narrative : (Un)reliability and Ekphrasis", *Poetics Today 21*, 2000.

_____, "Package-Deals in Fictional Narrative : The Case of the Narrator's (Un)reliability", *Narrative 9*, 2001.

16장 —————————— 포의 『타원형 초상화』에서 연속과 삽입과 에크프라시스의 효과

Barthes, R., "Is Painting a Language?", *The Respomsibility of Forms : Critical Essays on Music, Art, and Representation*, R. Howard(trans.), New York : Hill and Wang, [1969]1985.

Kafalenos, E., "Lingering Along the Narrative Path : Extended Functions in Kafka and Henry James", *Narrative 3*, 1995.

_____, "Not (Yet) Knowing : Epistemological Effects of Deferred and Suppressed Information in Narrative", D. Herman(ed.), *Narratologies : New Perspectives on Narrative Analysis*, Columbus : Ohio State University Press, 1999.

_____, "The Power of Double Coding to Represent New Forms of Representation :

The Truman Show, Dorian Gray, "Blow-Up", and Whistler's Caprice in Purple and Gold", Poetics Today 24, 2003.

Poe, E. A., The Portable Poe, P. A. D. Stern(ed.), New York : Penguin, 1977.

Perry, M., "How the Order of a Text Creates its Meanings(With an Analysis of Faulkner's 'A Rose for Emily')", Poetics Today 1, 1979.

Proppe, V., Morphology of the Folktale, L. Scott(trans.), revised by L. A. Wagner. Austin : University of Texas Press, [1928]1968.

Ron, Moshe., "The Restricted Abyss : Nine Problems in the Theory of Mise en Abyme", Poetics Today 8, 1987.

Ryan, M. -L., "Stacks, Frames, and Boundaries, or Narrative as Computer Language", Poetics Today 11, 1990.

Spence, D. P., Narrative Truth and Historical Truth : Meaning and Interpretation in Psycho-analysis, New York : W. W. Norton, 1982.

Sternberg, M., Expositional Modes and Temporal Ordering in Fiction, Baltimore, MD : Johns Hopkins University Press, 1978.

_____, "How Narrativity Makes a Difference", Narrative 9, 2001.

Todorov, T., Grammaire du "Décaméron(The Grammar of the Decameron), The Hague : Mouton, 1969a.

_____, "Structural Analysis of Narrative", A. Weinstein(trans.), Novel : A Forum on Fiction 3, 1969b.

White, H., Metahistory : The Historical Imagination in Nineteenth-Century Europe, Baltimore, MD : Johns Hopkins University Press, 1973.

Yacobi, T., "Verbal Frames and Ekphrastic Figuration", U. -B. Lagerroth, H. Lund, and E. Hedling(eds.), Interart Poetics : Essays on the Interrelations of the Arts and Media, Amsterdam and Atlanta, GA : Rodopi, 1997.

17장─────────────────────────────『댈러웨이 부인』의 후예

Chatman, S., "Parady and Style", Poetics Today 22, 25-39, 2001.

Cunningham, M., The Hours. New York : Picador USA, 1998.

_____, "Talk at Kelly Writers House Fellows Seminar(February 11, 2002)", http://w

ww.english. upenn.edu/~whfellow/Cunningham.html.

Daiches, D., *Virginia Woolf*, Norfolk, CT : New Directions, 1942.

Dee, J., "Review of The Hours", *Harper's Magazine 298*, June, 1999.

Genette, G., *Palimpsests : Literature in the Second Degree*, C. Newman and C. Dou-binsky(trans.), Lincoln and London : University of Nebraska Press, [1982]1997.

Lee, H., *Virginia Woolf*, New York : Knopf, 1997.

Lippincott, R., *Mrs. Dalloway*, Louisville, KY : Sarabande, 1999.

Macdonald, D., *Parodies : An Anthology from Chaucer to Beerbohm-and After*, New York : Random House, 1960.

Mullan, J., "'But I digress······' : a review of *The Hours*", *The Guardian 22*, February, 2003.

Wood, M., "Parallel Lives", *The New York Times Book Review 22*, November, Section 7, Column 1, 1998.

Woolf, V., *Mrs. Dalloway*, London : Harcourt, 1925.

_____, *Virginia Woolf "The Hours" : The British Museum Manuscript of Mrs. Dallo-way*, H. Wussow(ed.), New York : Pace University Press, 1996.

Zwerdling, A., *Virginia Woolf and the Real World*, Berkeley : University of California Press, 1986.

용어 색인

작품 색인

인명 색인

서술이론 I, II 필자 소개

H. Poter Abbott

캘리포니아대학교 산타 바바라 캠퍼스UCSB 영문과 교수이다. 주로 내러티브, 모더니즘, 자서전, 문학과 진화론, 그리고 소설가이자 극작가, 사무엘 베케트Samuel Beckett의 작품들을 연구하였다. 최근의 저서로 *The Cambridge Introduction to Narrative*(2002)가 있으며 현재, 다윈, 모더니즘, 그리고 회개체험의 재현과 관련한 연구를 하고 있다.

Alison Booth

영문과 교수, 1986년부터 버지니아대학교에서 강의해 왔다. 저서로는 *Greatness Engendered : George Eliot and Virginia Woolf*(1992), *Famous Last Words : Changes in Gender and Narrative Closure*(1993)가 있으며, *Narrative*, *Victorian Studies*, *American Literary History*, *Kenyon Review* 등의 학회지에 논문을 발표하였다. 인물연구에 관한 관심에서 촉발하여 "homes and haunts" 그리고 작가들의 집과 관련한 국가적 정전의 배치 프로젝트를 진행하고 있다.

故 Wayne C. Booth(1921∼2005)

20세기 가장 영향력 있는 내러티브 이론가 중 한명이다. *The Rhetoric of Fiction*(1961), *A Rhetoric of Irony*(1974), *The Company We Keep*(1988)을 저술했고, 다른 중요한 책과 논문들을 쓰는 등, 작가와 서술자와 독자 사이에서 수사적·윤리적 원활한 소통방식을 보여주는 획기적인 성과를 내었다. 이 책 발간에 즈음한 저자의 말은 다음과 같다. Wayne C. Booth는 학생들을 가르치고 책과 논문을 쓰면서 소통의 증진을 위해 일생 동안 노력하였다. 이 노력의 결과물이 이 책에 있는 그의 논문이다. 대부분의 경우 특히 문학작품의 독해에 있어서 암시된 저자를, 평범한 인간으로서의 작가와 다양한 인물들과 서술자와는 구별짓는 것으로부터 충분한 이해의 길이 열릴 것이다. 모든 작가와 화자는 일상의 자신보다 월등한, 암시된 존재를 만들려고 시도한다. 둘이나 가끔은 셋이 되는 대조적인 페르소나의 차이점을 알아챌 수 있도록 충분히 귀 기울이지 않는다면 누구도 암시된 존재를 이해할 수 없을 것이다.

Peter Brooks

The Melodramatic Imagination(1976), *Reading for the Plot*(1984), *Body Work*(1993), *Troubling Confessions*(2000) 등 많은 책을 썼으며 발간 진행 중인 *Realist Vision*이 있다. 예일대학교에서 여러 해 동안 비교문학과 프랑스문학을 강의하였으며 현재 버지니아대학교의 영문학 및 법학 교수이다.

Royal S. Brown

뉴욕시립대학교의 퀸즈대학 교수이며, 유럽언어와 문학과 학과장이며 음악, 프랑스어, 영화 연구 분야 박사과정 대학원장이다. 저서로 *Focus on Godard*(1972), *Overtones and Undertones : Reading Film Music*(1994)이 있고 영화와 영화음악을 다룬 많은 논문과 비평들을 썼다.

Alison Case

미국 메사추세츠주 윌리엄스타운에 있는 윌리엄스대학의 영문학 교수이다. 저서로 *Plotting Women : Gender and Narration in the Eighteenth and Nineteenth Century British Novel*(1999)이 있고, 빅토리아 여왕시대 서술과 서술기법에 관한 다수의 논문이 있다. Harry Shaw와 협력하여 19세기 영국 소설에 관한 연구를 진행하고 있다.

Semour Chatman

캘리포니아대학교 버클리 캠퍼스UCB의 수사학 및 영화 연구 분야 명예교수이다. *Story and Discourse*(1978), *Coming to Terms*(1990), *Antonioni, or the Surface of the World* (1985), *Antonioni : The Complete Films*(2004)를 저술했다. 최근 논문들은 서사학, 영화 각색, 패러디 그리고 문예이론의 용어들에 관한 논의를 포함하고 있다.

Melba Cuddy-Keane

토론토대학교의 영문학 교수이고, Northrop Frye 연구기금을 받았으며, 국제 버지니아 울프 학회 회장을 역임하였다. 저서로 *Virginia Woolf, the Intellectual, and the Public Sphere*(2003)가 있고, 모더니즘 내러티브, 매체, 문화 등에 관하여 폭넓은 글을 써왔다.

Monika Fludernik

독일 프리이부르크대학교 영문학 교수이다. 저서로 *The Fiction of Language and the Languages of Fiction*(1993), *Towards a "Natural" Narratology*(1996), *Echoes and Mirror-*

ings : Gabriel Josipovici's Creative Oeuvre(2000)가 있으며 1998년에 서사문학연구학회
로부터 퍼킨스Perkins 상을 받았다. 학회지 *Style*에서 이인칭 소설 특별판을, 학회지
*EJES*에서 특별판 "Language and Literature(Donald와 Margaret Freeman과 공동 편
집)"을, 학회지 *Poetics Today*에서 특별판 "Metaphor and Beyond : New Cognitive
Developments"을 편집하였다. 1250년~1750년대 영문학 서술 구조의 전개양상에
관해 연구하고 있다.

Susan Stanford Friedman

위스콘신메디슨대학교에서 강의하고 있다. 저서 *Mappings : Feminism and the Cul-
tural Geographies of Encounter*(1998)로 2000년에 서사문학연구학회로부터 퍼킨스
Perkins 상을 받았다. 또한 *Psyche Reborn : The Emergence of H.D.*(1991), *Penelope's Web :
Gender, Modernity, H.D.'s Fiction*(1990), *Analyzing Freud : Letters of H.D., Bryher, and
Their Circle*(2002), *Joyce : The Return of the Repressed*(1993) 등의 저서와 서술 시학에
관한 많은 논문을 썼다.

David Herman

오하이오주립대학교의 영문학과에서 강의하고 있다. 네브라스카대학교 출판부에
서 발간한 시리즈 *Frontiers of Narrative*를 편집했으며, *Universal Grammar and Narra-
tive Form*(1995), *Narratologies*(1999), *Story Logic*(2002), *Narrative Theory and the
Cognitive Sciences*(2003), *Routledge Encyclopedia of Narrative Theory*(Manfred Jahn,
Marie-Laure Ryan과 공동 편집, 2005), *The Cambridge Companion to Narrative*(2007) 등
을 포함하여 내러티브와 내러티브 이론에 관한 많은 책을 저술하였으며 편집하였다.
새로운 책 *Basic Elements of Narrative*가 Wiley-Blackwell에서 발간될 예정이다.

Linda Hutcheon과 Michael Hutcheon

Linda Hutcheon은 토론토대학교에서 영문학 및 비교문학 석좌교수이다. Michael
Hutcheon은 토론토대학교의 의학 교수이다. 이 두 교수는 *Opera : Desire, Disease, Dea-
th*(1996), *Bodily Charm : Living Opera*(2000), *Opera : The Art of Dying*(2004)을 저술했다.

Emma Kafaleons

세인트루이스에 있는 워싱턴대학교에서 비교문학을 강의한다. *Poetics Today*, *Com-
parative Literature*, *19th-Century Music*, *Visible Language*, *Studies in Twentieth Century*

Literature, *Narrative* 등의 학회지에 종종 시각예술 및 음악과 관련한 서술이론의 연구 논문들을 폭넓게 발표했다. 학회지 *Narrative*의 2001년 5월 판 초청 편집자로서 현재의 서사학 발달에 기여하였다.

Catherine Gunther Kodat

뉴욕 주재의 해밀턴대학교 영문학 및 미국 연구 부교수이다. 학회지 *American Quarterly*, *Representations*, *Mosaic*에 춤, 음악, 영화, 문학에 관한 논문들을 발표하였다. Faulkner와 Godard에 관한 논문이 Blackwell 출판사의 *Companion to William Faulkner*에 수록될 예정이다.

Susan S. Lanser

영문학 및 비교문학 교수이며 브랜다이스대학교의 여성학연구프로그램 학과장이다. 서술이론, 젠더연구, 18세기 유럽문화와 문학을 연구하고 있다. 내러티브 관련 저서, *The Narrative Act*(1981), *Fictions of Authority : Women Writers and Narrative Voice*(1992)를 비롯한 많은 논문들과 기고문들이 있다.

Fred Everette Maus

버지니아대학교의 음악 부교수이다. 이론과 분석, 젠더와 섹슈얼리티, 대중음악, 미학, 기악의 극적 서술방식 등, 폭넓은 연구 분야에 관하여 저술하였다. 최근 저술로 음악백과사전인 *New Grove Dictionary of Music and Musicians*에 수록된 "Criticism : General Introduction"과 "Narratology, Narrativity"가 있다.

Brian McHale

오하이오주립대학교의 영문학과 인문학 석좌교수이다. 공동 편집자를 맡는 등 수년간 학회지 *Poetics Today*와 함께해왔다. 저서로 *Postmodernist Fiction*(1987), *Constructing Postmodernism*(1992), *The Obligation Toward the Difficult Whole : Postmodernist Long Poems*(2004)가 있고, 모더니즘, 포스트모더니즘의 시학, 서사학, 과학소설에 관한 많은 논문을 썼다.

J. Hillis Miller

존스홉킨스대학교와 예일대학교에서 수년간 강의하였으며, 1986년에 캘리포니아대학교 어바인 캠퍼스UCI로 옮겨 석좌 연구교수로 있다. 19세기와 20세기 영문학, 미국문학, 유럽문학 그리고 문예이론에 관한 많은 논문들과 책을 썼다. 최근 저서로 *Others*(2001), *Speech Acts in Literature*(2002), *On Literature*(2002), *Zero Plus One*(2003) 이 있다. Henry James의 장편 및 신문에서의 발화행위 관련 연구를 진행 중이다. 곧 *J. Hillis Miller Reader*가 출간된다.

Alan Nadel

뉴욕주에 있는 렌셀러폴리테크닉대학의 문학 및 영화 교수이다. 미국문학, 영화, 문화에 관한 많은 책과 논문들을 썼다. 저서로 *Invisible Criticism*(1988), *Containment Culture*(1995), *Flatlining on the Field of Dreams*(1997)가 있고, *White America in Black-and-White : Cold War Television and the Legacy of Racial Profiling*이 발간될 예정이다. 학회지 *Modern Fiction Studies*와 PMLAPublications of the Modern Language Association of America에서 논문상을 받았으며, *Georgia Review*, *New England Review*, *Paris Review*, *Pakistan Review*, *Shenandoah* 등의 지면에 시를 발표하였다. 이 책에서 그가 쓴 논문은 거의 완성된 그의 저서 *The Historical Performative : Essays on the Cogency of Narrative Media*에서 발췌한 것이다.

Ansgar Nünning

꼴론대학교에서 10년간 근무한 후 1996년부터 독일 기센대학교의 영문학, 미국문학 그리고 문화연구 학과장 및 교수로 있다. 기센대학교 인문학대학원GGK 설립 책임자이며 '문학과 문화연구Literary and Cultural Studies' 국제박사 과정의 프로젝트 코디네이터이다. George Eliot의 소설에서 서술 전달의 구조와 서술자의 기능, 역사기술적 메타픽션, 1950년 이후 잉글랜드의 역사소설의 발전, 20세기 영국 소설 등에 관한 논문들을 썼다. 편저로서 *Metzler Encyclopedia of Literary and Cultural Theory*(1998), 신뢰할 수 없는 서술과 다중-투시주의에 관한 논문집으로서 *Metzler Encyclopedia of English Authors*(Eberhard Kreutzer와 공동, 2002), *Konzepte der Kukturwissenschaften-Theoretische Grundlagen-Ansätze-Perspektiven*(2003), *Kulturwissenschaftliche Literaturwissenschaft*(Roy Sommer와 공동, 2004)가 있다.

James Phelan

오하이오주립대학교의 영문학 석좌교수이다. *Narrative* 학회지의 편집자이며 서술이론과 관련한 많은 책을 썼다. 최근 저서로, *Living to Tell About It : A Rhetoric and Ethics of Character Narration*(2005), *Experiencing Fiction : Judgements, Progressions, and the Rhetorical Theory of Narrative*(2007)가 있다. Peter J. Rabinowitz와 오하이오주립대학교 출판부에서 서술이론과 해석에 관한 기획시리즈를 공동 편집하였다.

Peggy Phelan

스탠퍼드대학교의 드라마 교수이며, 인문대학 Ann O'Day Maples 학과장이다. 연구논문, *Art and Feminism*(Helena Reckitt와 공동편집, 2001)과 *Pipilotti Rist*(2001)를 썼다. 또한 *Mourning Sex : Performing Public Memories*(1997), *Unmarked : The Politics of Performance*(1993)를 저술하였다. Jill Lane과 *The Ends of Performance*(1997)를 공동 편집하였으며, 故 Lynda Hart와 *Acting Out : Feminist Performances*(1993)을 공동 편집하였다. 현재 *Twentieth Century Performance*라는 제목의 책을 쓰고 있다.

Gerald Prince

펜실베이니아대학교의 로맨스어(프랑스어, 이탈리아어, 스페인어 등) 교수이다. *Narratology*(1982), *A Dictionary of Narratology*(1987), *Narrative as Theme*(1992) 등의 책을 썼고, 학회지 *French Forum*의 편집자이며, 존스홉킨스대학교 출판부의 시리즈 출판물 "Parallax", 네브라스카대학교 출판부의 시리즈 출판물 "Stages"의 공동 편집자이다.

Peter J. Rabinowitz

해밀턴대학 비교문학과 교수이며 학과장이다. 저서로 *Before Reading*(1987), *Authorizing Readers*(Michael Smith와 공저, 1998)가 있다. 또한 음악 비평가로서, 음악 전문잡지 *Fanfare*의 객원 편집자이다. 오하이오주립대학교 출판부에서 서술이론과 이해에 관한 시리즈 출판물을 James Phelan과 공동 편집하고 있다.

Brian Richardson

매릴랜드대학교의 영문학과에서 강의하고 있다. 저서로 *Unlikely Stories : Causality and the Nature of Modern Narrative*(1997)가 있고, 편저로 *Narrative Dynamics : Essays on Time, Plot, Closure, and Frames*(2002)가 있다. 서술이론과 독자의 반응에 관한 많은 논문들을 썼고, 현재 현대소설에 나타난 극단적 서술과 평범하지 않은 서술자에 관한 책을 마무리하고 있다.

David H. Richter

뉴욕시립대학교의 퀸즈대학과 대학원 교수이다. 저서로 *The Progress of Romances* (1996)와 *Fable's End*(1974), 편저로 *The Critical Tradition*(1998)과 *Falling into Theory* (2000)가 있다. '성서 서술의 불확정성' 그리고 '18세기 후반 신원 도용 사례'에 관한 두 가지 연구프로젝트를 진행 중이다.

Shlomith Rimmon-Kenan

예루살렘에 있는 히브루대학교의 영문학 및 비교문학 교수이고, 인문학연구 학과장 이자 인문대 학장이다. 최근 연구분야는 심리분석, 역사기록학, 법률 등 다양한 분야 에서의 서술개념에 관한 것이다.

Marie-Laure Ryan

스위스 제네바 태생이며 콜로라도 주에 근거지를 둔 학자이다. 저서로 *Possible Worlds, Artificial Intelligence and Narrative Theory*(1991)가 있고, *Narrative As Virtual Reality : Immersion and Interactivity in Literature and Electronic Media*(2001)으로 현대언어학회 로부터 Jeanne and Aldo Scaglion 비교문학상을 받았다. 편저로 *Cyberspace Textuality*(1999), *Narrative Across Media*(2004), *Routledge Encyclopedia of Narrative*(David Herman and Manfred Jahn과 공동, 2004)가 있다.

Harry E. Shaw

코넬대학교의 영문학교수이며, 영문과 학과장을 맡았으며 현재는 문리대 학장이다. 저서로 *The Forms of Historical Fiction : Scott and his Successors*(1983), *Narrative Reality : Austen, Scott, Eliot*(1999)이 있다. Scott, J. L. Austin 및 서술이론 관련 논문들을 *JEGP*, *diacritics*, *Narrative*, *European Romantic Review* 등의 학회지에 발표하였다. 현재 19세 기 일반 대중을 상대로 한 영국의 사실주의 소설에 관하여 Alison Case와 함께 저술 작업을 진행 중이다.

Dan Shen

베이징대학교의 영문학 교수이며 유럽 및 미국문학연구소 소장이다. 중국에서 많은 책과 논문들을 썼으며, 서술이론, 문체론, 문학이론, 번역연구 등에 관한 30편 이상의 논문을 북미지역과 유럽에서 발표하였다.

Sidonie Smith

미시간대학교의 영문학과 학과장이며 영문학 및 여성학 교수이다. Julia Watson과 공동저술 및 공동편저를 냈으며 자서전에 관한 다섯 권의 책을 썼다. 최근 자서전 관련 책으로 Kay Schaffer와 공동 저술한 *Human Rights and Narrated Lives : The Ethics of Recognition*(2004)이 있다.

Meir Sternberg

텔아비브대학교의 시학 및 비교문학 교수이며 학회지 *Poetics Today* 편집장이다. 저서로 *Expositional Modes and Temporal Ordering in Fiction*(1978), *The Poetics of Biblical Narrative : Ideological Literature and the Drama of Reading*(1985), *Hebrews Between Cultures : Group Portraits and National Literature*(1998)가 있으며, 학회지 *Poetics Today*에 학제 간 비평으로서 "Universals of Narrative and their Cognitivist Fortunes"를 썼다.

Richard Walsh

영국 요크대학교에서 영문학 및 연관문학을 강의하고 있다. 저서로, *Novel Arguments : Reading Innovative American Fiction*(1995)이 있으며 학회지 *Poetics Today*, *Style*, *Narrative*에 서술 관련 논문들을 발표하였다.

Robyn R. Warhol

버몬트대학교 영문학 교수이다. 저서로, *Having a Good Cry : Effeminate Feelings and Popular Forms*(2003), *Feminisms*(1997), *Gendered Interventions : Narrative Discourse in the Victorian Novel*(1989)이 있다.

Julia Watson

오하이오주립대학교 비교학 부교수이다. 저서로 Sidonie Smith와 공저인 *Reading Autobiography : A Guide for Interpreting Life Narratives*(2001), 공동 편저는 최근에 *Interfaces : Women, Autobiography, Image, Performance*(2002)를 비롯한 네 권의 논문집이 있다.

Tamar Yacobi

텔아비브대학교에서 강의하고 있다. 주요 관심분야는 서술, 신뢰할 수 있는 것, 독해, 에크프라시스ekphrasis, 극적 독백, 덴마크 작가 Isak Dinesen 등이다. 최근 저술로,

Erik Hedling, Ulla-Britta Lagerroth와 함께 편집한 *Cultural Functions of Intermedial Exploration*(2000)에 수록된 "Ekphrasis and Perspectival Structure"가 있다. 또한 학회지 *Poetics Today*, *Narrative*에 많은 논문들을 발표하였다.